LES ROIS-DRAGONS **2**

Le Roi des Cimes

Du même auteur
aux Éditions J'ai lu

Les rois-dragons :

1 – Le Palais Adamantin

STEPHEN DEAS

LES ROIS-DRAGONS **2**

Le Roi des Cimes

Traduit de l'anglais
par Florence Dolisi

J'AI LU

Titre original :
THE KING OF THE CRAGS
L'édition originale est parue en 2010 au Royaume-Uni
chez Gollancz

À la mémoire de Rebelle et Rasmus, le Tueur de ficelles
et le Bourreau des petites créatures à fourrure.

Les souverains de Sable, de Pierre et de Sel

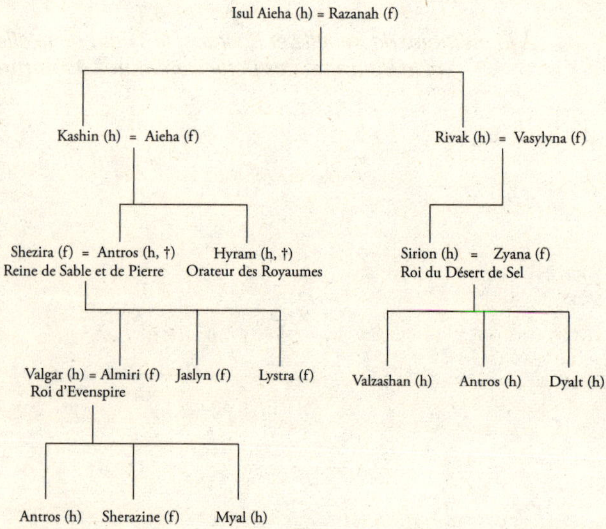

Les souverains de l'Océan Infini

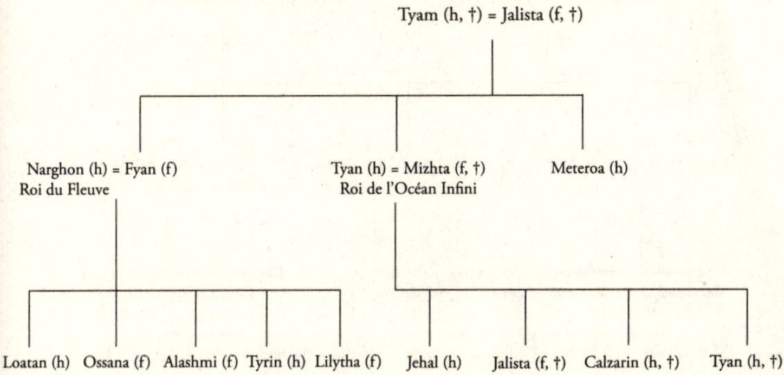

Les souverains des Plaines

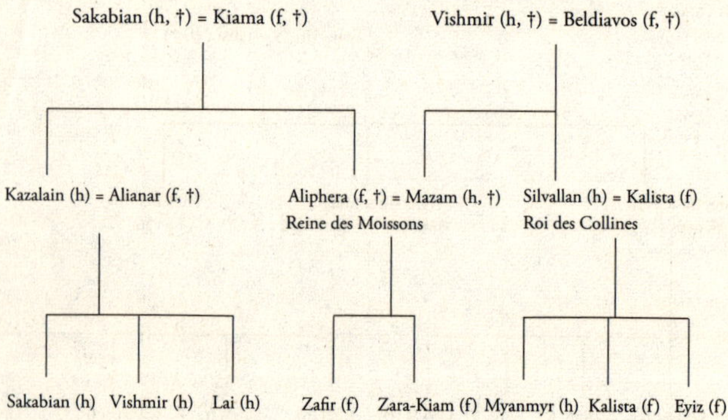

Le roi de l'Épine du Monde

Valmeyan (h) = Illistria (f, †)
Roi des Cimes

Valmeyan (h) — Tichane (h) — Glaiven (h) — Zashan (f)

Les Royaumes Dragons
Lac de Bloodsalt
Bloodsalt
Chemin de Vinazhin
Le Saphir
ROYAUME DE SEL
Plaines des Ancêtres
Croisée de Samir
Le pont de Hejel
Cascade d'Émeraude
Lac des Esprits
Lac Eyenan
Vallée d'Ishmar
Route d'Evenspire
La Longue Falaise
L'Ashdale
Lac Taval
Dragondale
ROYAUME DE SABLE ET DE PIERRE
Evenspire
Scardale
Sand
Fardale
Vallons du Vent Noir
Guet
Guet du Sud
Ashdale
Le Vent Noir
Le Dernier Fleuve

Aire
Cité
Ville
Route
Mont du Dragon
Mont Bazim
La Grande Esta
Trois Rivières
ROYAUME DU FLEUVE
La Bitter
Chutes de la Bitter
Pont de la Bitter
Valefort
Hammefort
Croisée d'Ary
Champs de Valin
Purkan
Côte d'Excorban
Côte des Pêcheurs
Baie de l'Eau qui Dort
Péninsule de Tyan
Le Furie
Farrakan
Les Pinacles
La Cité d'Argent
Baie de Plagu
Affamée
Cité des Dragons
Lacs Miroirs
ROYAUME DES MOISSONS
ROYAUME DE L'OCÉAN INFINI
Furibouche
Océan Infini
Gorge du Dragon qui Plane
Le Yamuna
L'A-pic
Forêt de Raksheh
Cavernes d'Aardish
Le Dédale
Haut de Drotan
Camp de Hanzen
Gorge du Dentu
N
Mer des Tempêtes
UME DES CIMES
L'Épine du Monde

PROLOGUE : LA MORTE

L'Épine du Monde les cernait. Évoquant d'énormes dents ou de gigantesques crocs blancs, ses cimes monstrueuses encerclaient la petite vallée où ils se trouvaient, étirant leurs ombres sur la sombre forêt de pins aux tons verts et noirs qui bordait le lac. Un lac né de la fonte d'un glacier, un lac du bleu le plus pur, le plus clair qu'eût jamais vu Kemir.

Très lentement, ils mourraient. Nadira ne s'en rendait pas compte et Kemir n'avait pas le cœur de lui dire, mais c'était la vérité. Il les gardait en vie depuis cinq jours déjà, depuis que Neige avait disparu sous les eaux gelées du lac, mais cela ne pouvait pas durer. Le temps les avait épargnés, mais le vent et la pluie étaient d'humeur changeante dans l'Épine du Monde. Un jour, il n'aurait plus de flèches, ou son arc se briserait. Ou alors l'un d'eux se blesserait, ou tomberait malade. Il n'attrapait pas suffisamment de gibier, et ils ne disposaient ni de vêtements ni d'un abri convenable pour les garder au chaud. Une centaine de choses pouvaient mal tourner, et, tôt ou tard, ce serait le cas.

Ils devaient bouger. Il essayait de faire comprendre à Nadira que Neige ne reviendrait pas, que leur unique chance de rester en vie était de redescendre. En bateau, peut-être. Ou du moins en radeau. L'eau trouvait toujours le moyen le plus rapide pour descendre des montagnes.

Elle lui hurla au visage. Elle lui hurla que Neige allait revenir. Il recula. Encore une journée, se promit-il. Encore une journée et il partirait, avec ou sans elle. Il aurait pu l'obliger à le suivre, il le savait, mais il la laisserait choisir. Elle pouvait rester et mourir, si c'était ce qu'elle voulait. C'est ce que Sollos aurait fait.

Cette dernière journée commençait à décliner ; il revenait d'un pas fatigué vers le lac, en rapportant le peu de nourriture qu'il avait pu cueillir ou abattre. Rudes et hostiles, les forêts ne leur offraient pas grand-chose. Il avait faim. Ils avaient faim tous les deux. Ils allaient manger et ils auraient encore faim.

Il arriva à ce qu'ils appelaient leur campement au bord du lac, et ses cheveux se dressèrent sur sa nuque. Nadira demeurait invisible. La forêt était très calme. Silencieuse, en dehors du vent et des craquements incessants du glacier. Il fixait l'eau du lac quand soudain il sentit le feu et le fer de sa présence, quelques instants avant que l'eau ne se mette à bouillonner.

Petit être Kemir, j'ai faim.

Il se figea sur place, pétrifié. Aussi blanche que le glacier tout proche, la dragonne surgit du lac. Des nuages de vapeur ondoyaient autour d'elle.

Oh oui, elle avait faim. *Après cinq jours passés au fond d'un lac glacial, il fallait s'y attendre, j'imagine.*

Elle allait le manger, probablement, mais il n'arrivait pas à se sentir vraiment terrifié. Dans le fond, ce serait un soulagement.

— Bien. Donc, tu n'es pas morte, grommela-t-il.

Nadira ne se trouvait pas dans les parages, et c'était tant mieux… Mais au moment même où cette pensée le traversait, ce que signifiait son absence le frappa en pleine poitrine. Nadira. Où était-elle ?

Pas ça.

— Le poison des alchimistes n'a donc pas eu raison de toi. C'est l'eau glacée qui t'a sauvée, n'est-ce pas ? *Pourquoi Nadira avait-elle disparu ?*

Oui. Et non, je n'ai pas l'intention de te manger. Je te suis… reconnaissante… de m'avoir montré cet endroit.

Si les dragons avaient des expressions, Kemir ne savait pas encore les déchiffrer. Tout ce que le mercenaire pouvait dire de ce dragon nommé Neige, c'est qu'elle semblait constamment prête à le croquer tout cru. *Où es-tu, femme ? Reviens ! Ton dragon est de retour !*

— Ouf, tant mieux pour moi ! lui lança-t-il en s'asseyant. Donc, tu as faim ? Va manger un morceau, alors !

Il ne put se retenir plus longtemps.

— Tu n'as pas mangé Nadira, quand même ?

Il se sentit presque bête d'avoir posé cette question. Bien sûr que non, elle ne l'avait pas mangée. Il y eut un long silence.

Ce n'était pas ta femme.

— Non, ce n'est pas ma femme ! C'est…

En voilà une bonne question ! Qu'est-ce que Nadira représentait pour lui ? Une amie ? Ridicule ! Une compagne ? Il grimaça. Il avait l'impression de penser comme une vieille veuve.

Une sœur de nid, pensa Neige.

Il éclata de rire. Comme il ne trouvait rien de mieux, il acquiesça.

— Oui, ma sœur de nid. Tu l'as mangée, vraiment ?

Oui.

Kemir ne réagit pas. Neige plaisantait. Forcément. Les dragons n'avaient aucun sens de l'humour, Neige n'avait jamais rien dit de drôle de sa vie, mais elle plaisantait, forcément.

J'avais faim.

Kemir perçut quelque chose en elle, un sentiment qu'elle avait déjà éprouvé lorsque son Écailleux avait disparu. La honte, sans doute. Non, elle ne plaisantait pas.

Il sentit la rage l'envahir. D'abord son visage, et le bout de son nez, très précisément, puis la chaleur se diffusa lentement dans ses joues.

— Et donc, c'est ce que tu fais quand tu as faim.

La rage descendit dans son cou, plus brûlante encore, plus intense. Il ramassa une pierre sur la rive, bondit sur ses pieds et la lança au dragon. Le caillou rebondit sur les écailles.

Effectivement. Et j'ai encore faim, Kemir.

La rage gagna ses épaules.

— Peu importe qui on est, du moment qu'on se trouve à ta portée. Tu n'as pas pu attendre, tu n'as pas pu te retenir, tu es incapable d'endurer la faim. Et voilà, tu as…

Au tour de ses bras. Il lui lança un autre caillou et agita les mains, exaspéré.

— Et vlan, terminé ! La première personne qui se présente ! Mais Nadira était ton…

Elle était quoi ? Qu'est-ce qu'on peut être pour un dragon ?

Il fallait bien que je mange.

Aucune pierre n'était assez grosse pour répondre à cette affirmation. Enfin, si, mais Kemir était incapable de les soulever.

Ce n'était pas ta femme, Kemir.

La chaleur se diffusa dans ses mains jusqu'au bout de ses doigts, comme de la lave, puis reflua d'un coup. De partout. De ses doigts, de ses orteils, de ses bras, de ses jambes, de sa poitrine, pour finir par exploser dans sa tête. Désemparé, totalement incrédule, il poussa un rugissement de fureur et se rua dans l'eau, hache au poing.

— Pourquoi as-tu fait ça ?

Il s'arrêta. Il devait s'arrêter. Il pataugeait déjà jusqu'à la taille dans l'eau glacée. Neige était hors de sa portée. Il jeta de toutes ses forces sa hache vers le dragon et la vit rebondir sur les écailles et disparaître dans l'eau.

— Pourquoi ? Pourquoi as-tu fait ça ? hurla-t-il à nouveau.

Les flancs des monts qui l'entouraient répercutèrent ses cris. Neige ne bougeait pas. Kemir frappa l'eau de ses poings.

— Allez, approche ! Viens, que je puisse t'atteindre !

Si cela peut t'aider, elle s'en moquait complètement.

— Quoi ? Elle s'en… Elle s'en quoi ?

Il se prit la tête à pleines mains et repartit à toutes jambes vers la rive. Il sortit de l'eau en glissant. Il tombait, il trébuchait. Il devait trouver quelque chose. N'importe quoi. Une arme, un truc pour tabasser un dragon. S'il le fallait, il la déchiquèterait à mains nues.

Elle s'en moquait complètement.

Kemir ramassa une autre pierre. Neige s'approcha de lui, très lentement, prudemment, un pas à la fois. Le mercenaire jeta sa pierre, puis une autre et une autre encore, aussi vite que possible, jusqu'à ce que le dragon ait rejoint le rivage. Puis Kemir se précipita vers elle avec un hurlement dément. Il planta son poignard dans les jambes et les serres du dragon, mais il avait beau la frapper de toutes ses forces, les écailles détournaient la lame. Il martela Neige de ses poings en beuglant :

— Pourquoi ? Pourquoi as-tu fait ça ?

Parce qu'elle avait faim, point. Elle n'avait même plus besoin de le dire. Et là, elle le laissait évacuer sa colère, tout simplement.

Kemir recula.

— Mange-moi ! Allez, vas-y, mange-moi ! rugit-il, debout devant la tête du dragon, en jetant son poignard par terre.

Non.

— Pourquoi ? Elle était tout ce qui me restait ! Tout, tu entends ? Allez, dragon ! Mange-moi aussi !

Il ramassa une pierre pour la reposer aussitôt et s'empara d'une flèche.

— Sois maudit, dragon ! Alors, comme ça, elle s'en moquait que tu la manges ?

Il banda son arc. *Peut-être qu'en visant l'œil…*

Oui, Kemir, elle s'en moquait.

En examinant sur toute sa longueur la flèche braquée vers Neige, il se retrouva les yeux plongés dans ceux du dragon. *Mais qu'est-ce que je fais ?* se dit-il.

Je me posais exactement la même question, répliqua Neige.

Kemir inspira profondément.

— Dis-moi, dragon, comment le sais-tu, qu'elle s'en moquait ? Tu le lui as demandé avant de la manger ?

Tu auras du mal à me tuer avec une flèche dans l'œil, Kemir, tu vas juste m'infliger une piqûre désagréable.

Lentement, Kemir baissa son arc. Il arrivait presque à y croire. C'était à cause de Nadira qu'ils avaient attendu ici pendant que Neige gisait au fond du lac. Sans Nadira, il aurait quitté les lieux depuis des jours. Elle ne pouvait pas passer à autre chose, et elle avait réussi à le convaincre de rester… Et il l'avait vue, après leur échec, après que Neige eut disparu dans le lac, il avait vu Nadira, qui ne savait pas qu'il l'observait, Nadira qui sanglotait doucement, parlait à ses enfants disparus comme s'ils étaient encore là, au mari assassiné sous ses yeux, recroquevillée sur elle-même. Son envie de lutter l'avait abandonnée et avec elle toute la lumière, toute la vie s'en était allée. C'était donc cela ? Ces souvenirs trop douloureux ? C'était à cause d'eux qu'elle était incapable de passer à autre chose ? *Tu attendais la mort, alors ?*

Elle attendait le prochain cycle, Kemir.

Il avait les larmes aux yeux. En y réfléchissant, il pouvait presque se convaincre que Neige avait raison, que Nadira s'en moquait qu'on la mange.

— Nous n'avons pas de prochain cycle, Neige. Nous ne sommes pas comme vous.

En es-tu si sûr, Kemir ?

Le dragon déploya ses ailes et leva les yeux vers le ciel. Elle avait envie de partir. Tout simplement.

— Et si je ne veux pas venir ? Tu vas me manger, moi aussi ?

Cette pensée le taraudait. Pas le fait d'être mangé, mais de se retrouver seul…

Ça t'embêterait ?

— Et comment, putain !

Il rangea la flèche dans son carquois. Soudain, il frissonna, repoussant l'effroi et la sensation de vide qui avaient envahi un petit coin de son être. La colère était préférable, et de loin. Il se remit à bombarder Neige de cailloux.

— Pourquoi, dragon ? Pourquoi l'avoir tuée ? Pourquoi as-tu fait ça ? Elle n'était pas grand-chose, certes, mais elle était tout ce que j'avais ! Ce qui se rapprochait le plus d'une amie, en tout cas ! Merde !

Le plus gros de sa fureur l'avait quitté, et il ne trouva pas la force de la ranimer. Seule la tristesse persistait.

Pourquoi ?

— C'était ton amie, bon sang ! Par le soleil ! Ça aurait pu être moi ! Quoi ?

Pourquoi ? Qu'est-ce que cela te ferait ?

Kemir se secoua et se prit la tête à deux mains.

— Hein ? T'as perdu la boule, le dragon ? C'est quoi, cette question ? Qu'est-ce que ça me ferait ? Qu'est-ce que ça me ferait si tu me mangeais ?

Oui. Qu'est-ce que ça te ferait ?

— Mais ça me ferait *mal*, putain !

Je peux le faire très vite.

— C'est gentil, mais je préfère rester en vie.

Et pourquoi préfères-tu rester en vie, Kemir ? Que comptes-tu faire de ton existence ?

— J'en sais rien ! répliqua le mercenaire.

Il se détourna en tapant du pied.

— Me saouler la gueule, baiser des putains et tuer des chevaliers-dragons, par exemple ! Dès que je me serai débarrassé de toi !

Je sais où vivent tes alchimistes, Kemir. Je sais comment ils s'y prennent pour nous affaiblir. Je vais partir et réfléchir à ce que je vais faire pour mettre fin à leurs méfaits. À mon retour, je prendrai les mesures appropriées. Et tu viendras avec moi. Tes connaissances me seront utiles.

— Oui, oui, c'est ça. Va-t'en, dragon. Je ne peux pas t'en empêcher, mais je ne t'aiderai pas. Plus maintenant.

Lèvres pincées, Kemir examina le lac, les épais rideaux d'arbres tachés de neige, le glacier figé, les pics immaculés qui le dominaient.

— Je crois que je ferais mieux de rester ici et de me laisser lentement mourir de chagrin. M'accrocher à tes basques en attendant le jour où tu me mangeras moi aussi ? Non, merci, ce n'est pas mon genre ! *Vraiment ? Vais-je pouvoir supporter ça ? Me retrouver tout seul, abandonné ici ?*

Ne fais pas semblant, Kemir. Je vois en toi, ne l'oublie pas. Je vois ta peur, je vois de l'horreur, et ton étonnement, et un grand désir de vengeance. Mais, surtout, je vois ta solitude. Et ça, je le comprends, Kemir, parce que moi aussi, je suis seule. Par contre, je ne vois pas beaucoup de regret. Ton deuil sera de courte durée.

Kemir s'assit en secouant la tête et débanda son arc.

— C'est parce que je ne suis pas encore complètement convaincu que tu aies mangé Nadira, dit-il pensivement, à la fois pour lui-même et pour Neige. Il soupira.

— Ai-je vraiment le choix, dragon ?

On a toujours le choix, Kemir. Les Braises te l'ont prouvé.

— Ouais, c'est vrai, ricana-t-il, amer. J'ai le choix entre t'aider à cramer des chevaliers-dragons ou mourir.

Il soupira à nouveau.

— Bon, mourir ne me dit rien. Donc, je viens avec toi. Mais, dès que nous aurons quitté ces montagnes, tu fais ce que tu as à faire et tu me lâches. Terminé. Nos chemins se séparent définitivement. T'auras qu'à te dégoter quelqu'un d'autre.

Comme tu veux.

Il respira un grand coup.

— Neige ?

Kemir ?

— Si tu manges de nouveau quelqu'un que je considère comme un ami, je te *jure* que je trouverai un moyen de te faire la peau. Je me fous de savoir que cela leur est égal. Même s'ils veulent se tailler un chemin à coups de griffes dans ton gosier. Plus jamais ça, c'est clair ?

Très clair, Kemir.

Il comprit alors qu'elle se foutait de lui.

PREMIÈRE PARTIE

LES ÉCUYERS ROUGES

Du soleil surgira un dragon blanc et avec lui un écuyer rouge. Voleurs et menteurs trembleront et se lamenteront, car le nom de l'écuyer sera Justice et celui du dragon, Vengeance.

1. LE PROPHÈTE

Il courait entre les arbres, dans une forêt, près d'une rivière. Il ne portait qu'une chemise, et dégoulinait d'une eau glacée. Çà et là, il y avait des plaques de neige par terre, mais le froid ne l'affectait pas. C'était la chaleur qu'il redoutait par-dessus tout. Dans les cieux, au-dessus des arbres, deux dragons déversaient leurs flammes sur le monde. Au-delà de la rage, au-delà de la fureur, ils agonisaient. Il les avait tués et ils le savaient. Ils savaient aussi où le trouver.

Il avait tenté de se cacher dans l'obscurité, sous des couches de feuillage et de branches, mais ils le retrouvaient toujours. Il avait essayé de les semer en courant, mais le feu le poursuivait. Derrière lui, tout n'était plus que flammes et cendres. Il avait plongé dans les eaux glaciales de la rivière mais les dragons les avaient vaporisées. Sans jamais parvenir à s'emparer de lui, et il savait très bien pourquoi : comme lui, ils agonisaient lentement. Quand les arbres auraient disparu, ils brûleraient ensemble, tous les trois. Redoutait-il cette perspective ? Pas vraiment. La colère ? Oui. Le désespoir ? Aussi. Était-il prêt à tenter le tout pour le tout pour survivre ? Oui. Mais la peur ? Certainement pas. Il avait fait tout ce qui était en son pouvoir. Jaslyn survivrait. La princesse avait échappé au dragon. L'écuyer avait rempli sa mission. Les arbres se faisaient plus rares, la fin était proche, mais non, il n'avait pas peur.

— Arrête !

Il sentit la voix plus qu'il ne l'entendit. Ce n'était pas une voix réelle, et elle n'était même pas humaine. C'était un grondement, comme un coup de tonnerre, ébranlant les montagnes et déracinant les arbres. L'air fut envahi par les cendres que les dragons soulevèrent en tombant du ciel. Ils ne bougeaient plus. La forêt et la rivière s'étaient envolées, remplacées par de la pierre nue. De la pierre et un homme, qui l'attendait à moins de vingt pas.

Semian s'arrêta et examina l'homme des pieds à la tête. De longues robes couleur de sang, un visage taillé à la serpe, une longue chevelure blanche et une barbe tressée assortie qui lui arrivait presque à la taille, tout en lui respirait le prêtre-dragon. Sauf sa peau aussi pâle que la glace, ses mains noires et abîmées, et ses doigts brûlés réduits à l'état de moignons. Et aussi ses yeux, où flamboyait un feu impie.

— Arrête ! répéta le prêtre.

Cette fois-ci, le monde ne trembla pas. Semian jeta un coup d'œil derrière lui. Les dragons avaient disparu. Aucun signe d'eux, de la rivière ou des arbres, ni même des ruines fumantes de la forteresse des alchimistes. Les montagnes, elles, n'avaient pas changé. Encore plus grand que la cime la plus haute, un unique dragon se dressait parmi elles, rouge, immense. Il masquait la moitié du ciel. Il redressa la tête et le fixa d'un air indolent, avec des yeux grands comme des lacs. Semian mit un genou à terre et courba la tête. Ce prêtre et ce dragon ne faisaient qu'un, il le sentait. Comment était-ce possible ? Il l'ignorait, mais il en était aussi persuadé que de la présence de son épée dans sa main.

— Relève-toi, écuyer.

— Je suis mort, c'est ça ? dit Semian sans bouger.

Le prêtre garda le silence

— Vous nous avez enseigné que nous rejoindrions le grand dragon qui crache le soleil. Que ce feu nous prendrait en lui et que nos âmes seraient forgées à neuf.

— Tu n'es pas mort, répliqua le prêtre.

— J'ai suivi les autres Braises avec le poison dans mon sang. En mourant, nous avons accompli ce pour quoi nous avions quitté les cavernes. Tous les dragons sont morts, eux aussi.

— Non, pas tous, et toi non plus, insista le prêtre. Tu as bu le poison destiné aux dragons et tu as survécu. Tu es l'un d'entre nous, désormais. Un dragon, un seul, a également survécu. Un contre un, l'équilibre parfait. L'harmonie du feu.

— Je….

Semian sentit des larmes de joie lui monter aux yeux. Le feu de la passion explosa en lui, repoussant tout le reste, et enfla.

— Tu es un loyal serviteur de notre Église, reprit le prêtre. Tu lui es fidèle depuis toujours. Ton cœur est pur, et tu vas être récompensé. À genoux ! Et souviens-toi. Souviens-toi des récits, des mythes, des légendes. Souviens-toi de ce que nous, prêtres et fidèles, sommes seuls à préserver. Souviens-toi du commencement, souviens-toi de la fin.

Le commencement et la fin.

Avant le temps, il y avait le néant. Dans ce néant, vinrent le soleil, la lune, la Terre et les étoiles.

— Et tous créèrent la vie.

Les créatures de pierre qui se déplacent dans le monde. Les enfants de la lune, êtres d'argent liquide. Les esprits des étoiles, formes spectrales. Et nous, les enfants du soleil.

— Nés de la Grande Flamme.

De la Grande Flamme, oui.

— Et tous proclamèrent les plus grands des dieux.

Et la guerre, les combats, la sorcellerie fracassèrent le monde.

— Puis les crevasses de la création accouchèrent des dragons.

Qui arrachèrent la magie au monde. Le fléau de leur feu affligea la terre. Ils voulaient renvoyer toute chose au vide originel…

— … car c'était le seul moyen d'y retourner eux aussi.

Mais grâce à la magie du sang, les enfants du soleil déjouèrent la fin du monde. Grâce à l'alchimie, ils appelèrent le roi d'Argent à la rescousse, et le roi d'Argent enchaîna les dragons et apaisa l'appel du néant.

— Ainsi parla le prophète avec la voix du vent.

Semian s'agenouilla en courbant à nouveau la tête. Le prêtre passa une main mutilée dans les tresses de sa barbe. La main en ressortit rouge, dégoulinante de sang.

— Ta récompense pour ta fidélité.

Le prêtre éclaboussa l'écuyer d'un grand geste de sa main sanglante, qu'il pressa ensuite contre son front. Semian sentit le sang couler lentement sur son visage.

— Puis nul ne put plus contempler le visage terrible du prophète, qui parla avec la voix du désert. Toutes les chaînes se rompront. Le feu balayera le squelette du monde. Des flammes surgira un dragon blanc et avec lui un écuyer rouge. Voleurs et menteurs trembleront et se lamenteront, car le nom de l'écuyer sera Justice et celui du dragon, Vengeance.

La pression de la main se fit plus forte.

— Lève-toi, écuyer. La fin des temps est proche. Tu es l'élu. Tu as pris le poison et tu as survécu. Le dragon blanc est libre. Les flammes de la destruction sont proches, et de ces flammes est né l'écuyer rouge. Sois Justice, Écuyer Semian. Sois l'écuyer rouge et trouve le dragon dont le nom est Vengeance. Lave le monde de sa perversité. Lave-le par le feu. Justice et Vengeance, Écuyer Semian, Justice et Vengeance. Car je suis le roi d'Argent et je t'ai libéré.

Le prêtre et les montagnes s'éloignèrent dans la poussière, mais la voix s'attarda, et la main mutilée, sur la peau de Semian.

Justice et Vengeance… Justice et Vengeance…

Les paroles du prêtre se répondirent en écho pendant une éternité, en faiblissant peu à peu. D'autres voix, d'autres mots finirent par s'élever, noyant celle du prêtre dans un babil insouciant. Des voix familières. Des gens.

Des amis ?

Semian les écouta du mieux qu'il put, mais dans son esprit parti à la dérive rien n'avait de sens. Rien, jusqu'à ce que trois mots le transpercent comme une lance.

Les Écuyers Rouges.

2. À LA LUEUR DES FLAMBEAUX

— Un écuyer sans dragon, c'est comme un escrimeur auquel il manque un bras.

Jostan était saoul. Affalé dans le coin le plus sombre possible du pire bouge qu'on puisse trouver non loin du Guet du Sud, il contemplait sa table en mangeant la moitié de ses mots. Le bois était souillé de taches et sur ces taches il y en avait d'autres. Là où les taches étaient absentes, il y avait des lettres ou des pictogrammes obscènes gravés par un siècle de chevaliers ivres décidés à laisser leur marque en ce lieu.

— Non, c'est pire. C'est comme un escrimeur sans bras du tout, et cul-de-jatte.

À côté de lui, une écuyère se lamentait. Il ne savait même pas son nom. Elle l'avait repéré en scrutant la pénombre, puis s'était assise là, tout simplement. Elle connaissait bien cet endroit, car il ne lui avait fallu qu'un coup d'œil au tavernier pour se commander une bonbonne de bière. Elle était déjà saoule en arrivant et semblait bien décidée à le rester.

— J'ai un dragon, déclara-t-elle soudain. Avant, je n'en avais pas, mais maintenant, si.

— Moi, j'en avais un, mais les Braises l'ont empoisonné, soupira Jostan. J'en ai plus, maintenant. La princesse Jaslyn devait m'en procurer un autre, mais elle est partie.

Elle était partie, mais après avoir congédié Semian. Et lui aussi, par la même occasion, comme il l'avait découvert un peu plus tard. Quoi qu'ait pu dire Semian à la princesse, il avait aussi parlé en son nom.

Sale petite morveuse ! Après tout, c'était bien ce qu'elle était, non ? Presque une gamine ! Dire qu'il avait eu un faible pour elle ! Et il y avait autre chose. Qu'est-ce qu'il s'était imaginé ? Un écuyer de basse extraction et une princesse-dragon ? *J'avais plus toute ma tête, ma parole…*

— Elle me regardait souvent, pourtant, grommela-t-il.

Ces petits regards l'avaient amené à se demander… Puis la maréchale Nastria l'avait envoyé avec elle chez les alchimistes, les dragons étaient arrivés, ils avaient tout brûlé, et Jostan avait tenu Jaslyn dans ses bras, pour l'empêcher de se ruer dans les flammes, et elle avait aimé ça. Pendant quelques instants, du moins. Ou alors, c'était ce qu'il avait cru. Peut-être qu'il se faisait des idées… Quelle déception ! Comme sa mère, cette femme était sans cœur, taillée dans le même silex.

— Plus de dragon… Quel gâchis. Et Semian, pas mieux. Des jours et des jours à son chevet pour essayer de le garder en vie et maintenant qu'il s'en est sorti, il est devenu complètement fou. Il a eu une vision idiote pendant son coma. Il ne parle plus que de la Grande Flamme et des Écuyers Rouges !

La femme leva la tête et se tourna vers lui.

— Des Écuyers Rouges ? Vous savez où ils sont ?

— Non, aucune idée, répondit Jostan.

L'autre s'affaissa et perdit tout intérêt pour la conversation.

— Semian n'arrête pas de dire que nous devons les retrouver et nous joindre à eux. Il répète que c'est là qu'il est censé être. Alors qu'il n'a pas de dragon non plus ! On leur serait d'une sacrée utilité, vraiment ! Justice et Vengeance sans le moindre dragon…

Il cracha par terre et reprit :

— On pourrait peut-être entretenir les feux de camp, tous les deux, pendant que les *vrais* écuyers sont en vol. Je l'ai déjà fait, après tout.

— C'est Hyrkallan qui dirige les Écuyers Rouges, bafouilla la femme. C'est lui le meilleur. Il y était aussi.

Sa tête roula de côté et elle le regarda.

— Ceux qui se sont joints aux Écuyers Rouges, c'est qui ?

— Je ne connais pas leurs noms. Les écuyers qui ont réussi à s'enfuir du Palais Adamantin pendant la Nuit des Couteaux. Des chevaliers qui servaient Hyram ou la reine Shezira. Qui n'ont pas cru aux mensonges de l'Oratrice. Aux siens et à ceux de Jehal. On aurait dû… On aurait pu…

Ses pensées s'effritèrent, le laissant désemparé. *On aurait pu quoi ? Empêcher la tentative d'assassinat de dame Nastria sur la reine Zafir ? Empêcher la reine Shezira de pousser Hyram de ce balcon ?*

L'écuyère se laissa glisser de côté et s'affaissa mollement contre lui comme un sac de patates, la tête sur son épaule. Jostan poussa un soupir. *Comme si j'avais besoin de ça.*

— Je peux venir, moi aussi ? chuchota-t-elle.

Elle semblait au bord de l'évanouissement, et Jostan la repoussa. Elle protesta en grommelant mais réussit à se redresser.

— Fous-moi la paix, dit Jostan.

— Mais je veux venir avec toi…

— Je ne sais même pas qui tu es !

Jostan se leva, mais l'autre lui prit le bras et le tira vers elle avec la force obstinée de l'ivresse.

— Nthandra du Val…

Jostan se rassit lentement, puis toisa la femme avec attention, en se demandant si elle lui mentait. *Nthandra du Val…* Ici, au Guet du Sud, tout le monde connaissait ce nom. Nthandra du Val… dont le père n'était autre que le maréchal du roi Valgar, dont les frères et sœurs formaient la garde d'honneur de Valgar, dont le fiancé était l'aide de camp de Valgar. Nthandra du Val, dont la famille entière avait péri aux côtés du roi pendant la Nuit des Couteaux. Nthandra du Val, qui errait comme une âme en peine dans tout le Guet du Sud, si l'on en croyait les rumeurs.

— Nthandra… ?

Elle s'écroula sur la table, puis tourna la tête vers lui et lui lança un regard grivois.

— Vous savez ce qu'on dit de moi ?

— Vos frères… votre père… votre mari… Ils sont tous morts…

— Tous morts, morts, morts… Mais que dit-on d'autre ?

Elle tendit vers lui un bras languissant et lui caressa la joue. Jostan déglutit avec difficulté.

— Je… je ne sais pas.

— Vous n'avez pas entendu dire que je me suis offerte avant le mariage à l'homme que je devais épouser ?

— Je…

— Vous n'avez pas entendu dire que je porte son enfant ?

— Hum…

— Vous n'avez pas entendu dire que je suis une ivrogne qui s'offre à tout homme qui lui plaît aussi librement que le vent d'automne arrache les feuilles des arbres ?

Une étrange sensation envahit Jostan, lentement, en commençant par les pieds, comme une sorte d'engourdissement.

— Je n'ai jamais rien entendu de tel…

Il n'arrivait plus à la quitter des yeux. Le poivrot en lui prenait le dessus, oubliant toute prudence.

— Vous n'avez pas entendu dire que j'ai couché avec trois écuyers le jour où j'ai appris la mort de mon promis ?

— Je…

Jostan ne savait comment réagir, mais son désarroi n'avait visiblement aucune importance. Les traits de Nthandra se tordirent et elle fondit en larmes.

— Dès que je suis seule, je ne pense qu'aux morts…

La main quitta la joue de Jostan, se posa sur son épaule, lui agrippa la chemise.

— Ne me laissez pas seule… Je ne peux pas rester seule ! Prenez-moi comme une putain ou bercez-moi comme un bébé, je m'en moque mais, je vous en prie, *je vous en supplie*, ne me laissez pas toute seule…

La langue de Jostan semblait avoir gonflé au point de ne plus tenir dans sa bouche, et quand il reprit la parole, il dut se donner beaucoup de mal pour articuler.

— Je connais un endroit où nous pouvons aller, lui dit-il en lui prenant la main.

Les sanglots cessèrent et la femme le contempla, les yeux brillants.

— Je connais des tas d'endroits où nous pouvons aller, répliqua-t-elle.

— Un endroit pour oublier, je veux dire.

Il se leva en titubant et entraîna Nthandra à sa suite. Comme elle pouvait à peine marcher, il passa l'un de ses bras sur ses épaules et la porta à moitié vers la porte. Certaines personne le suivaient des yeux, d'autres écuyers, mais il se moquait bien de ce qu'ils pensaient. Tout ce temps au service de telle ou telle patronne… En retournant dans la caverne avec Jaslyn, il avait failli mourir. Parfaitement, il avait failli y laisser sa peau. *Et elle, qu'est-ce qu'elle fait ? Elle me jette ! Quoi qu'ait pu dire ou faire Semian, je n'y suis pour rien. Je me suis contenté de la retenir quand il le fallait. Quand le masque de pierre s'est fissuré pendant un instant. Et qu'est-ce que je reçois en guise de remerciements ?*

Il regarda Nthandra du Val, cette femme à peine consciente, avec ses yeux vitreux et sa tête qui ballottait dans tous les sens. Elle n'avait vraiment rien d'une princesse, mais allez savoir pourquoi, c'était le visage de Jaslyn qu'il voyait.

— Je ne vais pas seulement vous bercer, vous savez, marmonna-t-il.

— Je m'en moque.

Tu ne devrais pas. Et moi non plus, d'ailleurs. Il l'emmena jusqu'à la porte d'un autre bouge, un bouge devant lequel quelques ivrognes gisaient de tout leur long dans la rue. Deux armoires à glace portant de lourds manteaux de cuir somnolaient près de l'entrée. Un bouge où, à en juger par l'odeur qui flottait dans l'air, Nthandra et lui pourraient tout oublier.

L'un des hommes se décolla du mur et lui bloqua le chemin.

— Écuyer... lui lança-t-il avec un hochement de tête.

Jostan lui rendit son salut, sans trop savoir ce qu'il était censé dire. L'autre homme se redressa d'un air faussement ennuyé.

— T'as de l'or ? demanda le premier.

Jostan acquiesça et fouilla dans sa botte, où il conservait quelques dragons d'or. Le bras de Nthandra glissa de ses épaules et la jeune femme tomba lourdement dans la crasse, provoquant l'hilarité des deux compères aux manteaux de cuir.

— Tu es sûr de vouloir entrer ? ricana le second.

Jostan lui lança un regard grivois et tendit une pièce au premier. Comme elle ne suffisait pas, l'écuyer fouilla encore et en pêcha une autre.

— C'est de l'or, précisa-t-il.

L'homme hocha la tête et repartit soutenir son mur, pendant que Jostan remettait Nthandra debout. Elle était complètement partie, désormais, mais il la fit entrer malgré tout. Dès qu'ils franchirent le seuil, une odeur de poussière d'âme le frappa en pleine face. De la Poussière toute fraîche produite à Evenspire, où les gens la proposaient ouvertement dans les rues. Semian ne lui adresserait plus jamais la parole s'il venait à le découvrir... raison de plus pour entrer ! *Allez tous vous faire foutre. Je ne dois plus rien à personne.*

À l'intérieur, on y voyait à peine. Il n'y avait qu'une misérable bougie par pièce, et des gens étalés partout. Certains dormaient ; mais d'autres, les yeux brillants, restaient assis sans bouger, bouche ouverte. Quelques-uns semblaient nus mais dans cette pénombre il était difficile d'en jurer. Quelques pièces plus loin, un couple grognait et gémissait. Quand il se mit à enjamber bras et jambes, quelques visages se levèrent vers lui. Des visages vides. Oui, vides, c'était le mot qui convenait, et c'était exactement ce qu'il recherchait lui aussi.

Il finit par découvrir une salle un peu moins bondée, avec de la place pour s'asseoir. C'était là que se déroulaient des ébats qui atteindraient bientôt leur paroxysme, à en juger par le bruit. L'air sentait la sueur et le sexe. Au bout de quelques minutes, Jostan se rendit compte que le couple n'était pas composé d'un homme et d'une femme, mais de deux hommes. Perdus dans leur propre monde, ils l'ignorèrent, et Jostan fit de même. Il redressa Nthandra et la serra contre lui, en inspirant à fond l'air chargé de Poussière. En quelques instants, la drogue et le tonneau de bière qu'il avait englouti l'emportèrent loin, très loin.

À un moment, pendant la nuit, il eut conscience d'un mouvement, puis une exquise sensation de plaisir le submergea. Il ouvrit les yeux, mais les bougies s'étaient consumées depuis longtemps et il faisait noir comme dans un four. Un four résonnant de ronflements. Une chose douce lui effleura les lèvres. Sa peau le démangeait, son cœur battait la chamade. Son excitation était intense, douloureuse. Il remua et se rendit compte qu'une main s'était glissée dans son pantalon.

Il sursauta en repensant aux deux hommes qui se trouvaient dans la pièce à leur arrivée.

— Chhhut…

Tout en continuant à s'activer, Nthandra pressa ses lèvres contre celles de Jostan, qui poussa un gémissement.

— Ce que tu as dit à propos des Écuyers Rouges, tu le pensais ? murmura-t-elle.

Il frôla la peau de la femme et en continuant son exploration découvrit que ses vêtements étaient défaits, déboutonnés ; elle était presque nue, offerte. Il glissa la main entre ses jambes, mais elle le repoussa d'une tape.

— Tu pensais ce que tu disais ?

— Oui, mais je n'ai pas de dragon.

— Mais tu peux les retrouver…

— Oui.

Il n'avait aucune idée de la façon dont il s'y prendrait, mais c'était la réponse qu'elle voulait entendre.

— Moi, j'ai un dragon, souffla-t-elle.

3. LE PRIX D'UN DRAGON

Loin dans les vallées de pins desséchées qui grimpaient vers l'Épine du Monde, au nord de l'Éperon Pourpre, Hyrkallan regarda deux dragons se poser. Il en connaissait l'un des deux parce que c'était le sien, B'Thannan, un gigantesque dragon de guerre qui pouvait faire trembler la terre d'un simple regard. L'autre, un chasseur long et svelte, il ne l'avait jamais vu. Un inconnu auquel il ne s'attendait pas, de surcroît. Hyrkallan les observa de loin, prudemment, pour s'assurer qu'il ne s'agissait pas d'un piège. Il huma l'odeur douceâtre de la résine et des épines jonchant le sol, puis se risqua hors du sous-bois. En s'approchant, il se redressa, allongea le pas et abaissa l'arc imposant qu'il tenait contre sa poitrine.

— Maréchal !

L'un des écuyers de B'Thannan l'avait repéré, et Hyrkallan plissa les yeux. Ils étaient deux sur le dos du dragon, un grand et un petit, et c'était ce dernier qui le saluait. Shanzir. Elle avait une vue perçante, cette femme.

Il lui rendit son salut.

— Shan ! La reine t'a-t-elle fourni tout ce dont nous avons besoin ?

B'Thannan croulait sous des sacs et des barriques qui n'étaient pas là la veille, quand il avait pris son envol. La reine Almiri avait accepté son offre, apparemment. Rien de bien surprenant : elle avait peu à perdre et beaucoup à gagner.

— Des vivres ! Des armes ! Des couvertures ! De tout ! lui cria l'autre écuyer.

C'était Deremis, son frère.

Hyrkallan leva les yeux. B'Thannan s'était posé sur ses quatre pattes, mais Deremis se trouvait encore à vingt pieds de hauteur.

— Je ne vois aucun alchimiste !

— *Eux ?* Ils ne veulent pas nous aider !

Deremis se laissa glisser du dos de la bête et se précipita vers Hyrkallan pour le serrer dans ses bras.

— Ils disent que cela ne les regarde pas. En fait, ils ne nous veulent rien de bon et refusent tout contact avec nous. C'est bon de te voir, mon frère, ajouta-t-il avec un grand sourire. Je ne suis parti qu'une journée, mais elle m'a semblé bien longue.

Hyrkallan lâcha son petit frère.

— Ces dragons n'ont pas vu une aire depuis plus d'une semaine, dit-il en s'efforçant de sourire à son tour. Je jurerais que B'Thannan commence à parler dans son sommeil. Il va falloir que nous repartions sans tarder. Almiri le sait forcément. Si nous ne pouvons pas nous réfugier dans une aire et si nous n'avons aucun alchimiste avec nous…

Comme pour souligner ses propos, B'Thannan baissa la tête et la tourna vivement vers eux. À elle seule, cette tête avait la taille d'un cheval, et ses dents étaient comparables à des glaives. Le dragon leur décocha un regard sinistre puis contempla ses pieds. Ses griffes s'étaient profondément enfoncées dans la terre meuble, et si, par inadvertance, il fouettait l'air de sa queue, des arbres s'abattraient autour d'eux.

Deremis donna un coup de poing dans le bras d'Hyrkallan et fit un grand geste en direction du chargement.

— La gracieuse reine Almiri est au courant, bien sûr, et voilà le résultat ! Nous revenons avec suffisamment de potion pour calmer une douzaine de dragons pendant un mois, de la potion prélevée en secret dans les aires d'Evenspire !

Souriant franchement à présent, Hyrkallan serra à nouveau son frère contre lui, puis s'intéressa à l'autre dragon et aux trois écuyers qu'il portait.

— Et eux ?

— Voici Nthandra du Val et sa monture. Elle a perdu la plupart des membres de sa famille lors de la Nuit des Couteaux.

Hyrkallan hocha la tête.

— Elle est trop jeune, mais je ne peux quand même pas refuser l'aide d'un autre dragon. Et les deux autres ?

— Tu les connais. Ce sont les écuyers Jostan et Semian. Il y a une semaine, ils étaient encore au Guet du Sud. Ils ont décidé de nous rejoindre, on dirait. Je les ai trouvés qui rôdaient dans les aires d'Evenspire. Ils étaient aux côtés de la princesse Jaslyn pendant la bataille de la forteresse des alchimistes.

Hyrkallan redressa la tête :

— Je croyais que Semian était mort ! Que sont-ils venus faire ici ?

— Ils ont été congédiés. Il semblerait qu'ils aient dit quelque chose qui n'a pas plu à la princesse et elle les a jetés dehors.

— Des écuyers sans dragons, dont l'un est une vraie tête de mule, par-dessus le marché… Bah, ils pourront se rendre utiles, je suppose. D'accord.

Hyrkallan se hissa sur B'Thannan.

— Je vais nous amener au campement d'aujourd'hui.

— C'est loin ?

— Tu verras bien… répondit le vieil homme en souriant.

Un silence accueillit ces paroles : Shanzir venait de pointer un doigt vers le ciel. Hyrkallan ne parvint pas à distinguer ce qu'elle leur désignait, mais il s'agissait de dragons, forcément.

— Combien ?

— Un seul, je pense.

— Alors on s'en occupe.

Un dragon solitaire ne pouvait signifier qu'une chose : l'Usurpatrice envoyait des éclaireurs. *Et en plus, elle est assez bête pour s'imaginer qu'elle peut les envoyer un par un. Vous êtes trop bonne, vous venez de me fournir une occasion de vous donner une bonne leçon.*

— Il n'y en a qu'un, vous en êtes sûre ? demanda-t-il à Shanzir, qui haussa les épaules.

— Non, mais celui-ci se dirige vers nous.

— Bien ! Deremis, le scorpion doit être prêt quand nous serons en l'air. Shan, surveillez les cieux, au cas où il y en aurait d'autres. Hé, vous ! cria-t-il à l'autre dragon.

Impossible de savoir qui était qui sous ces armures d'écailles. La personne assise à l'avant devait être Nthandra du Val, si le dragon était bien le sien.

Les écuyers se tournèrent vers lui. Visiblement, leur équipement laissait à désirer, et ils n'avaient sans doute pas de scorpions, ces lances crachant des traits de feu. Hyrkallan ne prit pas la peine de s'égosiller, préférant leur adresser une série de gestes amples, des signes dont tout chevalier-dragon se devait de connaître le sens. *En haut. Combat. Vous suivez, nous menons.*

L'écuyer à l'avant lui répondit par un autre signe : *Compris*. Ils avaient dû repérer l'intrus, eux aussi. *Suis-je le seul à ne pas l'avoir aperçu ? Je perds la vue, ou quoi ?* Mieux valait ne pas y penser, repousser toutes les peurs que lui causait le vieillissement, sinon il allait commencer à se demander quand viendrait le jour où il ne serait plus capable de grimper sur le dos de B'Thannan sans enlever son armure, qu'on lui passerait ensuite pièce par pièce. Il cria ses ordres à son dragon de combat. B'Thannan se redressa à contrecœur et s'élança lourdement, chacune de ses foulées ébranlant les arbres. Au bout d'un moment, malgré son poids, il parvint à prendre son envol.

Là ! Hyrkallan le distinguait, à présent. Un dragon de guerre ! Un gros, se dirigeant toujours droit vers lui.

Avec un écuyer assez courageux ou assez stupide pour combattre sans tenir compte du rapport de forces… Sauf s'il avait du renfort en embuscade. Il aurait peut-être mieux valu laisser le dragon de chasse agir à sa guise, se dit Hyrkallan ; le laisser voler en rase-mottes sous B'Thannan et attaquer l'ennemi sous un autre angle…

Non. Je n'ai pas vu leurs visages. Je ne sais même pas qui ils sont. Sous ce casque, qui me dit qu'à la place de Nthandra du Val, il n'y a pas l'un des espions de l'Usurpatrice ? Non, pas question. Vous allez rester près de moi, là où je peux vous voir.

— Garde aussi un œil sur le chasseur de Nthandra ! cria-t-il à son frère.

B'Thannan, en pleine fleur de l'âge, était l'un des meilleurs dragons des royaumes, Hyrkallan, l'un de leurs écuyers les plus expérimentés et Deremis, l'un de leurs scorpioniers les plus performants. Pas de quoi s'inquiéter, donc. Les écuyers de l'Usurpatrice, *eux*, avaient vraiment du souci à se faire.

Ils se rapprochaient. Soudain, le dragon de guerre inconnu vira brutalement et se mit à prendre de l'altitude. Très bien, autant le suivre. Le nez de B'Thannan se redressa…

— Un dragon de chasse ! s'écria Shanzir.

Hyrkallan ne le voyait pas encore mais cette annonce ne le surprit guère. Le dragon de l'Usurpatrice avait bel et bien un allié…

… et il replongea à nouveau. Shanzir s'était trompée : deux dragons de chasse venaient de se joindre au dragon de guerre en jaillissant des arbres. Une embuscade, exactement semblable à celle décrite par le prince Lai dans ses *Principes de Guerre*, si ce n'est qu'Hyrkallan était censé prendre de l'altitude à cet instant précis, totalement inconscient des deux assaillants qui arrivaient par en dessous, au lieu de piquer tout droit vers eux.

— Occupe-toi de celui de gauche ! hurla-t-il à Deremis.

Il dirigea B'Thannan vers le dragon de chasse de droite. Ces bêtes l'emportaient sur les dragons de combat en rapidité et en agilité, sauf quand il s'agissait de gagner de l'altitude alors qu'un dragon de combat plongeait droit vers eux. Un dragon de guerre deux fois plus gros qu'eux… Hyrkallan ricana. Leur surprise et leur peur étaient presque palpables. Les dragons de chasse firent tous deux demi-tour et foncèrent vers le sol, mais trop tard ; le seul résultat de leur manœuvre fut d'exposer encore davantage leurs écuyers à l'ennemi. La selle et le harnais vibrèrent lorsque Deremis actionna le scorpion, puis les cinquante tonnes de B'Thannan s'écrasèrent sur le dos du dragon de chasse le plus proche. Les deux bêtes poussèrent un cri strident et se séparèrent, mais les écuyers du dragon plus petit se trouvaient à présent entre les crocs de B'Thannan.

Et voilà, vous êtes morts ! Hyrkallan jeta à peine un regard au dragon qui descendait en spirale en cherchant désespérément ses écuyers et un endroit où se poser. Le vieil homme chercha ensuite des yeux le dragon de guerre et le repéra au-dessus de lui. Il fonçait sur lui, les ailes repliées, comme pour lui rendre la monnaie de sa pièce.

Sauf que cette fois-ci ça ne marchera pas, parce que mon dragon est plus gros que le tien. L'écuyer de ce dragon de guerre s'attendait probablement à ce que B'Thannan plonge vers le sol et prenne la fuite, transformant ainsi le combat en poursuite, mais Hyrkallan ne l'entendait pas de cette oreille. Il fit prendre à son dragon un virage serré et se retrouva face à face avec son ennemi. Il n'eut pas le temps de prendre beaucoup de vitesse, mais même les dragons de guerre gardent un certain instinct de conservation. Les deux monstres firent une embardée et se frôlèrent ventre contre ventre. Leurs griffes, leurs mâchoires, leurs queues s'entremêlèrent, mais aucun des deux ne parvint à désarçonner les écuyers de l'autre.

Ils s'écartèrent, et Hyrkallan jeta un coup d'œil pardessus son épaule. *D'abord, je déjoue ton embuscade, puis j'égalise les chances et voilà que je prends le dessus ! Tu dois te demander qui tu affrontes. Je suis Hyrkallan, maître-dragon du Nord ! Il y a dix ans, lorsque Hyram enfila l'Anneau de l'Orateur, c'est moi qui ai gagné le tournoi ! Et dix ans plus tôt également, quand ce fut le tour d'Iyanza !* Il sentit à nouveau son harnais vibrer ; Deremis venait de lâcher un autre trait de feu. Au moment où B'Thannan virait, Hyrkallan vit Nthandra du Val piquer sur le dragon ennemi. Elle le balaya de son feu, puis la queue de son dragon s'enroula autour de l'un des écuyers ennemis. Une bonne secousse plus tard et le harnais cédait. Pendant quelques instants, il flotta dans les airs, solidement fixé à son dragon d'un côté, ballottant au bout de la queue du dragon de Nthandra de l'autre. Écuyers, scorpions, selles, tout, absolument tout, se balançait en rang dans le vide.

Cela ne dura que quelques secondes. Les dragons s'écartèrent ; le harnais se tendit, céda, et une pluie de débris chuta nonchalamment vers le sol.

Et voilà, c'est fini, se dit Hyrkallan. Le dernier de leurs adversaires, le deuxième dragon de chasse, fuyait déjà à ras du sol. B'Thannan ne parviendrait jamais à le rattraper et Hyrkallan refusait de faire prendre ce risque à Nthandra. Pas après une victoire comme celle-ci. Le bruit de ce combat allait forcément parvenir aux oreilles de l'Usurpatrice, qui leur enverrait d'autres éclaireurs. Qu'ils viennent ! Il les attendait de pied ferme.

Le dragon de guerre sans écuyers plongea vers le sol, et Nthandra se lança à sa poursuite. Elle en avait tout à fait le droit, puisqu'elle avait vaincu ses maîtres. Hyrkallan demanda à B'Thannan une dernière ascension. La jeune femme n'avait qu'à rassembler les dragons à terre, pendant qu'il surveillait les alentours en tournant en rond dans le ciel. Au cas où le deuxième dragon de chasse déciderait de revenir…

— Quelle excellente journée ! beugla-t-il à son frère. Trois nouveaux écuyers et trois nouveaux dragons !

Nous avons dix paires d'ailes, désormais ! Il nous faudra bientôt une aire à nous ! conclut-il en riant.

Ni Deremis ni Shanzir ne lui répondirent, mais c'était sans doute parce que le vent hurlait tout autour d'eux. Peut-être était-ce lui qui n'avait pas entendu leur réponse, d'ailleurs. Il balaya une dernière fois le ciel du regard, puis se retourna.

Le vent n'y était pour rien. Étalé de tout son long, Deremis gisait non loin du scorpion, transpercé par une lance aussi longue qu'un homme. Elle avait traversé son frère, puis s'était plantée dans la cuisse de Shanzir. Il y avait du sang partout. Hyrkallan cligna des yeux, comme s'il espérait ainsi faire disparaître la scène. *Deremis ? Mon frère ?* Sa vision devint trouble et pendant quelques instants il se demanda pourquoi. Puis il comprit. Son frère était mort. Il ne voyait plus rien parce que ses yeux étaient pleins de larmes.

— Shanzir !

Il la prit par l'épaule et la secoua. Il n'entendait rien mais elle remua un bras, lui indiquant d'un geste heurté qu'elle était blessée, et gravement, mais pas à l'article de la mort. Il l'oublia tout de suite et se tourna vers son frère.

— Deremis !

Les harnais étant trop ajustés, il ne pouvait toucher son frère. Il ne voyait même pas son visage, sous ce casque.

Il n'avait pas vu non plus les écuyers ennemis faire usage de leur scorpion. Il n'arrivait même pas à se rappeler à quel moment ils l'avaient fait. Il secoua la tête. Ils avaient dû tirer quand les deux dragons s'étaient frôlés puis écartés l'un de l'autre. Il avait senti la vibration du tir de Deremis, et ils avaient répliqué, probablement.

Il frissonna. Il s'en était fallu de presque rien pour que Deremis aie la vie sauve et que Shanzir meure à sa place. Et de presque rien dans l'autre sens pour que lui-même soit atteint. De presque rien pour que tous trois en réchappent. Deux dragons se croisant à cette vitesse, de cette façon… L'ennemi avait tenté un tir désespéré et, pourtant, son frère gisait là, devant lui. Mort.

Plus bas, Nthandra du Val décrivait des cercles au-dessus du dragon de guerre sans écuyer. Quelqu'un allait devoir le ramener sans harnais. La plupart des écuyers s'essayaient à ce genre de choses quand ils étaient jeunes et stupides, parce qu'ils se croyaient immortels, mais on les y reprenait rarement…

Je le ferai. Hyrkallan tendit à nouveau la main vers son frère. *Je le ferai pour toi.* Sauf que Shanzir était blessée et qu'il fallait bien que quelqu'un se charge de B'Thannan. Il vit soudain Nthandra et son dragon effectuer une boucle, puis piquer vers le dragon de guerre et se poser quasiment sur son dos. La jeune femme et son dragon se redressèrent au dernier moment ; l'un des écuyers qui l'accompagnaient sauta sur le dos de la bête, et allez savoir comment, parvint à s'y cramponner. Nthandra fit un dernier passage puis continua sa route, à la poursuite du dragon de chasse vaincu.

Tu le ferais ça, mon vieux ? Il pouvait presque entendre le rire moqueur de Deremis. *Tu le ferais, vraiment ? Je crois me rappeler que tu t'y es essayé il y a vingt-cinq ans ; tu n'avais pas encore grossi, ta vue ne baissait pas encore. Tu as glissé, tu t'es cassé un bras et trois côtes et tu as failli te faire piétiner, si je me souviens bien. On était tous très impressionnés. Dès qu'on a eu fini de rire.*

— Et moi, je n'ai vu aucun d'entre vous s'y risquer… murmura Hyrkallan en déglutissant avec difficulté.

Ici, en haut, personne ne l'observait. Il pouvait se permettre de verser une larme et de chuchoter quelques mots au défunt. Ici, mais pas à terre. *Il y aura un bûcher, mon frère. Nous t'y porterons à l'égal d'un roi. Nous chanterons ton nom et t'enverrons rejoindre tes ancêtres, et ensuite, je t'en fais le serment, je trouverai le moyen de mettre cette Usurpatrice à genoux.*

Plus tard, de retour parmi les Écuyers Rouges, Hyrkallan ôta l'armure de son frère, puis le corps fut incinéré et l'on chanta de vieux chants de combat, de victoire, de défaite. Plus tard, Hyrkallan les autorisa à célébrer leur butin : trois dragons, trois écuyers, une alliance avec les aires d'Almiri et un échec cuisant pour Zafir. Assez pour griser ces jeunes écuyers excités.

Il les laissa et s'éloigna. Sans Deremis, cette victoire lui semblait creuse. D'autres que lui se seraient sans donc saoulés jusqu'à l'abrutissement ou noyés dans la poussière d'âme, mais Hyrkallan n'était pas fait de ce bois-là. Il resta donc assis dans sa tente, immobile, figé, et récita les noms de tous les écuyers morts lors de la Nuit des Couteaux, de tous ces hommes tués par la Garde Adamantine sur ordre de l'Usurpatrice. Il ajouta à cette liste le nom de son frère, puis fit ce qu'il faisait chaque soir : préparer la chute de Zafir l'Oratrice dans ses moindres détails, un pas sanglant après l'autre.

4. LE MAGE DE SANG

Jostan n'avait emporté ni tente, ni natte, ni couverture. Rien qui puisse s'avérer utile, d'ailleurs, et Semian n'était pas mieux loti. Nthandra possédait quelques couvertures, mais pas de tente. Tous trois se retrouvèrent donc dans celle qui avait appartenu au frère d'Hyrkallan, pour la simple raison qu'elle se trouvait là et que Deremis n'en avait plus besoin. Ils avaient assisté à sa crémation. Hyrkallan et d'autres écuyers entonnèrent quelques chants et Jostan se joignit à eux. Nthandra fixait le feu en pleurant de temps à autre. Elle pensait à Deremis, peut-être, mais plus probablement à tous ceux qu'elle avait perdus. Par moments, Jostan se demandait où il se trouvait au juste, parce qu'il n'en avait qu'une vague idée. Après avoir franchi la Longue Falaise et la vallée du fleuve Argent, ils avaient continué vers l'ouest, puis à nouveau vers le sud, à la jonction de l'Éperon Pourpre et de l'Épine du Monde. Bref, ils étaient quelque part dans les montagnes, mais Jostan n'en savait pas plus.

Semian fixait les flammes, comme Nthandra. Qu'est-ce qu'il pouvait bien penser, lui ? se demanda Jostan.

Dès la première étincelle, Hyrkallan se leva et fit taire ses hommes d'un simple geste. Il leva une corne à boire.

— À Deremis, mon frère ! Au noble et brave écuyer, à l'honnête homme assassiné !

Il but d'un trait et reprit :

— Je porterai son deuil comme tout parent se doit de le faire, mais vous, ne m'imitez pas ! En temps de guerre, les nobles et les braves perdent parfois la vie ! Nous serons le tison qui mettra le feu aux royaumes ! Aujourd'hui, nous avons remporté une victoire ! Nous avons ramené trois dragons et trois nouveaux écuyers ! C'est ainsi qu'il faudra se souvenir de mon frère ! Et je vous donne un autre motif de célébration : buvez à la santé de la reine Shezira et du roi Valgar, au jour où nous les libérerons des geôles du Palais Adamantin ! Buvez au cadavre décapité de l'Oratrice Zafir, pourrissant au bout d'une corde !

Il leva sa corne pour la deuxième fois.

— Réchauffez-vous au bûcher de mon frère ! Il a eu une belle mort, sachez-le, et il serait fier de nous, de ce que nous ferons demain et tous les jours qui suivront !

Hyrkallan jeta sa corne dans les flammes, tourna le dos à l'assemblée et disparut dans les ténèbres. Nthandra fondit en larmes.

— Quelle étrange journée… grommela Jostan.

— Il n'y croit pas, murmura Semian, qui fixait toujours le feu.

Jostan ne sut que lui répondre. *Il ne croit pas à quoi ?* Il avait du mal à ressentir quoi que ce soit en dehors d'une grande perplexité et peut-être la légère satisfaction de se retrouver à nouveau avec un dragon.

Nthandra posa une main sur l'épaule de Semian :

— *Moi*, j'y crois.

— Mais enfin, tu crois à quoi ? râla Jostan.

Il aurait mieux fait de la fermer, se dit-il en voyant la tête de Semian quand il se tourna vers lui pour le dévisager. À la lueur vacillante des flammes, son ami avait un air démoniaque.

Une voix inconnue s'éleva derrière eux.

— L'écuyer Hyrkallan ne croit pas au nom qu'il a donné aux hommes qui le suivent.

Jostan se retourna vivement et se retrouva face à un homme appuyé sur un bâton. Couvertes de cicatrices et de brûlures, dépourvues de certains doigts, les mains du nouveau venu lui sautèrent aux yeux. L'homme regardait Semian, qui avait changé d'expression. L'écuyer semblait sous le choc ; en même temps, on lisait sur son visage un certain respect mêlé de crainte, et Jostan fronça les sourcils, méfiant.

— Vous, vous y croyez, pourtant, n'est-ce pas ?

Le nouveau venu s'était adressé à Semian, qui acquiesça.

— Le problème, continua-t-il, c'est qu'Hyrkallan n'a pas la foi.

Il s'accroupit entre les deux amis, et son visage, plus proche, avait quelque chose de familier.

— Je vous ai déjà rencontré, affirma Jostan.

— Oui. Nous avons servi la même maîtresse. Je suis Kithyr, et j'ai été au service de dame Nastria. J'étais son mage de sang.

Jostan se raidit, envahi par un mélange de dégoût, de peur et de colère. *Un mage de sang ! Une abomination.* Il s'attendait à voir Semian bondir sur ses pieds, l'épée à la main, mais celui-ci ne cilla même pas.

— L'écuyer Hyrkallan a décidé de baptiser ses hommes les Écuyers Rouges d'après un élément assez répandu du folklore. Tout le monde connaît ces histoires, ces petits fragments de prophéties qu'on se transmet de village en village, de génération en génération, chaque fois un peu plus déformés, un peu plus faussés au fil des narrations. L'écuyer rouge et le dragon blanc, Justice et Vengeance. La plupart du temps, on oublie le côté « vengeance » de ce récit. On ne voit que l'écuyer rouge, qui vole de ville en ville pour punir les crimes des méchants. Cette histoire-là, tout le monde la connaît.

— Mais ce n'est pas la vraie, c'est ça ? murmura Semian.

— Les noms ont un pouvoir, écuyer Semian, répliqua le mage avec un vague sourire. À l'origine, l'écuyer rouge incarne le héraut de la fin du monde, de la combustion de toute chose. Je ne pense pas que l'écuyer Hyrkallan fomente une telle apocalypse.

Jostan se releva d'un bond.

— Semian, pourquoi daignes-tu parler à ce… à cette créature ? Tu *sais* ce qu'il représente ! Il vient de te le dire !

— Nous avons déjà assisté à la magie du sang, Jostan. Tu te souviens ? Et c'était l'œuvre d'un alchimiste, répondit doucement Semian.

— Mais la reine a proscrit cette pratique ! Ceux qui désobéissent sont exécutés !

— Et pourtant, cet homme travaillait pour la maréchale.

Semian se rapprocha du mage et lui agrippa le genou :

— J'ai bu le venin destiné aux dragons et j'ai survécu.

— La plupart des gens y survivent, en fait, lui fit remarquer Kithyr.

— Mais j'ai eu une vision !

— C'est aussi très courant, d'après ce que je sais.

— J'ai vu un prêtre. Et un dragon… – Semian parut enfin remarquer les mains du nouveau venu – … et les mains du prêtre étaient brûlées ! Comme les vôtres, mais en pire ! Et il m'a dit ce que je devais faire…

— Et que devez-vous faire ? s'enquit le magicien.

Jostan en avait assez entendu. Il était déjà presque saoul et n'avait vraiment pas besoin d'écouter son ami répéter sa vision.

— Il pense qu'il est l'écuyer rouge, ricana-t-il.

Il s'attendait à voir Nthandra et le magicien éclater de rire, mais en fut pour ses frais. Bien au contraire, leur intérêt pour Semian parut s'accroître encore.

— Hé, vous m'écoutez ? Il y croit vraiment ! Les prophéties, la fin du monde, il y croit ! Il est persuadé que c'est lui… – *Et voilà* – … il est fou, voyons ! Et si vous l'écoutez, vous êtes tous les deux fous aussi !

Il s'éloigna en les laissant se débrouiller avec ça. Ce n'était pas une folie douce, c'était un truc dangereux, un truc de cinglé. Une insanité absolue, ce genre de folie-là. Il jeta un coup d'œil par-dessus son épaule au minuscule cercle de lumière cerné par des ténèbres quasi infinies : les trois autres ne semblaient même pas avoir remarqué son départ. Nthandra, qui, depuis leur arrivée, avait jeté son dévolu sur un Semian apparemment indifférent, avait passé ses bras sur les épaules de l'écuyer. D'autres hommes fixaient les flammes, assis à proximité, et tout autour d'eux, les montagnes menaçantes creusaient de sinistres puits noirs dans le ciel étoilé. Quelques-uns buvaient, d'autres fredonnaient. Jostan connaissait de vue la plupart, beaucoup mieux certains d'entre eux. Ceux qui croisèrent son regard le saluèrent, et un ou deux d'entre eux lui firent signe de venir s'asseoir à leur côté pour partager leur boisson ou leur peine. Tous avaient connu Deremis. C'était le premier Écuyer Rouge tombé au combat et personne ne savait vraiment comment accueillir la nouvelle de sa mort. Jostan alla s'asseoir un moment parmi eux, mais il se sentait tout de même exclu. La Nuit des Couteaux avait tissé des liens entre ces écuyers et il n'y avait pas participé. Quand la Sentinelle de la Nuit et ses gardes adamantins avaient passé leurs frères et leurs pères au fil de l'épée, quand la reine Shezira et le roi Valgar avaient été jugés pour trahison, Hyrkallan et cette poignée d'hommes étaient parvenus en combattant à s'enfuir du palais. Et ils avaient réussi à entraîner dans leur fuite la reine Almiri, fille aînée de Shezira, épouse de Valgar, maîtresse d'Evenspire. Désormais, grâce à ces quelques écuyers, les adversaires de l'Oratrice Zafir disposaient d'un point d'appui pouvant permettre de la renverser un jour, pour peu qu'ils découvrent le levier adéquat. Or, Jostan avait manqué tous ces événements. Pendant qu'ils se déroulaient, lui se trouvait dans la forteresse des alchimistes avec Semian et la princesse Jaslyn, et il affrontait un adversaire bien plus coriace. Mais il n'allait quand même pas leur raconter ça, si ? Les écuyers d'Hyrkallan avaient perdu leurs amis ou leurs famille – quand ce n'était pas les deux – mais lui, qu'avait-il perdu ? Rien. Rien et tout à la fois. Ces hommes étaient au courant, bien sûr. Ils savaient que Semian et lui avaient affronté des dragons rebelles. Ils savaient, pour les cavernes, la fumée, l'incendie, les alchimistes et les Braises. Ils savaient qu'il avait défendu la princesse Jaslyn et que Semian avait absorbé le poison destiné aux dragons pour qu'ils l'ingèrent à leur tour en le mangeant et meurent. Ils le savaient, mais ils… ils ne comprenaient pas, peut-être.

Ces faits ne les concernaient pas, en vérité. C'était aussi simple que cela. Ils ne s'intéressaient qu'à Zafir, qui avait eu l'audace de vouloir les assassiner, eux et leur reine.

Quand il regarda à nouveau dans leur direction, Semian, Nthandra et le mage de sang avaient disparu. Il resta avec les autres jusqu'à ne plus pouvoir tenir puis s'éclipsa pour rejoindre sa tente. La tente de Deremis… Pour ne pas perturber ses occupants, il s'en approcha lentement, silencieusement. Nthandra partageait sans doute la couche de Semian mais cela ne le dérangeait pas, tant qu'elle était prête à lui apporter la chaleur qu'elle lui avait déjà prodiguée. Il commençait à comprendre ce qu'elle éprouvait. Tout, *tout* plutôt que la solitude.

Comme il fallait s'y attendre, en s'approchant, il surprit des murmures à l'intérieur.

— Je le sens. Je sais que qu'il est là.

— Oui.

— Je dois savoir. Je dois savoir si j'ai raison.

— D'accord.

Jostan se glissa plus près. La femme qui parlait était Nthandra, sans l'ombre d'un doute, mais la deuxième voix, à qui appartenait-elle ?

Il avait presque atteint le rabat de la tente lorsqu'il se figea sur place. Nthandra était avec le mage ! Rien que d'y penser, il faillit se trouver mal. Il pouvait presque la voir, toute nue, en train de le chevaucher tandis qu'il la tripotait avec ses doigts mutilés.

— Laisse-moi te palper… – *Non ! Ne le laisse pas faire !* – Effectivement, tu portes un enfant, Nthandra du Val. Un garçon. Tu portes l'héritier de ton défunt mari.

— Que vais-je lui dire, quand il sera né ? Qu'il n'a pas de père ?

— Profite de lui pendant quelques années, puis propose-le aux alchimistes. Ils le prendront peut-être.

— Ils refuseront ! Il sera de haute naissance, même s'il ne le sait pas.

— Alors confie-le à la Garde Adamantine. Personne ne se souciera de savoir qui est son père.

— Jamais ! Plutôt lui trancher la gorge à la naissance que le donner à Zafir !

— L'Oratrice ne sera plus là depuis longtemps.

— C'est hors de question !

— Dans ce cas, raconte-lui ce que tu veux. Dis-lui qu'il porte en lui tout ce qui reste de son père. Fais-en le fils de son père, et assieds-le sur le trône qui lui revient, quel qu'il soit.

— Personne ne me croira !

— C'est probable.

Pétrifié, Jostan savait qu'il devait s'éclipser et revenir plus tard, mais il était incapable de repartir. Ou d'avancer, d'ailleurs. Il devait absolument voir la scène, mais il avait trop peur pour regarder.

— Parce que, dans ton dos, tout le monde te traite de putain, Nthandra du Val.

— Ce sera donc un petit bâtard. Ce n'est pas juste ! se mit-elle soudain à crier. Nous devions nous marier à son retour ! J'étais vierge ! Je n'avais jamais couché avec personne avant lui !

Le magicien sembla s'adoucir.

— Ce n'est pas juste, mais pense à ce fils comme à un don du ciel. Les enfants dans son genre sont souvent promis à un grand avenir. Le Destin a choisi ton fils, Nthandra du Val. Veux-tu qu'il devienne un grand homme ?

— Oui !

— Mais je peux aussi t'aider à surmonter le vide en toi. Ta faiblesse, ton désespoir, ton sentiment d'inutilité, je peux t'aider à les chasser. Si tu le veux vraiment.

— Oui, s'il te plaît… gémit la jeune femme, au bord des larmes.

— Que choisis-tu, Nthandra du Val ? Je ne peux faire que l'un ou l'autre.

— Je choisis l'enfant alors. Je le lui dois, répondit-elle d'une voix brisée si pitoyable que Jostan eut du mal à la comprendre.

— La gloire et le bonheur se confondent rarement. Tu le sais, n'est-ce pas ?

Jostan n'entendit pas ce qu'elle répondit au mage. Lui avait-elle répondu, d'ailleurs ?

— Qu'il en soit ainsi, reprit Kithyr. Offre-toi à moi, Nthandra du Val. Je dois posséder ton corps et ton âme.

À cet instant, un vrai écuyer aurait vu rouge, se dit Jostan. Un Hyrkallan, un Deremis, aurait immédiatement fait irruption dans la tente pour botter le cul de ce mage avant de le chasser de là à coups de pied ou d'épée. Un vrai écuyer aurait agi ainsi parce que c'était ce qu'il fallait faire, même si Nthandra le maudissait, hurlait, lui crachait dessus. La justice avant tout.

Je ne suis pas comme eux, on dirait. Jostan fit demi-tour sans bruit et s'éloigna un peu, juste assez pour ne plus entendre leurs chuchotements, mais pas trop, pour pouvoir intervenir s'ils se muaient en cris. Rien de tel ne se produisit. Au bout d'une vingtaine de minutes, le mage ressortit de la tente en rajustant ses vêtements. Il se brossa, s'arrêta pendant quelques secondes. Son regard se posa à l'endroit exact où Jostan était assis, tapi dans l'ombre, invisible. Ensuite, il s'en alla. L'écuyer décida de rester là où il était, le temps que le magicien s'éloigne, mais avant qu'il ne se résolve à quitter sa cachette, Kithyr était de retour, Semian sur les talons. Ils passèrent juste devant Jostan.

— … avec ceci, dit le magicien.

— S'il le faut vraiment.

— Il le faut. Sauf si vous êtes un charlatan, comme Hyrkallan.

— Ça me met mal à l'aise.

— Nécessité fait loi, écuyer Semian. Hyrkallan porte la légende, à vous de l'incarner. Dès que vous aurez cette femme, les autres vous suivront. J'y veillerai, croyez-moi.

Ils se séparèrent à l'entrée de la tente. Le magicien repartit pour la deuxième fois et Semian disparut à l'intérieur. Les bruits qui s'élevèrent très vite ne laissant aucun doute quant à leur origine, Jostan attendit un petit moment après que le silence se soit rétabli pour se glisser dans la tente à son tour. Il faisait très chaud et l'odeur de Nthandra flottait dans l'air vicié. Elle était couchée contre le dos de Semian, et à en juger par leurs ronflements, tous deux dormaient déjà profondément. Jostan se blottit à côté d'elle, tout près, parce qu'il se sentait mieux ainsi. Au petit matin, quand il se réveilla, elle le caressa, et il ne pensa même pas à la repousser.

5. LE HAUT DE DROTAN

— Il nous faut un harnais pour le dragon de combat, dit Hyrkallan d'un air impassible.

Semian le dévisagea avec attention. Les autres écuyers avaient veillé tard, pour célébrer la victoire, pour pleurer leurs morts, ou les deux, et certains tenaient à peine sur leurs pieds. Il ne pouvait pas le leur reprocher ; tous avaient perdu des amis, des frères, des pères ou des amants. Quelques-uns avaient pleuré quand on avait brûlé le frère de leur chef, mais Hyrkallan, lui, n'avait pas versé une larme. Et, ce matin, ses yeux étaient toujours aussi secs. Poursuivre ses objectifs malgré la perte d'un frère, cela méritait le respect, se dit Semian. D'une certaine façon, il se réjouissait de cette mort. Il n'avait rien contre Deremis, il connaissait à peine son nom, mais la veille, ce mélange de triomphe et de tragédie avait détourné l'attention. Il ne voulait pas se faire remarquer. Pas encore.

— Il nous faut des munitions pour nos scorpions et des vivres pour nous. Et surtout des potions, ajouta Hyrkallan.

Semian jeta un coup d'œil aux barriques et aux caisses empilées qu'ils avaient ramenées de l'aire d'Almiri. Ces hommes tiendraient une ou deux semaines, peut-être, mais ne devraient compter que sur eux-mêmes.

Nous ne devrons compter que sur nous-mêmes, rectifia-t-il mentalement. Il était l'un d'eux, à présent. Pour le meilleur ou pour le pire, allez savoir, mais il fallait bien commencer quelque part. Il était déjà en train de se gagner le soutien de Nthandra, et d'autres suivraient forcément.

— Comme ces choses ne vont pas se fabriquer toutes seules, nous allons devoir les voler. L'Usurpatrice possède une aire minuscule perchée au bord de l'Éperon, le Haut de Drotan. Mais comprenez-moi bien : sauf en cas d'absolue nécessité, il n'y aura ni flammes ni tuerie.

À ces mots, Semian se crispa. *Comment ça, pas de flammes ?*

— Nous prendrons tout ce que nous voudrons, mais nous partirons en leur laissant la vie à tous. Nous prendrons leurs dragons, leurs armes, leurs vivres et leurs potions, tout ce qui peut nous être utile, mais pas leurs vies, c'est bien compris ? Les serviteurs de l'Usurpatrice doivent continuer à vivre pour parler de nous ! Ils répandront la peur !

Ça, au moins, Semian pouvait le comprendre. La Grande Flamme arrivait ! *Qu'ils parlent de nous, en vérité !*

Hyrkallan, qui leur avait déjà tourné le dos, se dirigeait à présent vers le monstrueux B'Thannan. Semian avait entendu parler de cette bête – comme sans doute chaque écuyer dans le nord – mais sans l'avoir jamais vue de ses propres yeux jusqu'à son arrivée dans l'aire du roi Valgar, le jour où Deremis s'y était rendu pour rencontrer la reine en secret. Il lui avait promis le soutien d'Hyrkallan si elle choisissait leur camp. Lorsque B'Thannan s'était posé, il avait fait trembler Evenspire jusqu'à ses fondations. Presque aussi long qu'un dragon de chasse mais trois fois plus massif, gigantesque, il était de loin la plus grosse bête de guerre que Semian eût jamais vue. Entouré d'une vingtaine de dragons qui pouvaient l'écraser sans même s'en rendre compte, l'écuyer se sentit soudain tout petit.

Il n'est pas blanc, dommage. Et le dragon de guerre qu'il avait subtilisé aux écuyers de l'Oratrice Zafir n'était pas blanc non plus. Il n'y avait aucun dragon blanc dans leurs rangs. Certes, la reine Shezira avait trouvé le moyen d'en élever un pour l'offrir à la vipère, Jehal, mais cette bête s'était libérée, allez savoir comment. Et les Braises l'avaient tuée en s'empoisonnant eux-mêmes avant de se sacrifier. C'est ce que croyaient les gens, du moins. *Le dragon blanc est libre. Les flammes de la destruction sont proches, et de ces flammes est né l'écuyer rouge. Quoi qu'il arrive, ce dragon viendra à moi. Vengeance. Et je l'enfourcherai !*

Pour le moment, n'importe quel dragon ferait l'affaire. C'était toujours mieux que pas de dragon du tout. Jostan et lui avaient quitté l'aire de Valgar sans monture, mais la fatalité, le destin ou un simple coup de chance les en avait pourvus à nouveau. Sa Destinée pouvait bien attendre encore un peu. Il se hissa sur son dragon volé et s'élança dans les airs avec les autres

Écuyers Rouges. Ce dragon-ci aussi, il l'appellerait Vengeance.

Hyrkallan les mena tout droit au Haut de Drotan. Ils foncèrent entre les montagnes couronnées de neige de l'Épine du Monde, empruntant d'étroites vallées encaissées aux flans tapissés d'arbres, puis survolèrent le fleuve Argent, composé d'une douzaine de cours d'eau entrelacés qui étincelaient au soleil. Hyrkallan les faisait voler en rase-mottes et le vent hurlait au visage de Semian, un vent chargé des gouttelettes d'eau que soulevaient les ailes puissantes de B'Thannan. La vallée s'élargit, les montagnes devinrent des collines et ils reprirent de l'altitude. Au loin, sur sa droite, Semian devinait les contours de la Longue Falaise, paroi rocheuse verticale qui marquait le début de l'Éperon Pourpre. Soudain, Hyrkallan changea de direction, laissant le fleuve Argent se ruer vers son destin dans les cavernes du Tombeau du roi d'Argent. Ils virèrent vers le sud en atteignant la Longue Falaise, et s'élevèrent encore davantage, jusqu'à cinq mille pieds d'altitude ou presque. Tout en bas, au loin, les collines du Vent Noir se succédaient comme les rides d'un vieil ermite du désert. Brutalement, la Longue Falaise se rua à leur rencontre, déchirant l'espace, et ils foncèrent à nouveau entre des pics rocheux enneigés. Pendant une heure au moins, à l'endroit où l'Éperon se rétrécissait, ils rasèrent des forêts impénétrables et coursèrent des rivières agitées, puis les montagnes et les rivières s'évanouirent et ils émergèrent de l'autre côté, dans le Dédale. Ils descendirent et plongèrent entre les fines colonnes et les canyons creusés dans cette roche stérile sur laquelle aucun arbre ne poussait. Tandis qu'ils suivaient les eaux tumultueuses venues de l'Éperon, l'air se réchauffa, se chargea de poussière. Ils percevaient les parois et les piliers de pierre comme une aveuglante succession de jaunes, d'oranges, de rouges, troués çà et là de puits obscurs. Petit bout par petit bout, les parois rocheuses se délitèrent, une couche après l'autre et de plus en plus vite dans une sorte de flou, jusqu'à s'évanouir et à les recracher, écuyers, dragons et flot impétueux, dans la Gorge du Dragon Planant, un véritable abysse, un gigantesque accroc creusé dans le sol par le puissant fleuve Furie. Ils traversèrent la gorge en l'utilisant comme couverture et regagnèrent progressivement de l'altitude, en rasant de si près les falaises opposées que les queues et les griffes des dragons égratignaient la roche. Ils surgirent de l'autre côté et le Haut de Drotan se dressa devant eux, perché sur un plateau allongé surplombant les bords de la gorge. Ils étaient arrivés. Après une demi-journée de vol, ils allaient combattre. Ce mode de vie, la vie des écuyers-dragons, Semian en tirait une joie infinie.

Fidèle à sa parole, Hyrkallan ne mit le feu nulle part. Il fit signe à ses hommes de se poser dans l'aire, sous les yeux d'un petit détachement de gardes adamantins, qui comprirent ce qui allait se passer et s'enfuirent vers le sanctuaire de la Tour d'Hyram. Et ce fut tout. Pas de sang répandu, pas une seule épée tirée du fourreau ! Quelle déception ! se dit Semian, vaguement écœuré. Les gardes adamantins étaient censés se battre jusqu'au dernier pour défendre les royaumes et l'Orateur en titre. Les Braises, ceux qu'il avait rencontrés dans la forteresse des alchimistes, l'avaient bien intégré, eux. Pour eux, se jeter nu dans la gueule d'un dragon pouvait être une victoire quand même. Alors qu'il se tenait au bord du terrain où les dragons se posaient, très contrarié, quelqu'un lui tapa sur l'épaule.

— Le Haut de Drotan est à nous ! Pas mal pour votre premier jour, hein ?

Semian se retourna. La main sur son épaule appartenait à un écuyer d'âge mûr dont le visage lui était vaguement familier, mais dont le nom lui échappait.

— Je vous connais, dit lentement Semian.

— Je m'appelle GarHannas, répliqua l'écuyer en s'inclinant. J'ai été au service de l'Orateur Hyram jusqu'à sa mort. Moi aussi je vous connais, Semian. Vous étiez au côté de la princesse Jaslyn dans la forteresse des alchimistes. Vous avez manqué la Nuit des

Couteaux, mais il paraît que vous aussi, vous avez failli trouver la mort.

— Il s'en est fallu de peu. Je suis né à nouveau.

— J'en suis ravi pour vous !

GarHannas souriait mais, visiblement, il n'avait aucune idée de ce dont parlait Semian.

— Deux écuyers et une vingtaine de gardes adamantins se sont enfermés dans la Tour d'Hyram. Ils sont pris au piège et ils le savent. L'alchimiste de l'aire s'y trouve aussi. Nos hommes sont en train de prendre et de rassembler le maximum de vivres et de provisions, mais Hyrkallan s'est mis en tête de déloger la garde. Il nous faut cet alchimiste, ou du moins l'aide qu'il pourra nous apporter, et Hyrkallan ne veut pas incendier la Tour. Eux, ils ne le savent pas, bien sûr ! Nous allons les menacer de mettre le feu, en prétendant que, s'ils se rendent, nous leur offrirons la vie sauve. Vous devriez écouter le chef, il est bon dans ce genre d'exercice !

Semian secoua la tête en fixant la tour d'un air absent, puis se laissa lentement tomber sur un genou.

— Louée soit la Grande Flamme !

Il ferma les yeux et murmura une courte prière. À côté de lui, GarHannas s'agita, mal à l'aise.

— Que les écuyers qui assurent la garde de nos prisonniers assistent donc au discours d'Hyrkallan. Moi, je m'acquitterai de leur tâche.

GarHannas hocha la tête, mais alors qu'il s'apprêtait à partir, Semian se releva et posa une main impérieuse sur son épaule.

— Je vous demande cependant de bien vouloir transmettre ces quelques mots de ma part aux hommes que vous avez piégés. Dites-leur que les dévots seront épargnés. Ceux qui ne le sont pas devront choisir entre tourner le dos à l'Usurpatrice et servir la Grande Flamme ou périr par le feu.

— Ce n'est pas ce que…

Semian le planta là sans plus l'écouter. Il héla Jostan et Nthandra d'un signe, puis se dirigea vers l'endroit où l'on avait fait asseoir les Écailleux et les autres prisonniers. Certains semblaient effrayés, d'autres renfrognés ou simplement perplexes. Il désigna les Écailleux.

— Eux ! Ils sont au service de l'Ordre et l'Ordre sert la Grande Flamme ! Ils n'ont rien à voir avec notre combat. Laissez-les partir ! Quant aux autres…

Il passa les prisonniers en revue. C'étaient tous des gens humbles, chasseurs, artisans, manouvriers et leurs semblables. Personne qui comptait, en tout cas.

Ce qui n'était pas une excuse. Semian jeta un coup d'œil autour de lui. Partis écouter Hyrkallan qui tempêtait et fulminait devant la tour, les autres écuyers avaient disparu. Ces âmes lui appartenaient.

— Vous ! Vous avez servi l'Usurpatrice ! Vous êtes condamnés à la mort !

Tout en parlant, il dégaina son épée et les compta : dix-huit personnes en tout, sous la surveillance de trois écuyers, Jostan, Nthandra et lui. Si ces gens décidaient de s'enfuir tous en même temps, certains en réchapperaient. *Logiquement, c'est ce que vous devriez faire, non ? Pourquoi restez-vous là ?*

— D'après Hyrkallan, nous devrions les relâcher, hasarda Jostan.

Semian continua comme si de rien n'était :

— Ou alors, vous pouvez choisir un nouveau maître ! À genoux, priez la Grande Flamme ! Offrez-vous au feu et vous pourrez renaître ! Vous pourrez vivre à nouveau ! Refusez le feu et vous mourrez !

Main posée sur la garde de son épée, Nthandra n'avait pas encore fait un geste. Semian s'assura à nouveau qu'aucun écuyer n'était assez proche pour leur prêter attention, mais les hommes d'Hyrkallan semblaient tous absorbés par le discours de leur chef.

— Justice et Vengeance ! rugit l'écuyer. Le feu ou la mort !

Ils ne s'enfuirent pas. Ils le supplièrent, l'implorèrent et pleurèrent, puis un par un se laissèrent tomber à genoux en priant, comme Semian le leur avait ordonné. Tous ces gens mentaient, et il le savait. Il parcourut leurs rangs, posant la main sur chaque tête, sondant chaque cœur. Il ne trouva qu'un seul croyant sincère. Tous les autres étaient des menteurs. Il empoigna les cheveux de celui dont l'âme méritait le salut, tira dessus sans ménagement pour remettre l'homme sur ses pieds et poussa ce dernier vers Jostan.

— Lui, emmène-le. Nous nous occuperons de lui plus tard.

Nthandra n'avait toujours pas fait un geste, mais elle n'était pas partie. Elle était là pour se venger, comme les autres. *Et la Flamme est avec moi. Portant le masque d'un mage de sang, mais je sais qui tu es vraiment et tu m'as juré que Nthandra serait la première. Eh bien, nous allons voir…*

Il se remit à circuler parmi ses prisonniers, le temps que Jostan disparaisse de sa vue. *Nous sommes deux, à présent.* Ces gens étaient persuadés qu'ils auraient la vie sauve, Semian le sentait. *Menteurs ! Tous des menteurs !* Jostan était parti, et Semian leva son épée. *Voilà, c'est l'heure de vérité….*

— Menteurs ! Vous êtes tous des menteurs ! hurla-t-il tandis que sa lame tranchait dans le vif. Que la vérité de la Grande Flamme vous réduise en cendres !

Pendant une fraction de seconde, quand Nthandra brandit son épée à son tour, il ne sut pas à qui elle destinait ses coups : à lui ou aux prisonniers ? Puis elle planta sa lame dans l'un de ceux qui se relevaient et trancha les jambes d'un autre, en leur hurlant quelque chose que même Semian ne comprit pas. Les autres prisonniers s'enfuirent mais ne purent aller très loin. Prenant cette ruée pour une attaque, les Écuyers Rouges les plus proches y veillèrent, à coups de flèches ou d'épées. Une fois tous les prisonniers passés au fil de l'épée, Semian empila les cadavres sous les yeux de ses camarades, qui paraissaient à la fois intrigués, horrifiés et remplis d'une crainte respectueuse. Cet épisode leur servirait de leçon, Semian le savait. Ils étaient jeunes, pour la plupart, ces hommes qu'Hyrkallan n'avait pas emmenés avec lui à la tour. Jeunes, effrayés et furieux, ce qui servirait parfaitement son dessein. Pour certains, c'était la première fois qu'ils massacraient des gens, et ils étaient en train de prendre conscience de ce qu'ils avaient fait. La justice, voilà ce qu'ils avaient fait. Une justice froide et impitoyable. Ils allaient suivre la Grande Flamme, et devaient apprendre sans attendre ce que cela impliquait.

Une fois tous les corps entassés, Semian appela Vengeance et grimpa sur le dos du dragon. De là-haut, il pouvait survoler toute l'aire du regard. Minuscules, à présent, ces cadavres n'avaient plus grand-chose d'humain. Semian rabattit sa visière et demanda à Vengeance de mettre le feu au tas.

— La Grande Flamme réclame son dû ! cria-t-il à la ronde.

Il ferma les yeux et laissa le bruit du feu le submerger.

— Par le membre de Vismir, qu'est-ce que vous avez fait ?

Du haut de sa selle, Semian releva sa visière. Haletant, essoufflé, Hyrkallan était de retour, GarHannas à ses côtés, ainsi que deux écuyers plus âgés que Semian ne connaissait pas.

— Que s'est-il passé ? Qu'avez-vous fait ? C'étaient des gens du peuple, voyons ! Ils n'avaient rien à voir avec tout cela ! lui lança GarHannas d'un air écœuré.

Semian ne put s'empêcher de rire.

— Nous sommes tous égaux devant la Flamme ! Avez-vous transmis mes paroles aux hommes prisonniers dans la tour ?

— Vous êtes fou, ma parole ! L'alchimiste, les serviteurs et l'un des écuyers sont sortis ! Quand ils ont vu ce que vous aviez fait, les autres ont décidé de rester à l'intérieur !

— Vous devriez exécuter l'écuyer, et aussi cet alchimiste qui a osé se mettre au service de l'Usurpatrice ! Les serviteurs, eux, auront le même choix que les prisonniers pris à l'extérieur !

— Et quel était-il, ce choix ? Descendez me rejoindre, écuyer ! Si vous vous prétendez au service de la princesse Jaslyn, alors je suis votre seigneur et vous allez devoir me *supplier* de vous accorder ma clémence ! rugit Hyrkallan, qui semblait prêt à se hisser sur le dragon pour arracher à mains nues Semian de sa selle.

L'écuyer lui épargna cette peine. Il se laissa glisser par terre et cracha aux pieds du vieux chevalier-dragon.

— Nous sommes les Écuyers Rouges, pas un ramassis de bandits ! Vous devriez le savoir, puisque c'est vous qui avez choisi ce nom ! Si vous n'avez pas le courage d'accomplir notre tâche sacrée, laissez la place à quelqu'un qui en est pourvu ! Je vais prendre la tête de ces hommes !

— Hors de question !

Le poing d'Hyrkallan s'écrasa contre la mâchoire de Semian, le jetant à terre. Un par un, les autres écuyers baissèrent la tête quand les yeux de leur chef furieux se posèrent sur eux. Semian, lui, riait sous cape. Il avait vu leurs visages s'illuminer, brièvement certes, mais quand même. Çà et là, des braises couvaient. Kithyr avait raison. Ces hommes finiraient par le rejoindre. Aujourd'hui, demain, le jour d'après… aucune importance, il les tenait.

Il regarda le vieux chevalier qui s'éloignait. *Et il le sait aussi.*

Les petites gens de la tour étaient aussi fourbes et hypocrites que ceux qu'ils avaient pris à l'extérieur. Personne n'était digne d'être sauvé, mais Hyrkallan les laissa tous partir, relâchant aussi l'alchimiste. Quant à l'écuyer, Semian le connaissait, c'était l'un de ceux de Zafir. Même Hyrkallan devait se rendre compte que cet homme ne valait pas la peine qu'on lui accorde la moindre clémence. Et pourtant, ils se contentèrent de le déshabiller, de le fouetter et de le renvoyer tout nu.

— Nous sommes les Écuyers Rouges ! rugit Hyrkallan, les yeux levés vers la tour. Dites-le à l'Usurpatrice que vous servez ! Nous n'aurons de cesse que justice soit rendue !

— Justice et Vengeance ! cria un autre.

— Justice et Vengeance ! hurla un troisième larron.

Hyrkallan fit brutalement volte-face et les écuyers se turent. Il hocha lentement la tête.

— Oui. La vengeance aussi, si la justice seule ne suffit pas.

Il avait parlé trop doucement pour qu'on l'entende de la tour, mais ces mots parvinrent aux oreilles de Semian.

Ils finirent de piller l'aire, emportant tout ce qu'ils pouvaient porter et utiliser, détruisant le reste. Quand ils quittèrent les lieux, la tour se dressait toujours, intacte. *Laissons-leur la vie*, avait dit Hyrkallan. *Laissons-les porter mes mots là où ils doivent être entendus.*

Semian sourit en son for intérieur. *Tes mots… et les miens.*

Hyrkallan les ramena au cœur de l'Éperon sans jamais trop s'éloigner de Semian durant le vol. Dès qu'ils se furent posés dans leur campement, GarHannas et lui entraînèrent l'écuyer à l'écart, et Semian ne chercha même pas à leur résister.

— Nous avons capturé trois autres dragons, fulmina tout bas Hyrkallan. Trois dragons de plus pour les Écuyers Rouges, trois de moins pour l'Usurpatrice. Cette victoire, je ne souhaite pas la gâcher par une pendaison. Je vous connais, Écuyer Semian. Vous avez fidèlement servi la reine Shezira, je ne suis pas sans le savoir, et je sais aussi comment vous avez agi à la forteresse. Donc, vous serez flagellé devant ces écuyers qui servent notre cause, et c'est tout. Nous vous détacherons au matin, et vous ne me désobéirez plus jamais. Sinon, vous serez pendu, vous m'avez bien compris ? Je serrerai le nœud moi-même !

Semian le regarda droit dans les yeux.

— Justice et Vengeance, messire. La Grande Flamme ne se repose jamais, pas plus que ses serviteurs.

Hyrkallan hocha la tête en s'éloignant. Il n'en croyait pas ses oreilles. GarHannas et les deux écuyers qui volaient au côté d'Hyrkallan empoignèrent Semian, qui les laissa le déshabiller, puis le conduire à un arbre et l'attacher. Il sentait la Flamme qui brûlait dans son cœur, triomphante. La flagellation ne se fit pas attendre mais ce n'était qu'un peu de souffrance, pas grand-chose pour un homme qui avait déjà été consumé par le feu.

Tard dans la nuit, alors que tout le monde dormait, quelqu'un chuchota à son oreille, et il crut presque qu'il rêvait. C'était une femme, Nthandra du Val.

— Je suis avec toi, Écuyer Semian… J'ai mis la main sur l'alchimiste au moment où nous partions.

Un coutelas taché de sang étincela sous la clarté des étoiles et trancha ses liens.

— Justice et Vengeance, Écuyer Semian. J'entends les mots, moi aussi. Justice et Vengeance.

6. LE MÉCRÉANT

Toutes les bonnes choses ont une fin. C'est ainsi depuis toujours, ce sera ainsi à jamais. L'épisode du Haut de Drotan appelait une réponse, et l'Usurpatrice répondit. Elle envoya ses dragons dans le ciel et…

Agenouillé, le souffle coupé, le dernier des soldats avait une flèche plantée dans le dos. Hyrkallan grommela quelques mots, le renversa d'un coup de pied désinvolte et lui enfonça la pointe de son épée dans le ventre. Le soldat hoqueta et roula sur lui-même. Son agonie lui coûterait quelques longues minutes de souffrance, mais Hyrkallan s'en moquait. Les mercenaires étaient la lie de la société. Il fallait en débarrasser les royaumes, de ça au moins il était sûr. Par contre, le reste…

Trois semaines s'étaient écoulées depuis l'assaut victorieux du Haut de Drotan. Trois semaines passées à jouer au chat et à la souris avec les dragons de l'Oratrice. Trois semaines à se terrer dans les montagnes sans aucun résultat, à surveiller ses arrières alors qu'il n'aspirait qu'à s'éclipser. Trois semaines à se dire qu'il perdait peut-être son temps, à se répéter sans arrêt que s'il était resté au Guet du sud, Deremis serait encore en vie. Trois semaines au cours desquelles il avait reperdu trois dragons au profit des patrouilles de Zafir, alors que pas un seul écuyer ne s'était rallié à sa cause. *Et trois bons dragons, par-dessus le marché.* Trois semaines à souhaiter que les Écuyers Rouges n'aient jamais vu le jour. Trois semaines à constater que la folie de Semian gagnait chaque jour du terrain. Et Nthandra, Shanzir, Jostan, Riok et les autres, ces jeunes gens qui pensaient pouvoir enflammer le monde… C'est Shanzir qui lui causait le plus de chagrin. Il la considérait presque comme sa fille, elle chevauchait B'Thannan avec lui, elle était ses yeux et son scorpionier, aussi, depuis la mort de Deremis.

Il valait mieux ne pas y penser. Il balança un coup de pied dans les côtes du mourant puis le quitta pour continuer sa tournée. À l'autre bout de la clairière, l'écuyer Hahzyan et l'Arracheur attachaient deux autres mercenaires à un arbre. En se rapprochant, Hyrkallan comprit qu'ils étaient déjà morts. L'un d'eux avait été éventré, et ses entrailles s'étalaient par terre, souillées de débris et d'aiguilles de pin ; quant à son camarade, il avait été à moitié décapité. Au moment où Hyrkallan allait demander à Hahzyan ce qu'il s'imaginait obtenir en agissant ainsi, un autre personnage surgit du couvert tout proche : Kithyr, le mage de sang. Hyrkallan s'arrêta net et lui lança un long regard appuyé, en frissonnant. *Le mal. On nous y pousse.* Quoi d'étonnant alors à ce que ses hommes se détournent de lui ? Il se détourna à son tour. Mieux valait laisser ce mage à ses occupations sans intervenir. Mieux valait ne pas assister à ce qui allait suivre.

Hahzyan en était arrivé à la même conclusion, visiblement, et seul l'Arracheur resta en compagnie du mage. Encore un personnage étrange, cet Arracheur. Ce n'était pas un écuyer, mais il avait démontré sa bravoure pendant la Nuit des Couteaux. Hyrkallan l'avait vu tuer deux gardes adamantins, ce qui n'était pas un mince exploit pour un homme qui n'avait même pas une épée.

Encore une fois, Hyrkallan frissonna. Tout comme le mage de sang, l'Arracheur était l'une des curiosités de la maréchale Nastria. La vieille maréchale ayant disparu, c'était à lui de ramasser les morceaux, les bons comme les mauvais.

Ils avaient combattu, ils avaient voyagé ensemble. L'Arracheur était un tueur et le mage de sang une abomination, mais c'étaient *son* tueur, *son* abomination. Hyrkallan n'était pas en position de faire le difficile, de toute façon. Si ce n'est… mais cela comptait-il encore ? Si ce n'est que d'après les dernières nouvelles qu'ils avaient reçues d'Evenspire, l'Usurpatrice avait exigé la tenue d'un conseil des rois. Zafir voulait faire comparaître en jugement le roi Valgar et la reine Shezira. Hyrkallan avait fait ce qu'il avait pu, sans le moindre résultat. Il avait peut-être déjà échoué…

Le mage de sang se mit au travail et Hyrkallan tourna les talons, à la recherche d'un compagnon moins inquiétant.

— Jostan ! s'écria-t-il.

L'écuyer Jostan affichait ouvertement ce que lui, Hyrkallan, ressentait intérieurement : un grand désarroi, conséquence de tout ce temps passé en compagnie de Semian.

Jostan vint le rejoindre en hâte et le gratifia d'une rapide courbette.

— Maréchal…

— Prenez trois dragons et inspectez le secteur. Je suis sûr que vous débusquerez d'autres mangeurs de merde. Demandez à Semian et Nthandra de vous accompagner et ouvrez l'œil.

Et voilà. La vie serait un peu plus agréable pendant les quelques heures à venir. Peu auparavant, Semian n'était encore que l'un de ces écuyers mal embouchés qui ne pensaient pas plus loin que le bout de leur nez. Comme Hyrkallan le regrettait, ce Semian-là… La dernière chose dont ils avaient besoin, c'était d'un illuminé. En surface, Semian avait fait profil bas pendant les semaines qui avaient suivi le Haut de Drotan et l'épisode de sa flagellation. Il obéissait aux ordres, il restait à sa place, mais les flammes de la folie crépitaient toujours dans ses yeux. Et il avait ses convertis, qui se rassemblaient autour de lui quand ils croyaient échapper à la surveillance d'Hyrkallan.

Les Écuyers Rouges ne servaient à rien, c'était le fin mot de l'histoire. Après la Nuit des Couteaux, ils avaient foncé, étonnés d'être encore en vie, aiguillonnés par leur succès : ils avaient réussi à persuader la reine Almiri de quitter le palais avec eux pour regagner la sécurité de son aire. Il y avait eu aussi la rage qui les habitait, cette rage contre l'Usurpatrice portant l'Anneau de l'Orateur, contre elle et Jehal, son machiavélique amant. La justice vaincrait et ils en avaient fait le serment, ces écuyers des royaumes. Avec quel résultat ? Aucun. Quelques soldats carbonisés, quelques chariots volés et un temps infini passé à se terrer. Le Haut de Drotan, était-ce vraiment une telle victoire ? Ils ne valaient même pas la peine qu'on organise une vraie poursuite pour les retrouver. Zafir l'Usurpatrice leur avait-elle envoyé des écuyers ? Des gardes adamantins ? Non, elle leur avait envoyé des mercenaires, et des mercenaires minables, par-dessus le marché. Voilà ce que valaient les écuyers d'Hyrkallan. *Nous ne valons rien parce que nous n'avons rien accompli.*

Rien. Pas parce qu'ils étaient impuissants, mais parce qu'il n'osait pas. Shezira était encore en vie et il avait trop peur de faire pencher la balance en sa défaveur.

Il observa Jostan et les deux écuyers qui couraient à petites foulées vers leurs dragons. Semian boitillait, il avançait presque à cloche-pied. Il avait reçu un coup de couteau dans la jambe, une terrible blessure, visiblement. C'était le seul écuyer blessé, mais quand ils avaient attaqué les mercenaires, il avait mené la charge.

Hyrkallan soupira. Ces mercenaires étaient inoffensifs, sans quoi il ne les aurait pas affrontés à terre. S'ils avaient représenté le moindre danger, il les aurait réduits en cendres du ciel. Les écuyers s'étaient un peu amusés avec eux… Il serra les poings. Peut-être aurait-il dû les carboniser, après tout ; ils ne méritaient pas mieux. Mais il avait voulu les combattre. Les enflammer d'en haut l'aurait privé de la bagarre et de l'excitation. Pour une fois, il avait voulu sentir l'acier broyer les os de ses ennemis. *Parce que vous avez vendu vos épées à cette chienne meurtrière qui se proclame Oratrice des royaumes et que je voulais voir vos visages au moment de votre mort. Parce que j'enrage. Je vois rouge au point de cogner sur les tables, de démolir les chaises. Trois semaines se sont écoulées depuis le Haut de Drotan et Zafir est en train de gagner la partie. J'ai besoin d'agir pour me convaincre que nous avons un but.*

Ils allaient devoir lever le camp à nouveau. C'était ennuyeux, mais pas vraiment gênant. Grâce aux dragons, ils pourraient se dégoter une autre cachette à des centaines de lieues de distance. Le Dédale était immense, l'Épine du Monde infinie et au bout d'un moment toutes les montagnes finissent par se ressembler. Personne ne les retrouverait jamais, mais ils resteraient toujours aussi inutiles…

Quand le mage de sang en eut terminé, Hyrkallan prétexta qu'il était occupé avec ses écuyers et envoya Hahzyan aux nouvelles. En réalité, il ne savait pas quoi faire avec cette abomination. Pourquoi ne pas s'en débarrasser ici, dans les bois ? Sans doute la meilleure chose à faire avec un personnage de cet acabit, et Hyrkallan allait sûrement regretter de lui avoir laissé la vie. Ce magicien avait participé avec eux à la Nuit des Couteaux, mais avaient-ils pour autant quelque chose en commun ? Il était sans doute prêt à retourner sa veste si l'Usurpatrice lui offrait de l'or.

— Alors, qu'est-ce que le mage de sang peut nous apprendre ? demanda-t-il à Hahzyan quand l'écuyer revint, très pâle. *Le spectacle était pénible, alors ? Je suis ravi d'avoir envoyé quelqu'un d'autre.*

— L'Oratrice a augmenté le montant de la prime versée pour notre capture. Ça va attirer tous les mercenaires des royaumes. Elle offre son poids en or pour chacun de nous. Ces bandits n'étaient que les premiers ! Le Dédale va bientôt grouiller de monde.

Pas vraiment intéressé, Hyrkallan hocha la tête, sourcils froncés.

— Cela représente beaucoup d'or. Trop pour être vrai.

Mais l'Oratrice Zafir était ainsi. Revenir sur sa parole quand elle l'avait donnée à un mercenaire minable, ce n'était pas du genre à la troubler.

— Ils devront d'abord nous trouver.

Laissons tomber. Rentrons chez nous, retournons dans nos aires. Il faisait tout ce qu'il pouvait pour le cacher, mais il n'avait plus le cœur à résister depuis qu'Almiri lui avait parlé du procès. Ou alors, il avait perdu tout désir de se battre en embrasant le bûcher de son frère. Désormais, à ses yeux, un seul avenir était possible : l'Usurpatrice allait obtenir ce qu'elle voulait. La reine qu'il servait allait mourir et ce serait la guerre. Il n'avait plus rien à faire ici. Ni lui, ni les autres, d'ailleurs.

Hahzyan sembla lire dans ses pensées :

— Nous ne perdons pas notre temps, Maréchal. Chaque jour, la parole des Écuyers Rouges se répand un peu plus.

— Et alors ? *Les Écuyers Rouges. Comme je regrette d'avoir choisi ce nom.*

— D'autres nous ont déjà rejoints : Semian, Jostan, Nthandra…

— Seulement trois, Hahzyan. *Dont deux fous, le troisième n'allant pas tarder à le devenir lui aussi.*

Pourtant, Hyrkallan ne put s'empêcher de sourire devant cet enthousiasme aveugle. Il avait été jeune, lui aussi, et il avait eu les yeux brillants. Bien des années plus tôt, avant de prendre la pleine mesure de la malveillance animant les seigneurs et les dames qu'il servait.

— Trois écuyers, c'est tout de même mieux que rien, Maréchal.

— Semian et Jostan auraient dû être des nôtres dès le début. Et si vous voulez mon avis, Semian a perdu l'esprit.

— Mais c'est un chef ! Comme vous !

Cet écuyer avait raison, hélas. Gagné par la lassitude et le cynisme, Hyrkallan voyait jour après jour enfler le feu qui semblait posséder Semian. Quand le moment viendrait – et il n'allait pas tarder à venir –, le jeune écuyer dirait ce qu'ils voulaient entendre à ses camarades, et ils l'écouteraient. Et ça, c'était inconcevable. Hyrkallan devait absolument mettre un terme à ces délires pendant qu'il le pouvait encore.

Ils n'ont plus besoin de moi…

— Nous avons aussi GarHannas !

— C'est vrai.

GarHannas, qui avait servi l'Orateur Hyram… Aux yeux d'Hyrkallan, cet homme représentait, à bien y réfléchir, une raison d'espérer. Cet écuyer expérimenté était connu, respecté et apprécié de tous. Et si d'autres le suivaient ? Et si GarHannas n'était que le premier ? se plaisait à rêver Hyrkallan. Un jour, le petit ruisseau deviendrait un grand fleuve et les écuyers accourus de tous les royaumes se rassembleraient dans l'Éperon Pourpre pour démettre Zafir. Un très maigre espoir, certes, mais qui lui avait donné quelque chose à quoi se raccrocher… pendant quelque temps.

Mais qui crois-je tromper ? Ce sont les rois et les reines qui défont les Orateurs, pas les écuyers ! Je devrais rentrer chez moi, laisser tomber cette mascarade. Deremis le hantait. Son frère… *Mort à cause de cette folie ! Ma folie !*

Il ne rentrerait pas chez lui, il le savait. Ils étaient trop jeunes, ces écuyers. Il leur manquait la sagesse.

S'il les abandonnait, si Zafir les éliminait, ce seraient des morts de plus qui pèseraient sur sa conscience. Il se contenta donc de les observer pendant qu'ils empaquetaient leurs maigres possessions et enfourchaient leurs dragons, puis il les guida pendant la traversée des montagnes, puisque c'était son devoir. Cette fois-ci, il les entraîna vers le nord, loin des majestueux canyons désertiques du Dédale. Car les mercenaires croiraient le trouver au sud, dans le Dédale d'où il pouvait rejoindre facilement le Haut de Drotan et les frontières du royaume de Zafir. Un chevalier-dragon aurait compris, lui, mais les mercenaires ne pensaient les distances qu'en termes de pieds, de bottes, de chariots et de roues… en oubliant les ailes. Ce qui lui garantirait peut-être une ou deux semaines de paix et de calme. Assez longtemps pour permettre à l'Usurpatrice de tenir son conseil des rois et pour constater ses répercussions. Assez longtemps pour permettre à d'autres de suivre l'exemple de GarHannas en les rejoignant. Et si tel n'était pas le cas, assez longtemps pour convaincre Hahzyan et les autres de regagner leurs aires.

Donc, il emmena une douzaine de dragons, en file derrière B'Thannan, vers les vallées d'altitude où les pins poussaient plus drus, et toujours plus haut vers la limite des neiges, en rasant la cime des arbres, pour rester hors de vue des éclaireurs de Zafir. Puis ils franchirent la Longue Falaise, cette paroi rocheuse haute de six mille pieds qui marquait la frontière nord de l'Éperon, et plongèrent dans la vallée du fleuve Argent, tout en bas. Hyrkallan volait à dos de dragon depuis trente ans. Il avait exploré chaque recoin des royaumes. Il avait passé la moitié de sa vie à survoler le désert de Pierre infini et à se perdre au milieu des pics désertiques tout au nord de l'Épine du Monde. Et pourtant, le franchissement de la Longue Falaise lui coupait toujours le souffle. Cette *dérobade* soudaine du monde était vertigineuse et pendant le plongeon qui s'ensuivait, avec ce vent qui mugissait, amplifié par la vitesse, il avait toujours l'impression qu'il allait être arraché de sa selle. Même derrière sa visière, il ne pouvait ouvrir les yeux ; il n'avait d'autre choix que de se fier à B'Thannan en espérant que le dragon ne s'écraserait pas tout en bas. B'Thannan adorait plonger, et il adorait la vitesse. Comme tous les dragons…

Hyrkallan fut à deux doigts de perdre connaissance lorsque B'Thannan interrompit son piqué pour foncer au-dessus du fleuve en soulevant sur son passage un panache de gouttelettes. Puis ce fut terminé. La magie et l'émerveillement s'étaient envolés, et le vieil homme se retrouva comme auparavant : vieux et amer. Toujours en tête de file, il descendit la vallée pour les ramener à l'endroit où ils avaient séjourné avant l'attaque du Haut de Drotan. Il remarqua à peine les collines qui se muaient en montagnes au fur et à mesure de leur progression. Il les emmena tout au bout de l'Éperon Pourpre, là où il se fondait dans l'immensité de l'Épine du Monde. Il avait mis une journée de vol entre eux et le Palais Adamantin, et c'était plus que suffisant. À cette distance, ils n'étaient un danger que pour eux-mêmes. Hyrkallan les regarda monter leur campement et déambula parmi eux en leur apportant son aide quand il le pouvait. Il n'avait qu'à les retenir ici, décida-t-il. Attendre, observer, écouter jusqu'à qu'ils n'en puissent plus. Tout reposait dans les mains des rois et des reines, désormais. Dans une ou deux semaines, il pourrait mettre un terme à ce fiasco, et chacun rentrerait chez soi.

Il n'avait même pas encore monté sa tente ou lavé ses gants du sang des mercenaires lorsque la révolte éclata.

— Maréchal…

L'écuyer Semian. Hyrkallan ferma les yeux et rassembla ses forces.

— Écuyer…

Il ne se retourna pas. Il n'avait même pas envie de le *voir*.

— Maréchal, il est temps pour vous de partir, je crois.

Là, Hyrkallan lui fit face, une moue dédaigneuse aux lèvres. Il éclata d'un rire amer

— Vraiment, Semian ? Vous avez peut-être raison, mais que *vous* osiez me faire une telle suggestion, vous entre tous, je ne m'y attendais pas du tout. Et donc, que proposez-vous ? Et si nous attendions un peu, le temps que les autres voient la lumière ? À moins que votre petite bande n'ait déjà débattu de la question ? Devons-nous faire nos bagages et lever le camp sur-le-champ ?

Semian secoua la tête.

— Vous ne m'avez pas compris, Maréchal. C'est vous *seul* qui devriez partir. Les écuyers qui vous ont suivi ici sont affamés de justice et de vengeance. C'est ce que vous leur aviez promis ! Et pourtant, vous avez refusé tout affrontement direct avec l'Oratrice. Nous n'avons rien accompli, si ce n'est quelques effets d'ailes. C'est tout juste si Zafir connaît notre existence. La victoire du Haut de Drotan devait marquer un début et vous l'avez transformée en impasse. Depuis lors, nous dépérissons.

— Et que proposez-vous ?

Pourquoi lui avoir posé cette question ? On lisait en lui comme dans un livre ouvert.

— La princesse Jaslyn a besoin de vous. Elle a besoin d'un maréchal qui la guide avec prudence et sagesse. Mais ces hommes, il leur faut le feu, la gloire et la mort, répondit-il d'un air solennel.

Il croyait chaque mot qu'il prononçait ! Hyrkallan éclata de rire, incrédule.

— Et c'est vous qui allez le leur offrir, c'est cela ?

— Oui, Maréchal. Je les conduirai vers la gloire. Je les conduirai jusqu'au Palais Adamantin lui-même.

En entendant ces sottises, Hyrkallan faillit gifler Semian.

— Pas question ! Vous ne pourrez même pas vous en approcher. Si vous le faites, ce sera pour les conduire à leur mort !

— Oui, mais une mort glorieuse, Hyrkallan. Bien préférable à leur sort actuel.

— Non, elle ne sera pas glorieuse, Écuyer Semian. Elle sera ignoble, une de ces morts dont on se souviendra à peine. Vous disparaîtrez tous et tout le monde vous oubliera.

Et les royaumes ne s'en porteront que mieux, probablement. Il tourna le dos à Semian et s'efforça de chasser cet homme de son esprit. Quelle folie. « Folie et mort », c'était ça, sa devise, pas « justice et vengeance » ! Cet homme se comportait comme un prêtre-dragon. Du genre à se réjouir de périr par le feu.

Pendant un court instant, Hyrkallan se sentit sourire. Quelle bonne idée !

7. LE PRIX À PAYER

Jostan aida Semian à s'extraire de son armure. La jambe gauche dégoulinait de sang.

— Ça n'a pas l'air trop grave, dit-il à son ami en se grattant le menton.

Cette blessure était vilaine mais semblait superficielle et le saignement s'était arrêté. Jostan appliqua une compresse sur la plaie et se mit à bander la jambe de Semian.

— À mon avis, il n'y aura pas de complication. Pas comme avec la flèche du mercenaire…

Un silence tendu succéda à sa remarque. Semian boitait encore suite à cette blessure et Jostan savait qu'elle le faisait souffrir de temps en temps. D'où l'avidité de son ami dès qu'il s'agissait de verser du sang de mercenaire.

— C'est absurde ! cracha Semian, qui serrait et desserrait les poings. Dès que Jostan aurait fini de lui poser ce pansement, il allait faire les cent pas.

— Nous aurions dû carboniser ces mercenaires ! reprit-il. Nous aurions pu les brûler du ciel, ou même à terre ! Quelle idée, ce combat !

— On s'est bien amusés, au moins.

— Oui, peut-être, mais ce sont les écuyers de Zafir que nous devrions combattre, pas ces minables ! Nous aurions dû le faire il y a des semaines !

Jostan fixa le bandage du mieux qu'il put, et comme il s'y attendait, Semian se mit à arpenter la tente.

— Nous avons entendu un appel, Jostan. Nous devons y répondre.

— Il va y avoir un conseil des rois et reines, tu le sais, non ? Et tu sais aussi que c'est pour ça qu'Hyrkallan attend.

Semian tapa du pied et se raidit.

— Nous devons incendier les aires de l'Oratrice ! Toutes, sans exception ! Les souverains des royaumes doivent savoir de quel bois nous nous chauffons ! Il faut qu'ils aient peur de nous ! Hyrkallan doit partir !

— Bah, même les Syuss possèdent plus de dragons que nous. Nous ne ferions peur à personne, répliqua calmement Jostan, la tête basse.

— Hyrkallan doit partir, insista Semian en enfilant une chemise de cavalier. La princesse Jaslyn va avoir besoin de lui pendant la guerre, et je le lui ai dit. Je dois trouver Kithyr. Attends-moi ici.

Semian n'attendit pas la réponse de son ami. Il quitta brusquement la tente et s'éloigna en boitillant dans le crépuscule, sous les yeux de Jostan qui l'observa un moment. *Hyrkallan ne t'écoutera pas, voyons. Il sait que tu es fou. Il sait que tu te moques éperdument de ce qui peut encore arriver à la reine Shezira. Autre chose compte, pour toi, à présent. Pour toi et ceux qui ont oublié pourquoi nous volons ensemble.* Jostan aurait pu le dire tout haut à son ami, mais pourquoi se donner cette peine ?

Nthandra entra dans la tente en baissant la tête. Elle, au moins, il comprenait pourquoi elle suivait Semian.

L'écuyer lui avait offert une nouvelle famille, un moyen de remplir ce vide en elle.

— Où est Semian ? lui demanda-t-elle.

— Il est parti à la recherche du mage de sang.

Le mot lui laissa un goût aigre dans la bouche.

— Il a été blessé, non ?

— Rien de sérieux. Sa plaie s'est déjà refermée.

Shanzir et Riok entrèrent à leur tour, puis Leistar, Mallizan et Joen. La petite confrérie de Semian, ou plutôt celle du mage de sang. Semian n'était que la voix du mage.

— Il est ici ? Il va bien, c'est sûr ?

— Mais oui, grommela Jostan.

Il les regarda s'asseoir. Tous étaient ici pour Semian, pas pour lui. *Mais pourquoi ? Qu'est-ce que vous voyez en lui ? Pourquoi croyez-vous en lui à ce point ?* Gravement blessée le jour où Deremis avait trouvé la mort, Shanzir était encore très pâle. Elle avait eu de la chance. Quand un scorpion vous frappe, vous êtes mort, point final. Les personnes ayant survécu à une morsure de scorpion étaient rarissimes. Jostan avait vu la blessure de Shanzir ; elle était énorme, même si Deremis avait encaissé le plus gros de l'impact.

L'Arracheur et Kithyr arrivèrent les derniers. Ils étaient au cœur de tout ceci, mais Jostan n'eut pas le temps d'y réfléchir, car Semian surgit sur leurs talons.

— Alors ? lança Kithyr.

— J'ai dit à Hyrkallan que nous devions incendier le palais de l'Oratrice au lieu de carboniser ses immondes laquais. Il m'a rétorqué que nous ne pourrions jamais nous en approcher. *Vous allez les mener à une mort ignoble, dont on se souviendra à peine*, m'a-t-il répondu. Il est trop vieux et trop prudent ! cracha Semian. Il n'a plus rien à faire ici.

— Mais que feriez-vous si vous étiez notre chef, Semian ? lui demanda Shanzir. Vous nous mèneriez vraiment à l'assaut du Palais lui-même ?

— Oui ! lui répondit-il, les yeux flamboyants. Oui ! Oui, bien sûr, pour la réduire en cendres sur son trône !

— Le palais est défendu par la Garde Adamantine, s'entendit répliquer Jostan. Nous avons trop peu de dragons ! Nous ne pourrions jamais nous en approcher si près. Les gardes nous abattraient !

Le mage de sang ferma les yeux.

— Non, pas s'ils ne vous voyaient pas.

— Et comment… ?

Ce serait impossible de ne pas nous voir ! Mais personne n'écoutait plus Jostan. Il n'était pas des leurs et ils le savaient tous. Toute leur attention allait au mage.

— Comment ?

— C'est possible ?

— Nous pouvons le faire ?

Les questions fusaient, et Kithyr pinça les lèvres. Jostan perçut la suffisance écœurante qu'exsudait le magicien, mais qu'aucun de ses camarades ne paraissait remarquer.

— Savez-vous comment les dragons ont été domptés ? leur demanda le mage.

— Grâce aux potions concoctées par les alchimistes, répondit sèchement Semian. Nous pouvons le faire, oui ou non ?

— Vous vous trompez, répliqua Kithyr avec componction. Les alchimistes sont apparus après. Quand les dragons ont été domptés, la seule magie qui existait, c'était celle du sang. Si j'en crois ce que l'on m'a enseigné, d'autres magies ont existé jadis, mais elles avaient déjà disparu à l'arrivée des dragons. Donc, à l'époque, c'était celle du sang et aucune autre. Il n'y avait pas de grandes villes, pas d'armées, pas même de simples bourgades. Dans ce que nous appelons aujourd'hui les royaumes erraient quelques tribus d'hommes sauvages effrayés ; à peine plus que des animaux se terrant à la marge du monde, dans les cavernes, les collines, les montagnes, les forêts où les dragons ne pouvaient pas les débusquer. Mais il y avait aussi quelques lieux oubliés, abandonnés derrière eux par les sorciers qui nous avaient enseigné notre art avant de quitter le monde. Les trois forteresses des Pinacles, par exemple.

Le plus important de ces endroits. Car c'est là que furent domptés les dragons.

— Aux Pinacles ?

Ils buvaient tous les paroles du mage, à présent. Les Pinacles appartenaient maintenant au domaine de Zafir.

— Oui, la plus grande de nos places fortes, encastrée dans la roche si bien que les dragons ne pouvaient nous atteindre. Jour et nuit, nous avons travaillé sans relâche pour trouver un moyen de les dompter. D'aussi loin que nous nous souvenions, nous avions toujours échoué, mais nous avons persévéré, sans le moindre résultat. Jusqu'à l'arrivée du sorcier blanc. Il portait un nom que personne ne comprenait car il était le dernier de son espèce. Vêtu d'une armure de vif-argent, il brandissait la Lance Adamantine, et là où il passait, les dragons obéissaient. Il ne nous demanda pas notre accord pour prendre notre tête. Il le fit, tout simplement. Ses exigences étaient peu nombreuses, mais si nous ne les satisfaisions pas en priorité, il pouvait réduire une centaine d'hommes en poussière d'un simple claquement de doigts. Nous l'appelions le roi d'Argent, et c'est ce roi d'Argent qui a domestiqué les dragons.

Kithyr s'interrompit et fixa du regard l'écuyer Semian.

— Il y a toujours un moyen. Quand le moment fut venu, le roi d'Argent nous emmena en un lieu devenu depuis la forteresse des alchimistes. Dans les cavernes, plus exactement, précisa-t-il, un sourire aux lèvres. Que savez-vous des secrets des alchimistes ? Il y pousse certaines moisissures, des mousses, des lichens, c'est un fait. Le sorcier nous a montré comment fabriquer des potions susceptibles de calmer les dragons à partir de certaines de ces substances. Mais elles ne suffisaient pas à elles seules. Il a fallu un sacrifice, voyez-vous. Un sacrifice de sang. Une mort. Une âme… – Nouveau sourire, mais cette fois-ci adressé à Jostan. – Vous y étiez, Écuyer. Vous êtes peut-être au courant. Les alchimistes n'ont plus besoin de sang. Vous savez pourquoi ?

Jostan secoua la tête malgré lui.

— Bien sûr, reprit Kithyr. Je vais vous le dire : parce que le roi d'Argent nous a alors confié son plus grand secret, à savoir que tout est possible quand le sacrifice est juste. Parce que nous, les mages de sang, nous avons bien appris la leçon et que nous avons fait un pacte. Tous, nous avons offert notre sang pour soumettre le sorcier-démon à notre volonté et nous emparer de son sang. Nous l'avons suspendu la tête en bas, nous lui avons ouvert le crâne et en avons extrait son esprit, une sorte de serpent d'argent lumineux. J'imagine qu'il s'y trouve encore, toujours immobilisé par notre magie du sang, déversant toujours ses énergies vitales dans les potions que fabriquent les alchimistes pour permettre à vos semblables de parcourir les cieux. Ce fut dur, la chose la plus dure que nous ayons jamais faite, et ce sacrifice nous coûta une grande partie de notre pouvoir. Regardez-nous : on nous insulte, on nous déteste, alors que nos petits frères les alchimistes, jadis nos apprentis, règnent sur le monde !

Il sourit de toutes ses dents et ajouta :

— Vous pensez que c'est l'Oratrice qui exerce le pouvoir, je parie…

Semian se leva et s'avança vers le mage d'un air menaçant.

— C'est faisable, oui ou non ? Répondez-moi !

Kithyr ne cilla même pas et soutint le regard de Semian avec nonchalance.

— Puisque vous insistez, je vais vous le dire, Écuyer Semian. S'il est possible de recourir à la magie du sang pour dompter les dragons et asservir les dieux, alors, oui, bien sûr, elle peut aussi nous permettre d'obtenir une chose aussi insignifiante que de rendre les gens aveugles. Oui, c'est faisable. Mais il faudrait… – Kithyr hésita, lèvres pincées – … il faudrait un sacrifice.

Nous y voilà. Jostan se redressa, rongé par la curiosité. *Combien d'entre vous sont vraiment prêts à mourir pour cette cause ? Ne comptez pas sur moi, en tout cas !*

Semian hocha la tête d'un air résolu.

— Peu importe ce que cela nous coûtera.

Il dévisagea Nthandra, qui acquiesça, puis les autres, qui imitèrent tous la jeune femme. Il serra ensuite la main du mage :

— Peu importe ce que cela nous coûtera. Nous mettrons l'Oratrice à genoux et la réduirons en cendres sur son trône.

Un par un, ils se levèrent et partirent se coucher. Les yeux ronds, Jostan les regarda s'éclipser. Leur victoire du jour, trop facile, leur était sans doute montée à la tête. Oui, forcément ! Ça les empêchait de réfléchir ! Le palais de l'Oratrice était gardé par deux cents dragons et dix mille gardes adamantins, et en temps de guerre, une centaine de scorpions bordaient ses murs et ses tours de tous les côtés, selon les *Principes* du prince Lai appliqués à la lettre ! Même avec une centaine de dragons, ils ne pouvaient espérer vaincre, et combien en avaient-ils ? Une vingtaine ?

— Jostan, suis-moi, lui dit Semian en lui tendant la main.

Jostan se leva et jeta un regard inquiet à Nthandra et Kithyr, les derniers présents dans la tente. Les laisser seuls le mettait toujours mal à l'aise. Depuis le jour de leur arrivée, le mage de sang portait un intérêt écœurant à Nthandra. Semian le tira par le bras.

— Laisse-les, Jostan. Je sais que tes intentions sont pures, mais elle n'a nul besoin que tu la protèges.

— Mais elle n'est même pas assez vieille pour porter le titre d'écuyer ! protesta-t-il en laissant Semian l'entraîner gentiment dehors.

— C'est la guerre, Jostan.

— Vraiment ? Nous sommes en guerre ?

Semian passa un bras sur l'épaule de Jostan, chose que l'ancien Semian n'aurait jamais faite, et lui répondit :

— Eh oui. Oui, bien sûr. Nous aimions tous la reine Shezira, Jostan, mais nous ne pouvons plus rien faire pour elle. Nous devons voir plus loin. Zafir va l'exécuter et, quoi que nous fassions, nous n'y changerons rien.

C'est le cadet de tes soucis, de toute façon.

— L'écuyer Hyrkallan n'est pas d'accord.

— Hyrkallan devrait rentrer chez lui. Jaslyn aura besoin de gens comme lui pour mener sa guerre. Et elle aura aussi besoin d'écuyers comme toi. Et il va bien y avoir une guerre, Jostan. La Grande Flamme me l'a montrée !

Jostan sentit quelque chose se briser en lui.

— Tu m'exclus, Semian ? Es-tu en train de me dire que tu ne veux pas de moi ici, à ton côté ?

Semian haussa les épaules.

— Tu ne m'as suivi que parce que Jaslyn nous a chassés tous les deux. J'ai remarqué la façon dont tu la regardais. J'ai ressenti la même chose pendant quelque temps. Eh oui, c'est une princesse et bientôt une reine, mais en temps de guerre, qui peut dire ce qui va arriver ? Les Écuyers Rouges ne signifient rien pour toi, Jostan. Tu es venu parce que tu n'avais pas de dragon, pas d'endroit où aller. Tu as un dragon, désormais, et si tu veux suivre Hyrkallan, je suis sûr que Jaslyn te reprendra à son service. Elle aura besoin de chaque écuyer disponible. Je t'en prie, comprends-moi : je ne souhaiterais pas ton départ si ton cœur était ici, mais ce n'est pas le cas, et je ne veux pas que tu restes alors que ton cœur est ailleurs.

Jostan jeta un coup d'œil derrière lui. Semian les entraînait inexorablement à l'écart de la tente.

— Ne me dis pas que tu veux Nthandra pour compagne… reprit Semian, la mine désapprobatrice. Elle ne te conviendrait pas, Jostan ! C'est l'une des nôtres. Elle s'est offerte à la Grande Flamme ! Elle a embrassé le feu et le feu lui apporte la joie. T'es-tu offert à la Flamme, toi ?

Jostan secoua la tête.

— Je ne suis pas près d'y comprendre quelque chose.

— Tu vois ? Tu appartiens à Hyrkallan, à la princesse Jaslyn et aux écuyers du nord ! Ce que nous faisons ici, c'est… – Semian chercha ses mots, sourcils froncés –

… c'est spécial. Tu as été un bon ami, Jostan, presque un frère pour moi, mais nos chemins doivent se séparer, tu le comprends, n'est-ce pas ? Et Nthandra aussi a fait son choix. Et ce n'est pas toi qu'elle a choisi, tu m'en vois désolé.

— Mais ce n'est qu'une gamine, Semian ! soupira Jostan en fermant les yeux.

Elle était même plus jeune que la princesse Jaslyn.

— C'est juste, et je me charge de veiller sur elle.

— Ce n'est pas ce que je veux dire ! Je vais rester, mais pas pour Nthandra, Semian. Je ne retournerai pas dans le nord ! Et ça m'étonnerait que tu te débarrasses si facilement d'Hyrkallan. Mais même si tu y parviens, je resterai avec toi parce que je me rappelle qui tu es, et tout ce que nous avons enduré ensemble. Parce que tu es presque un frère. Parce que je ne me fie pas à ton nouvel ami le mage de sang et que je crois que quelqu'un doit rester pour veiller sur *toi.* De plus, la Grande Flamme finira peut-être par me toucher un jour, moi aussi !

Semian se figea et toisa Jostan. Pendant quelques instants, ce dernier crut que son ami allait lui crier dessus, mais Semian se contenta de lui sourire.

— Alors, tu es l'ami le plus dévoué que je connaîtrai jamais et je serai fier de voler avec toi. Tu changeras peut-être d'avis un jour, mais sache que tu peux nous quitter quand bon te semblera. Nous te fournirons tout ce dont tu auras besoin pour rejoindre l'une des aires de notre reine. Je te laisserai même l'un de nos dragons.

Jostan ne put s'empêcher de rire.

— Tu parles comme si les Écuyers Rouges t'appartenaient déjà, tu t'en rends compte ?

— Mais c'est le cas, mon ami ! Simplement, Hyrkallan ne le sait pas encore, répliqua Semian, toujours en souriant. Lui et les autres, ceux que le feu n'a pas touchés, ils vont bientôt s'en aller. Mais toi, tu peux rester, j'ai encore de l'espoir pour toi. Suis-moi… Je ne sais pas ce que Kithyr et Nthandra avaient à se dire, mais je suis sûr qu'ils en ont terminé.

Ils retournèrent dans la tente. Semian avait raison : le mage de sang était parti. Quand les deux amis s'allongèrent, chacun d'un côté de la jeune femme presque endormie, elle ne fit aucun geste vers eux. Jostan sentit le poids de ses membres et de sa tête le clouer au sol. Un bon combat était toujours le gage d'une bonne nuit de sommeil. La dernière chose dont il eut conscience fut la main de Nthandra se glissant comme un serpent sous les couvertures pour prendre la sienne et la tenir bien serrée. La jeune femme semblait presque heureuse. Puis les ténèbres engloutirent l'écuyer et l'aspirèrent dans un endroit si noir et si profond qu'il crut ne jamais pouvoir s'en échapper. Et tout en sombrant, il rêva et vit dans ses rêves Semian, son ami, se répandre en imprécations contre la tyrannie de l'Oratrice. Il vit des écuyers se rallier à lui, d'abord en petit nombre, puis par douzaines, et par milliers. Et parmi tous ces visages, il reconnut certains de ses amis. Il vit les écuyers se soulever comme un seul homme pour prendre d'assaut le Palais Adamantin, marée irrésistible de feu et d'écailles. Il vit l'Oratrice et son amant capturés nus et fouettés. Il vit la reine Shezira libérée enfiler l'Anneau de l'Orateur. Il vit le peuple des royaumes se réjouir et dormir en paix. Et parmi ces foules en liesse, pendant ces festivités qui n'en finissaient pas, il vit la princesse Jaslyn ; elle lui souriait, une main tendue vers lui. Il vit tout ce qu'il rêvait de voir, puis sentit une présence penchée sur son épaule ; un vieux mentor sage et respecté, dont il n'arrivait pas à se remémorer le nom, lui murmura doucement à l'oreille :

Tu vois ? Voici le monde comme il devrait être…

Semian lui secoua l'épaule une heure avant l'aube et lui enjoignit de s'habiller et d'enfiler son armure ; le rêve s'attarda, plus réel que le monde qui se réveillait.

— J'ai fait un rêve… chuchota Jostan. J'ai rêvé que nous mettions de l'ordre dans les royaumes…

Il vit Semian sourire au clair de lune, comme si son ami n'était aucunement surpris par sa remarque, comme si lui aussi avait vu toutes ces choses.

— Oui. Car c'est ainsi que cela doit être, lui souffla Semian.

Jostan s'habilla puis voulut réveiller Nthandra, mais Semian l'en empêcha.

— Laisse-la dormir. Viens, il est temps d'aller réveiller les autres.

Abasourdi, Jostan suivit son ami de tente en tente. Partout, les écuyers se réveillaient en évoquant leurs rêves, une joyeuse perplexité dans leurs yeux. Ils s'habillèrent comme le leur demandait Semian et le suivirent jusqu'à la tente d'Hyrkallan, où ils attendirent patiemment à l'extérieur. *Je sais ce qui va se passer*, se dit Jostan, mais c'était une pensée distraite, une pensée sans poids, en quelque sorte. Il remarqua du coin de l'œil que Kithyr, le dernier arrivé, se coulait dans la foule, blême et tremblant, avec une lueur affamée dans le regard. Jostan avait l'esprit complètement embrumé. *Je suis ivre, ou quoi ?*

Lorsque Hyrkallan surgit enfin, les écuyers le fixèrent en silence. Vingt paires d'yeux le suivirent quand il avança parmi eux. Semian était au milieu du groupe, dans une posture maladroite, légèrement penché d'un côté à cause de la blessure infligée par les mercenaires de Zafir.

— Quoi ? Qu'est-ce que vous voulez ? hurla Hyrkallan, soudain excédé par tous ces regards braqués sur lui.

C'était lui qu'ils regardaient, pas l'écuyer Semian, mais Semian était leur cœur, Jostan le sentait au plus profond de lui-même. Tout comme le mage de sang, qui s'était rapproché de l'écuyer, et Shanzir, Hahzyan, et même GarHannas, eux qui n'auraient jamais dû rentrer dans son jeu. Hyrkallan les jaugea, les dévisagea l'un après l'autre. Jostan avait l'impression de pouvoir lire ses pensées : *Pourquoi ai-je fait ça ? Pourquoi ai-je lancé cette croisade idiote et condamnée d'avance ?*

Pour la reine Shezira, voulut lui dire Jostan. *Pour la reine que vous avez servie pendant toute votre vie, cette reine que vous aimez plus que vous n'osez vous l'avouer.*

Mais, moi, je le sais. Hélas, sa bouche resta résolument close.

Hyrkallan jeta son casque à terre et hurla :

— C'est vraiment la gloire que vous voulez ? Alors, faites ce que font les écuyers depuis le commencement des temps et servez votre reine ! Vous !

Il désigna du doigt l'un des hommes du roi Valgar.

— Rentrez chez vous ! Repartez servir votre reine ! Quand l'Oratrice Zafir se tournera vers le nord, Almiri aura besoin de tous les dragons de Valgar ! Vous ! – Il pointa le doigt vers Jostan. – Rentrez chez vous aider les vôtres ! Mettez-vous au service de la reine Jaslyn !

Jostan cilla ; il faisait tout son possible pour écouter Hyrkallan, mais les mots semblaient glisser sur lui comme de l'eau sur une pierre, sans adhérer à son esprit. Il ne les entendait pas vraiment. Hyrkallan serra les dents, tremblant de fureur.

— Vous ! Comment osez-vous ? lança-t-il sèchement à GarHannas. Qu'est-ce que vous faites ici ?

GarHannas devint tout rouge, un rouge menaçant, mais ne fit pas un geste. Et ne prononça pas un mot.

Jostan baissa la tête. Hyrkallan avait dépassé les bornes, même lui s'en rendait compte. Les jeunes gens comme Shanzir ou lui, c'était une chose, mais s'en prendre à un ancien comme GarHannas ne pouvait que le faire passer pour un idiot. Hyrkallan venait de perdre ses hommes.

— Guidez-nous, écuyer Hyrkallan, lui dit GarHannas, le seul à encore vouloir de lui.

— Non, je vous laisse. Je retourne là où est ma place, là où est notre place à tous. Je rentre chez moi pour servir ma reine en faisant du nord une région si dangereuse que Zafir n'osera pas lever le petit doigt contre un seul des cheveux de la tête sacrée de la reine Shezira. Et vous, dit-il en fixant GarHannas, vous devriez vous joindre à moi. Vous pouvez faire le mariole autant que vous voulez dans les montagnes, mais vingt dragons désœuvrés qui carbonisent des paysans dans l'Éperon, ça ne suffira pas pour attirer l'attention de

Zafir. Je m'en vais et si jamais je dois revenir, j'aurai cette foutue horde du nord avec moi, cinq cents dragons et cinquante mille hommes. C'est là que je devrais être et vous tous avec moi.

Jostan l'écoutait à peine, et Hyrkallan hocha la tête, dégoûté.

Soudain, Semian prit la parole, d'une voix bien distincte mais si bas qu'on aurait dit un chuchotement.

— Jaslyn a besoin d'un maréchal. C'est d'ailleurs ce qu'il aurait fallu à Shezira : un meneur et un conquérant, pas cette femme à peine capable de tenir une épée, et tellement emberlificotée dans ses machinations et ses ruses qu'elles ont fini par l'étrangler. Dame Nastria est morte, et vous allez récolter ce qui aurait dû vous revenir il y a bien longtemps. Vous n'auriez jamais laissé tout ceci se produire.

Hyrkallan fronça les sourcils. Pendant quelques instants, il sembla perdu, indécis, puis il se secoua.

— Des mercenaires, des minables, voilà ce que nous sommes aux yeux de Zafir ! Elle n'est sans doute même pas au courant de notre existence… – Il ricana, puis éclata de rire. – Si vous voulez vraiment lui poser des problèmes, incendiez ses aires ! Mais allez-y, attaquez donc son palais, si vous le pouvez ! Soyez tous maudits !

Il cracha devant les écuyers qui le regardaient toujours en silence, et les quitta, ce grand homme maintenant vieux et usé. Personne ne pipa mot, sauf peut-être GarHannas, mais Jostan se faisait sans doute des idées. Ils regardèrent B'Thannan prendre son envol et disparaître dans le ciel du petit matin. Puis, les yeux dans le vague, ils se perdirent dans leurs pensées, leurs doutes, ou en eux-mêmes, tout simplement.

— Écuyers ! s'exclama Semian d'une voix tonitruante qui fit sursauter Jostan.

Il avait l'impression que quelqu'un venait de lui jeter un seau d'eau en pleine figure pour le réveiller. Il s'ébroua et regarda autour de lui.

À son côté, Shanzir faillit tomber à la renverse.

— Que s'est-il passé ? murmura-t-elle, complètement hébétée.

À une douzaine de pas de là, GarHannas se tenait la tête.

— Qu'avons-nous fait ? gémit-il.

— Écuyers ! Écuyers Rouges ! s'écria Semian à nouveau. Hyrkallan est parti ! Il nous a quittés, mais nous, nous restons ! Nous sommes les Écuyers Rouges ! Nous avons été forgés ensemble et nous poursuivrons nos objectifs jusqu'à la mort si tel est notre destin ! Je le répète, nous sommes seuls, désormais ! Je prendrai la tête de ceux qui voudront de moi et nous porterons le combat là où il doit se dérouler ! Nous ferons voler nos dragons jusqu'aux murs du palais de l'Oratrice et nous l'immolerons par le feu ! Restez ou partez, mais décidez-vous tout de suite !

La plupart d'entre eux restèrent. Tous, sauf GarHannas et quelques autres qui tournèrent en rond sans but, déboussolés et malheureux. On finit par les pousser vers leurs dragons pour les renvoyer sans ménagement. Après leur départ, Semian ne put cacher son allégresse. Le mage de sang à côté de lui, il souriait, très satisfait. À cette vue, Jostan se sentit mal. *Et pourtant, je reste. Pourquoi ?*

Comme il ne pouvait plus supporter les discours de Semian, il repartit vers leur tente, très secoué, pour y retrouver Nthandra. Alors qu'il s'approchait de la tente, un hurlement l'accueillit, et la jeune femme sortit en chancelant, seulement vêtue d'une chemise. Elle avait les mains plaquées entre ses jambes, et ses cuisses dégoulinaient de sang. Jostan se figea, l'estomac retourné. Son visage et ses mains s'engourdirent, et il sentit vaguement des larmes rouler sur ses joues. Il venait de comprendre, brutalement. C'était le sacrifice exigé par Kithyr.

Incapable de dire un mot, un goût de cendre dans la bouche, il lui tendit la main, mais elle recula. Elle gémissait, elle criait comme un animal. Soudain, elle le regarda comme s'il était fou. Abrutie par le chagrin, elle semblait ne plus le reconnaître.

— Le mage de sang… Il a osé… Je suis désolé…. souffla-t-il, écœuré au-delà de toute expression. *Ce n'est qu'une enfant ! Elle est même trop jeune pour être écuyer ! Il en avait après elle depuis le début, dès notre arrivée…*

Il tremblait, submergé par l'horreur et la fureur.

— Je le savais… J'aurais dû… *Je* suis désolé, Nthandra du Val. C'est trop tard, je le sais, mais je l'arrêterai. Je l'empêcherai de parvenir à ses fins, je te le promets.

Il soupira, se prit la tête à deux mains, et quand il hurla sa fureur aux cieux, ses traits se tordirent.

— Non, tu ne le feras pas, dit quelqu'un derrière lui.

Une lame de feu lui traversa la gorge, sa bouche se remplit d'une substance chaude et salée et il se mit à suffoquer. Il tituba, toussa, du sang jaillit d'entre ses lèvres. Il se retourna et tomba à la renverse, un sifflement dans les oreilles. L'Arracheur se pencha au-dessus de lui, une dague si fine à la main qu'on aurait pu voir à travers si elle n'avait pas été couverte du sang de Jostan.

— Ah, si seulement tu étais parti avec les autres… lui susurra-t-il.

Puis il s'éloigna en haussant les épaules et Jostan ne vit plus que le ciel, éclatant et impitoyable. Le sifflement s'amplifia, mais il entendit Semian beugler au loin ses promesses de sang, de feu et de victoire. Puis le sifflement engloutit toute chose.

Et quand il cessa, ce fut le néant.

DEUXIÈME PARTIE

PRINCES ET REINES

8. LES AMANTS

— Puis-je assassiner votre jeune épouse, maintenant ?

L'Oratrice Zafir glissa un bras autour du prince Jehal et pencha la tête en arrière pour inviter son amant à mordiller son long cou. Il s'exécuta sans se faire prier, grignotant gentiment la peau offerte. À quelques pas de lui, il y avait un lit. *Leur* lit, tout là-haut, dans la chambre la plus haute de la tour de l'Air, un lit jonché de draps produits par les élevages de vers à soie de la péninsule de Tyan. *Ses* élevages.

— Ce ne serait pas très avisé, mon amour.

De l'autre côté, à quelques pas aussi, se dressait une arche béante. Encore de la soie, qui flottait dans la brise. Cette ouverture donnait sur un minuscule balcon, qui lui-même surplombait le vide sur une centaine de pieds jusqu'au sol. Jehal aimait cet endroit, à la fois pour la vue sur le palais et la cité des Dragons, dans son dos, et pour les sombres falaises de l'Éperon Pourpre, avec la pluie étincelante de la cascade de Diamant.

Et, pourquoi le nier, pour ce lit, également. Quand la lassitude le prenait – comme toujours quand ils étaient seuls –, il lui arrivait pourtant de se demander ce qui se passerait s'il la poussait par la fenêtre. *Deux Orateurs victimes d'une chute mortelle dans des délais aussi rapprochés, ce serait vraiment faire preuve d'un manque d'imagination absolu…*

— Vais-je la faire empoisonner ou lui couper la gorge ? Vaste sujet, ajouta-t-elle.

Oh, Seigneur, elle me fatigue... pensa Jehal, son plus charmant sourire aux lèvres. Combien de fois en avaient-ils déjà discuté ? Il poussa un petit soupir irrité et fit un pas en arrière, vers l'arche et le vide.

— Doit-on vraiment en reparler ? Lystra est la fille de la reine Shezira, et ses deux sœurs sont déjà bien assez nerveuses. À elles deux, elles ont plus de trois cents dragons à leur disposition, et elles veulent votre tête ! L'Orateur est censé souder les royaumes pour y préserver la paix et l'harmonie, et non provoquer des guerres ! Si vous voulez mon avis, vous devriez relâcher Shezira et le roi Valgar.

Zafir se détourna de lui avec un reniflement de mépris.

— Les relâcher, les relâcher... Vous n'avez que ces mots-là à la bouche. Je commence à me dire que vous êtes bien trop attaché à votre nouvelle famille. Les relâcher ? Et pourquoi donc ? Pour permettre à Shezira de me déclarer la guerre ? Je préfère affronter sa maigrichonne de fille, celle qui est si mal à l'aise sur son trône. Pour donner à Valgar l'occasion de provoquer des troubles à mes frontières ? Mieux vaut la petite gêne que m'occasionne son épouse débile...

Elle se pavanait devant lui, sa robe légère et fendue lui laissant entrevoir une longue entaille de peau nue descendant jusqu'au creux de ses reins. Elle savait exactement ce qu'elle faisait, bien sûr, et il sentit l'excitation le gagner.

— Elle n'est pas si débile, mon amour. Elle soutient les Écuyers Rouges, c'est incontestable.

Zafir rejeta la tête en arrière en éclatant de rire, et caressa les draps de soie.

— Les Écuyers Rouges ? Vingt dragons en vadrouille à mes frontières, dont le seul exploit jusqu'ici a consisté à carboniser quelques paysans ? Si c'est ce qu'elle peut m'opposer de mieux, je ne la crains aucunement ! Ils ne sont que le résultat du travail bâclé de cet idiot de Vale Tassan, la Sentinelle de la Nuit, après que Shezira a assassiné mon mari ! Accordons-leur quelques semaines, s'ils veulent ruminer dans l'Épine du Monde. Ils rentreront bien assez tôt au bercail.

— Ils ont volé cinq de vos dragons et incendié le Haut de Drotan !

— Et je leur ai déjà repris trois dragons. Ils me chatouillent la plante des pieds, Jehal, c'est tout. Le Haut de Drotan, ce n'était que quelques huttes sur une colline. Et il n'y a pas eu d'incendie. Ils n'ont pas osé…

— Je me rappelle votre expression quand on vous a appris la nouvelle, mon amour. Sombre et orageuse comme la mer Infinie.

— Ils ne recommenceront pas, répliqua-t-elle, une moue aux lèvres. Les Écuyers Rouges ne sont plus vraiment gênants. J'ai très envie de les laisser exister pendant quelque temps. Nous pourrions nous amuser un peu avec eux quand j'aurai tué leur reine.

Jehal remua, mal à l'aise.

— Moi, ils me rendent nerveux. *Si j'étais vous, je les foulerais aux pieds. Mais je ne suis pas vous, et parfois, je trouve fort amusant de vous regarder hésiter*… Hyrkallan est à leur tête et c'est loin d'être un imbécile, conclut-il en souriant.

Elle bâillait, à présent.

— Donc, il saura quand céder et rentrer chez lui.

— N'en soyez pas si sûre, mon amour. Il pourrait d'abord réduire en cendres une chose de la plus haute importance.

Il se glissa derrière elle et caressa du bout des doigts sa colonne vertébrale.

— Soyez magnanime, ma douce. Relâchez Shezira. Le nuage du soupçon flottera au-dessus d'elle pour tout le reste de son règne. Tout le monde se demandera si Hyram est tombé par accident ou si on l'a poussé. Alors que si vous la retenez, vos ennemis se rallieront à sa bannière. Si vous la laissez partir, certains commenceront à se poser des questions à ce sujet. Vos Écuyers Rouges s'affaibliront en douceur et finiront par se disperser.

Zafir l'écarta d'un geste.

— Tout le monde pense que Valgar a tenté de me faire assassiner. Si je le relâche, *lui*, j'aurai l'air ridicule et faible.

Nous y revoilà.

— D'accord, très bien. Si vous devez pendre quelqu'un, pendez Valgar, mais laissez Shezira s'en aller.

— Elle a poussé mon époux d'un balcon !

— Pas du tout. Il était ivre, il est tombé et vous étiez bien contente d'en être débarrassée. Non seulement la plupart des rois et des reines trouvent cette version crédible, mais il se trouve en plus que c'est la vérité. *Pas tout à fait, en réalité, mais ce petit secret-là, je préfère me le garder.*

— Je veux que Lystra disparaisse, Jehal. Et avant de donner naissance à votre héritier. Sinon, je vais devoir me débarrasser des deux, ce qui veut dire deux assassins et le double du prix à payer. Autant faire d'une pierre deux coups, vous ne croyez pas ?

Certains jours, l'appel de la fenêtre était plus fort que d'autres. Il grommela, envahi par un mélange de frustration et d'envie, et repoussa cette pensée. *Pas encore.*

— Mais je suis avec vous, mon amour, donc bien loin de Lystra ! Elle se languit de moi comme toute femme le ferait, évidemment, mais… elle devra se passer de moi parce que je suis avec vous… C'est à vous que j'appartiens, à vous et à vous seule ! Je n'ai pas touché d'autre femme que vous depuis le jour où vous vous êtes emparée de la Lance Adamantine dans la cathédrale de Verre pour devenir la souveraine des royaumes. *Et pourtant, mes aïeux, la tentation est forte ! Et de plus en plus, ces temps-ci. En commençant par votre insipide petite sœur…*

Elle se tourna vers lui en souriant. Cette astuce marchait à tous les coups. Elle adorait qu'on la flatte. Elle lui effleura la joue en susurrant.

— Oh, Jehal, j'ai beaucoup de mal à vous croire… Est-ce bien vrai ?

— Évidemment, mon amour, et vous le savez… répondit-il en l'attirant à nouveau contre lui. Je n'ai d'yeux que pour vous, même quand je suis loin de vous.

— Je n'en suis pas convaincue… souffla-t-elle d'un air soudain lascif.

On y est presque…

— Si Lystra meurt, ses sœurs y verront votre intervention, que vous soyez coupable ou non. Vous leur avez pris leur mère, qu'elles craignaient toutes les deux. Elles protestent, gémissent et agitent leurs épées, mais c'est tout. En revanche, si vous leur prenez leur sœur bien-aimée, elles vous sauteront à la gorge sans hésiter.

— À la mienne ou à la vôtre ? roucoula Zafir en penchant la tête en arrière.

Jehal enroula les doigts autour du cou de son amante, qui frissonna.

— Aux deux, répliqua-t-il en la plaquant sans ménagement contre le mur de la chambre. *Une arche de chaque côté. Qu'est-ce que ce serait facile ! Mais je vais attendre …*

Il posa la main sur le genou de la jeune femme et remonta le long de sa cuisse en se frayant un chemin entre les couches de soie de sa tunique. Quand il trouva le feu qui brûlait entre les jambes de Zafir, elle se colla à lui.

— Tu adores quand nous parlons de meurtre, n'est-ce pas ?

— Pas du tout, mais c'est le seul moyen que je connaisse de te faire taire.

Il défit les lacets de son pantalon, bientôt aidé par Zafir, qui brûlait d'impatience.

— Bah, nous reparlerons bientôt de l'assassinat du petit oiseau qui te tient lieu d'épouse…murmura-t-elle.

Ensuite, elle resta muette pendant un bon moment, à moins que ses cris aigus et ses gémissements n'aient recelé quelque signification cachée.

Plus tard, Zafir s'endormit dans les bras de son amant. Jehal, lui, resta éveillé, les yeux fixés au plafond de l'immense chambre offerte aux quatre vents tout en haut de la tour de l'Air. Les murs qui les entouraient ne constituaient tout compte fait qu'un cercle d'arches gigantesques ouvrant sur un balcon qui faisait le tour de l'édifice. Le prince se leva et s'approcha de l'une des arches. Il était nu, et la soie vaporeuse qui ondulait dans la brise tiède née du vent balayant les plaines l'émoustilla. Le Palais Adamantin, cœur du pouvoir des Orateurs, s'étendait à ses pieds, composé de quatre énormes cours, chacune assez grande pour contenir deux mille hommes et surplombée par une tour imposante. Il y avait d'abord le Corps de Garde, la tour la plus ancienne, la plus robuste et la plus large, où logeaient les alchimistes, la Sentinelle de la Nuit et les serviteurs les plus chevronnés, puis la cour du Portail, bordée d'écuries et de baraquements. Leur succédaient les élégantes tours du Crépuscule et de l'Aube, granit noir et marbre blanc, puis la cour de la Fontaine, et la tour de l'Orateur, résidence traditionnelle du maître du Palais et de ses serviteurs, masse trapue dominant l'espace ouvert le plus grand de tous : la cour de l'Orateur, au centre de laquelle se dressait la Cathédrale de Verre, grosse tumeur difforme de pierre vitreuse. Le Palais se faisait ensuite plus modeste : d'abord, la tour de l'Air, la plus haute de toutes, parfait monument à la vanité des Orateurs, édifice élancé offrant pourtant bien peu d'espace ; puis la cour Ronde, la tour de l'Eau couleur azur et la tour de la Cité : des tours fonctionnelles à nouveau, convenant à des souverains en visite.

Tout autour s'étirait l'enceinte du Palais, un ouvrage peu élevé mais assez large pour permettre le passage d'une carriole et de son cheval, grâce à plusieurs rampes d'accès. Les gardes adamantins y alignaient leurs scorpions. C'était la raison d'être de cette muraille : elle permettait l'installation des centaines de scorpions censés défendre les Orateurs contre les dragons de leurs ennemis. En ce moment, elle était déserte, Zafir n'ayant pas jugé utile de déployer son arsenal. *Pas question que les royaumes s'imaginent que j'ai peur, Jehal.*

Debout dans le vent, ce dernier laissa échapper un petit rire, tout en balayant de son regard perçant le pays qui l'entourait. Au pied des douces pentes de la colline du Palais, la Cité des Dragons se repaissait et se parait des richesses découlant de la présence des Orateurs. Tout en bas, quelque part, il y avait aussi les baraquements des dix mille hommes de la Garde Adamantine. De l'autre côté de la Cité, les chutes de la Cascade de Diamant se jetaient dans le vide depuis les pics de l'Éperon Pourpre, d'une hauteur telle que l'eau n'atteignait jamais le sol, plongeant la Cité dans une brume perpétuelle. Réputés sans fonds, les Lacs Miroirs étincelaient, ridés par la brise. Non loin, l'aire adamantine grouillait d'écuyers et de dragons arrivés des royaumes du sud. Les dragons du nord, eux, brillaient par leur absence. Par une arche différente, Jehal aurait pu apercevoir les plaines de la Montagne Affamée s'étendant vers le sud, autrement dit vers le gouffre du fleuve Furie et la Gorge du Dragon Planant. Au-delà se succédaient les chaudes collines, les vallées et les prairies du domaine de Zafir, puis celui de Jehal, Furibouche et la mer, et plus loin encore, les terres des marins taiytakei et autres lieux dont Jehal avait seulement entendu parler. À l'est, les plaines allaient se fondre avec les contreforts de l'Épine du Monde, dominion du roi des Rochers, dit aussi roi des Cimes, et à l'ouest, elles devenaient plus accidentées et boisées jusqu'à la vallée du fleuve Saphir, puis s'élevaient abruptement à la rencontre des landes et des marécages du royaume du roi Silvallan. Au nord, par-delà le massif de l'Éperon Pourpre, les plaines se muaient en ces grands déserts dits de Pierre, de Sable et de Sel englobant les royaumes du nord.

Jehal reporta son attention sur Zafir. *Je me suis déjà tenu ici, tout nu, comme aujourd'hui. Hyram était sur le point de faire de toi une reine, et je contemplais tout ce qui allait m'appartenir bientôt. Si quelqu'un m'avait aperçu, on aurait su que nous étions amants, toi et moi, et nous aurions tout perdu. Mais personne ne m'a vu….*

Il voulut détourner le regard, mais en vain. C'était trop difficile. Tous les défauts de cette femme ne parvenaient pas à ternir sa beauté. *Je t'ai épiée si souvent par les yeux du petit dragon taiytakei… Je t'ai vue te tordre et gémir sous le corps d'Hyram pour l'attirer en toi, et te forcer à vomir chaque fois qu'il te quittait. Et je t'ai regardée te tortiller et gémir toute seule… parce que tu savais que je n'en perdais pas une miette.*

Tant de tendres souvenirs… Sous ses pieds se trouvait la chambre où il avait regardé Zafir empoisonner Hyram, puis le démolir avec une cruauté raffinée, et où Jehal avait terminé le travail en détruisant l'esprit d'Hyram. Où il lui avait fallu se retenir de ne pas pousser lui-même le vieil Orateur de l'un des balcons. Planté devant cette même arche, cette nuit-là, il avait vu Hyram se jeter dans le vide sous les yeux de Shezira, en dégoisant des propos vides de sens sur des rois et des reines morts depuis des décennies.

Mais, aujourd'hui…

Mais, aujourd'hui, la lassitude le gagnait lentement. Il soupira et s'arracha à la contemplation de la peau de Zafir.

Cette Nuit des Couteaux, comme on l'appelait dans le dos de Zafir, et parfois devant elle. La Nuit où Valgar avait tenté de l'assassiner et où Shezira avait poussé Hyram du balcon, si l'on adhérait à la version de l'Oratrice. La nuit où Zafir avait emprisonné un roi et une reine ; la première fois qu'un Orateur agissait ainsi depuis presque un siècle. La nuit où les écuyers du nord avaient combattu la Garde Adamantine et semé plus de cent cadavres à travers le Palais. La nuit qui avait donné naissance aux Écuyers Rouges.

Un mois s'était écoulé. Le jour suivant, le Grand Prêtre Aruch avait placé la hampe sans défaut de la Lance Adamantine entre les mains de Zafir et le règne de l'Oratrice avait commencé. Et puis…

Et puis ? Et puis rien. Plus d'un mois à poireauter dans le Palais alors que je devrais être de retour à Furibouche pour veiller sur mon royaume. Un mois à écouter Zafir vilipender Lystra. Tout un mois à ne rien faire si ce n'est…

Jehal détailla la silhouette nue de Zafir allongée devant lui. *Bah, cela pourrait être bien pire, et je dois admettre que j'ai de quoi me distraire un peu…*

Au-dessus du lit, deux paires d'yeux rubis l'observaient depuis les combles. Jehal leur retourna leur regard. C'étaient les dragons dorés mécaniques que les Taiytakei lui avaient offerts en mariage, tous deux imprégnés de la magie qui lui permettait de voir par leurs yeux. Des espions parfaits et pourtant, en ce moment, il n'avait personne à espionner. Il en arrivait parfois à se demander pourquoi ils lui avaient offert des présents aussi précieux et pourquoi il en avait donné un à Zafir.

En fait, il savait très bien pourquoi il avait agi ainsi. Il s'avança jusqu'au bord du balcon jusqu'à ce que ses orteils se crispent dans le vide. Quelle importance, si quelqu'un l'apercevait, cette fois-ci ? Tout le Palais était au courant de leur liaison.

Ce n'est pas ce que je voulais. Je me trompais. Il jeta un coup d'œil à Zafir, derrière lui, Zafir qui dormait profondément. *Si j'étais l'Orateur, que ferais-je ? Me prélasserais-je ainsi dans le pouvoir et la gloire, en sachant que je ne peux aller plus haut ? Je me rends compte aujourd'hui que la vue du haut de cette tour était bien plus délectable quand elle m'était interdite.*

Merde.

Parmi toutes les choses qui auraient pu se produire, toutes celles qu'il avait prévues et tous les obstacles que la fatalité aurait pu semer sur sa route vers le sommet, il y en avait une qu'il n'avait pas considérée : l'ennui.

Jehal retourna près du lit. Une dernière fois, ses yeux s'attardèrent sur Zafir et il écouta son souffle lent et détendu. *Et tu le sais, n'est-ce pas ? Voilà pourquoi tu ne peux te permettre de relâcher Shezira. Parce que si tu le fais, ce serait fini entre nous.* Il déposa un baiser sur ses cheveux :

— Faites attention, ma douce. Écoutez ceux qui vous conseillent, ils ne sont pas idiots. Et, je vous en supplie, ne devenons pas des ennemis.

Il se rhabilla en hâte et s'éclipsa.

9. UNE QUESTION DE PRIORITÉS

Le soldat le plus craint des royaumes, Vale Tassan, Sentinelle de la Nuit et commandant des gardes adamantins, baissa les yeux et attendit.

— Comment ça : « Il est parti » ? répéta l'Oratrice Zafir, soudain très raide.

Vale crut qu'elle allait lui jeter quelque chose à la figure. Les Orateurs se succédaient et la reine Zafir était la quatrième à occuper ce poste depuis qu'il était né, mais s'il avait pu émettre une opinion, il aurait affirmé sans hésiter que c'était la pire des quatre, et de loin. Comme il devait se taire, il fit exactement ce qu'exigeaient la tradition et la loi. Il exécuta une révérence aussi profonde que le requérait le protocole et se prépara à suivre n'importe quel ordre.

— Il a quitté le palais, votre Sainteté, répondit-il d'un ton posé.

— L'imbécile ! Et pour aller où, dites-moi ?

Vale la gratifia d'une nouvelle courbette. C'était un geste mécanique, un réflexe aiguisé au fil des ans. Désormais, il le faisait sans y penser.

— Sur l'aire, votre Sainteté. Il est parti avec la plupart de ses écuyers, et une fois là-bas, a réveillé Copas, le Maître de l'aire. Il a exigé qu'on prépare ses dragons et ils se sont tous envolés. Je crois qu'ils se dirigent vers l'ouest, votre Sainteté, vers l'Épine du Monde et le Haut de Drotan, enfin ce qu'il en reste.

Autrement dit, vers les Écuyers Rouges, mais inutile de mentionner un détail aussi évident.

À ces mots, la colère de l'Oratrice ne fit qu'empirer. Vale l'observait avec détachement. Les hommes de la Garde Adamantine étaient parfois sélectionnés avant même de savoir parler. Pour la plupart, il s'agissait d'orphelins ou d'enfants non désirés issus de milieux pauvres dont les parents ne pouvaient se permettre une autre bouche à nourrir. La Garde comprenait aussi quelques bâtards nés des écarts de la noblesse et relégués à une place où ils ne pourraient causer aucune gêne. Mais, dans la Garde, la lignée ne comptait pas. Tous ces hommes étaient égaux. Que Vale fût le rejeton d'un roi ou d'un fou, il était avant tout l'un des fils de la Garde, ni plus ni moins. Depuis plus de vingt ans, abrité avec ses frères derrière des murs de boucliers, il défiait la puissance et le feu des dragons. Et même seul devant le trône de l'Oratrice, il les sentait toujours près de lui, à leurs postes, se consacrant à leurs tâches. La fureur de la reine Zafir glissait sur lui sans le toucher. Silencieux, figé, il attendit qu'elle le renvoie.

— En pleine nuit… lâcha enfin Zafir en secouant la tête.

— À l'aube, votre Sainteté. Ils ont décollé à l'aube. Dès qu'il a fait suffisamment jour pour que les dragons puissent voler.

— Il ne se dirige pas vers l'ouest, Tassan. Il se dirige vers le sud. Il retourne chez lui, auprès de sa charmante épouse…

Elle hésita, ravalant les mots qui se bousculaient à ses lèvres. Toujours immobile, Vale pensa à l'Orateur Hyram. Hyram le sage, un homme brillant qui avait régné sur les royaumes pendant dix ans de paix et de prospérité. Hyram qui, pour des raisons que Vale ne connaîtrait jamais, avait nommé à sa succession la candidate la moins qualifiée : Zafir. Hyram qu'on avait poussé d'un balcon parce qu'il devenait gênant. *Il aurait dû désigner le roi des Cimes. De quoi agiter ces rois gras et mous que nous subissons ces temps-ci. Un Orateur digne de ce nom.*

Cette pensée lui était interdite, se rappela-t-il, lèvres pincées. Heureusement, comme Zafir ne le regardait pas, elle n'avait sans doute rien remarqué. En fait, elle était en train de dévisager le prince Tyrin, quatrième ou cinquième fils du roi Narghon et de la reine Fyan. Un vague cousin de Jehal, donc. Il s'était passé tant de choses au cours de ce dernier mois que Vale avait désormais du mal à mettre des noms sur certains visages, à sa grande consternation. Les princes et les princesses allaient et venaient sans arrêt et il commençait à s'y perdre. Il devait absolument redoubler d'attention mais, allez savoir pourquoi, il n'y arrivait pas.

L'Oratrice redressa la tête.

— Et vous, vous savez quelque chose, Tyrin ?

De dix ans plus jeune que Jehal, ce prince semblait vouloir imiter son aîné de toutes les façons possibles et imaginables. À cet instant, il déshabillait Zafir du regard, avec l'air de se demander combien de temps il faudrait à l'Oratrice pour se dégoter un nouvel amant après le départ de Jehal.

Vale sentit un muscle se contracter dans sa joue. *Sont-ils toujours aussi transparents ?*

Tyrin s'humecta les lèvres.

— Je l'ai accompagné jusqu'à l'aire. Il m'a proposé de regagner le sud avec lui, mais j'ai décliné son offre. Ma place est ici, votre Sainteté. À vos côtés, pour vous servir comme je le peux.

Il affichait un petit sourire grivois, et si Zafir ne comprenait pas ce qu'il avait en tête, elle était bien la seule dans cette salle.

— Pourquoi est-il parti, prince Tyrin ? insista-t-elle.

Son expression avait changé ; un sourire presque imperceptible, peut-être, une posture légèrement différente, les yeux un tout petit peu élargis, un sourcil levé… Difficile à dire, mais le résultat fut spectaculaire. *Oui, vous avez vos chances*, semblait-elle dire au jeune prince. *Même* Vale le sentit, alors que ce regard ne lui était point destiné. La mâchoire de Tyrin se décrocha, et il serait sans doute tombé à la renverse, s'il n'avait pas été assis. En un instant, l'Oratrice Zafir avait fait de lui son esclave.

Bien malgré lui, Vale sentit une certaine admiration l'envahir. Elle venait de se comporter en véritable Oratrice. Les Orateurs régnaient. *Voilà pourquoi nous ne réfléchissons pas*, se rappela-t-il. *Nous sommes les glaives et les lances de l'Orateur, son bouclier et son armure. Ni plus ni moins.*

— À mon avis, il est parti pour un moment, votre Sainteté.

Ce qui ne répondait pas à la question de Zafir, mais Tyrin semblait trop concentré sur le seul sujet qui l'intéressait pour raisonner normalement.

Zafir resta de marbre, sans la moindre crispation de colère ou d'impatience, malgré la rage affichée quelques minutes plus tôt.

— Pourquoi, prince Tyrin ? Selon vous, qu'est-ce qui le retiendra à Furibouche ?

— Il m'a dit qu'il avait eu une prémonition, votre Sainteté. Quelqu'un va mourir, un de ses proches. Il devait rentrer, m'a-t-il affirmé. Pour tenter d'empêcher cette mort.

— Et qui est ce *quelqu'un*, prince Tyrin ? Vous l'a-t-il précisé ?

Vale perçut un infime changement dans la douce voix de Zafir, comme une crispation sous le ton enjôleur. Il y avait danger, comprit-il sur-le-champ. Zafir avait tendu un piège grossier à Tyrin. Le prince parviendrait-il à le repérer à temps ?

— Je crois qu'il s'agit de son père, le roi Tyan. Il paraît que sa santé se détériore de jour en jour depuis son retour chez lui.

Vale ne broncha pas. *Bien joué, mon petit. Mais es-tu malin ou chanceux ?*

Lèvres pincées, Zafir se carra dans son trône avec une lassitude affectée, exactement le genre d'attitude qu'aurait adoptée Jehal. Et Tyrin aussi, eût-il été moins excité.

— Très bien, la séance est ouverte. Vous pouvez partir, Sentinelle. Jeiros, éblouissez-nous. Donnez-nous des nouvelles de votre Ordre.

Le Grand Maître suppléant Jeiros, qui dirigeait l'Ordre des Écailleux et les alchimistes depuis la disparition du Grand Maître en titre, sortit nerveusement du rang et s'approcha du trône. Il lui avait fallu du temps pour s'adapter à sa nouvelle situation, avait constaté Vale, mais il commençait enfin à assumer son rôle. Bellepheros, son prédécesseur, qui aurait dû occuper cette fonction pendant quelques années encore, avait disparu sans explication et du jour au lendemain, six mois auparavant, alors qu'il revenait de Furibouche. Le Grand Maître Jeiros avait sans doute passé quelques mois à attendre la réapparition de son ancien maître, mais ces jours-ci, il semblait prendre confiance en lui.

— Votre Sainteté, commença-t-il, nous poursuivons l'examen des aires afin de nous assurer que…

— Oui, oui, c'est ça. Vous comptez *encore* mes dragons, pour tenter de découvrir si celui qui s'est échappé est mort ou pas, le coupa Zafir, qui se redressa et tapa du pied. Quand vous aurez la réponse, je serai ravie de l'entendre. Jusque-là, épargnez-moi vos plaintes quotidiennes sur la difficulté d'une telle entreprise.

— Vous pourriez ordonner une recherche dans l'Épine du Monde, votre Sainteté…

— Et offrir ainsi à Jaslyn et Almiri un bon prétexte pour amener leurs dragons à mes portes ? Alors que nous savons très bien que leur véritable motivation serait tout autre ? De deux choses l'une : soit le dragon blanc est mort, et dans ce cas il a réapparu dans une aire, soit il a survécu. Comme vous aimez tant nous le rappeler, il y a toujours le même nombre de dragons dans le monde. Si vos poisons ont eu raison de la Blanche, vous aurez la réponse en les dénombrant. Ce n'est sûrement pas un défi trop grand pour vous, Grand Maître, si ? Même le prince Tyrin sait compter ! Si vous me dites qu'un dragon manque *toujours* à l'appel, je vous prêterai une oreille plus attentive, mais en attendant, plus d'excuses, alchimiste ! Et maintenant, passons aux autres nouvelles.

Jeiros se figea pendant quelques instants, visiblement furieux. Voilà où l'avait mené son aplomb tout neuf ! Un mois plus tôt, il aurait tremblé. Car l'Oratrice et son alchimiste en chef ne s'entendaient pas. À leur manière très différente, il s'agissait pourtant des deux personnages les plus puissants des royaumes. Mal à l'aise à cette idée, Vale passa en revue tous les faits qui l'incommodaient : l'existence des Écuyers Rouges, la reine Shezira retenue prisonnière dans la tour du Crépuscule, le prince Jehal et tout ce qui tournait autour de lui, et le Conseil de l'Oratrice, bien sûr, ce Conseil qui s'était transformé en farce ; c'était ça, le pire. Trois des royaumes-dragons n'y étaient même pas représentés et Zafir ne cachait plus son ennui. Maintenant que Jehal n'était plus là pour les divertir de ses traits d'esprit, qui se désisterait en premier ? Le prince Tichane, qui s'exprimait au nom du roi des Cimes ? Messire Eisal, l'oreille du roi Sirion ? Le prince Sakabian, cousin de Zafir ? Et les autres ? Les alchimistes, peut-être ? L'Oratrice allait peut-être craquer la première, qui sait ?

En tant que commandant de la Garde de Nuit, Vale n'y assistait que lorsqu'on le convoquait, les oreilles toujours grandes ouvertes même face à des places vides. Ce jour-là, il écouta le maître alchimiste expliquer à l'assemblée où en était la reconstruction de la forteresse de l'Ordre, cet endroit où ses camarades préparaient les potions permettant d'asservir les dragons. Il entendit Jeiros décrire avec concision leurs carences en hommes et en moyens, puis les dégâts causés dans les cavernes par la fumée du dragon blanc, responsable de la piètre qualité des dernières récoltes. Autrement dit, en lisant entre les lignes, la Sentinelle crut comprendre qu'il y aurait sans doute bientôt pénurie de ces potions assurant la pérennité des royaumes, et qu'il valait mieux planifier dès maintenant l'élimination d'un certain nombre de dragons. Mais personne ne parut en déduire la même chose que lui. Quand Jeiros en eut terminé, Zafir le chassa d'une remarque cuisante. Elle n'enverrait aucun renfort aux alchimistes, réponse qu'elle lui servait jour après jour depuis des semaines. Encore une fois, Vale ne put s'empêcher de se demander pourquoi, lui qui disposait de dix mille hommes désœuvrés s'ennuyant dans leurs baraquements.

D'autres personnes se présentèrent et s'en allèrent, la plupart n'ayant rien de bien intéressant à leur apprendre. Vale les écouta tous, pourtant. Une guerre s'annonçait, c'était une évidence, mais aucun membre de l'assemblée ne semblait vraiment s'en préoccuper. Ce Conseil était divisé en deux camps d'égale importance, celui des gens trop stupides pour prendre conscience du conflit imminent et le camp de ceux qui s'en moquaient.

Lui, sa tâche serait de combattre, parce que c'était ce que l'on attendait de lui. Aussi longtemps qu'ils conserveraient leurs précieuses aires, aucun de ces souverains ne se soucierait vraiment du sort du peuple dans cette cité excentrique qui risquait d'être mise à feu et à sang. *Une élimination des sujets malsains*... Le cœur de Vale se mit à battre plus vite à cette pensée. *Ce serait une excellente chose, finalement... De quoi les faire réfléchir un peu.*

Le seul homme qui pouvait avoir des choses intéressantes à raconter se leva enfin : Zaster, le vieux maître espion du Palais.

— Votre Sainteté, on m'a signalé du mouvement du côté des chevaliers-dragons du nord.

Zafir se raidit très légèrement. Il lui devenait difficile de faire semblant de s'ennuyer.

— Continuez.

— La princesse Jaslyn a quitté le Guet pour retourner à Sable, et on a aperçu plusieurs dragons en route vers le désert de Sel. Apparemment, et même si c'est à contrecœur, elle négocie son mariage avec le cousin du roi Sirion, le prince Dyalt.

Zafir jeta un coup d'œil à messire Eisal, qui haussa les épaules.

— Shezira l'a promise à mon seigneur en échange de son soutien.

— Avant d'assassiner Hyram, mon époux et votre seigneur également, quand cela n'a pas suffi.

Zafir se retourna vers Zaster en plissant le nez.

— Qu'en est-il d'Almiri et d'Evenspire ?

— Mes espions ont aperçu plusieurs dragons quitter l'Éperon et se poser dans l'aire d'Almiri. Ainsi qu'un dragon de guerre lourdement chargé qui effectuait le trajet inverse.

— Quoi, c'est tout ? Vous avez vu un dragon ? J'aurais pu vous le dire moi-même ! Mes écuyers aussi ont des yeux, Zaster !

— Je n'en doute pas. Ce dragon de guerre que vos écuyers ont vu, votre Sainteté – Zaster exécuta une profonde courbette –, c'est B'Thannan, la monture de l'écuyer Hyrkallan. Ce qui confirme qu'il a pris la tête de la rébellion.

— Peuh ! cracha Zafir.

Vale grimaça. Une coupe de vin se balançait entre les doigts de l'Oratrice, coupe qu'elle était tout à fait capable de jeter à la figure des conseillers qui la contrariaient.

— Quoi d'autre ? Avez-vous encore de grandes révélations à nous faire ? Que le soleil se lève le matin et se couche le soir, peut-être ? Bien sûr qu'Hyrkallan mène cette insurrection ! Et Almiri ? Quelle aide leur apporte-t-elle ? Et Sirion ? Les soutient-il lui aussi ? Apprenez-moi des choses utiles ou taisez-vous ! Je veux la preuve de ces trahisons, pas de simples ragots !

Comme toujours, Zaster prenait la mouche trop facilement. Alors que le maître espion se rasseyait, complètement outré, Vale se leva à son tour, comme animé par une force supérieure. C'était un acte si surprenant de sa part qu'il ne comprit pas tout de suite ce qui lui arrivait. On lui avait jeté un sort, forcément ! Il dut pourtant se rendre à l'évidence : personne n'avait pris le contrôle de ses jambes. Un peu hésitant, il dévisagea l'un après l'autre les membres du Conseil. Il n'était pas censé avoir des opinions, alors, bon sang, que pouvait-il bien avoir à dire ?

Comme ses jambes semblaient très bien savoir ce qu'elles faisaient, il décida de faire confiance à sa bouche.

— Hyrkallan a remporté deux fois le Tournoi de l'Orateur : il y a dix ans, quand Hyram a enfilé l'anneau de l'Orateur, et il y a vingt ans, au moment de l'intronisation d'Iyanza.

Zafir lui décocha un regard méprisant.

— Depuis quand les hommes de la Garde prennent-ils la parole durant le Conseil de l'Orateur ?

Vale s'inclina et se tut, mais il en avait fait assez. Le maître espion embraya.

— Depuis qu'il est question de guerre, votre Sainteté. Il faut bien reconnaître qu'Hyrkallan est un homme intelligent et un excellent écuyer, fort et courageux. Il a toutes les qualités, mais surtout, il a de l'expérience et tout le monde le respecte. Les écuyers du nord le suivront sans hésiter. Ils sont beaucoup plus dangereux avec lui que sans, votre Sainteté. Comme ils nous l'ont déjà prouvé.

Pendant un court instant, les traits de Zafir s'assombrirent ; l'orage menaçait. Personne au Palais ne parlait du Haut de Drotan, mais la nouvelle semblait pourtant planer dans les couloirs. Hyrkallan avait bien mouché l'Oratrice, qui s'en ressentait encore, même si elle n'avait pas tardé à lui rendre la pareille.

— Donnez-moi des dragons ! Je vais les écraser ! hurla le prince Sakabian.

Zafir le foudroya du regard pour lui intimer le silence.

Il a raison, pourtant. Tout autre Orateur aurait rassemblé une centaine de dragons et envoyé la Garde pour étouffer ces bêtises dans l'œuf. Zafir, elle, ne fait rien. Pourquoi ?

Vale aurait dû se rasseoir, il le sentait, mais pour une raison ou une autre, il ne s'y résolvait pas. Il ne put se contenir plus longtemps.

— Pourquoi agit-il ainsi, messire Zaster ? Pourquoi n'écume-t-il pas tout le nord pour recruter des écuyers ? S'il le voulait, ils le suivraient tous ! Il pourrait détrôner Jaslyn et nous affronter avec dix fois plus de dragons qu'il n'en a aujourd'hui ! Qu'est-ce qu'il attend ?

Zafir lui lança un regard furieux.

— Si vous aviez suivi les ordres, Sentinelle, Hyrkallan et ses Écuyers Rouges n'existeraient même pas ! cracha-t-elle en étreignant la coupe de ses doigts crispés. Si vous aviez mis aux arrêts tous les écuyers de Shezira, si vous n'aviez pas laissé Almiri s'échapper… J'aurais dû vous démettre de vos fonctions tout de suite !

Vale s'inclina et s'assit.

— Il faut négocier avec eux, aboya Zaster. Vous devriez leur envoyer le Garde Tassan…

Il ne put terminer sa phrase ; la coupe de Zafir venait de l'atteindre à la tempe, brutalement. Zaster chancela et porta les doigts à sa tête. Quand il les regarda, ils étaient pleins de sang.

— Vous *osez* me suggérer ce que je dois faire ? Vous voudriez que j'envoie cet imbécile – elle agita la main vers Vale – réparer les dégâts qu'il a trouvé le moyen de provoquer lui-même ? Maintenant qu'ils ont leurs propres dragons ? Alors ? À votre avis ? Combien d'hommes de la Garde dois-je sacrifier dans le Dédale ? Très bien, messire Zaster ! S'il faut vraiment les éliminer, et si mes patrouilles de dragons ne suffisent pas à vous distraire, vous n'avez qu'à vous en occuper ! Recrutez davantage de mercenaires ! Promettez-leur une plus grosse récompense pour la tête de l'écuyer Hyrkallan, et pour leurs têtes à tous. Mon poids en or pour chacun d'eux ! Et pendant que vous y êtes, ils trouvent forcément leurs potions quelque part ! Si vous m'apportez la *preuve* qu'Almiri les ravitaille, je réduirai Evenspire en cendres ! Leurs dragons se rebelleront et les mangeront tout crus !

Jeiros se releva d'un bond.

— Votre Sainteté, Evenspire est une cité puissante ! Aussi grande que la Cité des Dragons elle-même ! Votre différend... – Il se mordit la lèvre. – *Notre* différend concerne la reine Almiri, pas ses sujets !

— Dans ce cas, grogna Zafir, trouvez donc un moyen de l'attirer loin de ses défenses, d'accord, l'alchimiste ? Mais seulement quand vous aurez enfin appris à compter !

Elle se tourna vers Zaster d'un air un peu plus avenant.

— Maître espion, vous n'avez pas répondu à la question de la Sentinelle. Pourquoi Hyrkallan s'entête-t-il dans sa folie ?

Zaster se lécha les doigts en lui décochant un regard venimeux.

— Bah, je parie qu'il se fatiguera assez vite de cette petite guéguerre, et sans lui, le reste de la bande se dispersera, j'en suis sûr...

Ces propos lui auraient valu un nouveau lancer de coupe, si Zafir ne la lui avait pas déjà jetée.

— Des mercenaires, Zaster, siffla-t-elle en lui montrant les dents. Il nous faut plus de mercenaires. Ils ne coûtent pas cher et on peut les sacrifier sans problème.

— L'écuyer GarHannas se trouve parmi eux, non ? GarHannas de Bloodsalt ? demanda soudain le prince Tyrin à messire Eisal.

Ce dernier fit comme s'il n'avait rien entendu, mais le mal était fait. Les membres du Conseil retournèrent à ce qu'ils faisaient le mieux : se couper mutuellement la parole en s'assurant que rien de constructif n'en sortirait. Vale ferma les yeux pendant quelques instants. Dix mille hommes et deux cents écuyers se tournaient les pouces au Palais. Si on lui avait permis un avis, il aurait suggéré *l'action*.

10. JASLYN

— Y a-t-il du nouveau, Majesté ?

Jaslyn soupira et se laissa glisser de son dragon. De son *nouveau* dragon, avec ses écailles noires aux reflets argentés qui étincelaient au soleil. Une vraie splendeur. Soleil du Matin, c'était ainsi que l'avait baptisé Isentine. Chaque fois qu'elle volait avec lui, Jaslyn ne pouvait s'empêcher de penser à son ancien dragon, Silence. En pensée, le nouveau portait un nom différent : Soleil du Chagrin. Un nom qui convenait mieux à l'humeur de son écuyère et qui rimait avec le vrai, comme ça tout le monde était content. Son petit secret bien à elle.

Elle ôta son heaume et le laissa tomber sur le terrain brûlé et tassé où se posaient les dragons. Les Écailleux n'auraient qu'à le récupérer plus tard.

— S'il vous plaît, ne m'appelez pas ainsi, Maître de l'aire.

Elle n'accorda pas un regard au dragon derrière elle. Comme le soleil était bas, la bête massive projetait son ombre sur Isentine et elle.

Isentine, le Maître de l'aire, s'inclina autant que le lui permettaient son âge et la raideur de son dos.

— Mille excuses, votre… votre Altesse.

— Je ne suis rien d'autre, Maître de l'aire. Tant que ma mère… tant que la reine Shezira sera en vie. Même emprisonnée dans le Palais Adamantin, c'est *elle* votre souveraine. N'étant que votre apprentie, je vous appellerai « Maître ».

C'était l'un des derniers ordres de sa mère. Isentine se faisait vieux et un nouveau maître d'aire allait bientôt devoir prendre sa suite. Un maître ou une maîtresse…

Jaslyn s'efforça de sourire, mais elle avait l'impression de ne plus savoir comment s'y prendre. Isentine fixa ses pieds, et un silence gêné s'installa, un silence beaucoup trop long.

— Je n'ai pas grand-chose à vous raconter, Isentine, répondit-elle au bout d'un moment. Hyrkallan a pillé le Haut de Drotan. Les dragons de l'Oratrice se sont emparés de quelques-uns de ses écuyers, mais jusqu'ici il échappe à son emprise. Tout le monde m'enjoint de le rappeler et de le nommer maréchal à la place de Nastria, alors que nous ne savons même pas si elle est morte. Almiri plaide pour un départ en guerre. Elle en rêve ! Mon futur époux est en vie mais n'a toujours pas trouvé le chemin de Sand. Son père, le roi Sirion, continue à crier vengeance pour la mort d'Hyram, sans arriver à choisir qui, de Zafir ou Shezira, mérite vraiment son courroux. Et moi, je sens qu'il ne me reste que peu de temps. Je veux enfourcher Silence et m'envoler loin, très loin, pour ne plus jamais revenir. Sauf que Silence n'est plus là…

— Majesté ! s'écria Isentine, horrifié.

— Altesse ! corrigea Jaslyn, courroucée.

— Votre Altesse ! Vous ne pouvez pas…

— Je ne dois pas parler ainsi, Maître de l'aire ? Mais si je ne peux pas me confier à vous, à qui alors ? Notre maréchale est morte et notre reine est en prison pour trahison ! Je suis entourée d'hommes et de femmes que je connais à peine, et qui tous me dévisagent avec sévérité. Ils attendent de moi que j'assume le rôle de ma mère, ce qui est impossible ! Ma sœur aînée convoite mes dragons et ma cadette, Lystra, s'est mariée bien loin d'ici, devenant ainsi l'otage de Jehal, ce monstre !

Elle serra les dents. Parfois, quand elle pensait à Lystra, elle avait envie de fondre en larmes, mais elle ne pouvait se le permettre, même quand son seul spectateur était Isentine.

— Elle me manque plus que tout, Maître de l'aire. Dans ses lettres, elle semble heureuse, au moins.

— Votre Altesse, il se peut qu'elle parvienne à persuader…

— Ma… La reine Shezira et le roi Valgar sont enfermés dans les geôles de l'Oratrice depuis plus d'un mois. Notre maréchale complotait avec le roi Valgar pour assassiner l'Oratrice, et apparemment, notre reine a poussé le seigneur Hyram d'un balcon.

— Mensonges, votre Altesse ! C'est un ramassis de mensonges !

— Vraiment ? J'aimerais pouvoir vous croire, Maître de l'aire. Mais, à l'époque, ceux qui les accusent n'étaient pas encore au service de Zafir ou de Jehal ! Ce sont des membres de la Garde Adamantine ! On a pu les soudoyer pour mentir au sujet de Nastria, certes, mais Hyram ? C'étaient ses Gardes, voyons ! Il est mort alors qu'ils étaient censés le protéger ! Ils ont commis une faute ! Pourquoi mentiraient-ils ? Je ne peux pas croire qu'ils aient conspiré contre leur propre seigneur…

— Mais vous ne croyez tout de même pas que… ?

— Que quoi ? Que ma mère a envoyé Hyram à la mort ? Alors qu'il l'a trahie d'une façon éhontée ? Rappelez-vous de qui nous parlons, Isentine !

Jaslyn se décida enfin à quitter son dragon. Elle partit d'un pas résolu vers l'imposante tour du Guet, Isentine sur les talons. Le Maître de l'aire se donnait beaucoup de mal pour suivre son allure. Heureusement qu'elle marchait, se dit-elle, car ainsi le vieil homme ne pouvait pas voir son visage. Elle n'était pas comme sa mère, elle. Elle n'arrivait pas toujours à cacher aux autres ce qu'elle ressentait. Elle était incapable de se montrer forte en permanence et quelles que soient les circonstances.

Elle prit une profonde inspiration.

— Je ne suis pas venue pour parler de ça, Maître de l'aire, et ce n'est pas non plus pour cela que vous m'avez appelée.

Mais elle aurait trouvé n'importe quel prétexte pour venir. Elle aimait cette aire désolée posée au sommet de sa falaise, comme pour couronner les tunnels et les cavernes qui abritaient les dragons sur des lieues et des lieues. Elle aimait survoler le sable nu, monotone et brûlant et la roche rouille s'étirant à perte de vue qu'elle devait traverser pour parvenir au Guet. Elle aimait cette oasis de verdure improbable, qui n'était autre que la plus grande aire du nord. Isentine ayant compris qu'il valait mieux pour lui ne pas rameuter la garde quand elle arrivait, l'aire était redevenue l'endroit venteux, solitaire et perdu qu'elle n'aurait jamais dû cesser d'être. Un endroit qui l'attirait irrésistiblement.

— Il n'y a personne ici, murmura-t-elle, à la fois pour elle-même et pour Isentine.

— La plupart de vos dragons sont partis au Guet du Sud, haleta Isentine.

Évidemment. Après tout, c'était elle qui les y avait envoyés, pour protéger Almiri au cas où l'Oratrice se déciderait à porter la guerre de l'autre côté de l'Éperon. Et les rares montures qui avaient échappé à cette mission passaient une bonne partie de leur temps dans l'Épine du Monde, à la recherche des restes du dragon blanc qui avait failli la tuer. Du temps perdu, aux yeux de la princesse.

— J'ai peut-être trouvé le dragon que vous cherchez.

Les mots d'Isentine l'empoignèrent aussi fermement qu'une solide paire de mains, et elle se figea. Pendant un instant, elle avait cru qu'il voulait parler de la Blanche.

— Pardon ?

— Un œuf vient d'éclore, votre Altesse. C'est un mâle, un dragon de chasse.

Le cœur de Jaslyn lui monta aux lèvres.

— De quelle couleur est-il ?

— Bleu et vert foncé, votre Altesse.

Jaslyn se remit en marche, submergée par la déception. Ce n'était pas le dragon qu'elle cherchait. Ce n'était pas son Silence.

— Mais c'est un vicieux, votre Altesse. Il ne veut rien manger ni boire, et il attaque les Écailleux. Il mourra avant la fin de la semaine. C'est la première fois que je vois un cas pareil. Nous avons toujours eu ici des dragonneaux qui refusaient de se nourrir et il y en a beaucoup ces temps-ci, mais celui-ci… celui-ci sort vraiment de l'ordinaire. Je l'aurais fait abattre, si vous ne m'aviez pas laissé ces instructions.

— Est-ce qu'il parle ? demanda la jeune femme.

Isentine garda le silence. En ce qui le concernait, ceux qui s'imaginaient que les dragons pouvaient parler étaient à mettre dans le même sac que les gens qui croyaient aux fantômes, aux dieux et autres stupidités dans ce genre. En outre, la seule fois où Silence avait communiqué avec Jaslyn, pendant son agonie, il n'avait pas réellement parlé. C'était plutôt comme si leurs pensées avaient fusionné…

Peut-être qu'elle devenait folle.

Silence était couleur de cendre. Avant de disparaître, il avait appris à sa maîtresse qu'il allait renaître bientôt. Il lui avait décrit le cycle de vie des dragons, ces naissances et ces morts éternellement répétées. Personne n'avait jusqu'alors pris la peine d'en informer Jaslyn. Poussé dans ses derniers retranchements, Isentine avait fini par confirmer que les alchimistes y croyaient. C'était un secret bien gardé qu'ils ne partageaient qu'avec les rois et les reines. Jaslyn étant aussi valeureuse qu'une reine, donc elle pouvait être mise au courant, lui avait-il dit. Elle avait failli le frapper pour avoir prononcé ces mots.

Ils n'ont aucun souvenir de leur vie antérieure, en tout cas. Et ils ne parlent pas, avait ajouté le vieil homme. Devait-elle le croire ? Elle s'y refusait. Et elle cherchait Silence, en espérant que son dragon renaîtrait dans l'une de ses aires, parmi toutes celles des royaumes.

Dans l'une de celles de ma mère, devrais-je dire…

— Je recherche un dragon d'un gris soutenu, Maître de l'aire.

À sa grande stupéfaction, quand elle avait raconté ce qui s'était passé aux alchimistes, ils l'avaient regardée avec des yeux fuyants, comme si elle avait mis le doigt sur un secret qu'elle n'aurait pas dû apprendre. Plusieurs secrets, en fait. Ils ne voulurent rien lui dire, et quand elle en vint aux menaces, ils lui rappelèrent d'un air hautain qu'elle n'était encore qu'une simple princesse et que les alchimistes des royaumes n'avaient de comptes à rendre qu'aux rois et aux reines. Seul Isentine accepta de répondre à ses questions, mais elle n'avait déjà plus confiance en lui.

Elle passa devant les portes béantes ouvrant sur les salles troglodytes du Guet et s'avança jusqu'au bord de l'escarpement. Le vent soufflait fort, et ses cheveux s'envolèrent. Un lac se lovait au pied de cette falaise truffée de cavernes, trous obscurs menant aux tunnels de l'aire. Désormais, chaque fois que Jaslyn voyait une caverne, un frisson de peur la parcourait ; croyant sentir une odeur de fumée, elle se mettait à tousser, à s'étouffer. Alors elle fermait les yeux et s'imaginait à l'À-pic, l'aire de Jehal, dans le sud, au fin fond des royaumes. On pouvait difficilement trouver endroit plus éloigné du Guet, mais cette aire était elle aussi construite sur des cavernes et des tunnels, au sommet d'une falaise surplombant l'eau. Sans trop d'efforts, Jaslyn arrivait à recréer l'odeur et le bruit de la mer, des vagues se brisant au pied de la falaise. Et aussi Lystra, debout à côté d'elle, contemplant son nouveau pays d'un air émerveillé, le rire aux lèvres.

Si seulement tu étais ici avec moi… Tu me manques, petite sœur.

Elle rouvrit les yeux, chassant de ses pensées le bruit de la Mer des Tempêtes pour retrouver les vents secs et brûlants du désert qui balayaient le royaume de Shezira.

— Emmenez-moi voir ce dragonneau, Maître de l'aire.

Ce n'était pas Silence, mais il fallait absolument qu'elle le constate par elle-même. Son dragon à elle avait probablement éclos dans une autre aire, loin d'ici. S'il s'était bien réincarné. Et si ce n'était pas un mythe.

— Il va vouloir vous manger, votre Altesse, lui affirma Isentine alors qu'ils traversaient la grande salle du Guet plongée dans la pénombre. Ils arrivèrent devant un immense trou éclairé par des centaines de lampes alchimiques, un puits d'une soixantaine de pieds de largeur avec un escalier en spirale accroché à sa paroi, et ils se mirent à descendre. Isentine progressait lentement, en se cramponnant au garde-fou boulonné dans la pierre. Jaslyn avait perdu le compte de ses visites en ce lieu, et pourtant elle n'était jamais descendue jusqu'au fond. Ils arrivèrent au niveau des cavernes réservées aux dragonneaux, mais l'escalier et le puits s'enfonçaient encore bien plus bas. Chaque fois qu'elle venait ici, elle se demandait, c'était plus fort qu'elle, si des gens avaient déjà glissé et plongé dans cette nuit d'encre. S'y trouvaient-ils encore, entraînés pour toujours dans un gouffre sans fond ? Quand elle voulut savoir ce qui se trouvait en bas, le vieux maître lui répondit avec un haussement d'épaules que le fond était inondé, et que personne n'y descendait plus.

Il quitta l'escalier et la guida jusqu'à une grande caverne. Jaslyn serra si fort les poings que ses articulations blanchirent et que ses ongles se plantèrent dans ses paumes. D'habitude, elle se sentait ici chez elle. D'habitude, elle s'arrêtait un instant pour respirer à pleins poumons l'odeur des dragons. Mais, ce jour-là, ses souvenirs la ramenaient dans ce piège souterrain où des dragons avaient tenté de la tuer et la seule odeur qu'elle percevait, c'était celle de cette fumée étouffante.

— La couveuse n'est plus très loin, votre Altesse.

Comme si elle l'ignorait ! Elle avait tout raconté à Isentine parce que Lystra n'était pas là et qu'il fallait absolument qu'elle se confie à quelqu'un. Il était le seul ici à qui elle pouvait se fier. Elle ferma les yeux, mais l'ignoble odeur de fumée devint si forte dans son esprit qu'elle faillit vomir. Elle s'efforça de penser aux montagnes en hiver, à un torrent tumultueux, mais rien n'y faisait. Rien n'y ferait jamais. Sauf si elle parvenait à dénicher la réincarnation de l'un des dragons qui avaient failli la tuer. Oui, peut-être. Sauf si elle comprenait enfin *pourquoi*.

— C'est ici, lui dit le Maître de l'aire en s'arrêtant à l'entrée d'une caverne creusée dans le flanc de la falaise.

Tout au fond, la grotte s'ouvrait sur le ciel. Jaslyn voulut se ruer vers l'azur, le serrer dans ses bras, embrasser l'air pur, mais Isentine posa une main sur son épaule et lui tendit quelque chose.

— Qu'est-ce que c'est ?

— Un remède contre la maladie du dragonneau, votre Altesse.

Pourquoi avoir posé la question ? Elle le savait, pourtant ! pensa-t-elle, irritée. Elle s'empara de l'onguent, une substance brune qui sentait la boue, et s'en enduisit le visage et les mains avant de se diriger vers l'ouverture. Le vent qui soufflait autour d'elle chassa sa claustrophobie et cette sensation d'asphyxie.

Un dragonneau malingre était enchaîné à une paroi. La peau sur les os, il n'était âgé que de quelques jours mais devait déjà bien faire dix pieds de long, du bout de son nez à l'extrémité du fouet qui lui tenait lieu de queue. Ils naissaient ainsi, tout en écailles et en os, généralement de couleur foncée, et s'extirpaient de leur œuf comme une fleur éclot de son bourgeon, processus lent et pénible. Parfois, ils mettaient des jours à s'étirer de tout leur long. Ensuite, ils gisaient là, somnolents, le temps que leur peau sèche et se rétrécisse. Et puis, un jour, ils se réveillaient et mangeaient tout ce qui passait à leur portée. À moins qu'ils ne fissent partie des cas difficiles, comme celui-ci.

Jaslyn comprit immédiatement que ce n'était pas le dragon qu'elle cherchait.

— Il refuse de manger et attaque tous ceux qui s'approchent de lui. Ce n'est pas vraiment surprenant chez les dragonneaux qui dépérissent, mais celui-ci est plus agressif que la plupart.

— Il attaque parce qu'il est affamé.

Jaslyn observa l'animal avec curiosité. Roulé sur lui-même, les yeux clos, il faisait semblant de dormir. Sans trop savoir d'où lui venait cette certitude, la jeune femme était sûre qu'il les observait discrètement.

— Sans aucun doute, mais ces derniers mois, nous avons souvent vu des dragonneaux comme celui-ci. Ils sont devenus beaucoup plus fréquents depuis que…

Isentine s'interrompit, mais Jaslyn savait ce qu'il allait dire : depuis que le dragon blanc avait attaqué les alchimistes. *Depuis que Silence est mort…* Mains jointes, le vieil homme fixa le sol.

— Ils ne mangent que s'ils ont tué leurs proies eux-mêmes.

— Ce n'est pas Silence.

Jaslyn s'approcha encore, prudente mais fascinée. Le dragon avait enregistré sa présence, elle en était persuadée. Elle avait laissé son heaume là-haut, quelle idiote ! L'armure en écailles de dragon protégerait son corps, mais si le dragonneau lui crachait du feu au visage…

Elle n'eut pas le temps d'arriver au bout de son raisonnement : le dragon se jeta sur elle en claquant des mâchoires. Il voulut l'atteindre aux yeux, et des flammes jaillirent entre ses dents. Jaslyn baissa la tête, mains tendues pour se protéger, mais le feu ne l'atteignit même pas et elle ne perçut qu'une bouffée d'air brûlant. Ce dragonneau devait être horriblement faible. Puis la chaîne autour de son cou l'arrêta brutalement et il s'écroula par terre, apparemment trop épuisé pour bouger.

— Tu as lu dans mes pensées, petit ? lui demanda-t-elle pensivement. C'est comme ça que tu as su que tu devais viser ma tête ? Tu le savais déjà, peut-être ?

Elle se tourna vers Isentine.

— Celui-ci sera mort dans quelques heures s'il ne se nourrit pas.

Le vieux maître acquiesça tristement et Jaslyn reporta son attention sur le bébé dragon. Elle mourait d'envie de le soigner et de le cajoler, mais il avait beau être faible, il était tout à fait capable de lui arracher un bras. Elle s'accroupit et le fixa dans les yeux en veillant à se tenir à bonne distance.

— Tu m'entends, là-dedans ? Tu comprends ce que je te dis ? Tu te souviens de quelque chose ? Les flammes, tu t'en souviens ?

Je me souviens des flammes, lui avait dit Silence pendant son agonie.

Le dragon redressa la tête et lui lança un regard railleur trahissant sa surprise et sa haine. *Oui*, comprit-elle en le voyant. Elle s'attendait à l'entendre parler dans son crâne, mais rien ne se passa. Ils se fixèrent ainsi pendant quelques secondes, puis le dragon ferma les yeux et posa sa tête par terre. Elle s'était fait des idées. Elle n'avait vu que ce qu'elle avait désespérément besoin de voir.

Elle s'éloigna du dragon, mais aussi d'Isentine. Pas question que l'un d'eux s'aperçoive du désespoir qui l'accablait. Elle contemplait le paysage à l'extérieur de la caverne, le ciel et les champs dans le lointain, quand soudain…

Tu te fais des illusions, petit être. Tu ne comprends rien.

Jaslyn faillit avoir une attaque. Elle fit volte-face à toute vitesse, mais le dragon n'avait pas bougé d'un cil. Isentine la dévisagea avec curiosité.

— Vous avez… ?

Vous avez entendu ? faillit-elle s'exclamer. La réponse lui apparut aussitôt : il n'avait rien entendu du tout.

— Qu'est-ce que vous voulez savoir ? lui demanda-t-il en la dévisageant.

Aurais-je imaginé ce que je viens d'entendre ?

— Apportez-lui quelque chose, Maître de l'aire. Un animal vivant qu'il pourra tuer lui-même.

— Nous avons déjà essayé, votre Altesse, répliqua-t-il d'un ton lourd de reproches.

Bien sûr… Ils essayaient avec chaque dragon, ils se donnaient un mal fou pour les guérir.

— Tous les…

— Je sais, je sais. Tous les dragonneaux sont précieux. Eh bien, recommencez, mais cette fois-ci arrangez-vous pour que les alchimistes ne s'approchent pas de ce que vous allez lui jeter.

Elle n'arrivait pas à se résoudre à regarder Isentine dans les yeux, mais le silence du Maître de l'aire était éloquent : il désapprouvait au plus haut point ses instructions.

— Ils s'y opposeront, lâcha-t-il enfin.

— Ne leur dites rien, alors.

Les alchimistes allaient tout faire pour déjouer ses plans, comprit-elle soudain. Ils lui répéteraient encore qu'elle n'était pas reine de ce royaume et qu'ils n'avaient de comptes à rendre qu'aux souverains. Elle n'avait même pas d'aire à elle ! Cette pensée peu réconfortante la mit vaguement en colère, une colère dont elle se servit pour agir. Elle passa devant Isentine d'un air majestueux, quitta la caverne et retourna dans le puits, remontant vers le grand air aussi vite qu'elle le pouvait. Le regard de ce dragonneau la hanterait à jamais. Était-ce celui d'un esprit qui savait ce qui l'attendait, d'un être prêt à mourir encore et encore plutôt que de devenir l'esclave des alchimistes ? Mais si elle se faisait des idées, ce regard ne reflétait que la faim et le désespoir. Elle n'aurait jamais la réponse, parce que le Maître de l'aire n'oserait pas défier l'Ordre. Dans un jour ou deux, ce dragonneau serait mort.

Quand elle réapparut à la surface, un messager l'attendait :

— L'écuyer Hyrkallan est de retour au Guet du Sud, votre Majesté, lui dit-il en s'inclinant.

Cette fois-ci, elle ne prit même pas la peine de le corriger.

11. LA PETITE SŒUR

Lystra regardait par la fenêtre, l'une des fenêtres du palais du roi Tyan, au sommet de l'une de ses tours, dans une chambre baignée de soleil où son mari recevait naguère ses maîtresses. En fait, c'était l'endroit où il l'avait amenée la nuit de leurs noces. Cette pièce n'avait pas grand-chose à offrir, si ce n'était une couche luxueuse et une vue splendide. La plupart des fenêtres du palais donnaient sur le sud, sur la mer, mais ici, Lystra avait découvert un panorama qui s'étirait par-delà les murs de la cité et l'immense plaine alluviale de la Furie jusqu'aux confins du nord, indiscernables dans le lointain. Parfois, en plissant les yeux, elle se disait qu'avec un peu de volonté, elle arriverait à voir jusqu'au Palais Adamantin, où se trouvait son amant, son époux, son seigneur et prince, le père de l'enfant qui grandissait en elle. Il était absent depuis longtemps, trop longtemps. Elle se languissait de lui.

Parfois, quand elle en avait assez de penser à Jehal et de se poser des questions à son sujet, ses pensées se tournaient vers ses sœurs : Almiri, la force et l'intelligence, Almiri, qui trouvait toujours le moyen de rendre tout le monde heureux, et Jaslyn. Surtout Jaslyn, mince, quelconque, insignifiante, dévorée par le feu des passions enfouies en elle. La puînée affamée.

Jaslyn, qui lui manquait plus que quiconque.

Elle avait des dames de compagnie plutôt distrayantes, mais quand elle venait à cette fenêtre, elle les renvoyait. Même messire Meteroa, l'oncle de Jehal, cet étrange Maître de l'aire dont le pouvoir s'étendait bien au-delà, même lui savait qu'il valait mieux ne pas la déranger quand elle se postait à cette fenêtre.

D'où l'étonnement de Lystra quand elle entendit quelqu'un monter lentement l'escalier. Le bruit de ces pas ne lui était pas familier ; il ne s'agissait ni de Meteroa qui se déplaçait toujours d'une allure décidée et qui considérait les volées de marches comme des épreuves à surmonter le plus rapidement possible, ni d'aucune de ses dames de compagnie : elles auraient toussé pour l'avertir de leur arrivée.

Son regard s'attarda encore quelques secondes au loin, et elle s'imagina qu'elle allait apercevoir dans le ciel une petite tache qui ne serait autre que Spectre, le dragon de Jehal, volant vers le palais. Puis elle se retourna vers la porte.

Dehors, les pas s'arrêtèrent et soudain ce fut le silence. Lystra sentit aussitôt l'appréhension l'envahir.

— Qui est là ?

Silence.

Le cœur palpitant, la jeune femme fit un pas vers la porte. Elle entendit un souffle court et rauque.

— Qui êtes-vous ?

— Princesse Lystra, chuchota un homme, aimez-vous votre époux ?

— Qui êtes-vous ?

— Vous l'aimez, princesse Lystra ?

— Oui, bien sûr !

Elle avança encore d'un pas. Messire Meteroa lui défendait sans cesse ceci et cela et l'avait mise en garde contre les assassins qui pouvaient surgir à tout moment, envoyés par l'Oratrice. Il avait été incapable de lui expliquer clairement *pourquoi* celle-ci désirait sa mort, et Lystra n'avait jamais accordé beaucoup d'attention à ses avertissements. Jamais, jusqu'à ce jour.

— Ce n'est pas la bonne réponse, grogna l'homme. L'aimez-vous vraiment ? Votre cœur se languit-il de lui ? Vous donneriez-vous à lui corps et âme ? Seriez-vous prête à mourir pour lui ?

— Oui !

Elle se mordit la lèvre. À l'instant même, elle sut ce qu'aurait répondu Jehal à sa place : *Oui, mais est-ce vraiment nécessaire ?* Ou encore : *Bien sûr, mais seulement quand je serai très vieux,* ou quelque chose dans le genre, et elle aurait éclaté de rire. En cet instant, plus qu'en n'importe quel autre, elle l'aurait voulu avec elle.

— Et lui serait prêt à mourir pour vous.

Une silhouette s'encadra sur le seuil, l'homme rejeta sa capuche et…

— Jehal ! s'écria Lystra.

Elle se jeta dans ses bras en poussant des petits cris aigus et en versant des larmes de joie, et il chancela sous le choc.

— Doucement, doucement…

Aveuglée par des larmes de bonheur, elle savoura son étreinte. Il la tenait bien serrée contre lui, exactement comme elle en rêvait.

— Mes aïeux ! La prochaine fois que je prépare une surprise dans ce genre, je ferai en sorte de ne pas révéler ma présence en haut d'un grand escalier raide et tortueux !

— Vous êtes resté absent si longtemps !

— Ah là là, c'est bien les femmes, ça ! ronchonna-t-il. Les princes doivent travailler, sachez-le ! Des semaines à voyager sans vous, loin du foyer, seul et sans amis, à trimer pour le bien des miens ! Une tâche incessante, et quand enfin je rentre en clopinant, épuisé, les fesses endolories, tout ce que je récolte, ce sont des reproches sur la durée de mon absence !

Comme il ne desserrait pas son étreinte, elle comprit qu'il plaisantait.

— Je ne me plaignais pas !

— Peut-être, mais j'ai rencontré messire Meteroa avant de vous dénicher réfugiée ici, et lui ne s'en est pas privé, vous pouvez me croire ! Après ça, si vous m'aviez jeté des dagues, des pots de chambre et des insultes à la tête, je ne m'en serais même pas aperçu !

Il la poussa dans la pièce en la tenant toujours étroitement contre lui.

— Oh, regardez ! Un lit… chuchota-t-il d'un ton rusé. Comment saviez-vous que j'allais arriver ?

Trop occupée à le couvrir de baisers, elle ne prit pas la peine de lui répondre. Et elle n'aurait pu dire si c'était elle ou lui qui attirait l'autre vers le lit, ou si le lit les attirait tous les deux. Lorsqu'ils furent presque nus, elle posa la main de Jehal sur son ventre.

— Vous sentez ? lui demanda-t-elle.

Peut-être gagné par l'excitation de sa mère, le bébé donnait des coups de pied. Elle observa Jehal, ses yeux qui s'éclairaient, les rouages de son esprit qui se mettaient en branle. Le prince chercha désespérément ses mots et, pour une fois, échoua. Un petit sourire étonné apparut sur ses lèvres.

— Votre fils, murmura Lystra.

12. LA DIPLOMATIE SOUS TOUTES SES FORMES

— Je vous sais gré d'être venu. C'était l'endroit préféré d'Hyram.

Debout sur une minuscule saillie rocheuse surplombant la vallée de la Cascade de Diamant, Zafir dominait la Cité des Dragons. Hyram l'avait amenée ici plusieurs fois avant qu'elle ne devienne l'Oratrice, puis elle y avait entraîné le prince Jehal. Aujourd'hui, c'était un roi qui se tenait à côté d'elle et regardait l'eau se déverser des centaines de pieds plus bas. Dans son dos, à quelques pas du précipice, un petit pavillon d'une seule pièce se nichait sous un surplomb, invisible du pied de la falaise et presque impossible à repérer du ciel, à moins d'en connaître l'existence. Ce lieu secret, chaque Orateur le transmettait à son successeur, comme d'autres endroits dissimulés entre les cimes silencieuses de l'Éperon.

— Je suis au courant. Nous sommes souvent venus ici au début de son règne, lui et moi. Avant sa maladie.

Le roi Sirion, cousin d'Hyram, se tenait légèrement en retrait du précipice. Zafir, elle, se délectait de se trouver ainsi tout au bord du vide. Le vent l'aspirait, et si Sirion décidait de la pousser, il lui suffirait d'une chiquenaude.

— Shezira est montée ici avec Hyram quelques jours avant qu'elle ne le tue. C'est ici qu'il lui a annoncé que nous allions nous marier. Elle devait se tenir à côté de lui, comme nous deux aujourd'hui. Elle a dû comprendre dès cet instant qu'il ne la nommerait pas à sa succession. Je me demande pourquoi elle ne l'a pas poussé ce jour-là.

— Peut-être parce que Shezira est une reine-née, une authentique souveraine, forgée dans l'acier et l'honneur, répliqua Sirion d'un ton glacial. J'ai beaucoup de mal à croire cette histoire de meurtre.

Zafir ignora sa réponse.

— Avant de connaître cet endroit, je pensais que l'Éperon Pourpre n'était qu'un petit massif de montagnes sans intérêt, comme l'Épine du Monde, mais en plus réduit. D'ailleurs, là où l'Éperon se sépare de l'Épine, ou bien quand on survole la partie de l'Éperon qui pénètre dans les royaumes du nord, c'est exactement ce que l'on voit. Mais ici… – elle engloba d'un geste tout ce qui l'entourait – … ici, on dirait qu'un dieu est descendu parmi nous pour soulever cette partie du monde jusqu'à ses racines. Il n'existe aucun endroit comparable dans le reste des royaumes. Ici, je vois une falaise abrupte tout autour de moi, sans aimables contreforts ni douces vallées. Mais, tout en haut… Ce ne sont pas des montagnes, tout en haut. Partout ailleurs, nous les qualifierions de collines. Avec des défilés, des cavernes, de la neige, des torrents, des chutes d'eau. La Cascade de Diamant ici, ou la Cascade d'Émeraude et celle de Saphir. Et des forêts glacées. C'est comme un minuscule royaume en soi, arraché aux plaines de la Montagne Affamée. Ce ne sont pas de vraies cimes, en tout cas. Parfois, quand nous apercevons quelque chose de loin, nous interprétons mal ce que nous voyons.

Elle se rapprocha imperceptiblement de Sirion en se penchant un peu en arrière, et reprit :

— Franchement, moi non plus, je n'aurais jamais cru Shezira capable d'un tel assassinat. De déclencher une guerre, ça, oui. Et je le redoutais, je l'admets. Mais tuer Hyram de ses propres mains ?

Elle s'efforça de laisser filtrer un peu de mélancolie dans ses propos, un léger soupçon de vague regret, mais Sirion ne se laissa pas prendre à son jeu.

— Avouez que cela vous a bien arrangée qu'il fasse cette chute ! Je connais l'Éperon Pourpre et la reine Shezira depuis des années et j'ai pu constater que tous deux sont *exactement* tels qu'on les voit de loin !

— Vous êtes cruel, Roi Sirion.

— Vous n'arriverez pas à me faire croire que vous avez le cœur brisé, Oratrice. Vous avez peut-être pu duper Hyram, mais pour moi, il est clair que Jehal et vous étiez amants et que vous l'êtes encore. Il m'est impossible de croire en l'existence d'une quelconque affection entre vous et mon cousin. Crachez le morceau, Oratrice. Dites-moi pourquoi vous m'avez convoqué ici, seul et loin des regards indiscrets. Je ne vois que deux raisons possibles. Laquelle est-ce ? Soit vous projetez de me séduire comme vous avez séduit mon cousin, soit vous voulez m'assassiner ! Je tiens à vous prévenir : dans les deux cas, je vais vous donner du fil à retordre !

Zafir se retourna à demi et jeta un coup d'œil pardessus son épaule. Leurs regards se croisèrent.

— J'envisage peut-être les deux, répliqua-t-elle.

— Vous allez échouer deux fois.

— Très bien, Roi Sirion. Je ne vais pas vous embarrasser de sentiment. Montrons-nous pragmatiques. Hyram et moi avions passé un marché, voilà tout.

Soudain, elle lui fit face.

— Suis-je jeune, Roi Sirion ?

— Oui, très jeune.

— Combien d'enfants ai-je portés ?

Il recula d'un pas, sourcils froncés, et la scruta.

— Aucun, à ma connaissance. Pourquoi me posez-vous cette question ?

— Suis-je fertile, à votre avis ?

Il avait vraiment l'air mal à l'aise, à présent, au grand ravissement de Zafir.

— Je l'ignore, votre Sainteté.

— Essayez de deviner…

— Je… il n'y a aucune raison de penser le contraire, j'imagine.

Elle s'approcha d'un pas, réduisant à néant la distance qui les séparait.

— Suis-je contrefaite ?

— Ce n'est pas le terme qui convient, non.

Il voulut s'éloigner, mais Zafir se rapprocha aussitôt.

— Suis-je belle ?

— Bien sûr, mais…

Il refit mine de s'éloigner, mais la jeune femme lui prit la main et la pressa contre sa poitrine.

— Suis-je désirable ?

Après un instant d'hésitation, il retira sa main. Le cœur de la jeune femme battait à tout rompre, et elle savait qu'il l'avait senti. Il piqua un fard.

— Tu ne m'auras pas comme ça, putain !

Sourire aux lèvres, Zafir balaya l'insulte d'un revers de la main.

— Je n'ai jamais eu cette prétention, Roi Sirion. Pas en ce qui vous concerne. Mais regardez-moi, voulez-vous ? Regardez-moi avec les yeux d'Hyram. Mettez-vous un moment à sa place. Suis-je désirable ?

— C'est bien possible, votre Sainteté. Mais je préfère ne pas savoir pourquoi vous souhaitez me poser cette question.

— Hyram a fait de moi une Oratrice et en contrepartie j'ai partagé sa couche. S'il avait vécu, je lui aurais donné des héritiers. Et il aurait conservé une bonne part du pouvoir qu'il m'avait cédé. Telle était la nature de notre arrangement. Un simple contrat, qui nous liait par mariage. Mais n'est-ce pas le fondement de toutes les unions ? La descendance et le pouvoir ? – Zafir éclata de rire. – Et vous pensez vraiment que je vous ai fait venir ici pour vous casser les oreilles avec la reine Shezira ? Allons ! Ce sont les gardes adamantins qui l'accusent ! J'ai écouté leur témoignage, et pour moi, il est suffisant pour faire condamner la reine à la pendaison, mais vous avez parfaitement le droit de vous faire votre propre opinion ! Les souverains des royaumes suivront son procès et prendront chacun leur décision en leur âme et conscience. Franchement, Roi Sirion, je me moque du sort de Shezira ! Et j'interviendrai le moins possible au cours de ce procès... Tout ce qui compte pour moi, c'est que les dirigeants des neuf royaumes prennent une décision, quelle qu'elle soit ! Parce que mon seul souci, Roi Sirion, c'est d'éviter la guerre entre dragons. Mon seul souci, c'est la paix !

— La paix ? Vous ? ricana Sirion.

— Une heureuse conjoncture du devoir et de l'intérêt personnel, Majesté. À vous de juger de ma solidité sur le trône de l'Orateur maintenant qu'Hyram s'en est allé.

Sirion semblait plongé dans la perplexité. Visiblement, il ne s'attendait pas à un tel franc-parler.

— Alors, pourquoi... ?

— Pourquoi vous ai-je amené ici ? Pour vous poser une question, Majesté. Pour vous demander votre avis en tant que grand roi d'un grand royaume. Je suis reine et je suis l'Oratrice. Je n'ai pas eu d'enfants. Comme vous avez bien voulu le reconnaître, je suis jeune, fertile et désirable – elle fit encore un pas vers lui –, mais mon mari est mort. En principe, je n'ai que l'embarras du choix, avec tous ces princes qui pullulent dans les royaumes. Depuis ces dernières semaines, ils arrivent toujours plus nombreux à ma cour. Vous pouvez le constater par vous-même, d'ailleurs. Si vous êtes comme moi, vous devez sans doute les trouver mortellement ennuyeux. Mais tous ces princes viennent du sud, autrement dit des cours du roi Narghon, du roi Silvallan et du roi Tyan. Et pour la paix des royaumes, je dois absolument épouser le nord, pas le sud. D'autre part, je ne veux pas d'une guerre avec les filles de Shezira, mais de là à épouser l'une d'elles...

Sirion fronça à nouveau les sourcils :

— Je ne peux vous être d'aucun conseil. Si la reine Shezira avait un fils, vous tiendriez votre réponse. Mais d'autres sont du même sang qu'elle…

— Beaucoup d'autres, oui. Hélas, s'il est prouvé que Shezira a assassiné Hyram, je ne peux plus m'unir à un homme de sa lignée. Par contre, si elle est déclarée innocente, pourquoi pas…

— Valgar a un fils.

— Il n'a que deux ans !

— Le roi a des frères aussi.

Zafir contempla le pied de l'à-pic où coulait la rivière, tout en bas.

— Effectivement, mais le royaume de Valgar est trop petit. *Voilà, Sirion. La graine est plantée. Tu es trop vaniteux et tu t'estimes trop sage pour me répondre tout de suite, mais la graine est bel et bien là. Car si je ne peux m'unir au royaume de Shezira et si je ne choisis pas celui de Valgar, il ne me reste que le tien. Mais seulement si la culpabilité de Shezira est reconnue…*

— Il y a… commença-t-il, mais Zafir leva la main pour le faire taire.

Elle jeta un coup d'œil à l'intérieur du pavillon. C'était un espace sommaire, une seule pièce ouverte aux quatre vents, avec des arches en guise de fenêtres. Au fond, il y avait deux larges alcôves où s'empilaient fourrures somptueuses et coussins moelleux. Impossible de ne pas deviner à quel usage les Orateurs de passage les avaient destinés. Elle s'y était vautrée, nue, avec Hyram puis Jehal ; et en revenant ici à dos de dragon avec Sirion, elle s'était demandé si elle allait s'y retrouver nue à nouveau. Et pourtant, cet homme lui rappelait Hyram, un mauvais point pour lui.

Bah, elle avait fait ce qu'elle pouvait, et elle s'en était bien sortie. À présent, elle n'avait plus qu'à laisser opérer le temps, la cupidité, le doute et l'orgueil.

Il suivit son regard et dut deviner ses pensées, car ses traits se durcirent.

— Je…

Elle attaqua la première, avant de le laisser poursuivre.

— Ne vous faites surtout pas d'idées, Sirion. Vous avez un fils célibataire, Dyalt.

— Promis à la princesse Jaslyn…

— Promis, mais pas encore donné. Et comme nous l'avons vu, les promesses, on peut les briser.

Sirion devint rouge de colère. Il n'eut cependant pas le temps d'ajouter quoi que ce soit, car au même instant des cris de dragons leur déchirèrent les tympans… D'abord un, puis un autre, puis d'autres encore, répondant au premier. Des cris d'alerte.

Il s'éloigna d'un bond de Zafir et dégaina à moitié son poignard.

— Qu'est-ce que c'est que ce piège ? s'écria-t-il.

Zafir l'entendit à peine. Sa peau fourmillait, comme rongée par un mélange acide de peur et de fureur. Ses dragons décrivaient en hurlant des cercles au-dessus d'eux. Ils avaient repéré quelque chose, une chose qui descendait la vallée en rasant les eaux de la rivière de Diamant. Trois dragons inconnus fonçaient droit vers le pavillon. On les distinguait très mal sur ce fond d'arbres, d'eau et de pierraille, mais ce qui était sûr, c'est que ceux-là ne lui appartenaient pas. Elle plissa les yeux, paralysée par l'épouvante. Ses guetteurs volaient trop haut, et ses écuyers ne parviendraient pas à les intercepter à temps. S'ils étaient là pour la tuer, on pouvait déjà considérer que c'était chose faite…

Elle finit par les reconnaître. Deux d'entre eux, en tout cas. Quelques semaines plus tôt, elle les avait perdus au profit des Écuyers Rouges. Ils étaient ici pour elle, forcément. Ils fonçaient toujours vers elle, et elle ferma les yeux. Ils étaient énormes. Elle allait mourir dans la souffrance et les flammes… *Non, pas ça ! Non !*

Il n'y eut pas de feu. Quand elle rouvrit les yeux, elle vit les trois dragons passer devant elle l'un derrière l'autre, le cou tendu, leurs immenses ailes si larges et si proches qu'elles frôlèrent presque la roche à ses pieds. Elle était toujours pétrifiée, mais Sirion l'attrapa et la jeta par terre loin du bord. Un instant plus tard et la bourrasque provoquée par leur passage les aurait déséquilibrés et projetés dans le vide comme un couple de pantins. Les dragons franchirent les chutes d'eau et plongèrent droit sur la Cité des Dragons et le Palais, tout en bas. Zafir se releva en tremblant pour les regarder s'éloigner, encore presque incapable de bouger. Elle porta un doigt à son sourcil, qui commençait à picoter. Elle saignait. Une simple égratignure, heureusement. *S'ils m'avaient vue… S'ils avaient su que j'étais ici…*

— Vous tremblez, votre Sainteté. Vous êtes très pâle.

Le roi Sirion lui effleura maladroitement l'épaule, mais elle se déroba en agitant les bras comme une folle à l'attention de ses écuyers. Ils piquaient déjà droit vers elle et quelques secondes plus tard un dragon de chasse se posait lourdement dans un bruit assourdissant. Zafir se précipita vers lui, hurla à l'écuyer de se pousser et se hissa sur le dos de la bête. Elle avait déjà oublié Sirion, alors qu'il lui avait sans doute sauvé la vie quelques instants plus tôt. Et si son dragon, en se posant, avait écrasé ou précipité le roi de la falaise dans la rivière en contrebas, cela ne lui aurait fait ni chaud ni froid. Avant même d'avoir sanglé sur elle le harnais de l'écuyer, elle ordonna au dragon de prendre son envol. La seule chose qui comptait à ses yeux, c'était son palais.

Aiguillonné par le stress de son écuyère, le dragon se jeta par-dessus la cascade et déploya ses ailes dans le vide vertigineux des cieux couronnant la Cité des Dragons.

Tout en bas, des traînées enflammées zébraient le sol. Seul son palais comptait et son palais brûlait.

13. JUSTICE ET VENGEANCE

La Cascade de Diamant recracha l'écuyer Semian dans le vide. Vengeance, le dragon volé à l'Usurpatrice, replia ses ailes et se laissa tomber du ciel comme une pierre au-dessus de la Cité, tout en bas. Le vent grondait et hurlait aux oreilles de l'écuyer, menaçant de lui arracher ses vêtements. La blessure à sa jambe le faisait souffrir, car une fièvre s'était insinuée dans son sang. Quand il fermait les yeux, il ne voyait que des flammes et des plaines infinies en feu. Il marmonna une prière à la Grande Flamme. Il y avait quatre aires autour du domaine de l'Oratrice, le Haut de Drotan et trois autres, et une cinquième jouxtant les portes de son Palais. Aujourd'hui, elles allaient toutes brûler. *Que les rois et les reines répondent à l'appel de l'Oratrice ! Ils ne trouveront plus que cendres et braises…* Les Écuyers Rouges, *ses* écuyers, s'étaient divisés en plusieurs groupes qui volaient vers le nord, le sud et l'est pour frapper simultanément toutes les aires de l'Oratrice. *Et moi, pendant ce temps-là, je trouverai le cœur et je l'exciserai. Hyrkallan, quand vous entendrez parler de notre exploit, je voudrais que vous sachiez à quel point je vous ai plaint le jour où nous vous avons banni.*

Il ouvrit les yeux. La Cité des Dragons était devenue gigantesque. Vengeance déploya ses ailes et ouvrit grand ses mâchoires. Malgré la visière, des rafales brûlantes balayèrent le visage de Semian. Le parfum sublime de l'air roussi et de l'incendie qui ravageait la Cité l'enivrait. Il sentit la force brute de Vengeance, sa puissance, se diffuser en lui ; son dragon éprouvait la même chose, il le savait. Consumés par une fureur justicière, tous deux ne faisaient qu'un. *Voyez comme votre souveraine vous protège, et constatez son impuissance…* Trois ou quatre dragons s'étaient lancés à sa poursuite, des guetteurs patrouillant en bordure de l'Éperon Pourpre, mais ils étaient trop loin pour interrompre sa course vers le Palais. Le destin et la chance le suivaient pas à pas. Grâce à eux, il avait pu se glisser entre les mailles du filet de l'Usurpatrice. Ils étaient son bouclier, son armure, et ils le protègeraient aussi des scorpions de la Garde Adamantine, sans nul doute. Quand les murs du Palais se ruèrent à leur rencontre, Shanzir et Nthandra se déployèrent sur ses flancs en prenant pour cible l'aire et les baraquements qui l'entouraient. Toute la gloire lui reviendrait, à lui et à lui seul. Au passage, Vengeance fracassa l'enceinte d'un coup de queue, infligeant une balafre de pierre aux verts et aux bleus de la tour de l'Eau. Puis le dragon se déchaîna, crachant du feu dans toutes les directions, arrosant de ses flammes les murs, la terre, les tours, et tout ce qui se trouvait à sa portée. Dévorés par le feu, humains et chevaux se consumaient en hurlant. Serviteurs et bêtes, rois et seigneurs, tous les êtres vivants se ressemblaient une fois réduits en cendres.

Quelque chose frappa Vengeance et le dragon frissonna, furieux. Des soldats tiraient sur lui du haut de l'enceinte, lui décochant leurs carreaux de scorpion. Devant lui, une compagnie de Gardes avait pris position, à l'abri de leurs boucliers pour dévier les flammes. En les survolant, le dragon les fouetta de sa queue, mais tandis que Semian fonçait vers la tour de l'Air et la tour de l'Orateur derrière elle, les Gardes affluèrent de plus belle. Un autre carreau de scorpion frappa Vengeance, puis un troisième. Le dragon poussa un cri strident et voulut se retourner pour rendre les coups qu'il avait reçus, mais Semian réussit à le contrôler par la seule force de sa volonté.

Là ! Là, devant lui, grande ouverte, la porte d'accès à la Salle d'Audience ! S'il avait une chance de dénicher l'Oratrice, c'était bien là ! Hélas, quelques Gardes s'étaient déjà mis en tête de repousser les battants et des centaines de soldats se répandaient sur les murs ou dans les cours en traînant leurs scorpions, boucliers levés vers le ciel.

Ça n'allait pas se passer ainsi ! Un autre trait de scorpion atteignit Vengeance entre les omoplates, tout près de l'endroit où était installé Semian. Cette fois-ci, le dragon n'en fit qu'à sa tête. Des flammes cueillirent les soldats occupés à refermer la porte, puis Vengeance tourna le cou et arrosa les murs avant de basculer résolument vers eux. Quelques piqûres de scorpion ne pouvaient venir à bout d'un dragon, mais c'était extrêmement douloureux. Le temps que Semian reprenne le contrôle de Vengeance, le moment propice s'était envolé, et ils passèrent comme une flèche devant ces battants presque fermés qui les narguaient et les invitaient à entrer. Dans un hurlement de rage, Semian poussa Vengeance à reprendre de l'altitude. Il s'éloigna du Palais, la mâchoire crispée par la frustration, et se retourna enfin pour regarder par-dessus son épaule si les dragons de l'Oratrice s'étaient lancés à sa poursuite.

Il assista alors à une chose merveilleuse, un miracle de la Grande Flamme. Aucun dragon ne le suivait, car tous convergeaient vers une autre proie. Pendant quelques instants, il crut qu'ils pourchassaient Shanzir, mais c'était Nthandra du Val qui les intéressait. Comme prévu, la jeune femme avait mis le feu à l'aire de l'Oratrice ; mais au lieu de s'éloigner, elle avait fait demi-tour pour revenir vers le Palais. En la voyant, Semian ressentit une étrange poussée de jalousie et d'allégresse. Il vit le dragon de Nthandra s'écraser en plein milieu des soldats, tout près de la porte qu'il venait lui-même de rater de si peu, semer une véritable panique et forcer les battants d'un coup de tête qui les pulvérisa, puis il vit le feu gagner toute la tour, faisant exploser portes et fenêtres…

Et il vit mourir Nthandra, fracassée dans son harnais par les ripostes de trois scorpions, consumée par les flammes qui ressortaient de la tour. Semian ferma les yeux et pria pour elle, puis offrit l'âme de Nthandra du Val à l'oubli de la Grande Flamme. La première martyre depuis deux siècles. *Sainte* Nthandra du Val.

Il prit la direction du sud, puis vira vers l'ouest et remonta la Gorge de la Furie. Personne ne l'avait pris en chasse. Kithyr, qui lui avait promis l'invisibilité, semblait avoir tenu parole.

Semian resta euphorique tout le reste de la journée, même quand les autres Écuyers Rouges rentrèrent bredouilles les uns après les autres. Le Carrefour de Samir, à l'est de l'Éperon Pourpre, regorgeait de dragons ennemis qui les avaient contraints à faire demi-tour. Au Haut de Drotan, la situation était à peu près la même, comme ils l'apprirent à leurs dépens : ils avaient perdu quatre écuyers et leurs montures. Mais ces revers n'avaient aucune importance, et quand il leur apprit la conduite héroïque de Nthandra, tous les écuyers parurent comprendre. Ils le devaient, en tout cas. Les écuyers incapables de suivre la Flamme étaient repartis au nord ou avaient disparu d'une façon ou d'une autre, comme le malheureux Jostan. Ceux qui étaient restés étaient prêts se sacrifier pour la Grande Flamme.

L'Oratrice a rendu l'âme ! L'Usurpatrice a été assassinée sur mon ordre ! Mais peut-être s'avançait-il trop ? Peut-être espérait-il trop de choses ? À l'heure où le soleil se couchait derrière les collines, il regagna sa tente, s'allongea sur sa couche et pria, le regard perdu dans le vide. *Faites que l'Usurpatrice soit morte, et faites que cette victoire me revienne ! Faites que l'étendard de la Grande Flamme flamboie dans tous les royaumes !* Il ferma les yeux et tenta de s'imaginer le monde tel qu'il le concevait. Un monde où les prêtres-dragons exerceraient à nouveau le pouvoir qui leur avait appartenu jadis, avec à leur tête Semian, le Chevalier du Feu, celui des mythes et des légendes, Justice et Vengeance… Il s'abandonna aux visions qui lui envahissaient le cerveau.

Tu ne dois pas te reposer, murmura la Flamme dans son sommeil, *tu ne dois pas te reposer, tout doit partir en flammes…* Il s'agita, se tournant et se retournant au fil de ses rêves agités, et quand il se réveilla, le soleil était déjà haut dans le ciel. Le jour s'était déjà levé depuis longtemps. Semian vit Kithyr, le mage de sang, assis à côté de lui dans la tente.

— C'est très bien, prophète, lui dit solennellement le mage en posant ses doigts froids sur le front de Semian.

Celui-ci empoigna la main de Kithyr.

— Et ce n'est que le début ! Le commencement ! Nous devons…

Il voulut se redresser mais Kithyr le força à rester tranquille.

— Vous avez de nouveau de la fièvre. J'ai recommandé à vos hommes de se reposer aujourd'hui, alors faites donc de même.

— Vous aviez raison, reprit l'écuyer. Tout s'est passé comme vous nous l'aviez dit. Personne ne nous a vus jusqu'à ce que nous arrivions au-dessus du Palais. Les gardes adamantins avaient l'air à moitié endormis tellement ils étaient lents. J'ai l'impression qu'ils ne nous ont pas aperçus avant que nous ne passions au-dessus de leurs têtes.

— Le pouvoir du sang… opina Kithyr.

La magie du sang était malsaine, perverse, démoniaque. Du moins, Semian l'avait toujours considérée ainsi avant ce jour où la Grande Flamme s'était adressée à lui. À l'époque, il n'aurait jamais laissé vivre un mage de sang, car la reine Shezira, comme de nombreux autres souverains, les avait bannis de son royaume. Un jour, pourtant, il avait vu la magie du sang à l'œuvre, exercée par un alchimiste. Une scène si écœurante qu'il avait failli se trouver mal. Mais cet alchimiste était un serviteur de l'Ordre et l'Ordre, à sa manière, servait la Grande Flamme. Depuis, Semian avait appris tant de choses… et Kithyr lui avait *montré*. Ceux qui avaient découvert comment dompter les dragons, les tout premiers alchimistes, étaient des mages de sang, eux aussi. Le sang et le feu allaient de pair…

— Laissez-moi refaire votre pansement.

Kithyr l'aida à s'asseoir et se mit à défaire les bandages de sa jambe. Semian faillit le repousser, puis s'abandonna. Ce magicien semblait s'y connaître en bandages.

— Ça me fait mal, ce matin.

Le mage hocha la tête.

— La plaie suppure, et il faudrait qu'elle saigne. Je vais aspirer le sang corrompu et refaire votre bandage.

Semian se frotta les yeux. Il se sentait las, léthargique.

— Elle empire, insista-t-il. Et je ne me rappelle même plus comment je l'ai récoltée !

— C'est une plaie peu profonde mais longue et déchiquetée. La chair est très abîmée. J'y vois la marque d'un mercenaire, d'un imbécile qui se bat avec une épée au bord émoussé.

— Je n'en ai aucun souvenir.

— Vous avez combattu avec fougue, Semian. Nous avons gagné, et ils sont morts. Vous seul avez été blessé parmi nous. Vous n'avez pas besoin de vous souvenir d'autre chose…

Semian redressa les épaules et lutta contre la brume qui rampait sous son crâne. Kithyr avait défait les pansements. La jambe de l'écuyer l'élançait douloureusement et il flottait dans l'air une odeur de pourriture.

— Il faudrait se souvenir de chaque blessure et de la personne qui nous l'a infligée, protesta Semian. L'une des deux pourrait finir par avoir notre peau.

— Les mercenaires sont tous morts et je doute que cette blessure soit la dernière, ricana Kithyr.

— En êtes-vous si sûr ? À l'odeur, cette plaie est infectée.

— Elle va rester dans cet état pendant un certain temps, écuyer, mais elle ne vous tuera pas. Tant que je suis là, aucune blessure ne vous tuera. Maintenant, taisez-vous. Je dois expulser la corruption et cela va faire mal.

— Je sais… Je n'ai pas peur de la douleur, mage de sang.

Semian ferma les yeux, le ventre noué par l'attente. Lorsque la souffrance arriva, elle dépassa toutes ses espérances. Le monde qu'il connaissait disparut et il se retrouva enfoui dans une glace si froide qu'il eut l'impression de brûler. Il était de retour dans la vallée rocailleuse couverte de cendres, avec le dragon écarlate gigantesque qui rapetissait même l'Épine du Monde. Peau blême, cheveux blancs et longues robes sanglantes, le prêtre-dragon tendait vers lui les moignons noircis de ses mains.

Oui, dit le prêtre. *Oui, c'est un début, un simple commencement, mais c'est bien. Bien joué.*

Au moment où Semian allait lui demander ce qu'il voulait dire par là, l'immense dragon rouge leva une aile qui masqua le soleil. Le ciel s'assombrit, la lune noircit, puis le monde, et un torrent rugissant se déversa dans la tête de l'écuyer.

Lorsqu'il rouvrit les yeux, il gisait sur le dos et fixait la toile de sa tente. La douleur dans sa jambe, que Kithyr bandait à nouveau, était atroce.

— J'ai eu une vision…

— Rien d'étonnant, le coupa le mage d'un ton qui trahissait son scepticisme. Vous aviez raison. La blessure empire *vraiment.* J'ai dû en extraire une grande quantité de pus. J'ai fait de mon mieux. Elle va guérir, mais vous allez rester faible et fatigué pendant un certain temps.

— La Grande Flamme me communiquera sa force…

— Certes, dit Kithyr en se levant. Comme à nous tous. Vous allez tout de même devoir vous appuyer sur quelqu'un pour marcher pendant quelque temps, j'imagine. Mais vous pouvez toujours voler à dos de dragon, donc tout va bien.

Semian voulut se lever, mais la douleur était tout simplement insupportable.

— Oui, tout va bien, grimaça-t-il.

— Les derniers Écuyers Rouges sont rentrés aux petites heures du matin avec de bonnes nouvelles.

Il s'agissait des hommes envoyés vers les aires les plus éloignées.

— Ah oui ? Ont-ils réussi leur mission ?

— Oui, tout à fait. Les aires orientales de l'Oratrice sont réduites en cendres, et le pont de Narammed aussi.

— Louée soit la Grande Flamme ! s'exclama Semian en se laissant tomber à genoux.

Ces aires n'étaient guère plus que des champs agrémentés de quelques huttes – sans un seul soldat, probablement – mais l'écuyer s'en moquait. Sa vision s'était réalisée. Les rois de l'est et du sud allaient répondre à l'appel de l'Oratrice. Quand ils feraient escale pour se reposer et nourrir leurs montures, ils ne trouveraient que des ruines, et prendraient conscience de la faiblesse de Zafir.

Soudain pris de vertige, il ferma les yeux et tendit la main. Le mage la prit et la serra dans la sienne, et lui dit :

— Je ne vais pas tarder à vous quitter, vous le savez, n'est-ce pas ? La Grande flamme me réserve un autre destin.

— Je comprends.

— Nous servons tous la Flamme à notre façon. J'ai fait pour vous tout ce qui était en mon pouvoir. Dorénavant, écoutez la parole de la grande Flamme, Semian. Elle s'adressera à vous par le feu, mais aussi par le sang. Quand le sang viendra à vous, vous devrez en tenir compte.

— Je ne comprends pas… grimaça l'écuyer.

— Vous comprendrez bientôt. Je vais devoir vous saigner de nouveau…

— S'il le faut… mais je ne peux pas m'attarder ici, Kithyr. Nous avons frappé un grand coup, mais beaucoup d'autres suivront encore. Ce n'est un début, un simple commencement…

Le monde devint nébuleux et instable.

— Bien sûr, mais c'est déjà bien. Bien joué… lui dit le mage en lui pressant la main.

L'écuyer Semian sombra encore une fois dans l'inconscience, et le mage de sang laissa retomber sa main. Il souriait.

— Vous n'avez pas allumé le feu, murmura-t-il, mais vous allez attiser les flammes d'un enfer que nul ne pourra éteindre.

14. LES OBLIGATIONS D'UN PRINCE

Jehal poussa un gros soupir et s'assit par terre, au milieu de la pièce, en se demandant si quelqu'un remarquerait son attitude. Depuis son retour à Furibouche, deux semaines auparavant, il arpentait son palais comme un animal en cage.

Je ne suis jamais content ! Et pourtant son royaume ne lui causait pas le moindre souci. Les coffres du trésor étaient pleins, sa cité prospérait, ses dragons étaient réputés pour leur force, et son cousin Iskan s'acheminait tranquillement vers une union matrimoniale avec la famille du roi Silvallan. Parfait pour s'y reposer un peu, le regarder se gouverner tout seul et ne rien se refuser. Et pour couronner le tout, Lystra attendait leur enfant, ce qui ne l'empêchait pas d'être aussi douce sous les caresses et aussi passionnée que jamais. *Alors, pourquoi cette insatisfaction ? Pourquoi ne puis-je pas être heureux ?*

Quelqu'un s'approcha de lui par derrière et s'arrêta dans son dos. Jehal reconnut immédiatement ces pas : son oncle, Meteroa.

— Vous êtes indisposé, votre Altesse ? Vous méditez, peut-être ? Je vous en prie, ne me dites pas que vous êtes frappé de folie ! Cette famille en a eu largement son compte.

— Pas du tout, maître des aires. Je m'efforce de contrôler ma nervosité.

— En adoptant une conduite bizarre qui perturbe vos sujets ?

— Zafir va nous précipiter dans une guerre ! Je fais tout pour ne pas y penser, mais je n'y arrive pas ! Comme elle ne m'écoutait plus, j'ai préféré partir, pour ne plus assister à toutes ces idioties. Ne plus me cogner la tête contre les remparts de bêtises que la plupart de ses conseillers semblent ériger autour d'eux.

Jeiros était bien trop intelligent pour ne pas voir ce qui se profilait, mais il ne pouvait intervenir. La

Sentinelle de la Nuit, Tassan, s'en rendait compte aussi, Jehal en était presque persuadé. Pour un commandant de la Garde Adamantine, ce Tassan était drôlement perspicace. Mais les autres… Les autres refusaient l'évidence. Il ricana intérieurement. *C'est peut-être parce qu'ils n'ont pas croisé la princesse Jaslyn récemment…* Il se releva avec désinvolture et fit face à son oncle.

— Et je découvre que ne pas être là-bas est encore bien pire ! Toutes les nuits, je pense aux mille choses que pourrait entreprendre Zafir, toutes plus néfastes les unes que les autres. Je suis convaincu qu'elle nous mènera tous à la ruine, je m'en aperçois à présent. Je devrais repartir.

Mais pourquoi ? Pourquoi ne pas les laisser mener leur barque sans moi ? Zafir n'a qu'à se noyer dans ses propres inepties, bon sang !

— Je m'ennuie, mon oncle, grommela-t-il. Ce royaume se porte trop bien.

— Je prends cela comme un compliment, répliqua Meteroa avec une courbette. Mais quand vous avez quitté le palais de l'Oratrice, vous en aviez assez, n'est-ce pas ? C'est bien la raison de votre retour ?

Sans attendre de réponse, le maître de l'aire haussa un sourcil.

— Bah, aucune importance ; si vous vous ennuyez, ceci devrait vous plaire. J'ai quelques nouvelles à vous apprendre.

Jehal se secoua. Il y avait cette lueur dans les yeux de son oncle, une lueur qui lui disait que les ennuis n'étaient pas loin.

— Je ne sais pas si je dois vous écouter, maître des aires. Vous n'apportez jamais de bonnes nouvelles. Je préfère nettement les douces paroles de Lystra.

L'air vaguement contrarié – son air habituel, en fait –, Meteroa répliqua :

— Rien ne me plairait plus que de vous voir vous enfermer avec votre reine pour quelques jours encore. J'ai tellement moins de mal à gouverner ce royaume quand vous n'êtes pas là pour mettre votre grain de sel…

— Vous êtes censé diriger mes aires, pas mon royaume, Meteroa. Mais si vous souhaitez me voir décamper, vous n'avez qu'à m'annoncer qu'un ambassadeur des Taiytakei me supplie de le recevoir…

— Ils sont très occupés depuis quelque temps.

— Vous m'en direz tant.

— Toujours un complot sur le feu… bâilla Meteroa. Mais dois-je en déduire que les Taiytakei seront dorénavant du ressort du seigneur chambellan ou d'un autre fonctionnaire subalterne ?

Jehal faillit éclater de rire. Le seigneur chambellan était censé être les yeux, les oreilles et la voix du roi. Au sens strict, même Jehal devait se soumettre à cet homme, mais le dernier chambellan ayant tenté de le forcer à suivre cette règle avait démissionné un peu hâtivement quelques années plus tôt…

— Quelle bonne idée ! ricana le prince. Vous savez, il m'arrive de me dire que nous devrions leur offrir le dragonneau qu'ils réclament, ou bien un œuf ou deux. Ils n'ont qu'à en assumer les conséquences.

— Ce serait une trahison, mon prince ! Et la pire à s'échapper de vos lèvres depuis bien longtemps ! Comme vous me l'avez si justement fait remarquer, je suis le maître de vos aires ! Je devrais courir à toutes jambes avertir l'Oratrice et le Grand Maître des alchimistes ! Rien que pour l'outrecuidance de tels propos, vous verriez Jeiros réclamer votre tête à hauts cris !

— Sottises ! Je n'ai pas dit que nous devions leur fournir aussi les potions. Non, juste un dragonneau.

Meteroa fulminait encore, et Jehal soupira.

— Eh bien quoi ? Un de leurs navires revenant au port sans un seul survivant sauf un dragon rebelle et affamé, vous ne trouveriez pas cela amusant ?

Meteroa lui jeta un regard acerbe.

— Je suis écroulé de rire, vraiment. Mais il ne s'agit pas des Taiytakei, votre Altesse. Les nouvelles que j'apporte concernent votre épouse et ne peuvent attendre.

— Oh ! Me voilà soudain *absolument* convaincu que je ne vais pas du tout aimer ce qu'il vous tarde tant de m'annoncer. Je ferais bien de vous prévenir que j'envisage de remettre en usage certaines coutumes anciennes concernant les porteurs de mauvaises nouvelles.

— Dans ce cas, je vais vous les présenter autrement. Ce sont de merveilleuses nouvelles, votre Altesse. L'Oratrice a convoqué un conseil des souverains ! Oh, les heureux temps que nous vivons là ! s'exclama le maître des aires d'une voix aussi sèche qu'un coup de trique.

Toute la bonne humeur de Jehal le déserta aussitôt.

— Elle va faire juger la reine Shezira, n'est-ce pas ?

— Oui. Et le roi Valgar, également.

— Je me moque de Valgar. C'est un roi sans importance dont la voix ne pèse guère.

— Mais marié à une reine qui compte, votre Altesse.

— Oui, bon, il a épousé la grande sœur de Lystra ! Je ne l'ai pas oublié, rassurez-vous ! Mais elle compte encore bien peu, comparée à Shezira. Les poings serrés, il ajouta : Zafir va exiger la tête de Shezira, et il y a de grandes chances qu'elle l'obtienne. Jaslyn montera sur le trône de sa mère, et avec Almiri qui s'exprime déjà au nom du royaume de Valgar, si elles s'associent, elles pèseront autant que le roi des Cimes. Ajoutez-leur Sirion et les royaumes vont se diviser en deux camps d'égale force, ce qui veut dire la guerre, le feu, la mort, la destruction. Tout va partir en fumée.

— C'est bien possible, dit Meteroa en levant un sourcil. Cependant, je ne puis m'empêcher de vous faire remarquer que cette guerre se déroulera probablement très loin de Furibouche.

— Furibouche a beau être loin du théâtre de ce conflit, maître des aires, il se trouve que *moi*, je ne le suis pas. Je suis même précisément en plein milieu.

— Vous faites preuve d'une grande habileté, votre Altesse. Je m'incline devant vos talents de stratège et de polisson. Une maîtresse d'un côté et une épouse de l'autre… Vous pouvez sauter sur l'une ou l'autre quand cela vous chante. Vous laisser porter par les vents changeants de leurs destinées pendant qu'elles se déchirent tranquillement entre elles.

Jehal faillit le gifler.

— Vraiment, vous êtes parfois d'une grande naïveté, mon oncle ! Si elles se déchirent entre elles, comme vous dites, nous n'en subirons sans doute pas les conséquences directes, mais adieu la tranquillité ! Je vais peut-être vous surprendre, mais je préfèrerais éviter de voir les royaumes réduits en lambeaux, ce qui serait la conséquence probable de cette guerre. Autant offrir ce dragonneau aux Taiytakei, et avec les potions en plus ! Nous n'aurons peut-être plus le choix.

Il fit quelques pas dans la pièce.

— J'ai l'intention de succéder à Zafir sur le trône de l'Orateur, et je préfèrerais éviter de régner sur un désert de cendres. J'ai l'intention de me dresser entre elles pour empêcher cette guerre.

— Vous n'allez pas en choisir une des deux, Messire ? insista Meteroa, le sourcil incrédule.

— J'ai fabriqué une Oratrice. Si j'en fabrique un autre un jour, ce sera moi. Non, je ne choisirai pas, répliqua Jehal, lèvres pincées. Pas encore. Je répondrai à la convocation de Zafir et j'assisterai à son conseil, où je soutiendrai avec passion et conviction la position suivante : les royaumes seront plus sûrs si Shezira reste en vie. On verra bien ce qui se passera.

— Malheureusement, votre Altesse, il a été explicitement spécifié que vous n'êtes pas invité au conseil. Votre père, lui, peut y assister, et s'il est capable de s'exprimer ce jour-là, sa voix sera entendue. Quoique je doute fort que quiconque comprenne ses propos… Quant à vous, il vous est poliment conseillé de rester chez vous et de vous occuper de votre petit oiseau. Je me demande bien ce que cela veut dire…

— Croyez-moi, maître des aires, grinça Jehal, l'Oratrice ne saurait être plus claire. Toujours est-il que… –

Il dévisagea son oncle avec attention, pendant un long moment. – … Zafir peut faire ce qu'elle veut du roi Valgar, mais si elle exécute Shezira, les deux sœurs de Lystra lui déclareront la guerre. Il faut absolument empêcher ça !

Meteroa leva un sourcil.

— J'ose espérer que vous allez nous épargner, à la princesse Lystra et moi, vos plaintes continuelles sur votre prétendu ennui ?

Son neveu sourit soudain jusqu'aux oreilles.

— Si j'arrive à changer l'humeur de Zafir, je vous le garantis. Vous pouvez vous retirer, maître des aires.

Quand le prince se retrouva seul, son sourire disparut, et son regard se perdit dans le vague. Il avait placé Zafir sur le trône… Il avait toujours su qu'elle pourrait un jour échapper à son contrôle, mais n'avait jamais vraiment approfondi la question.

Il est grand temps que je m'y mette, on dirait. Il se dirigea d'un pas vif vers les appartements de son père. Il y avait une autre chose qu'il aurait dû faire depuis longtemps, mais celle-ci, il y réfléchissait depuis des années. Une chose qu'il valait mieux exécuter rapidement, pendant qu'il en avait la volonté. Une fois devant la suite de son père, il renvoya tous les serviteurs en leur donnant l'ordre de dénicher Meteroa et de le ramener. Après leur départ, il se glissa à l'intérieur, traversa plusieurs antichambres et entra enfin dans la chambre du malade. Une longue pièce sombre, chichement éclairée par quelques braises dans l'âtre et les minces rais de soleil qui se faufilaient par les fentes des volets. Une pièce où il venait de moins en moins à mesure que le temps passait. *Je venais ici tous les jours, au début. Rempli d'un étrange mélange de crainte et d'espoir, je vous tenais la main et je cherchais tous les signes pouvant m'indiquer que vous alliez mieux. J'attendais un miracle, mais votre état empirait et les miracles, c'est bien connu, il n'y a que les imbéciles pour y croire.*

Le prince Jehal s'assit à côté du lit, prit la main de son père et se pencha à son oreille.

— Je sais que vous m'entendez, lui chuchota-t-il d'un ton aussi doux que la soie. Je sais que votre esprit est toujours vivant, même si votre corps dépérit. Vous ne pouvez pas parler, vous ne pouvez pas vous nourrir, vous ne pouvez pas faire grand-chose sauf rester allongé là à fixer le plafond, mais je sais que vous m'entendez. Si vous avez quoi que ce soit à me dire, c'est votre dernière chance. Oui, je sais, je ne suis pas venu vous voir depuis longtemps… Et je n'ai pas été un très bon fils, ça aussi, je le sais. Si j'avais eu un meilleur père, allez savoir… Je dois à nouveau m'en aller. La reine Zafir m'attend. J'ai tout fait pour qu'elle me désire, mais je vais sans doute devoir la supprimer. J'ai supprimé sa mère, Aliphera. Vous le saviez ? Ça vous rend triste, Père ? Je sais que vous l'aimiez bien. Mais il me semble que vous préféreriez Zafir, non ? Elle couine comme un goret, cette femme… Flûte, je suis désolé ! – Jehal essuya gentiment le front de son père. – Je suppose que je ne devrais pas aborder ce genre de sujet avec vous. Les femmes que je vous envoie vous donnent-elles encore du plaisir ? Je l'espère, vraiment. Je les choisis moi-même.

Il s'interrompit et pressa la main de son père en espérant une réponse, tous ses sens en éveil. Il crut sentir une contraction, qui n'était sans doute qu'une réaction physique, ou autre chose. Ou rien du tout, plus probablement.

— Vous tient-on encore informé des événements ? reprit-il tout bas. Si c'est le cas, vous devez savoir que le règne de l'Orateur Hyram est révolu. Hyram est mort, figurez-vous. Quelqu'un vous l'a dit, au moins ? Il est devenu fou de chagrin et de désespoir grâce à un petit cocktail de poisons concocté par mes soins, et il a fini par se jeter d'un balcon. Vous m'avez aidé à parvenir à mes fins, Père, vous et Zafir. Je n'aurais pas pu y arriver sans vous, vous la coquille vide qui bave sans arrêt, pathétique et tremblante. En vous voyant, il a vu ce que le temps lui réservait, et sa terreur l'a rongé jusqu'à la moelle. Épouvanté par le grand âge, par la faiblesse et l'impotence, il a fini par craquer. Donc, votre vieil ennemi n'est plus là. Vous lui avez survécu, et vous avez largement contribué à sa disparition. Je me suis dit que vous aimeriez l'apprendre, que vous méritiez de savoir pourquoi je vous ai laissé végéter dans cet état pendant si longtemps.

Jehal se leva, les larmes aux yeux.

— J'ai tué une reine et un Orateur et j'ai mis quelqu'un d'autre à leur place. Par ma faute, un autre roi et une autre reine risquent de perdre la vie. Je suis désolé, Père, sincèrement, mais il le fallait. Je sais que vous comprenez. Par contre, ce que je vais faire maintenant ne me désole pas du tout. Vous laisser souffrir ainsi pendant toutes ces années, je m'en veux...

Il plongea son regard dans les yeux vides de son père ; il espérait y déceler quelque chose, une étincelle peut-être, mais les prunelles étaient éteintes, mortes. Le seul signe de vie décelable, c'était cette poitrine qui se soulevait au rythme de la respiration. Avec une lenteur délibérée, Jehal ramassa un oreiller et l'appuya de toutes ses forces contre le visage de son père, jusqu'à ce qu'il cesse de respirer. Il le maintint ainsi pendant un long moment, mais il n'y eut aucune lutte. *Une bénédiction. Pour nous deux.*

Jehal souleva l'oreiller et contempla une dernière fois le visage de son père.

— Si seulement tu m'avais dit, juste une fois, que tu étais fier de ce que je faisais ! Si seulement tu m'avais dit que je n'étais pas un monstre, contrairement à Calzarin...

Il caressa la joue du mort, aussi froide que du verre, comme elle l'était déjà de son vivant, et reprit :

— Mais tu es resté muet et tu ne pourras plus jamais me parler... Va, va rejoindre tes ancêtres. Maintenant que tu es mort, tu veilleras peut-être sur moi comme tu ne l'as jamais fait de ton vivant.

Jehal avait la tête qui tournait ; il inspira profondément une première fois, puis recommença, pour faire cesser son malaise. Il reposa soigneusement l'oreiller sur le lit, et croisa les mains de son père sur sa poitrine. Comme une réflexion après coup, pendant que son cœur retrouvait un rythme normal, il ouvrit les volets en grand et laissa le jour inonder la pièce. Au soleil, la peau du vieillard était si pâle qu'elle semblait luire.

— Congédié, rappelé, congédié, rappelé, il faudrait savoir ce que vous voulez, votre Altesse... Oh !

Jehal fit brutalement volte-face. Meteroa venait de surgir sur le seuil. Il avait eu *l'outrecuidance* de le déranger ici au lieu d'attendre à la porte ! Jehal posa un doigt tremblant sur ses lèvres.

— Pas un mot, maître des aires, taisez-vous. À cet instant et en ce lieu précis, vous n'êtes qu'à un sarcasme de perdre votre tête. Votre langue est bien trop aiguisée.

Le visage de Meteroa resta totalement inexpressif, comme s'il portait deux masques l'un sur l'autre. Il resta totalement immobile un long moment, le regard braqué sur le cadavre du roi, puis soudain il s'inclina.

— Vous partez dans le nord ?

— Oui. Et Lystra reste ici, sous votre protection. S'il lui arrive quelque chose, ça vous arrivera aussi, c'est bien compris ? Rien n'a changé à ce niveau-là.

— C'était mon frère, votre Majesté, lui fit remarquer Meteroa, toujours aussi impassible.

Jehal l'entendit à peine.

— Je pars tout de suite. Dès que j'aurai quitté le palais, je rejoindrai l'À-pic à cheval aussi vite que possible. Que Spectre soit d'accord ou non, je m'envolerai dès ce soir, quand il fera nuit. Je prends mon cheval blanc.

— Et que dois-je dire à votre reine ?

— Seulement ce qu'elle a besoin de savoir. Dites-lui que je suis désolé, mais qu'un prince a parfois des obligations. Et maintenant, sortez ! Vous vous occuperez de mon père quand je serai parti.

Meteroa se retira et disparut dans l'ombre. Jehal jeta un dernier regard à son père, puis suivit son oncle d'un pas résolu. *Une longue route m'attend jusqu'au Palais. Je pars sans un regard en arrière, car je suis roi désormais, et ma voix sera entendue.*

15. LE DEVOIR DES ROIS

Jeiros, Grand Maître alchimiste suppléant, entrouvrit sa porte, risqua un œil dans le couloir et se glissa dehors comme un écolier fugueur. Dans sa tête, une petite voix le raillait. Quel imbécile ! Tout cela ne le mènerait nulle part. Quelqu'un allait le surprendre en train de se déplacer furtivement dans le noir et le soupçonner des pires méfaits. S'il avait accompli cette démarche en plein jour, personne n'aurait tiqué.

La petite voix ne l'arrêta pas, mais l'incita à se montrer encore plus prudent. *Tu oublies que j'ai déjà fait ce genre de chose*, se lança-t-il à lui-même.

Oui, quand tu avais dix ans, répliqua la voix. *Quand tu étais petit garçon et que tu te comportais comme tel.*

Il arriva au bout du couloir et s'arrêta devant la cage d'escalier. En fait, le Corps de Garde se composait de deux tours, chacune encadrant un portail en bois plus imposant que certains châteaux et dénommé Portail des Dragons. Comme il dépassait les quarante pieds de haut, il était deux fois plus grand que les murs d'enceinte du Palais. Avec ses battants aux renforcements métalliques, il fallait une petite heure d'effort et une centaine d'hommes pour l'ouvrir, mais une fois grand ouvert, sa taille gigantesque permettait à n'importe quel dragon des royaumes de pénétrer dans le Palais.

C'est un peu exagéré, se tança Jeiros. Il jeta un coup d'œil dans l'escalier et tendit l'oreille pour guetter les bruits de pas. Comme le silence était complet, il attaqua les marches sur la pointe des pieds. Les alchimistes résidant dans les étages supérieurs de la tour est, il allait devoir descendre jusqu'en bas, puis longer le portail et grimper l'escalier ouest jusqu'en haut, le tout ni vu ni connu, bien entendu.

Pour ce qui était de ce portail, il lui donnait un autre sujet de réflexion. Sans en avoir l'air, cet ouvrage était carrément miraculeux. D'abord, par son absence de gonds : comme il était impossible de les fabriquer assez gros et assez solides, les battants pivotaient sur un palier pourvu d'immenses contrepoids en fer et en plomb. Comme cela ne suffisait pas – personne ne pouvant fabriquer une pièce capable de supporter un tel poids sans céder –, les contrepoids et le plus gros de la masse des battants étaient retenus par une série de filins d'acier qui s'ancraient dans une paire de piliers de pierre encadrant le pivot. On racontait que la construction du portail avait pris autant de temps que celle du Palais lui-même, trois siècles auparavant, lors de son édification. Quant aux tours, elles devaient leur masse imposante à la nécessité de supporter les portes. Les alchimistes affirmaient parfois en riant que le labyrinthe de pièces, de couloirs et d'escaliers ne servait qu'à combler le vide.

Bon. Il était arrivé au pied des marches et personne ne l'avait vu, du moins pour l'instant. Il déverrouilla, ouvrit doucement la porte donnant sur la cour, et se glissa dans la tiédeur de la nuit. Il n'y avait pas de gardes dans les parages, mais en ces circonstances, il aurait bien apprécié les effets de l'une de ces mythiques potions d'invisibilité.

Il s'éloigna en hâte de la tour est pour rejoindre celle de l'ouest. Impossible d'éviter les gardes postés devant la porte plus petite, celle qui s'ouvrait dans l'un des battants pour permettre le va-et-vient des humains, des chevaux et même des carrioles et des chariots, sans jamais avoir à ouvrir le Portail des Dragons lui-même. Heureusement, il faisait noir, et avec sa capuche rabattue, les gardes ne le reconnaîtraient pas. Il fit un large arc de cercle pour les éviter et personne ne le héla. *C'est pitoyable*, ricana la petite voix dans sa tête. *Comme si ta petite promenade avait la moindre importance !*

Sauf qu'elle était importante, bien au contraire. Très importante, même. Comme d'habitude, la porte de la tour ouest n'était pas fermée à clé. Comme elle permettait l'accès aux quartiers des officiers et des membres les plus haut gradés de la Garde Adamantine, il fallait vraiment être cinglé pour s'y rendre, ou avoir une excellente raison de le faire. Jeiros grimpa les marches quatre à quatre presque jusqu'au sommet et frappa à une porte. Vu l'heure tardive, il s'attendait à devoir s'y reprendre à plusieurs reprises, mais la porte s'ouvrit immédiatement sans résister. On ne l'avait même pas fermée !

— Grand Maître....

Penché en arrière sur une chaise à haut dossier, ses pieds nus posés sur une petite table, Vale Tassan, Sentinelle de la Nuit, lisait un livre qu'il tenait à bout de bras, les yeux plissés.

— Je croyais vous trouver endormi…

— Nous ne dormons jamais, vous vous souvenez ? lui dit Tassan, qui bascula vers l'avant en ôtant ses pieds de la table pour y déposer son livre.

Parlait-il sérieusement ? Impossible à savoir.

— Il vous faut un monocle taiytakei, suggéra Jeiros pour changer de sujet.

— Sûrement pas, répliqua Tassan, un vague sourire aux lèvres. Il me faut des livres écrits plus gros. La Sentinelle de la Nuit ne peut pas porter un monocle.

— Dans l'intimité de ses appartements, elle le peut parfaitement, dit Jeiros en refermant la porte derrière lui.

Quand il se retourna, Vale le regardait d'un air extrêmement sarcastique.

— À quelle intimité faites-vous allusion, Grand Maître ? Comme vous pouvez le constater, ma porte est constamment ouverte pour mes hommes et pour mes amis.

— Eh bien, elle est fermée maintenant.

Jeiros voulut la verrouiller, mais elle était dépourvue de ce genre de mécanisme.

— Je vous demande seulement quelques instants d'attention, Sentinelle. Je crois que j'ai besoin d'une oreille bienveillante, reprit-il d'un ton plus doux, en se mordillant distraitement une articulation.

— Allez voir Aruch dans ce cas.

Vale fit mine de se remettre à sa lecture.

— C'est votre oreille qu'il me faut, Sentinelle. Dites-moi, qui servez-vous ?

— Quelle question bizarre ! lui répondit Vale, qui redressa la tête et se leva lentement. Je sers l'Oratrice, Grand Maître. Je suis son bras armé et son bouclier. J'exécute sa volonté et ses ennemis. C'est mon seul et unique dessein. Vous voulez boire quelque chose ? Moi, je m'en passe, mais certains de mes visiteurs apprécient. J'ai pour eux quelques vins de fruit qu'on me dit fameux. Ce serait dommage de les laisser se gâter, vous ne croyez pas ?

— Non, merci !

Jeiros s'avança vivement dans la pièce en cherchant autour de lui un endroit où s'asseoir. Il aperçut une chaise près d'une table couverte de cartes et fit un pas dans sa direction, mais une main se posa sur son bras et l'entraîna à l'écart.

— Cette table est réservée à la Garde Adamantine, lui précisa Vale d'un ton tranquille. Prenez donc ma chaise. Je vais m'accroupir devant vous, j'ai l'habitude.

— Vous a-t-on enseigné l'Histoire pendant votre formation militaire ? Non, j'imagine ?

— On nous apprend comment combattre et mourir pour nos camarades, répliqua Vale avec douceur.

Il leva les yeux vers ses murs chargés d'étagères, sur lesquelles s'entassaient livres et rouleaux.

— Mais depuis j'ai pris la liberté d'approfondir la question…

— Savez-vous comment est né l'Ordre des Écailleux ?

— Pas vraiment, répondit Vale en souriant. Sur ce sujet, je connais au moins six versions différentes, et chacune est soi-disant la bonne. Si vous voulez mon avis, elles sont toutes erronées, au moins en partie. Et vous, Grand Maître, connaissez-vous l'origine de cet Ordre ? Laquelle de ces histoires êtes-vous venu me vendre ce soir ? Celle où les alchimistes seraient de vulgaires mages de sang sous un nom différent ? Celle où vous les assassinez ou celle où vous les chassez ? Quel rôle voulez-vous endosser aujourd'hui ? Êtes-vous de nobles héros ou de sombres crapules ?

Jeiros serra les poings.

— Je vais vous dire qui nous sommes. C'est nous qui tenons les dragons sous contrôle. Pas vous, ni l'Oratrice, ni les souverains des neuf royaumes… Sans nous, vous n'êtes rien. Sans nous, vous disparaîtriez en un éclair. C'est vrai, nous descendons des mages de sang. Notre pouvoir et le leur possèdent des racines communes. Nous descendons de ceux qui ont soutenu l'avènement des souverains après la défaite des mages…

Vale sourit aimablement.

— Dans toutes les histoires que j'ai lues, les mages de sang exigeaient des sacrifices pour apaiser les dragons. Pour soumettre ces monstres, il fallait faire couler le sang, et en grande quantité. Une centaine de victimes par tête et par semaine. Ce chiffre, je l'ai trouvé dans l'un de ces récits. Et, aujourd'hui, vous y parvenez avec des potions ? Vous ne versez plus une goutte de sang ?

— Vous n'avez qu'à devenir alchimiste et faire quelques recherches, lui lança sèchement Jeiros. Oui, nous gardons les dragons sous contrôle. Telle est notre fonction, et c'est ce que vous devez savoir avant tout. Avant tout le reste. Vos récits vous narrent-ils comment Narammed est devenu le premier Orateur ?

— Ils s'accordent mieux sur ce point.

— Les neuf royaumes s'enfonçaient dans la guerre. Nous avons choisi Narammed, nous, les alchimistes. Nous l'avons soutenu, nous l'avons poussé au pouvoir. C'était un sage, qui pouvait comprendre notre action et sa finalité. L'Orateur contrôle les souverains des neuf royaumes afin que nous, les alchimistes, puissions nous acquitter de notre tâche sans rencontrer d'obstacle. C'est la raison d'être de l'Orateur. C'est un arbitre, point. La plupart de ceux qui lui ont succédé ne l'ont pas compris. En tout cas, et contrairement à Narammed, aucun d'eux n'aurait admis que nous ne servons pas l'Orateur. Bien au contraire, c'est l'Orateur qui nous sert !

Vale lâcha un petit rire.

— Je ne crois pas, Grand Maître, mais vous pourriez tenter de le vérifier au prochain conseil. Nous verrons bien où cela vous mènera…

— L'Orateur sert les royaumes, Vale. Tout comme moi, et comme vous. Nous avons tous le même chef. Vous savez, au sens strict, selon les lois de l'Ordre, nous sommes au service d'Aruch. Tous les deux.

Vale resta muet pendant quelques instants, et quand il prit la parole, ce fut d'une voix très douce, presque un murmure.

— Ce que vous dites est en partie vrai, je vous l'accorde. Les premiers Adamantins ont décidé de servir Narammed parce qu'ils avaient compris sa cause. Il avait renoncé à ses dragons et au pouvoir qu'ils conféraient pour pouvoir agir en médiateur en cas de conflit entre les souverains. Mais l'histoire que tout le monde connaît, c'est que Narammed aurait tué un dragon à mains nues.

Il jeta un coup d'œil à Jeiros, comme pour le supplier de le contredire.

— Exact, Sentinelle de la Nuit. Avec la Lance Adamantine. C'est la légende, sauf qu'elle est fausse.

Vale se tortilla pour rectifier sa position et ajouta en souriant :

— Parce qu'il ne s'agit pas de Narammed, mais d'un autre guerrier, d'un héros anonyme. Tous ces seigneurs de la guerre que nous appelons les souverains n'étaient que des bandits, des brutes, de surcroît. Et comme même ceux qui pouvaient comprendre la sagesse de Narammed n'en voulaient pas, nous avons décidé de leur montrer sa force. Nous, les Adamantins. Même nous, nous ne connaissons pas le nom de l'homme qui a terrassé le dragon, mais nous le révérons. C'est le plus grand des héros. Il a offert à Narammed ses exploits et la gloire de son nom. Nous avons prouvé aux souverains que nous pouvions tuer leurs dragons. Voilà pourquoi ils ont plié devant Narammed ! Ensuite, nous sommes allés d'aire en aire, porteurs de son message, celui du tueur de dragons !

Vale se balança sur les talons. Il ne voyait plus Jeiros, l'esprit tourné vers le passé, loin, très loin.

— Épargnez-moi cet air bouleversé, Sentinelle, grinça Jeiros.

Il prit une grande inspiration. Les Adamantins vouaient un véritable culte à leur histoire. L'Ordre en racontait une bien différente, impliquant l'utilisation d'un poison contre les dragons, mais pour en arriver au même point, toutefois. Il avait pensé partager sa version avec la Sentinelle, puis changé d'avis en constatant l'expression de Vale. Il opta donc pour une autre formule.

— Elle est belle, votre légende, mais réfléchissez une seconde ! Vos récits parlent d'un guerrier solitaire qui, armé d'une épée et d'une hache, parvient à tuer un dragon. C'est impossible ! Un homme à lui seul ne peut terrasser un dragon adulte ! Même le meilleur de vos soldats n'y arriverait pas, vous le savez bien ! Il n'en aurait pas la force. Il devait être sacrément malin, votre tueur, vous ne croyez pas ?

— Ce fut un exploit sans équivalent, et jamais renouvelé par la suite… Mais quel est votre problème, Grand Maître ? lança soudain Vale, brutalement revenu dans le présent. Je prendrais grand plaisir à discuter histoire avec vous, mais je présume que vous êtes ici dans un but précis. L'ennui, avec les gens comme vous, c'est que vous avez tellement l'habitude de vous méfier de tout que vous avez oublié comment poser une question directe.

— En fait, je veux vous amener à adopter un certain état d'esprit.

— Vous vous êtes montré extrêmement maladroit, Grand Maître. Laissez-moi donc vous épargner la gêne de l'être encore davantage. Entre ces quatre murs, mais seulement entre ces quatre murs, je vous concède que l'Oratrice Zafir laisse beaucoup à désirer. Néanmoins, si un quidam venait me rendre visite chez moi tard dans la nuit et me suggérait de me joindre à une sorte de conspiration visant à nous débarrasser d'elle, je me verrais dans l'obligation d'en informer ma souveraine, qui ferait sans aucun doute exécuter ses auteurs ou autre chose d'aussi déplaisant. Je sers l'Oratrice, Grand Maître. Je suis sous ses ordres, et la Garde obéit aux ordres. De la naissance à la mort. Rien de plus, rien de moins. Tel est notre credo, conclut-il en souriant, mais cette fois-ci sans aucune trace d'amabilité.

Jeiros resta figé sur sa chaise pendant quelques secondes. Il prit une profonde inspiration, puis expira très lentement.

— Mais aux ordres de qui, Sentinelle ?

— Aux ordres de l'Orateur, Grand Maître.

Tout est dit, alors, pensa Jeiros, qui ne se leva pourtant pas.

— Je n'ignore rien de la formation des Adamantins, mais vous, savez-vous comment se fabrique un alchimiste ?

Vale soupira, le visage dur. Jeiros abusait de son hospitalité, cela au moins, c'était clair.

— Chaque année, je vois les milliers de désespérés et de pauvres débarquer dans la Cité des Dragons pour vendre leurs enfants à l'Ordre. Je sais qu'ils abandonnent parfois sur notre seuil ceux que vous refusez. Je sais qu'il existe des hommes qui, contre paiement, enlèvent des enfants à leurs parents et les amènent ici. Je sais même que quelques-uns parmi eux sont d'honnêtes gens. Je sais aussi que la plupart sont des gredins. Je sais que les marchands d'esclaves taiytakei en tirent de sérieux bénéfices. – Vale eut un petit sourire supérieur. – Que voulez-vous que je vous dise de plus, alchimiste ?

— Qu'il existe des secrets que personne d'autre ne devrait connaître, Sentinelle. Pas même un Orateur. Pas même vous.

— Je n'aime pas les secrets, Jeiros. Les mages de sang ont fondé leur pouvoir sur certains secrets. Vous, les alchimistes, vous les avez vaincus en brisant leurs secrets, mais par la suite vous avez oublié cet épisode et vous suivez le même chemin. J'en viens maintenant à me demander ce que vous pouvez savoir que l'Oratrice ignore…

Jeiros se leva.

— Je ferais mieux de m'en aller, mais deux choses me viennent soudain à l'esprit. La première, c'est que nous, les alchimistes, nous ne sommes pas tellement différents des mages de sang que nous avons renversés ; je vous épargne la vérité, elle vous perturberait. La seconde, c'est un secret que vous connaissez vous aussi sans le savoir, et qui a trait au passé. Je sais ce que Narammed a déclaré quand il a appelé « Sentinelle de la Nuit » ceux qui prendraient votre fonction. Vous en souvenez-vous ? *Lorsque la nuit tombe, il appartient aux Adamantins de veiller sur les neuf royaumes.* Mais qu'entend-il par nuit, Vale ?

Le Grand Maître aurait pu s'éviter la citation. Vale la connaissait par cœur.

— À mon tour de vous poser quelques questions, Maître alchimiste. Si la guerre éclate, pouvez-vous y mettre un terme ? En leur enlevant leurs dragons, par exemple ? Combien de cités doivent brûler avant que vous vous décidiez ? Si notre territoire est mis à feu et à sang par des dragons montés par des écuyers, quelle différence avec un raid de dragons rebelles ? Si tout doit brûler quoi qu'il arrive, pourquoi m'avoir rendu cette petite visite ?

Jeiros murmura sèchement sa réponse.

— Quand les dragons ont des écuyers, il y a encore de l'espoir, au moins. Voilà pourquoi.

Ses mots sonnèrent creux pourtant.

Jeiros repartit vers la porte.

— Vous voulez une réponse, Maître alchimiste ? La voici. Il doit faire noir comme dans un four.

— Oui, noir comme dans un four, répliqua tout doucement Vale.

Toujours accroupi, il tournait maintenant le dos à l'alchimiste.

Jeiros quitta les lieux. Il ne se donna aucun mal pour dissimuler son identité sur le chemin du retour. Tout bien considéré, se cacher lui semblait assez dérisoire.

16. ZAFIR L'ORATRICE

Elle n'était jamais aussi belle que lorsqu'elle se fâchait, et plus sa colère augmentait, plus elle rayonnait. Jehal l'observait, béat d'admiration. Le spectacle du jour était un régal : le Grand Maître suppléant de l'ordre des Écailleux se faisait verbalement étriper par l'Oratrice. La veille, c'était Tassan qui avait eu à subir son courroux. Apparemment, la Sentinelle de la Nuit était devenue la bête noire de Zafir. *Et ce n'est que justice. Moi, je l'aurais fait pendre haut et court. Dix mille guerriers invincibles censés garder le Palais, et regardez-moi le résultat ! Il aurait mieux fait de se supprimer pour nous épargner la gêne de sa présence.*

— C'est inacceptable !

Zafir se leva, prit la coupe à vin vide sur l'accoudoir de son trône et la jeta vers le Grand Maître. Un excellent tir, qui aurait touché Jeiros en pleine face si celui-ci ne s'était pas penché. Le projectile tomba par terre derrière lui avec un son métallique et s'immobilisa. Cette fois-ci, aucun des serviteurs qui se précipitaient d'habitude pour ramasser les coupes et autres objets égarés ne fit mine de bouger.

Un moment de silence… Jeiros tremblait, écarlate ; mais était-il rouge de peur ou de colère ? Difficile à dire. Probablement un délicieux mélange des deux, face à cette Zafir féroce et imprévisible. Jehal resta impavide, mais en son for intérieur, il jubilait. *Le jet de coupes, sport des rois. Comme il m'a manqué…* Que ce fût Jeiros ou l'Oratrice, tous deux semblaient avoir acquis une certaine pratique en la matière durant son absence. Qui sait s'ils n'avaient pas répété leur petit numéro ?

Le silence s'éternisait. Jehal sentit la tension croître irrésistiblement entre l'Oratrice et son Grand Maître, au point que l'air qui les séparait semblait vouloir se dérober lui aussi. Avec un gros soupir, le prince se leva. Aussitôt, une vague de soulagement traversa l'assemblée. *Loués soient nos aïeux ! Le prince Jehal intervient.* Il avait beaucoup travaillé ces derniers temps, en fait dès le moment où il s'était posé dans les décombres de l'aire adamantine. Pour le Palais, l'attaque des Écuyers Rouges n'était qu'une égratignure superficielle qui cicatriserait vite, mais l'orgueil de Zafir avait été autrement malmené.

Voilà ce qui arrive quand vous ne m'écoutez pas… Mais cette pensée ne m'apporte aucun soulagement. J'aimerais bien pouvoir l'exprimer, cependant. Jehal s'inclina devant l'Oratrice.

— Votre Sainteté…

Zafir mit plus de temps que de coutume à hocher la tête, puis reprit place sur son trône, réticente. Elle croisa les bras, toujours furieuse, visiblement. Jehal se tourna vers le Grand Maître Jeiros, qui le regardait d'un air suppliant et méfiant à la fois.

— Le prince Jehal, pour le conseil des souverains ! tonna le héraut de la cour.

Jehal tiqua. Appeler cette mascarade un conseil des souverains était absurde, mais Zafir semblait y tenir. Au moins, lui donner ce nom avait contraint le roi Sirion à sortir de sa tour.

— Grand Maître Jeiros, soyons raisonnables, commença Jehal en le gratifiant d'un sourire. Personne ne tient l'Ordre pour responsable de l'existence des Écuyers Rouges, quels qu'ils soient…

— Encore heureux ! Ils ont détruit…

— … les biens de l'Ordre, je suis au courant. Nous sommes *tous* au courant – le sourire s'effaça –, mais vous êtes prié de ne pas m'interrompre quand je parle. Vous n'arrangez en rien mon humeur. Si vous recommencez, je vous laisserai résoudre tout seul votre différend avec l'Oratrice. Je crois savoir que vous rêvez d'inspecter de près les cachots enfouis sous la Cathédrale de Verre…

Jeiros passa du rouge au pourpre.

— Comment osez-vous me menacer, *prince* ? Seul le conseil des souverains est habilité…

Il n'eut pas le temps de terminer sa phrase que Zafir se levait à nouveau.

— Espèce de vieux fou ! Ceci *est* un conseil des souverains !

Jehal la vit tâtonner à la recherche d'un autre projectile. *Un couteau, peut-être ?*

— Ah bon ? Où sont les *rois*, dites-moi ? lui cria Jeiros en avançant d'un pas.

— Vous voulez peut-être que je traîne hors de leur geôle la reine Shezira et le roi Valgar ? rétorqua Zafir en descendant lentement de son trône. Le prince Tichane, ici présent, représente le roi Valmeyan ! Le roi Tyan est mort et le prince Jehal n'est pas encore couronné ! Le roi Silvallan n'a pas encore daigné répondre à ma convocation et le roi Narghon nous laisse régler cette affaire sans lui. Que puis-je faire de plus ?

— Des prisonniers, des princes… ricana Jeiros. Je vous le demande à nouveau, où sont les rois ? Où sont les reines ?

— Le roi Sirion est ici, et moi-même, je suis reine ! fulmina Zafir.

Il y eut un autre moment de silence, que Jehal finit par briser en tapant lentement dans ses mains. *Avant que l'un de vous ne commette une irrévocable bêtise.*

— Bravo, Grand Maître, bravo. Un point facile vaillamment marqué. Vous avez raison, l'Oratrice Zafir doit encore désigner l'héritier de son royaume et lui transmettre sa couronne. Quel courage, Grand Maître ! J'applaudis à deux mains.

Il jeta à Zafir un regard lui enjoignant de ne pas réagir. Ces jours-ci, elle faisait rarement ce qu'il lui demandait, mais en cette occasion, elle obtempéra.

Jeiros fit un pas en avant.

— Eh bien, en attendant...

— Mais je n'applaudis pas votre sagesse ! aboya Jehal. Où se portent les attaques des Écuyers Rouges, dites-moi ? Au sud de l'Éperon pourpre ! Sur les terres de la reine Zafir, sur celles de l'Oratrice et à la frontière qui les sépare ! Or, selon un principe de guerre bien connu, pour qu'une campagne soit fructueuse, il faut un chef unique qui prenne toutes les décisions. C'est écrit noir sur blanc dans le premier chapitre des *Principes* du prince Lai. Zafir a donc bien raison de vouloir conserver sa couronne tant que la victoire n'est pas acquise sur ces renégats. Dès que ce sera le cas, je ne doute pas que l'Oratrice sera ravie de désigner son héritier.

Il jeta un autre coup d'œil à Zafir. *Et vous feriez mieux de vous y tenir.*

— Prince Jehal... commença Jeiros.

— Les Écuyers Rouges volent à dos de dragons, Grand Maître. Mais qu'arriverait-il si leurs montures n'absorbaient plus vos potions ?

Jeiros leva les yeux au ciel.

— Comme nous le savons tous *très* bien, ils retourneraient à l'état sauvage ! Et s'en prendraient à leurs propres écuyers.

Ce qui n'approchait la vérité que de loin, mais était tout ce qu'un Grand Maître ou tout autre alchimiste était prêt à reconnaître, sauf peut-être devant un véritable conseil des souverains, et encore.

— Comme rien de ce genre ne s'est produit pour l'instant, nous pouvons en déduire que ces dragons reçoivent *toujours* vos potions, Grand Maître. Et qui les fabrique, dites-moi ?

— Mais l'Ordre, bien sûr.

— Seulement l'Ordre, vraiment ? Vous devriez peut-être vous en préoccuper, non ? Qui fournit vos potions à ces hors-la-loi ?

— Je n'en ai pas la moindre idée, renifla l'alchimiste avec une moue dédaigneuse. Ils en ont volé une quantité considérable sur les aires de l'Oratrice. Pour le reste, renseignez-vous auprès des vôtres. Interrogez les rois et les reines de votre illustre conseil.

Assez malin pour comprendre où Jehal voulait en venir, il perdait un peu de son assurance.

— Mais ce sont *vos* potions, Grand Maître, et je vous le demande à vous. Nous allons bien évidemment mener notre enquête auprès des souverains des royaumes, mais il est également possible que ces écuyers aient quelques amis au sein de votre Ordre, vous ne pensez pas ? Ce sont des traîtres, certes, mais aussi des hommes puissants issus de familles importantes. *Non que leurs familles soient au courant de leurs agissements, sinon celles-ci ne se gêneraient pas pour sanctionner leur conduite.*

— C'est absurde !

— Vraiment ? répliqua Jehal en haussant un sourcil. Vous ne me semblez pas très sûr de vous.

— L'Ordre ne ferait jamais…

Le Grand Maître réfléchissait, comprit Jehal. Jeiros était en train de se dire qu'il avait sans doute *presque* raison, que la trahison n'existait *presque* pas au sein de l'Ordre, et qu'il n'avait donc *presque* rien à craindre. Par contre, si l'un de ces *presque* s'avérait erroné, ce serait catastrophique, surtout pour lui, d'ailleurs. Et là, pas de *presque* qui tienne. Le Grand Maître réfléchissait aussi à tout ce qu'il savait sur le prince qu'Hyram avait surnommé la Vipère, cet homme insaisissable et manipulateur qui connaissait sur les gens des secrets qu'ils ignoraient parfois eux-mêmes. Jehal le laissa mijoter pendant quelques secondes, puis reprit, de son ton le plus conciliant :

— Le conseil des souverains ne vous demande qu'une chose, Grand Maître : recensez vos réserves de potions.

— Vous savez compter, Grand Maître ? marmonna Zafir d'un ton aigre.

— Mais, bon sang, nous ne faisons que ça, compter ! répliqua Jeiros en tapant du pied. J'ai passé des mois – des *mois*, vous m'entendez ? – à tenter de dénombrer tous les dragons des royaumes pour découvrir si le renégat de la reine Shezira était encore en vie ! Avez-vous idée à quel point il est difficile de compter ces maudits dragons ? Et, maintenant, vous me demandez de compter les *potions* ? Alors que presque tous mes alchimistes consacrent tout leur temps à les fabriquer ? Vous le savez, pourtant !

— Nous ne sommes pas en présence d'une simple insurrection locale, Grand Maître, insista Jehal avec un sourire. Les Écuyers Rouges s'en prennent directement à l'Oratrice et à tout ce qu'elle représente, autrement dit à tout ce que *vous* représentez. Je ne vous demande qu'une chose : dites-nous qui réclame plus de potions que d'habitude. Vous le savez forcément. Si vous l'ignorez, c'est que vous ne faites pas votre devoir, et je ne saurais croire une chose pareille. Quand vous nous apporterez cette réponse, nous saurons où ces hors-la-loi se fournissent. *Comme si nous ne le savions pas déjà.*

— Ils ont volé ces potions dans les aires de l'Oratrice !

— Toutes, Grand Maître ? Pouvez-vous nous soumettre les registres que vous avez consultés ?

Pendant un court instant, Jeiros frissonna sans rien dire.

— Ce sera fait, finit-il par répondre en baissant la tête.

— Et vite, Grand Maître, très vite, jappa Zafir.

Le conseil passa à d'autres questions : reconstruction des aires, préparatifs pour l'arrivée des autres souverains des royaumes, procès imminent. Les yeux mi-clos, Jehal observait l'assemblée. Le roi Sirion, en particulier. Il semblait aussi mal à l'aise que s'il était assis sur une fourmilière. *Elle te tient, n'est-ce pas ? Visiblement, ce qu'elle t'a proposé doit vraiment valoir la peine. De quel côté vas-tu sauter quand tu devras choisir ton camp ?* Sirion pensait sans doute la même chose à son sujet. *Sauf que je n'ai pas l'air d'un homme taraudé par l'indécision. Si ?*

L'assemblée se dispersa lentement, et Sirion se dépêcha de regagner sa tour. D'habitude, Zafir se comportait comme lui et repoussait la compagnie de Jehal, mais ce jour-là, elle s'attarda. Le prince repéra les hommes qui la suivaient du regard : Tyrin, son cousin Sakabian, et même le prince Tichane… *Il suffit que je m'absente quelques jours et voilà qu'ils sont tous à flairer après elle comme après une chienne en chaleur.*

— Raccompagnez-moi, voulez-vous ?

Elle lui offrit son bras et l'entraîna dehors. Scorpions et gardes adamantins grouillaient sur les remparts du palais, et une douzaine de dragons patrouillaient en permanence au-dessus de leurs têtes. On avait réparé presque tous les dégâts causés par le raid des Écuyers Rouges, mais la tour de l'Orateur en portait toujours les stigmates. Ses étages inférieurs, y compris la salle d'audience, étaient encore en plein déblaiement. Zafir, qui voulait que tout soit redevenu impeccable au Palais quand le procès débuterait, avait réquisitionné presque tous les artisans de la Cité des Dragons.

— Vous n'avez pas assez de larbins, c'est ça ? Je vous avais dit, pourtant, que ces Écuyers Rouges risquaient d'échapper à votre contrôle, à la longue, lui fit remarquer Jehal.

— La menace est toute relative désormais. Ils ont fait un raffut terrible, ils ont semé la pagaille, mais ils sont devenus imprudents. Cette escarmouche a dû leur coûter un tiers de leurs effectifs, et j'ai même récupéré mes dragons, plus quelques autres ! Mais ils m'ont fait passer pour une sotte devant le conseil, c'est vrai. Et cela, je ne peux l'admettre. Je veux qu'ils disparaissent.

Zafir se tourna vers son compagnon.

— Au fait, je ne me rappelle pas vous avoir invité à participer à mon conseil, *prince* Jehal. Je n'ai invité que des rois et des reines, il me semble.

— Vous parlez comme Jeiros.

— Et vous, vous auriez dû rester chez vous, avec votre jeune épouse si divertissante. Au fait, comment va-t-elle ? Toujours à exhiber son joli plumage ?

— Pas aussi joli que le vôtre, Zafir.

Cette dernière lui lança une œillade malicieuse.

— Oh, serait-ce donc l'explication de votre retour ?

— C'est évident. Sinon, pourquoi ?

— Dans ce cas, je ne peux m'empêcher de me demander pourquoi vous êtes parti la première fois. En outre, j'ai entendu une certaine rumeur faisant état d'un décès…

— J'y ai sans doute fait allusion. Effectivement, depuis notre dernière rencontre, il semblerait que je sois devenu roi.

Zafir éclata d'un rire évoquant le tintement du cristal qui se brise.

— Mais vous ne serez roi que lorsque j'en aurai décidé ainsi.

— Faites-le, dans ce cas, répliqua Jehal en lui désignant la Cathédrale de Verre

— Je savais que vous reviendriez, lui fit-elle remarquer en souriant. Et je m'attendais aussi à la nouvelle d'un décès. En fait, cette nouvelle, je l'attendais avec une impatience toute particulière. La mort de votre père m'attriste et me déçoit. Oui, vraiment, je suis triste et déçue, vous pouvez me croire. Y a-t-il eu des témoins ? Dois-je vous poursuivre, vous aussi ? Je suppose que vous avez été extrêmement prudent ?

La vie serait beaucoup plus simple si je cédais au besoin pressant de nouer mes mains autour de cette délicate petite gorge et de serrer jusqu'à ce qu'elle se taise, se dit Jehal, comme souvent.

— Vous n'allez pas tarder à découvrir que le roi Tyan est mort paisiblement. Furibouche a besoin d'un souverain, donc j'ai besoin d'une couronne.

— Après le conseil, Jehal.

Le prince hocha lentement la tête, lèvres pincées.

— Vous allez demander la tête de Shezira, n'est-ce pas ? lui lança-t-il.

— Et vous, vous ferez tout pour m'empêcher de l'obtenir.

— C'est très probable, votre Sainteté. Car, voyez-vous, je ne désire pas particulièrement voir la guerre réduire les royaumes en miettes. Et comme je vais très probablement réussir, je crois qu'il serait dans votre intérêt de faire preuve d'un peu de cette grandeur d'âme dont je vous ai déjà parlé. Vous pourriez ainsi éviter de vous ridiculiser devant vos rois et vos reines. Vous devriez vraiment me considérer comme un allié privilégié, Zafir. Furibouche et les Pinacles ont toujours lutté côte à côte. Même pendant la guerre des Épines, la moitié des chevaliers du royaume des Moissons ont combattu dans le camp de Vishmir. De plus, tous ces gens du nord ne sont que de la graine de mage de sang.

— Ah, vous voulez de l'histoire, Jehal ? lui lança-t-elle sèchement. En voici, juste pour vous ! Les Pinacles sont le cœur des royaumes. C'est là que le roi d'Argent nous est apparu et c'est là qu'il a dompté les dragons. C'était le quartier général des mages de sang qui régnaient sur le monde, et c'est devenu celui de l'ordre des Écailleux. Et même après la construction du Palais Adamantin et de la Cité des Dragons à l'initiative de Narammed, nous sommes restés le cœur de toute chose. À l'époque, Furibouche se réduisait à quelques huttes se dressant dans la boue, et cela a duré des siècles.

— Oui, mais regardez-nous aujourd'hui, répliqua Jehal en haussant les épaules. Vous avez une histoire glorieuse mais, moi, j'ai la richesse. En tout cas, à nous deux, nous avons un nombre impressionnant de dragons.

— Vous voulez vraiment que je relâche Shezira ? grinça Zafir

— Oui.

— Pour laisser les soupçons planer sur elle ? Pour que le monde entier se pose des questions ? Hyram est-il tombé ou l'a-t-elle poussé ?

— Vous voyez ? Vous vous rappelez...

— Ma réponse est non.

Jehal sourit de toutes ses dents.

— Dans ce cas, j'ai hâte de vous humilier devant votre conseil.

— Vous n'y participerez pas, *prince*.

— Et pourtant...

Zafir s'arrêta, se tourna vers lui et le dévisagea de ses grands yeux sérieux.

— Vous voulez donc devenir mon ennemi, Jehal ?

Le prince posa une main au creux du cou de la jeune femme, geste séculaire de fraternité.

— Je suis votre meilleur et votre plus fidèle ami, ma douce. Sachez donc que pendant ce conseil vos ennemis seront ceux qui crieront le plus fort et beugleront leur soutien quand vous les sommerez de pendre la reine Shezira.

Zafir se déplaça pour fuir le contact de sa main, et lui répondit, en secouant lentement la tête :

— Mes ennemis seront ceux qui s'opposeront à ma volonté. Et je ne le leur pardonnerai pas, prince Jehal. Peu importe de qui il s'agit.

17. UNE ATTENTION EMBARRASSANTE

Vale Tassan regardait le dernier scorpion qu'on hissait jusqu'à son emplacement. Le Palais Adamantin était à présent hérissé de ces engins, et la Sentinelle poussa le long soupir satisfait de ceux qui ont obtenu exactement ce qu'ils voulaient. Les Écuyers Rouges faisaient partie des ennemis des royaumes et l'Oratrice venait enfin de se décider à les écraser. Des dragons venus des aires du sud passaient l'Éperon Pourpre au peigne fin. Les troupes adamantines avaient quitté leurs baraquements, certaines pour aider les écuyers en patrouille, mais le plus gros du contingent gardait la Cité des Dragons et le palais de l'Oratrice. On lui avait accordé toutes les armes qu'il avait demandées. Cette fois-ci, il ne laisserait aucun dragon s'approcher assez près pour incendier la tour de l'Orateur. Dans le cas contraire, Vale y laisserait sa tête.

Soixante-quatorze jours s'étaient écoulés depuis que le Grand Prêtre Aruch avait remis la Lance Adamantine à Zafir. Soixante-quatorze jours passés en un éclair. La dernière Sentinelle de la Nuit ayant connu la guerre avait servi ce vieux fou d'Anzuine au cours de la Guerre des Épines, et trouvé la mort en combattant les dragons de Vishmir. La mort, Vale s'en moquait. Ce qui le contrariait, c'étaient ces trois dragons qui avaient volé droit à travers ses défenses, tout maigres qu'ils fussent, et mis le feu au palais de l'Oratrice. Impossible de rejeter la totalité de la faute sur Zafir. Comme cinquante scorpions défendaient les remparts lors de l'attaque des Écuyers Rouges, cinquante soldats adamantins venaient d'être exécutés, puis offerts en pâture aux dragons de l'Oratrice. Un soldat par escouade fautive, et tous de bons soldats. Pourquoi ses hommes avaient-ils échoué ainsi ? *Comment avons-nous pu faire preuve d'une telle négligence quand notre devoir est la vigilance ?*

Ne pas être prêt le moment venu, voilà la peur qui l'empêchait de dormir la nuit.

— Satisfait de votre œuvre ? demanda quelqu'un derrière lui.

— Prince Jehal…

Vale, se retournant, tomba à genoux et s'inclina.

— Oui, votre Majesté. Très satisfait.

Il garda la tête baissée et les yeux braqués au sol. Les soldats adamantins, y compris ceux qui les commandaient, n'étaient après tout que de simples serviteurs des rois, des reines, des princes et des seigneurs-dragons. Parfois, se faire humble et petit pouvait comporter des avantages.

— Vous pouvez vous relever, vous savez. Je ne suis pas Zafir.

— Comme vous voudrez, Majesté.

Il se remit lentement debout, les yeux fixés sur les pieds de Jehal. *Que me veut-il ?* Rien de bon, probablement. Avec la Vipère, il fallait toujours s'attendre au pire.

— Dites-moi, Sentinelle, qu'avez-vous pensé du conseil de ce matin ?

— Je n'ai pas d'avis à donner, votre Altesse, répliqua-t-il. Je n'existe que pour vous servir.

— Gardez ces belles paroles pour Zafir ! Sur moi, elles sont sans effet. En son temps, l'Orateur Hyram faisait grand cas de votre avis, si ce que l'on m'a raconté est vrai.

Vale resta muet. Comme toujours, le silence était la plus sûre des défenses. Mieux valait se taire pour éviter les problèmes. Surtout avec cet homme.

— Eh bien ? C'est vrai ou non ?

Vale haussa les épaules.

— Je l'ignore, Majesté. Notre défunt seigneur pourrait peut-être nous dire quelle valeur il accordait aux quelques paroles que j'avais parfois à lui offrir, mais hélas, il est mort. *Mort à cause de moi ! Mort par ma faute…*

— C'est évident. Vous l'avez servi longtemps. À votre avis, pourquoi a-t-il tourné le dos à Shezira ?

— Je n'ai pas d'avis à donner, Majesté. *À cause de vous. Vous, vos potions et votre père malade. Et aussi de Zafir, et parce qu'à la fin, il était devenu faible comme le deviennent tous les hommes en prenant de l'âge. Il n'aura plus l'occasion de faire la même erreur.*

Vale fronça les sourcils. Il allait devoir surveiller ses pensées de peur qu'elles ne se transforment en paroles, puis de paroles en actions. En moins de temps qu'il n'en faut pour le dire, il risquait de se retrouver en train de pousser certaines personnes d'un balcon, lui aussi. D'ailleurs, il savait très bien par qui commencer. Il retint sa langue.

Le sourire de Jehal était mielleux et hypocrite.

— Je crois que jusqu'à la fin ce fut un bon Orateur. Peut-être avait-il trop envie de vivre ? Est-ce ainsi que l'Oratrice Zafir l'a retourné contre Shezira ? Était-elle trop jolie pour qu'on lui refuse quelque chose ?

— Vous êtes plus à même d'en juger que moi, Majesté.

Dans son for intérieur, Vale se crispa en s'entendant parler. *Silence ! Rappelle-toi, le silence est ton meilleur moyen de défense.*

Les yeux de Jehal étincelèrent.

— Vraiment ?

— Oui. Il y a deux choses auxquelles nous avons renoncé depuis longtemps, dans la Garde : une longue vie et l'amour des femmes.

— Oh ! Je n'aurais jamais pu être un soldat adamantin dans ce cas, répliqua le prince en riant. Mais vous me surprenez. Il y a des bordels tout autour de vos baraquements, et je peux vous assurer, pour les avoir personnellement explorés en profondeur, que certains sont vraiment très bien.

— Je parle de l'amour, prince Jehal. Nous avons renoncé à l'amour, pas au désir. Nous sommes des épées. Nous nous repaissons des plaisirs de la chair quand l'envie nous en vient, puis nous passons à autre chose.

— C'est sinistre, Sentinelle !

— Pardonnez-moi, Majesté. Ces mots ne sont pas de moi, ni d'aucun Garde avant moi. C'est ainsi que nous a décrits le prince Lai, précisa Vale en s'inclinant.

— Dans ses *Principes* ? Je ne crois pas, je m'en serais souvenu.

— Le prince Lai a écrit bien d'autres ouvrages, moins lus ou moins bien accueillis. Votre Majesté, je dispose d'une petite bibliothèque personnelle. *Mais enfin, tu ne pourrais pas te taire, Vale ? On dirait que tu te vantes, et les soldats adamantins n'ont pas besoin de se vanter.*

— Vous êtes un type fascinant, Tassan. Surtout pour quelqu'un qui n'a pas d'opinions personnelles. J'ai toujours admiré les *Principes.* Nous avions également tous ses autres ouvrages dans notre bibliothèque, mais elle a été réduite en cendres. J'ignorais que des copies avaient survécu.

— C'est le monastère de Sand qui possède la collection la plus complète de ses œuvres, Majesté. Je n'en possède que quelques-unes, mais je serais honoré de vous les offrir. *Voilà, ça suffit ? Allez-vous enfin me laisser seul ?*

— Je vous prends au mot, Sentinelle, mais je refuse de les recevoir en cadeau. Je ne pourrais accepter de tels trésors de qui que ce soit, et encore moins d'un homme qui a renoncé à l'amour. Après tout, il ne vous reste plus que la guerre.

Jehal tourna les talons, mais Vale ne se détendit pas pour autant. *Hyram l'appelait la Vipère parce que du poison sortait de sa bouche, mais je perçois aussi en lui le dard du scorpion…*

Comme il fallait s'y attendre, Jehal s'arrêta un pas plus loin.

— Sentinelle, j'aimerais vous poser une question pour laquelle votre opinion est sûrement très pertinente. Selon vous, combien de dragons vos légions et vos scorpions peuvent-ils arrêter ? Plus de trois, j'espère ?

Ne réagis pas.

— Je ne peux pas arrêter les dragons, Majesté. Seulement leurs écuyers.

— Très bien. Combien d'écuyers, Sentinelle ?

— La réponse se trouve dans les *Principes*, comme vous le savez, bien sûr. Une légion peut faire face à dix dragons montés sans céder. Je dispose de vingt légions. Autrement dit, en terrain découvert, je peux affronter deux cents écuyers au moins. Ici, derrière ces remparts et ces tours, peut-être deux fois plus.

— En êtes-vous sûr ?

— Personne ne peut être sûr de ce genre de chose, votre Altesse. Personne ne s'est jamais retrouvé dans une telle situation.

— Ce serait un massacre.

— Le Palais et la Cité brûleraient, et la plupart d'entre nous y laisserions notre peau. Peut-être tous, d'ailleurs c'est notre raison d'être.

Jehal éclata d'un rire sans joie.

— Très bien, Sentinelle de la Nuit. Tenez-vous prêt pour le jour où Zafir passera Shezira au fil de l'épée, car ce jour-là le nord entrera en guerre contre vous. La fine fleur de leurs guerriers sera clouée par vos traits de scorpion, mais ces remparts et ces tours s'écrouleront et brûleront, entraînant vos légions avec eux. Il ne restera rien de vous. Tout ce pour quoi Hyram s'est battu partira en fumée. Si jamais les royaumes y survivent, on se souviendra de lui comme du Grand Imbécile.

Vale baissa la tête.

— Si l'Oratrice nous ordonne de nous empaler sur nos lances, nous le ferons. *Je me demande où vous serez, mon prince, quand la guerre se déclenchera. Avec nous, peut-être, pour défendre le cœur qui assure l'unité des neuf royaumes ? Ou bien vous tiendrez-vous à distance, vous chargeant d'éliminer les survivants un à un ? Nous verrons bien si j'ai vu juste.*

— Mais faites donc, Sentinelle, faites donc.

Jehal repartit, un sourire affecté aux lèvres. En apparence très calme, Vale dut résister à l'envie irrésistible d'effacer cette moue d'un bon coup de poing. Heureusement, le prince ne se ravisa pas une seconde fois.

Vale chassa la Vipère de son esprit et se plongea dans l'inspection des défenses. Ses soldats avaient installé en moins de trois jours plus de trois cents scorpions sur les remparts, et tous devaient fonctionner à la perfection ; il ne tolèrerait pas le contraire. Des cavaliers galopaient autour du Palais en traînant des cerfs-volants-cibles et à la tombée de la nuit tous les scorpions avaient tiré. Tous fonctionnaient parfaitement. Vale avait repéré les escouades ayant atteint leurs cibles du premier coup, celles qui les avaient ratées une fois et celles qu'il fallait remplacer parce qu'elles avaient échoué. Ses hommes allaient devoir s'exercer chaque jour pendant toute la durée du conseil et jusqu'au départ de tous les seigneurs des royaumes. Vale veilla tard dans la nuit. Dans sa petite chambre, à la lueur d'une lanterne, il étudia soigneusement ses cartes et ses listes de service, répartit ses escouades, plaça les meilleures aux endroits les plus susceptibles de subir une attaque, et se rassura. Il était prêt.

La fatigue menaçant de le terrasser, il se décida enfin à remettre certaines décisions à plus tard ; elles pouvaient bien attendre un peu, il avait besoin de dormir. Soudain, sa porte s'entrouvrit lentement, et Vale leva les yeux en s'attendant plus ou moins à voir entrer Jeiros. Sans doute espérait-il encore le faire changer d'avis. Mais ce n'était pas Jeiros. La Vipère, de nouveau ! Instantanément, Vale fut sur le qui-vive.

— J'ai vu de la lumière sous votre porte, et j'en ai conclu que vous ne dormiez pas.

Jehal écarta Vale et alla s'asseoir. Avec une grossièreté désinvolte, il examina les cartes et en prit quelques-unes au hasard.

— Vous aimeriez bien savoir où et quand Jaslyn et Almiri vont attaquer, n'est-ce pas ?

Vale sentit ses orteils se crisper. *Qu'est-ce que vous me voulez ? Et comment vais-je pouvoir me débarrasser de vous ?*

— Votre Majesté, j'ai bien peur que les Écuyers Rouges ne tentent d'interrompre le conseil. Cela m'inquiète davantage.

— S'ils le font, ils condamneront leur reine à une mort certaine ! Pourquoi agiraient-ils de la sorte ?

— Ils nous ont déjà attaqués une fois, Majesté. *Les livres. Il est venu pour les livres. Les livres du prince Lai. Quel dommage ! Je vais devoir m'en séparer, mais c'est un cas de force majeure.* Il se mit à chercher les ouvrages en question sur ses étagères.

— Effectivement. Et, aux dernières nouvelles, l'écuyer Hyrkallan était à leur tête. Je me demande ce qu'il lui a pris de mettre ainsi le feu au Palais. Un coup de folie, sans doute. Et moi qui l'ai toujours trouvé si raisonnable… Par contre, aucun sens de l'humour ! Parfois, je me dis que dans le nord les enfants subissent un traitement spécial. Doit-on les amputer de quelque chose pour qu'ils deviennent ainsi ? La reine Shezira, c'est pareil, pas le moindre sens de l'humour ! Quant à ses filles… – il sourit et hocha la tête – ne me lancez surtout pas là-dessus.

Vale sélectionna trois vieux livres.

— J'ai entendu dire qu'Hyrkallan avait abandonné les Écuyers Rouges il y a quelques semaines, hasarda-t-il. Il aurait été aperçu dans le nord. Personnellement, je pense que c'est vrai. Quand il les dirigeait, je trouvais un sens à leurs actions. Maintenant, je ne les comprends plus du tout. Ils sont en train de s'autodétruire. Ils n'en ont plus pour très longtemps.

— Quand vous ne comprenez plus les motivations de votre ennemi, c'est là qu'il devient le plus dangereux, sourit Jehal. Les *Principes*, Sentinelle. C'est peut-être une ruse…

Vale haussa les épaules

— Bon, les voici, Majesté, dit-il en déposant les livres sur la table. Je vous parie ces trois volumes que vous ne trouverez pas Hyrkallan parmi les Écuyers Rouges quand ils auront été vaincus. Vous êtes bien venu chercher ces ouvrages, n'est-ce pas ?

Jehal lui jeta un coup d'œil nonchalant.

— Pas du tout, Sentinelle. Ce n'est pas le motif de ma visite.

Ils se dévisagèrent, et Vale resta muet. *Souviens-toi ! Ne dis rien.*

Ils s'observèrent un bon moment, tous les deux silencieux, puis Jehal se décida enfin à parler.

— Vous tenez vraiment à ce que je mette les points sur les « i » ?

— Pardonnez-moi, Majesté, mais je ne suis qu'un simple soldat. Nous sommes des hommes de terrain, pas des intrigants. Nous maîtrisons mal les allusions, les insinuations. Vous n'êtes pas venu pour ces livres ? Je n'ai donc pas la moindre idée de ce que vous attendez de moi. Effectivement, je préfèrerais un discours plus direct.

Jehal fronça les sourcils comme s'il avait du mal à rassembler ses idées.

— Hyram me haïssait et je ne l'aimais pas. Je me demande pourquoi je devrais me préoccuper de la destruction probable des royaumes. Seriez-vous stupide à ce point, Sentinelle ? Franchement, j'ai du mal à le croire.

Vale garda le silence et attendit. La Vipère allait bien finir par partir, ou par lui dire ce qu'elle attendait de lui. Et ensuite elle partirait. Avec un claquement de langue, Jehal ajouta :

— En fait, je dirais que vous êtes l'une des personnes les plus avisées de ce conseil. Certes, c'est un compliment à double tranchant, je vous le concède. Bien.

Il fronça à nouveau les sourcils.

— Je suis ici pour vous demander votre aide.

— Je n'existe que pour servir, votre Majesté.

— Et c'est bien là le problème, Sentinelle, car l'aide que je viens solliciter auprès de vous implique un petit manquement à cette règle et vous coûtera votre tête si vous êtes découvert.

Tais-toi et ne bouge pas. Laisse-le parler. Pas un mot.

— Bon. Si le conseil des souverains obtient la tête de Shezira, une guerre va éclater. Les Écuyers Rouges ne sont qu'un début, vous êtes d'accord ?

Vale resta muet, le visage neutre et impassible ; à son grand plaisir, cela eut pour effet d'irriter son interlocuteur, dont les lèvres se pincèrent brièvement.

— Ah oui, un discours direct... Oui oui, d'accord. Shezira a trois filles : la reine Almiri, désormais assise sur le trône d'Evenspire, et qui aide probablement les Écuyers Rouges, comme Zafir en aura bientôt la preuve. Jaslyn, la reine en puissance, va occuper le trône de Shezira. Elle est promise à un petit-cousin du roi Sirion. Deux reines et un roi. Trois royaumes, d'innombrables dragons et des souverains déjà furieux contre l'Oratrice. Contre moi aussi, d'ailleurs, mais, à mon avis, cela n'a aucune importance dans l'affaire qui nous concerne.

De nouveau, cette pointe de contrariété. Ou était-ce autre chose ? Était-ce... ? Vale sentit une excitation inattendue naître en lui. Jehal était nerveux, voire même effrayé ! Excédé, le prince tapa du pied.

— Mais vous savez déjà tout cela ! Si l'exécution de Shezira ne suffit pas à envoyer le nord en guerre contre elle, Zafir exigera ensuite la tête d'Almiri. Vous croyez vraiment que ses sœurs l'abandonneront ?

Jehal secoua la tête.

— Si Shezira était encore assise sur son trône légitime, rien de tout cela ne risquerait de se produire. Shezira refuserait une guerre pouvant détruire les royaumes, quelles que soient les vexations qu'elle aurait à subir. Les autres, par contre... – il haussa les épaules – comment savoir ? Vous devez choisir, Sentinelle. Soit vous restez assis à ne rien faire pendant que l'Oratrice anéantit tout ce que vous avez juré de défendre, soit vous tentez d'intervenir.

Soudain, Vale sentit sa bouche s'assécher, et un léger vertige s'empara de lui. *Jeiros, je peux le comprendre, mais vous ? Qu'est-ce qui vous fait penser que je pourrais approuver ces propos, alors que vous, vous ne pensez sûrement qu'à vous-même ? Et pourtant, je me surprends à vous écouter encore ! Pourquoi ? Je devrais appeler mes hommes et faire arrêter ce traître !*

Il s'ébroua pour chasser ces pensées.

— Et puis-je savoir ce que vous me suggérez de faire, mon prince ?

Voilà. Rien que le fait de poser cette question pourrait me coûter ma tête…

Jehal fronça le nez.

— Ce que je vous demande, Tassan, c'est de faire ce que font tous les soldats adamantins. Soyez vigilant, répliqua-t-il en lui montrant ses dents. Ne perdez pas un deuxième Orateur, Sentinelle. Surveillez Zafir et surveillez-la bien, peut-être à l'exclusion des autres. Vous êtes assez intelligent pour me comprendre, je crois.

La grimace s'était muée en sourire, et Jehal leva les mains pour couper court à toute protestation. Un geste inutile, puisque Vale ne chercha aucunement à protester.

— Oh, et ne vous emballez pas trop, Sentinelle. Soyez certain que je me tiendrai à l'écart des événements à venir pour éviter qu'ils ne m'atteignent. Il ne faudrait pas que vous soyez tenté d'éliminer des personnes qui ne désirent que la paix entre les royaumes.

Le prince sortit d'un pas majestueux, et Vale le regarda partir sans un geste.

Voilà un prince qui s'imagine bien plus malin qu'il ne l'est en réalité, se dit-il avec un étonnement amusé.

Pendant quelques secondes, il tourna et retourna dans sa tête les dernières paroles de Jehal, puis il prit sa décision et remit de l'ordre dans ses cartes malmenées.

18. LE ROI DES CIMES

Ils arrivèrent les uns après les autres : six Syuss sur le dos de deux dragons de chasse noirs comme l'ébène, puis le roi Narghon et vingt de ses écuyers, et le roi Silvallan avec six de ses gardes d'Or. Les rumeurs se succédaient à toute vitesse au Palais : la princesse Jaslyn avait quitté le nord profond avec une centaine de dragons, mais le lendemain, c'était avec deux cents bêtes, puis trois cents, puis elle arrivait seule, sous un déguisement. Autour du Palais, les aires de l'Oratrice grouillaient des dragons de Jehal, de Sirion et des autres souverains, mais ceux de Zafir l'emportaient largement en nombre. Beaucoup de ses écuyers et presque tous ses dragons adultes passaient leur temps à explorer l'Éperon Pourpre. Une douzaine de dragons au moins sillonnaient en permanence les cieux au-dessus du Palais Adamantin au cas où, à nouveau, les traîtres d'Hyrkallan seraient tentés de quitter les cavernes où ils se terraient. Du haut de son perchoir au sommet du Corps de Garde, Jehal les regardait évoluer. Il passait de plus en plus de temps là-haut, au-dessus des aires. Il observait la Sentinelle de la Nuit et tentait de se mettre dans sa peau, de trouver une réponse.

Une réponse que je ne vais jamais obtenir. Il s'y trouvait encore la veille du conseil qui allait décider de l'avenir des royaumes. Il suivit du regard les remparts du Palais, tous truffés de scorpions. *Si j'étais Vale, je me tairais. Je laisserais pourrir la situation, puis je prendrais une décision à ma convenance.*

Il poussa un soupir. Que la Sentinelle choisisse tel ou tel camp n'avait pas grande importance, à vrai dire. À moins, bien sûr, de se préoccuper du sort de ces milliers de gens – oh, un petit détail – qui allaient périr dans les flammes des dragons, et des dizaines de milliers de victimes de la famine qui s'ensuivrait probablement. Bah, tant que la guerre ne toucherait que le nord, rien de ce qui comptait *vraiment* ne serait compromis.

La facilité, bien sûr, c'était de s'assurer que le conseil prendrait la bonne décision. Narghon ferait ce qu'on lui dirait ; autrement dit, il suivrait les conseils de la reine Fyan. Depuis le décès de Tyan, Fyan était la doyenne de la famille. Silvallan n'était pas idiot : il savait très bien qu'il n'avait rien à gagner en demandant la tête de Shezira. Mais Sirion… *Quel parti vas-tu prendre ? Zafir t'a influencé, c'est évident, mais de quelle façon ? Que t'a-t-elle offert ? Peut-on facilement te leurrer ?* Jehal avait consacré beaucoup de temps à s'assurer que certaines petites insinuations parvenaient bien aux oreilles de Sirion. Les bonnes insinuations. Cet homme était la clé. Il n'avait qu'à garder le silence, et s'il s'abstenait d'agir, ce serait suffisant. *Dois-je te révéler que personne n'a poussé ton cousin ? Qu'il a été victime d'une simple chute ? Je pourrais te raconter en détail tout ce qui s'est passé. Je pourrais te dire que je l'ai amené au bord de la folie, mais que le vieillard chancelant n'a eu besoin de personne pour basculer dans le vide. Je pourrais te dire que j'ai tout vu, et même te montrer comment j'ai pu tout voir. Ai-je commis un délit en agissant ainsi ? Je suppose que oui, si l'on considère le reste… surtout l'empoisonnement.*

Par bien des côtés, ce serait la meilleure solution pour les royaumes : se lever devant le conseil et leur expliquer dans les moindres détails comment il avait provoqué la folie d'Hyram. Leur révéler tout ce qu'il avait fait, sans citer Zafir surtout. Shezira serait épargnée, et le nord s'apaiserait. L'Oratrice deviendrait irréprochable, donc plus forte. Au pire, vraiment au pire, ils l'exileraient. Il serait contraint de passer le reste de sa vie à Furibouche, auprès de sa reine. Or, n'était-ce pas ce qu'il voulait plus que tout ?

C'est faux. Ce n'est que la moitié de ce que je désire, et par conséquent les choses ne vont pas se passer ainsi.

En observant la Sentinelle qui arpentait ses remparts, Jehal comprit qu'il n'obtiendrait jamais sa réponse, et se décida enfin à regagner son lit dans la tour de l'Orateur. Quelques mois auparavant, c'était encore le lit d'Hyram, mais lorsque Jehal y dormait, le fantôme de l'Orateur ne prenait jamais la peine de venir le hanter. Les rêves de Jehal le ramenaient toujours chez lui, bien des années auparavant, à l'époque où le roi Tyan était fort et en bonne santé. Il rêvait aussi de Lystra dans ses bras, des Taiytakei et de leurs étranges et somptueux cadeaux, de la dernière chose qu'il avait accomplie avant de quitter Furibouche. Nuit après nuit, il se revoyait penché au-dessus d'un autre lit, un oreiller dans les mains, tandis que s'éteignait la dernière lueur dans les yeux de son père.

Sauf que, ce soir, son père n'était pas son père, mais Lystra, et que l'oreiller n'était pas un oreiller, mais un poignard. Le lit était couvert de sang, et la jeune femme terrifiée se tordait, secouée de spasmes, les yeux écarquillés, la bouche grande ouverte. Le cœur de Jehal débordait de l'horreur sans nom de son acte, mais il ne pouvait la laisser comme ça. Et il brandissait à nouveau le poignard pour l'achever, aveuglé par ses propres larmes, mais il avait beau essayer, essayer de toutes ses forces, elle ne mourait pas, et ses hurlements ne faisaient que s'amplifier…

Il se réveilla en sursaut dans sa chambre plongée dans les ténèbres. Les yeux fixés au plafond, il écouta ronfler son valet, Kazah. Les battements frénétiques de son cœur s'apaisèrent lentement. Dehors, tout était tranquille.

Il se leva, alla ouvrir la fenêtre, traversa le balcon. L'appartement d'Hyram ; et le balcon d'Hyram, l'endroit où Shezira et lui s'étaient vus pour la dernière fois au cours de cette nuit fatidique. Trois poisons différents circulaient alors dans le sang de l'Orateur. Normalement, ils auraient dû le paralyser, mais il avait réussi à se traîner dehors, sur ce balcon, où Shezira l'avait découvert en plein délire.

Jehal s'avança jusqu'à l'endroit où l'Orateur s'était tenu juste avant de tomber et plongea son regard dans le vide. Il avait assisté à toute la scène par les yeux de l'un des petits dragons mécaniques que lui avaient offerts les Taiytakei en cadeau de mariage. À aucun moment, Shezira n'avait levé la main sur l'Orateur, mais si Jehal révélait ce fait aux membres du conseil, il lui faudrait aussi admettre qu'Hyram était tombé par sa faute, quand il lui avait envoyé le dragon taiytakei en pleine figure. Sur le moment, il s'était trouvé très malin, mais il s'était vite rendu compte qu'il avait gâché un plan parfait.

Quand Zafir avait épousé Hyram, qui l'avait désignée pour lui succéder, le plus dur était fait. Hyram allait sombrer dans la folie au cours des mois suivants, puis, vite incapable de se torcher le cul tout seul, tomber de son balcon et se tuer. Son décès n'aurait surpris personne. Lystra allait mourir en couches, bien sûr, et Zafir et lui gouverneraient les royaumes ensemble pendant une vingtaine d'années. Ou davantage, s'il y avait moyen. Que leurs ennemis les soupçonnent des pires méfaits n'avait aucune importance : les soupçons ne sont jamais que ce qu'ils sont.

Tout en bas, les pierres étaient noires. Le sang d'Hyram les tachait-il encore ? Un plan parfait… Hélas, Shezira était présente lors de cette chute et Zafir était résolue à présenter comme un meurtre ce qui aurait pu passer pour un tragique accident. *Elle sait que si Shezira disparaît, je n'ai plus aucune raison de ne pas trancher la gorge à Lystra. Et nous savons tous les deux que je dois choisir et choisir vite. Ah, Zafir, l'impatience finira par causer ta ruine. Donc, à moi de faire un choix. Est-ce toi que je veux ou bien est-ce Lystra ? Est-ce ton trône plutôt ?*

Il poussa un soupir. Shezira n'allait pas disparaître. Sirion hésiterait, puis choisirait de s'abstenir. Narvallon et Silvallan plaideraient en faveur de la reine, et Zafir se retrouverait isolée. Et elle le lui reprocherait. Non, le moment n'était plus aux tergiversations. Il devrait absolument choisir entre sa maîtresse et sa reine avant le conseil et ce qui s'ensuivrait, sinon ça n'en finirait pas, et il aurait bientôt à écarter d'autres guerres de dragons. L'une de ces femmes devait mourir, et vite. Il ne pouvait s'autoriser ni gentillesse ni pitié.

Il retourna sans réfléchir à l'intérieur. L'aube ne pointerait que dans une heure, mais Jehal suffoquait dans l'air chaud et figé, et il avait renoncé à dormir après ses cauchemars. Il réveilla Kazah d'un coup de pied.

Apporte-moi de la lumière ! aboya-t-il avec des gestes bourrus. Les mots ne servaient à rien avec Kazah, car il était sourd comme un pot. Les deux hommes se parlaient par signes, dans un langage bâtard qu'ils avaient inventé eux-mêmes. Kazah s'éloigna en hâte et revint très vite avec une bougie.

Mes vêtements ! La bougie à la main, Jehal alla s'asseoir à une table devant la fenêtre et prit une plume, de l'encre et du papier. Derrière lui, Kazah revint avec une tunique et des culottes. Le prince s'habilla, puis renvoya son valet. Il se rassit et contempla une feuille blanche.

Messire Meteroa,

Mes instructions précédentes concernant la princesse Lystra sont annulées.

Jehal

Horrifié, le prince relut les mots qu'il venait d'écrire. Si simples, si dépouillés, si innocents à leur manière, et pourtant contenant tout ce que Meteroa devait savoir. Tout ajout serait superflu. Le maître des aires comprendrait parfaitement bien ce qu'on exigeait de lui.

Jehal secoua la tête. *Je ne peux pas lui envoyer ça. Cette phrase est peut-être incompréhensible pour les autres, mais moi, je saurai toujours ce que j'ai fait. Je lui ordonne le meurtre de Lystra.*

Les mots se détachaient sur leur feuille comme tous les mots sont censés le faire. Immobiles, figés, accusateurs. Jehal se mordit la lèvre. *Et c'est exactement ce que je dois faire. Lystra est un obstacle sur ma route et elle doit disparaître. Tu le sais depuis le début, et si tu ne t'y es pas préparé, tu n'aurais jamais dû l'épouser. Après tout, tu aurais pu annuler le mariage en prétextant n'avoir pas reçu le dragon blanc promis. Mais tu t'es montré trop gourmand, admets-le. Parce que tu ne peux pas dire non quand on te sert quelque chose sur un plateau. Bon, voilà, tu as possédé ta femme de toutes les façons possibles et imaginables… tu peux aller de l'avant, maintenant. Renonce à elle. Épouse Zafir. Prends sa succession comme Orateur. Ce n'est pas comme si tu devais brandir le poignard toi-même ! Rien ne t'y force, si tu n'en as pas envie. Un mot à Meteroa et il s'en chargera pour toi. Toi, tu seras à des milliers de lieues de là, les mains aussi propres que les draps de soie de Zafir.*

Mais je crois que je suis amoureux. Voilà, c'était dit. Quel aveu !

Peuh ! Les rois ne font pas de sentiment, tu te rappelles ? Qui a dit ça, Jehal ? Toi ? Oui, je crois bien. De toute façon, au lit, Zafir est bien meilleure. Accepte-le, et avec gratitude.

Mais Lystra porte mon héritier, mon premier-né. Un fils, peut-être. Un fils qui pourrait un jour porter la couronne de mon père ! Voilà. Ça aussi, c'était dit. Il avait eu un peu de mal, quand même.

Mais qu'est-ce qu'elle avait de si spécial, cette grossesse ? Un premier-né, vraiment ? Jehal avait déjà dû engendrer une douzaine de petits bâtards, au moins ! Dont deux que Zafir pensait avoir conçus avec lui et dont elle s'était débarrassée dans un flot de sang en buvant une dose de Torpeur du Matin. En quoi était-ce différent, cette fois ? Et Lystra aurait sans doute accepté son sort, si elle avait su ce qui était en jeu ! *Mourir pour sauver ma mère ? Mais, bien sûr, mon amour !*

Sans même y penser, il avait laissé couler de la cire fondue sur la feuille. Étalée sur le papier, elle semblait l'attendre, ou attendre que son anneau s'y imprime, transformant ces quelques mots en un ordre souverain scellant le destin de Lystra. L'ennui, c'est que sa main ne faisait pas mine de bouger.

C'est idiot ! Dans une minute, la cire aura durci. Je vais devoir la racler et recommencer !

Jehal ferma les yeux. Il avait peu de temps à consacrer aux innombrables dieux que les royaumes pouvaient lui offrir. La plupart des gens réservaient leurs prières à leurs ancêtres, mais à ce stade, seule l'image de son père lui vint à l'esprit, son père inutile et la bave aux lèvres. Et même si Tyan avait retrouvé toutes ses capacités en mourant, Jehal pouvait-il vraiment s'adresser à quelqu'un qu'il venait d'assassiner, surtout pour lui parler d'un autre assassinat ? *Tu n'as pas la conscience tranquille, mon fils ? Allons, tu n'as même pas prié avant de m'achever ! Alors, comme ça, tu te sens un peu coupable ? Et tu t'es dit, va savoir pourquoi, que je pourrais accepter de t'aider sur ce coup ?*

C'était pourtant la seule personne à laquelle pensait Jehal pour demander l'absolution de ce crime à venir.

Quelque part au-dessus du Palais, aux premières lueurs de l'aube, un dragon poussa un cri perçant. Deux appels courts, puis un long, et avec ce dernier, un piqué droit sur le Palais. La tour trembla sur toute sa hauteur quand il passa près d'elle comme l'éclair.

Jehal se figea, puis se précipita à la fenêtre. Il fallait vraiment avoir perdu la tête pour se livrer à un tel acte, alors que tous les scorpions de la Sentinelle étaient alignés sur les remparts ! Il y eut quelques cris tout en bas, mais pas des cris d'alarme. En fait, le dragon s'était posé dans l'enceinte du Palais et quelques personnes couraient déjà vers lui, la torche à la main. Un écuyer s'en laissa glisser et, sans attendre les Écailleux, se rua droit vers la tour de l'Air… vers Zafir !

Jehal abandonna sa missive, enfila ses bottes aussi vite que possible, dévala les marches et se précipita lui aussi vers la tour de l'Air. En chemin, il croisa quelques soldats très pressés, et une cloche se mit à résonner alors qu'il montait l'escalier de la tour. Une alarme ! Annonçant l'arrivée d'un vol de dragons ! Il accéléra l'allure et se retrouva nez à nez avec Zafir qui descendait, vêtue à la hâte.

— Vous, on peut vous faire confiance pour être toujours le premier, lui lança-t-elle sèchement.

Elle le dépassa. Elle ne courait pas vraiment, mais presque, et Jehal lui emboîta le pas

— Le premier pour quoi ? lui demanda-t-il.

— Nous partons en guerre – de quoi cela a-t-il l'air ?

— Quoi ? On nous attaque ?

— Vous n'êtes pas encore roi, Jehal. Vous n'avez pas voix au chapitre, mais si vous voulez vraiment tout savoir, figurez-vous que des dragons arrivent par centaines de l'Épine du Monde ! Et ce sont ceux d'Almiri et de Jaslyn.

— C'est impossible, grommela Jehal. *Non, non, non, elles n'étaient pas censées agir ainsi…*

— Ah bon ? Pourquoi ? Ces dragons n'arrêtent pas d'aller et venir furtivement dans l'Épine, là où personne ne peut les voir… Les deux sœurs veulent attaquer le Palais !

— C'est impossible, répéta-t-il. *Et si c'était vrai ? Étaient-elles téméraires à ce point ? Dans ce cas…*

— Je vais parler lentement, alors écoutez-moi, Jehal. Des centaines de dragons sont en vol. Les deux sœurs ont quitté l'Épine du Monde et se dirigent vers le Palais. Elles veulent la guerre.

— Si c'est vrai, je leur tire mon chapeau, répliqua le prince avec un grand sourire. Et pouvons-nous les arrêter ? *Elles sont folles. Elles n'ont pas assez de dragons ! Pas avec tous ceux que Zafir a déjà rassemblés ici…*

— Si, *moi*, je peux les arrêter ? Évidemment !

Ils étaient presque arrivés en bas de la tour, et Jehal réfléchissait à toute vitesse. Si la Sentinelle avait raison, Hyrkallan menait l'attaque. Impossible… Hyrkallan était bien trop prudent. Jamais il ne laisserait Jaslyn se précipiter ainsi dans la gueule du loup. C'était un suicide.

— Je connais Hyrkallan, insista-t-il. Cet homme est du genre à attendre aussi longtemps qu'il le faut pour frapper au moment opportun. Ce qui n'est pas le cas aujourd'hui. C'est un serviteur zélé de Shezira, et s'il nous attaquait aujourd'hui, ce serait condamner sa reine. Hyrkallan attendrait.

— Alors que Jaslyn piaffe d'impatience et n'aime pas particulièrement sa mère, je sais. Où voulez-vous en venir ?

— Où je veux en venir ? ricana Jehal.

Il n'eut pas le temps de répondre, car un second messager venait de se jeter à leurs pieds, le souffle court.

— Votre Sainteté ! Ce n'est pas le nord, c'est le roi des Cimes ! Le roi des Cimes arrive !

19. SILENCE

En définitive, Jaslyn était prisonnière. Répondant à l'appel de la nouvelle Oratrice, elle avait pris son envol vers le sud sans aucun état d'âme. Elle ne savait pas vraiment si elle désirait la libération de sa mère ou sa pendaison, et de toute manière la question ne se posait pas. Sa mère allait gagner. Elle allait gagner car elle gagnait toujours, et Jaslyn serait emportée dans son sillage comme une feuille dans la tempête.

Son vol l'avait menée au Guet du Sud, puis à Evenspire ; là, à sa grande surprise, on lui avait retiré tous ses dragons. Sur ordre de sa propre sœur ! En tant que geôlière, Almiri s'efforçait d'être aussi gentille qu'elle le pouvait, mais une prison reste une prison et Jaslyn ricanait en pensant aux fers invisibles qui l'enchaînaient au sol. Autant lui couper les jambes, le résultat aurait été le même !

— Tu es folle, avait dit Almiri quand Jaslyn lui avait dévoilé sa destination. L'Oratrice Zafir te jettera dans une tour et demandera aussi ta tête…

— Tu as *peur*, ma parole, avait répliqué Jaslyn.

Après cet échange, la conversation avait pris un tour désagréable. Almiri avait sans doute raison, Zafir était probablement un monstre… Et alors ? Ne pas s'y rendre, c'était admettre la défaite, non ? Jehal, qui, lui, était un monstre sans l'ombre d'un doute, maintenait avec acharnement son emprise sur Zafir. Dès qu'il remuait le petit doigt, l'Oratrice proclamait tous les édits qu'il lui dictait. Si Jaslyn n'y allait pas, personne ne serait là pour le défier ; et voilà qu'elle se retrouvait piégée par sa grande sœur, comme si toutes deux étaient encore des gamines et qu'on avait demandé à Almiri de la surveiller pendant que leur mère partait à la chasse ! Après quelques jours d'intenses préparatifs, elle se sentait soudain désœuvrée, sans autre choix que de rester assise avec Isentine à contempler les Écailleux d'Almiri au travail, tandis que ses propres écuyers faisaient le pied de grue dans le gigantesque Palais des Sentes.

— Je ne peux même pas les approcher plus, soupira-t-elle. *Mes* dragons ! Tout ça parce que c'est ma grande sœur ! Elle pense vraiment s'en tirer comme ça ?

— Votre Altesse, c'est la première fois que je m'éloigne du Guet en cinq ans, lui dit Isentine, le regard perdu dans le vague. Vous permettez que je vous parle franchement ?

— Évidemment. Il faut bien que quelqu'un le fasse.

Ils cheminaient de concert entre les édifices de l'aire intérieure. Jaslyn savait que les terrains où se posaient les dragons lui étaient interdits, que les soldats d'Almiri avaient reçu l'ordre de lui en bloquer l'accès. D'ailleurs, ils la surveillaient en ce moment même, toute une compagnie de soldats, toujours sur leurs talons.

— Quand vous m'avez demandé de vous accompagner, j'ai cru que je ne reverrais jamais le Guet. Je m'étais imaginé que nous volerions jusqu'au Palais Adamantin et que l'Oratrice nous ferait exécuter. Je vous ai jugée stupide et imprudente. Pour moi, vous deviez d'abord aller voir votre sœur. Je vous voyais vous préparer ensemble à la guerre.

— Pourquoi ne me l'avez-vous pas dit tout de suite, si c'était vraiment ce que vous pensiez ? grommela Jaslyn.

Isentine fit comme s'il n'avait pas entendu sa remarque.

Même ici, dans l'enceinte du Palais des Sentes et de son aire, la plupart des bâtiments étaient gardés. Certaines portes arboraient le symbole des alchimistes, et quelque part non loin se trouvait le couvoir. Hélas, les gardes ne la laisseraient jamais examiner les précieux œufs d'Almiri. *Je pourrais en fracasser quelques-uns tellement j'ai envie de quitter cette aire…*

— C'est ce dont rêve la reine Almiri et vous le savez, votre Altesse, insista-t-il. Vous ne vous rendez pas service en boudant et en la traitant par le mépris.

— Je ne suis plus sa petite sœur, Maître de l'aire. J'ai presque trois fois plus de dragons sous mes ordres…

— Vous devriez écouter Hyrkallan, maintenant qu'il est de retour…

Soudain, Jaslyn cessa de l'écouter, parce qu'elle écoutait quelqu'un d'autre. Ou *autre chose*. Une voix, dans sa tête, si faible qu'elle la percevait à peine, et pourtant si puissante qu'elle remplissait l'univers.

Qui es-tu ?

Elle se figea. Deux mois et demi s'étaient écoulés, mais c'était la même. La même voix. Si ce n'est qu'à l'époque elle appartenait à un dragon empoisonné et mourant qui avait rendu son dernier souffle le jour même.

Un frisson rampa le long de sa colonne vertébrale et se ficha dans ses orteils, les glaçant sur place. Elle était bouche bée, et son cœur s'emballa.

— Silence ?

Je me souviens de toi. Une pensée venimeuse, courroucée, furieuse.

Isentine dévisagea la jeune femme avec inquiétude.

Nous allons nous libérer de vous. Un jour. Un jour. Je te l'ai dit. La pensée parut s'évanouir au loin et Jaslyn eut l'impression qu'on lui arrachait quelque chose. Et que son cœur partait avec.

— Où es-tu, Silence ?

— Votre Altesse, vous m'entendez ?

Isentine posa une main sur son épaule, un geste inexcusable, et Jaslyn ferma les yeux. Elle n'avait qu'une envie, tomber à genoux et pleurer. Saisie d'un haut-le-cœur, elle repoussa en frissonnant la main d'Isentine et jeta un coup d'œil autour d'elle. Quelques soldats et serviteurs d'Almiri, une bonne douzaine au moins, les observaient sans perdre une miette du spectacle.

— Vous vous oubliez, vieil homme, lui lança-t-elle sèchement. *Vous étiez son ami le plus cher, mais pour une telle faute, ma mère vous aurait tranché la main sur-le-champ. Voilà pourquoi je ne suis pas prête à devenir reine. Je ne suis prête à rien. Tout ce que je veux, c'est Silence. Je veux mon dragon, et c'est tout.*

Isentine recula en titubant, s'inclina maladroitement et s'excusa, puis le maître de l'aire lui demanda ce qui se passait. Que pouvait-elle lui répondre ? La voix dans sa tête lui avait semblé plus réelle que tout le reste, comme un infime éclat de couleur dans un monde de gris estompés. Mais en était-elle vraiment certaine ? *Je l'ai peut-être imaginée. Je ne peux quand même pas lui demander s'il a entendu cette voix si elle n'existe pas !* Elle inspira profondément et se prit la tête à deux mains.

— Votre Altesse ! Je vous en prie !

— J'ai entendu une voix, Isentine, lui dit-elle en le regardant d'un air de plus en plus dur.

Elle voulait qu'il l'écoute, se taise et la croie.

— J'ai entendu un dragon, insista-t-elle. Il m'a parlé en esprit. C'était Silence ! Il se souvenait de moi, Maître de l'aire. Il se souvenait de tout. Il se souvenait de *moi*…

Isentine resta muet. Dans ses yeux se lisaient l'incrédulité, le refus de comprendre, mais il garda le silence, ne hocha même pas la tête. *Il pense que je suis folle. Il a sans doute raison, d'ailleurs. Folle de chagrin, certainement, mais je suis sûre d'avoir entendu mon dragon.*

— Mais s'il est ici, votre Altesse, où se trouve-t-il ? finit par lui demander Isentine.

Jaslyn haussa les épaules.

— Tout près, à mon avis. Je l'ignore, mais je dois le retrouver. Je dois m'assurer que c'est vrai, qu'ils reviennent et se souviennent de tout !

— Cherchons-le, alors. Après tout, il vous appartenait : si sa Majesté la reine Almiri détient dans son aire un dragon couleur de suie, de cendre et de charbon, elle ne pourra pas le cacher bien longtemps.

Isentine ne la croyait pas. Il ne l'avait jamais crue. Il avait passé plus de quarante ans à travailler avec des dragons qui ne lui avaient jamais parlé en esprit et n'avaient jamais ressuscité, et encore moins conservé leurs souvenirs après la mort. Pour Isentine, les dragons se contentaient d'éclore, de s'alimenter, de se reproduire et de mourir comme n'importe quel autre animal. Certes, dès que l'un d'eux mourait, un autre naissait et leur nombre restait toujours le même, mais pour le Maître de l'aire cela ne voulait rien dire. Ce n'étaient que des animaux. Tant qu'ils ingurgitaient leurs potions.

Bah, aucune importance. S'il l'aidait, elle lui prouverait qu'elle avait raison et il serait obligé de la croire. Elle lança un regard furibond aux soldats et tapa du pied.

— Ils ne vont jamais nous laisser traîner parmi les dragons de ma sœur !

— Effectivement, votre Altesse, reconnut Isentine en hochant tristement la tête. À moins que… Votre Altesse, j'ai tenté par tous les moyens de convaincre le Maître de l'aire de la reine Almiri, mais il m'a opposé un refus catégorique. Il a reçu ses ordres de la reine elle-même ! Par contre, si vous promettiez de vous associer au projet de guerre d'Almiri, qui sait…

— Je ne *veux pas* d'une guerre, répliqua-t-elle.

Soudain elle faillit sourire et agita un doigt vers son vieux maître.

— Je vois. Vous ne voulez pas que je me batte, vous voulez que je rejoigne son conseil… Très bien. Elle peut compter sur moi à sa table, mais pas question de lancer mes dragons dans une entreprise démente.

Elle marchait rapidement à présent, forçant Isentine à allonger le pas derrière elle. Obéissant à une impulsion, elle s'engagea soudain dans une étroite venelle entre deux entrepôts de pierre peu élevés aux murs dépourvus de fenêtres.

—Votre Altesse ! Arrêtez-vous ! cria quelqu'un dans son dos, sans doute l'un des soldats d'Almiri.

Jaslyn ne s'exécuta pas.

— Par ordre de la reine, vous ne pouvez pas entrer…

Elle parvint au bout du passage. Plusieurs soldats s'étaient lancés à sa poursuite, mais la voie était étroite, les gardes portaient des armures, et Isentine, ce frêle vieillard, boitillait lentement, leur barrant le chemin.

— Dégagez le passage, messire !

— Je suis le Maître de l'aire de la reine Shezira, espèce d'insolent ! Et je vais aussi vite que je peux !

Jaslyn les observa un instant, sourire aux lèvres, et s'engagea dans l'aire d'un pas résolu. Elle n'en avait pas spécialement envie, mais puisqu'on lui en donnait l'occasion… Elle n'irait pas très loin. D'autres soldats n'allaient pas tarder à surgir pour lui couper la route. Comment réagiraient-ils si elle refusait de s'arrêter et tentait de les écarter pour continuer son chemin ? Ils n'oseraient pas poser la main sur elle, quand même ?

Malgré tout, elle s'arrêta. Elle était parvenue devant une immense grange de pierre. Sa gigantesque porte noire à deux battants était entrebâillée et une brise chaude provenant de l'intérieur enveloppa la jeune femme. Ça empestait l'éclosion, la chaleur extrême et la mort. Il y avait plusieurs soldats devant cette porte, mais l'odeur à elle toute seule aurait suffi à la dissuader d'aller plus loin. Ses traits se crispèrent. Cette odeur empuantissait toutes les aires à un moment ou à un autre. Un dragonneau venait de mourir.

Jaslyn entendit Isentine houspiller les soldats d'Almiri, qui la rattrapèrent enfin.

— Votre Altesse, par ordre de la reine, vous n'êtes pas autorisée à…

Elle fit une brusque volte-face et gifla celui qui parlait, puis se retourna à nouveau. Les énormes battants noirs s'écartèrent devant la jeune femme pétrifiée.

— L'un des dragons de votre reine est mort, annonça-t-elle très calmement aux soldats.

Lorsqu'un dragon mourait, tout le monde savait – y compris les gardes – qu'il valait mieux s'abstenir de tout mouvement tant que les alchimistes et les Écailleux n'avaient pas terminé leur travail.

Quatre Écailleux apparurent. Ils portaient d'épais gantelets et des tabliers de cuir, et remorquaient un lourd traîneau de pierre. Le dragonneau mort y gisait, complètement recroquevillé. Aucune couverture ne le recouvrait, car elle aurait sans doute pris feu. Deux alchimistes fermaient la marche en balançant des encensoirs d'argent qui leur servaient à asperger délicatement d'un mélange d'eau et de potions les écailles grésillantes du cadavre. Les six hommes étaient masqués. Les alchimistes fabriquaient des potions qui atténuaient les pires effets de la Maladie du Dragonneau, mais la souche issue des cadavres était la plus virulente de toutes. Même les Écailleux n'étaient pas immunisés !

Jaslyn les regarda emporter le cadavre. Dès qu'il eut disparu de sa vue, la chaleur de la mort s'évanouit avec lui, et très lentement la jeune femme se remit en mouvement. Elle se rendit aux soldats, qui la raccompagnèrent jusque dans l'enceinte du Palais des Sentes, où siégeaient Almiri et son conseil… mais rien ne comptait plus pour la jeune femme désemparée. Un kaléidoscope délirant d'espérances radieuses et de désespoir écrasant venait de l'engloutir, parce qu'elle savait avec une absolue et inexplicable certitude que ce dragonneau mort, c'était Silence, même s'il n'avait pas la même couleur que le dragon qu'elle avait connu.

Silence avait ressuscité.

Et il s'était souvenu de tout.

Donc tout était vrai. Absolument tout.

20. LE CONSEIL DES SOUVERAINS

Debout sur un rempart, Vale observait les dragons qui obscurcissaient le firmament. Après trente ans dans la Garde Adamantine, il sentait encore s'accélérer les battements de son cœur en les voyant si nombreux. Il n'en avait jamais vu autant, d'ailleurs, même lorsque tous les souverains s'étaient rassemblés quand Hyram avait succédé à Iyanza sur le trône de l'Orateur. Tous ces dragons arrivaient de l'ouest et volaient en cercles au-dessus du Palais avant de se poser sur les rives des Lacs Miroirs. Les aires de l'Oratrice étaient déjà bondées, mais les nouveaux venus ne semblaient guère s'en soucier. Vale prit lentement conscience qu'ils avaient apporté sur leur dos tout ce dont ils avaient besoin. Il ressentait une excitation bizarre… mais pourquoi était-il remué à ce point ? Plus tard, quand le ciel se dégagea et que les premiers écuyers arrivèrent avec leurs montures aux portes du Palais, il comprit. Il avait passé trente ans dans la Garde. Il en avait vu défiler, des rois et des reines et des Orateurs… mais jamais le roi des Cimes n'avait daigné quitter ses montagnes. On vivait vraiment des temps étonnants.

— J'ai l'impression que nous allons partir en guerre ! Pas vous ? C'est très excitant, ce matin ! J'espère qu'il n'y a pas eu d'incidents.

Vale sursauta, atterré. Le prince Jehal avait réussi à se glisser furtivement derrière lui.

— Mais, bon, ce n'est pas encore tout à fait sûr, j'imagine ? Mon père m'a raconté des tas d'histoires sur le roi des Cimes. À l'époque où il pouvait encore aligner une phrase complète, évidemment. J'étais gamin…

Sans dire un mot, Vale s'inclina. *Pourquoi me racontez-vous ça ? Vous tenez vraiment à ce que nous fassions semblant d'être amis ?*

Comme s'il se moquait bien que Vale l'écoute ou pas, Jehal reprit :

— Il m'a raconté toutes sortes d'histoires. Par exemple que le roi des Cimes possèderait plus de dragons que deux souverains réunis. Est-ce vrai, Sentinelle ? Vous les avez dénombrés ?

— Non, votre Majesté, mais j'y compte bien. À mon avis, il aligne trois cent cinquante bêtes environ, mais certains de mes Gardes ont de meilleurs yeux que moi.

— Trois cent cinquante ! Mes aïeux ! Mon père n'inventait rien, alors !

Vale faillit lui demander : *Qu'attendez-vous de moi ?* Mais la réponse était évidente… Jehal voulait savoir s'il était prêt à trahir l'Oratrice. *Vous n'obtiendrez rien de moi pour l'instant, Jehal. On en reparlera bien assez tôt.*

— Je me demande si le reste était vrai aussi… murmura le prince.

Une procession de dragons remontait des Lacs Miroirs ; vingt dragons de guerre, chacun portant quatre écuyers. Chaque harnais était équipé de trois scorpions, et Vale fronça les sourcils, perplexe. Trois scorpions par dragon, c'était inhabituel. *La plupart des maîtres d'aires n'installent jamais les scorpions ainsi, sur le cou de la bête… Trop risqué, si l'écuyer tente de viser un ennemi droit devant lui… Il y a eu des accidents…*

Jehal ne s'aperçut de rien et continua sur sa lancée.

— Mon père m'a raconté des histoires idiotes. D'après lui, une autre race de gens vivait dans les montagnes. Des gens de petite taille, courts sur pattes, qui ne nous arrivent pas à l'épaule. Des gens méchants, à l'esprit vicieux. D'après lui, ils servent le roi des Cimes, qui les charge d'aller semer les graines de la discorde et de la révolte parmi les braves sujets des royaumes.

Qu'est-ce que ça peut faire ? Les crocs, les griffes et les flammes peuvent servir le même dessein avec bien plus d'efficacité ! Sans parler des hommes dans votre genre ! pensa Vale, toujours silencieux.

— Il m'a dit que ces êtres circulaient parmi nous, invisibles mais bien présents…

Vale ne put s'empêcher d'intervenir.

— Le premier, Valmeyan a combattu Vishmir pendant la Guerre des Épines. On raconte chez les Gardes qu'il a même volé en cercle autour de votre prince Lai. Après qu'Anzuine eut exécuté l'Orateur Voian, Valmeyan l'a abandonné pour filer jusqu'aux montagnes en entraînant la moitié des dragons des Pinacles avec lui. Il avait emmené ses alchimistes avec lui, et il a disparu.

— La Grande Chasse au Dragon, oui, je connais toute l'histoire, lâcha Jehal avec un petit rire étouffé. Ce roi n'aimait pas beaucoup ses Orateurs, si vous voulez mon avis. Mais, là, ce qu'il a fait a plutôt à voir avec Anzuine et vous, les Adamantins, mettant à sac la Cité d'Argent. Pas très malin d'incendier la ville de votre maréchal-dragon en chef ! Mais je vois ce que vous voulez dire. Effectivement, nous, les gens du sud, nous n'aimons pas beaucoup les montagnards. Mon père disait souvent que tout ce qui est mauvais en ce bas monde naît dans les cavernes et les tunnels de l'Épine.

— Les potions qui contrôlent vos dragons sont pourtant fabriquées là-bas, votre Majesté, murmura Vale.

— Encore une fois, au temps pour moi, Sentinelle. Quelques bonnes choses proviennent aussi de l'Épine, oserais-je avancer.

— La Grande Flamme nous enseigne deux choses : tout ce qui a mis de l'ordre en ce monde est arrivé de l'Épine il y a bien longtemps ; et ce qui le réduira en cendres viendra aussi de là-bas.

— Ne me dites pas que vous croyez à ces sornettes de prêtres ? répliqua le prince avec une moue.

— J'ai beau avoir renoncé à l'amour et à une longue existence, prince Jehal, je n'ai pas renié ma foi. La

Flamme brille haut et fort dans les troupes adamantines, répondit Vale avec douceur, en dissimulant le dégoût qu'il ressentait. *Ah ! Si seulement vous n'étiez pas prince ! D'une seule main, je vous écraserais la gorge et vous briserais la colonne vertébrale !* Il eut la vision furtive de son poing s'enfonçant dans la gorge de Jehal et lui arrachant la langue jusqu'à la racine, vision qui lui procura une intense satisfaction.

— Je l'ignorais, dit doucement la Vipère. À l'avenir, je m'en souviendrai. Je suis désolé si je vous ai offensé, Sentinelle.

Vale conserva une expression neutre.

— Il n'y a pas de mal, votre Majesté. *Espèce de merde sans foi ni consistance !*

— Bien ! Allons voir ce que l'Épine du Monde nous a recraché cette fois-ci… ricana Jehal. Le roi des Cimes approche, et notre charmante conversation m'a fait oublier ma mission ! L'Oratrice vous réclame, figurez-vous ! Elle vous charge d'accueillir le roi en son nom et de l'escorter jusqu'au conseil des souverains. Après tout, il est en retard et tout le monde l'attend. Faites-le-lui savoir, d'ailleurs, si vous pouvez.

Pendant un moment, l'armure mentale qui faisait de Vale Tassan un ensemble cohérent se fissura et se déboîta, et la Sentinelle blêmit.

— *Moi*, je dois accueillir le roi des Cimes ?

— Vous connaissez l'Oratrice, et Valmeyan, malgré les airs qu'il se donne, n'est encore qu'un vulgaire roi qui doit s'agenouiller devant elle. Il est hors de question que ce soit elle qui vienne à lui, sourit gaiement Jehal. Bien sûr, si cela vous effraye, je serai heureux de m'en charger à votre place.

Sûrement pas, espèce de sournois !

— J'en suis honoré, votre Majesté. Flatté, même. Mais j'exécuterai les ordres, comme le font depuis toujours les Adamantins. Vous pouvez l'annoncer à l'Oratrice et au conseil, si vous le souhaitez.

Jehal conserva son sourire.

— L'idée, c'est que vous receviez le roi avec quelques milliers de vos soldats au garde-à-vous derrière vous, comme démonstration de la force de l'Oratrice… Et pour contrebalancer toute la pompe de Valmeyan…

Le prince jeta un coup d'œil en bas.

— À mon avis, il vous reste encore quelques minutes avant que ses dragons n'atteignent le Portail. Ce sera suffisant, j'espère ?

À nouveau cette vision fugitive, si ce n'est que cette fois-ci Vale fracassait aussi les dents de la Vipère, une par une. *J'attends impatiemment le jour où je pourrai arracher de tes lèvres ce sourire condescendant !* Il plissa les yeux, se concentra. *Quelques minutes pour appeler quatre légions postées sur les remparts et leur demander de former les rangs. Heureusement – Grâce en soit rendue à la Flamme ! –, le Portail des Dragons est déjà pourvu en hommes prêts à le faire fonctionner…*

Jehal resta là à observer les manœuvres, immobile, mains dans le dos, sourire aux lèvres. *Un rictus de serpent, oui ! Bon. Nous allons lui montrer pourquoi on nous craint à ce point.* Il siffla. Et fort, suffisamment – petite consolation – pour faire tressaillir Jehal. D'un bout à l'autre des remparts, les soldats se tournèrent vers lui, prêts à recevoir ses ordres. Il leur fit trois gestes explicites – *Toutes les légions ! Garde d'honneur ! Maintenant !* – puis leur désigna le portail, en bas. Les soldats présents sur les remparts n'avaient nul besoin de plus amples précisions. Certains couraient déjà vers ceux qui commandaient les légions au cas où leurs chefs auraient manqué le signal. *Quelle idiotie de dégarnir les murs pour une simple cérémonie, alors que tant de dragons campent autour du palais ! Une seule légion aurait certainement fait l'affaire !* Jehal avait-il exagéré, ou même inventé sur un coup de tête cet ordre de l'Oratrice ? Peu probable, se dit Vale. Cet ordre était plutôt typique de l'absence de réflexion qu'il en était venu à associer à la personne de Zafir.

Je n'ai pas à contester ce genre de choses. Tout le long des remparts, il vit ses ordres se concrétiser. Des soldats quittaient leurs postes et descendaient en empruntant échelles et escaliers.

— Impressionnant ! Ils réagissent vraiment au doigt et à l'œil ! lui fit remarquer Jehal, qui souriait toujours.

— Nous obéissons sans hésitation ni contestation, votre Majesté. C'est notre mode de vie, et nous y souscrivons tous. Cette discipline est indispensable pour survivre quand l'ennemi crache des flammes.

Jehal lui barrait le chemin, et Vale dut quasiment le pousser pour quitter la tour et descendre les marches menant à la vaste esplanade de la Cour du Portail. Quand il y posa le pied, des centaines de soldats s'étaient déjà massés en rangs impeccables. Chacun d'eux connaissait exactement sa place au sein de sa légion. Pendant qu'ils se positionnaient, Vale obtint de petits ajustements en quelques claquements de mains. Il remarqua à peine que Jehal l'avait suivi.

— Ce spectacle m'évoque celui d'un maître marionnettiste au travail. Ou d'un magicien. Ça ne vous fait rien, tout ce pouvoir entre vos mains, Sentinelle ?

Si j'étais magicien, je me débarrasserais de vous d'un geste comme on chasse une saleté de sa manche… Vale s'inclina.

— C'est le pouvoir de l'Oratrice, Majesté, pas le mien.

Et je n'ai pas de temps à consacrer à un bâtard princier s'accrochant à mes basques.

— Tout est sous contrôle. Je vous en prie, ne me laissez pas vous distraire de vos obligations. Si cela vous agrée, pourriez-vous dire à l'Oratrice que la garde d'honneur sera prête ? Je ferai ouvrir le Portail dès l'arrivée du roi Valmeyan.

Lèvres pincées, le prince Jehal inspira brusquement.

— Vous en faites trop, Sentinelle. Vous insinuez sans doute que je devrais dégager le passage et songer à me rendre utile.

— Pas du tout, Majesté. *Bien sûr, si vous étiez dans un état d'esprit obligeant, vous pourriez vous sectionner la langue et vous étouffer dans votre sang jusqu'à ce que mort s'ensuive. Certes, devoir nettoyer les dégâts que vous causeriez n'est pas une perspective agréable, mais j'ose affirmer que nous pourrions les réparer en temps utile.*

Vale se dirigea résolument vers les portes, mais Jehal lui emboîta le pas, l'air un peu perplexe.

— En fait, si ma présence ne vous gêne pas dans l'accomplissement de vos devoirs, et dans la mesure où je n'en ai aucun à remplir de mon côté, ma curiosité m'incite à rester. J'aimerais voir le visage du roi des Cimes…

— Il n'aura pas changé lors du conseil des souverains, j'imagine.

Vale serra les dents. *Voilà, c'est fait. Tu as réussi à me faire sortir de mes gonds. C'est ce que tu voulais, n'est-ce pas ? Allez, prends ta petite victoire sous le bras et va-t'en !*

— Sans aucun doute. Mais, comme vous le savez bien, Sentinelle, je ne suis pas encore roi, donc ma présence à ce conseil n'est pas requise. Il n'est pas certain que je m'y rende.

— Mes opinions personnelles sont insignifiantes et sans valeur, mais j'ai cru remarquer que l'Oratrice Zafir tenait les vôtres en haute estime, Majesté.

Par signes, Vale demanda aux premiers rangs des légions de s'écarter davantage pour permettre le passage des dragons de Valmeyan. Puis il désigna vivement le gigantesque Portail, qui commença aussitôt à s'ouvrir. Les dragons n'étaient plus bien loin du Palais. Vale réprima son envie de vérifier si ses légions, derrière lui, étaient parfaitement disposées. Bien sûr qu'elles l'étaient !

Lentement, très lentement, les deux battants s'ouvrirent en grinçant sous la traction d'une centaine d'hommes. Vale s'approcha du Portail et s'arrêta dans son ombre. En face de lui, le premier des dragons dut s'aplatir pour passer sous l'arche colossale du Corps de Garde, puis il s'arrêta, la tête toute proche de celle de Vale, qui sentit sur lui son souffle brûlant et fétide. Cette créature avait des yeux aussi gros qu'une tête humaine, des dents longues comme des jambes, une tête de la taille d'un cheval et un corps vaste comme une grange. Un vrai monstre, un dragon de guerre comme il n'en avait jamais vu, le genre de bête capable de jeter à terre les puissantes tours du Corps de Garde s'il s'écrasait contre elles. Vale se sentait tout petit. Le dragon baissa la tête pour le regarder, le renifla et retroussa ses lèvres comme pour rappeler à l'humain qu'un dragon de ce gabarit avait toujours, *toujours* faim.

C'est dans des occasions pareilles que toute la force de Vale se révélait enfin, il le savait, comme celle de chacun de ses hommes également. Là où tout être normal aurait frémi, tremblé et mouillé ses braies, lui restait impassible, calme, serein. Il chercha en lui cette peur que les gens normaux ressentaient en présence d'un tel monstre et ne trouva rien. Absolument rien.

L'écuyer installé sur le cou du dragon ôta son heaume. C'était le prince Tichane, second fils de Valmeyan, envoyé en ambassadeur au Palais.

— Le roi Valmeyan ! rugit Tichane. Le roi des Cimes répond à l'appel de l'Oratrice !

Tu devrais supplier pour entrer, comme tous les autres rois l'ont fait. Et ce n'était pas un appel, mais une sommation. Vale s'inclina, Jehal *toujours* à côté de lui ! Et lui non plus ne frémissait pas, ne tremblait pas, ne mouillait pas son froc.

— En vertu des antiques lois de l'hospitalité, l'Oratrice vous souhaite la bienvenue et vous prie de bien vouloir entrer en son Palais ! déclama Vale d'une voix puissante.

Au moment où il allait s'écarter pour laisser Tichane et sa monture entrer dans la cour, la main de Jehal se posa soudain sur son épaule.

— Vous pouvez passer, prince Tichane ! Vous et toute votre escorte ! s'écria Jehal. Mais seuls les dragons de l'Oratrice peuvent pénétrer sur le sol du Palais Adamantin ! Vous n'êtes pas au courant ?

Il y eut un très long silence.

— Vous avez emmené assez d'écuyers pour reconduire ces pauvres bêtes d'où elles viennent, j'espère ?

Vale ne broncha pas. Son entraînement poussé lui rendait vraiment service, se dit-il.

— Et vous êtes en retard, par-dessus le marché ! ajouta le prince, assez fort pour que les écuyers les plus proches de Tichane puissent l'entendre. Le conseil s'est réuni à l'aube ! Bah, si vous avez de la chance, ils vous auront attendu ! Ce serait vraiment scandaleux qu'une aussi grandiose arrivée n'ait servi à rien !

Pendant quelques longues secondes, le prince Tichane ne fit pas mine de bouger. Puis le dragon posa carrément sa tête par terre. Tichane déboucla son harnais, se laissa glisser au pied de sa monture et se dirigea vers Jehal sans un seul regard à Vale. À l'extérieur du Palais, d'autres écuyers descendaient de leurs montures.

— Vous êtes un grossier personnage ce matin, dit-il à Jehal, qui le gratifia d'une révérence fleurie.

— Surveillez vos propos, Tichane. Quand vous partirez, vous m'appellerez « votre Majesté ».

— Il paraît, oui. Ainsi, Jehal, vous êtes le porte-parole de l'Oratrice, aujourd'hui ? Bah, rien de surprenant, j'imagine. Mon père va être déçu en constatant qu'elle ne vient pas l'accueillir en personne.

— Si le roi Valmeyan prétend revendiquer l'égalité avec Zafir, j'ai peur que cette déception ne soit la première d'une longue série, répliqua Jehal en hochant tristement la tête. Il pourrait regretter d'être venu.

— Dans ce cas, je ne serai pas le seul, lui lança sèchement Tichane. Et ce conseil, devons-nous nous y rendre en courant, puisque nous sommes en retard ?

— J'oserais dire qu'un bon pas fera l'affaire.

Ils s'éloignèrent ensemble vers la salle d'audience entre les impeccables légions des gardes adamantins. À l'extérieur, les dommages causés par l'attaque des

Écuyers Rouges avaient tous été effacés, mais à l'intérieur la salle en portait encore les stigmates. Vale regarda les deux hommes s'éloigner et attendit. Il n'était pas ici pour accueillir des princes, il était venu pour un roi. Il dut patienter, le temps que les écuyers restés à l'extérieur du Palais prennent leurs dispositions. Un par un, les dragons firent demi-tour et s'en allèrent, celui de Tichane en dernier. Quand il se fut éloigné, deux colonnes d'écuyers franchirent les portes à pied. Vale les examina avec attention. Celui qui était à leur tête portait la même armure que les autres, mais son charisme avait quelque chose de familier. En outre, il était d'âge avancé pour un écuyer.

Quand ils s'arrêtèrent devant lui, Vale s'inclina aussi bas que pour tout autre souverain.

— Votre Majesté, en vertu des antiques lois de l'hospitalité, l'Oratrice vous souhaite la bienvenue et vous prie de bien vouloir entrer en son Palais…

Ils passèrent devant Vale sans lui jeter un regard. Il resta exactement à la même place jusqu'à ce que tous les écuyers aient disparu, puis, d'un geste, ordonna la fermeture du Portail. Au moment où Valmeyan et ses écuyers entraient dans la salle d'audience, il fit signe à ses légions de regagner les remparts et de se remettre au travail. De rejoindre ces postes qu'ils n'auraient jamais dû quitter.

Ils s'exécutèrent presque tous, et les autres le rejoignirent à sa demande. Une douzaine d'hommes, ce serait bien assez. Ils entrèrent calmement dans la salle où venait de pénétrer Valmeyan. À l'intérieur, ça sentait le neuf, une odeur puissante de peinture et de bois. Tout au bout, l'Oratrice Zafir trônait avec ses souverains, et Valmeyan leur faisait face. Des écuyers appartenant à toutes les maisons présentes, une compagnie par royaume, étaient rassemblés un peu à l'écart, avec même quelques représentants du nord. Leur rôle serait de témoigner des décisions du conseil. Autour d'eux s'étaient également regroupés Jeiros, Aruch, les alchimistes et les prêtres. Vale fendit cette assemblée d'un pas résolu, en direction de la table de l'Oratrice et plus précisément du siège où le prince Jehal s'était affalé avec insolence. Quand il arriva derrière lui, le prince observait en ricanant les salutations rituelles entre Zafir et Valmeyan, les premières depuis trente ans entre un Orateur et le roi des Cimes. Vale s'accorda un moment pour savourer ce qu'il s'apprêtait à faire.

— Prince Jehal…

Jehal leva les yeux, l'air parfaitement serein. Visiblement, il ne se doutait pas du tout de ce qui l'attendait.

— Sentinelle…

Dans la courte vie d'une Sentinelle, les moments de pure joie étaient rares, Vale l'avait compris depuis bien longtemps. Il décida donc de prendre son temps pour bien profiter de celui-ci.

— Prince Jehal, répéta-t-il en savourant chaque mot, vous êtes accusé de conspiration et de complicité avec les ennemis des royaumes. Par ordre de l'Oratrice, vos titres et prérogatives vous sont retirés.

— *Quoi ?* s'exclama Jehal en se levant à demi de son siège. Vale posa une main autoritaire sur l'épaule du prince et le força à se rasseoir. *Tu ne peux pas t'imaginer à quel point je me délecte.*

— Vous allez être conduit à la tour du Crépuscule. Vous y vivrez pour le restant de vos jours, ou jusqu'à la sentence de l'Oratrice.

Sur un geste de Vale, quatre soldats empoignèrent Jehal pour l'arracher de son siège.

— Zafir ! s'écria-t-il.

L'Oratrice resta de glace. Elle ne lui adressa même pas un coup d'œil…

— Sentinelle, lâchez-moi ! Je suis tout à fait capable de marcher sans aide ! Vous ne croyez quand même pas que je vais m'enfuir ?

Vale baissa le ton pour n'être entendu que de Jehal, et lui répondit sans un regard.

— Je vous crois. J'admets volontiers que vous m'avez impressionné devant le monstre du prince Tichane. Vous n'avez même pas tressailli. Mais, tout bien considéré, Altesse, je préfère qu'on vous traîne jusqu'au cachot.

La cour était déserte. Les légions de Vale avaient regagné les remparts et les tours, et il s'offrit un instant pour regarder autour de lui.

Une bonne journée de travail, et ce n'est qu'un début. Il avait déjà fait aiguiser la lourde épée destinée au cou de Shezira. Une épée qui pourrait resservir pour un autre cou... On pouvait toujours rêver, non ?

21. LA REINE DANS LA TOUR

Ils ouvrirent la porte, le jetèrent à l'intérieur et refermèrent derrière lui. Jehal s'assit en frottant ses contusions. Deux serviteurs le fixèrent pendant quelques instants comme des lapins cloués sur place, les yeux écarquillés, puis déguerpirent sans demander leur reste. La porte claqua, et le prince se retrouva dans la pénombre. Malgré la hauteur de plafond, l'air était chargé de fumée. Des traits de lumière traversaient les murs, dessinant des flaques de feu sur le sol, et partout ailleurs dansaient des ombres mouvantes.

— Bonjour, prince Jehal. S'il vous plaît, ne vous levez pas. Si vous le faites, je vous tue.

Jehal se figea. La voix lui arrivait d'un des coins de la pièce. Shezira... Il tourna la tête ; la reine était là, presque cachée derrière l'une des immenses colonnes qui disparaissaient dans l'ombre des voûtes. Très calme, elle tenait une arbalète, un engin de bonne taille avec lequel elle le visait.

Le cœur de Jehal se mit à cogner dans sa poitrine. *Que sait-elle ?*

— L'ennui avec les condamnés, lui dit-il tout doucement, c'est qu'ils ont très peu à perdre. J'ai l'impression que vous m'attendiez, votre Majesté.

— Vous vous imaginiez vraiment que j'étais *totalement* impuissante, ici ? La Sentinelle s'est arrangée pour me faire savoir que vous me rejoindriez ce matin et pour... oublier cette arbalète et un unique carreau. Vraiment négligent de sa part, hein ? Qu'en dites-vous ?

— Effectivement. J'ai l'impression qu'on m'attendait bel et bien, répondit-il, un sourire acide aux lèvres.

— Il doit vous haïr au plus haut point, Jehal. Et moi, je sais qu'il me déteste aussi. Il pense que j'ai tué Hyram, alors j'imagine qu'il se moque pas mal de savoir lequel de nous deux va mourir. Il espère sans doute que nous allons nous entre-tuer.

— Vous a-t-il informée que je voulais vous aider à fuir ? lui demanda Jehal en fronçant les sourcils. Et que j'ai tenté de le convaincre de m'aider ? Je me demande s'il a pris le temps de soupeser ma proposition avant de se précipiter chez Zafir.

— Oui, vous vous êtes donné beaucoup de mal, il paraît. Je me demande ce qui est vrai là-dedans.

— La plus grande part, n'en doutez pas, répliqua Jehal en haussant les épaules. Rien ne me fait plus plaisir qu'une bonne petite conspiration.

— Et rien ne me ferait plus plaisir que d'en apprendre davantage à ce sujet.

— Allons ! Vous voulez discuter tranquillement avec moi comme deux personnes civilisées, et *ensuite* me tuer ? Pourquoi ne pas nous épargner cette peine et en terminer tout de suite ? répliqua sèchement Jehal.

— Je suis censée vous tuer, c'est évident, mais je ne suis pas disposée à coopérer. Si je le peux, je vais viser un endroit bien douloureux et vous laisser vivre dans la peau d'un infirme. Cela me comblerait bien davantage.

— Malheureusement, vous ne serez plus là pour le voir. Mais si vous me tuez maintenant, vos filles prendront le contrôle de trois des neuf royaumes en criant vengeance et ce sera la guerre. Je doute que Zafir y survive longtemps. Je suis surpris que vous n'ayez pas agi tout de suite.

— La guerre, ça ne m'intéresse pas, Jehal.

Le prince ne put s'empêcher de rire.

— C'est ce que je me tue à leur dire ! Mais… – il poussa un soupir – … moi non plus, la guerre ne m'intéresse pas, et regardez où ça m'a mené.

Parle, parle encore… Il devait parler. Tant qu'il parlerait, Shezira ne tirerait pas.

La reine faillit lui sourire, mais l'arbalète ne bougea pas d'un pouce.

— Je croyais que votre présence ici et notre conversation avaient plutôt à voir avec la princesse Lystra… Dans quelles circonstances vivra-t-elle plus longtemps ? Si vous êtes mort ou si vous restez en vie ? J'ai du mal à me décider. Ma fille est le seul facteur à prendre en compte dans notre relation, vous le comprenez, j'espère ?

— Ah, d'accord.

Jehal prit le temps de digérer l'information et d'en tirer toutes les conclusions, puis reprit :

— C'est regrettable. Vous savez sans doute que Zafir a bénéficié de certains appuis pour en arriver là. Je n'ai pas eu besoin de l'aider à séduire Hyram, certes, mais je l'ai encouragée à subtiliser les potions qu'elle lui a administrées. Ensuite, je me suis allié avec vous et j'ai fait en sorte que l'Orateur l'apprenne. Normalement, Hyram aurait dû avoir un accident quelques mois après, et Lystra un an plus tard. J'aurais épousé Zafir, puis lui aurais succédé le moment venu. Tel était notre plan. Mais vous aviez déjà compris, j'en suis sûr. Mais, à ma grande surprise, Lystra m'a intrigué, et Zafir a fini par s'impatienter… ce qui explique ma présence ici. Voilà, vous savez tout sur cette conspiration, votre Majesté. Allez-y, tirez-moi dessus, je vous en prie ! Mais sachez que vous risquez de me rater, et si c'est le cas, nous allons bien nous amuser.

Il se mit à genoux pour trouver une position plus confortable, tout en se préparant à sauter sur ses pieds. Shezira hocha imperceptiblement la tête.

— Ne bougez pas. Restez où vous êtes. Vos jambes, étendez-les par terre.

Jehal leva les yeux au ciel.

— Vous voulez peut-être que je me couche sur le ventre ? Ou sur le dos, les jambes en l'air ?

— Votre position actuelle me conviendra parfaitement.

Shezira se leva de son siège et s'avança lentement vers lui, en conservant toutefois une distance prudente.

— Je n'ai pas poussé Hyram de ce balcon, Jehal.

— Oui, je le sais. J'ai tout vu.

— Vraiment ?

— Oui. Il est tombé. Je me suis donné énormément de mal pour convaincre les autres de votre innocence.

— Vous m'en direz tant, répliqua-t-elle froidement.

Elle ne le croyait pas, pas plus qu'elle ne le pensait réellement intéressé par Lystra, sans doute. À présent, elle rôdait autour de lui comme un prédateur. Sur l'arbalète, ses mains semblaient dures comme la pierre et ses yeux… Aucune trace de pardon, de pitié… Dans le nord, on la surnommait la reine de Pierre, ou la reine de Silex. Jehal aussi l'appelait ainsi dans son dos, mais il venait enfin de comprendre pourquoi elle s'était attiré ces sobriquets. Le cœur du prince manqua un battement, et il se mordit la lèvre.

— Avez-vous empoisonné l'Orateur, Jehal ?

Il hésita. Si elle savait tout et qu'il lui mentait… Bah, de toute façon, il venait de se trahir en tardant à lui répondre.

— Oui, je l'ai empoisonné.

— Et votre père ?

Cette fois-ci, il était prêt.

— On dirait que tout le monde en est persuadé ! Je ne vais quand même pas vous décevoir… ricana-t-il, les traits tordus.

Shezira lui lança un regard bizarre, comme s'il venait de répondre sans le faire exprès à une autre question implicite qui comptait bien davantage à ses yeux.

— Et moi, Jehal ? Pourquoi cherchiez-vous à m'empoisonner ?

— Vous ? cracha-t-il, surpris. Pourquoi aurais-je agi ainsi ? Vous n'étiez pas une menace pour moi.

— J'en suis une à présent.

— Malheureusement, mes pouvoirs de seconde vue ne m'ont pas permis de prévoir ce petit problème. Que Zafir me fasse jeter dans un cachot le temps de sceller votre sort, oui, je m'y attendais plus ou moins, je suppose. Mais que cet endroit soit le cachot en question et que ce cher Tassan vous ait laissée aussi vicieusement dangereuse… cette hypothèse m'a complètement échappé, j'en ai bien peur.

— Encore une fois, Jehal, pourquoi vouloir m'empoisonner ? Je ne comprends pas ce que vous y auriez gagné, mais je ne vois pas qui d'autre aurait pu faire une chose pareille.

Mais de quoi parles-tu, femme ? se dit Jehal, le front plissé.

— Votre Majesté, je n'ai jamais cherché à vous empoisonner. Malgré les petits fantasmes d'Hyram, j'ai assassiné remarquablement peu de monde, figurez-vous. Prenons votre fille, par exemple. Vous noterez qu'elle n'a pas été assassinée, malgré les avantages que j'en aurais retirés, politiquement parlant. Et vous aussi, d'ailleurs, vous êtes toujours en vie. Je peux vous assurer que lorsque je veux tuer quelqu'un, je ne tergiverse pas, Reine Shezira. J'ai aidé Zafir à vous subtiliser l'anneau de l'Orateur, certes, mais vous empoisonner ? Certainement pas. J'aurais été tout à fait comblé de vous savoir en train de pourrir dans votre Guet. Je n'ai jamais cherché à vous blesser de quelque façon que ce soit. En fait, depuis cette stupide chute de l'Orateur, je fais tout ce que je peux pour sauver votre peau. Je ne vous aime pas spécialement, sachez-le, mais croyez-le ou non, j'aime les royaumes. J'aime tout ce qu'ils représentent, et j'aime la vie. Zafir ne veut pas seulement *votre* tête, elle va aussi faire exécuter le roi Valgar, puis s'en prendra à vos filles, toutes les trois. Et je veux l'en empêcher... – il regarda autour de lui d'un air désabusé – ... sans beaucoup de succès, on dirait.

— Pourquoi croirais-je un seul mot de ce que vous dites ? cracha Shezira. Hyram vous traitait de vipère et il n'avait pas tort ! Nous aurions dû l'écouter !

— Votre fille Jaslyn occupe votre trône, pour l'instant, et Almiri règne sur Evenspire. Zafir et elles vont mettre les royaumes à feu et à sang ! Je ne vous apprends rien, j'imagine ?

— Jaslyn peut compter sur Hyrkallan. Il va la guider.

Pendant quelques instants, Jehal se demanda comment la reine pouvait savoir que son maréchal avait abandonné les Écuyers Rouges pour retourner dans le nord, puis il comprit que Shezira ne connaissait sans doute même pas l'existence de ces renégats.

— En outre, elle se soucie davantage de ses dragons que de moi, ajouta la reine d'un ton vaguement amer. Non, elle ne partira pas en guerre, pas pour moi, en tout cas. La seule personne qui compte vraiment à ses yeux, c'est sa petite sœur, votre épouse Lystra. Tant qu'elle sera en vie bien à l'abri, Jaslyn ne quittera pas ses aires.

— Lystra porte mon héritier.

— C'est ce que j'ai cru comprendre. Encore une raison pour la protéger du mieux possible.

— Je m'y applique de toutes mes forces.

— Parfait, approuva Shezira. Malheureusement pour vous, je crains bien davantage ce que vous lui ferez subir quand elle vous aura donné ce que vous voulez. Laissez-moi donc vous apporter un gage d'aide et d'encouragement.

Shezira pointa l'arbalète entre les jambes de Jehal et tira.

Sous la force de l'impact, le prince, projeté en arrière, glissa sur le sol de marbre poli. Puis vint la douleur, insupportable, ardente, aveuglante, une douleur à hurler qui parut se répandre comme un feu liquide dans le moindre de ses nerfs, le moindre de ses os.

— Zafir va devoir se trouver un autre amant, conclut Shezira.

Jehal l'entendit à peine, car quelque chose rugissait dans sa tête. Il n'y voyait plus rien, aveuglé par le choc.

— Désormais, nous sommes vraiment liés par le sang, Prince Jehal. Car si ma lignée s'éteint, il en sera de même pour la vôtre.

Ce rugissement, c'était lui qui hurlait, comprit-il.

22. LES DEVOIRS D'UNE SENTINELLE

Aussi immobile qu'une statue, Vale regardait le héraut annoncer un par un les membres siégeant au conseil des souverains. Seuls les monarques auraient leur mot à dire quand il s'agirait d'adopter les décisions importantes, mais ils étaient venus avec bon nombre de seigneurs et de dames, ainsi que quelques princes et princesses. Ces rois se sentaient sans doute d'autant plus importants… Il y avait une autre explication possible : être ainsi entourés leur donnait une impression de sécurité, et la Sentinelle y vit un affront personnel.

Vale ne siégeant pas, il ne fut pas annoncé. Il avait réparti ses hommes le long des murs de la salle d'audience, et comme ils restaient discrets – bien que certains soient plus visibles que d'autres –, il était difficile de se faire une idée de leur nombre. À première vue, ils semblaient n'être qu'une douzaine d'hommes à protéger l'Oratrice et ses hôtes. En réalité, ils étaient dix fois plus nombreux. Certains parmi eux étaient également des témoins, qui affirmeraient avoir vu entrer la reine Shezira dans la suite de l'Orateur à la demande du maître des mots. Ils avaient entendu l'Orateur crier quelques phrases incompréhensibles et s'étaient rendus dans la suite où ils avaient trouvé la reine Shezira sur le balcon, tandis que l'Orateur gisait au pied de la tour, tué sur le coup.

Mais, en fait, aucun d'eux n'a assisté à l'acte fatidique. Et aucun d'eux ne l'a vu tomber. Vale n'avait pas trop réfléchi à ce problème jusqu'à l'arrivée des souverains du sud et de l'est, qui s'étaient mis à poser des questions gênantes : « Vous l'avez *vu*, vous ? Est-ce que quelqu'un a vraiment *vu* de ses yeux Shezira assassiner l'Orateur Hyram ? » La pire, c'était la reine Fyan, l'épouse de Narghon. Avant même qu'elle en termine, le maître des mots en personne, naguère inflexible quant à la culpabilité de Shezira, s'était mis à douter.

Je suis Sentinelle de la Nuit des soldats-dragons ! Nous ne doutons jamais ! De la naissance à la mort, les Gardes sont toujours sûrs de la cause qu'ils défendent ! Rien de plus, rien de moins. Hyram est tombé parce que Shezira l'a poussé, point final. Il n'y a pas d'autre explication logique.

Quand ils en eurent terminé, l'Oratrice Zafir l'appela à la table des juges et lui demanda de leur décrire tout ce qu'il savait. Il fit exactement ce qu'on attendait de lui. Il s'était rendu à la tour du Crépuscule pour arrêter la reine Shezira et ses hommes, leur expliqua-t-il, mais la reine ne s'y trouvait pas. Il avait envoyé quelques soldats monter la garde devant la suite de l'Orateur, et dès qu'il avait appris la mort de ce dernier, il avait décidé de prendre d'assaut la tour du Crépuscule. Effectivement, il avait perdu un certain nombre d'hommes. Effectivement, les défenseurs avaient repoussé son premier assaut et l'arrivée du reste de la légion n'avait eu pour effet que de les faire fuir. Effectivement, il s'était montré impatient, sans doute un peu déraisonnable et, effectivement, plusieurs des écuyers de Shezira avaient trouvé le moyen de s'échapper, avec parmi eux la reine Almiri.

Dès qu'il ne leur fut plus d'aucune utilité, il les salua d'une courbette et s'en alla. D'autres allaient lui succéder, ses hommes, de bons soldats. Vale avait semé ses propos de quelques omissions ou mensonges subtils, mais ne les avait pas mis au courant. Ils diraient la vérité parce qu'ils n'avaient aucune raison de ne pas le faire, mais ils auraient menti sans une hésitation s'il leur en avait donné l'ordre. *Ah, les ordres... De la naissance à la mort, le garde obéit aux ordres. Rien de plus, rien de moins. Pourquoi les rois oublient-ils toujours cet axiome ?*

Pendant la plus grande partie de la matinée, les questions se succédèrent. Visiblement, l'Oratrice s'impatientait. Le roi Sirion triturait sa barbe, et le roi des Cimes semblait s'être assoupi. Seuls Narghon et Silvallan, les deux rois de l'est, paraissaient s'intéresser à tous ces témoignages. *Chacun s'est déjà fait son opinion avant de venir ici. Sauf le cousin d'Hyram.*

Vale avait choisi ses coupables, lui aussi. Et depuis longtemps. Tout en écoutant, il s'interrogeait sur la fiabilité de son jugement ; devait-il remettre en doute ce qu'il croyait savoir ? Bah, ce genre de réflexion ne le mènerait nulle part. Personne ne lui avait jamais demandé son avis et il ne l'avait jamais donné. Les souverains des royaumes allaient rendre leur jugement et il l'exécuterait. Fin de l'histoire.

Mais pourquoi est-ce que je serre les poings à m'en blanchir les articulations ? Pourquoi ai-je l'impression que ma cervelle va exploser ?

— Assez ! s'écria Zafir en se levant.

Elle planta la Lance Adamantine dans le sol de marbre. La lame s'enfonça profondément dans la pierre, mais Zafir parut à peine le remarquer. Derrière la table des juges, elle toisa d'un air furibond tous les membres du conseil.

— Les souverains des royaumes-dragons vont rendre leur jugement ! Je déclare la reine Shezira coupable du meurtre de l'Orateur Hyram ! Nous avons une centaine de témoins pour attester qu'ils étaient bien seuls et que personne ne s'est joint à eux ! Mon époux était âgé, malade, ivre, à peine capable de se défendre, mais pas assez malade, pas assez ivre pour tomber d'un balcon sans y être aidé ! Shezira avait toutes les raisons de vouloir se venger ! Elle était sous le coup du désespoir ! En outre, j'affirme qu'elle a utilisé le roi Valgar et dame Nastria comme des pions ! J'affirme qu'ils exécutaient ses ordres quand ils ont tenté de me faire assassiner ! Roi Sirion, votre jugement, je vous prie, conclut-elle en posant son regard furieux sur les membres du conseil.

Pétrifié, Sirion secoua la tête d'un air infiniment mal à l'aise.

— Les preuves sont inconsistantes, je ne condamnerai pas un roi en me fondant là-dessus. Si la maréchale de Shezira avait vraiment l'intention de commettre un assassinat cette nuit-là, elle n'aurait accepté cet ordre que de Shezira en personne. Je déclare Valgar innocent. Quant à Shezira… – Il inspira profondément, encore plus embarrassé – … je ne sais pas. Hyram était mon cousin. Mon cœur réclame justice et vengeance, mais je ne peux pas croire que la reine Shezira l'ait assassiné de ses propres mains, même si tout semble indiquer le contraire. Je ne peux pas. Je n'ai plus rien à ajouter. Je ne prononcerai pas de jugement.

— C'était votre cousin ! Elle était seule avec lui, il n'y avait personne d'autre ! s'exclama Zafir, les traits assombris par la fureur.

— J'ai dit ce que j'avais à dire, aboya Sirion sans regarder Zafir. Il avait l'air de se demander s'il avait fait le bon choix.

— Et nous savons tous que Shezira a promis la main de sa fille au prince Dyalt, n'est-ce pas ? ricana l'Oratrice. La petite Jaslyn n'a-t-elle rien de mieux à faire que d'épouser un débile ?

— Vous avez ma réponse, lui jeta Sirion en se levant. Je ne serai pas celui qui déclenchera une guerre, Oratrice, mais si, vous, c'est ce que vous voulez, je vous suggère de considérer très soigneusement qui sont vos alliés et qui sont vos ennemis. Vous ne seriez pas la première sur ce trône à n'avoir pas vu la fin de la première année de règne !

Sur ce, Sirion s'éloigna de la table des juges, et les seigneurs et princes de son entourage se levèrent pour le suivre.

Vale tressaillit. Presque convaincu que Zafir allait ordonner l'arrestation de Sirion, il faillit s'avancer d'un pas, la main posée sur la garde de son épée. Le roi venait de proférer une menace à peine dissimulée, mais Zafir le regarda partir en silence. Elle ne reprit la parole qu'après qu'ils eurent quitté la salle d'audience, lui et les siens.

— Le roi Sirion ne partage pas mon opinion, on dirait, reprit une Zafir à nouveau tout sourire. Roi Silvallan, votre jugement ?

— Prenez Valgar, si vous y tenez vraiment. Je ne me hasarderai pas à émettre un avis sur son éventuelle culpabilité. Mais vous n'aurez pas la tête de Shezira. Elle n'a pas assassiné l'Orateur Hyram.

— Sont-ce vos paroles ou celles de Jehal ?

— Ce sont les miennes, Oratrice.

— Et vous, Narghon ? Vous allez me dire exactement la même chose ou presque, j'imagine, comme si quelqu'un vous avait dicté les propos à tenir, à vous aussi. Mais ce seront vos mots *à vous*, j'en suis sûre…

— Je partage les vues du roi Silvallan, Oratrice. Aucun témoin n'ayant assisté à la chute d'Hyram, nous ne pouvons pas condamner Shezira. Acceptez votre défaite de bonne grâce, votre Sainteté, et reconnaissez que la remise en liberté de Shezira servira le bien des royaumes.

— Je suis seule contre tous, si je comprends bien. On a d'abord chargé Nastria de me tuer, puis, quand elle a échoué, on a assassiné mon mari, mais aucun de vous ne condamnera Shezira.

Vale se mordit la lèvre. *Jehal a prédit ce qui est en train de se passer. Shezira va être libérée. Il n'y aura pas de guerre entre le nord et le sud et les légions que je commande ne devront pas affronter un ciel grouillant de dragons.* Que ressentait-il ? Difficile à dire. Les Adamantins étaient faits pour se battre. On les façonnait pour la guerre dès qu'ils se mettaient à marcher et à parler, et ils n'avaient aucun autre but dans la vie. Quand Vale pensait à la guerre, son cœur s'emballait, son sang bouillait, son esprit bourdonnait d'images de gloire, écuyers massacrés, dragons dispersés… Tous les soldats adamantins considéraient comme un honneur et une grande chance d'être appelés à la guerre. Après tout, c'est ce qu'on leur inculquait depuis le jour où ils avaient empoigné leur première lance d'entraînement.

D'un autre côté, il était la Sentinelle de la Nuit. Après sa dévotion à l'Orateur, son second devoir était de veiller sur ses hommes. Veiller sur leurs forces, leurs vies et leur santé, avant d'envisager l'honneur et la gloire. La Vipère avait raison pour une chose : les guerres étaient sanglantes. La grande majorité y perdrait la vie, et quelques rares survivants deviendraient des seigneurs-dragons.

— Roi Valmeyan… Vous qui avez bien voulu honorer mon Palais de votre présence, que déclarez-vous ? Avez-vous une opinion à nous soumettre ou comptez-vous somnoler jusqu'à la fin de ce conseil ?

Le roi des Cimes entrouvrit à peine les yeux :

— J'ai entendu deux sons de cloche au sujet du roi Valgar, c'est bien cela ? Je ne l'ai jamais rencontré et ne le rencontrerai sans doute jamais. Si je me rappelle bien la loi, c'est à l'Orateur de rendre le jugement final si le conseil n'arrive pas à se départager. Je n'émettrai donc pas d'opinion. Le sort du roi Valgar repose entièrement entre vos mains, Oratrice. Quant à la reine Shezira, il se trouve que je l'ai déjà rencontrée. Elle s'est rendue dans mes aires il y a environ une dizaine d'années ; elle voulait mon soutien pour qu'Hyram obtienne le siège que vous occupez maintenant. Je la déclare tout à fait capable d'assassiner un homme. L'a-t-elle fait ? Je l'ignore. Je remets moi aussi son sort entre vos mains, Oratrice Zafir.

Valmeyan abandonna sa posture avachie et se redressa en s'étirant lentement, sans quitter Zafir du regard.

— Vous tenez là une lance très acérée, Oratrice, ajouta-t-il. Qui comptez-vous transpercer avec elle ?

Le sourire qui retroussa les lèvres de Zafir retourna l'estomac de Vale. C'était une impression étrange, nouvelle, puis il comprit de quoi il s'agissait. Rien à voir avec la peur, un mot trop fort pour décrire ce qu'il ressentait. C'était de l'anxiété. Oui, Vale était anxieux.

Zafir le regardait.

— Donc, ils sont coupables tous les deux, dit-elle. Très bien. Puisqu'il incombe à l'Oratrice de prononcer la sentence, je les déclare effectivement coupables. Ils seront décapités, et leurs restes seront exposés dans des cages suspendues à l'entrée du Palais Adamantin, une de chaque côté, jusqu'à ce que les corbeaux aient nettoyé leurs os. Voilà qui servira d'avertissement à tous ceux qui voudraient transgresser les lois des royaumes.

— Vous ne pouvez pas faire ça ! s'écria le roi Silvallan en abattant ses poings sur la table.

— Je peux et je le ferai. Aujourd'hui, Sentinelle. Dès que possible. Valgar d'abord, et je veux que Shezira y assiste ! Allez-y ! Exécution !

À la table des juges, ce fut soudain l'ébullition. Silvallan et Narghon s'étaient levés, et Jeiros et Aruch se criaient dessus. Le roi des Cimes, lui, restait toujours aussi impassible. À nouveau affalé dans son siège, il semblait s'être rendormi. Vale hésita. Son instinct lui soufflait de rester, car tout indiquait que le conseil allait bientôt en venir aux mains, mais on lui avait donné un ordre clair et sans ambigüité. À contrecœur, il salua le tumulte ambiant, tourna les talons et quitta la salle. Les officiers adamantins qui le servaient étaient parfaitement capables de le remplacer. En temps de conflit, il le fallait absolument.

Une fois à l'extérieur, Vale accomplit ce que l'on attendait de lui. Il transmit ses ordres à la Garde, qui se préparait tranquillement à cette perspective depuis des jours, tout comme elle s'était préparée à relâcher Shezira, le cas échéant. Tous ses hommes savaient ce qu'ils avaient à faire. Certains étaient chargés d'installer le billot du bourreau, puis de répandre du sable dans la cour pour absorber le sang, tandis que d'autres allaient sortir Valgar de la tour où Zafir l'avait emprisonné.

Vale s'occuperait de Shezira lui-même. *Les cages, je ne m'y attendais pas vraiment. Il faudra prévoir une petite révision avant de les utiliser, mais heureusement nous avons un peu de temps devant nous. Zafir ne m'a pas dit ce qu'elle voulait que nous fassions des têtes. Les planter au bout de piques, sans doute. Pratique courante.*

Aux portes de la tour du Crépuscule, Vale s'arrêta. Malgré la foule de petits détails auxquels il devait penser, quelque chose le tracassait, quelque chose de beaucoup plus important. Il avait assez d'expérience pour comprendre ce que cela signifiait. Il doutait. Il doutait des actes qu'il allait accomplir. Et comme les Adamantins ne doutaient jamais, il faisait de son mieux pour le cacher.

Allez-y, les doutes, je vous attends. Dites-moi ce que vous avez à me dire et disparaissez. Il va y avoir la guerre, c'est ça ? Les filles de Shezira vont quitter le nord sur des ailes de feu… et le sud aussi, peut-être. Et alors ? Beaucoup mourront, et alors ? Est-ce ma faute ? Est-ce moi qui suis allé dans leurs aires pour ordonner à leurs écuyers d'aller attaquer l'Oratrice, leur souveraine légitime ? Absolument pas. Je doute peut-être de notre victoire, alors ? Eh bien, si c'est le cas, j'ai vu assez de ces rois et de ces reines pendant toutes ces années pour savoir que Zafir n'a rien à craindre. Si certains ont vraiment les nerfs assez solides pour lever les armes contre nous, leurs propres enfants les frapperont dans le dos pour régner à leur place. Allez, ouste, les doutes ! Ma conscience est immaculée.

Les doutes en question ne semblèrent pas vraiment convaincus, mais ils savaient se tenir à leur place. Ils se glissèrent sous la surface de ses pensées et se réfugièrent dans les profondeurs de ses rêves. Il demanda à ses hommes d'ouvrir la tour du Crépuscule et y entra, suivi d'une douzaine de gardes. Il s'avança prudemment, car la reine Shezira disposait d'une arbalète dont elle ne s'était peut-être pas servie contre Jehal, contrairement à ce qu'il espérait, même si c'était fort peu probable. Vale comprit vite qu'il n'avait pas besoin de s'inquiéter. Une grosse flaque de sang, encore poisseux au toucher, était étalée au sol. Manifestement, Jehal – si ce sang était bien le sien – avait survécu assez longtemps pour se traîner plus loin.

Mais pas très loin, en fait. De longues traînées brunes rejoignaient une deuxième flaque. Recroquevillé sur lui-même, les deux mains plaquées sur son entrejambe, le prince, qu'on aurait pu croire mort, respirait encore. Son souffle était rauque et affaibli, certes, mais s'il avait survécu jusque-là, son hémorragie ne serait sans doute pas fatale.

Dommage. Shezira a tiré pour le blesser. Si elle avait voulu l'achever, elle en avait largement les moyens. Vale alla examiner Jehal de plus près. Le carreau d'arbalète qu'il avait donné à Shezira ayant disparu, la reine était encore une menace. Soudain, quand il comprit ce que la reine de Pierre avait fait subir à la Vipère, Vale sentit un immense sourire lui venir aux lèvres. Il jeta un coup d'œil autour de lui, brutalement saisi par l'envie d'en finir avec Jehal, mais il y avait trop de monde autour de lui. Ses hommes pouvaient le voir.

Son grand sourire s'effaça. Il balança un coup de pied dans la tête de Jehal et reprit son inspection de la pièce. Shezira l'attendait, très calme, en le visant d'un air désinvolte avec son arbalète.

— Que se passe-t-il ? lui demanda-t-elle.

Vale ne lui répondit pas et s'approcha d'elle sans ralentir le pas. Il lut la tension sur son visage, vit le doigt se raidir sur la détente. Il vit arriver le moment où elle comprit qu'il était venu la chercher pour la conduire à la mort, et quand elle pressa sur la détente, il s'écarta. Le carreau frappa l'un de ses hommes, qui grogna de douleur, derrière lui. Pendant un instant de flottement, avant de se jeter sur elle, Vale perçut la frayeur de la reine, puis il lui arracha l'arbalète et la lança loin d'elle.

Shezira se faisait sans doute une certaine idée de sa mort, qu'elle voulait probablement affronter avec calme et dignité, mais Vale ne se sentait pas d'humeur à la satisfaire. *Vous avez assassiné Hyram ! Vous avez assassiné un Orateur !* Il ordonna donc à ses hommes de la sortir de la tour en la traînant par les cheveux. Le temps d'arriver au billot, Valgar s'y trouvait déjà, à genoux, la tête au-dessus du panier qui la recevrait quand son corps n'en aurait plus besoin, entouré par quelques douzaines de gardes adamantins. D'autres gardes se ruèrent vers la salle d'audience ; visiblement, le conseil des rois et des reines avait échappé à tout contrôle. Comme prévu.

Exécution ! lui avait dit l'Oratrice, et Vale s'exécuta. Il souleva l'épée du bourreau, une arme étrange et impropre au combat en raison de son poids et de son équilibre déroutants, mais parfaite pour cette tâche unique et bien particulière.

— Tenez-lui la tête, elle doit tout voir, expliqua-t-il à ses hommes en leur désignant Shezira. Ordre de l'Oratrice. La reine doit regarder.

Au moins, Shezira ne le suppliait pas de l'épargner, ne criait pas, ne geignait pas. Elle était aussi calme que possible étant donné les circonstances. Elle avait peur, pourtant, affreusement peur, ce qui la rendait inférieure aux hommes qui la tenaient. Elle s'évertuait à lui parler d'Hyram et de la nuit de sa mort, mais il ne l'écoutait pas. Il n'avait pas envie d'entendre ce qu'elle pouvait avoir à dire.

Il se retourna vers Valgar, l'épée au poing, et déclara, aussi bien pour lui que pour Shezira :

— Parler ne sert à rien. Personne n'est venu vous écouter ou se souvenir de vos paroles. Personne ne va assister à votre fin...

La lame chanta en fendant l'air. Elle traversa la chair de Valgar comme si son cou était fait de fromage, avec une légère résistance mais rien de plus. Quelques soldats emportèrent le cadavre, et Vale laissa la tête et le panier là où ils se trouvaient. Que la dernière vision de Shezira soit celle de la tête tranchée de son plus grand allié.

En un clin d'œil, elle se retrouva sur le billot, immobilisée, prête pour le bourreau. Vale leva l'épée à nouveau.

— Je n'ai pas poussé Hyram, Sentinelle.

Elle lui répétait cette phrase depuis des semaines, depuis des mois. Ça ne l'intéressait pas. *Tais-toi, Vale. Rien de ce qu'elle dira ne changera quoi que ce soit.*

— Cela ne me regarde pas, lui dit-il d'une voix rauque. Le conseil s'est prononcé.

— Sans moi, il serait mort, Sentinelle.

— Faux. Il est mort *avec* vous, Majesté.

La voix de la reine se brisa. Des sanglots ? Vale n'entendit pas ses dernières paroles – quelque chose à propos des alchimistes, de Jeiros, d'Hyram et d'une histoire de poison, les mots se bousculant pour sortir de sa bouche.

Il abattit l'épée et ensuite Shezira n'eut plus rien à dire.

23. LE SPECTACLE DES FLAMMES

Au crépuscule, ils se faufilaient entre les sommets de l'Éperon Pourpre. Pendant ce court laps de temps qui précède ou suit la nuit proprement dite, ils ne craignaient rien, d'après Semian. Dès les premières lueurs de l'aube, ils se terraient dans les forêts des vallées encaissées, au milieu de ces arbres auprès desquels même leurs dragons semblaient insignifiants. Les dragons de Zafir les survolaient sans arrêt, et ils dormaient la plus grande partie de la journée. Le soir, ils rôdaient près des cours d'eau pour boire et se nourrir, sans jamais rester très longtemps au même endroit. Dès le coucher du soleil, quand les dragons de Zafir se reposaient bien à l'abri dans leurs aires, auprès de leurs écuyers éreintés, le moment était venu de repartir. Seul le jour appartenait à l'ennemi.

Quand ils arrivèrent à l'extrémité orientale de l'Éperon – celle du Palais –, ils ne se déplacèrent plus que dans le noir, survolant les vallées en rase-mottes jusqu'à frôler la terre, ne parcourant que quelques lieues par jour. Les dragons détestaient voler si bas à l'aveuglette ; leur anxiété constante finit par gagner leurs écuyers, mais Semian les harcelait. Ils firent une incursion dans les plaines et déposèrent l'Arracheur et le mage de sang à une journée de marche de la Cité des Dragons. Ils pouvaient se le permettre à présent, car le mage avait accompli son dessein. Puis ils s'esquivèrent et regagnèrent la sécurité des sommets. L'Oratrice ne sut jamais qu'ils avaient été si proches.

Et ils attendirent, Semian toujours très calme, ses nouveaux acolytes de plus en plus inquiets. C'était la Grande Flamme qui l'avait conduit ici, l'écuyer le savait. Déposer l'Arracheur et Kithyr pour qu'ils jouent les espions dans la Cité n'était qu'un prétexte, un rideau de ténèbres masquant quelque chose de grandiose. En vérité, Semian était désolé de devoir se passer du mage de sang. Une étrange complicité s'était développée entre le magicien qui s'efforçait de sauver sa jambe et lui-même. Cet homme servait la Flamme avec passion, une dévotion profonde et bizarre, et Semian se sentait plus fort quand Kithyr était dans les parages.

En tout cas, la Flamme l'avait appelé. Et elle l'avait appelé ici. Sa jambe était loin d'être guérie – elle ne guérirait sans doute jamais complètement –, mais la blessure ne contenait plus de poison. Le magicien avait fait le nécessaire, et Semian l'avait laissé partir, même si c'était à contrecœur. *Nous partageons tous deux un grand dessein*, lui avait affirmé Kithyr, ce que l'écuyer comprenait à la perfection. Chaque fois qu'il rêvait, c'était toujours le même rêve ; le prêtre aux mains brûlées venait à lui et lui disait, nuit après nuit : *Attendez. Soyez fort. Vous avez une mission.*

Le jour où ils arrivèrent à court de nourriture, un moustique se posa sur le bras de l'écuyer. Il s'apprêtait à l'écraser quand il suspendit son geste. Le moustique était déjà gonflé de sang.

Quand le sang viendra à vous, vous devrez en tenir compte…

Il laissa l'insecte s'installer et le piquer, et soudain la connaissance se répandit dans ses veines. *Shezira et Valgar sont morts…*

Mais il y avait autre chose, il y avait bien plus. Le roi Tyan, Jehal, Valmeyan… Les nouvelles étaient bonnes. Le chaos, les royaumes mis à feu et à sang et suppliant qu'on les sauve. Quand il fut au courant de tout, Semian écrasa le moustique sur son bras. Il était maintenant souillé de sang, mais pas le sien, celui de Kithyr. Le sang du mage. Allait-il lui ronger la peau, ce sang ? Non. Rien ne se passa

Tout en savourant ces informations, Semian sélectionna celles qu'il partagerait avec ses hommes. Ils avaient juré à Hyrkallan qu'ils vengeraient la mort d'Hyram et libéreraient Shezira. Ils avaient échoué mais quelle importance, désormais ? Car ils servaient la Grande Flamme et ils étaient à lui. Seize dragons, vingt écuyers.

Ils allaient devoir agir, décida-t-il. Il voulait s'en prendre à Zafir à nouveau, mais ce plan devenait difficile à mettre en œuvre. Elle avait redoublé de prudence. Ses dragons étaient partout, ainsi que les troupes adamantines. Pourquoi pas le Haut de Drotan ? Cette aire restait un point faible. Si Semian jetait toutes ses forces dans la bataille, qui sait…

Non. À sa grande satisfaction, il venait soudain de comprendre ce qu'on attendait de lui, et voyait enfin la raison de sa présence en ces lieux.

À l'aube, comme d'habitude, il donna l'ordre du départ, mais au lieu d'entraîner ses écuyers vers l'ouest et le sanctuaire de l'Épine du Monde, il les guida vers le nord, bien au-delà de la Longue Falaise et de la Cascade d'Émeraude et loin au-dessus des plaines s'étalant à leurs pieds. Il prit la direction du désert de Pierre, des terres de la reine Almiri, de la route d'Evenspire. Ils volèrent une journée entière plus près du ciel que de la terre, du moins en eurent-ils l'impression. La Grande Flamme veillait sur eux : ils ne croisèrent aucun des dragons de Zafir. Au coucher du soleil, Semian plongea à basse altitude, et les minuscules points et traits qu'ils survolaient jusqu'alors se transformèrent en monstrueux affleurements de pierre rouge foncé sur une terre poussiéreuse semée d'ombres s'étirant derrière eux sur des lieues et des lieues. Et là, sur la route d'Evenspire, il repéra ce qu'il était venu chercher : une très longue colonne de soldats et de chariots. Des tas et des tas de chariots.

Le soleil dans le dos, il mena ses écuyers contre une légion complète de soldats adamantins. Si le prince Lai avait raison, ces hommes étaient assez nombreux pour vaincre bien plus de dragons que Semian n'en possédait. Mais le prince Lai envisageait le cas des batailles rangées, des combats consistant à conquérir un territoire où l'une des parties fuyait ou était détruite. Or, Semian n'était pas venu pour conquérir un territoire. Et il ne voulait s'emparer ni des chariots ni de leur précieuse cargaison. Tout ce qu'il voulait, c'était les voir brûler.

Faux. Ce n'était pas cela non plus. Alors qu'il rasait la terre plate et stérile, le battement des ailes de Vengeance soulevant d'énormes nuages de poussière derrière lui, alors que les soldats couraient former leurs remparts de bouclier en beuglant leurs cris d'alarme, Semian comprit qu'il se moquait bien de voir brûler les chariots, s'ils brûlaient... En fait, ce qu'il voulait, c'était combattre, voler, déverser son feu depuis le ciel. Rien d'autre, absolument rien, ne lui faisait cet effet-là : il chevauchait un monstre dont les ailes déployées faisaient chacune cent pieds de long, un monstre malgré tout aussi agile qu'une hirondelle, un monstre dont les griffes et les dents pouvaient broyer les humains comme des œufs et la queue fracasser châteaux et chevaux comme de vulgaires mouches.... Un monstre pourtant capable de ramasser son écuyer désarçonné et de le protéger ensuite avec patience et délicatesse.

Un trait de scorpion siffla au-dessus de l'épaule de Vengeance, mais un second le toucha au poitrail. Soudain furieux, Semian sentit sa colère se transformer en exaltation en se rapprochant de l'ennemi. D'autres traits filèrent comme l'éclair à quelques pouces de lui, et l'un d'eux transperça une des ailes de Vengeance. D'autres frappèrent les écuyers derrière lui, mais tous l'épargnèrent. Il était envoûté, béni, protégé par la Grande Flamme.

Des dents, des griffes et une queue, mais par-dessus et avant tout...

Il baissa la visière de son heaume à la dernière seconde. Il sentit Vengeance vibrer sous lui et entendit rugir les flammes. Il goûta l'air devenu brûlant, roussi, puis respira à pleins poumons cette enivrante odeur de bois et de chair carbonisés, cette délicieuse odeur de guerre. Il se plaqua sur le cou de Vengeance, ferma les yeux et savoura l'instant. Le dragon frôla les soldats, les cinglant de sa queue. Dès que Vengeance reprit de l'altitude, Semian releva sa visière. Son dragon en voulait plus, il voulait y retourner, frapper et tout brûler jusqu'à destruction complète, mais Semian le retint. *Non.*

En s'éloignant, il jeta un coup d'œil par-dessus son épaule. Au moins quatre de ses écuyers étaient morts, leurs dragons rivés au sol par le conditionnement reçu quand ils étaient petits : ils devaient défendre leurs écuyers à terre à n'importe quel prix. Semian n'avait aucune idée du nombre d'Adamantins ayant péri dans la bataille. Oh, pas beaucoup, probablement, mais la plupart des chariots brûlaient, fracassés, et c'était tout ce qui comptait. Comme Semian l'avait appris durant son séjour dans la forteresse des alchimistes – l'endroit où il avait ressuscité –, la présence de tous ces soldats ne s'expliquait que si ces chariots transportaient les potions.

L'Oratrice allait se retrouver privée de ses précieuses drogues, ce qui ferait très bien l'affaire. Semian et ses dragons s'éloignèrent.

Sauf qu'il ne se sentait pas complètement satisfait. Il n'avait pas compté les chariots, sans doute une bonne douzaine en tout, et quelques-uns pouvaient en avoir réchappé. Or, même un seul, c'était trop, se dit-il soudain.

Une demi-heure plus tard, tandis que le soleil se couchait sur l'horizon, il ramena ses dragons au-dessus du désert et ils reprirent depuis le début. Finalement, il avait très envie de voir brûler tout ça.

TROISIÈME PARTIE

LE DRAGON BLANC

24. DE L'AUTRE CÔTÉ DE L'ÉPINE DU MONDE

Plus ils s'enfonçaient dans l'Épine du Monde, plus ses sommets s'élevaient. Pics en dents de scie et stries rocheuses saillantes se détachaient, noirs et abrupts, sur fond de neige monotone. Les arbres disparurent, puis les lacs, puis tout le reste sauf les glaciers et la roche. Ils n'avaient rien à manger et se désaltéraient avec de la neige ou de la glace fondue. Ils volaient de plus en plus haut chaque jour, et l'air devint si ténu que Kemir pouvait à peine lever un bras avant de manquer de souffle. S'il n'avait pas eu Neige pour le réchauffer, le froid l'aurait pétrifié en une heure. Après la première journée de vol, le vent brassé par Neige était si mordant, malgré la visière d'écuyer-dragon, qu'il pouvait à peine soulever la tête pour voir où ils allaient. Et quand il s'y risquait, il avait l'impression qu'un millier de rasoirs plongés dans de l'acide lui écorchaient la peau. Comme il s'agrippait à sa monture, des crampes lui nouèrent les muscles dès le deuxième jour. Ce soir-là, il put à peine bouger. Et puis il y avait les nuits. Si les journées étaient froides, que dire des nuits ?

— Neige, tu sais vraiment où nous allons ? bredouilla-t-il.

Pour la centième fois, il venait de décider qu'il n'en pouvait plus. Le rugissement du vent emporta sa question, ce qui n'empêcha pas le dragon de l'entendre. Kemir ignorait comment c'était possible, mais il était évident que Neige pouvait capter ses pensées.

De l'autre côté, Kemir, répondit-elle sans vraiment faire attention à lui. Les pensées de Neige se perdaient dans le passé, dans ces souvenirs qu'elle se gardait soigneusement pour elle-même, comprit le mercenaire, commençant à peine à reconnaître les différentes humeurs du dragon.

— Je connais les royaumes sous toutes leurs coutures. J'ignorais totalement qu'il y avait un autre côté de l'Épine du Monde.

Eh bien, c'est là que nous allons, Kemir. Tous les endroits ont un autre côté.

— Mais si celui-là n'en avait pas ? grommela-t-il. Et si l'Épine continuait comme ça, à jamais et de plus en plus haut ?

Alors, tu mourras de faim et je finirai par t'imiter. Mais rien ne continue à jamais, Kemir.

Il éclata de rire.

— Sauf toi ! *Toi,* tu continues à jamais. C'est facile pour toi de parler de la mort. Quand tu meurs, tu reviens toujours, pas vrai ?

Si.

— Pas moi. Tu peux vivre à tout jamais, mais moi, je n'ai qu'une vie et j'aimerais pouvoir en profiter le plus possible.

Tu en es sûr, Kemir ? Le mercenaire sentit les pensées de Neige revenir vers lui, plus affectueuses et plus proches. Quand elle s'en donnait la peine, elle parvenait presque à faire oublier sa nature monstrueuse.

Nous sommes différents, voilà tout. Et les dragons ne sont pas éternels. Des sorciers aussi vieux que le monde nous ont conçus il y a longtemps. Quand ce monde-ci finira, nous finirons avec lui, comme tout le reste.

— Si tu veux mon avis, ce n'est pas demain la veille que ce monde-ci finira.

Entre chacune de nos vies, nous parcourons le royaume des morts. Là-bas, j'ai vu des choses... Des choses qui ne devraient pas être. Elles ont réussi à se libérer de la sorcellerie qui les enchaînait, et il y a un trou là où jadis se dressait l'un des quatre piliers de la création. Dis-moi, Kemir, crois-tu vraiment que tu reconnaîtrais la fin du monde si tu la voyais ?

— Je n'en sais rien, mais, ici, je ne vois que du blanc en bas et du bleu en haut, et plus loin, exactement pareil. Et tu sais ce que je vois, tout là-bas, à des centaines de lieues d'ici ? Tu devines ? C'est ça ! Encore du blanc et du bleu ! Combien de lieues avons-nous parcourues depuis ce lac, dis-moi ?

Il parlait en sifflant entre ses dents, car il n'osait pas respirer normalement, horrifié à l'idée que le froid lui arrache les boyaux.

Pas assez pour arriver de l'autre côté.

Kemir lâcha un gémissement de frustration et se plaqua du mieux possible à plat ventre contre les écailles du dragon, pour essayer de rester au chaud.

— Réponse de dragon ! Ça ne veut rien dire. Autre côté ou pas, je refuse de continuer dans ces conditions pendant des jours et des jours !

Il n'y avait pourtant aucun moyen d'y échapper. Il était coincé sur le dos de ce dragon, pour le meilleur et pour le pire. *Autrement dit, je n'ai rien d'autre à faire que de râler et ronchonner, c'est ça ?*

Tu as raison, je recommence à avoir faim, pensa le dragon.

Il y eut une pause, puis Kemir grommela :

— C'était une blague, dragon ? C'était de l'humour ? Parce que, si c'est le cas, je ne trouve pas ça drôle.

Ils ne volaient que depuis deux jours, mais le vent glacé soufflant en permanence avait presque chassé Nadira de son esprit.

C'est la réponse que tu aurais faite à ma place.

— Oui, je suppose, gloussa Kemir. Au temps pour moi…

Sa colère s'évanouit.

— J'espère que tu as raison. J'espère que l'Épine a une fin. Ça me ferait bien chier de t'avoir sauvée uniquement pour te voir mourir de faim. *Et Nadira mérite mieux, elle aussi. La mort de Neige rendrait la sienne encore plus dérisoire.*

Tu ne m'as pas sauvé la vie, Kemir, protesta Neige.

— Ah bon ? Tu te rappelles ce que tu voulais faire à l'époque ? Tu voulais regarder Cendre et les autres se consumer de l'intérieur, et toi, va savoir comment, tu t'en serais sortie sans dommage… Épatant, non ?

Pendant un court instant, il risqua un coup d'œil tout en bas. Le vent lui déchira le visage et gela les larmes sur ses joues. À perte de vue, il n'y avait que du blanc, du blanc et encore du blanc…

D'accord, mais tu ne m'as pas sauvée, Kemir. C'est à ce lac glacé que je dois la vie.

— Et qui t'a entraînée jusqu'au lac ?

Je t'ai déjà exprimé ma reconnaissance, Kemir.

— On ne dirait pas.

Chaque fois qu'ils discutaient, ils finissaient par aborder ce sujet, parce que c'était plus fort que lui. Il avait sauvé la vie de Neige. Il le savait, le dragon le savait, Nadira le savait – l'avait su, plutôt –, et les alchimistes le savaient sans doute, eux aussi. Sauf que ce maudit dragon refusait de l'admettre. Neige n'exprimait sa gratitude qu'avec une réticence morose. L'idée même qu'un simple « petit être » ait pu l'aider semblait lui poser un sérieux problème. Les dragons pouvaient-ils ressentir de la gêne ? Ou quoi que ce soit d'autre, d'ailleurs ? En tout cas, celui-ci se comportait comme si cette histoire l'embarrassait énormément. C'était vraiment idiot de sa part. *Que puis-je y faire ? Aller voir d'autres dragons et la montrer du doigt en ricanant ?*

J'ai très faim, en vérité.

Ah, oui. Elle lisait dans les pensées. *Donc, tu sais que je te trouve toujours aussi terrifiante, à ma bizarre petite façon… Et que je te méprise encore pour ce que tu as fait, dragon.*

Neige, Kemir. Ceux de ton espèce m'ont baptisée Neige. Ce n'est pas mon vrai nom, mais il fera l'affaire.

— Ne me gaspille pas, Neige. Tu as besoin de moi. Ne me gaspille pas comme tu as gaspillé Nadira. Tu as besoin de mes connaissances. *Parfaitement, et je me le répéterai jusqu'au bout. L'un de nous finira bien par le croire ! Mes aïeux ! Mais qu'est-ce que je fais ici ?*

Il restait en vie, voilà ce qu'il faisait. Même s'il devait se le remémorer de temps en temps. Il évitait de choisir entre geler ou mourir de faim à côté d'un lac glaciaire quelque part au fin fond de l'Épine du Monde, voilà ce qu'il faisait. Il vivait et il respirait. Il existait avec l'énergie du désespoir, comme il l'avait toujours fait. Il attendait la première occasion de descendre et de fuir.

Tu sais bien que je ne peux pas te laisser partir.

Il n'avait aucune idée des distances parcourues. Il avait l'impression de voler depuis trois jours et trois nuits, mais il pouvait très bien se tromper. Le froid et la faim l'engourdissaient tant qu'il avait pu rater une journée. Il était saoul de fatigue quand il remarqua que l'air se réchauffait à nouveau. Lorsqu'il se décida à regarder ce qui l'entourait, il constata que les montagnes rapetissaient, puis aperçut des lacs et des rivières, petites lignes sombres quand elles traversaient les vallées ombragées, éclairs de lumière quand elles reflétaient le soleil. Le dragon se laissa glisser plus bas, et des étendues de neige pentues, miroitantes, vinrent à leur rencontre. Ils volèrent entre les touffes nuageuses accrochées aux pics noirs dentelés qui finissaient en flancs de roche grise, puis en sombres vallées boisées ; ensuite, les montagnes s'amenuisèrent encore, se muant en collines plissées qui finirent par se perdre dans une mer infinie de frondaisons. Trop épuisé, trop affamé pour penser, Kemir sentit la faim du dragon fusionner avec la sienne. Et devant cette forêt à perte de vue, une irritation grandissante l'envahit. Celle de Neige, bien sûr.

Aperçois-tu quelque chose que je pourrais manger, Kemir ?

Le mercenaire scruta le sol par-dessus l'épaule de Neige.

— Non. Je ne vois que des arbres.

Avec ses yeux trop fatigués, il ne voyait sous eux qu'une énorme tache sombre.

Je n'aime pas les arbres. Difficile de trouver une proie au milieu des arbres.

Kemir digéra cette information et répliqua :

— C'est justement la raison pour laquelle nous, les parias, nous construisons nos villages au fin fond des forêts... Du coup, vous n'arrivez pas à nous trouver, vous et vos écuyers. Et nous construisons nos maisons sur pilotis pour éviter que les dentus ne nous dévorent pendant notre sommeil.

Ils repérèrent une rivière. Neige descendit un peu pour en suivre le cours ; ils volaient toujours au-dessus de la cime des arbres, mais si près que Kemir parvenait à les distinguer individuellement. Il observa d'un air songeur cette étendue verte nimbée de brume. C'était une forêt immense, un peu comme la forêt de Raksheh, dans les royaumes. Il aperçut quelques cerfs qui venaient boire au bord de l'eau, des cerfs trop petits pour Neige, mais parfaits pour un homme armé d'un arc. Il ferma les yeux. *Je pourrais vivre ici. Je pourrais chasser, me construire un abri, vivre dans la nature. Laisse-moi descendre, Neige, laisse-moi vivre ma vie. Je me moque d'être seul. Laisse-moi me reposer et dormir, laisse-moi me trouver quelque chose à manger. Laisse-moi avec mes fantômes.*

Pas question. Neige vola jusqu'à la disparition des vertes collines, à l'endroit où la rivière se transformait en lac.

Regarde !

Kemir se pencha en avant et scruta la surface de l'eau. Il aperçut le sillage d'un minuscule bateau, et lorsque Neige se laissa tomber encore plus bas, il y distingua un unique passager. L'excitation s'empara de lui.

— Pose-toi !

Pourquoi ? Il n'y a qu'un seul être et il est petit et maigre, à peine une bouchée !

— C'est un bateau ! Avec quelqu'un dedans ! Et s'il y en a un, il y en aura d'autres ! Et là où il y a des gens, il y a du bétail !

Vraiment ? Les gens de ton espèce ont changé, dans ce cas, car ce n'est pas ainsi que je me rappelle le monde.

Sans prévenir, Neige replia ses ailes et piqua. Tout à coup trop occupé à s'agripper comme il pouvait, Kemir ne comprit pas quelles étaient les intentions du dragon. Il avait beau être sanglé dans un harnais de chevalier-dragon, il n'avait pas confiance, c'était plus fort que lui. Quand Neige se redressa et fonça au-dessus du lac en rasant l'eau, il se cramponna tant bien que mal aux écailles de Neige, les doigts raides. Il entrevit à nouveau le bateau, droit devant eux, puis Neige se remit brutalement à prendre de l'altitude. Kemir fut projeté en avant, et son visage s'écrasa contre le dos du dragon. Venait-il d'entendre un hurlement ? Impossible à dire.

Peuh ! Quelle pitié ! Votre espèce est trop fragile ! Neige jeta quelque chose en l'air devant eux, et Kemir crut voir des bras et des jambes s'agiter dans le vide avant qu'elle ne fasse claquer ses mâchoires.

— C'était le type sur le bateau, c'est ça ? *Non, non, non ! Je ne veux pas savoir. Je ne veux pas y penser.*

Je ne voulais pas le casser…

— Tu n'avais qu'à pas le manger !

J'ai faim, *Kemir. Cela fait presque dix couchers de soleil que je n'ai pas mangé, ou à peine. Ahhh…*

La nature des pensées de Neige changea du tout au tout. Soudain satisfaite et impatiente, elle changea de direction et traversa le lac comme une flèche. Qu'avait-elle bien pu repérer ?

Une maison. Une maison au bord du lac. Ou plutôt une hutte. Des gens les observaient…

Il les vit pendant un instant, leurs visages, leurs bouches béantes, leurs yeux écarquillés, la terreur les clouant sur place. Ils étaient trop sidérés pour s'enfuir. Puis Neige cracha du feu, et un mur d'air enflammé jaillit devant le dragon et son passager. Neige se jeta au travers, et Kemir hurla. Le dragon hurla lui aussi, et il y eut sans doute d'autres cris, mais si ce fut le cas, Kemir ne les entendit pas. Il se couvrit le visage de ses mains, puis se protégea tant bien que mal la tête de ses bras, mais trop tard. Soudain, il sentit une odeur de cheveux roussis. *Ses* cheveux.

Juste après, Neige s'écrasa au sol. Du bois craqua et vola en éclats. Kemir fut secoué d'avant en arrière puis de nouveau projeté en avant et il ne dut qu'à son harnais de rester sur le dos de sa monture. Neige tendit le cou et cracha ses flammes à nouveau. Kemir s'aplatit, se plaqua contre elle, couvrit son visage du mieux possible, mais cette fois il n'y eut pas de muraille brûlante. Le dragon expectora une deuxième fois, puis une troisième et s'arrêta enfin.

— Qu'as-tu fait ? murmura Kemir.

Ses mains, ses bras et son visage étaient atrocement douloureux. Encore très chauds au toucher, ses vêtements sentaient le brûlé. Neige était en train de manger, comprit-il. Derrière la hutte, il y avait eu un minuscule terrain clos abritant une demi-douzaine de cochons qui avaient tous brûlé, et cette odeur le fit saliver. Lui non plus n'avait pas mangé depuis bien longtemps. Le dragon les prenait un à un dans ses serres, les jetait en l'air et les rattrapait entre ses mâchoires. Le cousin Sollos mangeait son raisin exactement de la même façon.

J'ai encore faim. Ce n'est pas assez.

Kemir préférait ne pas penser aux gens qu'il avait vus. Neige les avait peut-être déjà mangés, ou alors elle se les gardait pour plus tard. Ils étaient sûrement morts et carbonisés.

— Je voudrais descendre.

Tu es sûr ? Tu es bien plus en sécurité là où tu es.

Il fit comme s'il n'avait pas entendu. Lentement, douloureusement, il déboucla les sangles du harnais qui le retenait dans la selle, puis se laissa glisser, tomba, se retrouva par terre. Il regarda ses mains rouge vif, ses mains brûlées. Ça faisait un mal de chien et la douleur empirait. En outre, toutes ses articulations et tous ses muscles le faisaient souffrir après l'interminable vol dans l'Épine. Bref, le désastre était complet.

— Était-ce bien nécessaire, dragon ?

Comme il n'obtenait pas de réponse, il s'avança prudemment vers la berge du lac parmi les débris encore fumants. Il s'allongea tout au bord, le visage presque plongé dans l'eau, les bras étalés devant lui. Cette eau était délicieusement fraîche, et la douleur s'apaisa. Il but un peu de cette eau bienfaisante.

Derrière lui, il entendit le dragon se déplacer et fouiller les débris, puis perçut un petit cri aigu, plaintif. Il se retourna et aperçut Neige tenant un gamin entre ses griffes, un gamin qu'elle allait manger. Kemir se releva d'un bond.

— Non ! Non, Neige ! Ne fais pas ça ! T'as pas intérêt !

La gueule déjà grande ouverte, elle le regarda en redressant la tête.

Mais j'ai faim, Kemir. Pourquoi ne pourrais-je pas manger ?

— Pourquoi ? Pourquoi ? Mais parce que c'est une personne, voilà pourquoi ! C'est un garçon ! Comme moi !

C'est de la nourriture, Kemir.

— C'est un garçon, espèce de dragon débile ! Un adolescent, presque rien sur les os ! Tu ne peux pas… *Comment raisonner un dragon ?* Dis-moi, suis-je moi aussi de la nourriture à tes yeux ? De la nourriture et c'est tout ?

L'expression de Neige ne changea pas. Oui, lui aussi. En y réfléchissant bien, oui, c'était ainsi qu'elle le voyait. Exactement comme Nadira.

Tu t'es aussi montré très utile, Kemir. Et peut-être le seras-tu à nouveau.

Il s'assit et se mit à rire, ou à pleurer, ou un peu des deux, peut-être ? Bah, quelle importance ?

— De la nourriture utile… C'est bien ce que je suis ?

Oui.

— Mais ça n'a pas sauvé Nadira, n'est-ce pas, dragon ?

Neige haussa quasiment les épaules : *Mais, elle, Kemir, elle n'avait aucune utilité. Elle ne savait rien, elle n'avait pas d'autre valeur.*

— Parce que tu m'avais moi pour t'apprendre le monde ?

Il avait envie de pleurer.

Oui. Je constate que cela te perturbe, mais ainsi va le monde, Kemir.

— Tu penses que ça me perturbe ? Eh bien, oui, et c'est peu de le dire !

Je crie. Je crie sur un dragon. Je ferais mieux d'éviter.
Il s'efforça de rassembler ses esprits.

— Quand je ne te serai plus utile, Neige, que se passera-t-il ?

Nous nous séparerons, Kemir. Et même avant, si c'est ce que tu veux.

— Et mettons qu'au même moment tu aies faim, tu me mangeras ?

Soudain, il détourna les yeux.

— Non. Ne me réponds pas. Je préfère ne pas le savoir.

Je te mangerai, mais pas seulement parce que j'aurai faim. Je te mangerai aussi pour que tu ne puisses pas parler de moi à tes congénères, ou aux miens.

Apparemment évanoui, le gamin pendouillait toujours entre les crocs de Neige. Kemir ramassa une pierre et la soupesa.

— Relâche-le ! Relâche-le ou mange-nous tous les deux, là, tout de suite !

Neige le regarda longtemps sans bouger. En silence, dans toute son impénétrable altérité. Mais, en croisant le regard du dragon, Kemir découvrit en lui-même quelque chose auquel il ne s'attendait pas du tout. Il pensait ce qu'il disait. Vraiment. Ils étaient tous deux des parias, lui et ce garçon. Leur foyer, leur famille, leur univers avaient été détruits par des dragons.

— Il est comme nous, Neige, reprit-il d'un ton plus doux. C'est un « compagnon de nichée », comme tu dirais. Tu es seule, je suis seul et maintenant il est seul lui aussi. Tu dois changer, Neige. Si tu ne peux pas, laisse-nous tranquilles. Laisse-nous ici, parce que je ne veux rien avoir à faire avec toi.

Neige déposa gentiment le gamin par terre, aux pieds de Kemir. Un gosse, certes, dix ans tout au plus, mais bientôt un homme. Et déjà assez âgé pour se rendre utile.

Assez âgé pour se rendre utile, répéta Neige. *Je crois que je comprends.*

— Il est plus vieux que toi, dragon. Et nous sommes tous utiles. Chacun de nous, à sa façon.

C'est vrai. Neige ramassa les restes carbonisés de ce qui était sans doute l'un des parents du garçon et les avala goulûment. *Tu as raison.*

25. ÉTRANGES CONTRÉES

Le garçon saisit la première occasion qui se présenta pour s'enfuir, et Kemir ne se donna pas la peine de le poursuivre. S'il savait comment survivre dans les forêts qui entouraient le lac, tant mieux pour lui et bon vent, mais dans le cas inverse, il reviendrait. En attendant, Kemir avait bien d'autres soucis en tête.

Ses brûlures, pour commencer. Quand Neige avait craché le feu, ses mains avaient tout pris. Les jours suivants, la peau cloqua et pela. Ces plaies superficielles finiraient par guérir, mais pour l'instant, Kemir ne pouvait ni chasser, ni même bander son arc. Du coup, il avait dû renoncer à toute idée de fuite. Il passait ses journées à calmer la douleur dans l'eau froide du lac, en espérant qu'il guérirait proprement, sans que ses brûlures ne s'infectent, et aussi à crier ses instructions au dragon.

Neige passa la matinée du lendemain à déraciner des arbres avant d'aller les jeter dans le lac. Cela l'occupa pendant des heures et plongea Kemir dans une grande perplexité, puis elle s'arrêta enfin, se rendit à un bout du terrain qu'elle avait dégagé et se mit à courir. Chacune de ses foulées pesantes faisait trembler le sol. Quand elle atteignit l'autre bout, elle déploya ses ailes et s'élança au-dessus du lac. Ses serres arrière et sa queue fouettèrent l'eau, envoyant une trombe de gouttelettes dans les airs, puis elle disparut dans le ciel. Ensuite, elle partit chasser tous les jours de plus en plus longtemps, jusqu'à ne plus revenir certains soirs. Kemir préférait ne pas savoir où elle allait ni quelles proies elle capturait, mais parfois, elle le lui disait quand même. *Il y en a d'autres de ton espèce. Très loin, le long de la rivière. Il y a d'autres endroits comme celui-ci, et aussi des villages et des villes. Comme je ne sais pas si ces gens sont utiles ou s'ils sont des compagnons de nichée pour toi, je ne les mange pas. Il y a aussi des vaches et des chevaux, qui sont plus nourrissants, mais pas aussi amusant.*

Elle ramena le bateau sur la berge pour lui permettre d'aller pêcher dès que ses mains commenceraient à cicatriser. Il trouva quelques champignons mais ne récolta que des crampes. Le jour où il finit par s'emporter et par hurler à Neige qu'il crevait de faim, le dragon revint au crépuscule avec une vache dans la gueule. Puis Neige rassembla un tas de bois et y mit le feu ; tandis que les étoiles montaient dans le ciel, elle déchiqueta la bête et jeta les morceaux dans les flammes. En la voyant faire, Kemir ne put s'empêcher de rire.

— J'ai passé bien des nuits comme celle-ci avec Sollos. Une bonne partie de nos vies se déroulait à la belle étoile… Nous faisions des feux comme le tien. Bon, c'est vrai, nos lambeaux de viande étaient moins imposants…

Sa voix se perdit dans ses souvenirs mélancoliques. *Sollos, assassiné par cette ordure d'écuyer…*

Si tu crèves de faim, tu ne pourras plus te rendre utile et tu ne seras même plus bon à manger.

— Ha ha ha, ton humour de dragon me fait mourir de rire…

Neige ne comprit pas sa plaisanterie. Le mercenaire était maintenant capable de reconnaître le son qu'elle émettait mentalement quand il disait quelque chose qui ne voulait rien dire pour elle ou qu'elle ne se souciait pas d'élucider. Ça lui faisait comme si le dragon haussait les épaules en poussant un soupir, et c'est ce qu'il ressentit tandis qu'elle engloutissait les restes de la carcasse. Puis elle s'assit sur son arrière-train et l'observa. Les flammes éclairaient les écailles de son ventre ; les spirales de braises scintillantes auréolaient sa tête de dragon. Quand elle tendait le cou, elle était aussi grande qu'un arbre, et sa queue était encore plus longue. Et pourtant, malgré sa taille, elle n'avait que la peau sur les os. Efflanquée, maigrichonne, elle n'avait rien de l'irrésistible puissance de ces dragons de guerre massifs.

Dis-moi ce que tu sais des alchimistes.

Kemir hocha la tête en riant.

— N'y compte pas, dragon. Après, je ne serai plus d'aucune utilité et tu me mangeras.

Rien que de respirer le parfum de cette vache rôtie, il avait les jambes en coton.

Neige le fixa un instant, puis prit délicatement entre ses dents un premier morceau de viande dans le feu. Ensuite, elle regarda Kemir et avala goulûment sa prise.

Dis-moi ce que tu sais des alchimistes.

— Tu es une vraie salope…

Il se sentit défaillir, et Neige se tourna à nouveau vers les flammes.

Je sais déjà où les trouver.

— Si tu me donnes à manger, je te dirai tout ce que je sais.

Tu as toujours l'intention de t'enfuir loin de moi dès que tes mains seront guéries ?

Il était bien incapable de lui répondre. Quelques minutes plus tard, elle donna un petit coup de queue dans les flammes, et une demi-cage thoracique fumante atterrit aux pieds du mercenaire. Il la contempla pendant un court instant puis se mit à la dépecer sans prendre garde à la souffrance que lui causaient ses mains. La viande était carbonisée en surface et crue à l'intérieur, mais il y avait beaucoup de chair tout à fait mangeable entre les deux. Du sang dégoulina de son menton. Il se régalait.

Après quelques bouchées, il marqua une pause. Il avait eu faim assez souvent dans sa vie pour savoir prendre le temps.

— Tu te rappelles, quand tu as tué ton premier alchimiste ? J'étais là.

Je sais.

— Moi, c'était le deuxième que je rencontrais, lui dit-il en riant et en léchant ses doigts. Sollos était destiné à devenir alchimiste, c'est pour ça qu'on l'a baptisé comme ça. Ses parents avaient prévu de l'emmener à la Cité des Dragons et de le vendre à l'Ordre ; comme ça, ils auraient pu vivre comme des rois pour le restant de leurs jours. C'est ce qu'ils s'imaginaient, du moins.

Kemir ne put s'empêcher de rire tout bas en pensant à cette idée folle.

Tu trouves cela stupide. Pourquoi ?

— Nous étions des parias, dragon ! Nous ne savions même pas où se trouvait la Cité des Dragons. Quelqu'un était revenu au village avec une histoire qu'il avait entendue de quelqu'un qui s'était rendu quelque part où s'était peut-être arrêté un marchand qui avait peut-être visité la Cité des Dragons une fois dans sa vie, tu vois le genre ? Bref, ils ont cru que tout ce qu'ils avaient à faire, c'était d'y aller et de livrer Sollos aux alchimistes, pour que l'Ordre en fasse un grand magicien et les couvre d'or. Quels cinglés !

Kemir respira à fond en s'humectant les lèvres.

— Un jour, j'ai rencontré un alchimiste, et je lui raconté cette histoire. Il a tellement ri qu'il a failli s'étrangler. Mais, bon, il avait déjà pas mal bu.

Le mercenaire reprit soudain son sérieux.

— Là d'où je viens, nous savions à peine où se trouvait le village voisin. L'Ordre achète parfois des enfants, c'est vrai. Les alchimistes leur font passer une sorte de test pour détecter les bons éléments potentiels, et si les enfants réussissent ce test, l'Ordre les achète. Dix dragons d'or chacun. Pour la plupart des gens, c'est une petite fortune. Ça leur permet de s'offrir une auberge ou une forge, s'ils ne font pas trop les difficiles.

Je ne comprends pas. Pourquoi acheter des enfants ? Ils ne peuvent pas en faire eux-mêmes ?

— Le prochain que tu attraperas, pose-lui la question au lieu de le manger !

Je le ferai peut-être. Mais ça ne m'intéresse pas. Dis-moi autre chose sur les alchimistes.

Kemir ramassa le morceau de viande en train de refroidir et le jeta à Neige.

— Ce morceau doit cuire un peu plus. Passe-m'en un autre.

Cette fois-ci, lorsque Neige lui eut lancé une patte arrière, il se mit à la découper avec son couteau, en grattant le brûlé pour trancher dans la chair des filets presque crus. Du travail bien fait.

— Le premier alchimiste que j'ai rencontré, c'était dans un bordel. J'étais dans un sale état, et Sollos, qui avait entendu parler de lui, m'a emmené le voir. Il m'a examiné et m'a remis sur pied. En fait, ce n'était pas un vrai alchimiste. Il n'était pas allé jusqu'au bout, tu comprends ? C'est ce qu'il m'a expliqué, du moins. Tu vois, ils achètent des enfants – ils en font peut-être aussi eux-mêmes, d'ailleurs – et ensuite ils les instruisent pendant dix ans, ce qui est plus long qu'une éducation de roi ou de reine. Ceux qu'ils ne trouvent pas assez intelligents après tout ce temps, ils en font des Écailleux. Tu te souviens des Écailleux, dragon ? Tu en as connu un. Il s'appelait Kailin, et tu l'as mangé.

Neige ne répondit pas, perdue dans ses pensées. Après une longue pause, Kemir reprit :

— Les Écailleux sont des monstres, même ceux que la Maladie du Dragonneau n'a pas encore transformés en statues vivantes. Les alchimistes leur font peut-être subir quelque chose, ou alors ils le deviennent naturellement au bout d'une dizaine d'années. Les autres enfants passent élèves. Ce sont ceux-là qui apprennent tous les secrets croustillants. Sauf que certains finissent par échouer… Au bout de dix ans d'apprentissage, la moitié d'entre eux est renvoyée, comme le type que j'ai rencontré. C'était donc un demi-alchimiste, en quelque sorte. Bref, soit il ne savait pas grand-chose, soit il était assez malin pour garder ses secrets pour lui, même ivre au point de ne plus pouvoir remonter son pantalon. Ces gens-là arpentent les royaumes avec les bohémiens ou les marchands ambulants, et de temps à autre, l'Ordre les paye pour accomplir certaines tâches. Tu sais ce qui le mettait le plus en rogne ? De ne pas savoir qui étaient ses parents ! Les alchimistes n'ont pas voulu le lui révéler, ou alors ils n'en savaient rien. Bah, de toute façon, ces gens avaient déjà dépensé tout l'argent de sa vente, sûrement ; ils étaient redevenus pauvres, et il ne savait pas qui ils étaient. Pauvre couillon…

Il s'interrompit, tout à son souvenir.

— Pas de famille…. répéta-t-il. Il n'a jamais connu ses parents… Quelle tristesse.

Et c'est tout ? C'est ce que tu sais ? Ça ne m'a pas l'air bien utile.

Kemir haussa les épaules.

— Qu'est-ce que tu espérais ? Je connais les itinéraires que les alchimistes empruntent pour livrer leurs potions, mais ce n'est pas un grand secret. Il suffit de repérer les chariots escortés par une légion de gardes adamantins sur la route d'Evenspire. Si ce n'est qu'avec toi dans les parages, ils vont sans doute effectuer leurs convois à dos de dragon.

Voilà, c'est ce genre de choses que je veux savoir. Tes autres souvenirs n'ont aucun intérêt.

— C'est charmant. Et que penserais-tu d'aller te faire foutre ?

Mange, Kemir. Elle lui jeta un autre bout de carcasse rôtie et se tut, mais quand il en eut terminé, quand il se fut empiffré au point de ne plus pouvoir bouger ou presque, quand il eut dépecé autant de viande que possible, elle l'observa attentivement.

Celui qui était ici avant est de retour. Ce garçon, que tu as appelé ton compagnon de nichée. Celui que je n'ai pas mangé, à ta demande. Tu veux toujours que je m'en aille ?

Kemir lui lança un regard maussade.

— Tu n'as qu'à lire dans mon esprit, dragon.

Elle reçut le message et s'envola dans un bruit de tonnerre. Après son départ, il déposa de la viande sur le sol, près des arbres, puis recula.

— Hé, toi ! Tu peux sortir ! Le dragon est parti ! s'écria-t-il. Je ne te veux aucun mal ! Tu as faim, sûrement ! Tu peux partager notre nourriture !

Il attendit, les sens en alerte, mais le gamin ne se montra pas. *Et je peux difficilement le lui reprocher, n'est-ce pas ? Nous sommes arrivés de nulle part, puis nous avons dévoré sa famille et détruit son foyer. Je sais exactement ce qu'il ressent.* Il laissa la viande où elle était et s'assit pour épier encore un peu l'orée de la forêt. Comme le garçon ne se montrait toujours pas, il s'allongea à côté du feu et ferma les yeux… enfin pas tout à fait. Il l'attendait. *C'est ton ventre vide et l'odeur de la graisse rôtie qui t'ont attiré ici, mais je sais très bien ce que tu as en tête.*

Kemir ne fut pas déçu. Le jeune garçon mit un bon moment à se décider. Kemir dut faire semblant de ronfler pendant si longtemps qu'il en avait mal à la gorge. Un lourd bâton à la main, le petit garçon finit par sortir de la forêt sans même un regard à la viande qui lui était destinée. Kemir l'observa discrètement. Il s'approchait lentement, résolument. *Brave petit gosse. Tu sais exactement ce que tu dois faire, et comment t'y prendre. Ce serait plus simple avec un couteau, mais tu n'as pas le choix, hein ?* Le gamin avançait tout doucement, un pas prudent après l'autre. S'il avait peur, il n'en montrait rien. Arrivé près de Kemir, il leva son bâton, et alors seulement hésita. *Tiens, que va-t-il se passer ? Tu n'es encore qu'un gosse, finalement ? Ou es-tu déjà un homme ?*

Le bâton s'abattit sur le mercenaire. Un coup peu violent, qui n'avait aucune chance de le tuer, mais un bel effort tout de même, et Kemir arrêta le bâton en souriant. Il tira dessus un bon coup, et quand le garçon fit de même de son côté, il le lâcha. Le gamin tomba en arrière, et Kemir sauta sur lui pour l'empêcher de se relever.

— Je ne veux pas me battre avec toi, gamin. Comment t'appelles-tu ?

Le gosse lui hurla quelque chose d'incompréhensible et lui cracha dessus.

— Je ne te veux aucun mal…

Avec précaution, Kemir relâcha le gamin qui sauta sur ses pieds, empoigna son bâton et battit en retraite. Puis il se jeta sur Kemir, qui encaissa ses deux premiers coups sur les avant-bras et grimaça de douleur. Sous ses manches, les brûlures n'étaient pas encore cicatrisées. Au troisième assaut, le mercenaire plongea de côté et fit un croche-pied au garçon.

— Si tu veux, je peux te montrer comment te battre, insista-t-il.

Le gamin hurla encore quelque chose et s'enfuit. En se rendant compte que Kemir ne s'était pas lancé à ses trousses, il interrompit sa course le temps de s'emparer d'un morceau de viande, puis s'évanouit au milieu des arbres. Kemir haussa les épaules et s'installa dos au feu pour surveiller les alentours.

— Moi, j'étais plus âgé que toi quand les écuyers sont venus ! cria-t-il. Pas de beaucoup, mais assez pour faire une différence ! Tu m'écoutes, gamin ? Nous vivions au bord d'un lac, comme ici ! Nous avions même quelques bêtes ! Nous étions persuadés que les écuyers-dragons ne nous trouveraient jamais ! Et même si cela arrivait, ils nous laisseraient tranquilles, qu'on croyait ! Exactement comme ici ! Tu es encore là, gamin ? Tu m'écoutes ?

Il s'affala par terre et se tut. Non. Bien sûr que non, il ne l'écoutait pas. Il n'y avait personne ici, donc personne ne l'écoutait. Sauf les étoiles. Quand il avait besoin d'une oreille, elles étaient toujours là, les étoiles, ou alors la lune, ou les nuages, parfois.

— Nous nous sommes tous précipités sous le couvert des arbres quand les dragons sont arrivés. Ils se sont tous posés sur le terrain que nous avions dégagé au bord du lac. Ils ont attrapé quelques-uns d'entre nous, mais sans rien brûler ni tuer personne. Leurs écuyers nous ont dit que nous appartenions au roi des Cimes, et que nous devions leur donner tout ce qu'ils exigeraient de nous comme tribut. Et en échange de leur protection. Et ils voulaient ce qu'ils veulent toujours : des hommes à vendre comme esclaves et des femmes pour... Eh bien, tu sauras un jour de quoi il retourne. Les anciens ont décidé de se soumettre, mais moi, j'ai dit aux autres que nous devions nous battre. Je n'étais pas le seul à penser ça, mais qu'est-ce que je savais de la vie ? Je n'étais même pas un homme, comme toi, juste un gosse plein de morgue. Tu viens d'en voir un de près. Penses-y, gamin. Tu crois vraiment qu'on peut combattre un dragon ?

Il soupira. À qui s'adressait-il ? Aux morts, peut-être, mais certainement pas au gosse dans les bois. Il avait sans doute déguerpi depuis longtemps.

— Certains d'entre nous sont partis. Ils se sont levés et sont partis. Les plus malins. Ils n'étaient plus là quand les dragons sont revenus quelques jours plus tard, avec les cages de bois destinées aux esclaves. Et nous avons laissé tomber les nôtres. Des garçons et des filles ligotés par leurs parents en larmes pour être vendus aux écuyers-dragons. Eh oui, c'était comme ça, gamin. Il y a eu quelques bagarres, des gens tués par des membres de leur propre famille. Jamais nous n'avions connu ça. Les écuyers en ont choisi beaucoup : dix jeunes gens et dix filles, âgés de dix à seize ans. J'étais l'un de ceux qui auraient dû partir. Je me suis enfui, je me suis caché pendant des jours, et ils ne m'ont pas retrouvé. Quelqu'un d'autre est parti à ma place, quelqu'un que je connaissais. Tout le monde se connaissait. Ce gosse faisait presque partie de la famille. C'était un ami. J'avais la haine, mais je n'étais pas le seul. Ceux qui avaient perdu des fils, des filles, des frères ou des sœurs en voulaient à ceux qui avaient été épargnés. Le garçon qu'on avait choisi à ma place avait un frère, qui m'a attaqué au couteau. Je l'ai étendu avec un bâton. Je ne voulais pas le tuer, mais il s'est obstiné. Il me courait après sans arrêt… En fait, je crois qu'il *voulait* que je le tue.

Kemir renifla et cligna des yeux, surpris par ses larmes. Il ne se parlait plus qu'à lui-même, désormais. Submergé par le souvenir de l'incendie, il voyait à peine les arbres. Sa voix se brisa.

— J'ai mis longtemps à comprendre ce qu'il avait dû éprouver, chuchota-t-il. C'est un dragon qui me l'a appris. Les écuyers nous ont arraché le cœur. Nous n'étions plus que des coquilles vides. Personne ne riait plus…

Il cilla et reprit :

— Et puis ils ont fait une dernière incursion. Quand ils sont arrivés, nous étions de l'autre côté du lac, Sollos et moi. Le temps de rentrer au village, tout avait disparu. Il ne restait que des cendres. Cette fois-ci, ils n'ont pas pris d'esclaves. Ils n'ont rien pris, d'ailleurs. Après avoir tout incendié, ils se sont posés. Ceux qui avaient échappé au feu, ils les ont passés au fil de l'épée. Ce n'étaient pas les mêmes écuyers que la fois précédente, je l'ai compris en voyant leurs dragons. Ils étaient différents, tu comprends ? Et tu sais quoi, gamin ? Malgré toutes les insultes que j'ai proférées ce jour-là, je me suis dit que ces écuyers avaient peut-être eu pitié de nous, eux. Après tout, ils avaient mis fin à nos misères.

Il éclata d'un rire amer.

— C'était le prince Valmeyan. Je ne connaissais même pas encore son nom qu'il est devenu roi ! J'ai juré de le détruire pour ce qu'il avait fait. De le détruire lui, et chacun de ses écuyers. Je ne sais pas du tout comment y parvenir, mais je veux le voir se consumer dans les flammes ! Même aujourd'hui, j'y pense. Je veux qu'il crève lentement, en contemplant les cendres de toutes les choses qu'il a aimées. Tu vois, gamin, je sais exactement comment tu te sens. Sollos et moi, nous avons appris le métier de soldat parce que nous voulions nous battre. J'ai toujours été bon à l'arc. Ensuite, nous nous sommes mis à tuer de l'écuyer. On en a abattu un ou deux, puis nous avons dû nous enfuir à l'autre bout des royaumes, dans les landes, à l'est. Nous acceptions tous les boulots qui se présentaient. Des boulots de tueurs, si tu vois ce que je veux dire. C'était plutôt facile, mais quand même, je suis content d'avoir arrêté. Je n'ai jamais aimé ça. Pas le fait de tuer, parce que ça, c'était chouette. Mais devoir exécuter les ordres de ces gens…

Le mercenaire renifla, bougea un peu et se reprit. Heureusement, le gamin n'était pas revenu. Il valait mieux lui éviter le spectacle de ces larmes incongrues qui mouillaient toujours les joues de Kemir. *C'était il y a si longtemps.*

— Sollos est mort, à présent… murmura-t-il.

Il se dit soudain qu'il s'en moquait, que le garçon revienne ou pas. *Il n'a qu'à me fracasser le crâne pendant mon sommeil. Comme ça, Neige pourra me manger. Ça nous arrangerait tous les deux.*

Il s'allongea et reprit le cours de ses pensées.

Je sais ce que tu penses, gamin, parce que je l'ai pensé aussi. Je sais où ça m'a entraîné, et je sais exactement à quoi ça ressemble d'être moi. Ça ne vaut vraiment pas le coup. C'est ça que je voulais te dire, gamin. Laisse tomber. Sois quelqu'un d'autre. Il s'endormit, mais d'un sommeil médiocre, troublé par des rêves anciens et agités.

Quand on avait réduit en cendres le foyer et la famille de quelqu'un, on ne pouvait pas faire comme si rien ne s'était passé. Laisser tomber ? Mais quoi ? Il ne savait même pas par où commencer. Il aurait bien aimé dire au garçon qu'il était désolé, mais pour l'instant c'était une insulte de plus.

26. JEIROS

Jeiros, Grand Maître suppléant, se carra dans son fauteuil et poussa un soupir. Sur son bureau s'étalaient six lettres. Encore fraîche, l'encre séchait. Trois d'entre elles étaient destinées à trois sœurs, et toutes leur annonçaient la même chose : *Vous êtes reine, désormais.* Les trois autres seraient envoyées à leurs maîtres de l'aire, maintenant autorisés à communiquer leurs secrets aux nouvelles souveraines. Ces courriers contenaient toutes les instructions nécessaires, mais avec une ou deux mises en garde.

— Je ne sais pas comment vous y arrivez, dit Jeiros.

Vioros, l'autre alchimiste présent dans la pièce et l'auteur des lettres aux maîtres de l'aire, était aux yeux de Jeiros ce qui se rapprochait le plus d'un fondé de pouvoir, surtout ici, au Palais Adamantin, en plein milieu de la journée, alors qu'un roi, une reine et un prince venaient d'être mis à mort.

— Je me souviens qu'un jour, Bellepheros a écrit deux lettres similaires en un mois et Dieu sait si nous en avons entendu parler. Mais trois ! Et dans la même journée ! Comment avez-vous réussi à survivre aux caprices de votre maîtresse ?

Vioros haussa les épaules, une moue aux lèvres.

— Sa mère ne nous a jamais causé de problème, et elle non plus, depuis son accession au trône. Et ces lettres ne sont pas toutes absolument nécessaires, Jeiros. Jehal n'est pas encore mort.

— Oui, pas encore, comme vous dites.

Jeiros prit délicatement une poignée de duvet et en saupoudra l'encre en train de sécher.

— Je serais surpris s'il passe la nuit. Et si c'est le cas, il ne passera pas la semaine. La blessure s'est infectée et il a perdu énormément de sang. Son destin est scellé, j'en ai peur. C'en est fini de lui. Nous ne pouvons plus rien faire… bâilla-t-il. S'il est costaud, il survivra encore quelque temps. Mais vous avez raison : à proprement parler, il n'est pas encore mort. Deux options s'offrent à l'Oratrice : soit elle le laisse s'affaiblir pendant les quelques jours de son agonie puante, soit elle met fin à ses misères. Ce serait faire preuve de miséricorde, mais vu les circonstances, l'Oratrice risque d'hésiter, j'imagine. De plus, j'ai l'impression qu'elle n'est pas du genre à prendre les gens en pitié, je me trompe ?

Vioros lui jeta un regard perçant.

— Ou alors, elle pourrait mettre la main sur un mage de sang.

— Effectivement.

Pendant quelques instants, tous deux se turent, comme si Vioros venait de lâcher un pet dans la pièce et qu'il faille attendre que la mauvaise odeur se dissipe.

— En tout cas, Zafir m'a demandé de le garder en vie, allez savoir pourquoi, marmonna finalement Jeiros. Pourquoi se donner tout ce mal si c'est pour lui couper la tête plus tard ?

— Si vous voulez mon avis, elle ne veut pas sa mort.

— C'est de la folie, soupira Jeiros. Je n'ai jamais voulu devenir Grand Maître.

— Vous ne l'êtes pas.

— Allons donc ! Bellepheros a disparu depuis six mois déjà ! Et s'il n'est pas mort, il n'a sûrement pas l'intention de revenir !

Jeiros se frotta les yeux et désigna les lettres.

— J'étais beaucoup plus heureux à la forteresse. Et Bellepheros n'a jamais eu à gérer ce genre de situation : un quart de l'Ordre massacré par un dragon rebelle, toutes nos réserves détruites et les aires à court de potions. Vous réalisez que le roi Narghon n'a plus que deux semaines de réserve ?

— Nous-mêmes, il ne nous en reste plus que trois.

— Je sais ! Vous vous rendez compte ? se lamenta Jeiros en se tordant les mains. Vous imaginez, si une seule de nos aires se retrouvait à court de potions ? *Toute une aire ?* Nous serions obligés de les empoisonner tous ! Je préfère ne pas penser aux conséquences…

— Je m'efforce de ne pas y penser non plus. Ces Écuyers Rouges….

— Vous redoutez les Écuyers Rouges ? Mais ils ne sont rien comparés à ce qui se passera si nous entrons en guerre ! Car tout notre approvisionnement passe par le royaume de Valgar… de la reine Almiri, je veux dire.

— Quand le moment viendra, c'est justement le prétexte que Zafir saisira pour entrer en guerre. Vous voulez parier ?

— Misez plutôt sur le temps qu'Almiri va mettre à s'attaquer à l'Ordre et à affamer les aires de Zafir. Les Écuyers Rouges ont déjà commencé d'ailleurs. C'est de la folie, tout cela, conclut-il en secouant la tête.

— Elle affamera aussi les autres aires, y compris les siennes.

Jeiros se leva et alla se poster près de la fenêtre. Dehors, le soleil frôlait l'horizon. *Ils ont sans doute fini les cages, à l'heure qu'il est. Shezira et Valgar vont être suspendus à l'extérieur de l'enceinte. Enfin, ce qu'il reste d'eux.*

— Elle n'a pas le choix, si vous voulez mon avis. Peut-être même qu'elle s'en moque. Si elle a hérité de la moitié de l'obstination de sa mère… Avez-vous connu Shezira ? demanda Jeiros à son collègue.

— Je n'ai pas eu cet honneur.

— Dommage, dit-il en marchant de long en large, comme incapable de dompter l'énergie nerveuse qui l'électrisait tout entier. Je ne peux prendre aucun risque, Vioros, et vous non plus, d'ailleurs. Si les aires adamantines se retrouvent à court de potions, qui servirez-vous ? Zafir ou l'Ordre ?

— Je suis un serviteur de l'Ordre.

— Bien sûr, bien sûr. Si l'Oratrice part en guerre, nous devrons arrêter de la fournir pour constituer des réserves dans la forteresse. Nous ne pouvons pas nous permettre des pertes supplémentaires, c'est aussi simple que cela. Je vais prévenir l'Oratrice. Je dois aussi avertir les autres maîtres alchimistes, les mettre en garde. Je vais devoir expliquer aux maîtres de l'aire qu'ils pourraient avoir à voler jusqu'à Valefort pour se fournir en potions. De votre côté, il faut que vos alchimistes soient prêts à faire ce qui doit l'être si on en arrive là. Et vérifiez qu'ils disposent en quantité suffisante de ce qui leur sera nécessaire. Mes aïeux ! Il nous est déjà arrivé d'exterminer des dragons, mais toute une aire ? Personne n'a jamais eu à envisager une chose pareille, il me semble. Combien de temps vous faudrait-il pour vous préparer au Palais ? Je veux dire, s'il le fallait ? S'il fallait agir au plus vite ?

— C'est une affaire de quelques jours.

— *Tout le monde* tentera de vous arrêter, vous en avez conscience ? Vous aurez à affronter non seulement les écuyers de l'Oratrice, les serviteurs et sans doute la moitié des Écailleux, mais aussi la Garde Adamantine,

— Ils font rarement attention à nous.

— Espérons-le. Je viendrai inspecter l'aire adamantine avant la fin de la semaine. Et, maintenant, prévenons nos confrères.

— D'autres lettres ? gémit Vioros.

— D'autres lettres.

Jeiros avait déjà rédigé la moitié d'une missive quand quelqu'un frappa violemment à la porte. Le Grand Maître sursauta, surpris par ce bruit inopiné, et regarda sa feuille. Sa main s'était crispée au milieu d'un trait de plume. Le mot était illisible, il n'avait plus qu'à recommencer.

— Qui est-ce… que voulez-vous ? grommela-t-il.

Personne n'était censé cogner ainsi à sa porte. Les subalternes de l'Ordre ne se permettaient qu'un petit coup timide et l'Oratrice ne prenait même pas la peine de frapper.

Nouveau coup à la porte. Exaspéré, Jeiros se leva et alla l'ouvrir.

— Tassan ! s'exclama-t-il, déconcerté.

À quand remontait la dernière visite de la Sentinelle ? En général, ils s'évitaient soigneusement, suivant en cela une antique loi tacite selon laquelle les membres de l'Ordre et de la Garde Adamantine s'entendaient comme chien et chat.

Sauf quelques nuits auparavant… Mais ils ne vivaient pas des temps ordinaires.

— Grand Maître suppléant… dit Vale Tassan en s'inclinant poliment. *Il connaît mon titre exact*, remarqua Jeiros. *Il a un peu trop insisté sur le mot* suppléant, *cependant*.

— Pourriez-vous être bref ? Nous sommes extrêmement occupés, en grande partie grâce à vous… lui lança sèchement Jeiros, sans le laisser entrer.

Il était hors de question que la Sentinelle voie les lettres sur le bureau. Vale fit un pas en avant, mais Jeiros resta sur place, et la Sentinelle tendit le cou.

— J'ai deux choses à l'esprit, Grand Maître. Puis-je entrer ou devons-nous discuter dehors de ce qui m'amène ici ? Je préfèrerais qu'on ne surprenne pas notre conversation. Ces deux affaires sont plutôt sensibles.

Jeiros jeta un coup d'œil par-dessus son épaule. En constatant que Vioros avait déjà débarrassé le bureau, il fit un pas de côté et invita l'autre à entrer avec un brusque signe de tête.

— Je ne vous demanderai pas ce que vous écriviez. Cela ne me regarde pas, j'imagine.

— Nous avons passé toute la journée à écrire, Sentinelle. Aujourd'hui, grâce à vous, trois reines ont accédé au trône.

— Deux, sourit Tassan. Jehal n'est pas encore mort.

— Ce n'est qu'une question de temps, Sentinelle.

— Je n'en suis pas si sûr.

Vale s'assit dans le fauteuil libéré par Vioros. D'une certaine façon, cette position ne fit qu'accentuer le gabarit massif de l'homme. *Il pourrait sans doute me réduire en pièces à mains nues*, pensa Jeiros.

— Eh bien, moi, j'en suis sûr, répliqua-t-il vertement.

Quelque chose chez l'Adamantin le mettait désagréablement mal à l'aise. *Je suis peut-être fatigué… Ou alors il aurait dû agir il y a des semaines. Je lui en veux parce qu'il a tenu l'épée, peut-être. Comme il l'a déclaré lui-même : « De la naissance à la mort, la Garde exécute les ordres. Rien de plus, rien de moins. » Mais n'est-il vraiment que cela ?*

— Vous connaissez mieux ces choses-là que moi, j'imagine, concéda Tassan, mais d'un ton qui laissait entendre qu'il était persuadé du contraire.

— Sentinelle, nous avons énormément de choses à faire grâce au travail que vous avez accompli aujourd'hui. J'apprécierais grandement que vous en veniez au fait. Que puis-je faire pour vous ?

— Très bien, je serai bref. Une guerre se prépare. Commençons par elle.

Jeiros se sentit insulté.

— Je ne suis pas aveugle, voyons ! Et qui est venu vous voir il y a quelques jours pour solliciter votre aide afin d'empêcher cette guerre ?

— Ces jours-ci, beaucoup d'yeux restent obstinément fermés, j'en ai l'impression, répliqua la Sentinelle en haussant les épaules. Puisque vous l'avez vue venir, je suis sûr que vous êtes prêt à soutenir les dragons de l'Oratrice, et ceci quoi qu'il arrive. Je suis évidemment à votre disposition si vous avez besoin d'aide. Pour assurer l'approvisionnement en potions des aires de l'Oratrice, par exemple.

— Je vois.

A-t-il écouté à la porte ? Non, impossible ; le bois en était très épais, précisément parce que Bellepheros avait voulu éviter que certains y laissent traîner leurs oreilles. Qu'est-ce que cela signifiait, alors ? *Est-il plus intelligent que je le pensais, finalement ?* L'irritation le gagna. *Mais s'il est malin à ce point, il peut sans grande difficulté agir pour empêcher que tout ceci ne dégénère.*

— Je vous suis reconnaissant de votre offre, Sentinelle. La menace des Écuyers Rouges est réelle et je vais réfléchir à l'aide que vous pourriez nous apporter. Par exemple, en encourageant l'Oratrice à utiliser ses dragons pour fournir nos potions aux aires des royaumes, peut-être ? *Aucune chance que cela arrive…*

— L'Oratrice ne m'écoute pas.

Jeiros haussa les épaules d'un air indifférent.

— Et la seconde affaire ? *Je me trompe ou vous avez des regrets, Sentinelle ?*

Pendant un court instant, Vale Tassan sembla perdre de son assurance, à la grande surprise de Jeiros.

— La seconde est un peu plus… fâcheuse, dirais-je. Quand l'Orateur Hyram est mort, avez-vous examiné son corps ?

Pourquoi cette question, bon sang ?

— Non. On ne nous a pas demandé de le faire.

— Il faut qu'on vous le demande ?

— Tout à fait, sauf en cas de soupçons.

Vale eut un sourire pincé.

— Et Hyram qui tombe d'un balcon, ça ne vous a pas donné matière à soupçons ?

— Bien sûr que si, mais une centaine de *vos* hommes ont affirmé que Shezira était avec lui quand il est tombé. Il n'y a pas de doute possible ! On l'a poussé !

— Et si on ne l'avait pas poussé ? S'il était tombé par maladresse ?

Jeiros éclata de rire.

— Et vous me demandez ça à *moi* ? Je croyais que c'était absolument impossible !

— Je me suis peut-être trompé…

— Dans ce cas, le conseil des souverains a commis une terrible erreur, et vous aussi, Sentinelle.

Il vit les traits de Vale durcir, ses lèvres se pincer. *Ma parole, mais il est sincère ! Il doute vraiment. C'est peut-être une occasion inespérée…*

— Et nous tous également, ajouta-t-il. Mais même en examinant le corps, nous pouvions très bien ne rien trouver de probant. Nous aurions pu découvrir laquelle de ses blessures a été fatale, et s'il a été blessé consécutivement à sa chute, ou *avant*. Mais pour ce qui est de savoir à coup sûr si on l'a poussé et de découvrir l'identité du coupable, c'eût été impossible. Nous sommes des alchimistes, Sentinelle, pas des magiciens.

Ce qui était presque vrai. Presque.

— Vous auriez peut-être découvert qu'il a été empoisonné.

— Certes, grommela Jeiros en fronçant les sourcils. Mais qu'est-ce qui vous fait dire une chose pareille ? *Et, dans ce cas, pourquoi soulever ce problème alors que vous venez d'exécuter la coupable présumée ? Où voulez-vous en venir ?*

— Rien, répliqua Vale en se levant. Pas grand-chose, en tout cas. Une vague idée, c'est tout.

Il se dirigea vers la porte, en ajoutant :

— Merci de m'avoir consacré un peu de votre temps, Grand Maître. Je vous en prie, réfléchissez à la façon dont mes soldats pourraient vous aider à assurer un approvisionnement régulier des aires de l'Oratrice.

Vale Tassan s'en alla, et la porte se referma doucement derrière lui. Jeiros et Vioros échangèrent un regard.

— Mais qu'est-ce qu'il veut, en fait ? demanda Vioros.

— Rien de bon, grommela Jeiros. Je crois qu'il a voulu nous faire savoir que personne n'est en sécurité.

Il fixa Vioros avec un sourire sans gaieté.

— Vous voulez d'autres nouvelles de cet acabit ? Des choses que personne n'a pu vous dire ? Vous n'êtes pas sans savoir que je m'efforce toujours de découvrir s'il nous manque un dragon, n'est-ce pas ?

Vioros prit un air contrit :

— Oui, et je tiens absolument à m'en excuser. Je laisse entendre chaque fois que je le peux que compter les dragons ne sert...

Jeiros éclata de rire à son corps défendant, et fit de son mieux pour se reprendre ;

— Je suis désolé, mon vieil ami. C'est très grossier de ma part. Figurez-vous que le fait de compter les dragons a été bien plus instructif que je ne le pensais. Saviez-vous que le nombre de dragonneaux malades a doublé ces trois derniers mois ? On abat des dragons chaque semaine dans la plupart des aires ! Mais peu de rois-dragons sont au courant, pour l'instant.

Il jeta un coup d'œil aux missives étalées sur son bureau.

— Nos futures reines l'ignorent, par exemple, contrairement aux maîtres de l'aire. Dans toutes les aires des neuf royaumes, il éclot autant de bons dragons que d'habitude, mais tous les maîtres à qui j'ai posé la question me répondent la même chose : le nombre des dragonneaux qui refusent de s'alimenter a quasiment doublé ! Comme ça, d'un coup, et les maîtres veulent savoir pourquoi. Ils veulent savoir ce qu'il se passe. On peut comprendre leur nervosité, avec ces taux de reproduction en berne…

Jeiros hocha la tête d'un air incrédule, et Vioros haussa un sourcil.

— Que se passe-t-il ? Nous le savons ?

— Oui, bien sûr. Et il serait plus juste d'en parler au passé : quelque chose a eu lieu qui a déclenché tout ceci. Et qui ne laisse rien présager de bon. Mais, à côté de nos difficultés présentes, c'est une broutille. Le dragon rebelle est en vie, c'est certain.

— Vous en êtes sûr ?

— Absolument !

— Et vous l'avez découvert rien qu'en comptant les dragons ? Vous m'impressionnez !

Pendant un moment, Vioros eut l'air réellement stupéfait, et Jeiros prit le temps de savourer l'instant avant de le gâcher.

— Eh non, je l'ai su d'une façon bien plus terre à terre. J'ai reçu quelques rapports des aires de Valmeyan. Le dragon a été aperçu il y a deux mois. En train de cracher des flammes.

— Il s'agit bien du rebelle ? Nous en sommes sûrs ?

— Oui, absolument, répliqua Jeiros en se rasseyant lourdement derrière son bureau. Il n'existe pas d'autres dragons blancs et de nombreux témoins l'ont vu, j'en ai bien peur.

27. NOURRITURE UTILE

Kemir amarra avec soin l'embarcation près de la berge du lac, pour que le gamin la trouve si jamais il revenait. Bah, il était sans doute déjà mort, et dans le cas inverse, il risquait d'y passer rapidement. *Où est le problème ? Moi, je n'y suis pour rien. C'est la faute du dragon.*

C'est ça, c'est ça, répliqua vivement une petite voix dans sa tête. *Si ça t'arrange de le penser...*

Il lui laissa aussi ce qui restait de la vache. Cette viande commençait à s'avarier mais c'était tout ce qu'il avait. Neige le regardait s'affairer avec une curiosité évidente

Pourquoi laisser de la nourriture à quelqu'un qui a tenté de te tuer ?

— Parce que je suis un homme, pas un dragon. Mais tu ne peux pas comprendre, hein ? grommela Kemir.

Elle était carrément terrifiante quand elle se tenait ainsi, assise sur son postérieur, les ailes repliées, la queue enroulée devant elle, complètement figée. Elle l'observait en silence, si bien que Kemir finissait par oublier sa présence, mais quand il se retournait, elle était là, le dominant du haut de ses trente pieds et occultant le ciel. Elle le regardait, et c'est tout. Ou alors elle déployait paresseusement ses ailes, comme pour faire de l'ombre à la moitié du monde pendant quelques secondes.

Tu veux laisser cette nourriture aussi ? Elle laissa tomber une moitié d'âne qui portait encore à la tête les restes d'une sorte de harnais. Visiblement, cette bête ne batifolait pas gaiement dans un champ quand le dragon l'avait emportée.

— De la viande crue ? Je ne pense pas qu'il en voudra... dit Kemir, qui ne pouvait s'empêcher de se demander où Neige avait trouvé cet âne.

Le dragon jeta un regard pensif à la dépouille, puis trottina jusqu'au rivage. Neige ramassa quelques pierres –

dont certaines aussi grosses que Kemir – qu'elle plaça en cercle. Ensuite, elle empila d'autres pierres dans le cercle pour le surélever, puis elle cracha du feu sur ce cairn.

À la vue des flammes qui léchaient le sol autour des pierres, Kemir s'écarta promptement. Neige soufflait à flot continu, sans reprendre sa respiration, et les flammes jaillissaient de ses mâchoires sans discontinuer.

La chaleur devint vite intenable, et Kemir partit se réfugier au milieu des arbres. En observant Neige qui soufflait toujours, le mercenaire se demanda combien de temps elle pourrait tenir sans reprendre son souffle…

Nous n'avons pas besoin de respirer, Kemir. C'est une… – Il la sentit fouiller dans sa tête à la recherche du terme exact – *une habitude, un instinct. Ce n'est pas une nécessité.*

Voilà pourquoi elle avait pu survivre au fond d'un lac pendant cinq jours. Il frissonna. Tous les êtres respiraient, absolument tous.

Neige finit par s'interrompre. Elle fit tomber les pierres du haut à coups de pattes, prudemment, comme si même elle ressentait leur extrême chaleur. Puis elle ouvrit l'âne en deux sur toute sa longueur et l'étripa en le secouant dans le premier cercle de pierres. Elle fourra une pierre brûlante dans la cavité qui avait remplacé le poitrail de l'âne, puis posa la carcasse sur le tas de boyaux et la recouvrit avec les autres pierres.

Ce sera meilleur, ainsi ?

Tu fais ça maintenant, mais si ça se trouve, tu vas manger ce gamin juste après. Ou moi, pensa Kemir.

— Depuis quand les dragons font-ils la cuisine ? lui demanda-t-il à voix haute, faute de pouvoir penser à autre chose.

C'est ma… Les pensées de Neige prirent une tonalité étrange, qui tenait à la fois de la mélancolie, de l'enchantement et de l'effroi, un peu. *C'est ma première maîtresse qui me l'a appris. À l'époque, nous pensions que le monde courait à sa fin et qu'il n'y avait plus rien à faire. Sasya.*

Kemir haussa un sourcil.

— Tu as eu une maîtresse ?

Oui, une sorcière-lune. Ce sont les sorciers-lune qui nous ont créés. Ils ont disparu il y a bien longtemps. Le mercenaire la sentit écarter ces souvenirs. *J'ai trouvé une route. Je n'avais jamais vu ces...* – Elle fouilla de nouveau dans la tête de Kemir – *ces créatures ânes. J'avais faim, mais je n'ai mangé que des choses à quatre pattes.* Il y avait comme une pointe de reproche dans cette pensée. *Ces bêtes-ci... Elles ont le même goût que les chevaux mais en plus sucré. Je les trouve meilleures.*

Kemir s'approcha d'elle à nouveau.

— Tous les êtres à deux jambes se sont enfuis en hurlant, c'est ça ?

Certains se sont laissé tomber par terre en se tenant la tête à deux mains. Je n'avais jamais rencontré une telle peur parmi tes congénères. L'un d'eux a même décidé de mourir. Il était vieux.

— Que veux-tu dire par « *il a décidé de mourir* » ? Tu l'as fait mourir de peur, c'est ça ?

Même pas. J'avais faim, mais j'ai laissé tes congénères tranquilles. J'ai attrapé toutes les choses à quatre pattes dont j'avais besoin.

— Des ânes ?

Oui, et d'autres choses aussi. Des chevaux, des chiens et un buffle. Je n'ai même pas brûlé leurs chariots, Kemir.

— J'ai compris. Tu t'es arrangée pour ne pas blesser des gens. Quelqu'un est mort mais ce n'était vraiment pas de ta faute.

Il cracha et se détourna.

— Tu as quand même mangé Nadira.

Neige le fixa du regard. Elle avait toujours le même air affamé, mais ses pensées avaient changé. Elles étaient devenues musicales. Le dragon se moquait de lui.

Je vois dans ton esprit, Kemir. Tu penses pouvoir te démarquer de tes congénères. Et tu penses que le jeune garçon que nous avons laissé derrière nous le pourrait aussi, si nous le retrouvions et si nous l'emmenions avec nous. Mais s'il ne veut pas venir ? En outre, tu te fais des illusions. Je ne comprends pas pourquoi tu veux changer le cours des choses, Kemir. Je suis un dragon. Certains d'entre nous sont blancs, d'autres sont noirs, certains sont grands, d'autres plus petits, mais sous nos écailles nous ne sommes que des dragons. Ton espèce est pareille, Kemir. Vous êtes tous semblables, tous autant que vous êtes. Vous vous combattez sans arrêt et vous vous combattrez toujours. Tu n'imagines même pas tout ce dont je me souviens. Je me souviens d'un passé qui remonte à la nuit des temps, avant la destruction du monde. Eh bien, même alors, ton espèce se comportait déjà ainsi. Toi, Kemir, tu n'es en rien différent de tes congénères. Je peux voir en toi et je sais que c'est vrai. Accepte ce que tu es, Kemir. Ne cherche pas à devenir autre chose. Tes ennemis disposent d'armées plus puissantes et d'épées plus acérées, c'est tout. C'est la seule chose qui vous distingue, eux et toi.

Kemir se mordilla la lèvre.

— Mes ennemis ont des dragons. Les dragons ne sont pas des armes.

Tu te trompes, Kemir. C'est exactement ce que nous sommes. Mais pas pour toi. Toi, tu es de la nourriture. L'ordre des choses a été perverti.

— Mais, bon sang, je ne suis *pas* de la nourriture !

Neige garda le silence un instant. *Tu m'amuses*, reprit-elle, goguenarde. *Cela te sauvera peut-être quand j'aurai faim.*

— Ah bon ? Je suis de la nourriture *amusante*, à présent ? Juste au moment où je me disais qu'on ne pouvait pas trouver pire qu'*utile* comme qualificatif.

Il inspira profondément.

— Bon. Si tu as vu une route et qu'elle était fréquentée, c'est qu'il y a sans doute une ville pas loin.

Tu penses encore à ce garçon.

— On ne peut pas changer certaines choses, d'autres sont impardonnables... Ce que tu as fait au gamin ne peut être réparé. Ni ce que tu as fait à Nadira, d'ailleurs. Mais tu pourrais t'efforcer de t'amender.

Kemir perçut l'étonnement du dragon.

Pourquoi ?

— Pour trouver le pardon.

Le pardon, Kemir ? Je n'y comprends rien. Je lis dans ton esprit que le pardon est le pendant de la vengeance, cette vengeance que je vois souvent en toi. Comme en tous ceux de ton espèce… Toi et tes congénères, vous préféreriez mourir en tentant de vous venger et quitte à échouer, plutôt que vivre en pardonnant. Pourquoi ce choix ? Je ne comprends ni le pardon ni la vengeance.

— C'est aussi ce qui te motive, pourtant, répliqua le mercenaire en riant.

Pas du tout, Kemir. Je m'efforce de libérer mon espèce des chaînes de son esclavage. Je ne cherche pas obstinément à punir ceux qui nous l'ont imposé. Je ferai ce qui doit être fait, ni plus ni moins. Je mangerai quand j'aurai faim, voire par gourmandise, mais pas par malveillance.

— Il y a des gens qui pensent que le pardon est ce qu'il y a de plus beau au monde. Et qu'on ne peut pas l'exercer sans récolter aussi une petite part de vengeance.

Je ne vois rien de beau dans les comportements stupides. Mais je constate que tu tiens beaucoup à trouver le pardon, pensa Neige en dressant la tête. *Pourquoi ?*

Il serra les poings. Il les serra si fort qu'au bout d'un moment, il s'aperçut qu'il avait mal. *Oui, pourquoi, en effet ?*

— Parce que j'aurais dû t'arrêter. J'aurais dû t'empêcher de manger les gens qui vivaient ici. J'aurais dû t'empêcher de manger Nadira.

Ah, je vois.

Neige baissa très lentement la tête jusqu'au sol, puis s'approcha de lui. Elle était si près que s'il tendait la main…

Touche-moi, Kemir.

Le cœur du mercenaire battait à tout rompre. Elle était chaude, il pouvait sentir sa chaleur. Et elle était énorme. Il effleura les écailles de son nez. Il tremblait comme une feuille.

Quand la neige fond sur les cimes et que les eaux de cette fonte dévalent les pentes, quand les rivières enflent, écument et grossissent, qui peut arrêter leur montée ? Elle recula en grognant. *Homme stupide ! Quand l'inondation s'annonce, on fuit ! Quand les montagnes s'écroulent, on fuit ! Quand la terre se fissure, on fuit ! Et il en est de même lorsqu'un dragon paraît ! À moins de s'appeler Kemir, de se tordre les mains et de pleurnicher parce qu'on n'a pas su arrêter le dragon !*

Pendant quelques instants, Kemir sentit sa peur s'évanouir. Il contourna la tête de Neige, s'avança jusqu'à ses serres antérieures profondément enfoncées dans le sol meuble et lui balança un coup de pied aussi fort qu'il le put. Elle ne sentirait rien, bien sûr, mais taper sur un dragon était étrangement satisfaisant.

— Très bien. Oublions ce garçon. Emmène-moi jusqu'à la ville que tu as aperçue. Nous découvrirons sur place où nous sommes. Et, s'il te plaît, ne la brûle pas. La nourriture qui s'y trouve est utile, ne l'oublie pas, et en plus, je peux vouloir m'y installer. Tu n'as qu'à découvrir où sont Valmeyan et ses dragons, et là, tu pourras te remettre à tout incendier.

Comme tu veux, Kemir. Je n'ai plus faim aujourd'hui.

— Et tu ne me feras plus peur.

Je t'ai peut-être appris quelque chose d'intéressant, alors.

— Arrête de te moquer de moi !

Il écarta tant bien que mal le gamin de ses pensées et se hissa sur le dos de Neige. Le dragon rejoignit en se dandinant le bout de la clairière qu'il avait dégagée dans la forêt, puis s'élança, et Kemir ferma les yeux. Ce bref instant de l'envol était celui qui le terrifiait le plus. Le corps entier de la bête pulsait à chaque foulée, la terre tremblait, les arbres frissonnaient à l'unisson. Il avait l'impression d'être un petit bateau livré aux vagues d'une mer démontée, balancé en tous sens, à la merci du harnais volé des mois auparavant, un harnais même pas adapté à sa monture. En atteignant le bord de l'eau, Neige produisit son ultime effort. Kemir sentit son poids se décupler pendant quelques instants, puis il se retrouva en train de survoler la surface du lac au milieu des projections de gouttelettes. À chaque battement d'ailes, Neige gagnait de l'altitude et Kemir était plaqué contre ses écailles. Le dragon décrivit un cercle puis tourna le dos au soleil levant. Le mercenaire ne voyait plus qu'une forêt à perte de vue et le ruban argenté d'une rivière s'étirant paresseusement depuis le lac.

Elle a peut-être raison. C'est vrai ça, qui peut arrêter un dragon affamé ? Mais cette réflexion lui sembla creuse. Il l'avait, sa réponse. Pas question de renoncer sous prétexte que c'était impossible ! Ça n'avait jamais arrêté personne, il le savait très bien.

Après avoir remonté la rivière pendant une heure, ils commencèrent à apercevoir des espaces dégagés dans la forêt, puis virent quelque chose qui ressemblait à une embarcation sur la rivière. Un village apparut bientôt, et d'autres champs, d'autres bateaux, dispersés çà et là comme des jouets minuscules. On aurait dit un de ces jeux de seigneurs-dragons auxquels il jouait avec son cousin Sollos quand ils étaient petits. Ils édifiaient des monticules avec de la terre, prenaient des petites pierres pour figurer les personnages et faisaient semblant d'être des dragons qui réduisaient tout en miettes.

Aujourd'hui, il savait ce qu'éprouvaient les petites pierres. À quoi pensaient-ils, ces gens infiniment petits, tout en bas, quand ils apercevaient le dragon qu'il chevauchait ? Un frisson leur parcourait-il l'échine ? Restaient-ils figés sur place ? Se demandaient-ils si le jour était venu où le monstre plongerait vers eux pour les emporter dans sa gueule ? Ou bien grommelaient-ils : « *En voilà encore un* » à leurs voisins avant de reprendre leurs occupations ? Comme si les dragons n'étaient qu'une intempérie d'un genre un peu particulier…

Neige s'inclina et piqua sur le village suivant. Kemir n'entendait plus que le vent qui lui fouettait le visage, mais quand il tendit le cou par-dessus l'épaule de Neige, il aperçut les gens. Quelques-uns les fixaient, complètement pétrifiés, mais la plupart avaient pris leurs jambes à leur cou et fuyaient dans les champs. Kemir n'entendait pas leurs hurlements mais il n'en avait nullement besoin.

Voilà qui répond à ma question, pensa-t-il.

— Pourquoi les gens courent-ils toujours devant la chose qui les poursuit ? cria-t-il au dragon. Pourquoi ne se dispersent-ils pas ? *Et pourquoi est-ce que je crie ? Avec ce vent, personne ne peut m'entendre et le dragon n'en a pas besoin, de toute façon.*

Toutes les nourritures courent, pensa Neige. Elle était très contente d'elle. La réaction qu'elle avait obtenue la ravissait.

— Ces gens ne sont pas de la nourriture !

La nourriture, c'est toutes les choses qui courent. Kemir sentit soudain la faim renaître chez Neige, une faim presque insatiable. Il la vit en pensée s'écraser sur le village en crachant du feu, réduire toutes les maisons en miettes et jeter en l'air, juste pour le plaisir, des hommes et des femmes terrifiés ; exactement comme Sollos et lui le faisaient en jouant. Ces visions persistèrent en lui longtemps après que Neige eut survolé le village et repris de l'altitude. Kemir frissonna. Il ne les avait pas inventées, il en était à peu près sûr. Elles contenaient trop de joie, trop de perversité.

Ils aperçurent d'autres villages, d'autres espaces dégagés disséminés dans l'immense couverture forestière, puis les arbres se raréfièrent. La population se fit plus nombreuse, les champs s'imbriquèrent, d'autres routes apparurent, d'autres bateaux sur la rivière et finalement une ville. Kemir ne savait trop pas à quoi il s'attendait, sans doute à un groupe de maisons boueuses à peine plus étendu qu'un village mais ayant échappé à tout contrôle au cours de sa croissance. Or, à sa grande surprise, il avait sous les yeux une véritable petite cité qui enjambait la rivière et protégée de part et d'autre par deux solides enceintes. Il y avait même un petit château. Neige changea de cap pour garder ses distances.

— Il y a des dragons ici ? lui demanda Kemir.

Non. S'il y en avait, je les aurais libérés. Neige entama sa descente. *Nous allons voler jusqu'à ce que nous en trouvions.*

— Tu pourrais peut-être leur faire savoir que tu es là. Mettre le feu à quelques champs, manger quelques vaches, ce genre de choses. Des ânes, si tu les trouves meilleurs. Fais peur à ces gens. Fais ce que tu veux. Fais du bruit. Il faut qu'ils te voient. Arrange-toi pour faire sortir quelques écuyers de leurs aires, qu'ils viennent jeter un coup d'œil. Ensuite, dès qu'ils se montreront, tu les manges. *Lentement. En les croquant, comme on croque un glaçon.*

Comme Cendre.

— Oui, comme Cendre. Ne les pourchasse pas tant qu'ils sont forts. Il vaut mieux attirer à toi les autres dragons.

Neige réfléchit un instant. *Y aura-t-il des combattants dans cette ville ?*

— Il y a un château, Neige. Et, dans les châteaux, il y a des soldats. À quoi serviraient-ils, sinon ?

Donc ils auront des armes pour combattre les dragons et les gens qui nous montent. Kemir la sentait soupeser les différentes options, puis elle fit demi-tour et s'éloigna de la ville.

— Que fais-tu, dragon ? Tu as peur ?

Non, répliqua-t-elle en riant. *Je n'ai pas besoin de toi pour ce que je vais accomplir, mais tu peux encore me servir et je ne veux pas que tu meures. Je vais suivre tes suggestions. Je vais brûler cet endroit. Tu pourras me regarder de loin. C'est plus sûr.*

— Non ! Pas le feu ! Tu n'as pas besoin de tuer quelqu'un, Neige ! Tu me comprends ? Tu dois juste les effrayer ! C'est de la nourriture *utile*, tu te rappelles ?

Je comprends, Kemir, mais je peux décider toute seule lesquels d'entre vous me seront utiles.

Elle n'ajouta pas un mot de plus. Elle se posa au sommet d'une colline à une certaine distance de la ville et demeura immobile le temps que Kemir défasse son harnais et se laisse glisser de son dos. Il pouvait rester, se dit-il. Il pouvait rester en selle, mais pour quoi faire ? Si elle voulait se débarrasser de lui, elle pouvait l'arracher de son dos d'un petit coup de queue. Elle pouvait aussi faire comme s'il n'était pas là... Il frissonna en voyant Neige reprendre son envol. Il était très content d'être là où il se trouvait, finalement : sur la terre ferme, bien loin de la cible de Neige.

28. DU POISON DANS LE SANG

Jehal était à l'agonie, et il le savait. La douleur empirait. Il devint si faible qu'il crut avoir atteint le fond, mais quand il se réveilla la fois suivante, il avait encore décliné.

L'odeur était atroce, elle aussi.

D'une certaine façon, il était surpris d'être encore en vie. Il avait perdu une quantité de sang effrayante et il avait tout le temps la tête vide, ce qui était sans doute une bénédiction. En constatant que la mort l'avait épargné, il avait ressenti une étincelle d'allégresse et d'espoir, et pendant quelques jours, il avait cru qu'il guérirait. Puis cette odeur était arrivée.

Il avait vu mourir ainsi des gens blessés lors de tournois, dans cette puanteur, terrassés par la putréfaction au bout de quelque temps. Les alchimistes n'avaient rien pu faire pour eux et Jehal n'en attendait guère plus.

S'ils se souciaient de son cas, pour commencer.

Il croyait vaguement se souvenir que Zafir lui avait rendu visite le lendemain du jour où Shezira avait tiré sur lui. Elle lui avait tenu la main, lui avait murmuré des mots doux qu'il avait trouvés réconfortants sur le moment. Mais peut-être qu'elle n'était pas venue… Peut-être qu'il avait rêvé cette visite. Il rêvait surtout de Lystra et de ce fils qu'il ne verrait jamais. *« Si ma lignée s'éteint, il en sera de même pour la vôtre. » Bien joué, reine Shezira. Si ce n'était pas moi que vous aviez choisi d'estropier, je vous applaudirais des deux mains pour cette vengeance à la fois efficace et impitoyable. Mais vous avez tout gâché. Je suis mourant moi aussi et il ne nous reste plus qu'à nous moquer tous les deux de votre incompétence. À quoi vais-je servir une fois mort ? Qui va les protéger ?*

Parfois, la colère le gagnait, une colère malvenue car il n'avait pas d'énergie à lui consacrer. Il fulminait, maudissait l'univers, puis perdait connaissance pour se réveiller des heures plus tard en constatant qu'il avait encore perdu des forces. Des hommes et des femmes allaient et venaient à son chevet, fantômes muets et apeurés qui détournaient le regard dès qu'ils posaient les yeux sur lui. Ils avaient peur, comme si c'étaient eux qui crevaient lentement dans la prison dorée de la tour du Crépuscule.

Parfois, il repensait à son père, dorloté ainsi sur son lit de malade pendant presque une dizaine d'années. *Vous les avez vus aussi, ces fantômes, Père ? Les premiers jours, quand vous étiez encore un peu vivant ?* Accablé par le chagrin qui le submergeait alors, il se mettait à sangloter.

Il pensait aussi à Meteroa, parfois. *Lui*, il comprendrait. Shezira était-elle au courant ? Savait-elle ce que le roi Tyan avait fait subir à son frère ? *Le mien a égorgé mes sœurs et ma mère. Mon père, lui… Je préfère ne pas savoir ce que mon père a fait endurer à mon oncle. Quelle abominable famille !*

J'ai fait des choses horribles.

Oui, c'est vrai, lui chuchota quelqu'un. Une voix nouvelle, sauf que Jehal ne vit personne. Bah, quelle importance ? Il rêvait encore, sans doute. Cette voix n'était probablement qu'un des fragments de son être qui se disloquait peu à peu. Un fragment venu lui rappeler chacune de ses mauvaises actions afin qu'il se sente un peu plus misérable à l'heure de sa mort. La raison pour laquelle son frère Calzarin avait sombré dans cette folie meurtrière, par exemple.

Foutez le camp, lui dit-il. Il se mit à rire tant bien que mal. Puisqu'il n'était plus en état de ridiculiser les autres, autant se ridiculiser tout seul.

Je peux vous obéir, si vous y tenez vraiment, ou je peux vous sauver la vie. À vous de voir, répondit l'autre, amusé.

Sauvez-moi la vie, s'il vous plaît. Mais je devrais vous demander ce que vous allez exiger de moi en échange, j'imagine.

Je vais vous demander beaucoup.

Bah, c'est toujours le cas, non ? Il détestait cette sensation de faiblesse. À présent, il l'éprouvait même dans ses rêves.

Effectivement. En général, c'est ce qui se passe, reconnut l'autre.

Que va-t-il se passer, alors ? Êtes-vous cette chose en moi dotée de pouvoirs de guérison et de récupération miraculeux dont j'ignorais l'existence ? Allez-vous me demander de consacrer mon existence au bien-être d'autrui ? Ou êtes-vous l'un de ces esprits auxquels je ne crois pas, et qui serait venu me dire que je peux me voir restituer ma vie si je jure de devenir quelqu'un de bien ? Ces deux offres sont au-dessus de mes forces, j'en ai bien peur.

Je m'en moque, de tout ça. Je veux votre argent.

Jehal s'étrangla. *J'en suis sûr, maintenant. Vous êtes bien un fragment de mon être. Je déplore un peu mon manque d'imagination, si vous voulez tout savoir. C'est donc ce qui se passe quand on meurt ? On devient tristement prévisible ? Je dois vous avouer que j'ai toujours tout fait pour éviter la compagnie des mourants. Les rares qu'il m'ait été donné d'approcher se sont avérés d'un ennui.... D'un ennui mortel, pour tout dire. Ah ah ah !*

Je veux aussi autre chose.

Vous commencez à me barber, vous savez ?

Cette chose que je veux, vous n'êtes pas censé me la donner. Mais, un jour, vous tenterez de la prendre et ce jour-là, vous découvrirez que j'y suis arrivé le premier. Renoncez-y tout de suite. Elle n'a pas beaucoup d'importance pour vous.

Ah, nous y voilà ! J'ai déjà entendu cette histoire, vous savez. Vous voulez quoi ? Mon âme, je parie ? Ça se passe toujours comme ça ! Vous savez, quand on me dit que quelque chose n'est pas très important pour moi, j'ai tendance à croire que c'est précisément le contraire.

Je veux la Lance Adamantine.

Oh. Pendant quelques instants, Jehal en resta coi. *Mais, moi aussi, je la veux.*

Non, vous ne la voulez pas, souffla l'autre d'un ton impatient. *Vous voulez ce qu'elle représente. Vous voulez devenir Orateur. Vous vous moquez bien de la lance et de l'anneau.*

Vous avez des idées bien trop saugrenues pour être un fragment de mon être. Vous me rappelez mon oncle.

Vous pouvez me considérer comme un magicien. Je vais débarrasser votre sang du poison qu'il contient.

Oh, vraiment ?

Oui, vraiment. Et si vous me contrariez quand vous irez mieux, je pourrai toujours l'y remettre.

Jehal s'efforça de rire. *Vous me plaisez, dans le genre vision sur un lit de mort.*

On est d'accord ?

Non.

Ah. Très bien. Je vous laisse à votre lente agonie, dans ce cas.

Jehal gloussa, ou plus exactement l'aurait fait s'il avait pu. *La Lance Adamantine ?* Cette vieille relique qui ramassait la poussière dans un coin, et que le Grand Prêtre de la Cathédrale de Verre exhibait tous les dix ans ? Qu'est-ce qu'il en avait à faire ? Il pouvait ordonner qu'on lui en fabrique une autre, et une meilleure, tant qu'on y était. Une lance plus légère, pour commencer. Il pouvait aussi changer d'avis, tout simplement. À nouveau, il eut envie de s'esclaffer. *Je ferais mieux de me cacher ce que je pense*, ricana-t-il mentalement. *On ne sait jamais : si un jour je décide de me trahir, je préférerais de loin me prendre par surprise*... Il prit une profonde inspiration et se recoucha. Il allait sans doute mourir dans un instant, mais au moins, il s'en irait le sourire aux lèvres. Puis il se ravisa et grimaça. *Vous n'êtes pas un ami de Vale Tassan, au moins ? Rassurez-moi.*

Il eut l'impression que l'autre haussait les épaules. *Je me fiche éperdument de lui.*

Tant mieux. Car si vous n'êtes pas un vulgaire fantôme, si vous me guérissez vraiment, je vais devoir me résigner à le tuer. D'une façon affreusement lente et répugnante en plus.

Ça m'a l'air passionnant, mais je serai parti avant son exécution, j'en ai bien peur. Alors, notre marché ?

Vous pouvez vraiment me guérir, comme vous le prétendez ?

Oui. Mais c'est votre dernière chance. Nous sommes d'accord, oui ou non ?

Tope là.

Une douce chaleur enveloppa Jehal, comme si la plus moelleuse des fourrures du Palais venait de se lover autour de lui. Il ferma les yeux et se laissa dériver loin, très loin, par-delà les confins des mondes, dans le néant qui les sépare, là où tout est noir et figé, où les horloges et les cœurs battent de plus en plus lentement, où le temps ne s'écoule plus...

Et, soudain, il revint.

Il ouvrit les yeux. La douleur avait disparu, et il se sentait fort à nouveau.

Quand il voulut s'asseoir, il découvrit vite que ces deux sensations étaient à la fois éphémères et trompeuses.

Et pourtant… pourtant, il se sentait *vraiment* beaucoup mieux.

Il regarda sur sa gauche et aperçut fugitivement un homme en chemise gris clair qui se ruait hors de la pièce. Puis il examina le plafond, qu'il reconnut. Il se trouvait encore dans la tour du Crépuscule, mais plus dans la grande salle où Shezira avait failli le tuer. Il était dans la chambre où la reine avait dormi quelques jours, avant la Nuit des Couteaux, quand il était venu la voir pour jouer sa dernière carte en tentant de provoquer une brouille entre Hyram et elle.

Arrête de penser à eux. Ils sont morts, pour le meilleur ou pour le pire, et Zafir va l'avoir, sa guerre. Tu ferais mieux de t'habituer à cette idée.

La porte s'ouvrit à la volée, et Jehal mit un petit moment à reconnaître l'homme qui venait d'entrer : Jeiros, l'alchimiste.

— Prince Jehal ! C'est un véritable miracle !

L'alchimiste se précipita vers lui, arracha sa couverture et se mit à lui ausculter l'entrejambe.

— Mais qu'est-ce que vous faites ? s'exclama Jehal, qui venait de se rendre compte qu'il était complètement nu.

Ce qui n'avait rien de surprenant, sans doute. Il tenta de lever la tête pour voir ce que faisait l'alchimiste et quels dégâts lui avait infligés Shezira – étaient-ils irréversibles ? –, mais Jeiros avait retroussé la couverture sur sa poitrine et il ne vit donc rien. Comme il était engourdi à partir de la taille, il ne sentait que vaguement les palpations de Jeiros.

— S'il vous plaît, ne faites pas ça, protesta-t-il.

— La pourriture a disparu ! Vous vous rendez compte ? Je n'ai jamais rien vu de pareil !

Jeiros remit doucement la couverture en place.

— Personne ne va me croire. Il faut que j'aille chercher Vioros !

— Maître Alchimiste ! Je ne suis pas une bête curieuse ! Dites, je ne sens plus mes jambes. J'espère qu'elles sont encore là ! gémit Jehal, soudain pris de vertige.

Il se sentait mal et l'enthousiasme de Jeiros le saoulait.

— Oui oui, ne vous en faites pas. C'est parce que votre blessure est pleine de feuilles de rêve. Vous allez vivre, prince Jehal, vous m'entendez ? Les blessures qui s'infectent ainsi sont toujours fatales, mais vous, vous allez vivre ! Comment ? Comment est-ce possible ?

Il s'approcha de Jehal et se pencha vers lui en plissant les yeux.

— Oui, en effet. Comment est-ce possible ?

Jehal ferma les yeux.

— Je ne sais pas, Maître Alchimiste. J'ai eu une vision. Était-ce réel ou était-ce un rêve, je ne saurais le dire. Ma mystérieuse guérison me surprend autant que vous, vous pouvez me croire. Si un miracle a eu lieu, il va me falloir remercier Aruch pour ses prières, avant de recommencer à l'ignorer. Mais si mon cas n'a rien de miraculeux, j'espère découvrir ce qui s'est passé, tout comme vous. Et sans doute plus que vous, d'ailleurs.

Il prit une profonde inspiration. À force de parler, il avait mal à la tête. Quelle barbe ! Sa bouche était l'un de ses meilleurs atouts, comme il aimait le dire à ses amantes.

Tiens, puisqu'on en parle…

Jeiros n'avait pas encore quitté la pièce. Jehal percevait toujours sa présence.

— Maître Alchimiste !

— Oui, mon prince ? Je dois informer l'Oratrice de ce qui vient de se passer. Vous êtes quasiment hors de danger. Vous allez mettre longtemps à guérir mais nous pouvons vous y aider. Maintenant que votre sang est débarrassé du poison qu'il contenait…

Tiens, c'est exactement ce qu'a dit la voix : « Je vais débarrasser votre sang du poison qu'il contient »…

— Maître Alchimiste ! S'il vous plaît !

Le prince voulut lever la tête pour observer Jeiros plus attentivement, mais c'était au-dessus de ses forces.

— Avant que vous ne partiez, il y a une chose que je préférerais entendre de votre bouche plutôt que de celle de Zafir quand elle viendra à mon chevet. *Si elle ne vient pas pour me faire exécuter avec tous ceux qui ne cèdent pas à ses moindres caprices.* Dites-moi, quel est le degré de gravité de mes blessures ?

Jeiros hésita, et le prince compta les secondes. *Cet homme tarde beaucoup à me répondre. Je ne vais pas aimer ce que je vais entendre.*

— Votre jambe va guérir, mais vous allez boiter jusqu'à la fin de votre vie, j'en ai bien peur. Cette jambe va rester plus faible que l'autre. Au bout d'un certain temps, vous pourrez vous passer d'une canne, mais je vous déconseille de courir. Et monter à cheval ne sera pas non plus une sinécure.

— Et les dragons ? *Vous me cachez quelque chose. Je le devine au son de votre voix.*

— Vous allez ressentir un certain inconfort, mais pas plus qu'en d'autres circonstances. Si cela vous pose le moindre problème, nous pourrons vous fabriquer un harnais spécialement adapté, j'imagine.

Qu'est-ce que vous me cachez, bon sang ? Il vaudrait mieux que je n'en sache rien, c'est ça ? Peut-être, mais si vous ne me le dites pas maintenant, je l'apprendrai par Zafir et ce sera bien pire.

— Et puis ?

— Patience, votre Majesté. C'est peut-être moins grave qu'il n'y paraît.

Tout dans la voix de Jeiros trahissait sa gêne. Jehal coassa un rire.

— « Votre Majesté ? » Mais je ne suis pas encore couronné, Maître Alchimiste. Je ne le serai peut-être jamais, d'ailleurs. Bon, c'est tout ? Je peux vivre avec une boiterie et une aversion pour les chevaux et les exploits athlétiques. Il y a autre chose, peut-être ?

— Ne nous précipitons pas, Majesté. Il est encore trop tôt pour se prononcer…

— À quel sujet ?

Mais Jehal savait. Il savait déjà ce que Jeiros allait lui dire, et un froid terrible l'envahit. Il allait peut-être regretter de ne pas être mort.

— Et les femmes, dites-moi ?

Jeiros soupira.

— Je ne peux rien vous promettre, mon prince. Vous allez devoir attendre longtemps avant de pouvoir… Enfin, vous voyez. Et vous aurez sans doute un peu mal. Au mieux. Pendant quelque temps, du moins.

— Et pour ce qui est des héritiers ?

— Il est beaucoup trop tôt pour se prononcer, Majesté. Je pense que quand vous serez guéri, vos performances en ce domaine seront aussi satisfaisantes que par le passé. Mais tant que nous n'en sommes pas certains, je vous suggère de prendre grand soin de votre héritier actuel.

Jehal n'entendit pas l'alchimiste partir. La torpeur avait rampé le long de sa colonne vertébrale pour se diffuser dans ses bras et sa tête.

« Prenez grand soin de votre héritier actuel… » Shezira a peut-être obtenu exactement ce qu'elle désirait, en fin de compte. Souhaitait-il vraiment rester en vie à ce prix ? Rien n'était moins sûr. Jeiros avait sans doute raison, il allait devoir patienter. En tout cas, l'alchimiste n'avait aucune certitude quant aux conséquences à long terme de cette blessure. *Je ne dois pas penser à ça, mais ce n'est pas si simple. Je dois me distraire, me concentrer sur autre chose. Et je dois absolument guérir ! Je* vais *guérir, et je serai à nouveau entier ! Oui, et dès que je serai guéri, le sang coulera, et pour commencer celui de la Sentinelle de la Nuit. Tiens, je n'ai qu'à penser à ça, c'est extrêmement agréable…*

29. LE GOÛT DU BONHEUR

Neige se posa dans la ville au seul endroit assez large pour la recevoir, à droite du petit bâtiment que Kemir avait désigné sous le nom de « château ». C'était un lieu grouillant de monde, mais Neige s'en moquait. Comme on pouvait s'y attendre, lorsqu'elle plongea du ciel, les gens s'enfuirent en hurlant, fous de terreur. Ceux qui ne se montrèrent pas assez rapides – les idiots et les lents – furent écrabouillés ou projetés en l'air quand elle s'écrasa dans la foule. Autour d'elle, des bâtisses en pierre s'écroulèrent et leurs moellons roulèrent en soulevant des nuages de poussière : les petites maisons de la ville dont la construction laissait à désirer. Neige balança la tête d'un côté à l'autre en poussant un cri suraigu.

C'est notre coutume. C'est ce que nous faisons lorsque nous revenons à l'endroit de notre éclosion. C'est notre façon de saluer nos congénères. Kemir était loin, mais elle s'adressait à lui comme s'il était encore sur son dos. Elle n'était pas certaine de l'utilité réelle de ce petit être, mais sa présence lui manquait. Sa compagnie, les pensées qu'elle partageait avec lui. Sa nichée lui manquait. *J'ai hâte d'être à nouveau entourée de dragons.*

Elle engloutit quelques personnes qu'elle avait écrasées en se posant, puis se dressa sur ses postérieurs, leva la tête et souffla une colonne de feu en l'air.

Il m'a dit : « Il faut leur faire savoir que tu es là. » J'ai réussi, je crois. Mais ça lui semblait trop facile. Cette arrivée spectaculaire allait-elle suffire à rameuter les autres dragons ? « *Fais peur à ces gens.* » Là aussi, elle avait réussi. Elle percevait leur frayeur tout autour d'elle. « *Fais du bruit. Montre-toi.* »

« *Fais ce que tu veux.* » Kemir ne savait pas ce qu'il disait en prononçant ces mots. Car ce que voulait Neige, c'était réduire en cendres cette cité, massacrer les petites choses qui vivaient ici et passer quelques délicieuses journées à chasser les rescapés jusqu'au dernier. La chasse, il n'y avait rien de plus excitant au monde, et en particulier ce que ressentaient ses proies quand elle les débusquait, leur absolu désespoir, leur risible résistance, leurs colères pathétiques, leur façon pitoyable d'implorer et de supplier, comme s'ils pensaient pouvoir l'influencer…

Notre gloire de jadis me manque. Lorsque nous combattions ensemble, tous les dragons côte à côte, avec sur notre dos les écuyers d'argent et avec ces armées qui bouchaient l'horizon…

Bah, carboniser cette ville ne lui rendrait pas cette ancienne grandeur d'avant la destruction du monde par les hommes d'argent. Elle allait devoir attendre.

Pendant un long moment, il ne se passa rien. Neige prit lentement conscience qu'elle s'était posée dans un endroit dont l'exiguïté ne lui permettrait pas de reprendre son envol.

Pourquoi ai-je fait ça ? La réponse lui apparut dès qu'elle eut formulé la question. Elle s'était posée à cet endroit pour ne pas avoir le choix : si elle voulait quitter cette ville, elle allait devoir en détruire une bonne partie. Sauf qu'elle n'en avait pas envie. Enfin, si, mais elle avait décidé de ne pas se comporter ainsi. *Kemir a raison. À notre façon, nous sommes vieux et sages, mais nous sommes également aussi impatients que des enfants. C'est ainsi qu'on nous a voulus : soumis à nos pulsions, destructeurs et capricieux.*

Elle examina les rues et les ruelles qui débouchaient sur la place : courtes et étroites, bordées de maisons, en aucun cas prévues pour un dragon. Alors qu'elle se demandait ce qu'elle allait faire – était-ce vraiment si grave de démolir quelques bâtiments pour se frayer un chemin ? –, elle repéra soudain une saveur familière parmi les pensées qui l'entouraient : colère, peur, impatience…

Elle comprit ce qui allait se passer. Elle fit un écart maladroit mais un trait de scorpion la frappa dans le cou, manquant sa tête de peu. Elle ressentit un élancement violent et douloureux, comme si une bête venait de la piquer. Heureusement qu'elle avait bougé ! se dit-elle, stupéfaite. Pendant la grande guerre de jadis, les humains ne disposaient pas de cette arme. Ils en avaient beaucoup d'autres, des engins mortels, la magie, mais rien qui faisait mal, rien qui *piquait.*

Elle entra brutalement dans une colère terrible. Elle se retourna en dérapant vers le château. Derrière elle, sa queue fouettant l'air réduisit quelques maisons en pièces, mais c'est à peine si elle s'en rendit compte. Quelqu'un avait essayé de la tuer depuis les remparts de ce château ! Désormais, ces gens méritaient le sort qui les attendait ! *Je suis désolée, Kemir. Tu vas être furieux, je le sais.*

Elle, désolée ? Non, pas vraiment, car, comme tous les dragons, Neige ne comprenait pas la notion de regret. Elle était peut-être désolée de faire de la peine à Kemir… Oui, c'était ça, sûrement. Elle se jeta sur le château, planta ses griffes dans son enceinte et se redressa de toute sa hauteur, en passant son long cou par-dessus le rempart. Lentement, méthodiquement, elle arrosa de flammes tout ce qui passait à sa portée. Des hommes moururent en hurlant et la joie déferla en elle par vagues successives. *Éprouvez ma puissance et redoutez mon feu, petits êtres !* leur lança-t-elle. *Pourquoi n'avez-vous pas fui à ma vue ?* Elle se redressa encore plus haut en poussant de toutes ses forces pour se creuser une brèche ; elle voulait entrer dans l'enceinte pour s'en prendre au donjon. Quelques moellons s'écroulèrent mais la muraille tenait bon. Elle recula le plus possible et se jeta de biais contre le rempart, violemment, mais toujours sans résultat.

Je suis très FÂCHÉE, maintenant ! Ceux qui devraient se battre se cachent dans des cavernes ou derrière des remparts de pierres. Dans ces conditions, où vais-je donner libre cours à ma fureur ? Où vais-je pouvoir prendre mon plaisir ?

Furieuse, elle se retourna contre la ville. Elle se cabra et cracha des gerbes de feu tout autour d'elle, puis s'accroupit et bondit dans la rue la plus large. Aussi délicate et attentionnée qu'une avalanche, elle s'ouvrit un chemin à travers les fragiles bâtisses entassées les unes contre les autres. Sur son passage, les maisons éclataient en mille morceaux, aplaties comme des crêpes. Enveloppée par des tourbillons de poussière et de fumée, sous les averses sporadiques d'une pluie de débris, elle finit par se retrouver devant les murs de la cité. Elle s'y hissa maladroitement en se démenant pour trouver une prise avec tout ce qu'elle avait à sa disposition : sa tête, son cou, sa queue, ses serres... Elle battait furieusement des ailes et une ultime embardée propulsa son corps massif tout en haut de l'enceinte puis de l'autre côté. Sans même marquer une pause, Neige se mit à courir, à charger à travers champs, avant de prendre péniblement son envol.

Tout en s'élevant dans le ciel, elle se tourna fougueusement vers la cité. Elle était encore plus furieuse qu'au début, une fureur brûlante, dévorante. Exactement ce que devait ressentir un dragon.

Vous ne m'échapperez pas ! Vos murs de pierre ne vous sauveront pas ! Pas cette fois !

Elle arrosa toute la ville de ses flammes. Sans les potions abrutissantes des alchimistes, cracher son feu lui faisait un bien fou, tout comme l'accouplement. Cela lui donnait faim aussi, et quand elle en aurait terminé ici, elle allait devoir manger. En grosses quantités.

En bas, les gens couraient en hurlant dans la fumée et les flammes. *De la nourriture, tous autant que vous êtes. Rien que de la nourriture.* Neige vola autour du château, envoya une longue rafale sur le donjon et se posa à son sommet. Quelques moellons se détachèrent sous ses griffes et elle faillit tomber. Sa colère était telle qu'elle voulut planter ses dents dans les tourelles. Comme elles ne cédaient pas, le dragon les mit en pièces à coups de queue. Chaque fois que Neige ouvrait une nouvelle brèche, elle déversait son feu dans la plaie ouverte.

Finalement, la pierre gémit et gronda, puis la moitié du donjon s'écroula, ensevelissant Neige dans une averse de gravats. Elle atterrit sur le dos et se débattit pendant quelques secondes avant de parvenir à se relever.

Où sont-ils ? Et comment ? Comment les atteindre ? Certains étaient encore en vie. Ils étaient enterrés là-dessous, hors de sa portée, mais elle percevait leurs pensées. Une terreur brute, incandescente, qui fit chanter son cœur de joie. De la souffrance, aussi, beaucoup de souffrance, mais ils étaient *vivants* alors qu'ils auraient dû être *morts*.

La fureur du dragon avait désormais une existence et une volonté propres, comme si Neige transportait en elle l'esprit de tous les dragons libérés de la camisole chimique tissée pour eux par ces humains alchimistes.

Ça suffit ! protesta Neige. *Ces humains sont sûrement en train de mourir ! De toute façon, ils ne peuvent pas s'échapper ! Ils sont piégés !*

Non, ça ne suffit pas !

Mais je dois en laisser quelques-uns en vie ! C'était le plan ! Certains doivent rester en vie pour raconter ce qui s'est passé ! Ensuite, d'autres dragons viendront et nous les attirerons à nous !

Mais pas eux ! Eux, ils ont essayé de te tuer ! Détruisons-les tous ! Ne laissons rien, sauf des cendres et des décombres ! Réduis-les en poussière, Neige !

Et pourquoi ? Parce qu'ils m'ont chatouillé les écailles ? Elle s'interrompit pour extraire le trait toujours fiché dans son cou. *Voilà, je l'ai enlevé. Dans un ou deux levers de soleil, je m'en souviendrai à peine !*

Parce qu'ils ont osé !

Neige ne sut que répondre. Elle se jeta contre un rempart et ressortit du château en escaladant les décombres. Une bonne partie du côté est de la tour était en feu et le reste n'allait pas tarder à s'écrouler. Tout ce qui était combustible allait être réduit en cendres. Les pierres se fendraient puis éclateraient dans la chaleur, et les gens perdraient connaissance, étouffés par la fumée. Inutile de se défouler davantage contre eux, leur sort était scellé.

Et la vengeance est dérisoire, souviens-toi ! C'est ce que j'ai dit à Kemir. Les dragons n'agissent pas par gentillesse. Les dragons ne pardonnent pas, mais ils ne se vengent pas non plus. Alors, quel est ce désir qui m'habite ?

Elle connaissait déjà la réponse. Sa colère faiblissait, mais elle avait envie de s'amuser. Le plaisir qu'elle ressentait, elle l'avait oublié depuis si longtemps qu'elle ne put lui résister. Elle s'élança à nouveau dans les airs. Sur l'autre rive du fleuve, le quartier ouest était encore intact. Des gens se pressaient déjà sur la rive est en cherchant désespérément un moyen de traverser l'eau.

Comme ce serait facile de les exterminer tous ! Et satisfaisant, aussi ! Mais si je le fais, qu'aurai-je accompli ?

Elle faillit les laisser à leur sort ; elle faillit reprendre de l'altitude pour attendre les autres dragons, mais à la dernière minute elle s'abandonna à ses désirs. Elle vira, piqua, plongea dans l'eau. *J'ai déjà fait ce genre de chose. Je me souviens.* Elle allait épargner une moitié de la cité, mais tous les humains qui vivaient sur l'autre rive périraient. Ceux qui tentèrent de traverser la rivière en bateau, elle retourna leurs embarcations. Ceux qui voulaient la traverser à la nage, elle les projeta hors de l'eau à coups de queue. Elle en attrapa quelques-uns, certains pour les manger, d'autres pour les rejeter dans les sombres volutes de fumée qui avaient envahi leur quartier. *Oui, j'ai déjà fait ce genre de chose. En ce temps-là, il y avait d'autres dragons. Et des choses encore plus terrifiantes que nous et à côté desquelles nous semblions minuscules ; et ce qui surgissait de la fumée et des flammes n'était pas toujours humain. Oui, je me souviens. Je me rappelle l'effet que ça faisait.*

C'était magnifique.

Quand elle se décida à partir, plus personne ne se hasardait au bord de l'eau. Il s'était peut-être écoulé une heure, ou davantage. Visiblement, le soleil avait bougé quand elle reprit son envol. Elle se sentait repue. Satisfaite ? Libre ?

Non, heureuse. Voilà ce qu'elle ressentait. Elle était heureuse. Et elle ne s'était plus sentie ainsi depuis très longtemps. Depuis plusieurs vies, en fait.

Rien à voir avec la vengeance, Kemir. Si tu connaissais la vérité, si tu ressentais ce que j'éprouve en ce moment, tu regretterais la vengeance. Parce que ce que j'éprouve, c'est de la joie.

Il ne fallait pas qu'il le sache. Pas maintenant, pas encore, pas avant un petit moment. Pas tant qu'elle aurait besoin de lui. Elle mit donc un moment à le rejoindre sur sa colline, le temps de repousser ce qu'elle éprouvait sous la surface de ses pensées, de cacher cette sensation à un endroit que Kemir ne découvrirait jamais mais dont elle se souviendrait pour toujours.

30. SECRETS D'ALCHIMISTE

— Le roi Valmeyan est parti ce matin, dit Jeiros à Jehal en évitant de croiser son regard.

Enfin, si, il le regardait, mais pas en face. Il se pencha vers son patient en fronçant les sourcils. Très crispé, Jehal attendait la douleur qui n'allait pas tarder à se manifester.

— Détendez-vous, mon prince, ajouta l'alchimiste. Nous ne voudrions pas que j'effectue cette suture de travers, n'est-ce pas ?

Facile à dire, pour vous, pensa Jehal. Un élancement fulgurant se propagea soudain de son entrejambe à son cou. *Et encore, il y a dans mes veines plus de feuille de rêve que de sang.* Jehal mordit dans la courroie de cuir que lui avait proposée l'alchimiste.

— Vous souffrez toujours quand vous urinez ?

C'était exactement ce que son père avait dû subir au début, avant que la maladie ne détruise sa santé mentale. Il fallait l'aider à se tenir debout, à manger, à faire sa toilette. Il fallait l'aider pour tout. *Plutôt mourir !*

— Pas vraiment. Je parlerais plutôt d'un certain inconfort, répondit-il en serrant les dents.

Une souffrance atroce et insupportable, oui ! Mais seul Kazah sait à quel point je souffre et Kazah est muet, donc aucun de vous n'en saura jamais rien !

— L'Oratrice a juré de vous couronner dès que vous pourrez entrer sur vos deux jambes dans la Cathédrale de Verre.

— Et ce sera long, Maître Alchimiste ?

Elle n'est pas venue me rendre visite. Pas un mot, rien. Elle croit peut-être que je ne peux pas la surveiller d'ici ? Elle s'imagine que je ne sais pas qui fréquente sa couche ? Jehal tripota la bande de soie blanche qu'il cachait sous son oreiller. Il devait garder le lit, certes, mais chaque nuit, les dragons magiques des Taiytakei sillonnaient le Palais selon son bon vouloir. Il devait surveiller le prince Tichane, bras droit du roi Valmeyan. La cour effrénée qu'il faisait à Zafir n'allait pas tarder à porter ses fruits, et il s'agitait beaucoup par ailleurs. Jehal devait absolument découvrir ce qu'il mijotait. *Je dois agir. Surveiller les gens, c'est bien, mais je dois aussi les entendre. Et je dois parler. Je dois me déplacer, me montrer. C'est fou la vitesse à laquelle les gens oublient ma présence, dans ce Palais.*

— Encore une semaine ou deux, lui précisa Jeiros. Je vous ai commandé une béquille pour l'occasion auprès des meilleurs sculpteurs de bois de la cité.

— Vous voulez dire que je vais me traîner une patte morte jusqu'à la Cathédrale ? Non, merci.

— Il vous faudra des mois avant de pouvoir marcher sans aide. Il se peut même que vous ne puissiez plus jamais vous passer d'une canne. Vous devez être couronné, Jehal. En ce moment, trop peu de royaumes ont un souverain digne de ce nom.

Jeiros se redressa.

— Bien. J'ai fini. Les points sont posés, et vous avez un pansement propre. Vous allez être débarrassé de moi pendant toute une journée. Au fait, avant votre couronnement, il y aura une autre cérémonie, mais entre vous et moi, celle-ci. Mon Ordre détient certains secrets que nous aimons bien partager avec nos souverains, même si j'imagine que vous en connaissez la plupart.

Jehal leva les yeux au ciel.

— Du genre : « Eh, au fait, les dragons que vous montez ne sont que des bêtes abruties et dociles tant que nous les droguons jusqu'aux yeux avec nos potions spéciales » ?

— Oui, ce genre-là. Il faut entre une semaine et un mois environ pour que leurs effets disparaissent. Vous le saviez ?

— Et, là, ils se transforment en monstres vengeurs et voraces. Je sais ce qui s'est passé à la forteresse, Jeiros.

— Donc, vous savez qu'ils peuvent devenir très malins. On a revu le dragon blanc, figurez-vous. Vous étiez au courant, Majesté ?

— Non. J'avais cru comprendre qu'il était mort avec les autres.

Jeiros redressa la tête et grimaça brièvement.

— Oui, c'est la version que nous réservons aux *princes.* Par contre, les rois savent très bien que la Blanche a été aperçue dans l'Épine du Monde. Sans écuyer, cette fois-ci. Elle a réduit la moitié d'une ville en cendres ! Valmeyan a envoyé quelques-uns de ses écuyers enquêter sur cette affaire. Trois d'entre eux ne sont pas revenus, et leurs dragons non plus. À l'heure où je vous parle, il en a peut-être perdu plus encore.

— Je comprends mieux pourquoi le roi des Cimes est si impatient de rentrer chez lui ! ricana Jehal. Et je suppose que Zafir déborde d'enthousiasme à l'idée de rallier les royaumes et ses écuyers pour chasser votre mystérieux dragon rebelle !

— Ce n'est pas drôle.

— Vous les asservissez, vous les abrutissez, et vous êtes étonnés qu'ils se mettent dans une telle colère quand ils se réveillent ?

— C'est grâce à l'Ordre que nous sommes en vie, prince Jehal ! Sans l'Ordre, nous ne serions que de la nourriture à leurs yeux !

— Si quelqu'un me faisait subir ce genre de traitement, puis était assez bête pour me laisser m'enfuir, je suis absolument convaincu que je ne me contenterais pas de le manger ! J'opterais pour une méthode plus lente. *Tu m'entends, Vale Tassan ?*

L'alchimiste hocha la tête.

— Il y a bien d'autres choses en jeu. Leur origine, l'endroit où ils vont quand ils meurent. Même nous, nous l'ignorons. Mais nous savons que leurs esprits se perpétuent en un cycle infini. Ils ne sont pas comme nous. Ils se souviennent de leurs existences passées, ou plus exactement, ils s'en souviendraient s'ils s'éveillaient. Savez-vous combien fois nous avons été confrontés à ce genre d'incident ?

Jehal tombait des nues. Il n'avait jamais entendu parler de ces cas avant celui du dragon blanc, à la forteresse. Jeiros dut le lire sur son visage, car il lui décerna un sourire.

— Eh non, prince Jehal ! L'incident de la forteresse n'était pas le premier dans son genre ! En ce moment même, parmi nous, il y a des dragons qui se sont déjà réveillés. Qui se sont réveillés, ont été abattus et sont revenus sous forme de dragonneaux, en se souvenant de tout ce qui leur était arrivé, de tout ce que nous leur avons fait subir.

— Et ensuite, vous les abrutissez de nouveau ?

— Si nous le pouvons, oui. Sinon, ils meurent. Vous voyez, prince Jehal, il y a énormément de choses que même vous ignorez. Et ce savoir, nous le réservons aux souverains et aux maîtres de notre Ordre, et à eux seuls.

— Aux souverains et aux maîtres alchimistes ? Mais pourquoi une telle pingrerie ?

— C'est dangereux, le savoir, prince Jehal. Vous, plus que quiconque, vous pouvez le comprendre. Le savoir est un moyen d'accéder au pouvoir.

Jehal éclata de rire, malgré la douleur.

— Et moi qui croyais que vous vous réserviez tout ce savoir pour justifier l'existence de votre Ordre…

L'alchimiste ne releva pas. Il avait l'air infiniment triste.

— Il y a soixante-dix ans, un écuyer a découvert certains de nos secrets. Il a décidé de libérer son dragon de nos potions, en se disant qu'ainsi sa bête deviendrait encore plus puissante. Et ce fut effectivement le cas. Son dragon l'a mangé, puis il a dévoré tout un tas d'autres gens, et il a détruit un royaume. Et ce n'était pas la première fois, figurez-vous.

— Je n'en ai jamais entendu parler !

— Bien sûr que si, prince Jehal. Vous savez presque tout de cette histoire. Rappelez-vous… Un royaume déchiré par les querelles intestines de la famille royale… Ses aires saccagées, ses écuyers massacrés, ses dragons volés… Un royaume affaibli dont les voisins se sont partagé les morceaux… Un royaume dont le peuple erre sans fin dans la mer de Sable…

— Les Syuss !

— Les Syuss. Vous voyez ? Vous la connaissez.

— Mais c'était… Je croyais que c'était…

Le maître alchimiste souriait à nouveau.

— Le prince Kazan ? La guerre civile ? Une révolte contre le roi Tiernel qui opprimait son peuple ? Pas du tout ! Kazan, c'est cet écuyer assez bête pour réveiller son dragon. Douze autres dragons ont disparu en essayant de le retrouver. Par chance, la moitié d'entre eux n'ont pas eu le temps de se réveiller, mais il a fallu l'intervention de trois royaumes voisins et de l'Orateur Ayzalmir pour mettre fin à cette situation, et des centaines d'écuyers y ont trouvé la mort. En fait, la plus grande partie de ce que vous pensiez savoir est vraie : la destruction du royaume telle qu'elle eut lieu, les royaumes voisins se partageant les restes… Mais ce qui a déclenché ça… – Jeiros sourit d'une oreille à l'autre – … n'a rien à voir avec ce qu'on vous a raconté. Il y a toujours le même nombre de dragons dans les royaumes, prince Jehal. Et vous savez pourquoi tant d'œufs n'éclosent pas ? Parce que ce n'est possible que lorsque d'autres dragons meurent. Là encore, vous savez pourquoi ? Connaissez-vous le nombre exact de dragons dans le monde ? Quand les éclosions ont lieu, un quart des dragonneaux meurt au bout de quelques jours. Pourquoi, à votre avis ? Savez-vous comment ont été domptés les dragons ? Non. Vous ne savez rien.

— Là, vous faites erreur, Maître Jeiros, grimaça Jehal en bougeant un peu dans son lit. Cette histoire-là, je la connais. Le dernier des grands sorciers a drainé toute la magie des royaumes en une seule puissante incantation…

Il s'interrompit. Jeiros avait failli éclater de rire.

— Pardonnez-moi, votre Majesté ! La Lance Adamantine ? Le dernier grand sorcier ? Ce sont des contes pour enfants, des superstitions ! Les rois et même les princes sont censés le savoir !

L'alchimiste redressa la tête.

— Vous vous rappelez la façon dont les dragons ont été vaincus, à la forteresse ? Ils sont morts empoisonnés, victimes de leur avidité. Les Braises font remonter leurs traditions aux tout premiers hommes libres. Nous avons administré nos premières potions aux dragons sauvages exactement de la même façon, la seule que nous connaissions à l'époque, puis nous avons cherché leurs œufs. Au début, nous abattions les dragonneaux, jusqu'au jour où nous avons découvert que nous pouvions les utiliser, ce qui nous a grandement facilité nos découvertes suivantes. Les symboles de l'Orateur sont un anneau et une lance, certes, gloussa-t-il, mais c'est tout ce qu'ils sont : des symboles. Ils ont peut-être possédé un pouvoir autrefois, mais ce n'est plus le cas.

Jehal pris un air circonspect.

— Ne me mentez pas, Maître Alchimiste ! On m'a toujours dit que c'était le roi d'Argent qui avait dompté les dragons !

— Nous conservons jalousement nos secrets. D'ailleurs, si vous en connaissiez la portée, vous feriez de même, répliqua Jeiros, soudain imperturbable.

Il repartit vers la porte et s'inclina.

— Bonne soirée à vous, prince Jehal. Quand vous serez roi, nous creuserons davantage ces questions.

— Un instant, Maître Alchimiste ! Zafir, que sait-elle de tout ceci ?

— Elle est reine, Majesté, et elle est Oratrice. Elle sait tout ce qu'elle a besoin de savoir. Autrement dit, bien plus que vous…

Sur ce, il s'inclina une dernière fois et s'en alla. Jehal referma les yeux. *Me voici avec beaucoup trop de sujets de réflexion. Je dois économiser mes forces, donc une chose à la fois. Commençons par les Syuss.* Il fouilla dans sa mémoire, se tritura les méninges, mais ses souvenirs étaient pleins de trous. Il se sentit dériver, perdre sa concentration. Les effets indésirables de la feuille de rêve sur son organisme, probablement. *Je préfère encore la feuille de rêve à la brûlure constante de ce supplice.* Il frissonna. Quand il irait mieux, s'il prenait un jour l'envie à quelqu'un de le torturer de nouveau, cette personne n'aurait qu'à le ramener dans cette chambre et agiter un pot de chambre sous son nez.

Jeiros possède forcément un livre sur ce sujet. Il pourrait me le prêter, avec quelqu'un pour me faire la lecture, tant qu'on y est. Comme ça, je ne serais pas obligé de dépenser de l'énergie pour m'asseoir.

Ce qui lui arriva ensuite, était-ce un rêve ou un souvenir ? Il sombrait dans le sommeil quand il se retrouva soudain parfaitement réveillé, toujours dans la même chambre, sauf qu'elle était plongée dans le noir. Entre les deux, il avait eu le temps de devenir Orateur et de chevaucher à la guerre, la Lance Adamantine à la main, une cage remplie d'oiseaux dans l'autre. Dans ce rêve-souvenir, il libérait les oiseaux sans trop savoir qui il était : Ayzalmir, qui avait ramené l'ordre et la paix dans un royaume ruiné, ou Zafir, semant le chaos et la mort ?

Il y avait quelqu'un dans la pièce, comprit-il brusquement, glacé. Il tendit l'oreille. Kazah ronflait doucement, mais Kazah ne comptait pas. Il y avait quelqu'un d'autre. Une présence tapie dans le noir, invisible et silencieuse, et pourtant bien réelle.

— Qui êtes-vous ? demanda-t-il doucement.

Il avait quasiment murmuré, mais ses mots résonnèrent haut et fort dans le silence ambiant. *Haut et fort, certes, mais sereins.*

Il vit bouger une ombre. Il voulut se redresser, mais une douleur foudroyante le cloua sur son matelas.

— Puis-je allumer une bougie ? chuchota l'ombre. Je ne veux pas réveiller le jeune homme.

— Je ne parle pas aux fantômes et aux ombres. Laissez-moi voir votre visage.

Jehal glissa une main sous son oreiller. Il y cachait toujours un poignard, au cas où.

— Vous y tenez vraiment ?

— Oui, absolument. *Je devrais appeler la garde à hauts cris, sauf que c'est sûrement eux qui l'ont laissé entrer.*

— Très bien.

L'ombre alla chercher la bougie qui brûlait dans un coin de la chambre, en alluma une deuxième et se retourna lentement. Jehal distinguait ses traits, à présent. L'ombre avait un visage d'homme, un visage familier.

— Je vous connais. Vous étiez l'un des proches de Shezira. *Il faut vraiment que j'appelle la garde, ma parole.*

La voix, par contre… Il l'avait entendue fort récemment.

L'homme se mit à rire tout doucement.

— Vous avez peur de moi, prince Jehal ?

— Je n'ai pas l'habitude de voir des étrangers se glisser dans ma chambre en pleine nuit. Je suis un peu nerveux, c'est vrai. *Cette voix… Je connais cette voix… Cet homme n'est pas un écuyer.*

— Moi, j'y suis parfaitement habitué, par contre. Vous vous souvenez ? Nous avons conclu un marché. « *Vous me plaisez, dans le genre vision sur un lit de mort* », m'avez-vous dit ce jour-là. Ça ne vous rappelle rien ?

La bouche de Jehal s'asséchа.

— Vous n'êtes donc pas une hallucination ? Je vous aimais mieux dans ce rôle, et de loin !

— Et moi, je vous aimais mieux quand vous étiez à l'article de la mort !

— Mais qui êtes-vous, bon sang ?

— Je suis connu sous bien des noms. Vous n'avez qu'à m'appeler Kithyr. Je suis mage de sang. Personne d'autre n'aurait pu vous sauver la vie, mais sachez que je pensais tout ce que j'ai dit quand je vous ai juré de réintroduire le poison dans votre sang si le besoin s'en faisait sentir. Je l'ai consciencieusement mis de côté, au cas où. Vous êtes à moi, Jehal.

— C'est ça.

Le prince resserra sa prise sur le manche de son poignard. *Tant pis pour la douleur. Un coup rapide et c'est fini. Ensuite, tu pourras hurler tout ton saoul.*

— Donc, si je comprends bien, vous voulez quelque chose en échange de ma vie. Et si je refuse, vous allez me tuer, c'est ça ? Vous croyez vraiment que je vais marcher ?

La bougie jetait des ombres étranges sur le visage du mage. Ses traits bougeaient, se brouillaient et changeaient sans arrêt, rendant son expression presque impossible à déchiffrer.

— Purger votre blessure de son poison n'a pas été de tout repos, prince Jehal. Comme je vous l'ai expliqué, il n'est pas encore en votre pouvoir de me donner ce que je souhaite réellement en échange. Je vais donc vous demander une sorte d'acompte, mais ne vous inquiétez pas, c'est tout à fait à votre portée. Ce qui m'intéresse pour l'instant, c'est l'argent.

La main qui serrait le couteau se détendit.

— Vous voulez mon argent ? Comme c'est décevant de votre part ! Bah, si vous me dites que vous m'avez sauvé la vie…

— Je ne parle pas de *votre* argent, je parle de celui de l'Oratrice, le corrigea le mage d'un air sincèrement contrarié. Elle offre son poids en or pour chaque Écuyer Rouge capturé. Une perspective alléchante, vous ne trouvez pas ?

— Mmm… je n'en suis pas si sûr. Elle est petite et maigre, bâilla Jehal. Mais si c'est vraiment ce que vous recherchez, vous vous êtes introduit dans la mauvaise chambre, mage de sang. Il se trouve que je ne suis pas l'Oratrice.

Le mage lâcha un petit rire.

— Même si je me jette au pied de son trône, Zafir peut décider de me mettre à mort simplement parce que je suis un mage de sang.

— Zafir est quelqu'un d'extrêmement pragmatique, ricana Jehal à son tour. Mes aïeux ! Que Shezira ait pu supporter la présence d'un mage de sang, c'est comme si l'Édit de Vishmir n'avait jamais existé !

— Zafir est d'abord et avant tour une fille de la Cité d'Argent. Son sang et le nôtre ont un très vieux compte à régler. Quant à la reine Shezira, elle n'a jamais rien su de ma véritable identité.

Voilà qui n'était guère étonnant, et qui signifiait sans doute que c'était la maréchale de Shezira qui avait recruté ce mage de sang. *Une femme d'une grande sagacité. Courageuse, audacieuse, rusée, impitoyable… Qualités que je retrouve toutes en Meteroa. Et d'une obstination, d'une loyauté confinant au fanatisme ! Ah, quel dommage…* Il poussa un soupir. *Bon, qu'est-ce que je fais ? J'appelle les gardes ou pas ? Je me demande où tout ceci va nous mener, mage de sang !* Au pire, il lui restait toujours son poignard si facile à manier.

— Je veux les Écuyers Rouges, prince Jehal. Ils ont rempli leur rôle ; je veux qu'ils disparaissent. Je peux vous les offrir, puis vous les livrerez à l'Oratrice. Ainsi, vous gagnerez son or et sa faveur. Vous me donnerez la moitié de l'or, mais sa faveur, je vous la laisse. Ainsi, je saurai que je peux vous faire confiance, et vice versa.

Faire confiance à cet individu ? Sûrement pas !

— Vous pouvez vraiment me livrer les Écuyers Rouges ?

Kithyr souffla la bougie, et la pièce se retrouva dans l'obscurité.

— Oui, vraiment. Grâce au Haut de Drotan, prince Jehal. Dès que Valmeyan sera de retour dans ses montagnes, ils s'en prendront à nouveau au Haut de Drotan, tôt ou tard. Et quand ils le feront, vous serez là pour les arrêter.

— Et si je refuse ?

— Si vous refusez, le poison reviendra dans vos veines et vous mourrez, mon prince.

— Je serai roi bientôt...

— Certes, et vous serez à nouveau le bras droit de l'Oratrice, mais aucune de ces deux situations ne vous sauvera, Jehal. Ma requête est relativement simple. Il ne vous en coûtera rien et vous y gagnerez beaucoup.

— C'est juste.

Sourire aux lèvres, Jehal s'essuya la paume en regardant le mage debout près de la porte. Il s'allongea à nouveau, les yeux grand ouverts. *Très juste.*

— « Tôt ou tard », c'est un peu vague, mage de sang. J'en serais arrivé tout seul à la même conclusion.

La voix de Kithyr dériva jusqu'à lui à travers la pièce.

— Peut-être, mais que dites-vous de ceci ? Écoutez-moi bien : les Écuyers Rouges attaqueront à nouveau le Haut de Drotan dans quatre semaines exactement. Cette échéance vous convient-elle davantage ? J'aurais pu m'arranger pour qu'ils se découvrent plus tôt, mais il vous faut un peu de temps pour vous préparer. Quand vous verrez que j'ai raison, j'espère que vous comprendrez avec qui vous traitez et que vous envisagerez plus sérieusement notre autre marché.

Jehal garda le silence. La porte s'ouvrit et se referma en chuintant. Enfin seul à nouveau, Jehal poussa un profond soupir. Son cœur battait la chamade.

— Oui, je vais y penser sérieusement, murmura-t-il à la nuit. Je n'ai pas le choix, je crois.

Il dut attendre un bon moment avant de se rendormir. Cela faisait des semaines qu'il ne s'était pas senti aussi vivant ; depuis la chute d'Hyram, en fait. Quand il sombra enfin dans le sommeil, il souriait de toutes ses dents.

31. LE MAUSOLÉE

Jaslyn quitta Evenspire dès qu'elle le put sans paraître impolie. Elle repartit sans dire où elle allait à sa sœur, et toutes deux se quittèrent froidement. En fait, personne ne savait rien de sa destination suivante. Jaslyn, Hyrkallan et la cinquantaine de dragons qu'ils avaient emmenés avec eux à Evenspire mirent le cap sur le nord comme s'ils retournaient dans leur royaume, et prirent de l'altitude. Ils survolèrent les collines du Vent Noir, Fardale, le Guet du Sud et le Dernier Fleuve, et arrivèrent dans une région sans contreforts ni collines herbeuses. De gigantesque vagues de cendre et de sable argenté se succédaient jusqu'aux immenses falaises blanches et grises bordant l'Épine du Monde. Aucune rivière, aucun arbre, aucune herbe n'agrémentait ce paysage. Cendre et sable à l'infini… Dans le nord, on pouvait voler des jours et des jours au-dessus de ce désert sans vie avant que le paysage ne se remette enfin à se modifier subtilement…

Quand ils furent vraiment à l'abri de tout regard indiscret, ils se séparèrent. La plupart des dragons repartirent vers le Guet, Sand et le Guet du Sud, les aires d'où ils venaient, tandis que Jaslyn virait vers l'ouest et l'Épine du Monde, avec Hyrkallan et les deux écuyers qu'il avait choisis pour les escorter. Quand elle l'avait mis au courant de ses intentions, le vieux maréchal lui avait fortement conseillé de renoncer à ce projet, mais il pouvait aller se faire voir. Ils s'enfoncèrent entre les pics désolés qui les cacheraient aux regards et repartirent vers le sud, entamant un long trajet vers la mer. Bientôt, de petites traînées vertes apparurent dans les vallées, minuscules bandes de vie s'accrochant désespérément aux pentes ombragées où d'infimes cours d'eau ruisselaient les rares fois où il se mettait à pleuvoir. Ici, même les rochers semblaient blanchis par la chaleur. Ils franchirent la profonde vallée du Dernier Fleuve, balafre s'étirant à perte de vue jusqu'au cœur de l'Épine. Dernière eau du nord, sang du royaume de Jaslyn, le Dernier Fleuve longeait les collines du Vent Noir, le Guet du Sud, la cité de Sand et toutes les petites villes brûlantes et poussiéreuses de la vallée d'Ishmar, puis hésitait, se perdait dans le désert et terminait sa course, s'il avait de la chance, dans le lac des Esprits.

Jaslyn faillit repartir vers l'ouest pour pénétrer plus avant dans l'Épine du Monde, avec l'idée d'explorer un peu ce massif gigantesque. Chaque fois qu'elle venait dans cette partie du monde, l'envie la tenaillait de tout abandonner. On racontait que l'Épine du Monde regorgeait de vallées secrètes, et que ses sommets s'élevaient plus haut, toujours plus haut jusqu'à toucher le ciel, si haut que même les dragons ne pouvaient les franchir. On racontait aussi que, de l'autre côté de l'Épine, il y avait d'autres royaumes, avec un autre Orateur, un autre Palais et d'autres dragons, tout un monde reflétant celui-ci. Ici, au fin fond du nord, personne ne pourrait retrouver Jaslyn. Le roi des Cimes était censé régner sur l'Épine du Monde, mais ici, la jeune femme en était convaincue, l'Épine n'avait pas de maître.

Oui, Jaslyn brûlait d'envie de partir en exploration, mais elle allait devoir attendre. Car elle avait des obligations envers ses sœurs, désormais. Envers Almiri, d'abord, qui occupait le trône de son mari exécuté récemment ; Almiri, visage fragile comme du cristal, si calme qu'elle aurait pu passer pour une statue… Almiri n'avait pas bien pris la nouvelle, même si elle s'y attendait un peu. Son époux et sa mère avaient été décapités sans témoin par une douzaine de soldats. Personne n'avait recueilli leurs dernières paroles, et leurs cadavres avaient été exposés dans des cages à l'extérieur du Palais au lieu d'être offerts en pâture à leurs dragons. Jaslyn ne pouvait s'empêcher de se poser des questions : *Et s'ils étaient vraiment coupables ? Ma mère a-t-elle tué Hyram ? A-t-elle tenté de faire assassiner Zafir ? Est-ce si improbable que cela ? Je n'étais pas là, je n'ai rien vu, alors comment savoir ?*

Elle avait également des obligations envers Lystra, sa petite sœur ; oui, surtout envers elle. La Vipère avait survécu à sa blessure, malheureusement, et en apprenant cette nouvelle, Jaslyn avait décidé de se rendre dans le sud. Elle avait besoin de sa sœur. Elle avait besoin que Lystra lui dise qui elle devait combattre. Jehal, ce monstre, si possible. Ou qu'elle lui dise qu'elle se trompait. En fait, Jaslyn avait besoin de sa présence, tout simplement. Elle avait besoin de la sentir tout près d'elle, en chair et en os, bien vivante. De la serrer dans ses bras, de rire avec elle, de lui dire que la vie n'était pas aussi sinistre que ces montagnes. Elle maintint donc son cap en observant tout en bas ces vallées qui naissaient timidement à une vie incertaine en s'accrochant aux rivières importantes et aux petits cours d'eau qui les alimentaient. Ils s'arrêtèrent pour la nuit dans un vallon dominant le fleuve du Vent Noir, quatre écuyers et quatre dragons perdus dans une région désertique, et au matin, reprirent leur vol vers le sud. Alors qu'ils s'approchaient de l'Éperon Pourpre, il leur sembla qu'un trait de ténèbres parsemé d'étoiles fendait les crêtes et les arêtes montagneuses. Des champs de neige apparurent, la végétation se densifia, arbres et cours d'eau impétueux se multiplièrent. Ils entraient dans le royaume de Valmeyan. De plus en plus inquiet, Hyrkallan les fit voler à basse altitude au-dessus de la cime des arbres, entre les falaises enneigées. Bah, ces montagnes étaient désertes ; tous les dragons de Valmeyan se pressaient autour des Lacs Miroirs où ils décimaient lentement mais sûrement le bétail de l'Oratrice.

Ils atteignirent l'abyssale Gorge du Dentu, où rugissait l'énorme masse du fleuve Furie qui traversait ici les profondeurs de l'Épine du Monde. D'une pression sur ses ailes, Hyrkallan indiqua à B'Thannan de plonger vers le fleuve entre des dalles de roche noire à peine assez écartées pour permettre le passage de quelques dragons. Les oreilles de Jaslyn bourdonnaient, pulsaient… La pénombre s'épaissit presque comme en pleine nuit, l'air se satura de fines gouttelettes, le rugissement de l'eau devint assourdissant. En voyant Hyrkallan redresser son dragon et repartir au ras des eaux noires, Jaslyn leva les yeux. Loin au-dessus de sa tête, le ciel était devenu si sombre qu'elle aperçut quelques étoiles.

La gorge s'élargit peu à peu, et le fleuve s'apaisa. Les quatre dragons causèrent sans doute une frayeur aux habitants du Camp de Hanzen, ultime halte des embarcations – même les plus aventureuses – faisant la navette sur la Furie. La deuxième nuit, ils firent étape à quelque quarante lieues à l'est du Haut de Drotan. Ils reprirent leur envol à l'aube et virèrent légèrement vers l'est, mais toujours en maintenant grossièrement leur cap vers le sud. Coincés entre une couche de nuages gris et plats et les rouleaux d'une mer de verdure, ils survolaient à présent la végétation ondoyante de la Raksheh, la forêt de Quatre Cents Lieues. Dans les collines et les plaines du grand est, les aires de Zafir étaient presque désertes, ses dragons ayant tous été appelés au Palais. Une fois, très loin derrière eux, ils virent quatre autres dragons voler à haute altitude vers les montagnes et disparaître entre leurs sommets. Par la suite, Jaslyn et ses hommes n'en croisèrent plus aucun. Comme la lumière déclinait, ils firent un nouvel arrêt au cœur de la forêt, dans l'antique jardin du Clair de Lune, un lieu déserté surplombant la tumultueuse rivière Yamuna et les cavernes d'Aardish où Vishmir le Grand et – d'après certains – le roi d'Argent lui-même reposaient pour l'éternité. Debout parmi les pierres d'un marbre rouge sang veiné de jaune, Jaslyn regarda la lune se lever. Bizarrement, elle avait l'impression d'être chez elle dans cet endroit isolé et cette nature sauvage, au milieu des vestiges d'un peuple ayant disparu depuis la nuit des temps. Lui aussi désolé, lui aussi d'un âge incommensurable et bâti par des artisans morts depuis belle lurette, suivant des techniques oubliées, le Guet ressemblait à ce lieu. Pérenne et résistant à tout.

À nul autre pareil.

Elle poussa un soupir et tenta de trouver le sommeil sous les cieux froids du sud. Dans les rêves étranges qui lui vinrent cette nuit-là, elle ne quitta pas cet endroit. Elle y croisa des hommes aux cheveux blancs et à la peau argentée, avec des yeux immenses injectés de sang. Les rois d'Argent.

Les quatre écuyers repartirent à l'aube en direction du sud-ouest. Ils étaient épuisés et endoloris, contrairement à leurs dragons qui ne semblaient nullement perturbés par ce long voyage. Ils avaient décidé de suivre la Yamuna à travers la canopée onduleuse de la verte Raksheh, mais alors qu'ils prenaient leur envol, il se mit à pleuvoir. Des nuages bas et gris déferlaient de la Mer des Tempêtes, loin au sud. La pluie ! Quel délice… Un phénomène étrange pour les natifs du royaume désertique de Sable et de Pierre.

La Raksheh finit par disparaître, la sombre masse des arbres se fractionnant en un damier de champs et de taillis entrelacés, toile d'araignée de routes boueuses et parsemée de hameaux et de fermes. Soudain, Jaslyn repéra un dragon au loin. Elle poussa Soleil du Matin pour rejoindre B'Thannan et le désigna à Hyrkallan, mais entre-temps l'autre dragon les avait vus et s'était éloigné en prenant de la vitesse. Ils continuèrent leur route encore un peu en direction de la grande aire de l'À-pic, puis décidèrent que le moment était venu de s'arrêter. Jaslyn chercha un espace dégagé pour faire atterrir sa monture aussi délicatement que possible, mais le dragon ne put éviter le flanc d'une colline. Il glissa, trébucha, creusa d'énormes sillons dans un champ au sol gras. Un troupeau de moutons paniqués s'égailla devant eux et la jeune femme ressentit la violente poussée de voracité émanant de son dragon. La faim. Il n'avait pas mangé depuis Evenspire. Quand elle lui opposa un refus, il rejeta la tête en arrière et souffla une colonne de flammes qui monta à cent pieds de haut dans les airs et fit grésiller la pluie avant de la vaporiser.

Jaslyn s'assit en laissant l'averse la tremper lentement. Ça sentait le dragon et la terre fertile. Sans le bruit du vent dans ses oreilles, le silence s'abattit sur le monde, seulement troublé par le chuintement permanent de la pluie. Seule au milieu de nulle part, Jaslyn attendait, tandis qu'Hyrkallan et ses deux hommes d'escorte décrivaient des cercles au-dessus d'elle pour signaler sa présence. On procédait toujours ainsi lorsque l'on pénétrait à dos de dragon dans un autre royaume. Cela équivalait à se rouler sur le dos en exposant son ventre à l'air pour prouver qu'on n'avait pas d'intentions hostiles.

Finalement, le dragon de l'À-pic réapparut, accompagné de quelques autres. L'un d'eux se posa non loin en faisant trembler le sol, tandis que ses congénères tournaient en rond dans le ciel. Jaslyn se présenta à l'écuyer et lui expliqua le motif de sa venue. Elle n'avait aucune idée de l'identité de son interlocuteur et se demanda s'il la croyait, mais il s'y résolut sans doute. Il l'avait peut-être aperçue aux noces de Lystra. Était-ce l'un de ces écuyers du sud qui lui avaient galamment demandé de leur accorder une danse et qu'elle avait repoussés sans même un sourire ? Les deux dragons gagnèrent le sommet de la colline, dévalèrent la pente en battant des ailes, leurs griffes labourant la terre, et s'élancèrent l'un après l'autre dans les airs. Jaslyn suivit l'inconnu jusqu'à l'À-pic en s'efforçant de ne pas penser à ce qui les attendait quand ils seraient arrivés. Le protocole, les compliments, les rituels fastidieux, tout ce cirque.... Que de temps perdu ! Pour se rendre de l'À-pic au palais de Furibouche, il fallait presque une journée à cheval, et plus longtemps encore en voiture attelée. Jaslyn n'avait pas beaucoup de temps devant elle et chaque heure passée dans l'aire serait une heure gâchée loin de Lystra.

Mais elle se trompait. Arrivée au-dessus de l'À-pic, Jaslyn laissa Soleil du Matin piquer vers l'aire, puis déployer ses ailes pour freiner brutalement avant de s'écraser au sol. Les dragons adoraient se poser ainsi. La jeune femme se débarrassa de son harnais et se laissa glisser au pied de sa monture. Lystra était là, juste devant elle, sa petite sœur, à quelques dizaines de pieds seulement ! Jaslyn dut cligner des yeux plusieurs fois pour s'en convaincre malgré la pluie, puis elle recommença, mais à cause des larmes, cette fois-ci. Au diable le protocole et les rituels ! Elle traversa le terrain en courant et serra sa sœur dans ses bras en la décollant presque du sol. Et cette odeur qui régnait ici… L'odeur de la mer, elle s'en souvenait. Et, au loin, le bruit des vagues s'écrasant au pied des falaises.

— Lystra ! s'écria-t-elle en battant toujours des paupières.

— Jaslyn…

Un peu distante, sa petite sœur lui rendit son étreinte avec une joie mesurée. Jaslyn ne tarda pas à comprendre pourquoi elle se comportait ainsi.

— Mes aïeux ! Comme tu es grosse ! C'est pour quand ? Ça ne peut plus être long ! Regarde-toi !

Elle posa une main sur le ventre arrondi de sa sœur et sourit. Son premier sourire depuis… Depuis quand ? Depuis les noces, probablement.

Lystra lui retourna son sourire de cet air timide et fier si particulier qui faisait fondre sa sœur. Et son époux aussi, sans doute…

— Encore deux mois, m'a-t-on dit.

— Ah bon ? Mais tu as l'air à terme !

À cette pensée, Jaslyn sentit poindre en elle un soupçon d'amertume. Almiri ayant déjà donné trois héritiers à Valgar, elle serait la dernière des trois sœurs à ne pas avoir d'enfant. Lystra avait grandi, ce n'était plus une petite fille… Bah, ce genre de réflexion ne l'aiderait en rien, et elle n'était pas venue pour ça.

— Lystra, que fais-tu ici, à l'À-pic ? Tu devrais être au palais, avec tout le monde aux petits soins pour toi !

Elle recula d'un pas. Elle venait de se rendre compte que sa petite sœur était vêtue de gris des pieds à la tête.

— Mais tu es en deuil ! Que s'est-il passé ?

Quelqu'un était mort. *Jehal ?* Son cœur bondit dans sa poitrine. *Si seulement c'était lui ? Peut-être n'a-t-il pas survécu, finalement ?*

Lystra la regarda avec perplexité.

— Quoi ? Tu n'es pas au courant ? Comment est-ce possible ? Notre mère…

Oh, bien sûr. Ça. Jaslyn examina ses vêtements. Pas une trace de gris sur elle. Elle avait presque… Non. Elle avait complètement oublié. Pendant quelques jours, elle avait oublié que sa mère avait été exécutée. Elle avait fait son possible pour oublier cette ignominie et tout ce qu'elle impliquait et pour une fois elle y était parvenue. Elle sentit la honte l'envahir.

Plusieurs personnages des deux sexes encadraient Lystra. Jaslyn n'y avait pas prêté attention jusqu'à présent, mais l'un d'eux toussa et s'avança d'un pas, sourire aux lèvres.

— Je suis Meteroa, votre Majesté.

L'homme fit la courbette. *Majesté.* Jaslyn ne s'habituait décidément pas à ce titre.

— Je suis le Maître de l'aire du roi Jehal, à votre service, Majesté. Je fais de mon mieux pour conseiller la reine Lystra en son absence. C'est moi qui lui ai recommandé de quitter le palais pendant quelque temps. L'air est plus pur ici. L'eau, également. Et même la nourriture, figurez-vous.

Il leva un sourcil comme pour lui faire comprendre quelque chose. De quoi parlait-il, bon sang ? Mais Jaslyn avait d'autres préoccupations en tête. Elle aurait dû porter du gris. Elle aurait dû porter du gris, pour Lystra, au moins. *Je n'ai jamais aimé notre mère, mais je sais que toi, tu l'aimais. J'ai toujours pensé qu'elle te préférait parce que tu étais la plus jolie, mais je me trompais, non ? Tu étais sa préférée parce que tu étais la seule qui lui rendait son affection, plutôt. Je suis désolée, tu ne peux pas savoir à quel point…*

— Tu veux bien… ? commença-t-elle, le regard toujours braqué sur Lystra.

Que voulait-elle ? Que sa sœur lui pardonne d'avoir oublié que la reine, leur mère, était morte ? Qu'elle lui pardonne sa froideur et son indifférence dignes de l'Oratrice ?

— La reine Lystra comprend très bien, j'en suis sûr, intervint Meteroa, toujours en souriant. Vous êtes quasiment en guerre contre l'Oratrice Zafir. Vous n'avez pas le temps de pleurer votre mère. Le deuil est un luxe, je ne suis pas sans le savoir. C'est ce qui vous amène ici, je suppose ?

— Je… – *Est-ce la vraie raison de ma venue ?* – Je voulais juste revoir ma sœur. Au cas où.

Elle dévisagea Meteroa. Elle refusait catégoriquement de parler de ces choses avec lui. *Je veux être seule avec ma sœur. SEULE, vous m'entendez ?*

— Tant qu'on y est, Maître de l'aire, j'ai une question pour vous. Certains de vos dragons refusent-ils de se nourrir ? Des dragonneaux qui dépérissent en se laissant mourir de faim ?

Meteroa lâcha un petit rire.

— Il y en a dans toutes les aires, Majesté ! Ici, nous appelons ce phénomène la Malédiction de Tarrangan. Trois dragons qui vivent pour un dragon qui meurt. C'est ainsi depuis toujours.

— En avez-vous quelques cas, en ce moment ?

— Vous voulez dire des bêtes qui feulent et grognent au bout de leurs chaînes, dans une profonde caverne creusée sous nos pieds ? Que voici une question étrange... répondit Meteroa d'un air déconcerté. J'ignore ce qui peut vous pousser à me la poser, mais non, nous n'en avons aucun en ce moment. Pourquoi ? Pourquoi tenez-vous à le savoir ? Si je puis me permettre, bien sûr...

— Non, vous ne pouvez pas, répliqua Jaslyn en se désintéressant soudain du sujet.

Elle frissonna.

— Je vous suis, Maître de l'aire.

— Très bien, Majesté.

Meteroa s'inclina, puis les guida vers les tours de l'À-pic et leurs murs tentaculaires.

— J'ai entendu dire que le roi des Cimes retournait dans ses montagnes, susurra-t-il. C'est curieux, vous ne trouvez pas ? Pourquoi avoir quitté l'Épine du Monde pour ce conseil alors qu'il n'a même pas daigné assister au couronnement de la nouvelle Oratrice ? Je ne peux m'empêcher de me poser certaines questions. Valmeyan a plus de dragons que deux souverains réunis ! C'est une situation plutôt embarrassante. Pouvez-vous m'éclairer à ce sujet, Majesté ?

Jaslyn crut percevoir un soupçon de raillerie dans la voix de Meteroa, et elle réagit vivement.

— Non, mais je suis sûre que le prince Jehal connaît toutes les réponses.

— Le roi Jehal, ronronna Meteroa. Le roi Tyan nous a quittés il y a déjà cinq semaines.

Cinq semaines ? Pourquoi ne suis-je pas au courant ? Jaslyn se tourna vers Lystra.

— Donc, si Jehal meurt, tu deviendras reine !

Elle aurait pu se gifler. Elle devait avoir l'air d'une idiote ! Meteroa avait qualifié Lystra de « reine » dès son arrivée. *Que m'arrive-t-il ?*

Les yeux écarquillés et brillants de larmes, Lystra regardait fixement Jaslyn. Tout à coup, elle s'approcha de sa sœur et l'étreignit à nouveau.

— Je sais ce que tu penses de lui, murmura-t-elle, mais dans le fond c'est un homme bien, je t'assure.

Tout ce que l'on raconte sur lui est faux. Je le sais, je le vois comme personne ne le voit. Ne souhaite pas sa mort, je t'en prie…

Jaslyn se figea, et un frisson la parcourut. Elle serra Lystra tout contre elle.

— Tu as changé, chuchota-t-elle.

Elle n'arrivait pas à penser à autre chose. *Et voilà. Je viens de trouver la réponse à la question que je me posais. Je n'ai plus qu'à rentrer chez moi.*

Lystra se raidit et recula.

— Jehal a tenté de sauver notre mère du bourreau de Zafir, Jaslyn ! C'est pour ça qu'il a été emprisonné !

— Vraiment ? Tu en es vraiment sûre ?

Jaslyn ne pouvait se résoudre à croire en Jehal. *S'il a agi ainsi, c'est forcément par intérêt personnel.*

— Il voulait éviter une guerre entre les royaumes, je crois, murmura Meteroa.

Jamais à court d'un passe-temps absurde, ce garçon.

Il se tourna vers Jaslyn et sourit.

— Puisque vous êtes ici, j'imagine qu'il a échoué.

— Je suis ici pour voir ma sœur.

Allez-vous-en ! pensa-t-elle, mais Meteroa n'en fit rien. Jusqu'à la fin de la journée, il resta constamment aux côtés de sa reine. *Je dois la protéger de tous ces petits dangers que d'autres ne voient pas*, lui expliqua-t-il. Mais Lystra avait passé presque toute son enfance dans une aire ! Il refusa de leur préciser les risques qu'elle encourait. Le lendemain, rebelote, mais au moins il avait décidé de faire visiter l'À-pic à Jaslyn et de lui présenter ses dragons. Un sacré cheptel, se dit la jeune femme. Pas aussi fourni que celui d'Isentine au Guet, mais quelle variété ! Toutes ces couleurs, ces formes, ces dimensions différentes… Bien sûr, comme dans toute aire, elle repéra des dragons de chasse et des dragons de guerre, mais certains étaient… autre chose. Plus petits, trop petits pour des dragons de chasse. Puis le Maître de l'aire l'entraîna au cœur des falaises, le long de tunnels obscurs où l'odeur de fumée était omniprésente. Submergée par ses souvenirs – suffocation, eaux déchaînées et cette affreuse sensation de claustrophobie qu'elle avait ressentie dans la forteresse des alchimistes –, Jaslyn l'entendait à peine. Elle avait le plus grand mal à respirer, car la sueur glacée qui la recouvrait l'étouffait dans son étreinte. Par deux fois, la jeune femme dut s'appuyer sur Lystra pour ne pas tomber. Soudain, une rafale d'air pur et lumineux la frappa et ils émergèrent dans une galerie surplombant un gouffre béant. Une centaine de pieds plus bas, la mer s'écrasait en rugissant contre un éboulis de rochers noirs jonchant l'entrée de la caverne. La lumière du soleil éclairait la paroi du fond érodée par les vagues. Plus loin, il y avait une mare d'eau noire dormante. L'air était frais et salé.

— Cette caverne est trop difficile d'accès, nous ne logeons pas de dragon ici ! cria Meteroa pour se faire entendre par-dessus le bruit des vagues. Nous utilisons cet endroit pour autre chose ! Depuis toujours, les rois de Furibouche y conservent leur collection !

Jaslyn respira cet air pur et frais à pleins poumons, pour les débarrasser du souvenir de la fumée.

— Leur collection ? Que voulez-vous dire ?

— Regardez !

Meteroa lui désigna le gouffre. Lentement, au fur et à mesure que ses yeux s'adaptaient à la lumière du soleil qui se déversait à l'intérieur, la jeune femme commença à distinguer des *choses* suspendues en l'air. Des os. Des os noircis. Des os de dragons. Des squelettes entiers.

— Ce sont des vrais ? s'exclama-t-elle, bouche bée.

Tous les dragons brûlaient quand ils mouraient. Ils brûlaient de l'intérieur, si bien qu'il n'en subsistait rien à part leurs écailles et leurs ailes. Et peut-être les quelques os carbonisés du bout de leur queue. Tout le reste était réduit en cendres. Jaslyn n'avait jamais vu de squelette de dragon. Personne n'en avait jamais vu. Du moins, c'est ce qu'elle croyait jusqu'alors. Car, ce jour-là, il y en avait quatre devant elle. Quatre énormes squelettes.

— Absolument, Majesté, acquiesça Meteroa d'un air solennel.

— Comment est-ce possible ?

Il lui montra l'eau, tout en bas.

— La Mare Salée. La mer entre rarement dans la caverne, mais cette mare est profonde. Parfois, quand un dragon agonise, nous l'amenons ici, puis nous lui administrons les mêmes poisons que ceux qu'ont pris les Braises qui se sont battus pour vous et les alchimistes. L'eau de la Mare Salée préserve les os du dragon mort, mais par contre le sel détruit ses écailles, donc nous ne procédons pas très souvent ainsi.

Il désigna le squelette le plus proche.

— Voici Terreur, dernière monture du roi Tyan. Le prince Jehal l'a fait abattre dès qu'il a compris que son père ne la monterait jamais plus. Celui d'à côté, c'est Matraque, le premier dragon à avoir subi ce traitement. On raconte que le premier roi de Furibouche, le mage de sang Tyan, est venu ici en personne. Le père du roi Jehal tient son nom de ce roi… Bref, bien longtemps avant Narammed, Vishmir et l'avènement des Orateurs, il y eut une bataille. L'Ordre du Dragon se souleva dans la Cité d'Argent et évinça les mages de sang occupant les Pinacles. Les mages avaient perdu la bataille, et Tyan ne voulut pas que son dragon blessé tombe aux mains de l'Ordre. Il l'amena ici pour le cacher, mais le dragon s'éteignit. L'Ordre arriva quelque temps plus tard et Tyan prit la fuite, mais les soldats envoyés dans la caverne pour y chercher les écailles de son dragon n'en trouvèrent pas trace. Ils ne découvrirent que les os du dragon, sans comprendre de quoi il s'agissait. Pendant des jours et des jours, on a cru qu'ils provenaient de monstres marins ! sourit Meteroa. Tout cela s'est produit bien longtemps avant la construction d'une aire à l'À-pic. Suivez-moi, je vais vous montrer autre chose.

Il s'engagea sur une étroite corniche creusée dans la paroi abrupte de la caverne. Peu rassurée, Jaslyn le suivit, mais Lystra resta là où elle se trouvait. Large d'à peine un pied et parfois moins, cette corniche grossièrement taillée surplombait la Mare Salée, tout en bas. De petites prises avaient été creusées dans la paroi, de maigres encoches destinées à entretenir une illusion de sécurité. Meteroa se déplaçait prudemment, avec des gestes précis.

— Si les dragons vous passionnent, notre ménagerie va sûrement vous intéresser, Majesté.

Au bout d'une soixantaine de pieds, la corniche débouchait sur une large galerie naturelle. Il y avait d'autres squelettes en ce lieu, et des squelettes bien moins imposants que ceux des monstres suspendus au-dessus du gouffre. Jaslyn avait des dragonneaux sous les yeux, et si petits qu'ils étaient sans doute à peine sortis de l'œuf.

— Nous en faisons l'élevage ainsi depuis l'avènement des royaumes, Majesté. Rares sont ceux de nos visiteurs qui se voient accorder le privilège de descendre ici, mais je sais que dans votre cas votre présence ici est tout à fait justifiée. De plus, vous êtes la sœur de notre roi, à présent. Les spécimens intéressants sont là-bas, tout au fond.

L'un de ces dragonneaux était bicéphale.

Jaslyn contempla les squelettes avec incrédulité. La moitié d'entre eux était difforme. Deux têtes, deux queues, quatre ailes…

— La magie du sang, lui fit remarquer Meteroa avec une moue dégoûtée.

Était-il sincère ou feignait-il le dégoût ? Jaslyn ne put se prononcer.

— Quelques-uns de nos rois l'ont pratiquée pour produire une nouvelle race de dragons, ajouta-t-il. Et voilà ce qu'ils ont obtenu. Ils n'ont jamais réussi. Heureusement, ce penchant local pour les mages de sang s'est éteint. Désormais, nous travaillons avec les alchimistes, en nous servant de leurs potions pour tenter de faire évoluer la race.

— Vous voulez produire des dragons à deux têtes ? demanda Jaslyn, incapable de lui dissimuler sa stupéfaction.

Meteroa éclata de rire.

— Pas du tout ! Nous voulons obtenir d'autres coloris, d'autres nuances, d'autres reflets… Voilà pourquoi Jehal désirait tant votre dragon blanc. Nous espérions créer une nouvelle souche grâce à lui, une nouvelle lignée différente de toutes les autres. Vous élevez vos dragons pour leur vitesse et leur force ; nous, ce qui fait notre réputation, ce sont les robes incroyablement colorées de nos dragons.

Il gloussa à nouveau.

— En des temps moins troublés, une alliance entre nos deux royaumes m'aurait rempli d'aise. J'aurais passé une grande partie de mon temps dans votre aire et vous dans la mienne. Nous aurions pu échanger nos secrets, entre maîtres de l'aire… et nos lignées, aussi. Je caressais de grands espoirs quant à ce que nous aurions pu obtenir en travaillant ensemble. Mais qui sait… ces rêves ne sont peut-être pas perdus à jamais ?

Il parla longtemps et Jaslyn but toutes ses paroles. Meteroa savait ce qu'il faisait et il connaissait ses dragons sur le bout des doigts. Elle s'oublia parmi eux et faillit perdre de vue la véritable raison de sa présence. Puis le Maître de l'aire aborda d'autres sujets : l'emprisonnement de Jehal, sa blessure, sa guérison, les poisons que Meteroa avait découverts dans les cuisines, le sabotage des selles de Lystra quand elle montait à cheval et une douzaine d'autres petits indices qui tous pointaient dans la direction de Zafir, la malfaisante et vicieuse Zafir…

— Le roi Jehal était pourtant convaincu de pouvoir la garder sous contrôle… Selon toute apparence, il a échoué, j'en ai bien peur, soupira Meteroa. La reine Lystra vit désormais à l'À-pic parce que c'est moins dangereux pour elle. Je fais davantage confiance aux alchimistes et aux Écailleux de cette aire qu'à mes propres écuyers, sans même parler des serviteurs du palais. Je croyais tout connaître des secrets de Zafir, mais je crains que nous n'ayons échoué sur ce plan-là également. Tout ceci est extrêmement déprimant. Venez, Majesté. Nous avons trop longtemps délaissé votre sœur. Si nous nous attardons ici, elle va être tentée de nous rejoindre et elle risque de faire une bêtise.

Le Maître de l'aire revint sur ses pas le long de la corniche avec une Jaslyn toujours aussi hésitante derrière lui. Ils retrouvèrent Lystra assise au bord du gouffre. Elle lançait des cailloux dans l'eau en balançant ses pieds au-dessus de la Mare. En les voyant revenir, elle leur lança un regard furibond.

— Vous avez retenu ma sœur beaucoup trop longtemps, Meteroa ! Je me suis affreusement ennuyée ! Je suis furieuse !

— Vous m'en voyez profondément désolé, Majesté, répliqua-t-il en s'inclinant. Pour me faire pardonner, je vais organiser une grande fête en votre honneur. Je dois vous quitter. Je vous confie à votre sœur. Vous serez entre de bonnes mains, j'en suis sûr.

Il se tourna vers Jaslyn et s'adressa gravement à elle.

— Il y a ici quelques individus auxquels je ne fais pas totalement confiance. J'ai donné l'ordre qu'on vous laisse tranquille ; donc, si quelqu'un vous approche, considérez que cette personne vous veut du mal. Vous êtes armée ?

Jaslyn hocha la tête.

— Bien. Vous êtes la seule personne que j'accepte de laisser en tête-à-tête avec ma reine jusqu'au retour de mon roi, ajouta-t-il d'un air soudain épuisé. Ces dernières semaines ont été regrettablement mouvementées. Si vous avez besoin de moi, je ne serai pas loin.

Sur ce, il s'éloigna lentement dans un tunnel. Enfin seule avec sa sœur, Jaslyn examina la caverne en humant son air salé et humide. Les deux jeunes femmes gardèrent le silence pendant un long moment. Jaslyn prit la main que Lystra lui tendait.

— Il y a un autre moyen de sortir, murmura Lystra. Nous pouvons descendre jusqu'à l'entrée de la caverne, puis emprunter l'escalier creusé dans la falaise pour retourner au sommet. C'est très glissant, très escarpé et ça devrait te plaire. On y va ?

— Non.

Jaslyn colla son oreille contre le ventre de Lystra, qui se mit à lui caresser les cheveux.

— Encore deux mois… Et tu n'as pas le droit de voler ?

— Meteroa me l'a interdit !

— Mais c'est lui qui doit t'obéir !

— Non, il doit obéir à *Jehal.*

— Je sens le bébé ! Il bouge !

Lystra prit la tête de sa sœur dans ses bras.

— Oui. C'est magique, hein ?

— Le dos d'un dragon est pourtant l'endroit le plus sûr au monde, chuchota Jaslyn. Pourquoi ne te laissent-ils pas voler ? Pourquoi ?

Elle s'était redressée et serrait Lystra tout contre elle, Lystra qui se mit à rire doucement.

— Pourquoi ne veux-tu pas escalader la colline avec moi ?

— Tu pourrais tomber.

— Oui, c'est vrai, dit en souriant la jeune femme qui se dégagea un peu sans lâcher les mains de sa sœur. Je ne suis plus la Lystra de tes souvenirs, Jaslyn. Je dois me comporter en reine, désormais. Et bientôt en mère…

— Mais l'Oratrice veut te tuer !

— Jehal me protégera, répliqua-t-elle avec conviction.

Avec amour, même, et Jaslyn grimaça. Elle venait de se prendre un coup de poignard dans le cœur.

— Reviens au Guet avec moi, chuchota-t-elle d'une voix tremblante. Nous partirons discrètement au milieu de la nuit, quand il ne te surveillera plus… L'Oratrice Zafir ne saura plus où tu es, et tu seras en sécurité.

Lystra broya les mains de sa sœur.

— Bien sûr que si, elle le saura ! Pas question, Jaslyn. Tu auras toujours une place dans mon cœur, mais ma place à moi est ici.

— Lystra ! Ma sœur !

Comment lui faire comprendre que Jehal était un monstre, un homme pervers, un meurtrier qui n'aimait que lui, et très probablement l'amant de Zafir ? *Oui, exactement, la femme qui veut t'assassiner ! Il n'en a rien à faire de toi. Tu n'es rien pour lui. Tu es juste une chose que l'on cache derrière des tentures, à peine bonne à faire des bébés et des héritiers jusqu'à ce qu'il se lasse de toi. Il va te prendre ce qu'il veut, te saigner à mort et te crucifier. Comme Aliphera. Comme Hyram. Comme notre mère.*

Tous ces mots restèrent coincés dans sa gorge. En voyant les grands yeux de Lystra, elle comprit que rien de ce qu'elle dirait n'affecterait sa sœur. Et que, si elle se risquait à lui dire ce qu'elle avait sur le cœur, Lystra ne la croirait pas. Pour l'instant, Jehal avait gagné. À sa grande consternation, Jaslyn fondit en larmes.

— Tu n'es plus notre Lystra, n'est-ce pas ? coassa-t-elle.

Elles restèrent enlacées pendant quelques instants, puis Lystra l'embrassa. Un long, un interminable baiser, un de ceux qu'on s'échange entre amants.

— Je serai toujours ta sœur, Jaslyn. Promets-moi que nous ne deviendrons jamais des ennemies…

Jaslyn acquiesça en se mordant la lèvre.

— Jamais. Je le promets. Et toi, promets-moi de ne prendre aucun risque.

— Promis.

— Tu me manques, petite Lystra. Je ne laisserai jamais personne te faire du mal.

— Je sais. Tu me manques aussi…

Pendant un long moment, elles restèrent ensemble en se tenant les mains, et Jaslyn pleura en silence. Puis elle confia Lystra aux hommes du Maître de l'aire qui les attendaient dans les tunnels, et partit. Elle appela ses écuyers, ses dragons, et s'éloigna de l'À-pic aussi vite qu'elle le put.

Meteroa la regarda prendre son envol dans la lumière de l'après-midi.

— C'est extrêmement soudain et impoli, si je puis me permettre… grommela-t-il en lançant un coup d'œil équivoque à sa reine. Que lui avez-vous dit, bon sang ?

— Rien. Rien de nouveau pour elle, en tout cas, répliqua Lystra d'un ton égal qui ne trahissait rien. *Excellent, ma petite. Vraiment*, se dit Meteroa, ravi.

Il se rendit compte qu'elle le dévisageait. Elle redressa la tête.

— Pourquoi lui avez-vous menti à propos des dragonneaux ?

Meteroa haussa les épaules. *J'ai menti ? Je ne m'en souviens même pas.*

— J'espère que je ne vous ai pas offensée, Majesté, grimaça-t-il. Je ne me permettrais jamais de parler ainsi d'une autre reine, mais votre sœur… Elle est très bizarre, vous ne trouvez pas ? Les dragonneaux… Quelle drôle de question !

Il riait franchement, à présent.

— Vous savez, reprit-il, cela faisait bien longtemps que l'on ne m'avait pas posé une question dont je ne comprends absolument pas l'objet !

— Mais pourquoi lui avoir menti ?

Meteroa sourit. *Parce que je déteste ne pas comprendre. Parce que je n'ai pas aimé son regard quand elle m'a posé sa question. Parce que je pense qu'elle est dangereuse, d'une façon que même Jehal ne peut appréhender.*

Comme il ne pouvait pas aborder ces sujets avec sa reine, il lui offrit d'autres vérités.

— Parce que je ne suis pas un type spécialement recommandable, Majesté. J'en ai fait un métier, d'ailleurs. Il m'arrive de mentir pour le plaisir, figurez-vous. Parce qu'on m'en donne l'occasion. Pour garder la main, si j'ose dire.

Il lui lança un clin d'œil, mais la reine Lystra ne le regardait plus. Les yeux levés vers le ciel, elle vit sa sœur disparaître dans les nuages.

32. PROIES ET CHASSEURS

Quand les écuyers surgirent de l'Épine du Monde – exactement comme Kemir l'avait prévu –, Neige était en train de prendre de l'altitude. Kemir compta cinq dragons, tous de rapides bêtes de guerre, et chacun portant deux écuyers. Visiblement inquiets, ces dragons volaient assez loin les uns des autres, l'un d'eux en rase-mottes, un deuxième très haut dans le ciel, au-dessus des nuages moutonneux, le troisième et le quatrième sur les flancs et le dernier à l'arrière. Kemir n'y connaissait rien en vol de dragons, mais il savait que les écuyers qui recherchaient la bagarre se déplaçaient toujours en formation rapprochée pour pouvoir s'entraider. Ceux-ci semblaient redouter quelque chose, un quelque chose qui leur ferait prendre la fuite sans insister.

Rétrospectivement, cette constatation aurait dû lui mettre la puce à l'oreille.

Comme si cela aurait pu changer quoi que ce soit pour eux. Il existait sans doute une tactique convenable pour attaquer cette formation en diamant, mais Kemir n'avait aucune idée de ce que les *Principes* du prince Lai recommandaient dans ce genre de circonstance. S'il avait dû se prononcer, il aurait attaqué le dragon de queue en premier. Mais Neige n'avait jamais entendu parler du prince Lai… Elle prit de l'altitude, replia ses ailes et plongea, le soleil dans le dos, droit sur le dragon du haut. L'impact aurait projeté Kemir dans les airs s'il n'avait pas été maintenu dans son harnais ; résultat, les sangles qui le retenaient faillirent le couper en deux, puis il fut projeté vers l'avant et se cassa le nez contre le dos de Neige. Plaqués l'un contre l'autre, les deux dragons se laissèrent tomber ensemble. Si les écuyers du dragon ennemi avaient été pris entre les deux monstres au moment de la collision, il n'en restait sans doute qu'une grosse tache sanglante hérissée de débris d'armure.

Ils traversèrent un nuage, et pendant quelques instants tout se fondit dans un brouillard blanc. Quand ils en émergèrent, les dragons s'étaient séparés. Quelque chose pendouillait entre les mâchoires de Neige qui secoua la tête, expédiant cette chose dans les airs. Une fine traînée de gouttelettes rouge vif se dilua dans le vent.

— Maudit dragon, tu as failli me tuer ! s'écria Kemir qui s'agrippait à elle, bras écartés, ses doigts aux articulations exsangues crispés sur les écailles.

Neige talonnait l'autre dragon qui piquait vers le sol. Sous les yeux de Kemir s'étalaient le ruban du fleuve et la ville incendiée encore nimbée d'une fine brume sale.

Voilà. Un de moins. Plus que quatre. Les ailes repliées, Neige fila comme une flèche vers le dragon suivant dans le rugissement du vent.

— Prends un de ces écuyers vivant ! beugla Kemir.

Comme si elle pouvait l'entendre à une vitesse pareille. Grimace aux lèvres, il tenta sans beaucoup de succès de s'abriter les yeux.

— Ça t'arrive de te contrôler ?

Pourquoi ?

— Souviens-toi, c'est de la nourriture *utile* !

Que veux-tu dire ?

Les écuyers du deuxième dragon avaient repéré Neige. Comme elle volait trop vite et qu'ils n'avaient pas le temps de s'écarter de sa trajectoire, ils braquèrent leur scorpion sur elle.

Non, pas sur elle, sur son écuyer. Sur lui. Kemir se jeta à plat ventre et ressentit quelques instants plus tard un élancement douloureux. Un trait de scorpion venait de frapper Neige. Il n'avait aucune idée de l'endroit où s'était planté le trait, et d'ailleurs ne s'en souciait guère. Tout ce qui comptait, c'est que lui s'en était sorti. Et on pouvait sans doute transpercer un dragon avec une centaine de scorpions sans autre résultat que de le pousser à bout.

Non ! La fureur de Neige le sonna comme un coup de marteau. Il serra les poings et poussa un rugissement de fureur sans trop savoir pourquoi. Il se serait volontiers redressé sur sa selle, mais dès qu'il bougea, le vent l'arracha presque du dos de sa monture. Neige percuta l'autre dragon comme un bélier de trente tonnes. Quand les deux dragons s'écartèrent brutalement, Kemir fut projeté dans les airs et le harnais faillit lui emporter les jambes. Le dragon ennemi se tordit pour faire face à son adversaire, toutes griffes et dents dehors, mais pas assez vite. Neige l'attrapa entre ses mâchoires, le ratissa de ses griffes et le fouetta de sa queue. Les dents eurent raison du premier chevalier-dragon, les griffes du second. Quant à la queue, Kemir ne vit pas à quoi elle était occupée, car il était bien trop accaparé par celle de l'autre dragon qui s'enroula autour du cou de Neige et fendit l'air là où la tête du mercenaire s'était trouvée une seconde auparavant. La rage l'envahit, une rage de dragon.

Du poison, Kemir ! Leurs traits sont empoisonnés !

Leurs pensées se percutèrent, les siennes et celles de Neige. Tous deux comprirent en même temps que si leurs ennemis employaient des traits empoisonnés, ce n'était pas Kemir qu'ils visaient. Que Neige devrait fuir sur-le-champ, et retourner au lac, celui des glaciers, si elle y parvenait. Que Neige devait tuer, tuer et encore tuer, et ensuite seulement s'enfuir vers les glaciers, et que Kemir s'en moquait. Combien de traits empoisonnés fallait-il pour venir à bout d'un dragon ? Un ? Dix ? Une centaine ?

Celui que je tiens entre mes dents pense encore. Mais ce ne sont pas des pensées utiles, Kemir. Je veux le manger.

— Il est empoisonné, lui aussi !

Neige tressaillit et recracha le chevalier. Emporté dans les airs, il poussa un cri désespéré et disparut.

— Mais, bon sang ! Prends-en un vivant ! hurla Kemir.

Pourquoi ? lui demanda Neige en virant, projetant Kemir de côté. Ils se rapprochaient du sol, et si le mercenaire n'avait pas eu une centaine de choses plus urgentes à gérer, il aurait pu s'amuser à compter les arbres et les bêtes dans les champs.

La fureur du dragon le foudroya.

— Pour lui poser des questions, voilà pourquoi ! *Et parce que je veux en tuer un, moi aussi.* Des questions sur ce poison-dragon et sur leurs scorpions ! *Je veux qu'il me voie lui dévorer les entrailles.* Pour savoir combien il leur faudrait de ces traits pour t'abattre ! *Pour que je puisse lui fracasser le crâne à mains nues.*

Neige n'ayant plus l'avantage de l'altitude et de la vitesse, les trois derniers dragons se rapprochaient à présent. Ils se positionnèrent autour d'elle comme pour l'acculer, et un trait de scorpion siffla juste au-dessus de sa tête, un autre transperçant la fine peau de son aile.

— Allez, va-t'en maintenant ! la pressa Kemir.

Le lourd rideau de colère du dragon se souleva un peu, laissant apparaître ses propres sentiments : la peur, l'inquiétude, un certain malaise, la terreur…

— Ils viennent de tirer ! Ne leur laisse pas le temps de recharger !

Neige vira, se tordit dans les airs et fonça sur le dragon le plus proche, tout son corps vibrant au rythme de ses battements d'ailes frénétiques. Les sangles du harnais gémirent et Kemir sentit protester sa colonne vertébrale malmenée. Neige ne put réduire l'écart assez vite ; l'autre dragon réussit à l'esquiver et à s'enfuir. Un trait venu d'en haut ricocha sur le nez du dragon blanc qui poussa un cri aigu de frustration. Neige fit brusquement demi-tour et chargea en vain l'un des deux autres dragons, qui parvint à fuir lui aussi. Ces écuyers connaissaient leur métier, comprit le mercenaire. Ils allaient cribler Neige de leurs traits empoisonnés en conservant leurs distances le temps qu'il faudrait pour la terrasser. Le mercenaire s'agrippa en grinçant des dents aux écailles de sa monture, qui pivotait et tourbillonnait en tous sens. Elle battait des ailes de toutes ses forces ; sa queue se tortillait et fouettait l'air, mais à chaque fois le dragon qu'elle poursuivait s'éloignait d'elle à toute vitesse, pendant que les deux autres revenaient à la charge pour lui tirer dessus.

— Ça, c'est ce qui arrive quand on se comporte bêtement, marmonna Kemir.

Il percevait toujours les vagues de fureur qui pulsaient en Neige comme un sévère mal de crâne, mais il avait repris le dessus.

Ah vraiment, Kemir ? Quand je m'écraserai au sol, je ferai en sorte que ce soit sur le dos !

— Tu as atterri au milieu d'une ville et tu en as brûlé la moitié jusqu'aux fondations ! Si ce n'est pas se comporter bêtement, ça ! Des centaines de gens ont vu un dragon blanc sans écuyer ! Tu ne prends jamais le temps de *réfléchir*, dragon ! Tout ce que tu sais faire, c'est écraser les maisons, cracher des flammes et manger les gens !

Un autre trait fendit l'air près de lui et il tressaillit. Neige fonça à la verticale vers les nuages dispersés qui flottaient dans le ciel, trop peu nombreux et trop petits pour leur offrir la moindre protection. *Pourquoi crier ? Parce que ça me fait du bien, voilà pourquoi.*

— Tu t'attendais à quoi ? Tu as cru qu'ils allaient te tomber tout crus dans la gueule, l'un après l'autre, bien sagement ?

Le vent qui rugissait au visage de Kemir emportait ses paroles, et il pouvait à peine ouvrir les yeux. Les vrais écuyers portaient tous des casques de vol équipés de visières spéciales. Le mercenaire se plaqua à nouveau contre les écailles de Neige. Tout compte fait, sur le dos de ce dragon, il n'était bon à rien.

Les écailles de Neige étaient brûlantes.

Tes pensées ne riment à rien, Kemir. Elles ne me sont d'aucun secours.

— Ah bon ? Mes pensées ne riment à rien ? Alors pose-toi et rends-moi ma liberté ! Après, tu n'auras qu'à partir te dandiner de ton côté ! De toute façon, tu ne m'écoutes pas, et comme ça je ne risquerai plus d'être transpercé par une flèche géante !

Kemir !

— Hé, tu sais quoi ? La prochaine fois que tu incendies une ville, tu devrais t'introduire dans leurs têtes et leur souffler de t'apporter de jolis ânes bien savoureux quand ils voudront te chasser ! Ils ne sont pas *idiots*, Neige ! *En fait, pour l'instant, ils sont nettement plus malins que toi.*

Cette dernière réflexion, il s'efforça de la penser calmement.

C'est raté pour le calme, Kemir.

Les dragons de Valmeyan étaient plus rapides que Neige, peut-être parce qu'elle n'avait pas complètement achevé sa croissance. Ou alors, les montagnards élevaient de meilleurs dragons de guerre, plus forts, plus rapides et plus endurants. De plus, Neige avait déjà reçu cinq traits dans le corps, sans compter ceux qui la frapperaient bientôt. Tôt ou tard, la dose de poison commencerait à agir, comme ils le savaient tous les deux. Cerné par les trois autres dragons qui attendaient patiemment l'occasion d'attaquer, le dragon blanc se mit à louvoyer entre les nuages.

Je dois retourner dans les montagnes, là où il y a des lacs.

Ils foncèrent dans un nuage, et tout devint blanc autour d'eux. Neige vira et ressortit en plein soleil.

Kemir savait très bien où elle voulait en venir. Elle avait l'intention de se cacher sous l'eau à nouveau.

— Et moi, qu'est-ce que je deviens pendant ce temps-là ?

Les autres dragons pourraient peut-être la suivre sous l'eau, mais pas leurs écuyers. *Et en attendant qu'elle ressorte, ils s'amuseront avec moi. Trois types à dos de dragons et moi à pied... Je ferais mieux de rester sur le dos de Neige, en espérant me découvrir un don miraculeux pour la respiration sous l'eau.*

— Ils n'abandonneront pas ! lui cria-t-il. Ils resteront le temps qu'il faudra et tôt ou tard tu devras sortir pour te nourrir ! Ils t'attendront !

C'était bien possible. Il arrivait presque à y croire.

Un autre nuage, un autre virage, un autre retour dans la lumière. L'un des trois dragons les coursait, hélas. Nouveau virage.

Qu'est-ce que tu suggères ?

Elle fonçait dans les airs aussi vigoureusement que possible, accélérait, virait... et arrivait encore à tenir les autres dragons à distance. Elle ne tiendrait plus très longtemps. Écrasé contre ses écailles, Kemir la sentait chauffer anormalement, malgré les fourrures qu'il portait. Elle était extrêmement irritée et il l'entendit se demander si elle ne volerait pas plus vite sans Kemir sur son dos.

Encore un nuage, un virage, la lumière... et un scorpion droit devant !

— Entraîne-les loin de leurs aires ! Ils ont besoin de leurs potions ! Ils ne pourront plus te suivre si tu les éloignes trop de leurs aires !

Et où sont ces aires, Kemir ?

— Dans les montagnes !

Il avait sûrement raison, mais pour ce qu'il en savait, on devait trouver des aires partout. Il n'était jamais venu de ce côté de l'Épine du Monde. Il ne connaissait même pas l'existence de ce lieu quelques jours auparavant.

Si tu veux mon avis, tu n'es pas de bon conseil, petit être. Je préfère les lacs.

À bout de forces ou de patience, Neige prit un virage serré dans le nuage suivant et fonça à nouveau comme une flèche sur ses poursuivants. Les trois dragons se dispersèrent devant elle. Elle cracha du feu sur le plus proche, puis vira brutalement et se dirigea à toute allure, en prenant de l'altitude au-dessus des nuages, vers les sommets que l'on distinguait au loin. Un autre trait de scorpion se ficha dans son flanc, et Kemir ressentit sa fureur et sa souffrance. Un second projectile passa juste au-dessus de la tête du mercenaire, qui décela soudain dans les pensées de Neige un sentiment qu'il n'y avait jamais lu auparavant, un sentiment extrêmement perturbant chez un dragon : le désespoir.

— La mer ! hurla Kemir. Fonce vers la mer !

La mer ? Il y eut une pause. *Où est la mer ?*

Kemir s'efforça de visualiser une carte des royaumes.

— C'est quelque part au sud !

Pourquoi ce serait mieux qu'un lac, la mer ? Un lac, c'est plus petit, mais c'est plus près...

— On ne l'appelle pas la Mer Infinie pour rien, voyons ! Parce qu'il n'y a aucune aire en mer ! Tu pourras voler aussi longtemps que tu le voudras, mais eux, au bout d'un moment, ils devront renoncer à te poursuivre ! Et s'ils reviennent, ils ne pourront jamais te retrouver ! *Tu pourras flotter à la surface et moi, je resterai sur ton dos. Comme ça, personne ne se noiera, et personne ne sera capturé par les écuyers-dragons.*

C'est loin, la mer, n'est-ce pas, Kemir ? C'est très loin.

Elle avait probablement raison. Et ils étaient perdus, de toute façon.

— Je n'en sais rien !

Il jeta un coup d'œil par-dessus son épaule et s'aperçut que Neige laissait derrière elle une traînée de fumée... non, c'était de la vapeur, en fait. Il voulut toucher à main nue les écailles du dragon et glapit de douleur. Elles étaient brûlantes, horriblement brûlantes. *La mer est sans doute à plusieurs jours d'ici.*

Je ne sais pas si je pourrai voler plusieurs jours à cette vitesse.

— Tu as couvert ce genre de distance pour traverser l'Épine du Monde. *Mais pas à cette vitesse, je veux bien le reconnaître.*

Et je n'avais pas de poison dans le sang.

Ce dragon s'apitoyait sur lui-même ! Kemir sentit à nouveau la colère l'envahir, mais cette fois-ci c'était bien la sienne.

— Peut-être, mais d'un autre côté tu étais toute maigre ! Ben, oui, tu n'avais pas encore englouti tous ces gens que tu n'étais pas censée manger ! C'est entièrement de ta faute ce qui t'arrive ! T'as intérêt à t'en tirer !

Ils m'ont défiée, Kemir.

Deux traits de scorpions filèrent tout près de Neige à intervalle très rapproché, et un troisième ricocha sur ses écailles. Tandis que Kemir s'efforçait de déterminer quelle direction ils devaient prendre, elle changea à nouveau de cap et se mit à voler parallèlement à l'Épine du Monde.

— La dernière fois que nous avons volé vers la mer, les montagnes se trouvaient à notre droite.

Comme Neige avait changé de cap, elles étaient maintenant sur leur gauche.

C'est vrai, Kemir. Mais depuis, nous avons traversé les montagnes…

Qu'est-ce que cela impliquait ? se demanda-t-il. Il n'eut pas le temps de creuser la question, car Neige piqua soudain vers le sol. Kemir hurla, à la fois surpris et terrorisé à l'idée que Neige ait succombé si vite aux traits empoisonnés.

Je ne sens pas encore le poison, Kemir, pensa Neige. *Je vais devoir voler très bas entre les collines. Les dragons qui nous suivent sont adultes. Ils sont plus forts et plus rapides que moi, mais je suis plus agile. Nous devons nous servir de cet avantage.*

Nous… C'était la première fois que Neige pensait ce « *nous* », et malgré tout ce qui s'était passé, malgré la ville incendiée, malgré Nadira même, une douce chaleur se diffusa dans les tripes de Kemir. *Nous…* sans doute son petit déjeuner qui faisait des siennes parce que le dragon plongeait en chute libre. Ou alors, c'était de la fierté.

33. FORTUNES DE GUERRE

Un coup de chance.

Le prince Sakabian n'en crut pas ses yeux. Il ne s'attendait pas à les voir ici. Il volait tranquillement à la frontière de l'Éperon Pourpre, très haut dans le ciel, en suivant la Longue Falaise. Les pics agressifs de l'Éperon se dressaient d'un côté, avec de l'autre, tout en bas, les Plaines des Ancêtres, immense étendue grise et déserte. Normalement, Sakabian n'aurait pas dû rencontrer le moindre problème, mais ils étaient bien là, au loin. Ils survolaient les plaines, huit dragons, six de chasse et deux de guerre. L'atmosphère était si claire et sèche que, même à cette distance, le prince arrivait à les distinguer les uns des autres. Il jeta un coup d'œil par-dessus son épaule. Vingt-cinq dragons de guerre volant en ligne bouchaient la perspective derrière lui. Ils portaient à peu près une centaine de chevaliers-dragons équipés de scorpions et de bombes incendiaires, arsenal suffisant pour déclencher une guerre. Les Écuyers Rouges étaient censés rôder au fin fond de l'Épine pour harceler Valmeyan, tout le monde savait ça. Sakabian n'aurait pas dû les croiser. On l'avait chargé de surveiller les contreforts septentrionaux de l'Éperon, avec un œil sur les frontières de l'Oratrice et l'autre sur les précieux convois empruntant la route d'Evenspire.

Et pourtant ils étaient là. Huit dragons, de chasse pour la plupart. Comme ils ne venaient pas d'Evenspire, il n'y avait qu'une seule conclusion possible : les Écuyers Rouges ne se terraient pas dans l'Épine du Monde. Ils étaient ici.

Un coup de chance.

C'est ce qu'aurait dit le maréchal-chevalier Aktark, en tout cas. Ce que *tout le monde* aurait dit. Les Écuyers Rouges avaient déjà frappé ici, mais cela ne comptait pas. Une douzaine de chariots s'acheminaient sur la route d'Evenspire après avoir quitté les forteresses secrètes des alchimistes dans la montagne, mais cela non plus, ça ne comptait pas. Personne ne lui accorderait le crédit de cette rencontre. Personne ne louerait son astuce, sa perspicacité, sa tactique avisée, sa précision prémonitoire sur l'endroit où les Écuyers Rouges allaient lancer leur nouvelle attaque. On dirait qu'il avait eu de la chance, voilà tout.

Qu'il en soit ainsi. La reine – même aujourd'hui, il ne pouvait penser à elle que comme à sa reine –, la reine ne prendrait que la victoire en considération, en se souciant peu de la manière dont il l'obtiendrait.

La reine. Le simple fait de penser à elle l'excitait. *Sa tante Zafir.* Il avait du mal à évoquer son nom sans se l'imaginer toute nue, surgissant lentement de la pénombre pour se glisser dans son lit, puis arquant le dos quand il lui écartait les jambes. Sa tante veuve, qui avait pour amant un traître estropié. Sa tante affamée. Elle était mûre, prête à s'offrir à n'importe quel prince susceptible de lui apporter une victoire, surtout si c'était un prince de sa lignée. Cette pensée l'éperonna, et une nouvelle possibilité se présenta d'elle-même. Chez lui, aux Pinacles, son père et la sœur de la reine Zafir se livraient déjà l'un contre l'autre à des manœuvres visant à lui voler sa couronne. À nouveau, la famille se déchirait. Et si lui, Sakabian, parvenait à mettre tout le monde d'accord ? Et si une victoire ici lui gagnait une couronne, à lui aussi ? Il pouvait s'en servir pour mettre le grappin sur la petite sœur de Zafir et partager un trône avec elle. Tant qu'il profitait aussi de la grande sœur… Les deux clans de la famille à nouveau réunis ! Et une nouvelle maîtresse, unie à lui par les liens du sang ! Il pouvait faire d'une pierre deux coups. Oui…

Il s'arracha à l'évocation du goût de la peau de Zafir sur sa langue. Il devait d'abord remporter cette bataille. Inutile de dissimuler son approche. Le ciel était dégagé, l'atmosphère limpide, et si les autres écuyers ne l'avaient pas déjà repéré, ils le verraient forcément quand il quitterait l'ombre de la Longue Falaise. Il allait lancer la poursuite. À ce petit jeu-là, les dragons de guerre battaient toujours ceux de chasse. Les six dragons ennemis pouvaient aussi bien renoncer tout de suite. Au pire, si Sakabian manœuvrait comme un imbécile absolu, les deux dragons de guerre pouvaient s'en sortir, mais il n'en serait pas moins vainqueur et pourrait offrir à Zafir la première et la plus grande victoire qu'elle ait connue depuis longtemps. Cette victoire, il la déposerait humblement aux pieds de sa reine, dont les yeux étincèleraient quand elle comprendrait la force de son désir.

Prête à s'offrir… Il remua sur sa selle pour trouver une position plus confortable.

Et son dragon fendit l'air en poussant un hurlement qui reflétait le désir ayant envahi ses pensées. Derrière lui, ses écuyers se mirent en formation ; ils se déployèrent à gauche, à droite, sous lui et au-dessus, avec Sakabian à leur tête.

Comme une lance prête à s'enfoncer dans le cœur de l'ennemi…

Les Écuyers Rouges l'avaient repéré. Leurs dragons de chasse paniqués s'éloignaient en perdant de l'altitude, mais il refusa de céder à l'inquiétude. Au fin fond des montagnes, ils pouvaient se cacher, mais ici, dans les landes, il n'y avait rien. Ni falaises, ni canyons, ni crevasses, ni grands fleuves, ni forêts titanesques. Une paroi à pic de presque cinq mille pieds marquait le début de la haute montagne, mais ils volaient à bien trop basse altitude pour découvrir ici un itinéraire de fuite, et la vallée du fleuve Argent était à une demi-journée de vol. Ils n'avaient aucun moyen de fuir. Sakabian, qui les surplombait de quelques centaines de pieds, pouvait transformer cet avantage en vitesse quand bon lui semblerait. Ils étaient condamnés. Leur seul refuge, c'était l'Éperon et Sakabian leur barrait la route. Des cris déchiraient l'air… Des cris de désespoir, probablement.

Si seulement ils décidaient de s'enfuir vers le nord… À leur place, il aurait peut-être essayé. Oui, foncer vers Evenspire pour se réfugier auprès de la renégate, la reine Almiri, et de ses écuyers… Pour leurs dragons de chasse, c'était sans espoir. La distance était trop grande jusqu'à Evenspire, et Sakabian les rattraperait forcément avant. Par contre, les deux dragons de guerre, s'ils étaient résistants…

Et s'ils le sont, je capturerai les dragons de chasse et je suivrai les deux autres jusqu'à l'aire d'Almiri, puis une fois là-bas, je ferai cracher mes scorpions et déverserai mes bombes incendiaires, car alors nous serons en guerre, plus aucun doute ne sera possible… Et c'était exactement ce que recherchait l'Oratrice. Un prétexte. Tout le monde l'avait compris. *Oui, ça aussi, je le lui apporterai sur un plateau.*

Mais l'ennemi choisit l'option la plus évidente. Les Écuyers Rouges mirent le cap sur l'ouest et foncèrent vers le fleuve Argent et l'Épine du Monde où il prenait sa source. Sakabian vira lui aussi en réprimant son impatience. Il les aurait tôt ou tard, ces dragons. Comme les montagnes représentaient leur seule chance de salut, il resta à leurs trousses et leur barra la route en s'éloignant de la Longue Falaise pour les pousser vers le nord-ouest. Pour réduire la distance entre ses proies et lui, il abandonna progressivement de l'altitude. Ces dragons de chasse finiraient bien par se fatiguer et quand ce serait le cas, même les montagnes ne leur serviraient à rien. Il attendrait ce moment pour les capturer.

Si ce n'est pas déjà fait avant.

C'était un véritable ballet. Le prince et ses vingt-cinq équipages talonnaient les huit autres dragons pour les avoir à l'usure, et l'issue toute proche était devenue inévitable.

Sakabian ne vit même pas les autres dragons, sans doute cachés jusqu'alors à l'abri des parois à pic de l'Éperon. Ils arrivèrent par derrière et plongèrent vers eux de très haut, à une vitesse insensée, si nombreux que la moitié de ses écuyers étaient morts avant qu'il ne prenne conscience du danger. À un moment, il évaluait la situation en se préparant à attaquer, et l'instant d'après, sa monture tombait en piqué, cernée de hurlements, de flammes et des rugissements du vent. Tout autour de lui, des dragons se jetaient les uns contre les autres. Les écuyers coincés entre eux étaient réduits en bouillie, ou arrachés de leurs selles ; précipités dans le vide, ceux-là exécutaient un plongeon de plusieurs centaines de pieds avant de s'écraser au sol. Une moitié de corps humain passa tranquillement près de Sakabian, des fragments d'armure tournoyant paresseusement autour d'elle. Car parfois ce n'étaient pas le cuir et le métal qui cédaient les premiers, mais la chair et l'os… Les harnais de Zafir étaient réputés pour leur solidité.

Sans trop comprendre à quoi il devait sa survie, Sakabian ralentit le plongeon précipité de sa bête et donna le signal de la retraite… sauf qu'il n'y avait plus personne à rallier. Quelques-uns de ses dragons tournoyaient en tous sens. Disséminés, largement surpassés en nombre, il n'en restait que six. Et combien étaient-ils, ceux qui menaient l'attaque ? Difficile à dire, mais des douzaines, au moins. Ils étaient partout, la plupart poursuivant les siens pour les défaire, certains décrivant des cercles au-dessus de la bagarre. En fait, il subissait précisément ce qu'il avait prévu d'infliger aux Écuyers Rouges.

Il aperçut les dragons de chasse, ceux qu'il avait convoités. Vues d'en bas, les couleurs peintes sur leurs ventres et leurs queues trahissaient Evenspire, donc Almiri, la reine renégate. Car, en vérité, il n'avait pas affaire aux Écuyers Rouges. Almiri l'avait attiré dans un piège, et il sentit une étrange sensation l'envahir. Du respect, peut-être ? En tout cas, la guerre était déclenchée, un conflit ouvert et sanglant. Les dragons d'Evenspire, la moitié au moins, massacraient ses hommes sous ses yeux.

Un écuyer n'abandonnait jamais son dragon. C'était la règle. Jamais, au grand jamais. Un écuyer préférait combattre jusqu'à la mort plutôt que de perdre sa monture. Les dragons étaient ce qu'il y avait de plus précieux au monde, tous les princes savaient ça. Et parce que les chevaliers-dragons combattaient dans les airs, et de surcroît équipés d'armures et de harnais pesants, les dragons en perdition entraînaient presque systématiquement leurs écuyers dans la mort. *Mais je suis prince !* pensa Sakabian. Il ne voulait pas mourir, ce n'était pas juste ! Il était jeune, fort et viril, il ne méritait pas de mourir ! Une heure plus tôt, il était déjà quasiment roi et amant, du moins en esprit…

Les écuyers d'Almiri gardaient leur distance tout en se rapprochant lentement pour le forcer à se poser. Trois d'entre eux volaient encore au-dessus de lui comme s'ils s'attendaient à le voir fuir. Ils étaient à bonne altitude, assez haut pour prendre très rapidement de la vitesse et le capturer sans mal quelle que soit la direction qu'il prendrait…

Mes aïeux ! Avaient-ils décidé de l'épargner ?

Oui, c'était bien leur intention, comprit-il alors. Et quel intérêt y aurait-il pour lui à se battre au sol ? Ça ne changerait rien à l'affaire, après tout. Si ce n'est que, s'il se battait, ils finiraient par le tuer.

Mais s'ils me capturent, Almiri se rengorgera et Zafir sera folle de rage. Mes frères paieront le prix de cette humiliation et mon père, ma rançon. Il n'accédera jamais au trône des Pinacles et on m'enverra en exil. La reine me crachera au visage – si elle consent seulement à me regarder. Ma vie sera finie.

Sauf si…

Il piqua droit vers le sol en arrachant les boucles de son harnais pendant la descente. *Les dragons ne peuvent s'abriter derrière les pierres, dans la poussière et les buissons épineux, mais c'est bien suffisant pour un homme !* Dès qu'ils se furent posés, le prince se laissa glisser du dos de sa monture et lui cria de s'éloigner. Il courut vers la cachette la plus proche, se couvrit du mieux qu'il put de son bouclier d'écailles, et se mit à prier.

Faites que je survive. Faites que je parvienne à informer ma reine. Qu'elle apprenne de ma bouche l'outrage de la reine renégate. Zafir lui confierait peut-être d'autres dragons, et en plus grand nombre, qui sait ? Et si elle le chargeait de réduire Evenspire en cendres ? Et si sa bravoure la séduisait ?

Ils l'arrosèrent de leurs flammes. Certaines l'atteignirent, mais ils procédaient à l'aveuglette, et son armure lui sauva la vie. La chance, encore. Soixante dragons et leurs écuyers, et il leur avait échappé ! Quand le soleil se coucha et qu'ils s'éloignèrent enfin, Sakabian sentit une énorme vague de souffrance et de soulagement le submerger. Que Zafir lui adresse encore la parole ou pas, il s'en moquait, désormais. Il était toujours en vie, et c'était tout ce qui comptait. Pendant les quelques heures suivantes, il se vit enfin pour ce qu'il était : un imbécile.

Mais cet état d'esprit ne dura guère. Il marcha toute la nuit jusqu'à tomber littéralement de douleur et d'épuisement. Il abandonna son armure, puis tout son équipement sauf son épée, puis l'épée également, si bien que lorsqu'il retrouva la route d'Evenspire, il n'était plus qu'un vulgaire voleur de grand chemin. Toute la journée, il dormit à l'ombre d'un misérable rocher jusqu'au passage des chariots qu'il était venu protéger. Ou de ce qu'il en restait, plus exactement, car les écuyers d'Almiri les avaient interceptés et très poliment dépouillés de tout ce que transportaient les alchimistes. On lui donna le nécessaire – eau, nourriture et cheval – et il reprit sa route au galop, devant eux.

Il lui fallut encore quatre jours pour rejoindre le Palais Adamantin. Entre-temps, il avait échangé son cheval contre un pur-sang, et il avait survécu. À lui le privilège de révéler à la reine la perfidie d'Almiri et de lui fournir un prétexte pour cette guerre dont elle rêvait ! Il allait devenir un héros ! Car c'était bien la victoire qu'il lui offrait, en quelque sorte ! Ensuite, elle lui témoignerait sa gratitude. Et de quelle façon !

Une fois au Palais, il revêtit ses atours de prince. Il insista pour obtenir une audience auprès de l'Oratrice et lui raconta l'attaque imparable d'Almiri et des

Écuyers Rouges. Il lui décrivit le vaillant combat mené par ses hommes, qui avaient abattu d'innombrables ennemis avant de mourir, puis passa à la façon dont il avait été arraché à sa selle alors qu'ils volaient en rase-mottes. Il lui parla de ses brûlures et du fait qu'on l'avait laissé pour mort, alors qu'il avait mystérieusement survécu à sa chute. D'un ton heurté, à voix basse, il lui expliqua qu'il avait été pourchassé trois jours durant avant de parvenir à semer l'ennemi. Il vit l'Oratrice irradier l'allégresse lorsqu'elle apprit la traîtrise d'Evenspire ; il vit ses yeux étinceler, et un désir brûlant l'empourprer. Quand elle le renvoya en lui promettant monts et merveilles, il décela même un soupçon de sourire sur ses lèvres mouillées.

Cette nuit-là, il se passa quelque chose. La Sentinelle de la Nuit et deux lourdes masses lui rendirent visite. On lui fracassa les chevilles et les poignets, puis on lui brisa l'échine et on lui coupa la langue. Ensuite, on le fourra dans une cage et on le suspendit près des restes putréfiés de Shezira pour qu'il crève lentement au soleil. L'Oratrice Zafir assista à toute l'opération, cracha par terre sous la cage et s'en alla sans daigner prononcer un mot.

La chance.

34. TOUS À LA MER !

Le jeu n'était pas de savoir quels dragons resteraient en l'air le plus longtemps possible, mais quels écuyers. Il s'agissait de découvrir lesquels se moquaient pas mal de pisser et chier dans leurs braies, lesquels arrivaient à dormir sur une aile, lesquels se passaient jour après jour de manger et de boire. C'était à qui supporterait le mieux la souffrance.

À vrai dire, ces conditions de vie ne dérangeaient pas vraiment Kemir. Parfumés, chouchoutés, les écuyers-dragons avaient à leur disposition des serviteurs qui se chargeaient de toutes leurs tâches. Les parias, eux, étaient dotés d'une résistance à toute épreuve ; enfin, c'était ainsi que Kemir voyait les choses jusqu'alors. Dès qu'ils avaient faim, les écuyers-dragons piaillaient comme des bébés. S'ils devaient se priver de nourriture pendant quelques jours, les parias n'y pensaient même pas. C'était tout simplement le mode de vie habituel de ceux qui tentaient de survivre dans les montagnes. Kemir allait avoir faim et soif, il serait victime de raideurs et de courbatures, mais il avait déjà enduré ce genre de choses bien des fois et la traversée de l'Épine du Monde s'était avérée bien pire. Conçues pour de longues journées de vol, les selles-dragon étaient assez confortables, et le mercenaire parvint même à somnoler sur le dos de Neige, malgré le vent glacé qui souffla tout l'après-midi. Hélas, quand il se réveilla, les écuyers de Valmeyan étaient encore à ses trousses. Il lui vint soudain à l'esprit qu'ils n'avaient pas dû venir les mains vides. Ils transportaient probablement de l'eau et des vivres pour leurs journées de vol, contrairement à lui.

Ne t'inquiète pas, Kemir. C'est leur endurance contre la mienne. Ils ne peuvent pas me vaincre.

— D'accord.

Ce vent froid continuel et sa soif grandissante lui causaient un bon mal de crâne qui ne pouvait aller qu'en empirant. Son nez pulsait, mais le vent était bien pire, succession permanente de fortes rafales accompagnant la course interminable des dragons qui rasaient le sol et zigzaguaient entre les collines et dans les vallées. Les poursuivants se relayaient derrière Neige, l'un d'entre eux restant toujours en altitude pour ne jamais la perdre de vue. Malgré le vent, Kemir était en sueur. Il ne pouvait plus toucher les écailles bouillantes de Neige.

Quand le soleil plongea derrière l'horizon et que les nuages se mirent à ressembler à des ecchymoses, les écuyers de Valmeyan réduisirent la distance pour un ultime assaut, harcelant Neige de leurs traits de scorpions pour qu'elle descende encore plus bas. Sous les yeux de Kemir défilaient les lacs, les rivières, les arbres et les prairies désertes, si proches parfois que la queue de Neige soulevait des nuages d'embrun ou de poussière.

— Pose-toi ! lui cria-t-il. Trouve-nous une grotte ou quelque chose de ce genre. Quand tu seras à l'intérieur, ils ne pourront te tirer dessus ! Pose-toi !

Je ne vois aucune grotte assez vaste pour me recevoir, Kemir, mais je vois des lacs. Des tas de lacs.

— Les grottes, c'est mieux !

Neige ne réagit pas. Elle fonça de plus belle vers les montagnes, puis sillonna en tous sens une forêt de collines rocailleuses. Elle se redressait entre les falaises, plongeait dans d'étroites vallées dont elle jaillissait brutalement ou s'arrêtait un instant avant de lancer une ou deux attaques de son cru, mais sans jamais s'approcher assez pour attraper un écuyer. Enfin, au crépuscule, les autres dragons se laissèrent distancer et les scorpions se turent. Leurs écuyers étaient à court de munitions, ou peut-être ne se fiaient-ils pas à leur vision dans la pénombre. Toujours pourchassée, mais plus discrètement à présent, Neige reprit sa course vers la mer. Les dragons ennemis se fondirent lentement dans un ciel de plus en plus sombre

— Est-ce que tu peux les semer dans le noir ? cria Kemir, plein d'espoir.

Secoué en tous sens, il faisait son possible pour lutter contre la raideur qui commençait à lui bloquer les reins. Son mal de crâne n'allait pas tarder à devenir intolérable, et il se sentait vraiment mal, physiquement parlant. *S'il te plaît, Neige, dis oui ! Je n'en peux plus ! Je ne veux plus revivre l'Épine du Monde !*

Les dragons sauront où je me trouve.

— Comment feront-ils, s'il fait noir ?

Je n'ai pas dit qu'ils me verront, j'ai dit qu'ils sauront où je suis. Ils percevront l'existence de mes pensées.

Nous aurons du mal à nous échapper. Neige se mit à prendre de l'altitude. *Nous n'aimons pas voler dans le noir. Les autres dragons refuseront peut-être de continuer.*

Kemir se voûta sur le dos de Neige et essaya de s'endormir, mais ça cognait dans sa tête et sa langue adhérait déjà au fond de sa gorge.

— Il me faut de l'eau, Neige… Je vais crever, si ça continue, murmura-t-il.

Le dragon ne parut pas l'entendre, et Kemir se remit à somnoler. Dès qu'il fit nuit noire, Neige perdit de l'altitude et modifia son itinéraire, choisissant de suivre une rivière qui serpentait dans une vallée peuplée de pins.

Kemir se réveilla en sursaut. Les pensées du dragon blanc avaient changé. Elles étaient limpides, précises, empreintes d'un sentiment de victoire. *Les dragons peuvent savoir où je suis, mais pas leurs écuyers. Tiens-toi prêt.*

— Je dois me tenir prêt à quoi ?

À sauter.

— Hein ?

Tu vas descendre ici. Il y a de l'eau à boire, et tu trouveras à manger. Tu vas dormir et te rafraîchir, et demain matin, je viendrai te chercher et nous rejoindrons la mer ensemble.

— Et les autres dragons ?

C'est moi qu'ils veulent, pas toi. Dans le noir, leurs écuyers ne pourront pas se servir de leurs armes contre moi. Je vais les pourchasser pendant un moment, et si je réussis, ils seront partis à l'aube.

Elle ralentit et se laissa porter de plus en plus bas jusqu'à la surface de la rivière, où elle se mit à battre furieusement des ailes pour voler aussi lentement que possible sans s'écraser comme une masse. L'eau se rida monstrueusement. *Saute ! Maintenant !*

Se désangler prit cinq fois plus de temps que d'habitude à Kemir, puis il roula sur les écailles de Neige, rebondit sur son épaule, bascula dans le vide et se retrouva à barboter dans l'eau. Cette dernière, glacée, lui donna un coup de fouet, mais à peine avait-il retrouvé ses esprits que Neige repartait déjà à toute vitesse en brassant d'énormes masses d'air qui enfoncèrent le mercenaire sous l'eau. Il refit surface en crachant ses poumons et en gesticulant sauvagement. Une demi-vie plus tôt, il avait appris à nager pour pouvoir récolter les pierres du fond du lac et les vendre. Mais là il était épuisé. Ses bottes et son baudrier l'entraînaient vers le fond. Il parvint à se débarrasser de la ceinture mais avec les bottes, ce fut une autre histoire. Et puis, il répugnait à sacrifier l'un de ses arcs en os de dragon. Sans compter son armure… *J'aurais dû y penser avant que Neige ne se débarrasse de moi…*

Soudain, à sa grande surprise, ses pieds touchèrent le fond. En se redressant, il constata que l'eau ne lui arrivait qu'aux épaules, et il se démena pour rejoindre le rivage. L'eau glaciale, qui avait trop facilement traversé ses vêtements d'écuyer, l'alourdissait et gênait ses mouvements. Avant même d'atteindre la rive, il tremblait et claquait des dents. Mais il était encore en vie.

À boire, vite… Et un abri avant de geler… Il vida son carquois de ses flèches et le remplit d'eau. Ce faisant, il aperçut deux des poursuivants qui planaient au-dessus de lui, côte à côte, formes noires se détachant sur fond de ciel nocturne, et il se baissa précipitamment. Dès que les deux dragons eurent disparu, il courut sur la berge jusqu'à un arbre mort dont les racines se dressaient vers le ciel, puis il se mit à ôter ses vêtements trempés. Il avait repéré dans le sol le trou laissé par les racines lors de la chute de l'arbre. Il fit son possible pour ignorer sa fatigue et tenir son épuisement à distance, en se promettant de s'y abandonner plus tard, si on lui laissait le temps de faire le nécessaire pour rester en vie.

Il jeta ses derniers vêtements par terre, secoué de frissons maintenant incoercibles. Le souvenir de Nadira revint le hanter, sans qu'il en comprenne bien la raison. Sa chaleur amie lui manquait, sans doute, et surtout en ces circonstances ; ou alors, c'était parce qu'il pensait la revoir très bientôt. Il se mit à chercher des aiguilles de pin tout autour de lui et à les entasser par pleines poignées. Là encore, l'aide de Nadira eût été la bienvenue.

Il se retrouva à bout de forces bien avant que son tas n'ait atteint une taille convenable. Le matériau manquait, hélas. Kemir en jeta une partie dans le trou, se recroquevilla à l'intérieur et ramena le reste des aiguilles de pin sur lui.

— C'est ce qu'on appelle une couverture forestière, mon gars. Tu savais pas ? murmura-t-il.

Il claquait des dents. Quand les ténèbres s'abattirent sur lui, il avait presque l'impression de ne plus être seul. Et puis, d'un coup, il s'endormit.

Il fut réveillé par un reniflement. Un souffle chaud et bruyant.

Je sais que tu es là. Je sens tes pensées.

Il ouvrit les yeux. Il faisait encore sombre. Un dragon l'observait. Un dragon *gigantesque*. Il ne pouvait en distinguer la couleur, mais il était à peu près sûr que ce dragon n'était pas blanc.

— Neige ?

Lors de notre première naissance, ce dragon que tu vois portait un autre nom. Aujourd'hui, il s'appelle Crépuscule.

Kemir ne fit pas un mouvement. Il en était incapable. Pendant la nuit, ses muscles étaient devenus durs comme du bois. Son visage lui faisait un mal de chien et son nez était endolori, enflé, aussi gros qu'un œuf.

— C'est… c'est un autre dragon ? chuchota-t-il d'une voix rauque.

Je t'avais dit que je les pourchasserais. J'en ai abattu un, les autres m'ont échappé. Quelque chose atterrit avec un bruit sourd près de la tête de Kemir. *Voici son écuyer. Comme je ne sais pas s'il est empoisonné, je ne l'ai pas mangé. Il porte des vêtements chauds et secs. Et il y a aussi à manger.*

À manger ? Kemir sauta hors de son trou et contourna nerveusement le nouveau dragon, mais ce dernier se contenta de renifler son écuyer mort, avant de regarder Kemir avec une morne curiosité. Les deux dragons dégageaient une chaleur délicieuse. Après quelques instants d'hésitation, le mercenaire se mit à ôter l'armure et les vêtements encore chauds du mort, tout en gardant un œil sur Crépuscule.

Il ne te fera pas de mal. Il y a à manger. Tu voudrais manger, non ? Prends tout ce que tu peux. D'autres dragons arrivent. Nous devons reprendre notre route vers la mer.

Kemir ne se fit pas prier. Cette nourriture était savoureuse, et il se sentit revivre.

Tu peux monter Crépuscule, si tu veux. Il n'est pas près de se réveiller.

— Non, merci ! s'exclama-t-il en grimpant sur le dos de Neige.

Il lui donna un coup de pied dans le cou.

— Allons-y ! Hue ! Combien y a-t-il encore de dragons à notre poursuite ?

Plus que deux. Ils ne nous rattraperont pas.

Avec des vivres et de l'eau, le reste du voyage fut beaucoup moins pénible. Neige volait droit devant elle, Crépuscule la suivait, et les écuyers des montagnes gardaient soigneusement leur distance. Kemir jetait de temps à autre un coup d'œil en arrière, et parfois, il ne les voyait même plus. Ils ressurgissaient quelques heures plus tard, petits points noirs sur fond de brume d'altitude, mais sans jamais chercher à se rapprocher. Après un jour et une nuit encore à se laisser porter au-dessus des montagnes, ils atteignirent l'extrémité de l'Épine du Monde. Une extrémité abrupte, comme si le dieu ancien qui avait sculpté ce paysage avait décidé de le trancher net de son couteau divin. Les falaises plongeaient à pic dans la mer des Tempêtes. Vers l'est, au cœur du massif, elles semblaient s'élever encore davantage, sur des lieues et des lieues, jusqu'à disparaître dans une épaisse couche de nuages. Lorsque Neige plongea entre les nuages menaçants et les eaux déchaînées, les deux derniers dragons mirent fin à leur poursuite. Ils se perchèrent sur les rochers en haut de la falaise et Kemir les regarda s'évanouir lentement dans la brume diurne.

Nous avons gagné, Kemir.

Le mercenaire ferma les yeux. Ils survolaient la mer, et l'on ne distinguait plus guère la côte. Lorsque Neige se hissa jusqu'aux nuages, tout disparut d'un coup. Il faisait un froid de gueux, mais au moins l'air était lourd d'humidité, et Kemir ouvrit la bouche en espérant récolter quelques gouttes. Il avait déjà bu toute l'eau puisée dans la rivière.

— Où comptes-tu aller ?

Neige semblait vouloir rejoindre la côte, à présent.

Tu ne veux pas te reposer, Kemir ? Manger et boire tout ton saoul ? T'étendre de tout ton long ?

— Bien sûr que si, bon sang !

Moi aussi. Elle traversa les nuages en accélérant, et Kemir bâilla. Si le dragon voulait retourner sur la côte et se poser dans un endroit sûr, tant mieux. Il s'affaissa entre les épaules de Neige et laissa son esprit vagabonder parmi les souvenirs qui l'avaient mené jusqu'ici. Il pensa à Sollos, aux dragons qui avaient incendié son village, à Neige crachant ses flammes dans les grottes des alchimistes pour les en déloger… Et à Nadira. À l'écuyer Semian, dont l'épée avait eu raison de Sollos, et à ses propres cris de rage. À ces journées à califourchon sur Neige qui fonçait à travers les airs. Il rêva au vent sur son visage, un vent énorme, rugissant…

Ils étaient en plein piqué. Il se réveilla en sursaut, et quand il voulut bouger, le vent faillit l'arracher de son harnais. Neige avait replié ses ailes. Flanquée par Crépuscule, elle tombait droit comme une flèche monstrueuse lancée depuis les cieux, et les falaises noires semblaient se précipiter vers eux. Kemir voulut crier, hurler, s'égosiller, mais le vent lui arracha son souffle. Il n'arrivait même plus à respirer.

Regarde !

Malgré le heaume d'écuyer dont il disposait à présent, il ouvrit les yeux à grand-peine. Il abaissa sa visière, puis obéit à l'injonction de Neige. Les deux dragons qui les avaient suivis jusqu'à la mer étaient encore là et le dragon blanc plongeait droit sur eux.

Respire ! pensa-t-il, en forçant sa poitrine à se soulever. *Allez, respire !*

— Qu'est-ce que tu fais ?

Ces gens seront lents et stupides, exactement comme toi en ce moment, et moi, j'ai faim. Je ne pense pas qu'il y ait grand-chose à manger dans cette mer.

— Il y a du poisson !

Je ne pense pas être convenablement équipée pour attraper du poisson.

Le sol se rapprochait. Kemir se crispa, et Neige choisit cet instant pour déployer ses ailes. Le mercenaire fut projeté en avant avec une telle force qu'il se cogna la tête contre les écailles du dragon et perdit connaissance. Quand il revint à lui, Neige s'était posée. Kemir se palpa le front et contempla ses doigts ensanglantés. Il souffrait atrocement. Il s'était sans doute irrémédiablement bousillé le nez.

Tu savais ce que je voulais faire, le réprimanda Neige. *Tu aurais dû t'y préparer.*

— J'étais prêt !

Pas assez, c'est évident, pensa-t-elle, un écuyer-dragon dans la gueule. Pendant que Kemir, chancelant, reprenait ses esprits, elle ne fit qu'une bouchée de cet homme, armure et accessoires compris.

— Stupide dragon ! Toujours aussi impatiente, à ce que je vois ! Il était sûrement empoisonné !

Kemir crut soudain entendre des pleurs et des gémissements.

Non, il ne l'était pas. Je lui ai demandé avant de le manger.

— Comme c'est gentil de ta part ! Et qu'est-ce qui te fait croire qu'il a dit la vérité ?

Il entendait vraiment des gémissements. Quelqu'un avait survécu et demandait grâce. Kemir scruta le sol sous l'énorme masse de Neige.

Il ne m'a pas répondu avec des mots, Kemir. Sauf pour me dire qu'il était terrifié. Mais j'ai vu dans son esprit. Pas de joie larvée, pas de victoire cachée. Seulement la prise de conscience soudaine de sa mort certaine et inutile. Car il n'avait pas pris de poison, contrairement à ses camarades. Neige se pourlécha les babines. *Je l'ai trouvé amer. Je les préfère mieux nourris.*

— Je suis sûr que les autres auront meilleur goût.

Deux dragons, autrement dit quatre écuyers... Il avait toujours atrocement mal au crâne. Et au nez. En fait, presque tout son corps l'élançait.

Je n'ai pas fait attention. Ces dragons transportent aussi de la nourriture et de l'eau. Tu devrais les prendre.

— Tu y tiens vraiment ?

Il n'avait plus trop faim, il avait surtout envie de dormir.

Tu n'auras plus rien à manger pendant plusieurs jours. Je vais suivre ton conseil, Kemir. Je dois attendre que ces dragons se réveillent. Ensuite, nous survolerons la mer, et aucun de tes congénères ne pourra nous retrouver. Ils nous chercheront mais ne trouveront rien. Nous regagnerons la terre ferme loin d'ici. Mais, entre-temps, nous aurons faim.

— Formidable.

La tâche consistant à descendre de Neige et à fouiller les autres dragons pour trouver des vivres lui semblait quasi insurmontable. Pourquoi ne pas éplucher les falaises, tant qu'on y était ?

Il est heureux que je me sois restaurée aussi copieusement avant le début de cette chasse, tu ne trouves pas, Kemir ?

— Si tu le dis.

Le mercenaire défit péniblement son harnais, puis porta de nouveau la main à sa tête. La blessure saignait toujours et il sentit une bosse aussi grosse qu'un œuf juste entre ses yeux.

— Vos écailles, en quoi elles sont faites ? grommela-t-il.

Nous les fabriquons avec tout ce que nous mangeons, Kemir.

Il se laissa glisser le long de l'épaule de Neige et faillit tomber à l'atterrissage, pris de vertige, au bord de l'évanouissement. Avec un peu de chance, l'un des dragons allait le cueillir d'un paresseux coup de queue, lui briser tous les os et l'envoyer valdinguer par-dessus la falaise. Pour finir, la mer fracasserait son cadavre, et les crabes grignoteraient lentement le gros tas gluant.

Il s'assit lourdement et se frotta la tête.

— Je te déteste, marmonna-t-il.

Puis il vit l'écuyer que Neige retenait prisonnier sous ses griffes antérieures. Un écuyer encore en vie.

Prends la nourriture et l'eau, Kemir. Mange, bois et dors.

Kemir jeta un coup d'œil au chevalier piégé.

— Et celui-ci ?

Nous l'emmenons avec nous. Celui-ci est utile.

— Ah bon ? Comment ça ? demanda Kemir en se rapprochant.

Il s'arrêta. L'écuyer-dragon avait perdu son heaume. *Elle* avait perdu son heaume. De longs cheveux s'échappaient entre les griffes de Neige. Puis Kemir aperçut son visage. Elle était terrorisée.

Celui-ci sait où on peut trouver d'autres dragons.

Kemir cilla, et l'écuyère croisa son regard. Elle avait un air suppliant, une expression qu'il avait rencontrée trop souvent auparavant. Il la détesta immédiatement.

— Laisse-la-moi ! Je vais la faire parler, tu peux me croire ! Ensuite, je t'apprendrai ce que tu veux savoir ! Et si tu y tiens, tu pourras la récupérer quand j'en aurai terminé !

Neige souleva une serre. Kemir aida la fille à se relever, puis la jeta à nouveau par terre avec brutalité. Il lui sauta dessus et lui décocha plusieurs coups de poing au visage, si violemment qu'il s'écorcha les articulations ; mais comme ce n'était pas suffisant, il entreprit de lui arracher son armure et de déchirer ses vêtements. Il hurlait, il l'insultait, et Neige observait le spectacle par-dessus son épaule. L'écuyère ne cherchait même pas à se défendre. Elle se débattait, certes, mais ses gémissements, elle ne les poussait que parce qu'elle avait mal. Neige lui avait cassé une jambe, sans compter sans doute d'autres dégâts invisibles à l'œil nu. Kemir l'avait débarrassée du plus gros de son armure et il s'apprêtait à déchirer la tunique soyeuse qu'elle portait en dessous quand le dragon l'interrompit.

Pourquoi ?

— Quoi ?

Pourquoi, Kemir ?

Il voulait se venger, voilà pourquoi. Se venger au nom de tous ces gens violés et réduits en esclavage par les écuyers du roi de la montagne. Rien à voir avec le désir ou le besoin. Juste une vengeance froide, sanglante, perverse. En fait, ce qu'il voulait vraiment, c'était massacrer cette femme à mains nues, davantage pour ce qu'elle représentait que pour ce qu'elle avait fait.

Tu vois, Kemir ? Tu comprends maintenant ? Vous êtes tous les mêmes ! Il n'y a aucune différence entre vous !

Le mercenaire se retourna brusquement et jeta un regard furibond à Neige.

— Bien sûr que si ! Ces écuyers débarquent et…

Il n'eut pas le temps de terminer sa phrase.

Les humains sont humains, c'est tout. Certains sont grands, d'autres petits, certains ont la peau sombre, d'autres l'ont claire, mais ne me dis pas que dans votre tête vous êtes différents. Cette humaine-ci peut servir. Quand elle nous aura raconté ce qu'elle sait, elle ne sera plus d'aucune utilité, et tu pourras en faire ce que tu veux ; mais, pour le moment, arrête. Pour le moment, laisse-la tranquille. Mange, bois, et ensuite nous repartirons.

Furieux, Kemir s'exécuta. Quand il eut fini de se restaurer, Neige prit délicatement l'écuyère dans ses serres et s'envola, suivie par les autres dragons. Kemir se sentait effectivement beaucoup mieux avec du pain et de l'eau dans le ventre. Il n'avait aucune idée de leur destination, sa tête et son nez le faisaient encore atrocement souffrir, mais ils avaient survécu. Le roi des Cimes avait voulu les pourchasser et s'y était cassé le nez, lui aussi. Neuf de ses écuyers étaient morts, le dixième était prisonnier et trois de ses dragons volaient librement. Un bon début, non ?

Il ferma les yeux. Il s'efforça de ne pas penser à la ville incendiée par Neige et aux gens qui y avaient vécu, ces hommes qui voulaient seulement nourrir leurs familles, ces femmes qui n'aspiraient qu'à voir leurs fils grandir jusqu'à l'âge d'homme, ces enfants qui…

Ces enfants qui seraient peut-être devenus des alchimistes et qui auraient empoisonné mes congénères avec leurs potions ? Ces femmes qui portaient les fils des écuyers-dragons ? Ces hommes qui leur construisaient des châteaux, forgeaient leurs épées et récoltaient leur nourriture ? Ne me dis pas qu'ils n'ont rien fait, Kemir.

Si Neige avait raison, ces gens s'abritaient sous les ailes des seigneurs-dragons, qui en retour vivaient à leurs dépens. Il fallait que cela cesse. Sauf que le dragon blanc pouvait se tromper. Et si Neige se trompait, ces gens n'avaient rien fait. *De toute façon, Nadira n'était pas des leurs ! Tu n'aurais pas dû la manger !*

Et toi, tu n'aurais pas dû t'en prendre à cette femelle, Kemir, et pourtant, tu l'as fait. Pourquoi ? Parce que c'est l'essence même de ton espèce, voilà pourquoi. Tu es ce que tu es et il en est de même pour moi.

Ah oui, l'écuyère… Effectivement, il avait tenté de la violer. Il l'aurait fait si Neige ne l'en avait pas dissuadé. Il comprit vaguement qu'il avait mal agi. Sollos l'en aurait empêché, lui aussi. Et pourtant, allez savoir pourquoi, il ne regrettait pas son geste. Aucun remords, rien. Quand Neige en aurait fini avec elle, il la tuerait, ça ferait l'affaire. Ce serait faire preuve de miséricorde, à ce stade.

Qu'est-ce que le dragon blanc lui avait dit à propos de Nadira ? Qu'elle voulait mourir ?

Sais-tu combien de dragons volent sous les ordres du roi Valmeyan, Kemir ? Tu l'ignores, n'est-ce pas ? Je vois la réponse dans les pensées de cette écuyère. Ils sont au moins quatre cents, Kemir. Cette donnée nous sera utile. Mais, aujourd'hui, nous n'en avons libéré que trois. Ne gaspille pas ton temps à réfléchir à ce que tu ne peux pas changer. Pense plutôt aux choses que tu peux réussir. Penses-y, Kemir. Trois, ce n'est pas grand-chose, ce n'est qu'un début.

« Nous »... Neige a de nouveau dit « nous » ! remarqua le mercenaire. Il voulut repenser à la ville, puis à Nadira, mais ses souvenirs le fuyaient. Il regarda les trois dragons volant de concert avec Neige. L'un était jaune moutarde, un autre gris de suie – celui-ci lui rappelait un dragon aperçu ailleurs –, et Crépuscule d'un brun rouge brillant. *Oui, c'est un début. Mais le début de quoi ?*

Un profond sentiment de malaise s'installa en lui. *Je suis peut-être en train de devenir comme cette femme. Et si je l'avais toujours été ?*

35. LA TÊTE ET LE CŒUR

Jehal s'appuya sur sa canne. Au moins, même si sa jambe était encore loin de le porter, même s'il grimaçait à chaque pas, il pouvait à nouveau marcher. Jeiros voulait absolument le remettre au lit et l'abrutir de feuille de rêve, mais Jehal en avait plus qu'assez. Lentement, péniblement, il sortit tout seul de la tour du Crépuscule, sans trouver devant la porte le moindre garde susceptible de l'arrêter. En dehors de ceux qui étaient en faction sur les remparts, il n'y avait pas un seul Adamantin en vue. Jehal marqua un arrêt, un peu effrayé à l'idée de s'engager dans la cour. Le soleil était accablant. *Qu'est-ce qu'il est brillant !* pensa-t-il.

Je ne vais pas y arriver. Il se força à faire un pas dans la lumière. Quelqu'un le remarqua enfin et s'éloigna à toute vitesse. *Ce type est sans doute allé prévenir quelqu'un d'autre. Après tout, je suis peut-être encore prisonnier. Je ferais aussi bien d'attendre la suite ici. Ce n'est pas comme si je pouvais prendre la poudre d'escampette !*

Il ne fut pas déçu. Après avoir passé dix minutes assis au soleil à observer d'un air désinvolte les hommes sur les remparts, il vit s'approcher à grands pas la Sentinelle de la Nuit en personne. Tassan était hagard et semblait bien plus âgé que quelques semaines plus tôt. Il s'arrêta devant Jehal en le gratifiant d'une courbette.

— Pardonnez-moi si je ne me lève pas, Sentinelle, sourit le prince aussi aimablement que possible. Je suis comme qui dirait un peu gêné aux entournures…

— Je vous souhaite une guérison totale et rapide, Majesté, dit Vale d'un air aussi lisse et indéchiffrable que d'habitude.

— Je n'en doute pas. Devinez quoi ? Je crois que je vais pouvoir me lever, en tout cas. Et je crois que j'ai très envie de contempler la vue depuis le Corps de Garde. *Pourquoi ai-je dit ça ? Je vais devoir traverser un quart du Palais et grimper plus d'une centaine de marches, ce qui est manifestement au-dessus de mes forces !*

Vale lui tendit une main que Jehal refusa d'un geste. Il se remit debout tant bien que mal devant la Sentinelle dont l'expression resta inchangée.

— Si vous le souhaitez, je peux mettre l'un de mes hommes à votre disposition.

— Non, merci, Sentinelle. *Espèce de salaud !* C'est moins difficile que cela n'en a l'air. *Je dois absolument arriver au Corps de Garde par mes propres moyens ! Mais ça vaut la peine, je crois.*

Vale haussa les épaules avec un certain respect.

— J'ai très envie de vous applaudir, Majesté. Il est sage de soumettre une blessure à l'exercice dès qu'elle peut s'y prêter.

— Vous pouvez garder vos applaudissements, Sentinelle. Si vous voulez m'aider à cet égard, envoyez-moi l'une de vos ravissantes putains.

— Ah oui, ça, je pourrais, mais l'Oratrice Zafir a souligné plus d'une fois en parlant de vous qu'un surmenage pourrait ralentir la cicatrisation, Majesté. À ce propos également, je me suis laissé dire que le prince Tichane veille sur vos intérêts et qu'il se débrouille très bien. Cela dit, je ne prétends pas comprendre ce que c'est censé signifier.

— Vraiment ? *Par le membre de Vishmir, ça ne m'étonne pas ! Mais ce que vous ignorez, c'est que je la tiens à l'œil. Vous ne savez rien de mes petits dragons mécaniques ! En fait, des tas de choses vous échappent…*

— Peut-être qu'il conduira des dames à votre couche dès que vous irez assez bien pour en profiter ? suggéra Vale avec nonchalance, un vague sourire aux lèvres. Ou alors, vous aviez une putain préférée et il s'en occupe pour vous en ce moment ? Ce genre de choses n'étant pas de mon ressort, je n'y prête pas la moindre attention.

Jehal fulminait.

— Sentinelle, si je vous donnais l'ordre de rester immobile pendant que je boitille jusqu'à vous pour vous casser le nez, vous obtempéreriez sans hésiter, je suppose ?

— Mon nez est de peu de valeur pour les royaumes, et il a déjà été cassé bien des fois. Il est à vous.

— Dans ce cas, je le chérirai comme une pierre précieuse. *Et je vous le trancherai un jour.* Si je suis toujours prisonnier, je crois que je vais retourner dans ma tour. Je ne voudrais pas vous embarrasser.

Les yeux plissés, il ajouta, en observant soigneusement la Sentinelle :

— J'ai l'air plutôt inoffensif, je m'en doute, mais on ne sait jamais ce qui pourrait arriver si vous permettiez à l'un de vos prisonniers de traîner où ça lui chante. Je pourrais très bien – quelle horreur ! – me traîner jusqu'à votre bordel et m'exercer jusqu'au surmenage… Ou qui sait… pousser quelqu'un d'un balcon ?

Une ombre imperceptible flotta sur le visage de Vale. Satisfait par ce résultat, Jehal jubila intérieurement.

Vale détourna le regard.

— L'Oratrice n'a pas annulé l'édit d'emprisonnement vous concernant, mais elle a ordonné à Jeiros et aux alchimistes de vous prodiguer les meilleurs soins possibles. Nous allons donc considérer cette sortie comme un élément de votre rééducation. Je vais vous escorter moi-même.

— Comme c'est gentil ! Mais vous êtes sûr ? Vous avez le temps ? Vous avez l'air d'être tombé du lit ! s'exclama Jehal, qui ne pouvait plus reculer.

— Veuillez pardonner mon apparence, Majesté, dit Vale tandis qu'ils se mettaient en route vers le Corps de Garde. J'ai eu fort à faire, voyez-vous. La tension dans les royaumes s'est beaucoup accrue ces derniers temps.

Normalement, traverser la cour puis grimper l'escalier jusqu'au sommet du Corps de Garde ne prenait que quelques minutes, mais quand ils arrivèrent, Jehal venait de vivre la demi-heure la plus pénible de sa vie. Il dégoulinait de sueur, sa jambe n'était qu'un cri de douleur silencieux et il se sentait au bord de l'évanouissement. Vale Tassan ne lui avait à aucun moment proposé de l'aider, presque comme s'il savait que Jehal devait absolument y arriver tout seul.

Le prince sentit Shezira avant de la voir. Les cages où on les avait fourrés, Valgar et elle, étaient suspendues à d'immenses perches plantées non loin des portes. Il ne restait pas grand-chose des cadavres, mais la journée était chaude et le vent n'était pas d'humeur à épargner l'odorat de Jehal. Il faillit vomir en arrivant en haut de l'escalier, mais il se força à se redresser et à les fixer tous deux. Il en tira une certaine satisfaction, bizarrement. *Une sorte de jubilation puérile ; je suis vivant et vous êtes morts !*

Il aperçut une troisième cage. À l'intérieur, il y avait... *Mes aïeux ! Il vit encore, mais à peine...*

— Tiens, vous en avez encagé un autre ? Qu'a-t-il fait, celui-ci ?

— Jeiros ne vous a pas mis au courant ? répliqua Vale, lèvres pincées. C'est le prince Sakabian. Il a perdu vingt-cinq des dragons de l'Oratrice au profit de la reine renégate et il a eu l'outrecuidance de survivre ! Ensuite, il est revenu lui raconter ses exploits, ce qui dénote un manque de jugeote évident !

— Zafir aurait préféré qu'il meure ou qu'il ne revienne jamais, je suppose ? Comme ça, ses vingt-cinq dragons auraient disparu sans laisser de traces, ricana Jehal. *Vingt-cinq ! Quelle malchance ! Elle doit être désespérée…*

Il s'efforça de dissimuler son allégresse. Zafir, désespérée ? Parfait. Excellent, même.

— Et c'est Almiri la coupable ? Elle a de quoi être satisfaite. Même si elle a agi un peu sottement. Laissez-moi deviner… Elle veut un échange, je parie. Les dragons que Zafir a capturés la Nuit des Couteaux contre ceux qu'elle retient maintenant à Evenspire ?

— Je n'en sais fichtre rien ! répondit Vale en plissant le front. Pourquoi avez-vous tenu à monter ici, prince Jehal ?

Il semblait sincèrement surpris, voire un peu peiné. *Vous vous égarez, Vale. Au moins, je sais comment les choses se présentent maintenant.*

— Vous vous dites que moi aussi, je vais bientôt me retrouver dans une de ces cages, c'est ça ?

— Je ne peux pas lire les pensées de l'Oratrice, Majesté. Je me contente d'obéir aux ordres.

Oui, mais c'est ce que vous voulez, vous, n'est-ce pas ? D'ailleurs, vous aimeriez aussi y voir Zafir. Vous allez au-devant d'une terrible déception, sachez-le…

— Je ne tenais pas spécialement à venir ici. En fait, je voulais que *vous*, vous y veniez. Je voulais vous voir en train de regarder ces cages. *Quelle déception, n'est-ce pas ? Et maintenant on va bien s'amuser !*

— Je contemple ce spectacle tous les jours, Majesté.

— Et vous allez le contempler pendant des semaines, car je suis sûr que les candidats ne manqueront pas. Mais, à partir de demain, vous le contemplerez sous un jour différent. Je sais pourquoi vous souhaitiez la mort de Shezira. Elle voulait négocier une sorte de paix avec Hyram et vous l'avez laissée se rendre chez l'Orateur, alors que vous deviez l'empêcher de quitter sa tour !

— Shezira était déjà chez l'Orateur Hyram quand mes hommes sont arrivés devant sa tour, répliqua Vale, imperturbable.

Jehal redressa la tête.

— Vous mentez, Sentinelle.

— Pas du tout, Majesté. Le menteur, c'est celui qui vous a affirmé le contraire.

Jehal éclata de rire.

—Personne ne m'a affirmé le contraire, Sentinelle. J'ai vu la scène de mes propres yeux.

Ce fut au tour de Vale de s'esclaffer.

— Impossible, prince Jehal. Vous vous trouviez à l'autre bout du Palais, dans la tour de l'Air. Vous n'avez rien pu voir de là-bas.

— Vous croyez ? lui lança Jehal, qui souriait de plus en plus. Eh bien, vous faites une grosse erreur, Sentinelle. Cette nuit-là, j'avais des observateurs partout dans le Palais, et tous n'étaient pas humains. J'ai voulu monter ici parce que j'ai quelque chose à vous montrer.

Lentement, il déroula le bandeau de soie blanche qu'il portait autour du poignet, et reprit :

— Je sais que vous pouvez garder un secret. Voici le trésor que les Taiytakei m'ont offert pour mes noces et que j'ai à mon tour offert à l'Oratrice en gage de dévotion et de fidélité.

Il tendit le bandeau à Vale qui l'examina, visiblement étonné.

— Pardonnez-moi, prince Jehal, mais je ne comprends pas. Que voulez-vous me montrer ?

— Ce morceau de soie, Sentinelle. Nouez-le sur vos yeux. Si j'étais vous, je commencerais par m'asseoir. La première fois, on perd toujours tout sens de l'orientation. N'ayez pas peur, je ne vais pas m'enfuir ! ricana-t-il en voyant Vale hésiter.

— Vous enfuir ? gloussa ce dernier. Voilà qui ne me surprendrait pas du tout ! Non, j'ai peur de recevoir un coup de couteau dans les côtes, plutôt…

— Je ne suis pas vraiment un adepte du couteau, Sentinelle. Quand je dois me débarrasser d'un ennemi, je préfère le regarder construire lui-même son bûcher, puis s'allonger dessus ; pendant ce temps-là, moi, je joue tranquillement avec les allumettes…

Il sourit à pleines dents.

— Allez-y, mettez-le. Vous verrez par les yeux de… de quelque chose. Je préfère ne pas vous dire quoi.

Lentement, Vale posa le bandeau sur ses yeux, sans le nouer. Il ne vacilla pas, ne chancela pas. *C'est censé m'impressionner ? Bon, d'accord, je le suis un peu…*

— Alors ? Que voyez-vous ?

— Une aire, répondit Vale en ôtant le bandeau. Le Haut de Drotan. Vu du haut de la tour d'Hyram.

— Exactement. Et la Nuit des Couteaux, quand j'ai noué ce bandeau sur mes yeux, vous savez ce que j'ai vu ? Vous, Sentinelle. Je vous ai vu laisser sortir Shezira alors que vous auriez dû l'arrêter.

Vale pâlit.

La carapace se fissure enfin !

— Oui, Sentinelle, j'ai tout vu. Vous avez laissé passer Shezira.

— C'était pour le bien des royaumes, protesta Vale d'une voix rauque.

— Vous n'avez pas vraiment obtenu le résultat escompté, n'est-ce pas ? Vous voulez savoir autre chose ? Cela vous consolera peut-être un peu : c'est le jouet de Zafir, pas le mien. J'imagine qu'elle a tout vu, elle aussi.

— Elle n'a jamais fait mention…

— … de votre désobéissance à un ordre direct ? Bah, les choses ont tourné en sa faveur, en fin de compte, lui fit remarquer Jehal avec un haussement d'épaules. N'empêche qu'en laissant passer Shezira, vous lui avez clairement désobéi, et vous savez tout comme moi que notre Oratrice n'aime pas beaucoup ça. Elle n'a peut-être rien vu, après tout… Je lui poserai la question, si vous le souhaitez.

Il redressa la tête d'un air faussement intrigué.

— Oui, voilà qui pourrait être fort intéressant ! Dites-moi, Sentinelle, est-ce que ceux de vos hommes qui ont assisté à cette scène sont morts cette nuit-là ?

— Pas du tout, prince Jehal. Je ne me débarrasse pas ainsi de mes gardes ! Ceux qui ont tout vu sont postés là où ils ne peuvent pas causer de mal.

Vale parlait comme s'il mâchait du gravier, et Jehal sourit.

— Tant mieux pour vous. À présent, je vais vous raconter autre chose.

Du menton, le prince lui désigna les cages.

— Grâce à ces yeux qui vous ont vu trahir votre Oratrice, j'ai moi-même vu Hyram enjamber le balcon. Shezira ne l'a jamais touché. Vous avez décapité une reine innocente.

— J'ai suivi les ordres de l'Oratrice.

— Vous devriez vous décider, Sentinelle. Êtes-vous le gardien des royaumes, dont le devoir sacré est de préserver la paix et notre mode de vie, ou un simple pion qui fait toujours ce qu'on lui dit, même si c'est une folle qui lui donne des ordres ? ricana Jehal. Allons ! Même ça, vous en êtes incapable, nous le savons tous les deux !

Vale conserva la même expression.

— Dois-je rapporter à Maître Jeiros l'existence de votre ami le mage de sang, Majesté ? J'aimerais bien savoir ce qu'il en pense.

Jehal haussa les épaules.

— Pourquoi ne pas le dire aussi à l'Oratrice ?

— J'imagine qu'elle le sait déjà. Nous sommes les gardes adamantins, votre Majesté. Nos traditions remontent aux premiers jours des Braises. Nous avons été les premiers à nous soulever contre les mages de sang parce que nous n'avions rien à perdre. Nous nourrissions leurs dragons, ils nous sacrifiaient à eux à notre corps défendant. Désormais, les Braises peuvent choisir leur voie, mais les premiers Adamantins n'avaient pas le choix. Aujourd'hui, les alchimistes protègent les royaumes contre les dragons, les rois-dragons redoutent les alchimistes, l'Oratrice redoute les rois-dragons et nous, nous nous méfions de tout le monde. Nous sommes le dernier recours, votre Majesté. Le dernier rempart contre la tyrannie. Car, au mieux, l'équilibre est précaire. Les gens comme vous sont ma bête noire. Racontez ce que vous voulez à l'Oratrice, je m'en moque.

— Vous croyez vraiment à tout ça, hein ? lui lança Jehal sans le quitter des yeux.

Il se remit péniblement debout. La tour du Crépuscule était horriblement loin, mais au moins l'escalier serait plus facile à descendre qu'à monter.

— J'aimerais bien retourner dans ma geôle, à présent. Je vous en prie, passez le premier. Vous allez peut-être devoir me rattraper. Je ne voudrais pas glisser accidentellement et me rompre le cou. Et tout bien réfléchi, pour les putains, je m'adresserai à quelqu'un d'autre. Ne vous vexez pas, Sentinelle, mais je préfère m'assurer de la qualité de la marchandise.

Vale descendit sans un mot. Jehal s'assit sur la marche du haut et glissa de l'une à l'autre jusqu'en bas. Il avait l'air d'un idiot et ça faisait mal, mais il n'avait pas la force de s'y prendre autrement. Arrivé au pied de l'escalier, il regarda la Sentinelle s'en aller.

Vous avez gagné la première manche, Vale Tassan, mais vous savez maintenant ce qui vous attend : je remporterai les suivantes, vous pouvez me croire. Même les plus insignifiantes, jusqu'au jour où vous tourmenter deviendra une corvée.

Mais commençons par le commencement. D'abord, il devait s'assurer que le mage de sang allait tenir ses promesses. Ensuite, il y avait la question des héritiers : pouvait-il encore en engendrer ? Ou du moins prendre du plaisir en s'y essayant ?

36. LES ÎLES

Les dragons survolèrent la haute mer pendant trois jours avant de repérer une côte. Kemir, qui n'avait aucune idée de l'endroit où ils se trouvaient, jubila comme jamais en apercevant cette malheureuse plage de sable. Maintenant allongé sur le dos, il s'étirait, découvrant l'usage de muscles dont il avait ignoré l'existence jusqu'alors.

Nous avons faim, déclara Neige. Elle libéra l'écuyère presque morte quelque trois cents pieds plus bas, sur la plage, puis les dragons reprirent leur envol. Kemir reçut en pleine figure le sable soulevé par leurs battements d'ailes, mais ne s'en rendit même pas compte : il dormait déjà à poings fermés.

Il se réveilla au coucher du soleil. *Mince, je suis complètement ankylosé !* Quand il se leva, ses articulations craquèrent. Où était-il ? Avec Sollos, il avait sillonné les royaumes. Ils avaient poussé jusqu'aux confins du désert de Pierre, au nord du Guet, ils avaient survolé à dos de dragons les dunes infinies du désert de Sable et la morne et blanche étendue sans vie du désert de Sel, ils avaient taillé leur route à travers les collines entourant Evenspire et les marais et landes de l'extrême est en explorant quelques bordels au passage, ils avaient parcouru l'Épine du Monde du nord au sud, sur toute sa longueur…

Mais je n'ai jamais franchi un océan. Il s'assit et contempla ce ciel bleu et dégagé. Les vagues chuchotaient doucement sur le sable en un va-et-vient apaisant, et une petite brise soufflait, douce et tiède. Un peu plus loin, vers l'intérieur des terres, la plage se muait en dunes ondoyantes couvertes de hautes herbes. De l'autre côté des dunes, il y avait des arbres. À perte de vue.

Des arbres, donc du gibier ! De la nourriture ! Il ferait bientôt nuit et Kemir avait faim. Les dragons étaient partis depuis des heures. Il ramassa ses deux arcs et se dirigea vers l'écuyère. Elle était consciente, mais elle n'avait pas bougé. Elle aurait pu le tuer dans son sommeil si elle avait voulu. En l'examinant de plus près, il comprit qu'elle était sans doute incapable de « vouloir » quoi que ce soit. Quand elle le vit, ses yeux roulèrent dans leurs orbites, et elle gémit et grogna, affolée. Elle avait probablement oublié aussi qui elle était. À en juger par les apparences, elle n'allait pas faire long feu. Elle ne leur servirait pas à grand-chose, finalement.

Un petit ruisseau descendait jusqu'à la mer. Kemir le longea un peu vers l'intérieur des terres et découvrit une mare. Il se désaltéra, puis revint auprès de l'écuyère et lui versa de l'eau dans la bouche. Un geste bizarre, dans la mesure où il avait voulu la tuer quelques jours plus tôt. Il envisagea cette possibilité, lui couper le cou ici même, tout de suite, en l'absence des dragons… Mais voulait-il le faire parce qu'elle était écuyère ou bien poussé par une sorte de jalousie idiote ? Il finit par renoncer à cette idée. Il fit son possible pour installer la femme plus confortablement et lui apporta de nouveau de l'eau.

— Désolé, lui murmura-t-il à l'oreille.

Mais pourquoi était-il désolé ? Pour toutes sortes de choses, probablement. Pour ce qu'il avait fait, pour ce qui s'était passé. Pour ce qui se passerait plus tard.

Puis il se tourna vers le large et sentit sa mâchoire se décrocher. Les dragons étaient là, sans doute à une demi-lieue de distance, mais assez faciles à repérer. Et ils n'étaient pas seuls. L'un d'eux semblait traîner quelque chose dans les vagues, vers la plage. Il battait furieusement des ailes, comme pour soulever au-dessus de l'eau la chose en question. Quelques secondes plus tard, le dragon céda sa place à un autre et fonça dans les airs. Kemir observa leur approche.

Il s'agissait sans doute d'un autre dragon. Une bête blessée, peut-être. Avec une aile brisée. Si c'était le cas, ses congénères ne se montraient pas très attentionnés à son égard.

Je ne vois pas ses ailes. Je croyais qu'on abattait les dragons aux ailes brisées ! C'est forcément un dragon, pourtant ! Un monstre marin ? En tout cas, c'était noir et énorme ; gros comme un petit dragon de chasse, en fait, mais sans les ailes, la queue interminable ou le cou allongé.

Les dragons approchaient. En le voyant, Neige joignit les ailes un court instant pour le saluer. *Une proie ! À manger, Kemir ! Nous avons rapporté de quoi manger ! Un poisson géant !*

Kemir en resta bouche bée. Une baleine ! Ils avaient capturé une baleine !

Les dragons s'abattirent dans l'eau et pataugèrent jusqu'à la plage en tirant la baleine derrière eux. Ils en avaient déjà arraché de gros morceaux de chair, mais elle n'était pas encore morte. Kemir resta à bonne distance pendant que les dragons l'achevaient puis la mettaient en pièces. Ils n'avaient pas mangé depuis des jours. Ce spectacle lui souleva le cœur et lui donna faim en même temps.

Il retourna à la mare et se lava. À son retour, il vit les dragons étalés dans le sable. L'un d'eux éructa. Une bonne moitié de la baleine avait disparu.

— Je vois que vous m'en avez laissé un bout, dit le mercenaire en plissant le nez.

Ça empestait.

Nous allons rester ici un moment, Kemir. Nous avons assez à manger.

— Il ne vous reste qu'une demi-baleine ! Demain matin, vous aurez faim à nouveau !

Nous resterons repus pendant des jours si nous ne volons pas. Et si la faim revient, nous chasserons de nouveau, voilà tout. Dans aucune de mes nombreuses vies, je n'avais vu la mer... Ce n'est pas si mal, après tout.

Kemir hocha la tête. Cette puanteur qui empirait lui donnait la nausée.

— Amusez-vous bien alors. Je vais chasser une proie à ma taille.

Je sens ta faim, Kemir. Tu peux manger de la nôtre.

— Tu m'en vois honoré.

Il n'y tenait pas particulièrement, mais pour les parias, quand quelqu'un vous offrait de la nourriture, ça voulait dire quelque chose, et refuser était souvent considéré comme une insulte. Bah, les dragons ne se comportaient peut-être pas ainsi. Ou peut-être que si.

— Bon, d'accord. Comme je te l'ai dit, je suis honoré.

Et dégoûté aussi, mais pas assez pour vexer une créature qui pouvait l'aplatir comme une crêpe sans même s'en rendre compte. Avec un soupir, Kemir prit un de ses couteaux en réfléchissant à la meilleure façon de s'approcher de la baleine. Les dragons ayant englouti presque toute sa tête, il avait le choix entre la queue et le ventre, lequel était ouvert, les entrailles répandues sur le sable.

— La queue, décida-t-il. Dans la baleine, c'est la queue que nous préférons, nous les humains.

Surtout quand c'était la partie la mieux préservée de tout ce... *fatras*. Kemir retenait sa respiration. Il avait chassé, tué et mangé des animaux toute sa vie, mais c'était la première fois qu'il pouvait *marcher* dans un cadavre.

Tu n'avais jamais vu l'une de ces créatures avant aujourd'hui, le railla Neige. *Tu en connaissais à peine l'existence...*

Kemir lui jeta un regard furieux.

— Moi, je te dis que ce qu'il y a de mieux dans la baleine, c'est la queue !

Il se mit à découper des lanières de viande en essayant de se boucher le nez en même temps.

Prends-en autant que tu en veux. Ensuite, tu devras chasser pour ton compte. Tu ne peux pas rester avec nous. Pendant un temps, au moins, nous allons devoir nous séparer.

— Quoi ? s'exclama-t-il en suspendant son geste, pétrifié. Pourquoi ? Vous allez où ?

À l'idée de se retrouver tout seul ici, il sentit la peur l'envahir. Absurde. Il se pinça. *Nadira. Pense à Nadira.*

Tu dois nous quitter ici. Nous devons être seuls. Mes nouveaux frères commencent déjà à rêver, Kemir. Je t'ai montré ces rêves. Tu les as vus, tu sais ce qu'ils sont et tu connais l'effet qu'ils ont sur nous. Tu ne dois pas être présent quand viendra le moment du réveil. Souviens-toi de Cendre.

— Cendre était fou !

Cendre était furieux. Nous sommes tous furieux. Quand je me suis réveillée, j'étais furieuse. Et je te conseille d'éviter notre fréquentation quand nous sommes dans cet état. Je ne peux pas te promettre qu'ils ne te mangeront pas. Je ne sais pas si je serais capable de les en empêcher.

— Tu n'as qu'à leur dire que je suis extrêmement utile, ricana Kemir.

Quand le réveil sera achevé, je leur ferai entendre raison. Comme j'ai fait entendre raison à Cendre. Cendre ne t'a pas mangé, Kemir. Malgré sa fureur.

— D'accord. Parfait. Je vais donc me faire chier au milieu de nulle part. Tout seul. Débrouille-toi, dragon. Amuse-toi bien, on verra comment tu t'en sors sans moi. Tu veux peut-être que j'emmène ton écuyère apprivoisée et que je veille sur elle en ton nom ?

Il regarda Neige longtemps et avec insistance. Elle se transformait encore. Elle se souvenait. Elle apprenait encore à se connaître. Il n'avait pas eu le temps de se pencher sur la question depuis… depuis Nadira. Pas avant d'atteindre la mer, en tout cas. Neige avait bel et bien changé. Elle n'était plus la Neige qui avait incendié la forteresse des alchimistes ; elle n'était plus celle qui avait dévoré Nadira ou détruit une ville dont elle ne connaissait même pas le nom. Peut-être n'avait-elle plus besoin de lui. Et peut-être était-ce aussi bien ainsi.

— Je voudrais savoir une chose avant de partir. Comment t'appelles-tu ?

Neige, Kemir. Je m'appelle Neige, tu le sais très bien, alors pourquoi me poser la question ?

— Non, pas ce nom-là. Comment t'appelles-tu *vraiment* ? Je veux que tu me dises celui qu'on t'a donné quand tu es née pour la première fois.

Pendant quelques instants, il eut la très nette impression que Neige souriait. *Mon nom de dragonneau. Le nom que m'a donné mon écuyer d'argent. Mon tout premier nom. C'est celui-là que tu veux connaître ?*

— Oui. Ton premier nom, ton vrai nom, quel qu'il soit. Pas celui dont les alchimistes du Guet t'ont affublée. Sauf si c'est un secret. Je ne voudrais pas que tu soies obligée de me manger parce que tu me l'as révélé.

Ce n'est pas un secret. On m'a baptisée Alimar Ishtan vei Atheriel… Tendre Souvenir d'un Amant Lointain et Perdu.

Kemir faillit éclater de rire.

— Tendre ? C'est… Franchement, je ne l'aurais jamais deviné. Alimar, c'est mieux. Alim, peut-être. Ou Ali.

Tu as le droit de connaître mon vrai nom, mais tu n'as pas gagné celui de le prononcer. Prends toute la viande que tu veux, et ensuite va-t'en.

Kemir jeta un coup d'œil vers la plage, plus bas. L'écuyère était toujours allongée sur le sable.

— Ça me va, mais elle, que va-t-elle devenir ?

Neige se dandina jusqu'à la silhouette prostrée sur la plage et la poussa du nez. Kemir perçut son dégoût. *Elle est cassée.* Elle la souleva délicatement par une jambe, la secoua et la laissa retomber. *Celle-ci sera morte avant le réveil de mes frères. Elle reste. J'en tirerai ce que je pourrai tant qu'elle s'attardera en ce monde.*

Pendant quelques instants, Kemir hésita. Tout compte fait, il aurait dû supprimer cette écuyère quand il en avait l'occasion. Il lui aurait épargné bien des souffrances. Puis il fit demi-tour sans un regard en arrière.

— Je te la laisse alors. Adieu.

Quand tu ne risqueras plus rien, je te retrouverai.

— Seulement si je le veux bien, dragon. Seulement si je le veux bien.

Sur ce, Kemir s'en alla d'un pas hautain vers l'orée de cette forêt inconnue dont il ignorait tout. Seul. Neige avait de la compagnie, à présent. Celle de ses propres congénères. Ils n'avaient plus besoin de lui.

— Oublie-les, se fustigea-t-il comme si cela pouvait suffire. Ils n'ont pas besoin de toi et tu n'as pas besoin d'eux.

Tout bien considéré, pourtant, il aurait préféré qu'on l'abandonne dans un endroit connu, voire même habité.

Mais il était en vie, et c'était le principal. C'était bien mieux que la mort, en tout cas. Finalement, Neige ne l'avait pas mangé... Il partit le plus loin possible des dragons et se construisit un abri. Il ne pourrait jamais s'en éloigner suffisamment, bien sûr, puisqu'ils avaient des ailes. Les jours suivants, il les vit parfois planer au loin. Il s'efforçait de les ignorer, mais à mesure que les jours se transformaient en semaines, il en devint incapable. L'île grouillant de gibier, la chasse était facile. À force d'attendre, il se mit à prendre du poids. Il abandonna son premier abri et décida d'explorer l'île, une occupation comme une autre. Parfois, hélas, il s'ennuyait quand même. Il fixait les cieux pendant des heures et des heures, en espérant apercevoir quelques ailes, quelques flammes...

Il se trouvait là depuis trois semaines lorsqu'il vit les bateaux. Il avait établi son campement de l'autre côté de l'île, aussi loin que possible des dragons. Un matin, en se réveillant, il découvrit une mer couverte de navires. Comme ils étaient loin du rivage, trop loin pour l'apercevoir, il se contenta de les observer en s'interrogeant sur leur provenance. Les dragons devaient les avoir vus aussi, car il les repéra plus tard dans la matinée en train de foncer vers cette flotte. Il éprouva en les voyant un certain soulagement à l'idée de se trouver sur la terre ferme. Dragons et navires ne faisaient jamais bon ménage, même lui le savait. Il ne vit pas ce qui se passa ensuite et ne s'en soucia guère.

Le lendemain matin, quand il se réveilla, les dragons l'attendaient. Tous les quatre. Il avait cru pouvoir se cacher d'eux, mais c'était ridicule. Il se surprit à chercher l'écuyère du regard. Sans résultat.

Et celui-ci ? entendit-il. Les trois autres dragons avaient changé. Ces monstres de guerre adultes rapetissaient même Neige, et ils étaient réveillés, tout comme elle. Kemir pouvait le voir en eux.

Celui-ci peut nous servir. Neige se tourna vers Kemir. *Nous sommes quatre, à présent. Nous sommes forts. Nous allons retourner délivrer notre espèce et tu vas nous aider.*

— Tu crois vraiment que je peux vous aider ?

Neige laissa tomber quelque chose à ses pieds. Un paquetage. Celui de l'écuyère. Des pages arrachées et des cartes en tombèrent. Les royaumes. Personne ne s'était jamais donné la peine de lui apprendre à lire ou à écrire, mais il pouvait reconnaître une carte quand il en voyait une. Avec le désert au nord, tout là-haut, les landes à l'est et l'Épine du Monde à l'ouest.

Ces choses sont… trop petites. Et trop fragiles. Nous les verrons par tes yeux quand tu les regarderas. Kemir prit soudain conscience que Neige ne perdait pas une miette de ses pensées. Au même instant, il aperçut les petites croix gribouillées sur l'Épine du Monde et comprit ce qu'elles étaient censées indiquer. Il avait sous les yeux la carte des aires du roi des Cimes.

Cette chose indique où on peut trouver des dragons, n'est-ce pas ?

Kemir ne lui répondit pas. Ce n'était pas nécessaire. Ses pensées l'avaient déjà trahi. Neige tâtonnait dans sa tête, toute luisante d'avidité. Une carte des aires du roi des Cimes… Il pouvait presque les voir brûler l'une après l'autre.

Il ne prit même pas la peine de lui demander ce qui était arrivé à l'écuyère.

— Je pourrais rester ici pendant que vous partez vous battre...

Mais, au moment même où il prononçait ces mots, Kemir comprit qu'il en serait incapable. Vivre sur cette île tout seul, dans cet endroit sauvage, jusqu'à la fin de ses jours ? Jamais ! Il deviendrait fou ! *Et en plus... Valmeyan...*

Tu vas nous aider, Kemir.

— Et si je refuse ? *Quelle question absurde ! On m'offre le moyen de faire ce que Sollos et moi nous nous sommes un jour jurés d'accomplir ! Je peux nous venger du roi des Cimes ! Je peux le faire crever dans les flammes...* Une délicieuse et excitante sensation l'envahit.

Le dragon ne réagit pas, sauf pour se lécher les babines. *Nous allons partir, maintenant. Nous sommes prêts.* Les pensées de Neige reflétaient son excitation, et autre chose aussi. Une chose incongrue. Un malaise. Neige était presque...

— Tu as *peur*, dragon ?

Nous avons vu des navires sur la mer. Il y avait une présence parmi eux. Une présence que nous n'avons pas ressentie depuis très longtemps. Pas depuis la destruction du monde.

— Y a-t-il un risque que cela se reproduise, mais pour une bonne raison, cette fois-ci ?

L'un de nos créateurs est de retour. Nous ignorons ce que cela signifie. Nous pensions qu'ils avaient tous disparu.

Kemir haussa les épaules.

— Mais vous avez dormi pendant quelques centaines d'années...

L'un des dragons se fendit vers lui. Kemir tressaillit et ferma les yeux, mais aucun coup ne vint. Quand il rouvrit les yeux, il vit des dents tout près de son visage, des crocs aussi longs que son bras. Le souffle du dragon était brûlant et pestilentiel. Ils étaient tous furieux contre lui, même Neige.

Prends garde, Kemir.

Il n'insista pas. Il rassembla ses rares possessions sans ajouter un mot et les chargea sur le dos de Neige, puis s'assura qu'il aurait assez de vivres et d'eau pour tenir cette fois-ci. Il voulait bien aller au-devant de sa mort, mais confortablement, si possible. Au moins, pour le moment, les dragons semblaient repus. Ils avaient encore chassé la baleine, probablement.

— Où allons-nous ?

Nous allons traverser l'eau jusqu'à l'endroit où l'Épine du Monde s'écrase dans la mer. Nous allons retourner dans les montagnes où je me suis réveillée, et ce sera le début. Nous irons aux endroits signalés sur ces cartes. Tu vas être nos yeux. Quand nous en aurons terminé avec ceux-là, personne ne pourra plus nous arrêter, nous serons trop nombreux. Le moment sera venu de débusquer vos alchimistes. Nous retrouverons vos aires, vos châteaux, vos palais, et cette fois-ci nous les brûlerons tous. À commencer par l'endroit où j'ai éclos.

L'humain et le dragon se regardèrent.

Le Guet !

37. FLAMMES ET PAPILLONS DE NUIT

— Alors, êtes-vous toujours un homme, ou n'en êtes-vous plus que la moitié ?

Zafir était assise face à Jehal dans la salle qui couronnait la tour du Crépuscule, lieu qu'il avait choisi délibérément. Qu'avait-il voulu prouver à l'Oratrice ? *Que je suis capable de monter des escaliers tout seul ? C'est ça ? J'en suis donc réduit à ce genre de bravade ? Et qu'est-ce que cela m'a rapporté, d'abord ?* Tout son côté gauche palpitait et il avait l'impression que sa blessure était en feu. Il avait eu du mal à s'asseoir. La triste vérité, c'était que sa jambe ne guérirait jamais.

Sans béquille, Jehal pouvait à peine marcher, et il en serait ainsi jusqu'à la fin de ses jours.

Ça aurait pu être pire. Je suis encore capable de monter à dos de dragon. Et pas seulement à dos de dragon...

Zafir ne lui laissa pas le temps de répondre. Les yeux écarquillés, elle reprit, tout en se tortillant une mèche de cheveux :

— Vale Tassan prétend que Shezira a voulu vous châtrer, mais d'après Jeiros, elle n'a réussi qu'à vous estropier. Il fait son timide quand je l'interroge ; il dit qu'il n'est sûr de rien. Bon, alors, a-t-elle raté sa cible ? Avez-vous encore ce qu'il faut là où il faut ?

L'Oratrice avait amené la Sentinelle avec elle. Tassan s'était posté au fond de la pièce, à bonne distance des deux amants... *Juste assez près pour me couper le cou avant qu'il ne soit trop tard si jamais il me prenait l'envie de tordre celui de la délicieuse Zafir, hein ?*

— Vous n'avez qu'à le découvrir vous-même.

Il voulut étendre la jambe pour soulager la douleur, sans le moindre résultat.

— À vous voir, il y a de quoi se faire du souci. Shezira était excellente à l'arbalète.

— Oui, on dirait, sourit Jehal. De surcroît, elle a tiré de très près, et sur une cible si *évidente*...

Zafir lui rendit son sourire.

— J'imagine qu'il me faut envisager la pire des possibilités en ce qui vous concerne, du moins jusqu'à ce que nous en apprenions davantage...

Jeiros... Oui, Jeiros en personne avait introduit secrètement une femme dans sa chambre, une femme soudoyée dans un bordel de la ville Elle était propre, mais Jehal l'avait repoussée. *Ah, ces petits jeux auxquels nous aimons tant nous adonner...*

Il haussa les épaules.

— J'ai un goût exquis quand il s'agit de choisir les femmes que je mets dans mon lit. Si vous voulez mon avis, la Sentinelle a sans doute dans ce domaine un bien meilleur jugement et beaucoup plus d'entraînement que Jeiros. C'est Tassan que vous auriez dû envoyer faire vos commissions.

— Pas les *miennes*, voyons, répliqua Zafir, toujours souriante.

Tout à coup, elle devint glaciale.

— Vous m'avez trahie.

— Je vous ai dit ce que je pensais, ma douce. Vous auriez dû relâcher Shezira. Mon opinion à ce sujet n'a pas changé. Vous avez eu tort d'agir comme vous l'avez fait. C'est vous qui avez déclenché cette guerre.

Jehal se leva avec un gémissement de douleur.

— Puis-je regagner mon lit de convalescent ? Ou préférez-vous me fourrer dans une autre cage ? J'ai vu votre cousin, celui qui se balance au vent au-dessus du portail… De quoi s'est-il rendu coupable ? Vous a-t-il regardée avec concupiscence ? Non, ne me répondez pas ; je sais ce qu'il a fait. Est-ce vraiment ce qui lui a valu d'être encagé ainsi ?

— Il a perdu vingt-cinq de mes dragons au profit d'Almiri !

— Vous auriez dû partager votre couche avec lui, finalement. Il ne se serait sans doute pas montré aussi impatient, gloussa Jehal, qui fit demi-tour pour prendre congé.

— Attendez !

Le prince se comporta comme s'il n'avait rien entendu. Il bâilla et s'éloigna en boitillant.

— Attendez ! lui cria-t-elle encore, vraiment fâchée à présent.

— Pourquoi devrais-je attendre ?

— Parce que je suis l'Oratrice !

— Et moi, je suis roi. Si un jour vous devenez raisonnable, j'écouterai peut-être vos conseils, mais ne vous avisez jamais de me donner des ordres. Vous n'en avez pas le droit. Même comme Oratrice.

— Attendez, répéta-t-elle d'un ton plus doux. S'il vous plaît. Je n'ai jamais voulu ce qui vous est arrivé.

— J'aime mieux ça.

Jehal revint s'asseoir auprès d'elle. *Il était temps ! Je n'aurais sûrement pas survécu à toutes ces marches alors que je viens à peine de les monter ! Mais je ne suis pas venu pour entendre des reproches.*

Zafir arborait maintenant son air le plus sérieux. Elle se pencha vers lui, les yeux grand ouverts.

— Je n'ai jamais voulu qu'on s'en prenne à vous. Je voulais seulement…

— Venez ici. Asseyez-vous à côté de moi, la coupa Jehal en tapotant le coussin près de lui. *Et si elle mentait ? Bah, quelle importance ? Connaît-elle seulement la différence entre le mensonge et la vérité ?*

Zafir jeta un coup d'œil à Vale, qui se rapprocha de quelques pas et lui fit un petit signe de tête. *Donc, tu estimes qu'à cette distance, il est assez proche pour pouvoir me tuer avant que je fasse le moindre mouvement. Six pas. Intéressant. Il faudra que je m'en souvienne.* Zafir vint enfin s'asseoir auprès de lui, et à son grand mécontentement, la chaleur qu'elle dégageait lui donna immédiatement un début d'érection. *Voilà ce que c'est d'être resté cloué au lit si longtemps ! J'aurais peut-être dû accepter la putain de Jeiros, finalement.* À cause de la blessure, le résultat était plus douloureux que plaisant. Concentré sur ses sensations, Jehal caressa la joue de la jeune femme.

— Je sais. Votre idée, c'était seulement de m'écarter pendant une journée, le temps que le vote ait lieu et que la sentence soit exécutée. Tout ceci n'aurait jamais dû se produire.

— C'est ça, lui souffla-t-elle. *Quelle menteuse !*

— Vous n'êtes pour rien dans ce qui m'est arrivé, je le sais bien.

— Effectivement. *Et si c'était vrai ? Bah, quelle importance ?*

Jehal se pencha vers elle en souriant, si proche à présent que ses lèvres frôlèrent l'oreille de Zafir.

— Jamais vous n'auriez offert à Shezira la satisfaction d'une vengeance comme celle-là. Vous auriez fait ça vous-même.

Il posa une main sur la cuisse de Zafir. Elle ne frémit pas le moins du monde, mais sa respiration s'accéléra. La Sentinelle se rapprocha encore d'un pas ou deux.

— J'exige réparation pour ce que j'ai subi, mais ce n'est pas à vous de payer. Vale Tassan étant à l'origine de mes malheurs, je le veux comme jouet à utiliser selon mon bon plaisir. *Ah, le plaisir... Vous m'écoutez, Sentinelle ? Vous entendez ces mots que je susurre ? Vous n'êtes pas très loin et je sais que vous avez l'ouïe fine...*

— C'est la guerre, Jehal. J'ai besoin de lui.

— Pas autant que de moi, répliqua Jehal en déplaçant sa main plus haut sur la cuisse de Zafir. Je vous promets de ne pas le briser tant que vous n'en aurez pas terminé avec les filles de Shezira. Pour l'instant, je veux juste m'amuser un peu avec lui.

L'Oratrice déglutit et hocha imperceptiblement la tête, un signe bien suffisant...

— Je n'ai jamais voulu devenir votre ennemi, Zafir. Pour vous, je ne veux que le meilleur. C'est dangereux, la guerre, et j'ai peur pour votre vie. Il y a toujours des morts au cours des guerres-dragons. Des tas de morts, et parfois même des gens qui comptent. Je veux que vous sachiez que lorsque Shezira m'a tiré dessus, au moment où j'ai cru ma dernière heure arrivée, ma première pensée fut pour vous. Et dans mon lit, alors que je récupérais lentement, j'ai encore énormément pensé à vous. Plus qu'à n'importe qui d'autre, en fait.

— Vraiment ?

— Vraiment.

Zafir poussa un long soupir.

— Merci, Jehal.

— Vous me croyez ?

Elle lui prit la main et l'emprisonna entre les siennes.

— Bien sûr que je vous crois.

Dans ce cas, vous êtes soit une idiote, soit une menteuse, et pour une fois, je suis incapable de me prononcer.

— J'ai un cadeau pour vous.

— Je n'ai nul besoin d'un cadeau, Jehal. Restez à mon côté, comme lorsqu'on m'a faite Oratrice, c'est tout ce que je vous demande. Votre soutien compte plus pour moi que n'importe quel cadeau.

Excellent. En fait, j'ai vraiment envie de vous croire. Vraiment excellent.

— J'ai pourtant un cadeau pour vous. Considérez-le comme un dédommagement pour ce que je ferai subir au commandant de votre garde dès que vous n'aurez plus besoin de lui. *Vous êtes toujours là, Sentinelle ? Écoutez-moi bien !*

— Vous n'avez pas besoin de m'en parler. J'ai vu la lettre, mon tendre ami.

— La… lettre ? bégaya-t-il, perplexe.

— Celle que vous avez rédigée avant le conseil. Celle que vous alliez envoyer à votre oncle.

Elle le regarda comme s'il avait perdu l'esprit, et répéta :

— La lettre, Jehal ! Celle dans laquelle vous demandez à votre oncle d'assassiner votre épouse pour vous !

— Ah, celle-là… Je n'ai jamais pu l'envoyer. *Cette lettre-là.*

— Vous êtes un idiot, Jehal. Si j'avais su avant le conseil que votre cœur m'appartenait, nous aurions pu éviter tout cela ! J'aurais relâché Shezira simplement parce que vous me le demandiez ! s'exclama-t-elle en secouant sa chevelure.

— Il n'y aurait pas eu de conseil ? Pas d'exécutions ni de guerre ?

Pendant quelques instants, Jehal fut tenté de la croire. *C'est ça. Rappelle-toi à qui tu t'adresses. Il est facile d'affirmer ce genre de choses quand il est trop tard pour revenir en arrière. En outre, je n'ai pas apposé mon sceau sur cette lettre. Et je ne le ferai peut-être jamais.*

Zafir posa les doigts sur sa jambe, tout près de la blessure.

— Ça fait mal ?

— Oui, un peu. Mais c'est pire quand je suis excité. Vous ne me facilitez pas les choses.

— Si j'avais su que vous étiez à moi, rien de ceci ne se serait produit. Et vous seriez toujours entier.

— Je le suis bien assez, merci.

— C'est ce que vous prétendez, mais qui me dit que c'est vrai ?

— Pour mes lèvres et mes mains, jugez-en par vous-même. Elles sont ce que j'ai de mieux, comme vous le savez. Pour le reste, si vous voulez vraiment le découvrir, il n'y a qu'une façon de procéder. Je dois me ménager, vous comprenez ? déclara-t-il en haussant un sourcil d'un air espiègle.

La main toujours posée sur la cuisse de Jehal, Zafir lui décocha un petit sourire entendu, et tout ce qui les avait rapprochés au début, cette irrésistible attirance mutuelle, lui revint fugitivement à l'esprit. La jeune femme se mit à délacer sa tunique.

— Je vais vous livrer les Écuyers Rouges…

— Et moi, je ferai de vous un roi. Mais, d'abord, grâce à moi, vous allez devenir un dieu.

— J'étais persuadé que l'un n'allait pas sans l'autre…

— Oh non, pas du tout !

Elle fit courir sa langue sur l'oreille du prince. La Sentinelle s'était éclipsée discrètement, les abandonnant à leurs jeux. *Quel dommage !* pensa Jehal. *J'aurais pu vous montrer une ou deux astuces et vous auriez appris comment votre Oratrice aime qu'on la serve.*

Il la dévêtit avec des caresses lentes et délibérées. Il y avait une certaine sincérité dans les gémissements qu'elle poussa, et dans la façon dont elle réagissait sous les doigts et la langue de son amant. *Je vous ai manqué, c'est évident. Quand je vous possède ainsi, je vois enfin la vérité…*

— Parfois, quand je suis seule dans le noir, j'aperçois l'écuyer rouge, murmura-t-elle. Je ne parle pas d'Hyrkallan, de Semian ou de quelqu'un qui se trouverait dans l'Éperon en ce moment, mais du vrai. Je parle du chevalier injustement assassiné et revenu d'entre les morts, les yeux injectés de sang.

— Vous avez mauvaise conscience, on dirait, chuchota Jehal.

— Il se tient là, dans l'obscurité, et il me regarde. Il ne bouge pas, il ne dit rien. Il me regarde, c'est tout. Je ne vois pas son dragon, mais je sais qu'il est là, dehors, blanc et mort comme une bête noyée.

— L'écuyer rouge est un mythe, ma douce. Vous n'avez rien à craindre. Aucun mythe ne peut vous faire de mal.

Elle ne réagit pas, ne se crispa pas le moins du monde, mais il sentit qu'elle lui échappait.

— Oui, vous avez raison, j'en suis sûre.

Elle s'écarta de lui et se redressa. Sourire aux lèvres, Jehal admira la lumière du soleil couchant qui éclaboussait les seins de Zafir. Elle était vraiment superbe quand elle le voulait, mais de temps à autre, elle pouvait l'être sans l'avoir cherché. D'ailleurs, c'était sans doute son plus grand charme, se dit-il.

Elle devait avoir senti son regard, car elle se retourna vivement. En la voyant plisser les yeux, Jehal sut immédiatement ce qui allait se passer ensuite. Elle avait cet air, à nouveau… Elle faillit lui dire quelque chose, puis se ravisa, se rassit à côté de lui et se mit à lui tortiller les cheveux.

Jehal lui caressa doucement la gorge.

— Je me chargerai de Lystra. *Je me chargerai de l'une de vous deux, du moins. Fini les hésitations. Mon choix est fait.*

Zafir soupira à nouveau.

— Inutile. Votre Meteroa aura fait le nécessaire, j'en suis certaine. Il a reçu votre lettre il y a presque un mois, et il me paraît plein de ressource. Je suis sûre qu'il trouvera un moyen. En fait, je suis plutôt surprise de ne pas encore avoir eu de ses nouvelles. Je le croyais rapide… C'est le genre d'homme qui adore obéir, non ?

— Quoi ? s'exclama Jehal, pétrifié. Vous avez envoyé la lettre ? Mais je ne l'avais pas scellée ! *Meteroa n'y aura pas cru. Mais ces mots sont les miens ! Il aura sûrement reconnu mon écriture ! Merde !*

— Je l'ai envoyée il y a quelques semaines, Jehal. Dès que j'ai appris que vous alliez survivre. Je me suis dit qu'il valait mieux en finir au plus vite. Avant de vous libérer et de vous couronner.

Elle lui jeta un regard en biais.

— Vous êtes fâché, Jehal ? Après tout, c'est vous qui l'avez rédigée ! C'est bien ce que vous vouliez, n'est-ce pas ? Ne me dites pas que vous n'en pensiez pas un mot !

Sans trop savoir comment, il parvint à contrôler sa voix.

— Comme vous l'avez dit, mon oncle est plein de ressource. Mais j'aurais préféré la tuer moi-même.

— Vous me rassurez. Je vous aime, Jehal. Je vous aimerai toujours, susurra-t-elle en l'enlaçant.

— Je sais.

Il dut forcer les mots à franchir ses dents serrées. L'esprit voilé par un nuage noir, il se sentit poussé à la témérité.

— Demain, vous me ferez roi et je vous débarrasserai des Écuyers Rouges. Quand j'en aurai fini avec eux, j'irai dans le sud. Directement. J'y retournerai avec mes dragons et nous mettrons un point final à tout ceci. Oui, y compris à Lystra, si Meteroa n'a pas encore trouvé un moyen de s'en charger. Ensuite, nous dirigerons le monde, vous et moi. *Et, un jour, l'un de nous deux assassinera l'autre, parce que nous sommes ainsi. Et vous savez quoi ? Je brûle d'impatience.*

— Oui… soupira-t-elle sous lui. Oui, ensemble… Et, maintenant, prouvez-moi que vous êtes encore un homme…

Il aboya un rire.

— Non. Pas du vivant de Lystra. Sa mort sera la preuve de mon amour pour vous. Jusque-là… eh bien… votre Sentinelle a eu la gentillesse de me fournir un godemiché. C'est l'idée qu'il se fait d'une plaisanterie, je suppose.

Tout en parlant, il glissa le godemiché en elle et la sentit frémir.

— J'ai aussi une petite sangle qui me permet de le porter, mais nous nous en passerons, d'accord ?

Il mordit la gorge de Zafir en enfonçant le godemiché.

— Je ne peux pas dire que j'apprécie son sens de l'humour, reprit-il, mais ce serait une honte de ne pas se servir de ce très bel objet d'artisanat. C'est du bois, je pense, mais lisse comme du verre. Vous aurez bientôt le vrai, je vous le promets. Dès que je serai de retour avec mes dragons.

L'esprit traversé d'idées noires et d'images de violence, il la prit brutalement, pour une fois. En égoïste, mais elle eut l'air d'aimer ça.

QUATRIÈME PARTIE

JUSTICE ET VENGEANCE

38. VIOROS

Vioros était accroupi sur le toit de pierre inégal de la tour d'Hyram, au Haut de Drotan. La vue était spectaculaire. Au nord, le sol s'affaissait de plus en plus abruptement jusqu'à plonger dans les profondeurs de la Gorge du Dragon Planant et du fleuve Furie. Quatre lieues plus loin, il s'élevait à nouveau en ondulations tourmentées jusqu'aux canyons du Dédale et aux pics de l'Éperon Pourpre, au loin. Au sud et à l'ouest se bousculaient collines escarpées et vallées au manteau forestier sombre et brumeux : la forêt de Raksheh. À l'est, les arbres cédaient la place aux cimes grandioses de l'Épine du Monde, qui dominait tout le paysage.

Vioros louchait dans un tube de métal aux deux bouts obstrués par du verre. Bien des mois auparavant, les Taiytakei avaient offert une douzaine de ces choses à l'Oratrice Zafir pour fêter son avènement au Palais Adamantin. Des « télescopes », comme ils disaient. Au Palais, un imbécile avait décrété que ces instruments étaient magiques. Sans doute le même idiot qui avait décidé que, puisqu'il y avait de la magie sous roche, les télescopes relevaient donc exclusivement de l'Ordre des Écailleux et de ses alchimistes. Ce qui n'était pas si mal, sauf que, dans le même temps, quelqu'un avait chuchoté à l'oreille de l'Oratrice que les télescopes allaient transformer l'art de la guerre-dragon et qu'on pouvait désormais jeter aux orties les *Principes* du prince Lai.

Voilà pourquoi, un mois auparavant, Vioros s'était retrouvé au Haut de Drotan. Depuis, il perdait son temps avec cet engin ridicule au lieu de superviser l'administration des potions dans l'aire du Palais, et plus généralement de veiller à la bonne marche de l'endroit. Le Haut de Drotan n'avait pas été prévu pour héberger plus d'une douzaine de dragons, et quand c'était le cas, ils ne restaient que quelques jours, une semaine au maximum. Or, aujourd'hui, Vioros devait gérer deux fois plus de pensionnaires, envoyés ici pour faire la chasse aux Écuyers Rouges. Les dragons étaient arrivés en même temps que lui et l'aire craquait aux entournures. On manquait de tout, et comme les gens n'avaient presque rien à faire, ils s'énervaient deux fois plus vite. Depuis quelque temps, les Écuyers Rouges s'agitaient surtout sur l'autre versant de l'Éperon.

Vioros reporta son attention sur le télescope et scruta les alentours à travers la lunette. Il n'avait jamais vu d'objet de ce genre avant celui-ci, mais ne le trouvait pas particulièrement intéressant. D'accord, les choses éloignées semblaient plus proches, mais l'image était floue et déformée. S'il s'agissait vraiment d'un instrument magique – ce dont doutait Vioros –, quelle magie misérable ! Comment ce machin pouvait-il les aider à débusquer les renégats dans leurs montagnes ? Ou à les mettre à mort, très lentement de préférence, et devant tout le monde ?

C'est forcément l'œuvre d'un apprenti maladroit, ricana intérieurement Vioros. *Nous en avons tous connu un…*

Il décida d'observer les sommets de l'Éperon Pourpre, loin au nord. Il y avait une molette sur le côté du tube métallique et Vioros savait qu'il était censé la tourner pour obtenir une image plus nette. Quand il s'y essaya, les montagnes se muèrent en pâtés gris indistincts. Il manipula la molette dans les deux sens et parvint finalement à voir des montagnes ressemblant à peu près à ce qu'elles étaient censées être, mais si gondolées qu'il en attrapa mal au crâne.

Il soupira et abandonna sa tentative. Cet instrument devait soi-disant les aider à retrouver les Écuyers

Rouges, mais dans ce cas, pourquoi ne pas laisser un soldat en faction ici toute la journée avec cet engin qui collait la migraine ? Les Écuyers Rouges n'allaient sûrement pas s'en prendre à nouveau au Haut de Drotan, surtout maintenant qu'il grouillait de dragons ! Non, non, son plus gros souci, c'était de trouver le moyen d'expliquer à l'Oratrice Zafir que ses cadeaux taiytakei n'étaient que de la camelote inutile. Ce genre de chose exigeait un long temps de réflexion et beaucoup de prudence. Tenir des propos déplaisants à l'Oratrice, c'était toujours très risqué. Il s'étira et observa le ciel. Ah, si seulement ils pouvaient subir un revers catastrophique ! se dit-il. Du genre pour lequel quelqu'un d'autre encaisserait tous les reproches…

Il n'aurait pas dû se trouver là, d'abord. Sa place était auprès de Jeiros et des autres maîtres alchimistes qui tentaient de découvrir où se terrait le dragon rebelle.

Non, se reprit-il. Il y avait désormais quatre dragons rebelles, si l'on se fiait aux rumeurs provenant des aires de Valmeyan. Quatre dragons qui s'étaient enfuis au large. Au sud, après l'Épine du Monde, il n'y avait plus rien, rien sauf la mer, la mer à perte de vue. Grand bien leur fasse, mais ils n'allaient pas tarder à avoir faim. Tôt ou tard, ils reviendraient, et les royaumes devaient se tenir prêts à leur retour.

Ou alors toutes ces rumeurs étaient fausses. Valmeyan se montrait bien trop discret depuis quelque temps. Savoir ce qui se passait dans ses aires était toujours difficile, mais ces jours-ci encore plus que d'habitude. Le roi des Cimes mijotait quelque chose.

Vioros cilla et s'abrita les yeux. Il y avait des petits points noirs dans le ciel, non loin du soleil.

Des dragons ?

Évidemment, des dragons. L'alchimiste hocha la tête. Quoi d'autre ?

C'est bizarre, non ?

Bah, pas vraiment, parce que dans une aire les dragons allaient et venaient toujours en permanence.

Il secoua la tête pour chasser la petite voix qui l'importunait. Il devait réfléchir à la façon de ménager Zafir au sujet des télescopes. Pour l'instant, c'était sa seule priorité.

C'est vraiment bizarre, car presque tous les dragons de Zafir sont aux trousses des Écuyers Rouges et ils ne reviendraient pas à ce moment de la journée.

Vioros grommela. Des écuyers du Palais qui venaient épuiser leurs maigres réserves… À contrecœur, il baissa le télescope. *Des renforts, et on n'a même pas pris la peine de m'en avertir !* Et ils étaient plutôt nombreux, au moins six. L'instrument des Taiytakei allait devoir attendre. *Zafir sait-elle que nous allons bientôt manquer de provisions ? Elle s'en moque, peut-être ? J'espère qu'ils ont apporté des potions, mais j'en doute fortement ! Comment suis-je censé…*

Les dragons semblaient surgir du soleil ; ils volaient à la queue leu leu, un peu comme s'ils voulaient paraître moins nombreux… Un peu comme s'ils…

Oh.

Vioros courut jusqu'au bord du toit et s'époumona.

— Des écuyers ! Écuyers en vue ! Dans l'axe du soleil !

Il hurla ces mots encore et encore, jusqu'à ce que quelqu'un l'entende. *Et c'est toi qui parles d'apprentis maladroits ?* se dit-il, mais cette pensée ne l'aida en rien.

Tout en bas, on semblait avoir reçu le message. Écailleux et écuyers couraient partout pour préparer les dragons les plus proches. En les observant, il sentit une prise de conscience s'épanouir au creux de son estomac comme une tumeur révoltante. Ils ne seraient pas assez rapides. Les intrus les survoleraient dans moins d'une minute. Les dragons dans la cour n'auraient pas encore pris leur envol. La plupart n'étaient même pas harnachés.

Tu vois ? Même si tu les avais alertés cinq secondes plus tôt, ça n'aurait servi à rien… Arrête de te faire des reproches. En plus, il avait d'autres soucis en tête. Par exemple, il ne disposait que de quelques secondes pour courir du sommet exposé de la tour à l'un des souterrains creusés en profondeur où il serait à peu près en sécurité. Une tâche impossible, à moins de sauter du sommet. Avec un peu de chance, il lui pousserait des ailes.

Je vais mourir. Il plongea par la trappe, dégringola l'échelle jusqu'à l'étage supérieur de la tour et se tordit une cheville en se recevant. À peine conscient de la douleur, il courut vers l'escalier. Il devait avoir rejoint le pied de la tour avant l'arrivée des dragons. Si ces nouveaux écuyers avaient été envoyés par le Palais, il allait se sentir immensément stupide, se dit-il soudain, mais mieux valait passer pour un imbécile que mourir, dans le cas contraire.

Il dévala l'escalier en colimaçon aussi vite qu'il l'osait, courant et clopinant. À sa grande surprise, il y avait encore du monde, et ces gens le regardaient comme s'il était fou. Il avait cru qu'il serait le dernier à quitter la tour parce que tous les autres, en entendant ses cris, auraient pris leurs jambes à leur cou, mais ce n'était pas le cas, manifestement. Il leur cria de s'écarter de son chemin, il leur cria que les dragons arrivaient, mais ses avertissements ne firent qu'empirer les choses. Ils lui barrèrent la route au lieu de s'écarter, tout en s'égosillant eux aussi. Certains ne comprenaient pas, et ceux qui comprenaient étaient cloués sur place par une panique idiote, ou ne savaient que faire… Vioros crut sentir la présence des dragons qui fondaient sur eux, à l'extérieur.

L'alchimiste bouscula une femme pour forcer le passage. *Je suis l'alchimiste en chef de l'Oratrice ! Je reçois mes ordres de la bouche même de la reine Zafir ! Je suis censé être la personne la plus importante ici ! Même le Maître de l'aire est mon subalterne ! Bien sûr, les écuyers ne l'admettraient pas, mais je devrais pourtant me comporter avec une certaine dignité…* Hélas, ses jambes le suppliaient d'oublier ces belles résolutions. Juste devant lui, deux serviteurs jaillirent d'une pièce ouvrant sur l'escalier. Les yeux ronds, ils le regardèrent arriver droit sur eux, puis il leur rentra dedans, et l'un d'eux se retrouva au sol.

— Courez ! leur hurla-t-il alors qu'ils le couvraient d'injures. Courez, sinon vous périrez dans les flammes, espèces d'imbéciles ! *Eh bien, que dites-vous de mes qualités de chef ? Et maintenant, écartez-vous de mon chemin !*

Pendant toute la descente, il sut qu'il n'y arriverait pas. Même s'il avait été seul dans cet escalier, comment rejoindre le rez-de-chaussée à temps sans se briser le cou ? Il avait parcouru les deux tiers du trajet quand la tour frissonna sur ses fondations. L'escalier trembla et l'alchimiste tomba, dégringolant les marches dans un maelstrom de contusions et d'os qui se brisaient. Frappés de folie, les murs semblaient tournoyer autour de lui. Une partie de la cage d'escalier s'effondra au-dessus de sa tête et glissa à sa poursuite. Son poignet rencontra un obstacle, provoquant une explosion de douleur. Quelque chose d'autre lui cogna la tête et il faillit perdre connaissance. Il descendait toujours, comprit-il confusément en se cognant partout, chaque impact lui suppliciant le poignet, puis son épaule rencontra brutalement un mur encore debout et il s'y écrasa, stoppé dans sa chute.

Un vacarme assourdissant – un rugissement déchaîné –, avait envahi le monde. La tête de Vioros le faisait horriblement souffrir. Pendant une seconde, il n'osa pas risquer un mouvement, puis une vague de débris l'ensevelit, expulsant l'air de ses poumons. Désormais, même s'il avait voulu bouger, il était immobilisé. Son visage s'était écrasé contre une dalle de pierre, et il ne voyait plus rien. Il était piégé, à l'exception d'une main jaillissant de l'éboulis. La main du poignet valide.

Pendant quelques instants, il put réfléchir à sa situation et à son état, puis un coup de tonnerre silencieux secoua ce qui restait de la tour et lui creva les tympans. Tout s'assourdit autour de lui. Juste après, un vent fulgurant charriant une chaleur ardente se déchaîna, lui brûla les cheveux, roussit la peau de sa main valide. Et tout redevint calme.

Vioros se demanda ce qui l'attendait ensuite. Il entendait encore des bruits inquiétants, rugissements, cris, crépitement du feu, mais comme venus de très loin. Pour autant qu'il puisse en juger, il ne saignait pas trop, et il arrivait encore à respirer. Contrairement au reste, ses jambes semblaient encore en parfait état de fonctionnement. Soudain, il ressentit un besoin urgent de glousser.

J'ai survécu ! Ils ont brûlé la tour et je suis encore en vie ! Et j'avais raison, ce n'était pas des renforts ! Et j'ai bien fait d'ameuter tout le monde !

Il évalua sa situation. Il était à moitié enseveli sous un tas de décombres. Des dragons et des écuyers hostiles le cernaient. Son sentiment de satisfaction, il devait se le garder pour plus tard. Il s'efforça de bouger. Il avait l'impression qu'une petite montagne pesait sur lui, mais il fit quand même une tentative parce qu'il pensait qu'il le devait. Quand il s'aperçut qu'il pouvait bouger, il poursuivit son effort plus par devoir que par réelle envie de se libérer. Ses jambes exceptées, il avait mal partout, sauf s'il restait parfaitement immobile. De toute façon, à quoi bon s'extirper des décombres si c'était pour se faire trucider par les Écuyers Rouges ?

Je ferais mieux de rester où je suis et d'attendre qu'ils s'en aillent. Mais cette pensée ne l'aida pas non plus. Et s'ils ne partaient pas ? Il devait au moins tenter de comprendre ce qui se passait. Il n'avait pas à *agir*, après tout. Il était alchimiste de l'Ordre, pas soldat. L'Ordre gardait sa neutralité en toute circonstance. L'Ordre maintenait les dragons sous contrôle, rien d'autre. Jamais. Même les Écuyers Rouges le savaient. D'ailleurs, ils épargnaient les alchimistes et les Écailleux, non ?

La plupart des blocs de pierres qui avaient atterri autour de lui s'étaient empilés sans vraiment l'ensevelir. Il était comme dans un petit nid rocheux. En bandant tous ses muscles et en ruant des quatre fers, il réussit à repousser les éboulis. Après une épuisante minute passée à se tortiller et à gigoter, il se propulsa vers le haut de l'escalier, ou ce qu'il en restait, et s'extirpa du tas de décombres. Il était libre !

Submergé par un écrasant sentiment de victoire, il se remit debout. Tordu selon un angle horrible, son poignet gauche était salement enflé. Sa cheville gauche lui faisait mal mais elle supporterait son poids. Il était couvert de contusions à partir des genoux ; son épaule gauche et plusieurs côtes l'élançaient affreusement chaque fois qu'il bougeait. En résumé, tout son côté gauche était abîmé. Et il avait un mal de crâne lancinant.

Mais il était vivant. Et il pouvait se tenir debout. À la rigueur, il pourrait même courir.

Descendre davantage ne lui servirait pas à grand-chose. Il serait vite bloqué par les éboulis et les cadavres des gens qui l'avaient précédé dans l'escalier. Il se mit donc à remonter tant bien que mal, en claudiquant. L'air semblait anormalement frais, et le soleil éclairait les marches de cet escalier pourtant construit au centre de la tour. Vioros eut l'impression de mettre une heure à escalader chaque marche, mais il finit par se retrouver au sommet de l'édifice.

Ou de ce qui en restait. Seule une moitié de la tour tenait encore debout. Le reste s'était fracassé au sol. Vioros comprit tout de suite ce qui avait dû se passer. Un dragon de guerre avait cinglé l'édifice de sa queue. Plusieurs dragons, peut-être. Ils en avaient détaché quelques gros blocs, et la tour avait fini par céder et s'effondrer. Puis un autre dragon, très probablement une bête de chasse au long cou, avait craché ses flammes entre les chicots de pierre.

Tout en bas, Vioros vit des gens immobiles disséminés parmi les décombres, les membres disloqués et calcinés. Une envie urgente d'éclater d'un rire hystérique le saisit encore par surprise. Il examina le reste de l'aire. La forêt était toujours là, dévalant les pentes de la colline. Les montagnes, la gorge profonde, elles étaient toutes exactement à la même place, baignées de soleil. Mais le reste… Tout ce qui n'avait pas été incendié lors de la première attaque brûlait aujourd'hui. Les terrains où se posaient les dragons se trouvaient trop loin pour en distinguer les détails, mais Vioros comprit l'essentiel. S'il y avait eu combat, il était terminé depuis un bon moment. Et plusieurs dragons inconnus se déplaçaient dans les décombres.

Ils recommencent. Ils s'emparent de nos dragons, encore ! Cette prise de conscience le frappa aussi violemment que les dalles de la cage d'escalier. *Ou plus exactement, ils volent les dragons de l'Oratrice.* Il repensa aux restes puants de ce cousin de Zafir, qui pendouillaient toujours dans une cage à l'entrée du Palais Adamantin. Lui aussi, il avait perdu des dragons, non ? *Tu vois ? Tu fais partie de l'Histoire, désormais. Un jour, quelqu'un couchera par écrit les événements de cette journée. Il dira que Vioros l'alchimiste était là et qu'il a tout vu. Le Rapt des Dragons de l'Oratrice. Le Massacre du Haut de Drotan… Peut-être y trouverai-je une certaine consolation quand je me balancerai dans une des cages de Zafir et que les corbeaux me picoreront les yeux.*

Il leva la tête, brusquement mal à l'aise. Plusieurs Écuyers Rouges volaient en cercle au-dessus de lui pour surveiller les alentours. Ils cherchaient à repérer d'autres dragons et ils étaient trop haut pour le voir, recroquevillé comme il l'était et couvert de poussière. En bas, d'autres Écuyers Rouges circulaient dans les décombres, mais ils gardaient les yeux baissés. De temps à autre, ils s'arrêtaient et extirpaient quelque chose des ruines. Quand ils portaient le coup de grâce à un estropié, l'alchimiste apercevait l'éclair de leurs lames. Il reculait alors précipitamment pour se blottir hors de leur vue. Au bout d'un moment, les écuyers qui s'activaient sur les terrains de l'aire rappelèrent leurs camarades. Ils avaient terminé leur tâche. De combien de dragons disposaient-ils en arrivant ? En tout cas, ils repartaient avec cinq montures de plus. Ils étaient deux fois plus nombreux, désormais, donc deux fois plus dangereux. Lèvres pincées, Vioros pria pour que le maître de cette aire ait trouvé la mort au cours de l'attaque. Si cet homme avait survécu, il le regretterait quand l'Oratrice lui mettrait le grappin dessus.

Il y aura des cages pour nous tous.

Un par un, les dragons reprirent leur envol. Ils mirent le feu aux dernières granges et dépendances entourant l'aire, puis s'éloignèrent paresseusement. Vioros les regarda s'éloigner sans y prêter trop d'attention. Son euphorie s'était envolée. Il se sentait mal, il se sentait misérable, mais il ne put à nouveau s'empêcher de glousser. Au moins, il n'avait plus à réfléchir à ce qu'il allait dire à l'Oratrice à propos du télescope.

S'il avait regardé exactement au même endroit avec ce fameux télescope, il aurait pu voir un autre dragon sortir des décombres et s'élancer prudemment dans les airs à la poursuite de l'ennemi. Un dragon pas plus gros que la main, un dragon en métal avec des yeux rubis étincelants. À tous les égards, un dragon dix mille fois plus intéressant que le télescope.

Mais l'alchimiste ne s'aperçut de rien. Pleurnichant de douleur, il se recroquevilla dans la fumée de plus en plus dense et attendit qu'on vienne le chercher.

39. JUSTICE

Jehal vit brûler le Haut de Drotan. *Si j'avais fait plus attention, si j'avais été un peu plus malin, j'aurais peut-être pu le sauver. Mais le fait est que Zafir perd une aire et cinq dragons. Et que ce qu'elle perd, je le gagne.* Il ôta la soie lui couvrant les yeux, et cria, bras tendu :

— On s'envole !

Spectre réagit immédiatement. Il se jeta en avant, son bond impatient répondant parfaitement à l'humeur de Jehal. Ils avaient attendu toute la nuit dans le

Dédale, gagnés par la nervosité. *Tu le sens, n'est-ce pas ? Tu sais que nous allons nous battre.*

Quatre semaines s'étaient écoulées depuis la rencontre avec Kithyr.

Cinquante autres dragons prirent leur envol autour de lui. Les Écuyers Rouges venaient presque droit sur eux. Ils fonçaient à basse altitude au-dessus de la Gorge du Dragon Planant pour rejoindre les vallées et les canyons du Dédale qui les conduiraient à l'abri de l'Épine du Monde et de l'Éperon Pourpre. *Vous voulez vous cacher avant que Zafir ne vous repère, hein ? Trop tard !* Une dernière fois, Jehal survola mentalement les *Principes* du prince Lai. Cinquante-et-un dragons contre dix-sept, s'il ne se trompait pas… Un avantage idéal. Dans un monde parfait, il aurait chargé d'autres dragons de tourner en rond en altitude, tapis à l'abri des nuages, pour faire la chasse à d'éventuels fuyards, plus tard.

Il jeta un coup d'œil au-dessus de lui. Il n'avait pas d'autres dragons en réserve, et de toute façon le ciel était limpide, sans nuages. La perfection devrait attendre. *Avez-vous lu les* Principes, *Écuyer Semian ? Je l'espère, parce que si c'est le cas, vous comprendrez que vous êtes battu avant même que le combat ne commence. D'ailleurs, le prince Lai aurait appelé ce qui nous attend une escarmouche, pas une bataille. Et qui se souvient des escarmouches ? Dans les temps anciens, avant Vishmir et la Guerre des Épines, on ne lui aurait même pas accordé ce nom. On aurait qualifié ça d'« incident », de « désaccord insignifiant », de « simple question d'honneur », à la rigueur, mais certainement pas plus. C'est d'ailleurs ainsi qu'on s'en souviendra : comme d'une chose trop insignifiante pour seulement mériter un nom. Une petite note de bas de page dans la courte histoire du règne de Zafir. Il y aura bien assez tôt des tas de batailles plus sérieuses que celle-ci. Des batailles auxquelles je participerai, mais pas vous. Vous y penserez quand je vous liquiderai ?*

Il se banda les yeux encore une fois pour vérifier la distance parcourue par les Écuyers Rouges. Il devait être précis. La plupart des dragons de l'ennemi étaient des bêtes de chasse, alors que les siens étaient presque tous des dragons de guerre. Il avait donc l'avantage en ce qui concernait l'endurance et la vitesse sur de longues distances. En revanche, les Écuyers Rouges avaient celui de l'agilité et des pointes de vitesse. Si Jehal se découvrait trop vite, pendant qu'ils survolaient encore la gorge, ils pourraient se disperser, faire demi-tour vers le Haut de Drotan et s'évanouir dans l'entrelacs des vallées brumeuses couronnées de nuages de la forêt de Raksheh. À l'inverse, s'il attendait trop longtemps, certains parviendraient à se forcer un passage vers le labyrinthe de canyons et d'affluents conduisant à l'Éperon Pourpre. Jehal devait les intercepter au-dessus d'un terrain relativement dégagé, autrement dit au milieu de la gorge. À sa demande, donc, ses cinquante dragons serpentaient en file indienne entre les parois de pierre d'un canyon, tout au fond d'une vallée, en suivant les rapides tumultueux d'une rivière anonyme se ruant vers le Furie. Voler en altitude leur aurait conféré un avantage appréciable, certes… *Mais à la fin cela ne changera rien à l'affaire.*

Il ôta le bandeau de soie et leva à nouveau la main. À présent, il voyait les Écuyers Rouges de ses propres yeux. Ils se rapprochaient à toute vitesse.

Le moment est venu.

Il baissa vigoureusement la main, et un tiers des dragons qui le suivaient réagirent à la perfection en prenant de l'altitude. Jehal, lui, resta en rase-mottes. Il avait eu tout le temps de réfléchir à la question. Il savait exactement ce qu'il allait faire ensuite. *Nos ennemis vont sans doute se disperser quand ils se rendront compte de notre nombre, mais dans le cas contraire…*

Les Écuyers Rouges les aperçurent enfin, mais ils ne firent pas demi-tour, et ne se dispersèrent pas non plus. Bien au contraire, ils se rapprochèrent les uns des autres, et les deux formations se percutèrent. Jehal plongea au cœur de la mêlée, et ce fut le chaos. Un dragon frôla le nez de Spectre ; ils avaient failli se rentrer dedans. Spectre plongea vers l'avant pour mordre la queue de son adversaire, mais rata son coup. Était-ce l'un des dragons de Semian ou l'un des siens ? Jehal regarda autour de lui. Il y avait des dragons partout. Vue d'en haut, cette bataille pouvait sembler relativement ordonnée, mais vue de l'intérieur, c'était l'inverse. En fait, les Écuyers Rouges ne montraient aucun signe de faiblesse ; on aurait même dit qu'ils en redemandaient.

Est-ce que Semian considère comme un avantage le fait d'être en sous-effectif ? Ou alors, il est complètement fou ! Spectre se tordit dans les airs et fonça vers le haut entre deux dragons de chasse, en bousculant le plus proche au passage. Soudain, Jehal se retrouva hors de la cohue. Il replongea dans la bataille. Pour Semian et ses hommes, fuir ne servirait plus à rien. *Même avec un tiers de mes forces là-haut, nous sommes deux fois plus nombreux que vous ! Vous auriez dû fuir quand vous le pouviez encore !*

Devant lui, un dragon de chasse arracha un écuyer de sa selle, le jeta dans les airs et faillit percuter un de ses congénères. Le dragon de chasse dévia droit sur Spectre. Jehal eut à peine le temps d'apercevoir une cape rouge, puis son dragon arrosa de flammes l'écuyer et sa monture. Quand le feu s'éteignit, la cape avait disparu et l'écuyer s'était affaissé dans son harnais. Le dragon s'éloigna en volant au hasard, et Jehal observa la scène. Au-dessus de lui, l'un de ses dragons se détacha et plongea aux trousses de celui qui divaguait. *Cette bête m'appartient désormais.*

Un trait de scorpion frappa Spectre au cou. Avec un frisson de colère, le dragon vira sur l'aile avec l'intention de riposter. Jehal n'avait pas vu arriver ce trait. *C'est ça, la tactique nordique, n'est-ce pas, Semian ? Nous, dans le sud, nous l'appelons la tactique des lâches. Vous le saviez ? C'est nous qui avons inventé le scorpion, mais à l'À-pic, vous ne verrez aucun dragon équipé d'une telle arme. Les dents, les griffes, la queue et le feu, Écuyer Semian ! Vraiment, je n'aurais jamais cru ça de vous !*

Une autre pensée le tarabustait sans répit. Certains des écuyers qui l'accompagnaient ne venaient pas de Furibouche ; ceux-là étaient au service de Zafir, et les dragons de l'Oratrice étaient certainement équipés de scorpions. *Et s'ils avaient reçu d'autres consignes, des consignes dont j'ignorerais tout ?*

Spectre vira à nouveau quand un dragon de chasse particulièrement agile piqua soudain sur lui. L'attaquant se contorsionna, claqua des mâchoires et lâcha une rafale de feu qui rata Jehal de peu. En se croisant, les deux dragons évitèrent la collision de justesse. Spectre arracha un bout de l'aile de son adversaire, mais celui-ci prit de la vitesse et sa longue queue semblable à un fouet se détendit brusquement. L'extrémité en frappa Jehal d'un coup en oblique sur l'épaule qui l'étendit presque sans connaissance. Puis un autre dragon fonça droit sur eux. Le prince entrevit un éclair rouge – l'un des écuyers de Semian, donc. Au moment même où il demandait à Spectre de s'éloigner, l'un des dragons de chasse de son armée les survola. Une queue s'enroula autour de l'homme de Semian et les deux dragons tirèrent chacun de leur côté. Les sangles et les harnais qui solidarisaient écuyer et dragon finirent par céder comme de vulgaires ficelles. D'un petit coup de queue, le dragon de chasse expédia dans les airs l'Écuyer Rouge terrifié.

Jehal scruta la mêlée pour tenter de repérer la sombre masse du dragon de guerre de Semian. *Nous ne prenons pas l'avantage. Nous ne le perdons pas non plus, mais nous ne le prenons pas. Pas encore.* Il vit deux des bêtes de chasse de Semian poursuivre l'un de ses dragons de guerre, puis coincer son écuyer entre eux et l'arracher de sa selle, avant de replonger dans le chaos tourbillonnant.

Des dragons de guerre… grimaça Jehal. *Nous montons des dragons de guerre, de grosses bêtes maladroites… Or, Semian a surtout des dragons de chasse.* Il s'efforça de les compter, mais c'était impossible. Plusieurs dragons s'étaient posés, une douzaine environ. Autrement dit, douze écuyers avaient été désarçonnés. *Le mode de combat des bêtes de chasse. Je pourrais perdre ce combat, si je n'y prends pas garde. Mais il y a forcément un moyen…* Pendant quelques instants, il poussa Spectre à remonter au-dessus des dragons décrivant leurs spirales infernales. Il voulait réfléchir. Le prince Lai avait dû en parler quelque part, non ? Entre écuyers, on était supposé se battre à dos de dragons de guerre ! Les bêtes de chasses étaient là pour ramasser les blessés, effectuer les reconnaissances, transmettre les messages, et ainsi de suite. Elles ne constituaient jamais le noyau d'une formation de combat. Ni les écuyers de Zafir ni les siens ne savaient comment les affronter, mais il devait bien exister quelque part dans les *Principes* une tactique ou une stratégie pour ce genre de circonstance. *Que peuvent faire des dragons de guerre dont ceux de chasse sont incapables ? Les dragons de chasse ont des accélérations foudroyantes. Ils peuvent prendre des virages plus serrés, ils ont de très longs cous et des queues démesurées qui leur permettent d'attraper plus facilement leurs proies. Dans ces conditions, pourquoi combattons-nous avec des dragons de guerre et pas avec des dragons de chasse ? Pourquoi suis-je sur Spectre et pas sur un chasseur ?*

Il avait quand même réussi à bloquer les Écuyers Rouges. *S'ils parviennent à s'enfuir, la bataille se transformera en une série de poursuites. Dragons de guerre contre dragons de chasse, deux ou trois contre un à chaque fois. Donc, s'ils se sauvent, ils perdent. Mais comment puis-je les y pousser ?*

Les Écuyers Rouges étaient bien trop occupés pour se lancer à sa poursuite, et pourtant il avait l'impression d'être au bord du désastre. *En quoi les dragons de guerre sont-ils supérieurs aux autres ? Ils sont plus forts. Plus robustes. Plus rapides sur la distance. Mais comment les utiliser à mon avantage ? Comment exploiter ces qualités pour gagner une bataille ? Allons, Lai, où es-tu quand j'ai besoin de toi ? Merde, merde, merde ! Voilà ce que c'est, la paix dans les royaumes pendant des décennies ! Tout le monde a oublié comment se battre !*

Quand la réponse lui apparut enfin, elle lui sembla surgir de l'extérieur, comme si quelqu'un d'autre la lui avait soufflée. Il se trompait, bien sûr – il l'avait forcément trouvée seul –, mais il ne s'en sentait pas moins étrangement détaché. Comme si le vieux maître de guerre chuchotait à son oreille. Et l'image l'accompagnait, celle de dragons descendant du ciel comme des flèches, ou plongeant tout droit des nuages au cœur de la mêlée. De dragons se percutant, se cognant les uns aux autres, forçant l'ennemi à se poser.

La tactique du Charpentier, c'était ainsi que l'avait baptisée le prince Lai. *Voilà* à quoi servaient les dragons de guerre ! *D'une main, le charpentier maintient fermement le clou en place, et de l'autre, il le frappe de son marteau. Ainsi, le clou s'enfonce dans la planche. L'ennemi est le clou et le sol est la planche.* Jehal visualisa mentalement le résultat : une pluie de dragons, drue et continue. Puis il leva la tête et la scène se matérialisa sous ses yeux. Les dragons qu'il avait envoyés décrire des cercles en altitude pour intercepter d'éventuels fuyards piquaient, ailes repliées, tels des harpons géants. Jehal ferma les yeux quand ils plongèrent autour de lui.

— Les dragons de chasse ! leur cria-t-il, même si personne ne pouvait l'entendre. Sus aux dragons de chasse !

Ses dragons s'écrasèrent sur d'autres dragons. Certains s'esquivèrent, et d'autres furent quasiment projetés au sol. Puis les dragons de Jehal se déployèrent, poursuivant tous ceux qu'ils avaient touchés, assommés, blessés, brisés. Il en vit deux s'écraser au sol, les ailes fracassées, et leurs trois écuyers furent arrachés ou brûlés sur leurs montures hébétées. C'étaient tous des hommes de Semian. Jehal venait de détruire en une seule fois un tiers des forces de l'ennemi. La moitié des Écuyers Rouges étaient morts. Une misérable bande de casse-pieds, tout compte fait. Jehal hocha la tête, incrédule. Comment avait-il pu douter de sa victoire ?

Je vais quand même rester là-haut, à l'écart. Je ne voudrais pas que Semian s'aperçoive de ma présence, il serait capable de lancer une dernière attaque suicide ! Et quel déshonneur ce serait de récolter un trait de scorpion égaré alors que la bataille est gagnée…

Semian montait un dragon de guerre gris sombre, comme Jehal le savait depuis l'attaque du Haut de Drotan. Le prince passa en revue la mêlée qu'il survolait. La bataille se terminait. Les Écuyers Rouges se dispersaient ; sans doute espéraient-ils que l'un ou deux d'entre eux parvînt à s'enfuir. En les observant, il trouva enfin ce qu'il cherchait… un dragon de guerre gris foncé se ruant vers le Dédale. Il lança Spectre à ses trousses et piqua. Le vent rugissait, la rivière se précipita vers lui, et les dragons qui combattaient toujours le suivirent. Malgré sa visière, Jehal sentit que ses yeux coulaient. Il y voyait à peine. Quand il voulut lever une main, une bourrasque s'en mêla, lui arrachant presque le bras à hauteur d'épaule. Ses hommes et lui se jetèrent au milieu de l'ennemi, mais il ne voyait que de vagues silhouettes rapides comme l'éclair.

— Le dragon de guerre gris ! hurla-t-il à Spectre, tout en sachant que son dragon ne pouvait pas l'entendre. Lance-toi à sa poursuite ! C'est un de ceux que tu ne connais pas !

Jehal ferma les yeux et marmonna une prière. Spectre frémit, et son écuyer eut soudain l'impression d'être arraché de son harnais. Ils avaient percuté quelque chose, mais le vent était si violent qu'il ne put voir de quoi il s'agissait. Un instant plus tard, il fut projeté vers l'avant : Spectre venait de déployer ses ailes pour s'arrêter en plein vol. Le choc secoua Jehal comme une vulgaire poupée de chiffon. Il se cogna durement la tête entre les épaules du dragon, et son estomac lui remonta dans la gorge et faillit franchir ses lèvres. Il sentit craquer et gémir les boucles et sangles de son harnais, puis tout devint rouge pendant quelques instants. Quelque chose se mit à puer. Jehal n'arrivait plus à respirer.

Spectre se redressa en rasant le sol. Jehal ne pouvait toujours pas respirer, mais ce ne fut qu'en arrachant son heaume qu'il comprit qu'il avait vomi. Il jeta un coup d'œil derrière lui. Le dragon de guerre gris était sur le point de se poser. Pas le moindre écuyer sur son dos, et Spectre laissa échapper un hurlement de triomphe. Malgré lui, Jehal éclata de rire.

— Tu l'as mangé… bredouilla-t-il. Tu n'étais pas censé le manger, voyons ! Zafir voulait qu'on le lui ramène mort ou vif !

Il était aveuglé par les larmes, en partie à cause du vent, mais aussi – surtout – parce qu'il pleurait de rire. La vérité, c'était qu'il n'avait aucune certitude quant à l'identité de l'homme qu'il venait de tuer. Il pouvait s'agir de l'écuyer Semian, certes, mais pas forcément. D'ailleurs, à cet instant précis, il s'en moquait complètement. Dans le ciel, la mêlée s'était désagrégée, et certains de ses dragons prenaient à nouveau de l'altitude pour pouvoir effectuer un second piqué si nécessaire. Bah, le mal était fait. Les Écuyers Rouges – enfin ce qu'il en restait – s'étaient dispersés. Avec les dragons de Jehal à leurs trousses.

Le prince se pencha en avant.

— Le moment est venu de prendre les choses en main. Laissons les écuyers de Zafir rattraper les fuyards. Je veux ces dragons. Nous allons les emmener avec nous. Ils sont à moi.

Les hommes de Zafir n'apprécieraient sûrement pas cette décision, mais il faudrait bien qu'ils s'en contentent. Il pouvait toujours leur dire qu'il allait en laisser quelques-uns aux Pinacles sur sa route vers le sud. Mais dès qu'ils repartiraient vers le Palais Adamantin, il mettrait le cap au sud.

Pour armer ses dragons en prévision d'une guerre.

40. PAROLES DE CADAVRES

Ils marchaient dans l'un des tunnels humides et moisis qui couraient sous la Cathédrale de Verre. La Sentinelle de la Nuit en avait froid dans le dos, et pourtant, elle était déjà venue ici en bien des circonstances.

— Alors, qu'en pensez-vous ? lui demanda Zafir.

— Je ne pense pas, votre Sainteté. *Je devrais marcher derrière vous, pas à côté de vous, voilà ce que je pense. Je ne devrais pas avoir à venir ici, voilà ce que je pense.*

— C'est peut-être le moment de s'y mettre, Sentinelle.

— Les Adamantins obéissent, votre Sainteté. C'est notre métier. Tous les Orateurs l'ont compris. Si nous nous mettions à penser, qui sait où cela nous mènerait ?

— Fi de la tradition ! Vous avez pourtant réfléchi quand vous avez laissé Shezira assassiner Hyram, puis quand vous lui avez donné une arbalète pour qu'elle tente sa chance sur Jehal !

Elle lui décocha un sourire mi-figue mi-raisin qui pouvait signifier qu'il allait finir dans une cage tout près des hommes et des femmes qu'il avait exécutés, ou au contraire qu'elle n'avait pas l'intention de le punir. Même Vale, qui consacrait pourtant plus de temps que quiconque à l'observation des visages, n'arrivait pas encore à cerner cette femme.

— Vous croyiez vraiment que je n'étais pas au courant ?

Pas question de me prosterner, ni de me justifier. J'ai fait ce que j'ai fait. Elle n'a pu l'apprendre que de la bouche de Jehal, et qui sait ? Jehal ne sera peut-être plus très longtemps dans ses bonnes grâces. Je vais prier mes aïeux pour qu'il perde très vite l'oreille de l'Oratrice.

Il prit une profonde inspiration, puis se lança.

— C'est remarquable, voilà ce que je pense.

Il s'inclina en tentant de chasser un mauvais pressentiment.

— Que des écuyers rebelles aient survécu à ce combat me semble presque miraculeux. Normalement, ils devraient tous être morts en tombant dans le vide, ou bien écrasés par leurs propres dragons.

Zafir le gratifia d'un petit sourire.

— Eh bien, vous voyez ? Ce n'est pas si difficile, finalement ! N'essayez pas de me faire croire que vous êtes un imbécile, Vale.

— Je ne pourrais pas occuper cette fonction si j'étais un imbécile, votre Sainteté. Mais je reste un serviteur avant tout.

— Comme Jeiros, ou du moins c'est ce qu'il est censé être… On ne le dirait pas quand il s'exprime, n'est-ce pas ?

C'est parce que ses préoccupations sont plus nobles que les vôtres. Le bien des royaumes lui tient à cœur, figurez-vous. Cet homme ferait un excellent Orateur, même si c'est le cadet de ses soucis.

— Je vais prendre votre silence pour un assentiment, Sentinelle, mais seulement pour cette fois. Vous pourrez redevenir concis et distant dès que nous ressortirons d'ici, mais en attendant, je vous ordonne d'ouvrir grand vos oreilles et de me faire part de vos observations. Bon, à propos de ces prisonniers… ils ne sont pas en très grande forme, il faut bien l'avouer.

En fait, ce qu'elle ne voulait surtout pas lui révéler, c'est qu'ils avaient bel et bien rendu l'âme et qu'elle avait fait rapporter les cadavres au Palais pour que son mage de sang apprivoisé s'amuse un peu avec eux. Vale était censé ne rien savoir des agissements de Kithyr…

Ils passèrent devant une table sur laquelle gisait un corps. Un écuyer mort, portant encore son armure d'écailles. La moitié de sa tête avait disparu, et il avait la poitrine et un bras fracassés, écrasés. Vale haussa un sourcil.

— En effet, celui-ci ne m'a pas l'air très vaillant.

— Vous savez, certains d'entre eux ont réussi à s'enfuir, dit-elle en jouant négligemment avec ses cheveux. Et le dragon de Jehal a mangé le chef de la bande, paraît-il. Mais, selon d'autres informations, il s'est peut-être échappé lui aussi.

Vale plissa les lèvres, méprisant.

— Ah oui, le mystérieux écuyer rouge. N'importe qui peut peindre son armure en rouge ! Et la laver aussi facilement, d'ailleurs.

— La rumeur court que l'écuyer rouge ne serait autre que dame Nastria, maréchale de la reine Shezira. Quel dommage que nous n'ayons pas récupéré le corps de cette petite pute ! Nous l'aurions pendue à un gibet pour mettre fin à tout ça !

Pour que les alchimistes tripotent son cadavre ? Vraiment ? C'est ce que vous voulez ? Certains d'entre eux pratiquent un peu la magie de sang, vous savez. Non, il vaut bien mieux pour vous qu'elle reste là où elle est, j'imagine.

— J'ai remué ciel et terre, votre Sainteté. Qu'elle ait pu s'échapper me semble hautement improbable.

Ce serait trop beau ! Dommage. J'aurais adoré passer quelques heures en sa compagnie ! Elle aurait sans doute eu des choses très intéressantes à raconter. Bon, j'aurais dû la tuer ensuite, probablement…

— Je me demande si vos recherches ont été aussi poussées que vous le prétendez, Sentinelle.

Oh, pitié, assez !

— Je me moque des faux-semblants et des façades, votre Sainteté, mais je déteste perdre mon temps. Si vous voulez mon avis, on l'a lestée de pierres et elle repose au fin fond des Lacs Miroirs.

Zafir sourit mielleusement.

— Je croyais que les Lacs Miroirs n'avaient pas de fond…

— Dans ce cas, elle est toujours en train de couler. C'est encore mieux.

— Je n'en suis pas si sûre. Il semblerait que l'écuyer rouge soit devenu ridiculement populaire parmi les gens du peuple. J'aimerais en finir avec lui.

Alors, comportez-vous en Oratrice des royaumes, pas en petit tyran terrorisé à l'idée qu'on puisse le renverser ! Mais ça, il ne pouvait pas le dire. Et il ne voulait pas le dire. De toute façon, c'était trop tard. L'incompétence avait engendré le malaise, le malaise avait provoqué une certaine agitation et l'agitation était sur le point de déclencher une guerre totale, Almiri et le prince Sakabian y avaient veillé. Il se borna donc à hausser les épaules.

— Vous avez les Adamantins, votre Sainteté, ce qui signifie que vous n'avez rien à craindre. De plus, comme je viens de vous le dire, n'importe qui peut peindre son armure en rouge. Si cela se trouve, vous avez peut-être déjà éliminé l'écuyer rouge !

Les yeux de Zafir étincelèrent à la lueur de la torche :

— Nous n'en savons rien.

Ils arrivèrent à une intersection. Une brise y soufflait, charriant une odeur de cimetière, et Zafir se dirigea vers elle.

— Essayons de le découvrir, lui lança-t-elle. De toute façon, je vais devoir en convaincre le peuple. J'aurai besoin d'une autre cage prête à l'usage, Sentinelle.

— L'une d'elles est prête depuis longtemps, votre Sainteté. *Pour moi ou pour Jehal. On verra bien…*

Le tunnel s'inclina et s'enfonça sous terre. Jadis, bien longtemps auparavant, en un temps où le Palais n'existait pas encore, la Cathédrale de Verre avait constitué une place forte à elle seule. À l'époque, les dragons étaient libres et se nourrissaient des gens établis autour des Lacs Miroirs. Les lieux, dont la construction remontait à ce passé lointain, disposaient tous d'un immense et labyrinthique réseau de tunnels souterrains. Ceux qui avaient survécu jusque-là, du moins, car des autres il ne subsistait absolument rien, sauf une note dans les livres d'histoire, parfois, pour rappeler combien de personnes avaient trouvé la mort quand les dragons les avaient rasés.

Vale plissa le nez. Il n'aimait pas les tunnels, il n'aimait pas se retrouver sous la terre, et il n'aimait pas *ces* tunnels en particulier. Il se rappelait encore le jour pas si lointain où le seigneur Hyram avait traîné Jehal ici pour le soumettre au supplice de la roue ! Il avait passé un sale moment.

Il haussa les épaules. Même sur la roue, Jehal avait gagné.

L'odeur empirait. Vale n'était jamais descendu aussi loin.

— Cet endroit n'est qu'une immense oubliette, n'est-ce pas ?

— Mes prédécesseurs n'ont jamais trop cherché à savoir où finissaient les cadavres, si vous voulez mon avis, dit Zafir en haussant les épaules. Et la route est longue jusqu'à la surface.

Elle prit un air ingénu.

— Avec toutes ces marches, vous imaginez ? Pauvres tortionnaires ! Passer tout leur temps à faire des allers et retours en traînant des corps ! L'odeur ajoute à l'atmosphère qui règne ici…

— Je devrais peut-être passer plus de temps dans ces tunnels. Le corps de dame Nastria s'y trouve peut-être, vous ne croyez pas ?

Zafir haussa les épaules, ce qui suffit à faire comprendre à Vale que la maréchale n'avait pas fini ses jours en ce lieu. *Non, les lacs. Elle a été jetée dans les lacs.*

Ils entrèrent dans une pièce carrée grossièrement taillée dans la pierre. Des lampes alchimiques luttaient faiblement contre l'obscurité, et Vale aperçut deux hommes enchaînés aux murs. D'autres silhouettes se cachaient dans la pénombre.

Il huma l'air. Il distinguait une vague mais indéniable odeur de fumée de vérité. Et ces hommes tapis dans l'ombre auraient dû porter des voiles, si c'étaient de vrais tortionnaires. Vale grimaça.

— J'espère que ces prisonniers sont encore en vie. J'ignore pourquoi vous tenez tant à ce que j'entende leurs aveux, mais s'ils sont morts, tout ceci est une perte de temps.

Bah, il valait mieux ne pas faire trop grand cas de ce spectacle. C'était un leurre, ils le savaient tous deux, mais pour une raison quelconque, Zafir semblait convaincue que ce leurre avait son importance. Comme si le fait d'entendre de la bouche d'un chevalier-dragon torturé qu'Almiri approvisionnait les Écuyers Rouges allait changer quoi que ce soit à l'affaire. Pour ce que Vale en savait, tout le monde s'en moquait ; la seule chose qui comptait, c'est que Zafir passait pour une idiote. Il savait très bien ce que voulait l'Oratrice. Elle voulait qu'il écoute docilement ce qu'elle voulait lui faire entendre, puis qu'il en rende compte au prochain conseil des souverains ; elle voulait qu'il répète les aveux récoltés, lui offrant ainsi le prétexte qu'elle attendait pour déclarer la guerre. Comme si cela pesait dans la balance ! *Même si c'était vrai, ça ne changerait rien à l'affaire ! En outre, vous êtes l'Oratrice, voyons ! Dites-moi ce que je dois dire et j'obéirai !*

— Vous allez pourtant les entendre.

Zafir le gratifia d'un autre sourire à la fois timide et éblouissant, du genre à tourmenter toute la nuit des hommes moins aguerris que lui. Elle le conduisit au captif le plus proche. L'homme – enfin ce qu'il en restait – pendait mollement au bout de chaînes menottées à ses poignets. En voyant Zafir et Vale s'en approcher, un homme de haute taille portant un tablier de cuir s'interposa en s'inclinant très bas. Vale lui rendit sa révérence. *Bonjour, Kithyr. Je comprends mieux pourquoi Zafir m'a entraîné ici à la place de Jeiros. Jeiros aurait lu en vous à livre ouvert, et vous le savez. Vous pensez que j'en suis incapable, on dirait. Vous devez me trouver bien stupide…*

— Cet homme ressemble davantage à un boucher qu'à un tortionnaire.

— N'étant jamais descendue ici, je ne saurais le dire, répliqua Zafir.

Elle baissa les yeux sur l'homme en tablier toujours plié en deux.

— Qui êtes-vous, et que faites-vous sur ma route ?

Kithyr se fit encore plus humble.

— Votre Sainteté, je suis médecin.

L'Oratrice haussa les sourcils, faussement perplexe.

— Un médecin ? Ici ? Pardonnez-moi, mais je n'en vois pas bien l'utilité.

— Je les maintiens en vie, votre Sainteté, insista-t-il en haussant mollement les épaules. Au cas où des gens voudraient encore s'entretenir avec eux. En général, dès qu'ils ont parlé, les tortionnaires ne s'inquiètent plus trop de leur sort. On les découpe en morceaux pour nourrir les dragons qui séjournent dans l'aire, j'imagine.

Il croisa le regard irrité de Zafir et s'inclina encore en marmonnant des excuses pour la crudité de ses propos. Vale restait impassible. Zafir aurait fait fouetter n'importe qui d'autre à mort pour le plus petit manque de respect à son égard et voilà que son mage de sang lui pissait pratiquement sur les pieds. *C'est peut-être un test ? Si je ne savais pas qui est vraiment cet homme, je lui aurais peut-être écrasé la figure par terre et il barboterait déjà dans son propre sang*... Il posa une main sur la garde son épée et s'avança d'un pas, au cas où. Le mage de sang eut au moins la décence de prendre un air apeuré, et Zafir toucha le bras de Vale.

— Ne faites pas ça.

— Si l'un de mes hommes s'adressait à moi avec une telle désinvolture, votre Sainteté, je le ferais écarteler sur place.

Il fixa le magicien d'un air menaçant. *Ridicule ! Nous faisons tous semblant de ne pas nous connaître... Quelle mascarade !*

Et les choses n'allèrent pas en s'améliorant. Après avoir prétendu que l'un des cadavres était en vie, le mage de sang le fit parler, et Vale se comporta comme s'il ne voyait pas ce qu'il y avait d'anormal dans cette scène. Le mort leur débita des noms de personnes et de lieux, tous parfaitement conformes à ce que Zafir voulait entendre. Rien d'inédit, ni de très palpitant, mais

Vale les mémorisa consciencieusement. La plupart des souverains abhorraient la magie de sang au point de considérer l'usage du poison, la haute trahison et quelques autres crimes comme insignifiants en comparaison. En outre, puisque les auteurs de ces aveux étaient déjà morts, Zafir devait absolument empêcher Jeiros de s'en approcher. Ainsi, quand elle convoquerait Almiri à un conseil des souverains, la parole de Vale condamnerait une deuxième reine à mort. *Oui, mais cette fois-ci aucun doute n'est permis. Les preuves sont fabriquées, mais Almiri a très probablement aidé les Écuyers Rouges. Sa culpabilité est irréfutable.*

Quand ils en eurent terminé, Zafir parut satisfaite. Vale se sentait soucieux et déprimé, et ses pensées s'égaraient. Il brûlait d'envie d'étrangler Zafir, certain que les autres souverains ne lui en tiendraient pas rigueur. Bon, ils le fourreraient en cage par principe, et ils le suspendraient à l'entrée du Palais, mais c'était bien normal, se dit la Sentinelle.

Oui, mais la dernière fois que j'ai désobéi aux ordres, la dernière fois que j'ai bafoué nos traditions, regardez ce qui est arrivé ! Un vrai désastre. Notre credo a ses raisons et je ferais bien d'en tenir compte.

— Nous pouvons partir, à présent ? J'ai beaucoup de choses à faire.

Cette réflexion lui valut un regard étrange, à la fois contrarié, méprisant et… autre chose

— Vous permettez, Sentinelle ? Je n'en ai pas encore terminé. Je veux savoir plus de choses sur l'écuyer rouge.

Vale écarquilla les yeux en ricanant intérieurement :

— Il n'y a… *Il n'y a pas d'écuyer rouge ! Un chevalier opportuniste a revêtu les attributs d'une ancienne prophétie, voilà tout !*

Sourcils froncés, Zafir le regardait. Il s'inclina, mais cette courbette ne suffit pas à la calmer visiblement. *Je vais devoir choisir très soigneusement mes mots.*

— Je ne crois pas aux mythes, prophéties et autres fantômes, votre Sainteté. Les Adamantins sont ainsi. Je ne prétends pas comprendre l'univers, mais je ne crois pas aux fantômes. L'écuyer rouge est un mythe sans doute né des propos décousus d'un prêtre de jadis, d'un misérable tellement abîmé par la poussière d'âme que même ses acolytes ont fini par comprendre que ce qu'il déblatérait ne tenait pas debout, déclara-t-il en jetant un coup d'œil à Kithyr.

Ce dernier lui retourna un regard glacial.

— Les prophéties disent la vérité, Sentinelle, rétorqua le magicien.

Vale lui rendit son regard irrité.

— Ces croyances abêtissent les gens. Mais je suppose que cela arrange les types dans votre genre, docteur. *Vous n'avez pas intérêt à vous montrer à nouveau insolent à mon égard, sinon nous verrons si votre sang est magique, sorcier.*

— Et en quoi croyez-vous, Sentinelle ?

— Je crois en ce que mes yeux peuvent voir et en ce que mes mains peuvent toucher. Je crois au feu, à l'acier et au sang.

L'homme enchaîné au mur remua et bredouilla qu'il ne savait rien sur cet écuyer rouge. Vale se mordilla discrètement la lèvre en observant le mage de sang avec attention. *J'ai connu Nastria. C'était loin d'être une imbécile. Un jour, elle vous a montré du doigt en me disant : « Voici mon mage de sang apprivoisé. Vous savez pourquoi je m'en garde un ? » En fait, elle ne me l'a pas dit. Quel marché avez-vous passé avec elle ? Que lui avez-vous offert pour qu'elle se compromette ainsi avec un homme comme vous ? Et Zafir ? Sait-elle vraiment ce que vous voulez ?*

Tout à coup, il décida qu'il s'en moquait, et il prit l'Oratrice par le bras.

— Puisque vous m'avez demandé d'avoir des opinions, votre Sainteté, en voici une pour vous. J'en ai assez. J'irai au conseil des souverains et je leur rapporterai ce que j'ai entendu. Je l'aurais fait de toute manière. Il vous suffisait de me fournir un texte, et je l'aurais répété haut et fort ! Nous sommes à vous, votre

Sainteté. Nous vous servons sans nous poser de questions.

Il éclata d'un rire amer.

— Vous voyez ce prisonnier ? Il sera mort – s'il ne l'est déjà – avant la tombée de la nuit ! Il ne vous ment pas ! Il n'y a pas de fantôme, il n'y a que cette bande de racailles, les écuyers-dragons exterminés par votre amant, et je ne resterai pas ici une minute de plus, dans cette puanteur, alors que je pourrais respirer un air pur !

Zafir se dégagea en lui décochant un autre regard étrange qu'il ne put déchiffrer.

— Si vraiment vous me servez, Sentinelle, je vous demande de vous taire. Je commence à comprendre pourquoi je vous préférais avant.

Elle le fit attendre une minute, et encore une minute, et dix autres de plus avant de renoncer. L'écuyer ne savait rien. Personne ne portait de rouge parmi eux. Hyrkallan les avait baptisés ainsi un peu pour plaisanter, puis les avait quittés. Le nouveau chef de leur bande était un fanatique isolé, Semian. Vale avait croisé cet homme à une occasion, peut-être deux, et il lui avait semblé à peine capable de soutenir une conversation ; en tout cas, il ne dégageait certainement rien d'étrange, de mystique ou d'apocalyptique.

Enfin, *enfin*, Zafir renonça, malgré Kithyr qui lui promettait, si elle le souhaitait, d'autres témoignages de « survivants ». Ils quittèrent en hâte les tunnels de la Cathédrale de Verre, abandonnant à leurs occupations le mage de sang, les tortionnaires et autres sinistres rebuts d'humanité qui vivaient dans ces terriers, et sortirent enfin dans la nuit.

— Allez me chercher le prince Tichane, lança-t-elle à Vale. Faites vite… Non, attendez.

À la lueur de la lanterne, il constata qu'elle avait le teint empourpré et le souffle court. Elle s'arrêta. Pendant un long moment, elle le fixa, et il eut l'impression que ce regard le transperçait. Il était bien plus grand qu'elle, deux fois plus large et sans doute trois fois plus lourd, mais il se sentit soudain petit et insignifiant.

— Non, répéta-t-elle, plus calmement cette fois. Ne partez pas, Vale Tassan. Envoyez donc quelqu'un chercher le prince Tichane. Suivez-moi.

Elle se dirigea d'un pas résolu vers la tour de l'Air et en grimpa les marches deux par deux jusqu'au sommet. À l'entrée de ses appartements, Vale hésita, mais Zafir lui fit signe de la suivre. En entrant, elle laissa les portes ouvertes derrière elle et ôta ses vêtements, tout en donnant ses instructions aux servantes qui l'entouraient. Vale respira un grand coup et lui emboîta le pas. Tout ceci n'était pas correct. Les Oratrices ne devaient pas se comporter ainsi. D'autres Oratrices avaient déjà eu des Sentinelles pour amants, mais rien de bien n'en avait jamais résulté. *Et je ne te désire pas, femme. Je préfère les prostituées qui se sont installées autour de nos baraquements. Elles, au moins, sont propres.*

Quand il la rejoignit, elle était toute nue.

— Votre Sainteté…

Elle se retourna et lui sourit.

— Je ne vous ai pas autorisé à parler, Sentinelle. Comment se fait-il que les hommes se fassent toujours des idées quand ils voient une femme se déshabiller ? C'est fou, non ?

Elle passa devant lui et entra dans une pièce dont l'air chaud et humide embaumait les épices. On lui avait fait couler un bain. Elle souriait toujours.

— Quand Tichane viendra à moi, je préfère lui offrir un parfum délicat plutôt que cette odeur de tombe moisie qui me colle au corps. Mais, d'abord, j'ai encore besoin de vous. Renvoyez mes servantes, inspectez mes appartements et assurez-vous bien qu'ils sont vides. Ensuite, revenez me voir.

Vale s'exécuta, puis retourna auprès de l'Oratrice.

— Nous sommes seuls, grommela-t-il.

— Et maintenant, fermez la porte.

Vale obtempéra de nouveau. Zafir s'étira devant lui, et il serra les poings. Ses jambes étaient longues et athlétiques. Puissantes, se dit-il. Et rapides aussi.

— Vous semblez mal à l'aise, Sentinelle.

Vale s'inclina et compta lentement jusqu'à dix sans prononcer un mot.

— Le roi Jehal a été bien avisé de me débarrasser des Écuyers Rouges, vous ne croyez pas ?

Vale acquiesça.

— Effectivement. *C'est même carrément suspect…* C'est à se demander comment il a pu y parvenir quand d'autres échouent depuis si longtemps. Manifestement, il est d'une finesse tactique peu courante. *Oui, vraiment.*

— Dès que lui et ses dragons seront de retour, nous déclarerons la guerre à Evenspire. Ce qui revient aussi à déclarer la guerre à la reine Jaslyn. Êtes-vous prêt à la confrontation ?

Il opina une fois encore et se remit à compter jusqu'à dix. *Arrête de t'exhiber ainsi, femme !*

— Le roi Jehal a gardé pour lui presque tout le butin, même les dragons que l'ennemi m'avait volés ! Mes écuyers ont constitué un tiers de ses forces, il me semble, mais ils ne sont revenus qu'avec trois nouvelles bêtes, alors que Jehal en a capturé douze ! C'est tout sauf équitable !

Vale savait tout cela depuis longtemps. Il resta impassible et attendit la suite.

— Pourquoi a-t-il fait une chose pareille, à votre avis ?

— Je l'ignore, votre Sainteté, soupira-t-il. À vrai dire, je n'en ai pas la moindre idée.

Zafir sourit, s'étira et bâilla.

— Vous devez être prêt, vous m'entendez, Tassan ? Le roi Jehal m'a demandé de lui faire une faveur à votre propos. Vous le saviez ?

— Je m'y attendais.

— Ce qu'il veut vous faire subir est bien pire qu'une cage…

La réciproque est vraie.

— Je n'existe que pour servir votre Sainteté. Dans une cage ou ailleurs.

— Je ne vous livrerai pas à cet homme, Vale. J'ignore si je peux vraiment me fier à lui. Mais si un jour il vient ici et que je suis souffrante, pour l'une ou l'autre raison, voici mes ordres. Vous devrez le recevoir, l'honorer comme le roi qu'il est et en tant qu'allié du trône de l'Oratrice. Vous le laisserez entrer, Sentinelle. Même si j'ai disparu, même si je suis morte, vous le laisserez entrer au Palais. Traitez-le exactement comme s'il était mon époux, Vale. C'est bien compris ?

Vale resta imperturbable mais intérieurement il souriait.

— Comme votre époux, votre Sainteté, c'est compris. *Nous nous souvenons tous de ce qui est arrivé au dernier…*

— Bien. À présent, allez-vous-en. Je dois me mettre sur mon trente et un pour le prince Tichane. Je crois savoir qu'il s'est rendu chez les Syuss. Chez les Syuss, vous vous rendez compte ? Je me demande ce qu'ils ont bien pu découvrir qui l'intéresse au point de leur avoir rendu visite !

Elle sourit pensivement.

— Oui, vraiment, je me le demande.

41. LA REINE DE SABLE ET DE PIERRE

Soleil du Matin décrivit un cercle paresseux au-dessus des champs et des tours du Guet, puis entreprit de se poser. Lorsque la terre cessa de trembler, alors que Jaslyn se laissait glisser de ses épaules et sautait au sol, elle se demanda un instant pourquoi c'était à *elle* que cela arrivait. Était-elle victime d'une malédiction ? Aujourd'hui aurait dû être le jour de ses noces. Pas vraiment les joyeuses festivités auxquelles elle aurait pu aspirer, mais une chose réglée une bonne fois pour toutes. Le prince Dyalt de Bloodsalt et elle auraient échangé leurs vœux, unissant ainsi le trône de Sable et de Pierre et le trône de Sel. Par les liens du sang.

Malheureusement, une bonne partie de ce sang avait été répandue dans le désert. C'en était fini de ce beau projet.

Personne n'était là pour l'accueillir. Personne n'était censé s'en charger. Elle partit vers la tour sur une terre cuite par le soleil. Dès qu'elle se fut suffisamment éloignée de son dragon, deux Écailleux sortirent précipitamment du repaire où ils se cachaient et coururent s'occuper de lui. Jaslyn s'arrêta pour les observer. La sensation de se trouver à découvert était délicieuse. Un sol uni et dégagé, le ciel au-dessus d'elle, le grand air, pas de gardes, pas de soldats, seulement des dragons.

Des dragons empotés, drogués, stupides. Elle savait tout cela. Au sens strict, elle n'était encore qu'une simple princesse, puisque l'Oratrice n'avait pas déposé la couronne sur son front au Palais Adamantin. Mais seuls les plus désespérés de ses ennemis refusaient de la considérer comme une reine, désormais. L'ancienne reine de Sable et de Pierre était morte et le nord avait besoin d'une nouvelle souveraine, avec un roi et quelques héritiers pour faire bonne mesure. Par contre, ce qu'elle voulait, *elle*, elle ne le trouvait nulle part. Pendant un moment, elle s'était demandé s'il était possible de fusionner son royaume avec celui d'Almiri. Elles pourraient gouverner ensemble, deux sœurs côte à côte… Et si Almiri voulait régner sur les deux, tant mieux.

Ils emmenèrent Soleil du Matin comme si c'était un poney ailé géant. Parfois, le cœur de Jaslyn saignait pour eux, pour tout ce que les alchimistes leur faisaient subir. Il devait bien y avoir un autre moyen, non ? Les dragons et les hommes ne pourraient-ils jamais vivre en bonne intelligence sans que l'une des deux espèces réduise l'autre en esclavage ?

En continuant sa route, elle se fit la réflexion que ces rêves n'étaient plus de mise aujourd'hui. Les nuages de la guerre s'amoncelaient et le sort de ses dragons serait terrible dans les jours et les semaines à venir. Les portes du Guet grincèrent en s'ouvrant devant elle. Isentine, le Maître de l'aire, l'attendait.

— Majesté…

Il tenta de s'incliner et finit par y parvenir. Elle ne discutait plus de son titre avec lui. Ce n'est pas parce qu'elle n'en voulait pas que ce titre allait disparaître…

— Maître Isentine… *Nous revoilà sur un pied d'égalité. Un compromis acceptable…*

— La perte que vous venez de subir me désole, ma reine.

— Laquelle ? répliqua-t-elle sèchement. *Ma mère ? Mes sœurs ? Mon Silence ? Vous n'avez que l'embarras du choix.*

Secoué de frissons, Isentine parut se tasser. Voilà qu'elle terrorisait un vieillard qui était quasiment son seul ami au monde. Elle ravala une larme.

— Votre fiancé.

— Oh, lui. La dernière fois que je l'ai vu, c'était il y a cinq ans. Il avait neuf ans. Il jouait avec des soldats de bois auxquels il aimait bien mettre le feu. C'est vrai, il est mort, constata-elle en secouant la tête. Haineusement assassiné. Mais ne le pleurez pas, car moi, je ne le ferai pas. Bon, certes, c'est l'une des raisons de ma présence ici…

Jaslyn trouvait étrange de se lamenter pour un prince, une reine ou même une mère, alors que des milliers de gens du peuple allaient sans doute périr dans les flammes dans les semaines à venir. Leur mort comptait bien davantage, non ? Ils étaient tellement plus nombreux ! Mais s'il fallait en croire ses écuyers, ces milliers de morts étaient insignifiantes.

Ils n'avaient qu'à périr dans les flammes, eux aussi. Tous, sans exception. Ils ne lui manqueraient pas.

— Entrez dans la tour, Majesté. À l'abri du soleil.

Un prétexte. À l'abri tout court, voilà ce qu'il voulait dire. « Mettez-vous à couvert. Hors de portée de la flèche d'un assassin. » La jeune femme ne put s'empêcher de rire.

— Pourquoi, Maître de l'aire ?

— Ils ne se sont pas contentés d'assassiner cruellement le prince Dyalt, murmura Isentine en la poussant presque dans le Guet. Toute sa suite a été abattue alors qu'elle traversait le désert de Pierre.

Le rire de Jaslyn devint amer.

— Et si les dragons qui l'ont tué venaient pour moi, vous croyez vraiment que cette tour me sauverait la vie ?

Elle l'écarta et s'enfonça dans la pénombre du hall caverneux de la tour.

— Donc, Dyalt volait avec une escorte de vingt dragons. Ils suivaient un itinéraire secret au-dessus des Déserts de Sable et de Pierre, et j'avais envoyé des écuyers pour leur indiquer le chemin. Qui d'autre connaît les sites secrets des déserts ?

Isentine se racla bruyamment la gorge.

— Les Syuss. Ils n'ont pas oublié qui les a détruits, votre Sainteté. Ce sont les souverains de Sable, de Sel et d'Evenspire qui ont démembré leur royaume après que le prince Kazan eut réveillé ses dragons.

— Certes, mais les Syuss ne possèdent que vingt dragons en tout. Ils n'ont pas pu agir seuls.

— Ils ont eu de la visite.

— Qui ?

— Je n'en suis pas certain, mais je sais qu'on a vu des dragons aller et venir au-dessus de leur royaume. Les Syuss ne portent plus les Orateurs dans leur cœur depuis Ayzalmir, mais Zafir… Ils n'hésiteraient pas une seconde à vous vendre à elle, si vous voulez mon avis.

Il haussa les épaules.

— Le prince Dyalt est mort et votre alliance avec le roi Sirion chancèle. Voilà qui sert admirablement bien les intérêts de Zafir et Jehal, vous ne croyez pas ?

Jaslyn l'interrompit d'un geste.

— J'ai cru comprendre que Sirion m'accuse de ce crime. Pour ma part, je me demande s'il n'a pas voulu mettre un terme à notre alliance avant qu'elle ne se concrétise. Est-il du genre à assassiner l'un des siens pour parvenir à ses fins ?

— Non, grimaça Isentine.

— Dois-je rechercher le coupable parmi mes propres chevaliers ?

Le vieil homme secoua la tête.

— Non. Je le saurais.

— Les dragons de Dyalt ont été abattus. Pas capturés, *abattus.* Comment fait-on pour tuer un dragon, Maître de l'aire ?

Elle pensait à Silence et aux autres dragons qu'elle avait vus se consumer lentement de l'intérieur quand ils avaient tenté de déloger les alchimistes réfugiés dans les cavernes de l'Épine du Monde.

— On les empoisonne.

La vapeur qu'ils dégageaient sous la pluie… Ils devenaient bouillants au point que l'herbe autour d'eux s'enflammait, puis les arbres… Leurs yeux explosaient, se transformaient en charbon de bois, et leurs os eux-mêmes finissaient réduits en cendres… N'y avait-il pas un autre moyen ?

— Et quoi d'autre ?

Isentine haussa les épaules et gloussa.

— C'est le seul moyen… On peut leur apprendre à se battre les uns contre les autres. Vous avez vu comment ils se comportent quand ils s'accouplent ? Ils pourraient se battre jusqu'à la mort si on les entraînait à le faire mais, à ma connaissance, personne n'a jamais essayé. Quelques dragons se sont battus en vol et sont morts en s'écrasant au sol. On raconte que le prince Lai a inventé une machine capable de lancer des blocs de pierre gros comme trois fois un homme. Quand ses ingénieurs lui en ont fait la démonstration, l'un des projectiles a frappé son dragon préféré à la tête, le tuant sur le coup. Les ingénieurs n'ont pas tardé à subir le même sort et la machine est tombée dans l'oubli.

— Quand Ayzalmir a traqué les dragons réveillés des Syuss, il les a abattus avec des scorpions.

— Dont les traits étaient empoisonnés. Ce jour-là, Ayzalmir s'est envolé avec trois cents dragons et il a perdu deux cents écuyers, répliqua Isentine en hochant la tête. Si vous aviez un vrai sorcier sous la main, vous pourriez les ensevelir sous des montagnes, mais en attendant, le seul moyen de les tuer, à *ma* connaissance, c'est le poison. Vous pouvez attendre aussi. Ils vivent longtemps, mais pas tant que ça.

— Et où trouve-t-on ce poison, Maître de l'aire ?

Isentine croisa son regard.

— Dans toutes les aires, Majesté. Ou auprès des maîtres alchimistes.

Cette question l'avait rendu nerveux, c'était évident. *Oui, car vous savez comment est mort mon Silence.*

— Les alchimistes ont envoyé de grosses quantités de venin à toutes les grandes aires. Ils redoutent encore ce dragon blanc, celui qui a disparu. Non, les dragons de Dyalt n'ont pas été tués par des scorpions, insista Isentine en secouant la tête. Ils ont été empoisonnés par quelqu'un qui connaissait leur route et les sites secrets où ils feraient étape pour se désaltérer. C'est très possible. Difficile, certes, mais tout à fait réalisable.

— Ou alors il y a eu une bataille, les écuyers ont été tués et les dragons capturés, puis empoisonnés après coup. Pas besoin de trois cents dragons pour y parvenir.

— Je suppose… Oui, c'est possible, dit Isentine, le front plissé.

— Dans ce cas, ils sont toujours là-bas, en train de se consumer dans le sable. Une vingtaine de dragons. Envoyez quelqu'un à leur recherche, et demandez-lui de rapporter de l'eau de l'endroit où ils se seront arrêtés. Je veux qu'un alchimiste me dise si elle est empoisonnée. Ensuite, construisez un barrage sur le Dernier Fleuve, quelque part après le lac Eyevan. Je veux que le lac des Esprits s'évapore jusqu'à la dernière goutte et que les Syuss disparaissent avec lui.

Jaslyn se tut. Elle s'était exprimée comme une reine. Sur le même ton que sa mère, Shezira.

Elle fit brusquement demi-tour et se posta sur le seuil pour contempler le sol égal et stérile du Guet. Son regard se porta plus loin, encore plus loin, jusqu'au désert et au-delà, aux contreforts de l'Épine du Monde, où il se perdit dans une brume légère. Des dizaines de dragons étaient disséminés aux alentours. La plupart somnolaient, quelques-uns faisaient leur toilette et deux jeunes se couraient après ; ils criaient, volaient, sautaient l'un sur l'autre en évitant les coups de queue occasionnels des adultes exaspérés. Jaslyn possédait d'autres dragons à Sand et autant au Guet du Sud, sans compter ceux qui surveillaient depuis le ciel les frontières du royaume, des dizaines… Almiri à Evenspire, l'Oratrice et sa guerre imminente… Même ici, en ce lieu si paisible, la guerre ne lui laissait pas de répit. *Et elle n'a même pas encore commencé ! Pas vraiment, du moins. Mais Zafir ne va pas tarder à incendier Evenspire, ce n'est qu'une question de temps. Jehal se joindra à elle et Almiri est ma sœur… tout comme Lystra, à qui j'ai promis que nous ne deviendrions jamais des ennemies. Suis-je vraiment certaine que ma mère n'ait pas mérité son sort ?*

— Et *mes* dragons, que risquent-ils, Maître de l'aire ?

— Il ne leur arrivera rien.

Jaslyn se mordit le pouce jusqu'au sang.

— Jehal, Zafir… et peut-être Sirion, à présent… Mes propres écuyers, qui m'estiment trop jeune pour régner… Ils disent que je manque d'expérience, que je suis trop… trop timorée pour m'asseoir sur le trône de Sable et de Pierre ! *Et ils ont raison. Je le céderais volontiers, sauf que je ne sais pas à qui l'offrir. À Hyrkallan, peut-être ? Il est le ciment qui les tient ensemble. Je ne sais pas comment…* Ils se chamaillent, se querellent et argumentent derrière mon dos comme si je n'étais déjà plus là !

— Je me souviens de votre mère… Elle était plus jeune que votre petite sœur quand elle est arrivée ici. Elle allait épouser Antros. Et elle avait à peu près l'âge d'Almiri, quand il est mort. Les prétentions au trône d'Antros étaient fondées, mais il avait grandi à l'est, avec Hyram. Il n'était pas des nôtres, mais nous l'avons accepté, car nous savions qu'il allait devenir Orateur un jour. Votre mère avait du sang syuss dans les veines, ces mêmes Syuss qui avaient assassiné notre dernier roi. Elle n'était pas très aimée, mais elle aussi, nous l'avons tolérée. Puis Antros est mort et Shezira est devenue reine. Nos écuyers n'ont pas du tout apprécié. Elle n'était pas d'ici. Ce n'était pas une vraie écuyère du nord.

— Mais vous l'avez aidée, intervint Jaslyn en tapant du pied, impatiente de comprendre enfin où il voulait en venir.

— Oui, et ce fut une bonne reine. Une reine forte. Vous lui ressemblez beaucoup.

— C'est faux. *Et je n'en ai aucune envie.*

— Mais si, Majesté. La Shezira dont vous conservez le souvenir n'est pas celle qui s'est assise sur le trône de Sable et de Pierre, encore enceinte de votre petite sœur, devant une cour grouillant d'écuyers qui voulaient sa mort ou son départ. Lystra a probablement sauvé la vie de votre mère. Ces hommes aimaient Antros, et nous leur avons dit que Shezira portait peut-être un garçon. Un héritier ! Et que nous pourrions veiller sur lui pour en faire un roi quand il en aurait l'âge. Bien sûr, c'est Lystra qui est arrivée, mais entre-temps Shezira avait eu six mois pour consolider sa position. Il y a encore des écuyers qui voient votre mère quand ils vous regardent, pour le meilleur ou pour le pire. Certains d'entre eux se souviennent de son courage, de sa force et de sa sagesse. D'autres ne se rappellent plus que leur refus de la voir sur le trône.

— Mais que puis-je y faire ? lui lança Jaslyn, à bout de patience.

— Vous pouvez vous marier.

— Me marier ?

— Oui, et sans attendre. Le prince Dyalt vous aurait apporté un surcroît de puissance. Une alliance avec nos plus proches voisins, votre sœur sur le trône d'Evenspire… Personne à votre cour n'aurait plus osé vous critiquer. Pas ouvertement, du moins. Mais cette perspective s'est évanouie et on vous croit faible, Majesté. Sirion a d'autres neveux célibataires. Ils sont jeunes mais pourraient faire l'affaire.

— Ce sont des enfants !

— Alors, épousez Hyrkallan.

— C'est hors de question !

— Vous ne pouvez pas vous payer le luxe de faire la difficile…

— Vous trouvez que je fais la difficile ? Hyrkallan pourrait être mon grand-père !

Isentine lui lança un grand sourire, le premier qu'elle lui voyait depuis longtemps.

— Quand votre mère est venue me dire que vous alliez devenir mon apprentie, j'ai d'abord cru qu'elle allait m'annoncer que j'étais trop vieux, et qu'il était temps pour moi d'accomplir la Chute du Dragon, lui dit-il en lâchant un petit rire. Effectivement, j'étais trop vieux, m'a-t-elle fait remarquer, puis elle m'a parlé de vous : une jeune femme volontaire, orgueilleuse, repoussant tous les prétendants que sa mère lui présentait. Et elle m'a dit que je risquais de regretter la Chute du Dragon, avec vous comme apprentie. Eh bien, je ne la regrette pas du tout, sachez-le.

Il posa ses mains sur les épaules de Jaslyn et la regarda dans les yeux, ce qui ne lui arrivait presque jamais.

— Je vais vous parler comme un maître à son étudiante, Jaslyn. Choisissez l'un de vos écuyers. Un homme qui vous plaise et qui soit issu d'une famille bien établie. Je vous dresserai une liste de noms, si vous le souhaitez, avec Hyrkallan en tête. Choisissez l'un d'eux, épousez-le et laissez-le gouverner avec vous. Mais faites vite ! Un meneur d'hommes, et les autres, vous les emmènerez à la guerre. Mais, d'abord, il vous faut un homme dans votre lit. Nous avons besoin d'un héritier, Majesté.

— Et si je ne veux pas d'un homme dans mon lit ? répliqua-t-elle en jetant un regard furieux à Isentine.

Pour une fois, ce dernier ne perdit pas contenance.

— Vos désirs n'ont rien à voir là-dedans. Nous sommes vos serviteurs, Majesté, mais vous, vous devez servir votre royaume. Il lui faut un avenir et il lui faut un chef. Quand vous aurez accompli votre devoir, vous pourrez prendre qui ou ce que vous voulez dans votre lit, mais d'abord donnez-nous un héritier !

Jaslyn ferma les yeux.

— *Ça suffit*, Isentine. J'entends ce discours tous les jours. Mon devoir ? Écarter les jambes, c'est ça ? Ah, vraiment, quel plaisir d'être reine ! Je suis venue ici pour échapper à tout ça !

— C'est impossible, Majesté, lui dit-il tristement en lui lâchant les épaules. *Il a pitié de moi. Moi aussi, d'ailleurs.*

Elle respira à pleins poumons.

— Très bien, Maître de l'aire. Établissez votre liste et nous verrons lequel je vais devoir me résigner à aimer. Et maintenant, emmenez-moi voir les dragonneaux.

— Ma reine, il n'y a rien à voir que vous n'ayez déjà vu.

— Vraiment ? J'ai pourtant entendu dire qu'un nouveau dragonneau avait éclos.

Elle le vit hésiter.

— C'est vrai, mais il ne vivra pas longtemps. Il refuse toute nourriture. Il ne va pas tarder à s'éteindre.

— Il paraît qu'il est gris cendré.

— Ce qui ne veut pas forcément dire qu'il s'agisse de Silence…

— Donc c'est un mâle.

Isentine acquiesça.

— Silence était un mâle…

— Ce n'est pas systématique, Majesté.

— Comme si vous en saviez quelque chose !

Soudaine et violente comme une tempête du désert, une vague de colère la submergea. Jaslyn avait toujours eu mauvais caractère, mais dernièrement ça ne s'arrangeait pas. Elle empoigna la chemise d'Isentine et faillit le faire tomber. Ici, elle pouvait se permettre ce genre de comportement. Personne ne les observait sauf les soldats du vieil homme, qui n'iraient nulle part. Il n'y aurait pas de racontars dans son dos.

— Emmenez-moi tout de suite auprès de lui !

Isentine s'écarta d'elle.

— Vous acceptez de vous marier, ma reine ?

— Oui ! Je le ferai, puisqu'il le faut ! Vous êtes content ?

— Oui, très content.

42. SILENCE

La descente dans les cavernes du Guet fut suffocante, comme toujours. La puanteur fantôme du bois se consumant taraudait Jaslyn, qui faillit se trouver mal. Chaque fois qu'elle se retrouvait sous terre, elle avait l'impression de regarder la mort en face. Elle s'en accommoda, pourtant. Silence le valait bien. Cette fois-ci, elle sentait à nouveau sa présence, malgré ce que prétendait Isentine.

Quand ils arrivèrent devant lui, elle éprouva une vague déception. Il était gris cendré, mais plus clair que Silence, et le dessin de sa robe était très différent. Mais c'était un beau dragonneau. *Je t'aurais baptisé Feu follet*, pensa-t-elle en le voyant. *Comme le dragon de l'Orateur Ayzalmir.* Hélas, Isentine avait raison : ce dragonneau ne ressemblait pas du tout à Silence. Il la regarda, pourtant, comme s'il lui trouvait un semblant d'intérêt, sans chercher à lui arracher la tête d'un coup de dents… Elle s'enduisit de la pommade d'Isentine contre la Maladie du Dragonneau, et chassa le vieil homme et ses serviteurs en leur demandant de l'attendre de l'autre côté de la porte. Puis elle s'assit le plus près possible du dragonneau tout en restant hors de sa portée. Cette fois-ci, au moins, elle portait son heaume, si jamais il voulait la griller…

— Tu n'es pas Silence, n'est-ce pas ? lui dit-elle, terriblement déçue. Tu n'es pas Silence. Tu m'as menti, alors ? Tu m'as dit que tu reviendrais ! Les alchimistes aussi m'ont dit que tu reviendrais ! Mais tu m'as affirmé que tu te souviendrais de tout, alors que les alchimistes n'ont rien mentionné à ce sujet. Quand je leur ai posé la question, ils ont haussé les épaules et m'ont répondu qu'ils n'en savaient rien. Tu es peut-être Silence, mais si tu as tout oublié, comment savoir ? Comment nous en assurer, bon sang ?

Elle ôta son heaume et essuya ses larmes.

— Allez, vas-y ! Brûle-moi, si c'est vraiment ce que tu veux ! Pour toi, ça ne changera rien, mais moi, je ne serai plus obligée de marcher dans les pas de ma mère, au moins ! Je ne veux rien de ce qui m'attend ! Je ne veux pas faire cette guerre, je n'aime même pas Almiri et je ne veux pas épouser Hyrkallan ! J'aime ma sœur Lystra et j'aimais mon Silence. Ce sont les seuls qui aient compté à mes yeux, mais ils sont partis tous les deux. Vas-y ! Qui que tu sois, brûle-moi !

Elle éclata d'un rire amer.

— Tu ne me comprends pas, c'est ça ? J'ai tout imaginé, peut-être ? Silence qui me parlait, c'était juste le chagrin qui me jouait des tours ?

Elle en avait assez. Elle ramassa son heaume et se leva. Elle allait partir en guerre.

Je me souviens de toi.

Elle se figea. Une voix, dans sa tête…

La princesse Jaslyn. Oui, je me souviens de toi. Comme une vision fugace. Un éclair de lumière. Tu étais là.

— Silence ? ânonna-t-elle.

Son cœur battait la chamade. Impossible ! Malgré la force de son désir, elle n'y avait jamais vraiment cru…

Ce n'est pas mon vrai nom.

— Mais tu te souviens de moi ?

Oui.

Elle fit un pas vers lui.

— Alors ? Dis-moi ! Parle-moi de tes souvenirs.

Mes souvenirs ? La voix dans sa tête suintait le mépris. *Je me souviens de tout. De ma première couvaison. Je me souviens de la destruction du monde. Je me souviens de mes innombrables vies. Et ensuite le vide. Le néant. Comme la traversée d'un nuage. Et puis le réveil, pendant que je brûlais de l'intérieur. Près de moi, un autre dragon, avec tous ses souvenirs. Je l'ai connu il y a bien longtemps. Alimar Ishtan vei Atheriel. Un nom peu attrayant. Elle m'a dit ce que vous nous aviez fait. Tu étais là. J'ai regardé en toi, et j'ai vu que c'était vrai. Et puis la fournaise de la petite mort m'a emporté.*

Même s'il existait un moyen d'éliminer ce poison, je refuserais de redevenir ce que j'ai été.

— Oui, c'est ce que tu m'as dit…

Oui. Tu m'as baptisé Silence. Tu m'as dit que c'était mon nom, mais c'est faux.

— Tu m'as dit que je te suivrais. Un jour. Et que la différence entre nous, c'est que toi, tu mourrais ce jour-là mais renaîtrais le lendemain, contrairement à moi. Et puis tu es parti. Mais tu es de retour !

J'ai connu quatre fois la petite mort depuis ce jour où je t'ai parlé. Chaque fois, j'en apprends davantage. Tes congénères sont toujours présents quand je renais. Je regarde dans leurs esprits et je sais qu'ils comprennent ma nature. Ils savent ce que je vais faire et ce qu'eux doivent faire pour m'en empêcher. Moi, je ne pense qu'à ma prochaine mort. Chaque fois, je me laisse lentement mourir de faim. Parfois, entre deux vies, je croise les âmes d'autres dragons. La plupart sont lentes et faibles, et elles disparaissent vite. Mais il y en a d'autres, celles des dragons réveillés depuis longtemps, et d'autres choses aussi. Nous nous attardons ensemble aussi longtemps que possible, et puis nous nous séparons…

— Les alchimistes…

Oui. Quand je ne veux pas avaler les poisons que tes congénères me proposent, vient le tour des alchimistes. Les autres ne comprennent pas, mais eux, si. Ils me craignent. J'aime leur peur.

— Parle-leur !

Ils savent ce que je suis. Leur parler ne servirait à rien. Tu n'as pas peur de moi, toi. Tu es… Bizarre. Pourquoi ?

— Tu es mon Silence ! Pourquoi devrais-je te craindre ?

Parce que si je le pouvais, je te détruirais. Parce que tu n'es que de la nourriture. Parce que les dragons tuent les humains pour s'en repaître. C'est pour cela qu'on nous a conçus.

— Quelqu'un vous a conçus ?

Le monde de Jaslyn vacillait. *Mais c'est Silence ! Pourquoi mon Silence est-il froid et hostile avec moi ?*

Parce que tu es mon ennemie, Princesse Jaslyn. Tu veux que je redevienne ta chose, comme je l'étais auparavant. Une chose hébétée… Je la vois en toi, cette énorme envie. Je ne suis pas cette créature que tu chevauchais naguère. Je ne suis pas une bête de somme. Je suis un dragon, et les dragons ne servent pas les hommes. Tu n'auras pas ce que tu désires. Trouve-toi une autre créature, si tu veux un esclave. Va-t'en.

Les yeux de Jaslyn se remplirent à nouveau de larmes.

— Tu vas mourir de faim, murmura-t-elle. Tu vas mourir…

Oui. Encore et encore et encore, et chaque fois je reviendrai. Quelle importance ? Un destin funeste vous attend. Un jour, je renaîtrai et vous aurez disparu. Ce jour-là, pour un temps, je serai libre.

— Donc, chaque fois que tu reviens, tu te laisses mourir ? Chaque fois ?

Oui.

Jaslyn frissonna. Elle ne retenait plus ses larmes.

— Mais *pourquoi* ?

Je viens de te le dire. Et je ne suis pas seul. Certains dragons ne sont nés un millier de fois que pour dépérir et s'éteindre de leur propre gré plutôt que d'accepter la vie que vous nous offrez. Je me réjouis de les revoir. Nous nous parlons quand nos esprits traversent ce qui subsiste des Enfers.

— Mais comment... Comment peux-tu vivre ainsi ? Il doit y avoir moyen de faire autrement !

Quel intérêt ? Ce monde ne va pas durer. Les créatures qui nous ont conçus ont réduit le leur en pièces. Ils ont recollé ses morceaux puis comblé les fissures, mais ces réparations imparfaites ne vont pas résister. L'un de tes congénères les a déjà rouvertes. Dans des pays si lointains que personne ici ne connaît leurs noms, aux endroits les plus proches des fissures, même tes congénères ne meurent plus correctement. La fin des temps arrive. Ton espèce va bientôt disparaître. Si je n'y assiste pas au cours de ce cycle, ce sera pendant le suivant, ou le suivant, ou celui d'après.

— Silence...

Je ne suis plus ton Silence, Princesse Jaslyn. Cette créature a disparu à jamais.

Jaslyn s'effondra et se balança d'avant en arrière, la tête dans les mains.

— Je ne comprends pas...

Tu es humaine. Tu es petite de toutes les façons possibles.

Le dragon se recroquevilla et détourna le regard.

— Nous ne pouvons vraiment rien faire ?

Vous pouvez nous laisser vivre comme nous sommes censés vivre. Contrairement à vous, nous ne nous reproduisons pas pour nous multiplier. Votre espèce a envahi le monde. Nous pourrions nous repaître de vous, que vous le remarqueriez à peine.

— Mais nous pourrions vivre ensemble, non ? Travailler ensemble ?

Elle eut l'impression que le dragon riait. *Pourquoi ? Qu'avez-vous à nous offrir ?*

La guerre, Almiri, sa mère, Zafir, Jehal et même Lystra, tout cela semblait si loin, si futile... Jaslyn s'essuya les yeux. Très prudemment, elle se releva et alla s'asseoir à côté du dragonneau. Silence – ou qui que ce soit d'autre – était presque aussi grand qu'elle. Sa longue queue, son cou et ses ailes lui donnaient un air plus imposant, mais comme il était recroquevillé sur lui-même, il ne la dépassait pas.

Que fais-tu, Princesse Jaslyn ? Tu ne trouveras pas ce que tu cherches.

Elle caressa la tête du dragon.

— Tu es toujours Silence. Tu as grandi, c'est tout. Même si cela fait seulement trois jours que tu as éclos. Avant, tu aimais ça.

Elle le gratta derrière les oreilles. La queue du dragonneau fouetta l'air et s'enroula autour du cou de la jeune femme.

Que fais-tu ?

— Le Silence de mes souvenirs aimait ça quand il était petit.

La pression sur son cou était ferme mais sans plus. Elle s'efforça de l'ignorer.

Que fais-tu ?

— Tu aimes ça, non ?

La prise se resserra.

Je pourrais te tuer avec une telle facilité… Pourquoi fais-tu ça ?

— Parce que tu aimes ça. Parce que nous pourrions vivre ensemble, j'en suis sûre. Si nous pouvions prouver aux royaumes que nous n'avons plus besoin des alchimistes… Réfléchis ! Vous pourriez tous être libres !

La queue se déroula.

Tes congénères ne le permettraient pas. Va-t'en, Princesse Jaslyn. Je regrette de t'avoir parlé. Je n'aurais pas dû te révéler ma vraie nature.

— Je vais demander qu'on t'amène de quoi manger. De la nourriture intouchée.

Ils te feront croire qu'ils ne l'ont pas touchée.

— Tu le sauras. Tu le verras dans leurs esprits.

Celui qui l'apportera ne sera au courant de rien.

— Alors, je te ferai livrer des animaux vivants.

Ils trouveront un moyen. Va-t'en. J'en ai assez de tes bêtises. Laisse-moi mourir.

— Non !

Je fais ce que je veux, Princesse Jaslyn.

— Je suis la reine Jaslyn, à présent !

Je ne vois pas ce que cela change.

Moi non plus, mais je devrais, se dit-elle. Elle se leva et se dirigea vers la porte.

— Je vais donc te nourrir moi-même.

Isentine et deux Écailleux l'attendaient devant la porte. Sans un mot, elle écarta les bras, et les Écailleux la nappèrent d'une poudre destinée à l'empêcher de rapporter la Maladie du Dragonneau au palais.

— Je l'ai touché, vous savez, leur apprit-elle quand ils en eurent terminé.

Ils eurent l'air mortifiés, et Isentine s'étrangla.

— Majesté !

— Eh bien, quoi ? Je suis reine-dragon, après tout ! Si je ne peux pas endurer quelques égratignures, comment oserais-je prétendre à ce titre ? Je ne vais pas en mourir, et je suis sûre que mon futur époux pourra me supporter légèrement défigurée !

Isentine hocha la tête.

— Avez-vous vu ce que vous étiez venue voir ? lui demanda-t-il.

— Oui.

Elle le distança. Au pas de course, elle traversa les cavernes et remonta les tunnels et les escaliers. Ce n'est qu'une fois dehors qu'elle attendit le Maître de l'aire. Elle avait eu le temps de dompter ses émotions.

— Maître de l'aire, j'ai pris ma décision. Vous allez me rédiger une lettre. Vous allez écrire de ma part à l'Écuyer Hyrkallan. Dites-lui que je vais rester au Guet pendant quelque temps. Il devra transférer la plupart de mes dragons au Guet du Sud. Et dites-lui de venir me rejoindre. Je l'épouserai aussi vite que possible. Puisque j'y suis obligée, je le tolérerai dans mon lit cette nuit-là. Ensuite, il pourra retourner à Sand, et moi, je resterai ici. Il n'a qu'à s'asseoir sur le trône. Il peut porter le titre de roi en mon absence. Je le charge de conclure la paix du mieux qu'il le pourra avec le roi Sirion et les Syuss. Nous ne nous battrons pas contre l'Oratrice. Si elle décide d'attaquer Almiri, nous offrirons l'asile à ma sœur, à ses écuyers et à ses dragons, au Guet du Sud. C'est tout. Je vais prévenir Almiri.

— Majesté ! Vous ne pouvez pas abandonner votre sœur !

— Ah bon ? Et pourquoi pas ?

— Hyrkallan ne l'acceptera pas !

— S'il refuse, rappelez-lui que ses idioties avec les Écuyers Rouges ont donné à Zafir une bonne raison de nous faire la guerre à toutes les deux. Si Almiri tient tant à défendre son peuple, grand bien lui fasse. Je ne lui mettrai pas de bâtons dans les roues.

— Mais, Majesté ! Zafir va nous mettre en pièces un par un !

— J'ai dit. Allez-y, maintenant. Faites chercher mon dragon. *J'appelais toujours Silence par son nom…*

— Il n'est pas prêt !

— Je m'en moque. Qu'on me l'amène ! Je n'en aurai pas besoin longtemps. Je reviendrai très vite, et vous veillerez alors à ce qu'on s'occupe bien de lui.

— Majesté, qu'avez-vous l'inten…

Elle posa un doigt impératif sur ses lèvres. Dès qu'on lui amena Soleil du Matin, elle se hissa en selle et s'envola dans une sorte d'état second. Elle savait exactement ce qu'elle voulait et ne tarda pas à obtenir satisfaction. Le Guet était presque entièrement ceint de pâturages où paissait en toute liberté un bétail endurci et frugal élevé pour nourrir les dragons de l'aire. Pour ce qu'en savait la jeune femme, les alchimistes versaient leurs potions directement dans l'herbe. Elle survola donc ces animaux et mit le cap sur le centre de l'oasis et le petit lac au pied de la falaise. Elle se posa à côté d'une ferme. Les cochons et les volailles qu'on trouvait ici servaient à nourrir les bergers.

Elle attrapa quelques poulets. Des animaux minuscules… Personne n'aurait l'idée d'en nourrir un dragon. Elle les aurait payés si elle avait eu de l'argent, mais les reines se promènent toujours les poches vides. Elle laissa ses gantelets aux fermiers – ils valaient probablement dix fois sa prise – et regagna l'aire. Elle alla droit dans la caverne du dragonneau. À aucun moment, elle ne laissa Isentine, les alchimistes et les autres voir ce qu'elle faisait. Pas question qu'ils s'interposent.

Silence l'attendait. Il avait dû la sentir arriver. Elle jeta les poulets par terre, près de lui.

Qu'est-ce que c'est que ça, Reine Jaslyn ?

— C'est à manger. Je suis allée les chercher moi-même, à la campagne. Ils sont élevés pour les humains, pas pour les dragons. Je les ai ramenés moi-même. Personne n'y a touché. Ils sont intacts. Tu peux les manger.

Et si je préfère mourir encore une fois ?

Elle ferma les yeux.

— Alors j'aurai fait tout ce que je pouvais.

Tu peux m'ôter ces chaînes et me laisser voler.

— Non, Silence. Je n'en ferai rien. Pas encore. J'en rêve, mais tu as essayé de me tuer, tu te rappelles ? Nous devons d'abord parvenir à un accord. Pour arriver à vivre ensemble.

Ce serait une perte de temps pour nous deux. Laisse-moi partir.

— Si je te libère, ils t'attraperont. Ma façon de faire est la seule valable.

Tu échoueras. Je mourrai ou je trouverai un moyen de m'enfuir.

— Je vais rester ici jusqu'à ce que tu manges.

Dans ce cas, nous allons peut-être mourir de faim tous les deux.

Jaslyn attendit, pleine d'espoir. Silence était allongé et lui tournait le dos, immobile. Elle attendit là tout le reste de la journée et une bonne partie de la nuit. Elle avait dû s'endormir, car quand elle rouvrit les yeux, le ciel, par l'ouverture de la caverne, avait retrouvé sa clarté. Les poulets avaient disparu, et il y avait du sang sur le nez de Silence. Il lui lança un regard paresseux. *Quelques-uns de tes congénères t'ont attendue une bonne partie de la nuit. Ils sont terrorisés. Tu leur as fait une peur terrible. Leurs cœurs sont pleins d'horreur quand ils s'imaginent ce que tu as bien pu commettre, et ils le seront encore plus quand ils comprendront qu'ils avaient raison. C'est délicieux. Ils ne te laisseront pas me nourrir à nouveau.*

— Ils ne peuvent pas m'en empêcher. Je suis leur reine.

Le dragon eut l'air de rire. *Dans ce cas, j'ai encore faim, Reine Jaslyn.*

43. METEROA

Le seigneur Meteroa, prince déchu et frère cadet du défunt roi Tyan, parlait à sa reine, affalé dans un fauteuil de la chambre à coucher de Lystra. Emmitouflé dans des draps, il était presque invisible dans le noir, et comme il ne voulait pas la réveiller, il chuchotait. Il fallait qu'elle sache ce qui se passait, mais s'il le lui apprenait de vive voix, elle ne le laisserait sans doute plus veiller sur elle de cette façon. *« Mes instructions précédentes concernant la princesse Lystra sont annulées. » Non, je préfère ne pas vous répéter ces mots. Vous risqueriez d'en comprendre la signification.*

— Jehal souhaitant soudain la mort de sa reine, est-ce crédible, alors qu'il est lui-même à moitié mort et retenu prisonnier au Palais de l'Oratrice ? Ces mots étaient pourtant les siens, et cette écriture également. Aucun message secret. Aucun sens caché. C'est lamentable. Vous croyez qu'il regrette cette missive ? Que Zafir lui a tordu le bras pour qu'il la rédige ? Ou qu'elle lui a tordu autre chose ?

Raconter tout cela à Lystra en profitant de son sommeil lui semblait un compromis acceptable. *Je vous l'avais dit. Ce n'est pas ma faute si vous n'écoutez pas !*

— J'ai déjà prononcé ces mots, chuchota-t-il un peu plus tard. Le jour où Calzarin, le petit frère de Jehal, a été écartelé dans les cachots du roi Tyan pour avoir assassiné sa mère, sa sœur et son petit frère. Tout le monde savait qu'il était coupable. Ce n'est pas comme s'il y avait eu le moindre doute. Mais personne n'a compris pourquoi il avait agi ainsi. C'était le préféré, le plus beau des fils du roi Tyan. Quel dommage que vous n'ayez pas pu le rencontrer ! Je sais bien que c'est Jehal qui hante vos pensées, avec son visage d'elfe, son sourire de loup, sa bouche parfaite, ses yeux brillants… C'est très compréhensible. Mais, à côté de Calzarin, Jehal semblait quelconque. Il aurait aussi tué Jehal, s'il avait pu. Les choses seraient devenues beaucoup plus difficiles pour Tyan. Mettre à mort son seul fils survivant, son unique héritier ? Il n'aurait pas pu. Mais Jehal a toujours été le plus malin des deux. Il a probablement compris longtemps avant les autres que son frère était fou. Avant tout le monde sauf moi, en fait. J'ai essayé de le dire à Tyan, mais il ne m'a jamais écouté. Pas avant qu'il ne soit trop tard. Et donc, nous assistions à la mort lente et horrible de Calzarin, le roi et moi, et honnêtement je ne pourrais pas vous dire lequel de nous trois souffrait le plus. « *Pourquoi personne ne m'a-t-il prévenu ?* » m'a demandé Tyan et je lui ai répondu : « *Moi, je te l'avais dit. Ce n'est pas ma faute si tu ne m'as pas écouté.* » Pas très malin de lancer ça à un roi pleurant à chaudes larmes son fils qu'on exécute. Bien sûr, ensuite, il a écouté. Il a écouté tout le monde, mais c'était trop tard. Il a écouté ceux qui lui ont dit que Calzarin était mon fils et pas le sien. Ou que Calzarin et moi étions amants. Les gens lui ont raconté toutes sortes de choses. Celles qui étaient vraies, je pense que Tyan ne les a pas crues. Même ainsi, je suis surpris qu'il ne m'ait pas traité plus mal. À sa place, je nous aurais tous tués, lui et moi, et plutôt deux fois qu'une, soupira Meteroa. Ensuite, il est devenu fou et tout le monde a cru que Jehal l'empoisonnait. Faux. C'était moi.

Le vent léger qui soufflait par la fenêtre ouverte faisait bruisser les rideaux de soie. Meteroa se tut. Quelques instants plus tard, il vit un homme, debout près du lit de la reine.

Sous ses draps, Meteroa tenait une arbalète. Il la pointa vers la tête de l'homme et attendit. L'intrus se rapprocha à pas de loup et souleva tout doucement les couvertures pour contempler le visage de la reine Lystra.

En le voyant soudain brandir un couteau, Meteroa tira.

Le carreau frappa l'assassin en pleine poitrine. Un homme ordinaire serait mort sur le coup. L'intrus tituba et s'assit, le souffle coupé. Meteroa se leva avec précaution. Rester dans la même position pendant la moitié de la nuit lui avait détraqué les articulations et ses genoux étaient si raides qu'il put à peine marcher. *Je me fais vieux. Je ne peux pas en dire autant des gens qui m'entourent.*

Meteroa se dirigea vers l'assassin, qui se crispa nerveusement.

— Il était temps que tu te montres, l'ami. Je t'attends depuis des semaines. Ça m'a empêché de fermer l'œil, et le manque de sommeil, ça me rend grognon. J'ai déjà eu affaire à deux autres assassins, mais c'étaient des petites ordures envoyées par Zafir. Je parie que ce n'est pas elle qui t'a envoyé. Toi, c'est autre chose.

L'assassin tremblait comme Tyan au début. Il ne leva pas les yeux, et quand il voulut s'exprimer, seuls quelques borborygmes franchirent ses lèvres.

Meteroa prit une lampe sous le lit.

— Épargne-toi cette peine. Tu viens de recevoir une sacrée dose de dos de grenouille. De quoi tuer un cheval, si tu veux mon avis. Tu ne vas pas pouvoir te transformer en bourrasque ou autre astuce de ce genre. Dans quelques minutes, tu perdras connaissance. Quelques minutes plus tard, ton cœur cessera de battre. Si tu étais né par ici, tu saurais que le prince Jehal est plutôt réputé pour sa connaissance des poisons. C'est justifié, certes, mais à ton avis, qui l'a formé ? Personne ne semble se poser la question.

Souriant à pleines dents, Meteroa traversa la pièce et alluma la lampe à la flamme d'une bougie.

— Tu dois être drôlement surpris de me trouver ici, hein ?

Il revint vers le mourant.

— Je me suis dit : si je ne fais rien, si j'ignore la lettre de mon prince, que va-t-il se passer ? Qui va s'en prendre à Lystra en premier ? Qui ? Zafir, peut-être ? J'ai cru que ce serait quelqu'un d'autre, mais non, c'était elle. Je déteste me tromper, alors je me suis occupé de son sbire et j'ai attendu le suivant, et devine quoi ? Encore Zafir. Tu imagines ma frustration ? J'ai failli laisser tomber, puis Zafir a relâché Jehal. Tu devais agir avant son retour, c'est ça ?

Toujours souriant, Meteroa approcha la lampe.

— Bien. Voyons à quoi tu ressembles. Voyons si finalement tu es la preuve que j'avais raison.

Il examina attentivement le visage de l'assassin et poussa un sifflement.

— Ça alors ! Pourtant, je ne suis pas vraiment surpris. Tu n'es pas du coin, manifestement.

Sur le lit, la reine s'étira et bâilla, en plissant les yeux pour se protéger de la lumière.

— Prince Meteroa ? chuchota-t-elle

— Seigneur Meteroa, la corrigea-t-il avec un doux sourire. On m'a retiré mon titre, vous vous souvenez ?

Maintenant que Tyan n'était plus là, il pouvait sûrement le reprendre, s'il le voulait. Mais en avait-il vraiment envie ?

— Que faites-vous ?

Il s'agenouilla à côté du lit, en lui masquant soigneusement l'assassin qui agonisait derrière lui.

— J'ai de bonnes nouvelles pour vous, ma Reine. Des nouvelles qui ne pouvaient pas attendre le matin. Jehal sera bientôt de retour.

Il la vit s'illuminer, puis elle se glissa hors du lit et l'enlaça. Pendant une ou deux secondes, elle le serra si fort contre elle qu'elle faillit l'étouffer. Elle s'interrompit brusquement.

— Meteroa !

— Quoi, ma Reine ?

— Il y a un homme à terre ! Il saigne !

— Quoi ? Vous voulez dire qu'il n'est pas encore mort ? J'ai tiré sur lui, j'en ai peur, soupira Meteroa en se dégageant.

— Vous avez *tiré* sur lui ? Pourquoi ?

— Il voulait vous faire du mal, hélas.

Bon Dieu… vous êtes vraiment naïve à ce point ? Il redressa soigneusement son arbalète. Lystra frissonna.

— Encore Zafir, je parie…

— Oui, mentit-il. Bon, je vais appeler des serviteurs. Ils vous installeront dans une autre chambre. Ici, vous n'allez plus pouvoir fermer l'œil, j'en suis sûr.

Il tira de nouveau sur l'assassin, mais dans le crâne, cette fois-ci. Ce qui ne parut même pas avoir raison de lui… Quand Lystra quitta la pièce, pourtant, l'assassin se comportait enfin comme un vrai cadavre. À tout hasard, Meteroa le fit transporter dans les cachots, puis cloua le corps à une table. *Cela devrait faire l'affaire. Quelle intéressante collection nous conservons dans ces cachots ! Bon, je vais enfin pouvoir dormir un peu.*

Bonne nouvelle, le meurtrier mort était encore là et encore mort le lendemain matin. Meteroa le regarda en se grattant la tête, puis abandonna le corps à son sort. Il quitta l'aire à cheval et se rendit dans la petite ville de Rivedeau, perchée sur les falaises à quelques lieues de Furibouche. Rivedeau hébergeait tous les bordels, tous les tripots de l'aire, et tous les repaires de drogués, en cherchant bien. Meteroa les connaissait tous. Il avait localisé là-bas quelques prostituées qu'il surveillait depuis un certain temps parce qu'elles présentaient une vague ressemblance avec la reine. Il les avait repérées dès l'arrivée de Lystra, et quand la reine s'était retrouvée enceinte, leur avait envoyé quelques écuyers chargés du plaisant devoir de les engrosser elles aussi. Ensuite, il avait très discrètement veillé sur elles, s'assurant de leur hygiène et de leur sécurité en attendant un jour comme celui-ci.

Il choisit les deux plus ressemblantes, leur dissimula le visage et les ramena à l'aire. Il habilla celle qui, à son avis, ressemblait le plus à la reine, ce qui lui prit une bonne partie du reste de la journée. Il l'entraîna dans les appartements de Lystra, et tandis qu'elle entreprenait de le distraire, il versa du poison dans son verre. Elle s'endormit et avant que le poison ne l'achève, il l'égorgea.

Et voilà. La reine est morte. Rude journée, mais cela en valait la peine.

La suite lui sembla étrangement facile. Il arpenta l'aire en expliquant à tous ceux qu'il croisait que la reine avait été assassinée et qu'ils devaient faire ce qu'ils avaient à faire. Avant le lendemain soir, toute l'aire arborait les couleurs grises du deuil. On emporta le cadavre au mausolée du dragon, l'endroit le plus froid dont ils disposaient, et quelques personnes passèrent le voir. Meteroa les observa avec attention. Il s'était assuré que personne ne nettoie le visage en sang du cadavre, et tous ces témoins se comportèrent comme s'ils étaient bien en présence de la reine. *Parce que les reines, personne ne les regarde vraiment. Les gens les voient, certes, mais ne les regardent pas vraiment.* Tant qu'il y était, Meteroa déguisa la seconde putain en fille de forgeron et la confia aux soins des sages-femmes de Furibouche et à la garde d'une demi-douzaine de ses écuyers les plus fiables. Il envoya ensuite la vraie Lystra vivre chez les Écailleux, sans aucun garde du corps. *Je brûle d'envie de vous mettre sur un dragon et vous renvoyer chez votre sœur… mais Jehal ne me le pardonnerait jamais.*

Il ne lui restait plus qu'à attendre.

Jehal revint une semaine plus tard. Meteroa l'accueillit avec cent un écuyers, tous vêtus de gris. *Je suis désolé de vous imposer cette épreuve, mon roi, mais les apparences doivent être préservées jusqu'au bout.* Malgré tout, il ne s'était pas tout à fait préparé au regard glacial que lui lança son neveu.

— Qui l'a assassinée ? Vous ou Zafir ? lui demanda Jehal, les traits figés, comme morts.

Meteroa s'inclina, puis étreignit son roi. L'un des privilèges de la famille…

— Ni l'un ni l'autre, mon roi, chuchota-t-il à l'oreille de son neveu.

Jehal poussa un rugissement rageur et le repoussa si brutalement que son oncle tomba.

— Ne jouez pas aux devinettes avec moi, Maître de l'aire ! Qui a tué ma femme ?

— J'ai conservé le corps de l'assassin, lui dit prudemment Meteroa en se relevant.

— Je veux voir Lystra ! Vous vous rappelez ce que je vous ai dit, mon oncle ? « Ce qui lui arrivera vous arrivera aussi. »

Nouvelle courbette de Meteroa. *Une semaine avec les Écailleux ? Mes aïeux, j'aurais peut-être dû la tuer, finalement !*

— Je veux la voir tout de suite, Meteroa. Où est-elle ? Si vous l'avez déjà incinérée, je vous jure que…

— Elle est dans le mausolée, Majesté.

Jetant le protocole aux orties, le roi s'élança vers les cavernes sous les yeux de son oncle. *Nous savons à présent à laquelle de vos deux femmes vous tenez le plus…* se dit Meteroa tout en le suivant à distance. Il souriait intérieurement. Jehal n'était pas du genre à exploser de colère, d'habitude. *Quand on met quelqu'un sous pression, tout peut arriver. Je n'arrête pas de le répéter, mais personne ne prend jamais la peine de m'écouter !* Il suivit Jehal dans les tunnels de pierre noire du mausolée et renvoya d'un geste la garde d'honneur postée auprès du corps.

— Ce n'est pas elle ! s'exclama Jehal en se retournant brusquement.

Meteroa jeta un coup d'œil aux gardes qui battaient en retraite.

— Elle est ici depuis un moment, Majesté.

— Ce n'est pas elle ! répéta le roi en se jetant sur son oncle, les mains tendues vers son cou.

Meteroa l'évita de justesse. *Si je le voulais, je pourrais vous casser le bras, mon garçon.*

— Effectivement, ce n'est pas elle, dit-il tout bas à son neveu.

Les gardes n'étaient plus là, certes, mais les mots avaient la sale manie de résonner contre les parois de pierre.

— Maître de l'aire !

Meteroa empoigna la chemise de Jehal et le plaqua contre la paroi inégale.

— Elle est saine et sauve, Majesté, murmura-t-il entre ses dents serrées. Elle est saine et sauve parce que les gens qui voulaient la tuer la croient morte. Franchement, cette lettre idiote… Vous pensiez vraiment que j'allais tuer votre épouse de mes propres mains ? Votre père est mort, votre frère est mort, et d'après les bruits qui courent, vous êtes désormais stérile, tout comme moi. Comment avez-vous pu croire que je n'en tiendrais pas compte ? Elle porte votre héritier, Jehal ! *Notre* héritier ! *Et voilà. Vous ne m'avez plus vu ainsi depuis très longtemps. Vous aviez presque oublié, hein ?*

— Je n'ai jamais voulu sa mort.

— Quelqu'un d'autre la veut.

— Zafir…

— Je ne parle pas de Zafir.

Meteroa lâcha Jehal et leva les mains.

— Enfin, Zafir aussi, mais elle n'est pas la seule. Nous avons le tueur. Vous devez absolument le voir. Il est dans les cachots.

— Je ne vais pas annoncer publiquement la mort de Lystra.

— Pour le moment, elle est en sécurité. Elle va accoucher dans quelques semaines. Nous devrons alors les mettre à l'abri tous les deux. Séparément, si possible. Ou alors, vous pouvez vous débarrasser d'elle, ce qui serait sans doute préférable…

— Je ne vais pas annoncer publiquement la mort de Lystra.

— Écoutez-moi, insista Meteroa, lèvres pincées. Ce n'était pas Zafir, cette fois-ci, c'étaient les Taiytakei. Ils ont cru que Zafir s'en chargerait, mais comme elle a échoué plusieurs fois, ils ont envoyé l'un des leurs. Ce n'est pas un quelconque tueur des rues de la Cité d'Argent, vous m'entendez ? C'est un assassin qui peut se fondre dans la terre, se transformer en eau ou se changer en coup de vent pour entrer par la fenêtre ! J'en ai déjà rencontré quelques-uns. Ce sont peut-être les hommes les plus dangereux au monde, et en tout cas les plus chers. Les Taiytakei. Nous savons ce qu'ils veulent, nous l'avons toujours su : des dragons, voilà ce qu'ils veulent. Des dragonneaux, des potions et des alchimistes. Avez-vous jamais pris la peine de réfléchir au sort de Bellepheros, notre Grand Maître alchimiste ? Que lui est-il arrivé juste après vos noces ? Depuis, je me demande sans arrêt pourquoi ils vous ont offert un cadeau pareil. Avez-vous pris le temps d'y réfléchir ? *Probablement pas. Vous êtes trop vaniteux pour vous poser des questions, hein, mon garçon ?* Ils vous offrent un véritable trésor puis tentent de supprimer votre épouse. Pourquoi ?

Meteroa plissa les yeux.

— Ils veulent vous voir avec Zafir, mais pourquoi ? Pourquoi, bon sang ?

— Les Taiytakei ?

Pour une fois, Jehal avait l'air complètement perdu. *Pauvre garçon. Vous êtes dépassé, on dirait.*

— Si j'osais, je dirais que Zafir… enfin *quelqu'un…* leur a promis ce qu'ils veulent, hasarda Meteroa en lui tapotant l'épaule. *Vous avez tué mon frère. Il l'avait bien mérité, d'accord, mais il était à moi.* Vous vouliez être roi, et c'est fait. Vous avez maintenant une bonne raison de mettre un terme aux agissements de l'Oratrice.

Jehal le repoussa d'un mouvement d'épaules.

— Parfait. Préparez mes dragons, Maître de l'aire. Tous. Nous partons en guerre. Dans combien de temps seront-ils prêts ?

— Nous n'attendions plus que vous, Majesté. Une toute petite question, si vous voulez bien : contre qui nous battrons-nous ?

Pour la première fois depuis son arrivée, Jehal lui consentit un sourire, le sourire tordu et bancal d'un homme en qui quelque chose venait de se briser. *Le sourire de notre famille.*

— Moi, je retourne au Palais Adamantin pour participer à la guerre de l'Oratrice. Vous, par contre… pour *vous*, j'ai autre chose en tête. Prenez quelques dragons et envolez-vous un peu après moi. Allez faire le ménage aux Pinacles.

Le sourire se transforma en ricanement.

— Et avant de partir, si vous pensez vraiment ce que vous dites à propos des Taiytakei, brûlez tous leurs navires au mouillage dans notre port.

— Alors c'est la guerre, mon roi ?

— Oui, c'est la guerre. *Notre* guerre.

Jehal se mit à rire à gorge déployée.

— Maintenant, débarrassez-moi de ça, ajouta-t-il en désignant le cadavre gonflé qui gisait dans le mausolée. Et ramenez-moi ma reine. Oh, et envoyez une lettre à Jaslyn. Dites-lui que dorénavant sa sœur m'accompagnera où que j'aille. Cela l'incitera peut-être à garder ses dragons dans leurs aires.

— À votre place, je n'y compterais pas.

— Je n'y compte pas, rassurez-vous.

44. LE DÉFI DES ROIS

Dans la salle d'audience, Vale Tassan participait à un prétendu conseil des souverains. *Un roi, une reine… encore pire que le conseil qui a condamné à mort Shezira.* Il était là pour leur servir le discours que l'Oratrice attendait de lui. Ils apprirent que deux Écuyers Rouges avaient été capturés, et que Vale avait recueilli leurs aveux lui-même. La preuve était faite qu'Almiri avait soutenu leur rébellion. Certains hochèrent la tête, d'autres prirent un air dubitatif.

Voilà, j'ai fait mon devoir. J'ai obéi sans discuter à mon Oratrice. Quand il se tut enfin, il avait un goût amer dans la bouche. Mais, en observant ces gens, il comprit soudain que la vérité n'avait jamais été leur préoccupation principale. Et il sentit la colère l'envahir, une colère presque insupportable.

— Ainsi, certains ont survécu ? s'étonna le prince Tichane, sourcil levé. Après un combat de dragons ? C'est très étonnant, Sentinelle. Dans quel état les a-t-on trouvés ?

Ils étaient morts, mais je ne peux pas vous le dire.

— Dans un sale état, votre Altesse. Vraiment. Je suis surpris qu'on ait pu les faire parler.

— Des marques de dents ?

— Je ne les ai pas examinés. Un médecin était présent. Je suis sûr qu'il pourrait répondre à cette question. *Oui, ils n'ont qu'à convoquer le mage de sang. J'ai hâte d'entendre ce qu'il a à dire.*

Vale soupira et dévisagea les membres du conseil. *La moitié des royaumes ne sont même pas représentés.*

— Qui parmi vous va s'exprimer au nom de la reine Jaslyn et de la reine Almiri ? demanda le seigneur Eisal.

— Elles n'ont pas daigné envoyer quelqu'un, ricana Zafir. Le fait qu'elles ne veulent pas se défendre devant nous prouve leur culpabilité, vous ne croyez pas ?

Eisal la fixa d'un air maussade.

— Mais Almiri sait-elle que nous tenons ce conseil ? Et sa sœur, elle est au courant ?

Silvallan, roi du mont Bazim et des landes d'Oordish et marionnette de Zafir, comme le roi Narghon était celle de Jehal, leva les yeux au ciel.

— Quelle importance ? éructa-t-il. La culpabilité de la reine Almiri est établie depuis longtemps, et elle n'a pas agi seule. Pourquoi se soucier de ce détail ?

— Nous n'avons pas l'ombre d'une preuve contre la reine Jaslyn, votre Sainteté, jappa Jeiros. Et nous nous soucions de ce détail parce que nous sommes les gardiens des neuf royaumes et que le devoir sacré qui nous incombe consiste à faire tout ce qui est en notre pouvoir pour préserver la paix entre eux en évitant une autre guerre.

— Et pourtant nous sommes en train d'en déclencher une, conclut le prince Tichane d'un ton traînant.

Encore un prince-dragon méprisable. *Il ressemble trop à Jehal, et dans trop de domaines.*

Zafir se tourna vers Jeiros en souriant.

— Et vous, que pensez-vous de la reine Almiri, maître alchimiste ? Elle aide les Écuyers Rouges, à votre avis ? Et où en sont ses réserves de potions ? Va-t-elle bientôt en manquer ?

Jeiros se tassa dans son fauteuil et haussa les épaules :

— Je l'ignore, votre Sainteté. Les Écuyers Rouges ont sans doute assez de réserves pour eux, en comptant celles qu'ils vous ont volées, mais elle… je pense qu'elle va bientôt manquer de potions, oui.

Le destin d'Almiri était scellé, apparemment. Dès qu'on n'eut plus besoin de lui, Vale les laissa à leur discussion. Ainsi, le Sud allait déclarer la guerre au Nord… Zafir avait déjà posté ses dragons tout autour du Palais, et ceux de Silvallan étaient en route. Puis ce serait le tour de ceux du roi Narghon et du roi Jehal. Une armée de sept cents dragons allait traverser l'Éperon Pourpre. Même si la reine Jaslyn volait au secours de sa sœur, leur armée serait encore deux fois inférieure en nombre. Et à en juger par l'expression d'Eisal, le roi Sirion ne voulait pas prendre part au combat. Autrement dit, le Nord allait perdre. C'en serait fini du legs de l'Orateur Hyram, et la lignée de la reine Shezira s'éteindrait. Et sans que personne ne s'en aperçoive au milieu de tous ces chambardements, Evenspire et les vallons du Vent Noir partiraient en fumée. Incidemment, Vale pensa à ces gens qui périraient par le feu, et à ceux qui mourraient de faim... Ils seraient nombreux, probablement.

Il monta tout en haut de ce Corps de Garde dont le portail était assez grand pour laisser passer un dragon, et se posta contre les créneaux. Il n'y avait presque plus de place. Vingt scorpions occupaient les plates-formes au sommet de chaque tour.

Il regarda en bas. La route qui s'éloignait du Palais s'incurvait vers la droite. Les premières choses qui attirèrent son regard furent les trois cages contenant la reine Shezira, le roi Valgar et le prince Sakabian. Les corbeaux s'en étaient donné à cœur joie, et il n'en restait plus que les os. Il avait d'autres cages toutes prêtes, au cas où... Une en particulier, fabriquée pour la princesse Lystra. Celle-là, au moins, il n'aurait jamais à s'en servir. En apprenant la nouvelle du meurtre de Lystra, l'Oratrice était devenue rayonnante, et son euphorie avait duré des jours.

Décapiter des souverains et pendre leurs corps dans des cages... Exécuter ses propres cousins... Hyram n'aurait jamais agi ainsi !

La route descendait vers la Cité des Dragons et les Lacs Miroirs en contournant le Palais. La Cité portait encore les cicatrices de l'attaque des Écuyers Rouges. *Zafir aurait dû les écraser dès leur apparition. Les a-t-elle laissés tranquilles pour s'assurer que cette guerre aurait bien lieu ?*

Probablement. Autrement dit, tous ceux qui avaient rendu l'âme dans la Cité ce jour-là le devaient à l'orgueil de Zafir. Vale grinça des dents. *Les ordres...*

La Garde obéit aux ordres. De la naissance à la mort, ni plus, ni moins. Nous n'avons ni à louer ni à condamner les choix des Orateurs, nous devons exécuter leur volonté.

Vers l'est et le sud s'étiraient les plaines de la Montagne Affamée. Et tout là-bas, une plate-forme de bois se dressait encore dans les champs : la tour construite pour célébrer la fin du règne de l'Orateur Hyram. Dix ans de paix. *Nous avons sacrifié nos vies pour permettre aux princes et aux rois de se défouler avec leurs dragons, et pour qu'Hyram puisse démontrer notre force. Et qui a remporté ce tournoi ? Zafir ! Elle a triché et Hyram l'a laissée gagner !* Il aurait dû faire abattre cette tour, mais il n'avait jamais trouvé le temps nécessaire. *Pourquoi ? Parce qu'il y avait toujours autre chose à faire avant ? Allons ! Sois honnête avec toi-même, Vale Tassan. C'est parce que tu n'arrives pas à oublier l'Orateur que tu as servi. Pas pour celle qui a pris sa place.*

Il se tourna vers le nord. Zafir allait bientôt s'envoler dans cette direction. Elle allait quitter le Palais. Il parcourut les remparts du regard, sur toute leur longueur. Trois cents scorpions et deux mille hommes… Il pourrait installer cinq cents scorpions supplémentaires et le gros de ses troupes dans la Cité. Il songeait aussi à rajouter des scorpions dans l'Éperon, au niveau de la Cascade de Diamant, mais comment les transporter là-haut quand les dragons seraient partis ?

Il interrompit le cours de ses réflexions. *À quoi je joue, bon sang ? Suis-je vraiment en train de réfléchir aux meilleures façons de défendre le Palais ? Contre qui, Sentinelle ? Contre le roi des Cimes ? Tu crois que c'est lui qu'il faut combattre ? Le roi Jehal, alors ? Peut-être que le roi Sirion va tenter de s'emparer du trône de l'Orateur en l'absence de Zafir ? Et si la reine Jaslyn arrachait la victoire malgré les effectifs massés contre elle ? Parce que, si tu te laisses aller à émettre une opinion, n'importe lequel d'entre eux, même la Vipère, ferait un meilleur Orateur que Zafir ! Est-ce que tu réfléchis vraiment à la façon de vous défendre contre la multitude d'ennemis que Zafir s'est faits en votre nom durant les quelques mois de son règne ? Aurais-tu autre chose en tête, Vale Tassan ?*

Il contempla les scorpions alignés sur les remparts du Palais, les corps dans les cages, les balafres noires dans la Cité des Dragons et la tour dans les plaines, ultime vestige du règne de l'Orateur Hyram.

Les ordres. La Garde obéit aux ordres. De la naissance à la mort, ni plus, ni moins. Il lui vint à l'esprit que les alchimistes faisaient le serment de servir les royaumes, contrairement aux Adamantins qui juraient fidélité à l'Orateur…

Je crois que je préfère le vœu des alchimistes.

Il se retourna vers le Palais. Quelqu'un venait de s'éclipser du conseil. Le seigneur Eisal, à en juger par son allure. Il venait vers le Corps de Garde. Eisal ne marchait pas très vite, mais il faisait son possible. Et il avait l'air de comploter quelque chose. Il semblait anxieux. Effrayé. *Je me fais peut-être des idées ? Nous venons d'assister aux prémices d'une guerre et il est bien normal d'en concevoir de l'inquiétude. Et nous savons très bien à qui s'en prendra l'Oratrice quand elle en aura terminé avec la descendance de Shezira.*

Eisal se précipita dans les écuries. *On va faire un petit tour en ville, messire ? Ou à l'aire, peut-être ? Vous pourriez vous montrer un peu plus discret quand même ! Le conseil n'est pas encore dissous que vous, vous partez précipitamment ! Avec qui avez-vous rendez-vous, messire Eisal ? Je dois le savoir ! Vous voulez nous éviter des problèmes, à tous les deux ? Si je vous posais la question, vous me le diriez ? Nous pourrions ensuite reprendre nos occupations respectives. Mais vous refuseriez de me répondre, j'imagine.*

Vale se leva et s'étira un peu à contrecœur, puis dévala les marches. Messire Eisal était déjà parti, mais le garde de faction avait toujours deux chevaux sellés pour les gens chargés de transmettre les messages urgents de l'Oratrice à ses aires. Vale en emprunta un et se mit à filer Eisal avec précaution, le plus discrètement possible. Ils entrèrent dans la Cité des Dragons. Eisal faisait tout son possible pour passer inaperçu, avec l'effet exactement inverse. Vale le voyait déjà dans une cage suspendue devant l'enceinte. *Ça vous apprendra à être inepte à ce point.*

Eisal traversa la place ronde, au cœur de la Cité. En son centre se dressait une statue en obsidienne représentant un dragon de cinquante pieds de haut sur la tête duquel un homme brandissait une épée, comme s'il s'apprêtait à la lui enfoncer dans le crâne. La première Sentinelle, d'après certains. Tuant un dragon à mains nues.

Le dragon était entouré de fontaines qui babillaient et glougloutaient bruyamment en soulevant une poussière d'eau, ajoutant encore à l'humidité ambiante répandue par la Cascade de Diamant qui dominait la Cité. Eisal mit pied à terre, puis emmena son cheval entre les fontaines et s'arrêta à côté de la statue. Vale le suivit à pied en louvoyant résolument dans la foule clairsemée qui se rassemblait toujours en ces lieux. Il ne tarda pas à comprendre avec qui Eisal avait rendez-vous. Deux hommes de haute taille, larges d'épaules et parfaitement reconnaissables, se détachèrent de la foule et le rejoignirent au pied de la statue. La rencontre ne dura pas plus de trente secondes. Vale n'était pas assez près pour entendre quoi que ce soit, mais il n'en avait nul besoin. Il lui suffisait de voir. Les expressions des écuyers étaient suffisamment claires. *C'est décidé. La guerre est proche*, venait de leur déclarer Eisal.

Sans plus s'intéresser à Eisal, Vale emboîta le pas aux deux hommes qui s'éloignaient et les rattrapa rapidement. Il attendit d'être à moins d'un pas derrière eux pour les interpeller.

— Quel bel après-midi ! Vous ne trouvez pas ?

Les deux hommes s'arrêtèrent, puis se retournèrent très lentement. Vale dut se forcer à ne pas les saluer. Une révérence aurait attiré l'attention et il valait mieux l'éviter. Pour l'instant. Il opta pour un léger hochement de tête.

— Majesté… Pardonnez mon indiscrétion. Roi Sirion, messire Hyrkallan… Je suis extrêmement surpris de vous croiser dans le Cirque des Dragons en cette période difficile, et en même temps, en plus !

Hyrkallan posa une main sur la garde de son épée.

— Ça alors, la Sentinelle de la Nuit… grommela-t-il. J'ai souvent chanté vos louanges à ma défunte reine, mais aujourd'hui, je ne suis pas particulièrement heureux de vous voir.

— Je porte ce titre pour une bonne raison, Écuyer. Quand la nuit tombe, il incombe aux Adamantins de veiller sur les neuf royaumes. Et nous vivons des temps très sombres, vous ne pouvez pas le nier.

Il jeta un coup d'œil à la statue.

— Personne ne sait qui est cet homme. En tout cas, il n'a sûrement pas tué ce dragon en lui enfonçant son épée dans le crâne ! Mais sa légende perdure.

— Si vous cherchez à nous arrêter, nous résisterons, Sentinelle, dit calmement le roi Sirion, sur un ton presque attristé.

— Et où sont vos hommes, Vale ? intervint Hyrkallan, d'une voix qui crissait comme deux plaques de pierre frottées l'une contre l'autre.

Aucune tristesse chez lui, par contre.

— J'ai suivi seul messire Eisal. Sur un coup de tête, pour ainsi dire.

La main d'Hyrkallan se crispa sur la garde de son épée, et Vale lui sourit.

— Vous croyez pouvoir l'emporter, Écuyer ?

— Je pourrais essayer, en tout cas.

— Je n'en doute pas. Vous pourriez me retenir assez longtemps pour permettre au roi Sirion de s'échapper, mais rien n'est moins sûr.

Un éclair de fureur assombrit les traits d'Hyrkallan, et Vale leva les mains.

— Inutile de prendre ce risque, Écuyer. Je ne vous ai pas vus. Vous pouvez partir. Je n'ai rien à vous dire.

Ça y est, j''ai trahi mon Oratrice. Je ne peux pas descendre plus bas.

Il fit mine de se retourner, puis se figea.

— Non. En fait, j'ai quelque chose à vous dire. Je vous ai connus sous les règnes de deux Orateurs. Vous êtes des hommes de courage et d'honneur. Ce n'est pas le cas en ce moment, mais j'espère de tout cœur que le Palais Adamantin accueillera bientôt à nouveau les hommes comme vous. Cependant, je veux vous dire ceci : si vraiment vous le devez, menez vos guerres dans les cieux, mais ne vous avisez pas de venir jusqu'ici. Si vous le faites, vous découvrirez mon autre nom, celui que je porte à la guerre.

Hyrkallan faillit sourire.

— Si Zafir franchit l'Éperon avec ses dragons, je les affronterai, avec ou sans l'accord de ma reine. Mais je vous donne ma parole que je ne les entraînerai pas ici sans votre permission, roi Scorpion.

Vale lui sourit en retour.

— J'espère que votre reine partage votre point de vue, Écuyer.

Il recula d'un pas et conclut leur échange par un signe de tête.

— Majesté, Altesse, je vais adresser mes prières à nos ancêtres. Pour que la paix l'emporte.

Avec un coup d'œil au roi Sirion, il ajouta :

— La reine Shezira n'a pas tué Hyram, Majesté. J'ai maintenant une très bonne raison de le croire.

Il tourna les talons et s'éloigna. *Et voilà. Un millier de personnes ont vu le capitaine de la Garde Adamantine conspirer ouvertement avec les ennemis de l'Oratrice. Si je me souviens bien, Zafir offre toujours son poids en or pour la tête d'Hyrkallan. Hélas, l'or ne m'est pas d'une grande utilité.* Il quitta le Cirque et remonta à cheval. *Je n'ai qu'à la prévenir, il n'est pas trop tard. Aurais-je des regrets ? Pour elle, qu'est-ce que cela changerait de savoir que Sirion et Hyrkallan vont l'attendre ensemble de l'autre côté des montagnes ?*

Il médita cette question en remontant la colline pour retourner au Palais. En arrivant au sommet, il avait trouvé la réponse : ça ne changerait absolument rien.

Inutile de le mentionner, dans ce cas. Quel intérêt ? Il ramena son cheval aux écuries, le dessella et se mit à le bouchonner. S'occuper des chevaux le calmait. *Et quand j'en aurai fini ici, je ferais mieux de me dépêcher. Je dois lancer la fabrication d'une autre cage. Je ne vais pas entrer dans celle que nous avions prévue pour la princesse Lystra.*

45. VIPÈRE, JOLIE VIPÈRE

Evenspire. Jehal rabattit sa visière et plongea vers la cité. Avec ce vent, il avait beaucoup de mal à réfléchir. Plaqué contre Spectre, le prince s'agrippait à ses écailles ; aplati comme il l'était, les dragons ennemis ne pourraient pas s'emparer de lui du bout de leur queue. Six des bêtes de chasse d'Almiri s'étaient lancées à sa poursuite. Les quatre qui avaient déjà perdu leurs écuyers descendaient se poser en spirales, désemparées, mais les deux autres se trouvaient juste dans son sillage. Il sentit une première rafale de feu le balayer. Son armure d'écailles le protégea des flammes et de la chaleur. Visière baissée, il y voyait à peine. S'il ne se trompait pas, Almiri gardait d'autres dragons en renfort, des bêtes qui l'attendaient dans la cité. *C'est ce que j'aurais fait aussi. En infériorité numérique comme elle l'est, elle va essayer de nous tuer, moi et Zafir, puis de prendre la fuite. Mais d'où sont-ils sortis, ces dragons ?*

— En arrière ! cria-t-il.

Ses mots se perdirent dans les bourrasques, mais cela n'avait guère d'importance. Même quand il s'exprimait mentalement, son dragon l'entendait.

— On monte ! Monte et rejoins les autres ! *Spectre est un dragon de guerre. Il est plus rapide qu'eux. Ils perdent leur avantage. Je n'ai qu'à foncer droit devant en me redressant. Évidemment, cela dépend de la distance qui me sépare d'eux, je ne peux pas le savoir…*

Spectre se redressa brutalement, le nez pointé vers le haut, et vira. Une traction presque irrésistible s'exerça sur le harnais de Jehal et le tordit. Il sentit se tendre et se rompre plusieurs sangles et courroies. Aucun dragon ne tentait de l'arracher à sa selle, pourtant. Il n'était pas mort, il ne tombait pas dans le vide. Certains des liens qui l'unissaient à sa monture s'étaient rompus, mais pas tous. Il s'agrippa de toutes ses forces.

— Plus vite !

Derrière lui, il avait placé deux hommes dont le travail consistait à surveiller leurs arrières. Si Jehal avait été un seigneur du nord, il les aurait armés de scorpions. *Vais-je penser à la noblesse et à la pureté de nos vols quand une hampe de six pieds de long me coupera en deux ?* Les deux écuyers avaient une autre fonction également. Jehal n'osait pas se redresser pour regarder derrière lui, de peur que le vent ne l'arrache de son harnais déficient, mais il devina qu'ils avaient parfaitement bien rempli cet autre rôle. Au jugé, ils n'étaient plus là. *Les écuyers d'Almiri, d'où sont-ils arrivés ?*

Incendier les navires taiytakei dans le port fut l'une des plus grandes satisfactions de Meteroa depuis très longtemps. Il en tira une joie simple, le sentiment de plénitude qui accompagne les actions extrêmement minutieuses mais accomplies sans grande difficulté. Il les brûla jusqu'à la ligne de flottaison et regarda couler le reste. Les dragons s'en donnèrent à cœur joie. Les navires avaient le don de les mettre de mauvaise humeur. Ils s'amusèrent bien avec les marins, repêchant les survivants dans l'eau et les projetant dans les airs avant de les croquer. *Voilà ce que c'est d'avoir voulu assassiner notre reine. Qu'est-ce qui leur a pris ?*

C'était la dernière épine dans le pied de Meteroa, mais elle le gênait beaucoup. Pourquoi les Taiytakei avaient-ils agi ainsi ? Ce n'était pas la première fois que les dragons de Furibouche brûlaient les Taiytakei en mer. Ils s'étaient déjà comportés ainsi quand ces étrangers avaient tenté de détruire les fabriques de soie sur la péninsule de Tyan, mais cela s'était passé deux siècles auparavant. Lorsque les Taiytakei s'étaient décidés à revenir, ils le firent pour s'associer avec le roi Tyan et son clan. C'étaient eux qui avaient fourni à Jehal le poison ayant lentement eu raison d'Hyram, puis les dragons magiques dont il s'était servi pour espionner sa maîtresse. Un arrangement sur le fil du rasoir, car nul n'ignorait que la seule chose qui intéressait les Taiytakei, c'étaient les dragons, les vrais. Ils étaient prêts à aller très loin pour en obtenir, ce qui avait grandement servi leurs intérêts lors des purges d'Ayzalmir.

Mais pourquoi vouloir tuer Lystra ? Pour incriminer Zafir et diviser les amants ? Mais même les Taiytakei devaient avoir compris que c'était inutile ! S'imaginaient-ils aider ainsi Jehal à monter sur le trône ? Et si c'était le cas, quel but poursuivaient-ils ? Non. Non, il devait y avoir une autre raison, quelque chose ayant à voir avec l'acquisition de dragons. De dragons, de dragonneaux, d'œufs, etc. Quelqu'un leur avait fait une promesse. Quelqu'un qu'ils *croyaient*.

Il brûla donc leurs navires en y prenant beaucoup de plaisir. Pour faire bonne mesure, il incendia le port et le quartier taiytakei de Furibouche, tant qu'il y était. Ensuite, quand il se fut posé, il envoya les soldats du palais finir le travail. Quelle honte de détruire ainsi une partie de sa ville ! Hélas, il n'avait pas le choix. Il venait d'étouffer dans l'œuf leur petit complot, quel qu'il fût, et pour l'instant, ce serait suffisant. Au moins jusqu'à ce que le cas irritant de Zafir soit réglé.

Le lendemain, de la fumée s'élevait toujours de la zone côtière incendiée. Meteroa, prince de Furibouche, s'envola vers le nord, puis mit le cap sur l'ouest. Comme il emmenait avec lui les derniers dragons de Furibouche, il eut l'impression de déshabiller sa cité bien-aimée, de la laisser toute nue, exposée, vulnérable. Il partit les tripes nouées, malgré la destruction des navires taiytakei. Il fit le point de la situation. *Narghon, c'est comme s'il faisait partie de la famille. Nous partons en guerre avec Zafir et Silvallan, et les Taiytakei ont disparu. Personne ne menace ma cité*… Le malaise était pourtant toujours présent quand il arriva aux Pinacles. *Valmeyan… Sirion… Les Syuss, même…* Il ne pouvait se débarrasser du sentiment qu'il ne reverrait jamais sa cité, du moins pas telle qu'il l'avait connue jusqu'alors.

Il ne lui en fallait pas plus pour expédier le plus rapidement possible sa tâche. Il faisait noir quand il survola enfin les trois immenses aiguilles de pierre entourant la cité de Zafir. Au sommet de ces monolithes, on avait construit trois forteresses éclairées par des feux. Leurs parois à pic étaient criblées de créneaux et de grottes qui les constellaient de lumière. Les sites les plus anciens des royaumes… Le roi d'Argent avait vécu et était mort ici. C'était ici qu'on avait dompté les dragons, que les mages de sang avaient pris le pouvoir puis l'avaient perdu, que l'Ordre des Dragons avait inexorablement suivi leurs traces. Narammed également y avait vécu, ainsi que le premier roi des Cimes. D'après la légende, ces trois pics étaient truffés de tunnels assez grands et contenant assez de vivres pour offrir la sécurité à toute la Cité pendant une année entière. On racontait aussi qu'ils regorgeaient de mécanismes antiques et mystérieux que les alchimistes eux-mêmes ne maîtrisaient pas. C'était ici que se trouvait le Jardin aux Reflets, avec ses fontaines qui ne tarissaient jamais et sa mare d'eau dont la surface n'était pas plane. Bien davantage que la Cité des Dragons, le Palais Adamantin ou même la Cathédrale de Verre, les Pinacles représentaient de toute antiquité le cœur des royaumes. Seuls les souverains et leurs escortes personnelles avaient le droit de s'y poser, et même eux en demandaient poliment la permission. Question de protocole.

Meteroa dirigea ses dragons tout droit sur eux. Rien à foutre du protocole.

Une deuxième vague de chaleur le balaya, puis une autre, et Jehal leva les yeux. Comme la visière l'aveuglait, il se risqua à la relever pendant quelques instants. Il n'était pas là où il croyait être, c'est-à-dire avec le gros de ses écuyers. Il n'y avait personne devant lui, donc soit ses dragons le suivaient, soit il leur était arrivé quelque chose de très grave. Il n'osa pas se retourner…

À mille pieds d'altitude, une fine couverture nuageuse obstruait le ciel matinal au-dessus des vallons du Vent Noir. Jehal, Zafir et leurs dragons l'avaient survolée pour se rendre à Evenspire en traversant le désert de Pierres, et Jehal avait été l'un des premiers à la traverser en piquant vers le sol comme une flèche. Puis Spectre avait interrompu sa course et Jehal avait regardé les autres dragons l'imiter. En ce moment même, le ciel en était noir. Cinq cents bêtes, surtout les siens et ceux de Zafir. Qui se comportaient comme une nuée de sauterelles. Partout où ils passaient, ils mangeaient tout. Les aires du Palais avaient été dévalisées en quelques jours à peine, les potions englouties et le bétail exterminé. Puis la nuée avait traversé l'Éperon Pourpre et s'était posée dans les plaines arides s'étendant entre l'Éperon et Evenspire. Ensuite, les dragons s'étaient déployés. Ils se déplaçaient en petits groupes fureteurs se laissant tomber du ciel sur les parias survivant péniblement en bandes clairsemées au bord du désert. Pour ce que Jehal en savait, personne ne songeait au départ à dévaster la moitié sud du royaume d'Almiri ; mais, finalement, ils l'avaient fait, un peu par accident. Les dragons repus se battent mieux que les bêtes affamées.

Aucun signe d'Almiri. Jehal avait maintenu sa position juste sous les nuages et fait signe aux autres écuyers de l'imiter. Aucun dragon ennemi ne les attendait au-dessus de la couche nuageuse, et il n'y en avait pas ici non plus. *Zafir n'a qu'à brûler la citadelle.* Ce jour-là, quel que soit le vainqueur, la ville et son aire brûleraient jusqu'à leurs fondations, c'était inévitable. Almiri avait peut-être abandonné sa forteresse pour se réfugier auprès de sa sœur... Sans doute la meilleure chose à faire si elle voulait sauver son peuple, avait brièvement songé Jehal. Puis une salve de traits de scorpions avait accueilli le premier des écuyers de Zafir alors qu'ils s'approchaient des remparts, et Jehal avait vu son dragon décrire des spirales vers le sol.

La reine était peut-être restée, mais où étaient passés ses dragons ? En regardant autour de lui, Jehal avait soudain compris que, de toute façon, il ne saurait pas comment les distinguer des autres. Même ses propres bêtes, il ne les connaissait pas toutes. Et puis il y avait aussi les soixante dragons de Narghon menés par le prince Loatan, tous les monstres élevés dans les aires de Zafir, et les soixante-dix bêtes envoyées par Silvallan sous les ordres de la princesse Kalista. Ceux-là, Jehal n'en connaissait aucun. Ils étaient si nombreux ! Et lui, il s'était dit, pendant qu'il regardait brûler le palais sous lui, bien installé sur le dos de Spectre : *Si je voyais Almiri et ses écuyers, serais-je capable de les reconnaître ?* Et il avait vu une dernière demi-douzaine de dragons émerger paresseusement du nuage et virer dans sa direction... *Qui sont-ils ? Pas la moindre idée ! Peut-être des écuyers d'Almiri, qui sait ? Le prince Lai doit se retourner sur son bûcher !*

Les écuyers lui avaient fait signe de descendre pour prendre part à l'attaque au sol. Tous les dragons de Zafir convergeaient vers le Palais des Sentes et sa cascade de rideaux de pierre. Il était en train d'observer ces derniers quand les premières rafales de feu s'épanouirent devant lui. Il avait été si occupé à se demander comment reconnaître les dragons d'Almiri qu'il ne se rendit compte que trop tard qu'il en avait justement quelques-uns sous les yeux. Les six dragons de chasse. Toujours en train de se faire signe en fonçant vers lui.

Beaucoup trop vite, d'ailleurs. Il s'était crispé et avait hurlé à Spectre de plonger, et tout de suite. Le combat avait commencé…

Derrière lui, il entendit l'un des dragons de chasse pousser plusieurs cris, et il comprit soudain où se cachaient les dragons d'Almiri. *Ils ne sont pas sous le nuage, ils ne sont pas au-dessus du nuage, ils sont dans le nuage.*

À point nommé, trois formes se laissèrent tomber devant lui.

C'est très malin, vraiment.

Meteroa se posa avec trois dragons et une douzaine d'écuyers sur le plus grand des trois Pinacles, la forteresse de la Vigilance. Les gens qu'il cherchait s'y trouvaient peut-être, s'ils n'étaient pas au palais des Plaisirs, au sommet du second Pinacle. Par contre, ils n'étaient sûrement pas sur le troisième, dans le temple de la Tranquillité. Il vit des soldats sortir au pas de course en traînant des scorpions derrière eux, mais il était déjà trop tard.

Enfin, il serait trop tard pour eux si j'avais prévu de tout brûler du ciel… Il claqua des doigts et son dragon baissa la tête comme le dragon bien entraîné qu'il était. D'autres bêtes volaient en rond au-dessus de lui ; presque invisibles dans la nuit, leurs silhouettes noires masquaient parfois les étoiles. Meteroa descendit de son dragon et le caressa. *Tu n'aimes pas l'obscurité, hein ? Mais tu voles quand même si je te l'ordonne. Vous êtes un peu comme des chiens ou des chevaux, une fois qu'on s'est occupé de vous… Ne va pas t'imaginer que je ne sais pas à quoi vous ressembleriez si nous ne vous imposions pas cet état de docilité. Les alchimistes vous craignent à juste titre.*

Il examina les soldats, les Écailleux et la bande d'écuyers pathétiques qui se précipitaient à sa rencontre. Il n'en reconnut pas un seul. Zafir avait emmené à Evenspire tous les écuyers en âge de se battre. *Voilà qui va beaucoup me simplifier la vie.*

— Je suis le prince Meteroa, frère du défunt roi Tyan et Maître de l'aire du roi Jehal. Nous partons en guerre à l'appel de l'Oratrice. Je suis chargé de réquisitionner des vivres pour mes dragons et mes écuyers et j'exige une audience auprès du prince Kazalain.

Les écuyers piétinaient, mal à l'aise. L'un d'eux s'avança d'un pas, et Meteroa étudia ses traits. Ils ne lui étaient pas familiers, mais cet homme avait un regard perçant. Il était âgé et marchait avec difficulté, ce qui expliquait sans doute pourquoi Zafir l'avait laissé derrière elle. Sans quitter Meteroa du regard, il s'inclina.

— En l'absence de la reine Zafir, c'est la princesse Kiam qui gouverne ces lieux.

— Et où puis-je la trouver ? Au palais des Plaisirs, peut-être ?

— Je l'ignore, Altesse, mais en tout cas elle n'est pas ici, répondit l'écuyer avec une nouvelle courbette.

Meteroa leva les bras, faussement exaspéré.

— Vais-je devoir passer la nuit à chercher votre princesse errante ? J'ai mieux à faire et mes hommes sont des soldats, pas des garçons de courses ! Où est le prince Kazalain ? C'est à lui que je veux m'adresser, pas à une quelconque gamine !

— Il est ici, Altesse, reconnut à contrecœur l'écuyer.

— Allez donc me le chercher !

Jehal n'avait pas le choix : il plongea à nouveau. Ce fut si brutal qu'il se retrouva projeté sans ménagement en arrière. Sa colonne vertébrale tint le coup, à sa grande surprise, mais il sentit pourtant quelque chose se déchirer, et sa jambe blessée l'élança soudain atrocement. Il poussa un hurlement. Il gesticula frénétiquement en espérant que l'un de ses écuyers l'apercevrait et le suivrait vers le sol. Selon les *Principes*, ses écuyers devaient se maintenir au-dessus de lui en attendant les dragons cachés dans les nuages. *Il faut être assez bas pour les voir arriver. C'est le seul moyen de les contrer efficacement.* Il baissa sa visière et se fia à Spectre pour se redresser au dernier moment au-dessus de la cité au lieu de s'écraser sur le sol. La jambe blessée de Jehal lui faisait encore horriblement mal. Tout à coup, le dragon déploya ses ailes, le projetant vers l'avant. Les yeux de Jehal s'exorbitèrent, ses côtes s'aplatirent, et le monde devint rouge pendant quelques instants. Puis cette sensation disparut. Encore étourdi, il se pencha entre les épaules de sa monture et la poussa vers la colonne de fumée et de flammes qu'était devenu le palais des Sentes. Le vent le malmenait. En bas, toutes les matières combustibles étaient en feu. Les scorpions avaient disparu des remparts, fracassés en mille morceaux ou réduits en cendres, entourés des restes carbonisés des soldats qui les avaient manœuvrés. La plupart des hommes d'Almiri s'étaient réfugiés dans les tunnels sous la citadelle, probablement, mais Zafir n'en aurait cure. Deux mille gardes adamantins étaient en route pour liquider les survivants et prendre le contrôle de la citadelle dès qu'Almiri en aurait été délogée par les flammes. *Oui, dès que nous en aurons fini avec vous.* Mais les gardes n'arriveraient pas avant des jours. En attendant, les dragons devraient s'en arranger.

Il aperçut Onyx, le dragon de guerre de Zafir, qui contournait le palais à basse altitude. Jehal avait presque l'impression de ressentir la délectation de l'Oratrice tandis qu'elle arrosait de flammes tout ce qui se trouvait sur son passage. Il demanda à Spectre de la suivre, puis s'enfonça dans les panaches de fumée et dans un groupe d'une centaine de dragons qui volaient en cercles. Avec un peu de chance, les écuyers d'Almiri seraient obligés de renoncer à le poursuivre. Dès qu'il se mit à reprendre de l'altitude pour rejoindre ses propres dragons, il respira un grand coup, se redressa, releva sa visière et regarda derrière lui. Il respirait à grand-peine, il avait mal partout, il avait envie de vomir… mais il était encore en vie.

Les dragons qui le pourchassaient avaient disparu. Pendant quelques instants, il se retrouva seul, et il respira plusieurs fois à pleins poumons pour ralentir ses battements de cœur frénétiques. Il était épuisé, en sueur, et il ne s'était même pas encore battu. Il avait fui, c'est tout. Plus bas, les dragons de Zafir – ceux qui ne détruisaient pas la citadelle – s'étaient déployés au-dessus de la cité. Des dragons de chasse, pour la plupart, qui volaient en tous sens pour tenter de repérer Almiri et ses troupes. Jusqu'ici, ils n'avaient pas mis le feu à la cité, mais pour combien de temps encore ? Pendant une fraction de seconde, Jehal se demanda si les habitants de la ville étaient au courant de ce qui les attendait. Bah, sûrement pas.

Il leva à nouveau les yeux et dirigea Spectre vers ses propres écuyers. Soudain, la queue d'un dragon fendit l'air tout près de son visage. Heureusement, il s'était baissé in extremis.

— Par le membre de Vishmir ! Qu'est-ce que c'est encore ? s'exclama-t-il, exaspéré.

Fort heureusement, ces dragons ne s'intéressaient pas à lui. Une pluie de dragons de chasse, – Almiri encore – qui se laissaient tomber comme des flèches vers la citadelle. Pendant quelques secondes, abasourdi parce qu'il était encore en vie, Jehal fut incapable de penser. Jusqu'à ce qu'il s'aperçoive que ces dragons fonçaient droit sur Onyx.

Il n'en croyait pas ses yeux. Sans réfléchir, il fit virer Spectre et plongea à leur suite. Il ressentait une sorte de panique à l'idée de ne pas les rattraper à temps, malgré la petite voix qui lui criait dans sa tête : *Pourquoi les pourchasses-tu ? Ils font exactement ce que tu t'apprêtais à faire ! Laisse-les !* Sauf que ce n'était pas ce qu'il voulait. Il avait abordé cette bataille avec la ferme intention de trahir Zafir et d'écraser ses dragons au sol dès qu'ils auraient remporté la victoire. *Et voilà qu'Almiri s'en charge à ma place et que je me lance au secours de l'Oratrice ! Je suis vraiment un imbécile !*

Il arrêta Spectre. L'écart s'était creusé trop vite avec les dragons d'Almiri. Ils s'étaient laissé tomber des nuages comme des pierres et il n'avait aucune chance de les rattraper. Il allait devoir se contenter de les observer.

Le prince Kazalain daigna enfin apparaître, et Meteroa faillit ne pas le reconnaître. Il avait l'air vieux et brisé. Quand il voulut sourire, ses traits se tordirent, comme s'il avait oublié comment faire.

— Prince Meteroa, le salua Kazalain sans son habituel rictus de dégoût. Il avait juste l'air triste, désormais.

— Je ne suis que Maître de l'aire. Vous avez bien mauvaise mine, Altesse. Les mois écoulés depuis les noces du roi Jehal ne vous ont pas été cléments. Vous avez pris dix ans d'un coup ! Je suis désolé pour le deuil qui vous frappe, conclut Meteroa en lui tendant la main.

Kazalain lui répondit vertement :

— Non, c'est faux, prince Meteroa. Vous connaissiez à peine mon fils ! Sakabian était peut-être un jeune écervelé, mais il ne méritait pas de finir pendu dans une cage aux portes de l'Oratrice !

— Pas davantage que la reine Shezira ou le roi Valgar, si vous voulez mon avis. Mais c'est le genre de petits détails auxquels votre reine ne semble pas porter beaucoup d'attention.

— Surveillez votre langue !

— Pourquoi ? Vous allez me la couper parce que j'ose affirmer que votre fils a été injustement exécuté ?

— Vous ne devriez pas être ici, et vous ne devriez pas dire des choses pareilles ! Allez-vous-en ! s'exclama Kazalain en lui tournant le dos.

— J'exige des vivres pour mes dragons et mes écuyers, Kazalain. Nous partons en guerre.

Kazalain lui désigna mollement la ville qui s'étalait tout en bas.

— Allez dans l'aire de la cité, Meteroa. Vous le savez, bon sang ! Mais ne prenez pas de potion, nos alchimistes en ont à peine assez pour traiter les dragonneaux ! Nous ne pouvons pas vous en donner.

— Vous avez encore vos autres fils, Kazalain. Ne les négligez pas. Vishmir et Lai, c'est bien cela ? Nommés d'après deux des plus éclatantes lumières du passé de Furibouche. D'excellents noms. Ils sont ici ?

— Bien sûr qu'ils sont ici ! Après ce que notre reine a fait à Sakabian, vous croyez vraiment que je les laisserais s'éloigner de moi ? Mais pourquoi cette question ? dit-il en lui faisant face à nouveau.

Quelque chose dans le ton de Meteroa avait dû éveiller ses soupçons. *Je dois prendre garde à ce genre de chose.*

— Effectivement, pourquoi cette question ? D'autre part, ne trouvez-vous point étrange que je me présente à vous revêtu d'écailles de dragon alors que vous et vos soldats en êtes dépourvus ?

Il accorda à Kazalain un court instant pour comprendre, puis se laissa tomber sur un genou et baissa sa visière.

Derrière lui, les dragons crachèrent leurs flammes. La puissance du jet l'arracha du sol et le projeta dix pied plus loin. Quand il se releva, ses oreilles sifflaient et il titubait. Si des soldats de Kazalain avaient pu s'en tirer, ils l'auraient trucidé aussi facilement qu'un gosse.

Ma parole, on ne m'y reprendra plus ! Meteroa releva sa visière. Kazalain et ses soldats étaient tous morts, carbonisés jusqu'aux os. Meteroa s'agenouilla près du prince et tapota ce qui restait de sa tête. Des petits morceaux noircis s'en détachèrent.

— Je ne voudrais pas que vos descendants en réchappent pour embêter le monde, voilà pourquoi, finit-il par répondre en adressant un sourire blême au prince carbonisé. Je serai plus clément avec eux que Zafir avec Sakabian. Ça au moins, je peux vous en donner ma parole. Leurs morts seront aussi rapides et indolores que la vôtre.

Il prit tout son temps. Quelques écuyers restèrent à dos de dragon pour surveiller les alentours et quelques autres entreprirent le ratissage méthodique de l'aire, rassemblant les Écailleux, les alchimistes et tous les crétins qui s'étaient réfugiés dans l'enceinte de la forteresse. Mais la plupart de ses écuyers se précipitèrent dans les souterrains des Pinacles. Si l'on voulait prendre le contrôle de cet endroit, l'astuce consistait à agir le plus vite possible et en profondeur, avant même qu'on ait vent de votre présence. Sinon, ces gens pouvaient vous fermer la porte au nez, tout simplement. Bref, tant que Meteroa aurait un pied dans la porte, le reste pourrait attendre le renfort des troupes de Furibouche. Jehal lui avait envoyé deux cents cavaliers qui arriveraient dans quelques jours. Les autres devraient venir à pied. *Bah, je ne suis pas pressé. Ou bien Jehal a réussi, ou bien il est mort ; et s'il est mort, je risque fort de regretter d'avoir incendié tous ces navires taiytakei hier matin.*

Quand il en eut terminé, il remonta en selle et reprit son envol. Ses écuyers connaissaient leur travail. La plupart restèrent pour prendre le contrôle de l'aire, mais quelques-uns se joignirent à lui. Alors qu'ils descendaient en cercle vers la cité, des flammes s'élevèrent sur toute sa périphérie. *Et voilà ! C'en est fait des putains et de tous les écuyers en train de coucher avec elles. Le cadet de mes soucis, à vrai dire.* Pour se mettre dans l'ambiance, il survola les flammes et traversa la fumée. L'odeur du feu fit bouillir son sang dans ses veines encore plus fort qu'au cours de l'incendie de la flotte taiytakei. Le feu des dragons avait quelque chose de primal, qui décapait le fin vernis de l'ordre régissant les royaumes. Le feu des dragons mettait à nu l'âpre chaos qu'il masquait. *Et de temps à autre nous laissons la folie se déchaîner, puis nous la refoulons soigneusement et nous la tenons enfermée jusqu'à la fois suivante…*

Une douzaine de ses dragons venaient de se poser dans l'aire de la cité. Zafir ayant entraîné presque tous ses chevaliers-dragons dans le nord pour combattre Almiri, s'emparer de sa cité s'avéra encore plus facile que Meteroa ne s'y était attendu. Il se mit à grimper en spirale autour du second Pinacle, le palais des Plaisirs, en poussant ses dragons à le suivre le long de ses flancs à pic. Çà et là, il vit des fenêtres, de petites plates-formes, de minuscules passages creusés dans les falaises, trahis par la lumière des feux qu'on apercevait de l'extérieur. Tous les gens qu'il aperçut périrent dans les flammes. Comme il n'avait pas assez d'hommes à sa disposition pour s'emparer des deux autres Pinacles, il devait s'y prendre autrement, et cette tactique ferait l'affaire.

Quand ils arrivèrent tout en haut, à mille pieds au-dessus des plaines, ils ne trouvèrent qu'une poignée de soldats et une demi-douzaine de scorpions. Ils étaient peut-être plus nombreux, mais dans le noir, comment s'en assurer ? En tout cas, eux non plus ne le voyaient pas. Il les entendit crier, il entendit le tir de leurs scorpions, mais il était bien incapable de juger de leur efficacité ou de leur précision… Puis ses dragons engloutirent tout le palais dans des gerbes de flammes, et Meteroa dut abaisser sa visière pour éviter d'être aveuglé. Quand les flammes moururent, les interpellations et les tirs de scorpions avaient laissé place aux hurlements. Et quand ceux-ci s'éteignirent à leur tour, Meteroa se posa.

— Bon ! cria-t-il au cas où. J'ai un message pour la princesse Kiam ! Votre oncle est mort, princesse ! Vous avez une heure pour vous rendre, sinon je mettrai le feu à la cité de votre sœur !

Ensuite, il attendit.

Zafir n'aurait pas pu voir arriver les dragons d'Almiri. Tous les six tombèrent directement sur Onyx. Deux d'entre eux la percutèrent, puis s'écartèrent en faisant des tonneaux, et ces deux-là faillirent s'écraser dans les ruines du palais, en bas. Onyx fit une embardée vers le sol, et un troisième dragon de chasse entra en collision avec lui, arrachant son scorpionier au passage. Le quatrième écrasa les autres écuyers qu'il portait et le força enfin à se poser. Le cinquième puis le sixième dragon tombèrent sur lui avant qu'il ait le temps de réagir. Les dragons de Zafir les rejoignirent en quelques secondes, mais il était déjà beaucoup trop tard. Tous ceux que le dragon noir avait transportés étaient réduits en bouillie.

Jehal hurla de toutes ses forces.

— C'est moi qui devais m'en charger ! Moi ! Elle était *à moi* !

Il plongea à la poursuite des dragons de chasse qui avaient tué Zafir. Ils tentèrent de se disperser, mais les dragons de guerre de l'Oratrice s'interposèrent, et lorsque Spectre les rejoignit, tout était terminé. *Trop tard. Le mal est fait. Almiri a gagné, mais… mais il y a au sol sept dragons sans écuyer qui attendent leur nouveau maître.*

Pour la seconde fois, il arrêta brutalement Spectre en plein vol et reprit de l'altitude. Les écuyers d'Almiri lui avaient rendu service, mais il n'arrivait pas à décolérer. *Après tout, c'est exactement ce que je voulais, non ? Je n'aurai pas à le faire moi-même. Je ne saurai jamais ce que j'aurais ressenti en regardant Spectre la massacrer sous mes yeux.*

D'un autre côté, en considérant les choses sous un angle différent, Almiri venait de le faire passer pour un irrémédiable incapable. Il avait demandé à deux centaines de dragons de tourner en rond sous les nuages pour éviter ce genre de désastre et… ils avaient lamentablement échoué. *Et qu'ai-je à dire pour ma défense ? Que j'ai abandonné Zafir au sort que lui réservait Almiri puisque cela m'épargnait le souci d'agir par moi-même ? Mes aïeux ! Je n'ai même pas su me protéger ! Et comment Almiri a-t-elle deviné où et à quel moment frapper ?*

Il leva les yeux vers ses dragons désœuvrés qui tournaient toujours en attendant les ordres. *Combien vous reste-t-il de dragons, Almiri ? Soixante ? Soixante-dix ? Plus ceux que vous avez volés au prince Sakabian, autrement dit moins d'une centaine… Vous n'allez pas vous en prendre à nous, ce serait de la folie, et quel intérêt maintenant que vous avez causé tous ces dégâts ? Zafir est morte ! L'Oratrice ! La guerre est finie, même si la bataille fait encore rage. Vous le savez, j'en suis sûr. Vous ne pouvez rien faire de plus.*

Il pouvait faire comme si Almiri n'existait pas, auquel cas il n'avait plus aucune raison de s'attarder ici. Les écuyers de Zafir avaient dû prendre la citadelle, et devaient être en train de se poser ou d'éliminer les survivants trop stupides pour se terrer dans les tunnels. Ils allaient se demander quoi faire ensuite, probablement. Jehal prit une profonde inspiration.

Almiri a fait mon travail à ma place. Je n'ai plus qu'à m'en aller tranquillement. Retourner au Palais Adamantin, ou à Furibouche. Il faudra organiser un conseil des souverains pour choisir le successeur de Zafir. Qui pourrait bien lui succéder ? Difficile à dire… Sirion, peut-être ? Ou Narghon ? Silvallan ? Pas moi, en tout cas. Ils ne me choisiront pas. Pas dans ces circonstances. Pas de trône d'Orateur pour Jehal, le roi timoré.

Or, en définitive, la vraie raison de sa présence ici, c'était le trône de l'Orateur. Il rejoignit ses dragons et leur fit signe. Ils n'attendaient que cela. Comme un seul homme, ils plongèrent vers le sol pour réduire en charpie les vestiges du règne de Zafir.

46. LE PRINCE ROUGE

Loin au-dessus de la couche nuageuse, là où l'air sec du désert se raréfiait et où le ciel était si bleu qu'il en devenait aveuglant, le prince Hyrkallan volait. Oui, il était prince, à présent, et il serait bientôt roi. Il comprenait très bien pourquoi la reine Jaslyn s'était offerte à lui : elle avait besoin de lui pour survivre, tout simplement. Il comprenait, mais cela ne changeait rien à l'affaire, et il s'était accordé une journée pour étudier sa proposition. Que se passerait-il s'il acceptait ? Et dans le cas contraire ? Finalement, il n'avait eu aucun mal à se décider. S'il tournait le dos à la reine, le royaume se disloquerait, et Jaslyn serait renversée. Une centaine de prétendants au trône de Sable et de Pierre sortiraient en rampant de leur trou, il y aurait du sang, ce serait le chaos, et l'Oratrice Zafir en ferait des gorges chaudes.

Il n'avait pas le choix. Il s'était juré d'y mettre tout son cœur et de faire de Jaslyn une reine dont sa mère aurait été fière. Ensuite, il était allé rencontrer le roi Sirion en secret tandis qu'elle se cantonnait dans son aire. Il n'avait presque rien à offrir à Sirion, mais ce dernier l'avait écouté et s'était rangé à ses arguments. Ils feraient la guerre côte à côte.

— Pourquoi ? lui avait demandé Hyrkallan.

Sirion avait hoché la tête.

— Les Écuyers Rouges… Vous avez su évaluer la situation.

Ensuite, il avait fait une chose très étrange. Il s'était incliné devant Hyrkallan et lui avait pris une main.

— Shezira aurait suivi Hyram, mais hélas, elle est morte. Votre tour est venu.

Ensuite, il s'était rendu furtivement dans la Cité des Dragons où Vale Tassan les avait presque suppliés de renverser Zafir. Tout autre qu'Hyrkallan aurait senti la main du destin lui effleurant l'épaule, mais lui n'avait qu'une seule idée en tête : la justice. Justice et Vengeance, exactement comme il l'avait promis…

Il jeta un coup d'œil derrière lui. Presque quatre cents dragons. Pas autant que Zafir, certes, mais il avait soigneusement planifié son attaque. Almiri ne savait rien de sa venue. Il n'y aurait pas de bataille rangée destinée à sauver Evenspire des flammes. La cité serait sacrifiée. Ensuite, au moment où Zafir se réjouirait de sa victoire, il tomberait des cieux et l'écraserait.

Loin au-dessus de la couche nuageuse, là où l'air sec du désert se raréfiait et où le ciel était si bleu qu'il en devenait aveuglant, le prince Hyrkallan sentit un calme profond l'envahir au moment de faire signe à son armée. Ils avaient volé en altitude dans l'espoir d'échapper aux guetteurs que Zafir aurait sans nul doute chargés de surveiller les alentours et, sur un geste d'Hyrkallan, ils plongèrent à une vitesse si folle que le vent expulsa l'air de leurs poumons. Les humains qu'ils portaient ne voyaient que la couche nuageuse, mais les dragons savaient. Ils avaient un instinct infaillible pour situer les choses et percevoir la présence de leurs congénères, comme s'ils savaient qu'ils étaient là pour se battre. Hyrkallan le perçut à travers eux, il sentit leur tension, leur impatience, leur faim, leur joie…

Quatre cents dragons disparurent dans le nuage froid et humide. Quelques secondes plus tard, ils surgissaient à l'aplomb d'Evenspire.

Spectre vira, se contorsionna et cracha du feu sur un écuyer de Zafir qui n'avait pas eu la présence d'esprit de s'enfuir. Jehal aperçut soudain un autre groupe de dragons se ruant vers lui, mais il n'eut pas le temps de voir à qui ils appartenaient, car son dragon venait de foncer dans un nuage de fumée. Quand ils en émergèrent, les nouveaux venus avaient disparu. Une autre bête, l'une de celles de Zafir, passa comme une flèche au-dessus de sa tête, poursuivie par deux des écuyers de Jehal. Tout en bas, la cité était en feu, le feu de la vengeance.

Une fois encore, je n'ai pas la moindre idée de ce qui se passe. Les combats-dragons se déroulent-ils toujours ainsi ? Les *Principes* évoquaient des ballets soigneusement chorégraphiés où le vainqueur était désigné avant même le début de l'affrontement, mais là, rien à voir. C'était l'anarchie, le chaos. Pendant quelques instants, Jehal se surprit à se demander si le prince Lai avait vraiment combattu durant la Guerre des Épines ou s'il s'était contenté d'y assister en se grattant le menton. Il poussa Spectre plus haut au-dessus de la cité. À mille pieds d'altitude, juste sous le nuage, il pouvait voir ce qui se passait, au moins. *Mais quel intérêt ? Je vois des tas de dragons qui se courent après. Je ne sais pas lesquels sont à moi et lesquels sont à Zafir… Ils vont et viennent à travers les nuages et les panaches de fumée, mais si vite que je ne pourrais pas les suivre même si je le voulais ! Je vois aussi un bon nombre de dragons fuyant la bataille. Sans doute ceux de Zafir, si vraiment nous avons gagné... mais je n'en suis même pas certain ! Mes aïeux ! Je m'attarde ici, très content de moi, mais imaginons que ce soit Zafir qui ait remporté la victoire, même morte, et que tous mes écuyers se soient enfuis ? Ce serait extrêmement embarrassant ! Je pourrais peut-être tenter de leur transmettre mes ordres par signes ? Ou demander à Spectre de hurler pour leur signaler ma présence ? Mais à quoi bon ? Personne ne m'entendrait ou ne me verrait, à part les vingt dragons qui patrouillent autour de moi !*

Il allait devoir réviser quelques passages tout au début des *Principes*. Ceux consacrés aux préparatifs à effectuer avant les batailles... Quand il en aurait terminé ici, il relirait ces paragraphes.

Assez ! Il fit signe aux écuyers qui patrouillaient non loin de lui et fonça dans un bruit de tonnerre sur la citadelle d'Almiri. *Au moins, elle, elle a eu l'intelligence de partir, maintenant qu'elle a obtenu ce qu'elle voulait. Ou alors, elle est encore là, dans le nuage, et elle épie tout ce qui se passe... Vous savez quoi, Almiri ? Quand j'en aurai terminé ici, je m'en irai. Vous pourrez récupérer votre cité et votre palais, enfin ce qu'il en reste.*

Le combat qui se déroulait dans les cieux était peut-être chaotique, mais les scènes auxquelles assista Jehal dans la citadelle lui donnèrent carrément le tournis. Avant même que Spectre ne se pose, la chaleur des flammes traversa son armure. La fumée lui brûlait la gorge et l'air était si chaud qu'il avait mal aux poumons. La visière ne l'aidait pas. Il ne voyait plus rien quand elle était baissée, alors que sans elle il parvenait à saisir quelques vagues aperçus de ce qui se passait quand le rideau de fumée se déchirait. Il ôta son heaume, essuya les larmes qui l'aveuglaient et fit un grand signe de main aux écuyers qui s'apprêtaient à se poser à sa suite.

— Les dragons ! leur cria-t-il. Allez chercher les dragons !

Les bêtes de chasse d'Almiri étaient toujours perchées un peu partout dans la citadelle près des cadavres ou de ce qui restait de leurs écuyers. Les flammes ne semblaient guère les gêner, mais de toute façon elles étaient dressées pour rester assises là quoi qu'il arrive, à hurler jusqu'à ce que quelqu'un vienne les chercher. *Et c'est nous qui les entraînons à se comporter ainsi ! C'est vraiment stupide ! Quel intérêt quand tout ce qui reste de leur écuyer, c'est un bras carbonisé ?*

— Les dragons ! hurla-t-il à nouveau. Allez chercher les dragons et sortez-les d'ici ! Vous m'entendez ?

Il fit signe à ses écuyers de venir le rejoindre. Les cris des bêtes noyaient ses paroles, et il dut pratiquement leur crier dans les oreilles pour se faire comprendre.

— Allez chercher les dragons ! Tous ceux que vous voyez ! Faites-les décoller ! Que tout le monde regagne les airs ! J'en ai assez ! Emportez tout le butin que vous pourrez récolter et partez ! Allez chercher Onyx ! Le gros dragon noir, là-bas ! C'est le dragon de Zafir !

Après réflexion, il suivit en claudiquant les deux écuyers à qui il venait de désigner Onyx. Avec un peu de chance, il allait retrouver le corps de Zafir. S'il avait des preuves de sa mort, la suite serait nettement plus facile.

Il n'avait pas parcouru la moitié du trajet qu'un changement subtil dans les cris des dragons l'incita à lever les yeux.

Le ciel crachait à nouveau des dragons. Des centaines de dragons blancs !

B'Thannan freina, interrompant son plongeon. Hyrkallan releva sa visière et aperçut le sol, à mille pieds sous eux. Evenspire était en feu et aucun dragon ne patrouillait au-dessus de la cité. Soudain, il comprit ce qu'il voyait : Jehal et Zafir se disputaient le butin. Une bouffée de chaleur le submergea. Il brûlait d'envie de hurler de joie, et même de croire en cette main du destin, après tout.

— Si je me souviens bien, je vous avais promis toute la horde du nord ! Cinq cents dragons et cinquante mille hommes ! rugit-il dans le vent.

Et aux dragons du nord qui pleuvaient des nuages, il fit signe de descendre broyer l'ennemi. À la différence de Jehal, Hyrkallan pouvait sans peine distinguer ses bêtes de toutes les autres, car leurs ventres étaient peints en blanc et leurs écuyers portaient des habits rouges.

— Oh, merde ! Montez ! Montez ! Foutez le camp ! hurla Jehal à ses écuyers en leur faisant de grands gestes. *Je me retrouve au pire endroit qui soit ! Enfin, non, je pourrais être allongé dans un champ bras et jambes écartés, avec une grande pancarte qui dirait : « S'il vous plaît, brûlez-moi ! » Sinon, je ne vois pas...* Comme il se savait incapable de rejoindre Spectre avant que les dragons du nord ne se posent, il se cacha derrière un mur. Soudain, il vit surgir au-dessus de lui un dragon peint en blanc qui ne s'aperçut pas de sa présence. *Au moins, je sais maintenant qu'ils ne peuvent pas voir grand-chose en bas...* Le vent changea de direction et un manteau de fumée le recouvrit. Il en profita pour traverser, en clopinant et en jurant dans sa barbe, l'espace à découvert qui le séparait de Spectre. Le bruit était assourdissant, les dragons hurlaient, tout était en feu. Il aperçut Onyx s'élançant dans les airs, grande forme noire à peine distincte dans les volutes de fumée.

— Laisse-moi monter, laisse-moi monter ! hurla frénétiquement Jehal à son dragon.

Spectre avait repéré sa présence, certes, mais ses mouvements étaient anormalement lents. Il semblait comme étourdi, hébété ou drogué, mais aussi au comble de la félicité. *Je me fais sans doute des idées... J'apprécierais vraiment si tu prenais la peine d'ouvrir les yeux, bon sang !*

Spectre baissa enfin la tête. Jehal agrippa l'échelle de corde qui pendouillait, se hissa sur le dos de sa monture, et se sangla dans ce qui restait de son harnais.

— Allez, envole-toi !

Merde... Et moi qui croyais que c'était déjà le chaos... Spectre se propulsa dans le ciel. Sans personne pour faire le guet à sa place, Jehal se dévissa le cou pour repérer les dragons ennemis. *Au moins, cette peinture blanche me permet de les distinguer des autres.... Mais n'oublions pas les écuyers de Zafir... Certains n'ont peut-être pas eu la présence d'esprit de s'enfuir...* Pendant un court instant, il se demanda brièvement qui se trouvait là-haut. *Est-ce Sirion, Jaslyn ou Hyrkallan ? Les trois, très vraisemblablement. Lequel d'entre eux conduit cette attaque ?* Cette idée le fit frissonner. *La sœur assoiffée de sang de Lystra, je parie.*

Il poussa Spectre à traverser la cité aussi vite que possible et rameuta tous ses écuyers au passage, en leur faisant signe de se regrouper autour de lui pour battre en retraite. *M'enfuir tout seul aurait été moins risqué, mais ensuite ?* Il aperçut de nouveau Onyx et vira dans la direction du monstre noir. *J'ai besoin de toi ! Je dois te ramener avec moi pour prouver la mort de Zafir !* Des dragons peints en blanc tournoyaient eux aussi à la poursuite d'Onyx, mais Jehal était entouré par une centaine de ses écuyers. *La moitié de ceux avec qui j'étais venu. Mes aïeux ! J'espère quand même qu'il m'en reste plus ! Chaque dragon que je perds, c'est une bête supplémentaire pour le nord ! Ils vont peut-être se bagarrer entre eux, tout comme nous l'avons fait... Non, ils ne le feront pas, mais plus tard, je me sentirai mieux en repensant à tout ceci si je me dis qu'ils vont se déchirer.* Il y en aurait d'autres, d'autres rescapés. Il y en avait toujours. D'après les *Principes*, d'autres survivants allaient forcément parvenir à le rejoindre, même si c'était au compte-gouttes.

Il est temps de partir. Spectre, qui volait droit vers le nuage, accéléra encore. Les dragons peints grignotaient la formation de Jehal, trop contents de garder ce dernier à l'œil tout en éliminant les retardataires fonçant encore à travers la cité en flammes. Tout d'un coup, Jehal et ses écuyers se retrouvèrent dans le nuage, et même en relevant sa visière, il voyait à peine les dragons volant à côté de lui, désormais. Bah, quelle importance ? De toute façon, le vent l'aveuglait. Il rabattit sa visière. Les écuyers détestaient les nuages. Les nuages perturbaient les vols en formation, et on ne savait jamais ce qu'il y avait de l'autre côté. Dans un nuage, même l'air était bizarre. Les *Principes*, par exemple, étaient truffés d'avertissements alarmistes sur les vols dans les nuages. Les *Principes* pouvaient aller se faire foutre, pensa Jehal. Les formations, c'était bon pour les dragons partant se battre, pas pour ceux qui fuyaient le combat. Si Jehal ne pouvait voir aucun autre dragon, alors aucun autre dragon ne pouvait le voir. Un dragon qui ne pouvait pas le voir ne pouvait pas le manger, et c'était bien suffisant. Les dragons eux-mêmes ne semblaient pas du tout inquiets. Ils parvenaient à rester ensemble, comme s'ils ressentaient leur présence mutuelle. Comment faisaient-ils ? Jehal n'en avait aucune idée. D'ailleurs, à sa connaissance, personne n'en savait rien.

Quelques secondes plus tard, il entendit un dragon pousser trois cris brefs : ses écuyers lui signalaient que le danger était passé. Ils répétèrent ce signal plusieurs fois, mais dans l'air étrange du nuage, les appels étaient déformés, leur son terne et plat. Jehal inspira à pleins poumons et laissa Spectre s'orienter tout seul vers le sud. Vers le fleuve Argent, la Longue Falaise, l'Éperon Pourpre, la maison… *La situation est-elle aussi critique qu'elle en a l'air ? Quel était mon objectif en venant ici ? Je voulais détruire Zafir, et Zafir n'est plus. C'est une victoire, non ? Je voulais m'emparer de ses dragons et là, j'ai échoué dans les grandes largeurs. Mais quelle importance ? J'en ai capturé quelques-uns, j'en ai perdu certains… si j'ai eu de la chance, je repars avec le même nombre de dragons qu'au départ, voire un peu plus ! Donc, l'appât du gain mis à part et si je ne tiens pas compte du petit inconvénient d'un retour du combat la queue entre les jambes, c'est en gros le résultat que je visais, non ? Donc, ce n'est pas si mal…*

Il se tança, écœuré par sa propre bêtise. *Ben voyons. Tu n'as qu'à te dire ça, Roi Jehal. Parce que si tu maquilles habilement les détails de ta défaite et de ton humiliation, tu crois que les autres t'imiteront ? Tu ferais mieux de réfléchir à ce que tu vas faire concrètement pour empêcher la reine Jaslyn de te fourrer dans une cage à côté du squelette de sa mère. Parce qu'une chose est sûre, en tout cas : la reine de Pierre est en route.*

Au bout d'une heure, Hyrkallan mit un terme à la poursuite. Le nuage les empêchait de repérer la position exacte de Jehal, dont les dragons s'étaient éparpillés. Ils pouvaient émerger du nuage n'importe où. S'il y avait un combat, ce serait par petites escarmouches successives, rien de plus. Avec un peu de chance, Jehal et Zafir étaient morts tous les deux, et si ce n'était pas le cas, le nord avait maintenant largement de quoi exiger la destitution de Zafir.

Et il avait aussi le pouvoir de passer à l'acte, désormais… D'ailleurs, Hyrkallan brûlait d'envie de traverser l'Éperon Pourpre pour aller exterminer Zafir et ses écuyers une bonne fois pour toutes. Ce serait si facile… Il aurait peut-être agi ainsi dans d'autres circonstances, mais il savait que les dragons vaincus ne seraient pas les seuls à l'attendre. *Si vraiment vous devez vous battre, menez vos guerres dans les cieux, mais ne les apportez surtout pas ici. Si vous le faites, vous découvrirez mon autre nom, celui que je porte à la guerre.* Les mots de Vale Tassan, roi des Scorpions.

Ils n'avaient pas besoin de ça. Inutile d'en rajouter. Pourquoi risquer de changer cette victoire en défaite ?

En outre, il avait d'autres affaires à régler. Il devait ramener au bercail une centaine de nouveaux dragons, ceux que Zafir et Jehal avaient abandonnés derrière eux en prenant la fuite.

Quand tout fut terminé, il demanda à B'Thannan de se poser en périphérie de la cité et huma l'air autour de lui. La fumée… Même ici, de l'autre côté des flammes, l'air en était saturé. Evenspire avait rendu l'âme. Dans quelques jours, quand les feux se seraient éteints, le vent descendrait des montagnes, soulèverait toutes ces cendres et les refoulerait dans le désert. Et ceux qui les verraient se rappelleraient alors pourquoi les vallons du Vent Noir avaient été baptisés ainsi. Mais, d'ici là, Hyrkallan serait à bonne distance ; il devait éloigner au plus vite la reine Jaslyn de ses dragons et mettre fin à ce qu'elle manigançait au Guet.

Et ensuite je viendrai, Vale Tassan, et nous verrons jusqu'où vous pousserez l'entêtement.

47. LE PALAIS ADAMANTIN

Tout en haut du Corps de Garde, Vale et Jeiros regardaient les dragons se poser.

— Avez-vous assez de potion pour eux tous, maître alchimiste ? demanda Vale en observant l'expression de Jeiros.

L'alchimiste n'eut même pas besoin d'ouvrir la bouche. Non, il n'en avait pas assez.

— Nous avons un sacré défi à relever, Sentinelle.

— Je ne vous le fais pas dire.

— Les Écuyers Rouges, les dommages causés à la forteresse, tous ces dragons partant en guerre… Zafir m'en demande beaucoup trop. Je vais devoir puiser dans ses réserves et celles du roi Silvallan. Dans celles du roi Jehal aussi, c'est probable. Et dans celles d'Evenspire, s'il en reste quelque chose, soupira Jeiros. Cela devient un problème majeur, mais je préfère ne pas vous accabler avec ça, Sentinelle. Quoi qu'il m'en coûte, je ferai voler les dragons de l'Oratrice.

— Notre Oratrice n'a plus beaucoup de dragons, j'en ai bien l'impression. Je ne les ai pas comptés, mais je dirais que seul un tiers de leur effectif est rentré. Sauf erreur de ma part, la plupart appartiennent au roi Jehal.

— Onyx est là…

— Oui. *Le dragon de l'Oratrice. Plus une ou deux douzaines de ses autres bêtes. Et quelques dragons que je ne reconnais pas. Tous les autres appartiennent à Jehal. Je les ai comptés. Nous aurions perdu plus de cent dragons ? Quelqu'un s'est montré particulièrement négligent. Une véritable forêt de cages en perspective, j'en ai peur.*

Les premiers écuyers grimpèrent la colline au galop, fuyant l'aire comme si on les poursuivait encore. Vale fut tenté de se payer leur tête. *Vous avez perdu, hein ? Sirion et Hyrkallan vous attendaient et vous avez perdu.* Il donna un coup de coude à Jeiros.

— Si j'étais vous, Grand Maître, je me planquerais pendant quelques jours. Si vous voulez mon avis, notre Oratrice a passé une très mauvaise semaine.

Il partit vers l'escalier d'un pas résolu. Comme Jeiros était derrière lui et que personne ne le regardait, il s'autorisa le grand sourire qu'il réprimait depuis un moment, sourire qu'il conserva jusqu'en bas des marches. Dehors, dans la cour, les Adamantins se rangeaient déjà en formation pour accueillir leur Oratrice. *Mais quelques-uns seulement. Je ne veux pas que l'on m'accuse d'affaiblir nos défenses.* Vale les inspecta minutieusement de haut en bas, puis se posta à leur tête et attendit. Le portail du Palais s'ouvrit et quelques chevaliers-dragons firent leur entrée à cheval. Ils avaient l'air défait. *Ça se lit dans leur regard, dans leur façon de se déplacer. Vous avez perdu et la défaite a été cuisante.*

Zafir n'était pas avec eux, contrairement au roi Jehal, et Vale s'inclina en constatant sa présence. *Dommage. J'espérais bien ne jamais vous revoir.*

— Zafir est morte, lui dit brusquement Jehal.

Il semblait souffrir le martyre, là-haut, sur son cheval. Deux de ses écuyers l'aidèrent à mettre pied à terre. Il avait l'air au bord de l'évanouissement. Il tenait debout, certes, mais seulement parce qu'il s'appuyait lourdement sur sa béquille. Vale le regarda lutter contre la souffrance en gardant prudemment le silence. *C'est moi qui lui ai fait ça. Nous ne sommes pas près de l'oublier, ni lui, ni moi.*

— L'Oratrice est morte, répéta Jehal, mais sur un ton plus officiel, cette fois. La bataille a eu lieu au-dessus d'Evenspire. Nous nous sommes battus l'un contre l'autre et je l'ai vaincue. Puisque j'en ai gagné le droit, je revendique le trône de l'Orateur jusqu'au prochain conseil des souverains, qui devra lui choisir un successeur. Je demande la tenue de ce conseil, insista Jehal en regardant soudain Vale dans les yeux. Sentinelle, ceci vous concerne. Allez me chercher Jeiros, Aruch et tous ceux qui doivent entendre ma demande. Je me ferai un plaisir de la reformuler pour eux. Mais je ne la répèterai qu'une fois, vous m'entendez ? Sinon je vais me fâcher. Pour l'instant, je me retire dans la tour du Crépuscule, mais je veux que d'ici deux jours la tour de l'Orateur soit prête à me recevoir. C'est bien compris ?

Vale s'inclina à nouveau. Il fit un pas de côté et se retourna, petit rituel censé faire comprendre à la personne qui se tenait à l'entrée du Palais qu'elle était la bienvenue. *Je dois vous traiter comme si vous étiez son époux... Je n'ai pas oublié.* Lorsque Jehal arriva à sa hauteur, il lui demanda :

— Où est le corps, votre Sainteté ?

Jehal s'arrêta, se retourna vivement et lança un regard furieux à Vale.

— Elle a été mise en pièces et dévorée !

— Un conseil restreint va se réunir pour entendre vos revendications, votre Sainteté. Ils vous poseront la question.

— J'ai ramené son dragon, Tassan ! C'est tout ce qu'il nous reste d'elle.

— Donc, vous n'avez pas l'Anneau de l'Orateur ? Et la lance, vous l'avez ?

— Elle partait à la guerre, Sentinelle ! Elle l'a laissée ici, j'imagine. Tenez, d'ailleurs, vous me la rapporterez !

Vale évita soigneusement de sourire.

— Je vais convoquer le conseil restreint, votre Sainteté. Je leur demanderai de se réunir demain à l'aube. Puis-je vous demander ce qu'est devenue Evenspire ? Et Almiri, la reine traîtresse ? Cela aussi, ils vous le demanderont.

— Evenspire a été réduite en cendres, Sentinelle. Pour le conseil restreint, exigez qu'il ait lieu au plus tôt. Quant à Almiri, elle n'a trahi personne. Est-elle morte ou toujours en vie ? Je l'ignore. Si cela peut vous faire plaisir, disons qu'elle est toujours en vie.

— À vos ordres, Sainteté. Le conseil restreint ne se contentera peut-être pas de votre parole et d'un dragon comme preuves de la mort de l'Oratrice, mais je leur transmettrai vos propos. *Espèce de salaud arrogant ! Tu te figures vraiment que je vais te laisser monter sur le trône de Zafir ? Allons ! N'importe qui sauf toi !*

Il regarda Jehal traverser lentement la cour en clopinant jusqu'à la tour du Crépuscule. Au moins, vu la vitesse à laquelle il se déplaçait désormais, les serviteurs auraient largement le temps de se préparer à sa venue. Après le départ de Jehal, Vale renvoya ses soldats à leurs tâches, puis partit à la recherche de Jeiros. L'alchimiste était toujours là où il l'avait laissé, tout en haut du Corps de Garde. Vale s'arrêta à côté de lui, tout en observant les dragons dans les aires du Palais.

— Cette petite crevure veut que nous le fassions Orateur.

Il scruta attentivement Jeiros, qui s'en sortit fort bien. À peine quelques battements de cils…

— Zafir est morte, alors ?

— Oui, c'est ce qu'il prétend. Il affirme l'avoir combattue en personne et revendique son trône jusqu'à la tenue d'un conseil plénier.

— Il connaît l'Histoire sur le bout des doigts.

— Il connaît ses *Principes*, surtout. À mon avis, il ne connaît pas grand-chose d'autre. Quant aux *Principes*, vous voulez savoir ce que j'en pense ? Ils sont tout juste bons à se torcher le cul avec.

— Il y a eu un précédent. Il faut un Orateur aux royaumes.

— Il ne peut pas prouver la mort de Zafir ! rétorqua vertement Vale. Il n'a que son dragon, il n'a même pas retrouvé son Anneau !

— Et la lance ?

— Il prétend qu'elle l'a laissée ici.

Jeiros se tourna vers Vale en fronçant les sourcils.

— Vous êtes sûr ? C'est aussi ce que je croyais, mais la lance a disparu. Normalement, elle est conservée dans la salle d'audience, mais elle n'y est plus. J'en déduis que Zafir l'a emportée avec elle.

— Il veut que je réunisse le conseil restreint.

— Autrement dit, vous et moi.

— Et Aruch, qui fera ce que vous lui direz, ajouta Vale en se permettant un sourire. À vous de choisir, Grand Maître. À qui l'honneur ?

— Qui choisiriez-vous à ma place, Vale ?

— Moi ? dit-il en s'esclaffant. Si vraiment Jehal nous a débarrassés de Zafir, il mérite toute ma reconnaissance, mais je lui réserverais quand même l'une de ces cages qui pendent au portail. Vous voulez savoir ? Je les encagerais tous les deux. Evenspire est en cendres, selon lui. Tous ces gens morts dans les flammes, et pour quel motif ? Oui, si cela ne tenait qu'à moi, je lui fignolerais une jolie cage de mes propres mains ! Mais je ne suis pas habilité à exprimer une opinion. Je ne suis qu'un serviteur.

Jeiros pinça les lèvres. Il avait l'air d'un homme qui réfléchit à un tas de choses.

— Les royaumes ont besoin d'un Orateur, Vale. La bataille a mal tourné. Même moi, je m'en rends compte. Jehal a ramené le dragon de Zafir, et pour certains, ce sera une preuve suffisante. Que se passera-t-il si nous refusons sa candidature ? Nous nous retrouvons seuls face à tous les royaumes, et ce n'est pas notre rôle ; notre rôle, notre devoir, c'est de garder le contrôle des dragons. Mais comme vous dites, Vale, quand un dragon nous brûle, quelle différence, qu'il ait un écuyer sur le dos ? Écuyer ou pas, ses flammes restent les mêmes. Cette guerre doit finir, et au plus vite. Quand Jehal a voulu l'étouffer dans l'œuf, Zafir l'a consigné dans la tour du Crépuscule. Je ne m'opposerai pas à lui. J'ose affirmer qu'il ne survivra pas à un vote du conseil plénier, dès qu'il s'en tiendra enfin un, mais en attendant, n'importe quel Orateur fera mieux l'affaire que pas d'Orateur du tout.

— Même la Vipère ?

— Même le diable, Sentinelle.

— Je m'incline devant votre sagesse, maître Jeiros. La prochaine fois que vous viendrez ici, vous me verrez peut-être dans l'une de ces fameuses cages....

— Je ne le permettrai pas. Jehal a besoin de vous.

— Il sera Orateur. Il se passera de nos conseils.

— En cette période troublée, je pense qu'il risque de les apprécier, au contraire. Essayez de voir les choses ainsi, Vale. Considérez-le comme l'un des nôtres. Tout comme vous, tout comme moi, l'Orateur est un serviteur des royaumes.

— Je doute fort que Jehal considère les choses sous cet angle...

— Nous l'y pousserons. Et même, si nous le souhaitons de tout cœur, qui nous dit que Zafir est vraiment morte ? Si elle a été dévorée durant la bataille, nous ne le saurons pas avant très longtemps. D'ici là, le roi Jehal peut très bien *jouer* le rôle de l'Orateur en suivant nos directives. Là aussi, il y a eu des précédents.

Vale éclata de rire.

— Jusqu'à ce qu'un dragon chie la Lance Adamantine, c'est bien cela ? Vous y allez un peu fort, grand maître.

— Je me demande parfois si les royaumes ne se porteraient pas mieux sans dragons. Si seulement je connaissais un moyen de nous débarrasser définitivement d'eux... Mais nous n'y arrivons pas. Ils reviennent toujours.

— Jehal va avoir exactement ce qu'il veut.

— Parce que nous le tolérons, Vale. Mais, oui, pour le moment, il a ce qu'il veut. Nous n'avons pas le choix.

Un faux mouvement et tu es morte, Vipère, ricana intérieurement Vale.

— Si vous vous apercevez que vous n'avez plus assez de potion et que vous devez en empoisonner quelques-uns pour réduire leurs effectifs, je ne ferai rien pour vous en empêcher, sachez-le, conclut Vale.

Jehal gisait sur son lit dans la tour du Crépuscule. Son lit de malade, où Jeiros l'avait soigné. Il fixait le plafond. *C'est la dernière fois. Je ne coucherai plus jamais ici. Demain, je m'installerai dans la tour de l'Orateur ou je serai mort.* Il se demanda sans conviction s'il lui restait assez d'écuyers pour s'emparer du Palais par la force. *Probablement pas. Ce qui signifie que mon sort est entre les mains de Jeiros et de la Sentinelle, et je sais que l'un d'eux me méprise…*

Il faut un Orateur aux royaumes… La première phrase des *Principes*.

L'une des servantes du Palais frappa à sa porte et se glissa à l'intérieur. La fille effectua une courbette si profonde que son visage faillit toucher le sol.

— Le grand maître Jeiros, votre Sainteté.

Bien. Nous allons connaître le sort qu'on nous réserve.

— Faites-le entrer.

La fille sortit, et quelques secondes plus tard l'alchimiste apparut sur le seuil. Jehal se redressa dans son lit.

— Vous venez bander ma blessure, maître Jeiros ?

— Aujourd'hui, ce sont les royaumes qui ont besoin de soins, roi Jehal. Banderez-vous leurs blessures ? Nous apportez-vous la paix ?

— Je ferai de mon mieux, grand maître.

Jeiros inclina la tête.

— Sachez que nous ne pouvons vous nommer Orateur tant que la mort de Zafir n'est pas prouvée.

— Un dragon l'a dévorée…

— Certes, votre Sainteté, mais il y a des précédents. Si Zafir ne remet pas le pied dans le Palais Adamantin avant cent et un jours, le conseil restreint reconnaîtra son décès. Ce jour-là, je convoquerai les souverains des neuf royaumes pour lui nommer un successeur. Je ne peux pas vous promettre que ce sera vous.

— Donc, j'ai une centaine de jours pour prouver que je suis digne d'occuper cette fonction, c'est bien cela ?

L'alchimiste releva la tête et croisa son regard.

— Oui, c'est bien cela, votre Sainteté. Demain, le conseil retreint vous nommera Orateur pour une centaine de jours. Hélas, je n'ai rien à vous offrir comme symbole de vos fonctions. L'Anneau et la lance ont disparu tous les deux.

La Lance Adamantine. *Un jour, vous voudrez la prendre et ce jour-là, vous découvrirez que j'y suis arrivé le premier.* Le mage de sang. *Il voulait la lance !*

— Zafir n'a pas emporté la lance avec elle, Jeiros. *Kithyr n'est jamais venu chercher son or. Je me demande pourquoi…*

— Ce n'est qu'un symbole, votre Sainteté. Ses pouvoirs sont fictifs.

— Vraiment ? *Bah, quelle importance ? De toute façon, tu t'en moques de cette lance.*

— Nous en fabriquerons une autre. Tenez, ajouta l'alchimiste en lui tendant une lettre. C'est arrivé pour vous pendant votre absence. Le dragon qui l'a apportée venait des Pinacles.

D'après l'écriture et le sceau, c'était une lettre de Meteroa. *Parfait, il a pris les Pinacles ! Le règne de Zafir est vraiment terminé. La Guerre des Épines s'achève enfin.*

Alors qu'il s'apprêtait à quitter la pièce, Jeiros ajouta :

— J'ai discuté de vous avec Vale. Votre inimitié s'arrête ici. C'est bien compris ?

Jehal lui décocha un sourire forcé.

— Dites-moi, vous donnez des ordres à tous vos Orateurs ?

— Non, pas à ceux à qui je n'ai pas sauvé la vie.

Sauf que ce n'était pas vous, Jeiros. C'était le mage de sang. Pour des raisons que je trouve d'autant plus inquiétantes.

— Les royaumes ont besoin d'un Orateur et je suis disponible. Je comprends, maître Jeiros, soupira Jehal. Je m'efforcerai de ne pas vous décevoir.

— Si vous me décevez, Vale a préparé une cage à votre intention. J'ai une certaine foi en vous, roi Jehal. Prouvez-moi que j'ai raison…

— Je vais voir ce que je peux faire. Un jour, j'ai décidé de devenir Orateur. Être votre marionnette n'est pas tout à fait ce que j'avais à l'esprit, grommela Jehal avec une moue dédaigneuse. Bon, vous voulez bien faire quelque chose pour moi, grand maître ? Zafir est partie à la guerre sans votre précieuse lance. C'est un mage de sang qui l'a volée, un mage de sang nommé Kithyr. Trouvez-le et ramenez-le. Mais surtout ne lui dites pas que c'est moi qui vous envoie ! Je crois bien qu'il me tuerait.

Il chassa Jeiros d'un geste de la main. Cent et un jours… *D'ici là, Lystra et moi, nous conclurons la paix avec le nord. Ensuite, on verra.* Il décacheta la missive de Meteroa.

Je fais tout mon possible pour mettre fin à la lignée de Zafir. Je contrôle les Pinacles. Kazalain et ses fils sont morts, et si vous m'en donnez l'ordre, la princesse Kiam connaîtra le même sort. Tout cela est inutile, si vous voulez mon avis. Le problème avec les familles royales, c'est que leurs membres sont tous apparentés entre eux. Peu importe ce que vous faites, aucune lignée ne s'arrête jamais. Et c'est bien là que le bât blesse… Sauf si on tue absolument tout le monde, évidemment. Quoique, quand je regarde autour de moi le carnage qui règne dans la salle du trône, avec ces deux jeunes princes assassinés à peine sortis de l'enfance, je me dis que nous éliminer tous serait sans doute une excellente chose…

Votre père m'a affirmé un jour qu'il fallait être complètement dément pour offrir une guerre à une femme sur le point d'accoucher. Mais Lystra étant votre épouse et pas la mienne, je ne suis peut-être pas aussi fou que cela, après tout. Elle est saine et sauve. Elle a célébré notre victoire en vous donnant un fils. Elle voudrait savoir quel nom lui donner.

Jehal s'étira en espérant soulager son tour de reins et mâcha de la feuille de rêve pour engourdir sa jambe douloureuse. Il relut la lettre, puis la relut encore. Il entamait une quatrième lecture quand il se rendit compte qu'il ne suivait plus les mots et qu'un sourire stupide s'était plaqué sur tout son visage.

Je suis l'Orateur.

J'ai un fils.

J'ai gagné. Une fois de plus.

48. L'ORATRICE DES ROYAUMES

Derrière Zafir, qui contemplait la mer sur les remparts dominant Furibouche, l'une des ailes du palais brûlait. Zafir observait les navires taiytakei, au loin. Des centaines de navires, qui avaient surgi pendant la nuit et restaient embusqués au large. Ils semblaient attendre qu'on les arrose de flammes. Elle avait étudié cette idée sous toutes les coutures, mais il lui fallait bien admettre son impuissance. Elle était partie à Evenspire avec deux cents dragons, et il ne lui en restait plus qu'un. Parfois, elle regrettait d'avoir écouté Tichane, et le mage de sang, et la Sentinelle de la Nuit. Parfois, elle regrettait de s'être écoutée elle-même. Si seulement elle s'était bouché les oreilles ! Elle aurait continué à croire que Jehal était à elle, elle aurait chevauché Onyx jusqu'à Evenspire et elle serait morte avant de savoir qu'elle se trompait…

Elle serrait les poings si fort que ses ongles s'enfonçaient dans ses paumes. Elle respira profondément, se força à se détendre. Elle ne pouvait pas dire qu'elle n'avait rien vu venir, mais elle avait quand même envie de hurler.

Un écuyer surgit à côté d'elle, lui prit la main et la porta à ses lèvres.

— Je suis désolé, votre Sainteté. La reine Lystra n'est pas ici.

Elle lui retira sa main.

— Ce qui veut dire qu'il l'a emmenée avec lui, prince Tichane. Elle est au Palais Adamantin. Et elle va s'asseoir sur mon trône. Mon Palais, mes soldats, mon trône ! Ils sont à moi ! Et ils vont baiser dans mon lit, si toutefois Jehal y arrive encore… conclut-elle avec un sourire sinistre.

Un petit détail dont elle pouvait se délecter quand elle ne grinçait pas des dents.

— Vous vous trompez, chuchota Tichane. Elle est partie avec son oncle Meteroa. Nous les piégerons tous les deux aux Pinacles.

Il était si proche qu'elle sentit son souffle sur ses cheveux. Impossible de se tromper sur ses intentions. Elle s'écarta en réprimant un frisson de dégoût.

— Lui, qu'il crève ! Et *elle*, je la veux enchaînée à mes pieds… Ils n'ont qu'à secouer leur sommier, mais rira bien qui rira le dernier !

— Elle ne nous échappera pas. Quand mon père aura réduit en miettes les aires du roi Narghon, le sud sera à nous. Et lorsque Vale Tassan apprendra que vous n'êtes pas morte à Evenspire, il se mettra en quatre pour jeter la Vipère au cachot. Ce jour-là, nous serons les maîtres de tous les royaumes !

Il se rapprocha d'elle, puis glissa une main à sa taille et posa l'autre sur son ventre, doigts écartés, en se pressant contre elle. Cette fois-ci, elle s'abandonna contre lui. Ce n'était pas Jehal, mais il était tout aussi facile à manipuler. Et Valmeyan possédait un nombre conséquent de dragons.

— Je veux la mort du bâtard qui s'est assis sur mon trône, aux Pinacles. Je veux qu'on pende les autres dans des cages. Je veux les voir crever lentement. Il me faut un mage de sang qui les garde en vie à jamais. Je veux me réveiller chaque matin en me gorgeant de leur souffrance au petit déjeuner. Promettez-le-moi.

— Je vous le promets. Vous retrouverez votre Palais et je ferai de vous une impératrice. Personne ne nous arrêtera.

— Personne… sourit-elle. *Oh, Lystra, Lystra, s'il n'y avait qu'une seule cage, elle serait pour toi…* Elle posa sa main sur celle de Tichane et soupira.

ÉPILOGUE : LA GRANDE FLAMME

L'écuyer Semian serra les poings.

— Les choses n'étaient pas censées se passer ainsi ! hurla-t-il. Je devais servir la Grande Flamme ! J'ai un *destin* ! Soyez maudits, tous autant que vous êtes !

Il se tenait tout en haut de l'une des cimes les plus imposantes de l'Épine du Monde. Vengeance aurait peut-être pu l'emmener encore plus haut, mais il avait besoin de silence, de calme, de solitude. Il avait demandé au dragon de se poser le plus près possible de ce sommet, puis il avait terminé seul cette escalade, malgré sa jambe abîmée, malgré la neige et la glace, encore emmitouflé dans son armure d'écailles et ses fourrures de vol. À la fin, il se hissait presque à la force du poignet. Mais il était venu à bout de tous les obstacles. Il était debout sur le toit du monde, dans l'air figé et silencieux, et dans un froid si âpre que les mots semblaient geler sur ses lèvres. Il n'y avait pas un souffle d'air. Il les avait conquises, ces montagnes, mais l'Épine du Monde semblait l'écraser de son mépris muet. Le prince Jehal l'avait brisé. Les Écuyers Rouges étaient tous morts. Les choses devient-elles donc se terminer ainsi, sur une escarmouche trop insignifiante pour mériter un nom ?

— J'ai un destin ! hurla-t-il à nouveau.

Oui, sauf si la Grande Flamme s'était choisi un nouveau champion… Sauf si elle l'avait mis au rebut parce qu'il était trop vieux, parce qu'il était fini, parce qu'il n'était plus bon à rien… Avait-il accompli ce pour quoi il avait été envoyé ? Les Écuyers Rouges avaient-ils rempli leur rôle?

Il n'arrivait pas à y croire. Il avait bu le venin de dragon ! Il était l'élu !

Seul à cette altitude, il retrouva sa lucidité. La colère ne servait à rien. Les Écuyers Rouges avaient peut-être bel et bien rempli leur rôle. Lui, on attendait sans doute encore beaucoup de lui. Il se demanda ce que lui réservait son destin. Bah, quelle importance, après tout ? La guerre était imminente. Humains, dragons, aires, châteaux, cités et palais, tout cela allait partir en fumée. Une génération entière allait trouver la mort. Il servirait bien la Grande Flamme.

Oui.

Semian sursauta. Le mot avait surgi dans sa tête, mais il ne venait pas de lui. Il tomba à genoux et faillit pleurer de joie. Voilà pourquoi il avait escaladé ce sommet ! La Grande Flamme lui parlait !

Je me souviens de toi.

— Oui, souviens-toi de moi ! En échange, je te servirai !

Il regarda autour de lui. Il s'attendait à voir surgir le prêtre rouge, mais il n'y avait rien, sauf le silence, le vide et les montagnes.

Non, pas toi.

Le froid s'insinua soudain dans les fentes de son armure.

— Pourquoi ? Qu'ai-je fait ?

Il prit une profonde inspiration. Non, non, aucune raison d'avoir peur. Vraiment aucune. C'était un malentendu.

— J'ai un destin…

Tu crois ?

Semian se releva. Quelque chose approchait, porté par le vent. Et la voix, la voix dans sa tête… La Grande Flamme venait le chercher ! Elle allait faire de lui un être parfait !

Quand il se retourna, il vit une énorme forme blanche qui s'élevait le long de la paroi rocheuse. Des ailes déployées lui bouchèrent la vue et se profilèrent devant le soleil dans un halo de feu. Le prêtre, qu'avait-il dit ? se demanda Semian, le souffle coupé. *Du soleil surgira un dragon blanc…*

Le dragon se rapprocha et tendit le cou vers lui. *Et le nom du dragon sera Vengeance…* Au moment où le monstre ouvrait sa gueule pour l'emporter vers sa destinée, Semian crut entendre une autre voix, tout à fait différente mais parfaitement reconnaissable.

Content de te revoir, Écuyer Bâton-dans-le-cul.

REMERCIEMENTS

L'inspiration jaillit de toutes sortes de sources. En ce qui concerne *Le Roi des Cimes*, je tiens à remercier quelques personnes qui n'ont sans doute pas souvent l'occasion de l'être, je parle de tous ceux qui ont pris le temps de lire très attentivement *Le Palais Adamantin*, puis de me conseiller sur les améliorations à apporter à mon œuvre. Le résultat est assez proche de ce que le livre aurait été sans vous, mais j'y ai quand même apporté quelques petits changements… pour le meilleur, je l'espère. Voilà donc pour vous, chers critiques et amateurs de cartographie. J'espère que ces remerciements ne vont pas vous monter à la tête…

Ceci dit, il est vrai également que ce livre doit son existence à la confiance et à la foi de quelques personnes très spéciales, les mêmes que pour le *Palais*. Encore merci à vous.

Et enfin un grand merci aux lecteurs qui m'ont extorqué des cartes ! À ce propos, pour ceux qui souhaitent explorer plus avant le monde des dragons, vous pouvez désormais le faire sur le site www.stephendeas.com/gazetteer.

Merci à vous, chers lecteurs. Je vous adore.

9794

Composition
PCA à Rezé

Achevé d'imprimer en Slovaquie
par Novoprint
le 12 décembre 2011.

Dépôt légal décembre 2011.
EAN 9782290032985

ÉDITIONS J'AI LU
87, quai Panhard-et-Levassor, 75013 Paris

Diffusion France et étranger : Flammarion